内米洛夫斯基作品集

法兰西组曲

〔法〕伊莱娜·内米洛夫斯基 著
袁筱一 译

Suite
française

图书在版编目(CIP)数据

法兰西组曲/(法)伊莱娜·内米洛夫斯基著;
袁筱一译.—北京:人民文学出版社,2018
(内米洛夫斯基作品集)
ISBN 978-7-02-014569-0

Ⅰ.①法… Ⅱ.①伊… ②袁… Ⅲ.①长篇小说-法国-现代 Ⅳ.①I565.45

中国版本图书馆CIP数据核字(2018)第204517号

责任编辑　黄凌霞　何炜宏　郁梦非
装帧设计　钱　珺

出版发行	人民文学出版社
社　　址	北京市朝内大街166号
邮　　编	100705
网　　址	http://www.rw-cn.com
印　　刷	山东德州新华印务有限责任公司
经　　销	全国新华书店等
字　　数	393千字
开　　本	787×1092毫米　1/32
印　　张	16.75
插　　页	2
版　　次	2006年5月北京第1版
印　　次	2018年10月第1次印刷
书　　号	978-7-02-014569-0
定　　价	69.00元

如有印装质量问题,请与本社图书销售中心调换。电话:010-65233595

目录

序言 001

································米利亚姆·阿尼西莫

第一部　六月风暴 001

第二部　柔板 243

附录一　伊莱娜·内米洛夫斯基的手稿注释 433

附录二　一九三六——一九四五年的通信 457

致谢 498

································德尼斯·爱泼斯坦

译后记 499

序 言

米利亚姆·阿尼西莫

一九二九年,贝尔纳·格拉塞被一部名为《大卫·格德尔》的手稿深深打动了,手稿是从邮局寄来的,他立即决定出版。正欲与作者取得联系之时,他却突然发现,这位作者许是害怕遭到拒绝,没有留下姓名和地址,只留下了一个信箱号。于是他在报纸上登了启事,希望作者前来与他见上一面,彼此认识一下。

几天后,伊莱娜·内米洛夫斯基出现在他的面前时,贝尔纳·格拉塞几乎不能相信这位看上去活泼、平静,在法国刚刚度过十个年头的年轻女性竟然能写出如此才气逼人、残忍、大胆且笔法如此老到的作品。应该说这是一部作家到了成熟境界才能够成功写就的作品。尽管他已经开始欣赏眼前的这位女性了,但是还在怀疑,他问了她很多问题,直到最后才确认,她的的确确就是作者,而不是代替某个希望躲在幕后的知名作家而来。

一经出版,《大卫·格德尔》便受到了评论界的一致好评,乃至伊莱娜·内米洛夫斯基也随之迅速成名,彼此之间相去甚远的作家——比如说犹太作家约瑟夫·凯塞尔和极右翼君主政体拥护者、反犹作家罗贝尔·布拉西雅克——都给了她高度褒扬。生于基辅的伊莱娜·内米洛夫斯基从小就跟家庭教师学法语。除法语外，她还讲得一口流利的俄语、波兰语、英语、巴斯克语和芬兰语，并且，她还懂意第绪语，我们在她一九四〇年所著的《狗与狼》中能够感受得到意第绪语的痕迹。

伊莱娜·内米洛夫斯基就这样轰轰烈烈地进入了文学界，但是她并没有因此飘飘然。甚至，对于人们如此看重《大卫·格德尔》，她还颇感惊讶，因为在她自己看来，《大卫·格德尔》只是一本"没什么分量的小说"——这里面没有一丁点假谦虚的姿态。一九三〇年一月二十二日，在给一位朋友的信中，她写道："你怎么会以为，仅仅因为一本书，我会忘了老朋友们呢？一本人们谈论半个月之后就要忘得光光的书，就像其他一切事情，在巴黎，一切都会被忘记的。"

伊莱娜·内米洛夫斯基一九〇三年二月十一日出生于基辅这个当时俄国犹太人聚居的城市。她父亲雷翁·内米洛夫斯基的家庭来自乌克兰一个叫做内米洛夫的城市，该城市是十八世纪犹太哈西德运动①的重要中心之一。内米洛夫家族从一八六八年在伊丽莎白格勒市开始遭到一连串的不幸，一八八一年，沙皇在伊丽莎白格勒掀起了迫害俄罗斯犹太人的巨大浪潮，并持续若干年。雷翁·内米洛夫斯基的家庭早先做稻谷生意，四处旅行，而后进入金融界，积聚起可观的财富，成为俄国最为富有的银行家族。在雷翁的名片上赫然印着：雷翁·内米洛夫斯基，沃罗内商业银行董事长，莫斯科联合银行总裁，彼得堡商业私人银行理事。他在伊丽莎白格勒市地势较高的街区买了一座豪宅，位于一条安静

---

① 哈西德运动，这里是指18世纪初在波兰形成、在东欧扎根的犹太教革新运动，具有神秘主义倾向，强调宗教性的狂热。

的街道上,房子周围是花园与椴树林。

伊莱娜完全被托付给家庭女教师照料,她所接受的,都是颇为杰出的家庭女教师的教育。她的父母很少把心思放在家庭上,在童年,她是个特别不幸、孤独的孩子。她很喜欢和欣赏她的父亲,只是父亲全部精力都扑在生意上,大多数时间出差在外,要不就是在赌场挥霍财产。她的母亲——母亲让别人叫她范妮(她的希伯来名字叫做法伊嘉)——之所以生下这个女儿,完全只是为了取悦其富有的丈夫。但是母亲将女儿的出生看成是自己女性魅力走向衰落的开始,所以生下女儿后就把她完全抛给了奶妈。范妮·内米洛夫斯基对女儿有一种强烈的憎恶,因此女儿未曾从母亲那里得到过一丁点母爱。范妮成天坐在镜子前窥伺着每一根皱纹的出现,涂脂抹粉,做按摩,其余的时间她都不在家,在外寻求夫妻关系之外的艳遇。这个对自己的美貌颇为自负的女人满心恐惧地看着自己的线条一天天松弛下去,看见自己彻底变成也许日后只能靠钱养小白脸的女人。然而,为了证明自己还年轻,她拒绝承认伊莱娜已经长大,而是一直把她当成小女孩来看,很长时间里,她强迫伊莱娜像一个小学生那样穿着打扮。

在家庭女教师告假的日子里,伊莱娜就躲在自己的世界里,沉浸在阅读之中,她已经开始写作,绝望地反抗着,内心对母亲的仇恨越来越强烈。这样的一种激烈反抗,这种母女之间违反人伦天性的关系在伊莱娜·内米洛夫斯基的作品中占有中心位置。因此,在《孤独之酒》中,我们能读到这样的句子:"在她的内心,对于母亲有一种奇怪的仇恨,而且,随着她日复一日长大,这仇恨也越来越强烈……""她从来不干脆地发出'妈妈'这个词的两个音节;这两个音节从她紧闭的双唇间颇为困难地被挤了出去;发最后那个'妈'的时候,她几乎只是咕哝了一声,而且速度很快,是她好不容易从心里拽出来的,带着一种暗暗的、隐隐的、小小的痛苦。"

还有:"母亲的脸因为狂怒而抽搐着,离她越来越近;她看见了母亲因为愤怒和恐惧而睁大的、充满仇恨的双眼,闪闪发光……""上帝说过:'我保留了复仇的权利……'啊!算了吧,我不是一个圣人,我不能够原谅她!等着,等一会儿,你会看到的!我会让你哭的,就像你让我哭一样!……等着吧,等着吧,我的老太婆!"

随着《舞会》《伊莎贝尔》和《孤独之酒》的出版,复仇终于达到圆满。

伊莱娜·内米洛夫斯基风格最为鲜明的作品描述的都是犹太人和俄国人的世界。在《狗与狼》里,她描绘了早期的商人联合会里的资产阶级生活,这些商人享有在基辅居住的权利,而根据尼古拉一世颁布的条令,从原则上来说,这个城市不允许犹太人居住。

伊莱娜·内米洛夫斯基并不否定东欧的犹太文明,她的祖父母(雅各夫·马尔居里斯和贝拉·丘吉德洛维奇)接受的就是这样的文明,尽管家族有了钱之后,他们远离了它。但是,在伊莱娜的眼里,对于金钱的操纵、积聚由金钱堆砌起来的财产都是不名誉的行为,虽然在她的少女时代,包括她成年以后,过的都是大资产阶级的生活。

在描绘犹太人社会地位的上升时,伊莱娜拾起了所有反犹主义的偏见,将那个时代为犹太人所勾勒的种种偏见性的描述安在他们身上。犹太人的一幅幅画像就这样从她的笔下冒了出来,用的都是最残忍、最讽刺的语句，而她则带着一种心醉神迷的恐惧欣赏着，尽管她承认自己与他们属于同一个命运共同体。这一点，正是她日后遭受一系列悲剧事件的根由。

在她的笔下，我们看到的竟是如此一种对自己的仇恨！在一种令人晕眩的平衡之中，首先她接受了犹太人属于低价值的"犹太种族"的观念。在她看来，犹太种族的种种区别性标志十分容易辨别，尽管，我们无法用三十年代"种族"这个词的含义，无法用后来纳粹德国普遍所指的那种含义来谈论人类的种族。下面就是她作品中安在犹太人身上的某些特点，某些用来定义他们、让他们成为一群具有共同特性的个体所选择的词组：卷曲的头发，弯鼻，柔软的手，钩状的手指和指甲，茶褐色、黄色或是橄榄色的脸色，接近黑色、油光光的眼睛，瘦弱的身体，发黑的厚嘴唇，苍白的面颊，不整齐的牙齿，总是一动一动的鼻孔，除此之外还要加上他们的贪得无厌，好斗的性格，歇斯底里，以及他们在"买卖蹩脚货、炒作外汇、做旅行推销商、做冒牌礼服或贩卖军火的中间人"方面所表现出来的代代相传的天赋。

撕开一个又一个"犹太贱民"的词语标签，在《狗与狼》中，她写道："就像所有的犹太人一样，比起一个因种种犹太缺陷而感到耻辱的基督徒来，他的耻辱感更为强烈，更为痛苦。而这份根深蒂固的能量，这种几近狂热地想要得到所欲求的一切的需要，这种对于别人怎么想所抱的一种盲目的蔑视，在他的精神里，这一切都汇聚在唯一的一张标签下：'犹太人的傲慢无礼。'"非常矛盾的是，在小说的结尾，伊莱娜却显示出某种温情而绝望的忠诚："这就是我的亲人，我的家庭。"而突然，她又重新推翻了这个观点，借犹太人之口，她写道："啊！你们这些装腔作势的欧洲人，我多么恨啊！你们所谓的成功、胜利、爱、恨，我，我把它们统统叫做钱！这是另一个词，说的却都是同样的事情！"

也就是说，内米洛夫斯基对犹太精神、对东欧犹太文明的丰富与变化一无所知。在一九三五年七月五日为《犹太世界》所做的一次访谈中，她说为自己是犹太人而感到骄傲，回应那些将她视为犹太民族敌人的人说，在《大卫·格德尔》中，她所勾勒的，不是"已经在法国扎了根、生活了几代的法国犹太人，因为对于这些人来说，的确不存在所谓的种族问题"，她所勾勒的是"四海为家的犹太人，对于这些人来说，对金钱的爱代替了其他所有情感"。

《大卫·格德尔》是伊莱娜一九二五年在比亚里茨开始创作的，一九二九年完成，小说叙述了格德尔——一个来自俄国的国际金融巨头史诗般的一生：他一步步走向成功，达到辉煌，接着是银行突然间全盘崩溃。还有格德尔渐渐老去的妻子，大家都知道他的妻子对他不忠，这个女人生活奢华，总是问他要更多的钱，好拴住情人。这个证券界曾经的巨无霸彻底被击垮了，斗败了，重新变回年轻时在敖德萨的那个小犹太人。突然，出于对那个姿色平庸、举止轻薄的女儿的爱，他决定重建自己的财产。在成功地完成最后的搏击之后，他精疲力竭地死去，在一艘飘荡在狂风巨浪里的货轮上，他迸出了几个意第绪语的词。一个和他一起在克里米亚的辛菲罗波尔登船前往欧洲、希冀着更好生活的犹太移民，听到了他最后的叹息。就这样，格德尔也算是在自己亲人的陪伴下死去了。

在俄国时，内米洛夫斯基一家生活奢华。每年夏天，他们都会离开乌克兰，不是去克里米亚，就是去法国的比亚里茨、圣让-德吕兹、昂代，或是蔚蓝海岸。伊莱娜的母亲住在宫殿里，而女儿和家庭女教师却寄宿在别人家。

十四岁，法语教师去世了，伊莱娜·内米洛夫斯基开始写作。她坐在沙发里，膝盖上摊着一个本子。她对叙事技巧已经有所考虑，基本上是采用伊万·屠格涅夫的那种方式。写小说的时候，她不仅仅写故事本身，也写故事带来的所有思考，所有的，不加以任何删减。她还非常明确地了解自己笔下的每一个人物，包括次要人物在内。这些东西就足够她涂满一个又一个的本子，她详细地描绘这些人物的外貌特征、性格、所受的教育、童年、生活的不同历史阶段。当所有的人物都达到这样一种明确程度之后，她会用红蓝两种颜色的笔画出她要保留的主要特点；有的时候只有几行。然后她很快地转向小说的构成，对此进行修改，确定下来，开始写作。

十月革命爆发的时候，内米洛夫斯基一家住在圣彼得堡一座漂亮的大房子里，他们一九一四年就搬来这里了。"房子……的建筑方式非常特别，从前厅可以望见另一头的房间；通过打开的一扇扇大门，可以看到白色和金色相间的一连串的客厅。"在那部很大程度上是自传小说的《孤独之酒》里，她这样写道。对于俄国很多作家与诗人来说，圣彼得堡是一座神秘的城市。伊莱娜·内米洛夫斯基在这座城市里看到的只是阴暗的、白雪覆盖的街道，还有从散发着腐朽、恶心味道的运河和涅瓦河上吹来的刺骨的寒风。

由于生意上的关系，雷翁·内米洛夫斯基经常去莫斯科。他在那里向皇家卫队的一位军官租了一套带家具的公寓，当时那位军官正好被派往俄国驻伦敦使馆工作。内米洛夫斯基将一家人安置在了莫斯科，以为这样就可以躲过危险，但是一九一八年十月，恰恰是在莫斯科爆发了最为激烈汹涌的革命。外面子弹狂啸的时候，伊莱娜正在开发那个学识渊博的德·埃赛因特军官家的图书室。她发现了于斯曼、莫泊桑、柏拉图和奥斯卡·王尔德。王尔德的《道连·格雷的肖像》是她最喜欢的一本书。

从外面的街道上看不见内米洛夫斯基一家藏身的这所房子，房子嵌在周围其他高楼之中，而且还带着一个院子，前面又有一座地势比它高的房子挡着。等到外面没有人的时候，伊莱娜便偷偷地下去拣弹壳。五天的时间，内米洛夫斯基一家就躲在这座房子里，靠一袋土豆、巧克力和沙丁鱼罐头维持。趁一次暂时停火的机会，内米洛夫斯基一家逃回了圣彼得堡，而当布尔什维克开始悬赏通缉伊莱娜的父亲时，父亲失去了公开出入的自由，不得不转入地下。一九一八年十二月，边境尚未关闭，伊莱娜的父亲于是趁机组织全家化装成农民逃亡，将一家人带到芬兰。伊莱娜在位于雪地间的三座彼此相连的木头房子里度过了一年的时光。她希望能够重新回到俄国。在这漫长的等待中，她的父亲经常偷偷潜回俄国，试图挽救他的财产。

伊莱娜平生第一次享受到了安宁与平静的时刻。她成长为一个女人，受到奥斯卡·王尔德的影响，开始写散文诗。俄国的情况越来越严峻，布尔什维克离他们也越来越近，内米洛夫斯基一家在一次长途旅行之后到达瑞典。他们在斯德哥尔摩待了三个月的时间。伊莱娜一直都还记得那里，记得在春天的花园里突然盛开的淡紫色百合。

一九一九年七月,一家人登上了一艘前往鲁昂的小货轮。他们航行了十天,由于遇到了可怕的暴风雨,货轮中途没能停靠任何地方,而正是这场暴风雨给了伊莱娜《大卫·格德尔》最后一幕动人场面的灵感。在巴黎,雷翁·内米洛夫斯基接手了自己银行的分支机构,得以再度创建起自己的财富。

伊莱娜·内米洛夫斯基在索邦大学注册,并以优异的成绩拿到文学学士的学位。她的第一部长篇小说《大卫·格德尔》并非她的最初尝试。她进入文学界是从她所谓的"滑稽小故事"开始的,她将稿子寄往每个月一号和十五号出版的半月刊插图杂志《异想天开》,杂志采用了她的稿子,付给她每篇六十法郎的稿费。接着她又将一篇小故事寄给了《晨报》,《晨报》也采用了。然后是寄给《自由作品》的一篇小故事和一个短篇,再接下去就是她第一篇比较长的小说《误解》——写于一九二三年她十八岁时;一年以后,又有了一个短篇《天才儿童》,后来更名为《神童》,一九二六年二月刊登在《自由作品》上。

《神童》叙述了伊斯马埃尔·巴鲁赫的悲惨故事,这是一个在敖德萨贫民窟里出生的犹太小孩。一个贵族被他的天真和早熟的诗歌天赋所吸引,在小溪边遇到他后,将他带到一座宫殿里,供自己的情人消磨时光。受到公主的宠爱,小孩子在公主身边过着无比快乐的日子,但公主实际上只是把他当成一只什么都懂的宠物猴来看待。

经历了一场漫长的危机之后,孩子成长为少年,他失去了童年时代可以用来装扮自己的优雅,觉得以前给自己带来一切的那些歌谣和诗歌根本毫无价值。他想在阅读中寻找灵感,但是文化不仅没有让他成为天才，相反却毁了他的特性和本真。于是公主就像丢弃一件毫无用处的东西一般抛弃了他，伊斯马埃尔没有别的办法，只好回到故乡敖德萨的犹太区，回到他的贫民窟和陋室之中。但是在这个已经被贵族同化的年轻人身上，没有人认出他就是以前的伊斯马埃尔。遭到亲人的抛弃之后，他在这个地方没有栖身之所，只能投身于港口的腐水之中。

在法国，伊莱娜·内米洛夫斯基的生活色彩没有那么悲苦了。内米洛夫斯基一家很快就融入法国社会，在巴黎过起了一种大资产阶级特有的光彩夺目的生活。上流社会的晚会，流淌着香槟的晚餐、舞会，豪华的海滨或乡村度假。伊莱娜喜欢动，喜欢跳舞。她在各种节日招待会间跑来跑去。她承认自己喜欢这种花天酒地的生活，有的时候她还去赌场。一九二四年一月二日，在给一位朋友的信中，她写道："我度过了彻底疯狂的一星期：从一个舞会跳到另一个舞会，现在我还有点醉呢，几乎认不得应该走哪条路。"

还有一次在尼斯："我像个精神病人一样，成天停不下来，为此我感到羞愧。我跳舞，从晚上跳到早上。每天，在不同的饭店有着不同的盛大晚会，而且我桃花运不错，会碰到一些花花公子，我玩得很好。"

从尼斯回来后："我不乖……想要改变……在我离开的前一天夜里，就在我们住的内格莱斯克酒店有一个盛大的舞会。我就像个疯子，一直跳到凌晨两点，接着，我和男人在冷风中调情，喝着冰凉的香槟。"几天以后："舒拉来看我了，给我上了两小时的道德课：我似乎有点过分了，像这样把小伙子弄得神魂颠倒的……您知道我把亨利给甩了，那天他来找我，脸色苍白，双眼失神，一脸恶毒的样子，口袋里揣着把枪！"

就在这些舞会的旋涡里，她遇到了米哈伊，又叫米歇尔·爱泼斯坦，一个"脸色很深的棕发小个子男人"，他毫不迟疑地开始追求伊莱娜。米哈伊在圣彼得堡拿到了物理和电气工程师证，他在位于加永街的北方国家银行里做代理人。伊莱娜觉得他很对自己胃口，和他调了一番情之后，于一九二六年嫁给他。

他们住在贡斯当-柯克林大道十号一套漂亮的公寓房里，房子的窗户正对着塞纳河左岸一座修道院的花园。他们的女儿德尼斯于一九二九年出生。在得知自己做了外婆后，范妮送给伊莱娜一只长毛熊。他们的另一个女儿伊丽莎白于一九三七年三月二十日出生。

内米洛夫斯基家的朋友有特里斯当·贝尔纳和演员苏珊娜·德沃约，与奥勃朗斯基公主也经常往来。伊莱娜在一些温泉城治疗过哮喘。有电影制片人买下了《大卫·格德尔》的改编权，后来，影片由哈里·波尔主演，于连·杜卫维埃执导上映。

尽管声名鹊起，挚爱着法国和法国上流社会的伊莱娜·内米洛夫斯基却没有能够得到法国国籍。在一九三九年战争引起的社会动荡背景下，同时也是因为十多年来社会上的反犹主义烈焰一直在熊熊燃烧着——反犹主义将犹太人说成是存心作恶、唯利是图、尚武好斗的入侵者，他们热衷于权力，煽动战争——伊莱娜·内米洛夫斯基决定和孩子们一起改宗天主教。一九三九年二月二日，她在巴黎的圣玛丽教堂受洗，由内米洛夫斯基家的一位朋友——罗马尼亚的基卡大主教主持洗礼。

一九三九年九月一日，第二次世界大战正式开战，就在前一天，伊莱娜和米歇尔·爱泼斯坦将他们的两个小女儿德尼斯、伊丽莎白以及孩子们的奶妈塞西尔·米肖送往索恩-卢瓦尔省的伊西莱韦克，奶妈就是在这个村庄出生的。孩子们的奶妈将两个孩子交给自己的母亲米苔娜夫人照管。伊莱娜和米歇尔·爱泼斯坦回到巴黎，从此他们经常往返于巴黎和伊西莱韦克之间去看望孩子，直至一九四〇年六月划定了禁止通行线。

一九四〇年十月三日颁布的第一个关于犹太人的法令明确规定了犹太人在社会上和司法上的地位低于他人，犹太人因此沦为贱民。尤其值得一提的是，法令以种族的标准对法国政府眼里的犹太人进行了定义。内米洛夫斯基一家在一九四一年六月遭到了清查，他们不仅是犹太人，而且还是外国人。米歇尔无权再在北方国家银行工作；出版社也要使其出版人员和作者"雅利安化"，伊莱娜无法再出版任何作品。他俩离开巴黎，和两个女儿一起住在伊西莱韦克的旅游饭店里，和他们同时住在饭店的，还有魏玛共和国的士兵和军官。

一九四〇年十月，一条关于"犹太种族的外国侨民"的法律出台，法律规定犹太人只能在集中营或指定住所范围内活动。一九四一年六月二日的法律又代替了一九四〇年十月的法规，使得犹太人的处境更加岌岌可危。它揭开了逮捕并关押犹太人、将他们运往纳粹灭绝营的序幕。

内米洛夫斯基一家的受洗证书毫无用处。不过小德尼斯还是第一次去领了圣体。后来，按规定必须佩戴表示犹太人身份的星形标志，德尼斯去镇里小学上学时都戴着这种黄色和黑色相间的星形标志，缝在大衣上，十分显眼。

在饭店住了一年以后，内米洛夫斯基一家终于在村里租到一座资产阶级的大房子。

米歇尔·爱泼斯坦为女儿德尼斯写了乘法运算口诀表。伊莱娜·内米洛夫斯基的脑子相当清醒，她从不怀疑这一系列事件最终将以悲剧而告终。但是她仍然读大量的书，写了大量的东西。每天早饭后，她就出发了。有时她会走上十公里的路，找到一个合适的地方坐下来。然后，她开始工作。下午，吃过午饭，她再次出门，直到晚上才回家。从一九四〇年到一九四二年，阿尔班·米歇尔出版社以及反犹报纸《格兰瓜尔》分别同意用两个笔名发表她的作品：皮埃尔·内雷和查尔斯·布朗卡。

一九四一年至一九四二年间，在伊西莱韦克，伊莱娜·内米洛夫斯基和她丈夫一样佩戴着黄色星形标志，写完了《契诃夫的一生》和《秋之蝇》——这两部作品到一九五七年才得以出版，并雄心勃勃地开始着手写作《法兰西组曲》，幸而她还有时间为这部作品标上"终"这个字。作品包含两本书：第一卷《六月风暴》描绘了一连串的逃亡画面；第二卷名为《柔板》，是以小说的形式写成的。

内米洛夫斯基仍然保留着以前的习惯，她还是从眼下工作的笔记开始，从法国形势给她带来的思考开始。她确立了人物清单，主要人物和次要人物，一一确认是否能够以正确的方式将这些人物都用上。她梦想着写一本一千页的书，交响曲般的构成，只是分成五个部分，根据不同的节奏、不同的色彩。她想要模仿的是贝多芬的《第五交响曲》。

一九四二年六月二日,就在她被捕前不久,她意识到自己也许没有时间来完成这样一部皇皇巨著,她预感到自己即将不久于人世。但是她仍然在继续写她的笔记,与书同时进行。她将这些清醒的、带有犬儒主义色彩的注解取名为《关于法国状况的笔记》。这些注解表明伊莱娜·内米洛夫斯基对法国人不抱有任何幻想,对法国民众面对溃败、投降时那种麻木不仁的可恨态度不抱任何幻想,对自己的命运也同样不抱任何幻想。而第一页上,她不正是写下了这样的诗句吗:

> 为了举起如此沉重的负荷
> 西西弗斯,我需要你的勇气。
> 我并不缺少完成这项工程之心
> 但是目标长远,时间却如此短暂。

她痛斥恐惧、懦弱以及接受侮辱的态度,痛斥种种迫害和屠杀的行径。她非常孤独。文学界和出版界很少有像她这样拒绝投降的。每天她都去找邮递员,但是没有她的信。她不准备以逃跑的方式来躲避即将降临在自己身上的厄运,比如说到瑞士,瑞士在那个时候经过严格审查,可以接受来自法国的犹太人,尤其是女人和孩子。她觉得自己被遗弃了,六月三日,她起草了写给女儿托管人的遗嘱,希望托管人在孩子们的父母离去之后能够精心照料她们。伊莱娜·内米洛夫斯基在遗嘱里对所有事情一一加以明确,她列出了从家里所能带出来的全部财产,这些财产换成的钱可以用来付房租、烧暖气、买壁炉,可以雇个园艺师打理菜园,保证她们在食品配给期间吃得上蔬菜;她列出了为女儿看病的医生的地址,明确了女儿的饮食禁忌。没有一句反抗之词,只有对眼下形势的清醒认识。也就是说只有绝望。

一九四二年七月三日,她写道:"显然就是如此了,除非事情一直延续下去,在延续中变得越来越复杂!但是不管好坏,但愿都结束吧!"她觉得眼下的形势只能是一系列的强烈动荡,能够置她于死地的动荡。

一九四二年七月十一日,她坐在松林里工作,身下垫着她的那件蓝色粗羊毛衫,"在一片腐烂的枯叶的海洋里,前一夜的暴风雨浸湿了叶子,我双腿盘坐,好像坐在救生筏上"。

同一天,她写了封信给阿尔班·米歇尔出版社的文学负责人,言辞之间让人觉得,她已经肯定,在这场德国人及其同盟军对犹太人的战争中,自己一定不可能存活下来:"亲爱的朋友……想想我吧。我写了很多东西。我觉得这些一定都会成为我的遗作,但是这可以打发时间。"

一九四二年七月十三日,法国宪兵敲响了内米洛夫斯基家的门。他们带走了伊莱娜。七月十六日,她被关进卢瓦雷省的皮蒂维耶集中营。第二天,她被塞上六号车,运往奥斯维辛。她的号编在比克瑙灭绝营,由于身体虚弱,她在雷维埃[①]停留了一段时间,死于一九四二年八月十七日。

伊莱娜离开之后,米歇尔·爱泼斯坦还没能明白,逮捕和关押就意味着死亡。每一天,他都在等她归来,每顿饭都要求在饭

[①] 雷维埃是奥斯维辛的诊疗所,集中关押那些病得太重无法劳动的囚犯,那里的条件也非常严酷。每隔一段时间,党卫队会将他们塞进卡车,送入毒气室。——原注,为法文编者所加,以下简称原注。未加说明的注释为译者注。

桌上摆上她的餐具。他绝望地与两个女儿守在伊西莱韦克。他写信给贝当元帅,解释说自己的妻子身体很弱,请求能够代替她去集中营劳动。

维希政府对此做出的回答是于一九四二年十月将米歇尔也予以逮捕。他先是被关押在科佐,接着被关押在德朗西,有关他的搜查记事簿上记着,他被没收了八千五百法郎。之后,他在一九四二年十一月六日被运往奥斯维辛,到的当天就被送进毒气室杀害。

在逮捕米歇尔·爱泼斯坦之后,宪兵很快就到镇里的小学搜捕小德尼斯,幸好德尼斯的老师将她藏在自己的床间通道,躲过了这一劫。

法国宪兵没有气馁,他们狂热地到处搜捕两个小女孩,想要强迫她们也承受父母的命运。她们的托管人非常机灵地剪下德尼斯衣服上的犹太人星形标志,将两个孩子送往边境的另一边躲避。她们还曾在一座修道院度过几个月的时间,接着又躲在波尔多地区的地窖里。

战争结束后,两个孩子知道父母再也回不来了,她们敲响了外祖母家的门,战争期间,她们的外祖母在尼斯过得舒舒服服。外祖母拒绝给两个孩子开门,隔着门大叫说如果父母死了,她们可以进孤儿院。外祖母一九七二年死在威尔逊总统街的大房子里。在她的保险箱里,人们只发现两本伊莱娜·内米洛夫斯基的书:《伊莎贝尔》和《大卫·格德尔》。

而《法兰西组曲》的出版经过也颇为曲折,堪称奇迹;这里我们有必要陈述一下。

在逃亡过程中,托管人和两个小孩子带着的一个箱子里装有照片、家庭的证明文件和伊莱娜最后这部手稿，为了节省墨水和战争时期紧缺的劣质纸张，手稿上的字非常小。伊莱娜·内米洛夫斯基在这部最后的著作里无情地描绘了一个懦弱的、被战胜、被占领的法国。

箱子陪伴着伊丽莎白和德尼斯从一个藏身之所前往另一个藏身之所，所有的避难处都不安全，因而也都只能是暂时的：先是在一所天主教的寄宿学校，只有两个修女知道两个小女孩是犹太人。德尼斯有了个假名字，但是她总也习惯不了，老师批评她不守秩序，因为在课堂上叫到她的名字，她不回答。还有那些总也不死心的宪兵，这些宪兵觉得再也没有比找到两个犹太小孩送给纳粹更重要的事情了，他们发现了孩子的踪迹，孩子们只好离开寄宿学校。她们在地窖里度过了好几个星期，德尼斯感染了胸膜炎。可是把孩子们藏起来的人不敢送她去看病，就用自己的土方松树树脂为她进行治疗。由于差点被发现，她们不得不再次逃跑，身边一直带着这只理好的、紧急状况下随时可以带走的箱子。托管人在孩子们登上一列火车前对德尼斯说："把你的鼻子藏起来！"

当从纳粹集中营回来的幸存者开始陆续抵达火车东站时，德尼斯和伊丽莎白每天都到那里去。她们还去接待集中营关押犯人的露特西亚饭店，举着写有她们名字的纸牌。有一次在街上，德尼斯以为自己看见了母亲，于是她拼命地跑。

德尼斯救出了这本珍贵的簿子。她不敢打开，看到簿子在，对她而言已是足够。有一次，她想看一看里面的内容，但是太痛苦了。就这样，过去了很多年。

她和妹妹伊丽莎白商量后决定，将母亲最后的这部作品交给现代出版档案馆，而此时改姓为吉尔的伊丽莎白已经成了一位出版社的文学负责人。

但是在与手稿分离前，德尼斯决定将手稿打出来。借助于放大镜，她开始了漫长而困难的辨认工作。《法兰西组曲》有了电脑稿，接着，又按照原来的样子誊抄了一遍。和她想象的不同，这不是简单的笔记或是私人日记，这是一幅色彩强烈、非常清晰的壁画，是给法国和法国人拍下的一张活生生的照片：逃亡的公路，挤满了精疲力竭、饥肠辘辘、争相在乡间破屋走廊里一张椅子上小憩一会儿的女人和孩子的村庄，装满家具、床垫、被褥和餐具的汽车，缺少汽油停在路中央的汽车，被粗野的乡下人弄得倒足胃口、试图挽救自己那些小摆设的大资产阶级，被匆忙间举家逃离巴黎的情人抛弃的妓女，将孤儿院的孩子们送往暂避之处的神甫——孤儿院的孩子们以为自己再也不会受到任何压抑，最终杀了神甫，寄住在某个资产阶级家庭里、在婆婆的眼皮底下勾引战俘年轻妻子的德国士兵。在这幅令人痛苦的画面上，只有一对平常夫妻保留住了自己的尊严。他们的儿子在最初的战役中受了伤，一路上，在那些残兵败将中，在喧闹的、将伤员运往医院的军车里，这对夫妻徒劳地找寻着自己儿子的足迹。

当德尼斯·爱泼斯坦将《法兰西组曲》的手稿交给现代出版档案馆时，她感到十分痛苦。她毫不怀疑母亲最后这部作品的价值，但是她还不曾让一位出版社的人读过，因为此时，她病重的妹妹伊丽莎白·吉尔正在写《战俘营哨所》，一部出色的关于母亲的虚构性传记作品，母亲，那个她还没能来得及了解的人，纳粹将她杀害时，伊丽莎白只有五岁。

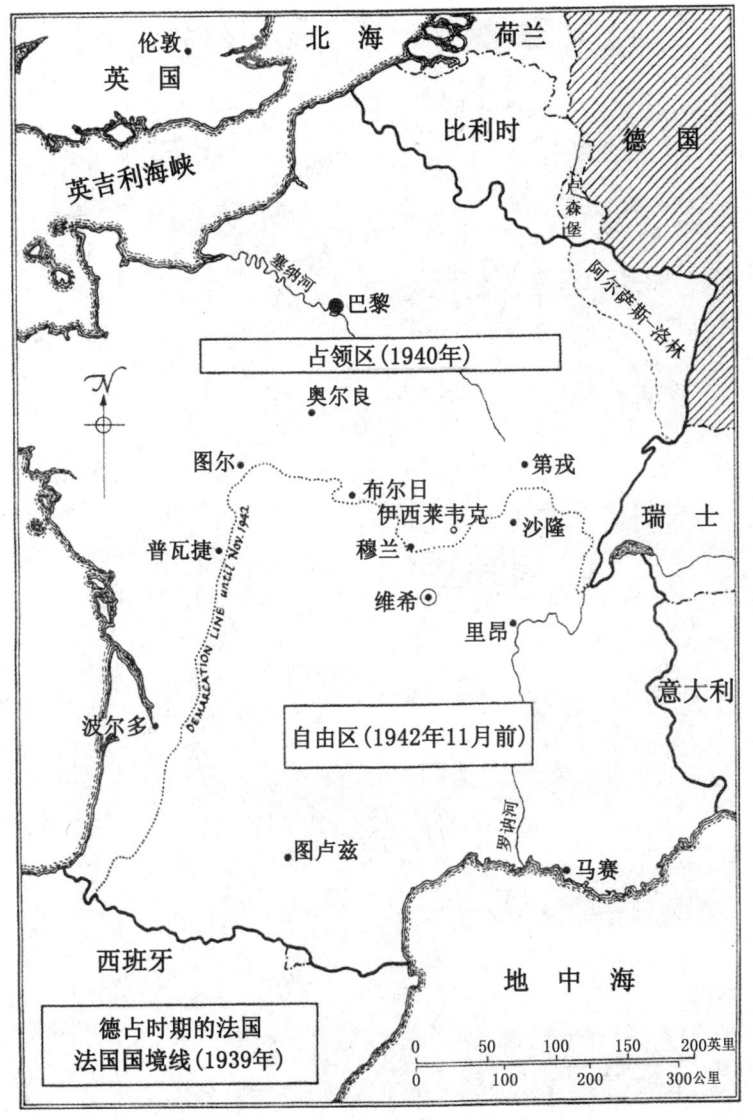

第一部
六月风暴

一 战 争

天热了，巴黎人想。春天的风。这是战争期间的夜晚，空袭警报响起。但是夜晚会消失的，战争也还遥远。睡不着的人，那些蜷缩在床上的病人，那些担忧前线的儿子的母亲，那些因为流泪而目光暗淡的情网中的女人，他们听到了第一声警报。这一声还是那种沉沉的送气声，像是从窒息的胸膛里发出的一声叹息。又过去了一会儿，整个天边布满了爆炸声。爆炸声从远处、从地平线的那一头传来，还真像是不紧不慢的呢！睡梦中的人们仿佛看见了大海，一波接着一波，推着海浪和卵石往前涌，又像是三月摇动着森林的暴风雨，或是一群奋蹄疾奔、隆隆踏过地面的牛，直到睡意渐渐退去，男人勉强睁开眼睛，咕哝了一声：

"是警报吗？"

更为警惕、更加清醒的女人已经站起身来。有些人关好窗子，合拢百叶窗后，便又躺下了。昨天，六月三日，星期一，开战以来第一次，炸弹投在了巴黎城内，但是大家都很安静。只是前方传来的消息不太好。没有人相信。可是如果宣告说打了胜仗，那恐怕更没有人相信。"我们真是搞不明白。"大家都说。借着手提小灯的光，大人给孩子穿好衣服。母亲用双臂整个儿地将沉沉的、温热的小身体抱起来："过来，别害怕，别哭。"是一次空袭。所有的灯都灭了，但是在这六月金黄、澄净的天空下，每一座房屋、每一条街道都能看得清清楚楚。而塞纳河就像是一面多棱镜，将无数散乱的灯光围拢起来，反射出百倍的光芒。没能藏好的窗子，在柔和的阴影里闪烁着的屋顶，还有大门上每一处凸起都泛着微光的金属装饰,亮的时间似乎比别的要长的几盏红灯,也不知道为什么,塞纳河尤其吸引它们,它们被塞纳河捉住了,在它的水波里嬉戏。如果从高处看,塞纳河应当白得像条牛奶河。有些人会想,这样的河水会给敌机指明方向。另一些人则认为不可能。实际上,大家什么也不知道。"我还是待在床上吧。"半梦半醒的声音在嘟哝,"我不怕。""不管怎么样,一次就够了……"更清醒的人答道。

新的大楼里,透过紧急备用楼梯的玻璃门,可以看见一簇、两簇、三簇小小的跳动的光:这是六楼的居民从高处逃下来。尽管有规定,他们手里的小电灯还是亮着。"我最好还是不要在楼梯上把脸摔破,你跟上了吗,爱弥尔?"大家都压低了声音,好像这里到处都是敌人的眼睛和耳朵。然后是关门的声音,一扇接着一扇。在居民区,地铁里的人依旧不少,躲在散发着臭味的隐蔽地方,而有钱人则待在看门人那里,耳朵分辨着外面炸弹落地的破裂和爆炸声,神情专注,竖着身体,仿佛临近狩猎之夜时焦灼不安的动物。穷人并不比有钱人更害怕,他们没把自己的命看得那么重,但是他们更喜欢人云亦云。穷人和有钱人此时互相需要着,需要臂挽着臂,需要一起颤抖一起笑。天很快就要亮了。一束淡紫色和银色的天光滑过小街,滑过河岸的护栏,滑过圣母院的塔楼。沙袋将主要建筑遮没了一半,把歌剧院侧面的卡尔波①的那组舞女遮没了,也吞没了凯旋门上高奏着的《马赛曲》的歌声。

---

① 让·巴普蒂斯·卡尔波(1827—1875),法国著名雕塑家,为法国歌剧院做了石膏群像雕塑作品《舞》。

炮声开始还在远处回荡，接着这声音就近了，每扇玻璃都随之震颤。人们堵住了窗户，不让一丝灯光泄出窗外，孩子们就在这闷热的房间里出生，他们的哭声让女人忘记了警报和战争的声音。在垂死的人听起来，这炮声显得软弱无力、毫无意义，仅仅就是再多一点声音而已，而恶毒的、巨大的嘈杂声早就要将他们吞没了，如同吞没一朵浪花一般。小东西贴着妈妈暖烘烘的腹部安静地睡着，轻轻咂着嘴唇，仿佛吃奶的小羊羔。警报拉响时被扔掉的流动摊贩车散落在街上，车里装满了鲜花。

红艳艳的太阳仍然升起在没有一丝云彩的苍穹上。又一声炮响，这一次离巴黎如此之近，竟让小鸟从建筑物的顶端惊飞而去。天际高处滑过巨大的黑鸟，在太阳下伸展着映成玫瑰红色的翅膀，飞过就不见了，然后飞过来的是美丽的、肥嘟嘟的、咕咕叫着的鸽子和燕子，麻雀安静地在空无一人的街道上蹦蹦跳跳。塞纳河边的每一棵杨树上都栖息着一串棕色的小鸟，它们非常卖力地歌唱着。地窖深处，人们终于听到来自远方的一声召唤，因为距离，这三个全音组成的军号声显得非常细弱。警报结束了。

二

佩里冈一家在沮丧的静默中听完了法国广播电台的晚间新闻，但是没有对此做出任何评论。佩里冈一家都很正统。他们的传统，他们的举止，他们来自天主教徒和资产阶级家庭的遗传以及他们和教会的关系（他们的长子菲利普·佩里冈是神甫），这一切都让他们对共和国政府持有一种蔑视的态度。另一方面，作为国家博物馆馆长的佩里冈先生，他的处境也让一家人更倾向于一种能为神职人员带来荣誉和利益的体制。

一只猫一直叼着块满是刺的鱼，小心翼翼地：它不敢将鱼一口吞下，可是嚼碎这块鱼又让它觉得挺遗憾的。

最终，夏洛特·佩里冈夫人认为只有男性的头脑才能对目前这些奇怪而严重的事件做出冷静的判断。但是她的丈夫和长子都不在家：丈夫在朋友家吃晚饭，长子不在巴黎。如果是关乎存在的日常事务——不管是佣人的行为举止，孩子的教育问题，还是丈夫的事业前途，佩里冈夫人一向实行铁腕政策，决不采纳他人的意见。但这属于另外一个领域。首先应该由某个权威来告诉她，应当相信什么。一旦踏上了正确的道路，她就会开足马力往前跑，任何障碍对她而言都不再是问题。哪怕有人用就在手边的证据向她证明，她的看法是错的，她也会报之以冷冷的、高傲的笑容："我父亲对我说过。我的丈夫很清楚。"然后，她那双戴着手套的手在空中做上一个小小的、不容置疑的手势。

丈夫的地位让她感到飘飘然，（也许她更喜欢待在家里的生活，但是我们温和的救世主啊，他就是我们的榜样，尘世中的每一个人都应该带着他的十字架！）利用外出的间隙，她才回到家中，监督孩子们的学习，给最小孩子喂奶的情况以及仆人们的工作，但是她还没时间脱去她那套外出的行头呢。在佩里冈家孩子们的眼里，母亲似乎随时准备好了要出门，头上戴着帽子，手上套着白手套。（由于她非常节俭，她的手套散发着修补时染上的一种汽油味，就是皮革匠家的那种臭味。）

今天晚上同样如此，她也才回来，站在客厅的广播前。她穿着一身黑，头上戴着这个季节流行的小帽子，特别小巧的那种，插着三朵花，额前垂着镂空的面纱。面纱下是一张苍白而惶恐的脸，年龄和疲倦在这张脸上留下了特别的痕迹。她四十七岁，有五个孩子。显然，上帝原本想把她塑造成一个红发的女人。她的皮肤特别细腻，但是由于岁月的缘故，已经起了皱纹。她那庄严而颇具分量的鼻子上布着红斑。绿色的眼睛如猫一般，投射出尖锐的目光。但是，在最后一分钟的时候，造物主大概犹豫了，觉得色泽如此明亮的头发与佩里冈夫人无可指责的道德以及行为举止不太相配，于是便给了她一头棕色的、暗淡的头发，而且，在生了最后一个孩子后，这头发便开始一缕一缕地掉。佩里冈先生是一个严谨的人：他的宗教信仰不允许他有太多的欲望，而且，出于对名声的考虑，他一向远离那些不道德的场所。于是，佩里冈家最小的孩子才两岁，而在长子菲利普和最小的孩子之间，还有三个彼此之间有一定年龄差距的孩子。这三个孩子，佩里冈夫人不太好意思地称为三场事故，孩子们都活着生下来了，但是直到分娩之前，这三个孩子都没有显示出活下来的征兆，而且，每次他们的出生都将母亲带到了坟墓的边缘。

客厅里此时正回荡着广播的声音，这是一间很大的房间，比例匀称，四扇窗户朝向德莱塞林荫大道。客厅的修饰颇具古典风格，宽大的扶手椅，配有金黄色的坐垫。老佩里冈先生的轮椅停在靠近阳台的那一边，老头已经不能走动了，年龄太大，有时反倒让他重新回到童年的状态。只有在谈到他数额巨大的财产时（他是马尔泰特家族的佩里冈，是里昂赫赫有名的马尔泰特家族的继承人），他的脑袋才空前地清晰。而战争和战争的变化几乎对他没有任何触动。他漠然地听着，节奏分明地晃动着他那银白色的漂亮胡须。在这家的女主人后面，孩子们站成了个半圆，包括最小的、躺在保姆怀里的婴儿。保姆有三个儿子都在前线，她抱着婴儿过来和女主人道声晚安，顺便利用这个机会听一下广播，她焦急地、专注地听着发言人的话。

佩里冈夫人已经猜到，其他佣人此时一定站在半掩的客厅门后，焦急的贴身女仆玛德莱娜已经几乎站在门槛上了，在佩里冈夫人看来，这种违反常规的举动是一种不好的征兆。因此，凶险来临时，所有阶级的人都站在同一座桥上，但是寻常百姓没有接近疯狂的抵抗意识。"这些人是多么随遇而安啊。"她不无责备地想。佩里冈夫人还算是那种相信寻常百姓的资产阶级。"如果我们知道如何引导他们就好了，他们并不坏。"她总是用一种宽容而伤心的语调说，就好像在说关在笼子里的动物一般。她的仆人一般都能够跟着她做很长时间，对此她深感骄傲。他们生病时，她坚持亲自照料他们。玛德莱娜得咽峡炎的时候，佩里冈夫人亲自为她调制漱口水。由于白天抽不出空，因此她总是晚上从剧院回来后再着手准备。惊讶地醒悟过来的玛德莱娜事后才向她表示感谢，而且是用相当淡然的口吻，佩里冈夫人想。这就是寻常百姓，从来不会感到满足，而如果对他们越不好，他们就越摇摆不定,越忘恩负义。但是佩里冈夫人只期待上苍的回报。

她转向前厅这队阴影,十分真诚地说:"如果想听新闻,你们可以进来听。"

"谢谢夫人。"仆人们用尊敬的口吻说,踮着脚溜进了客厅。

玛德莱娜、玛丽和贴身男仆奥古斯特走了进来,跟在最后的是厨娘玛丽亚,她的手上还带着鱼腥味,因此感到很不好意思。但是新闻已经结束了,现在听到的是关于"严峻,但还未至危及"的局势评论,发言人在安慰大家。他的声音如此坦率、平静、温和,每一次在发诸如"法国、祖国和部队"这样的词时显得尤为响亮,竟将乐观主义的精神深深播进了听众的心里。在谈及通报中所说的"敌人继续向我们部队驻地发起猛烈的攻击,但是遭遇到我军的顽强抵抗"时,他采用了自己特有的方式。他用轻描淡写、充满讽刺和蔑视的语调读了前半句话,仿佛要说:"至少他们想让我们这样认为。"相反,读到后半句的时候,他将每一个音节读成重音,特别强调了形容词"顽强"和"我军",而且充满信心,让人不自禁地想:"我们这样烦恼是不对的!"

佩里冈夫人看见了大家射向她的充满疑问和希望的眼光,她坚定地宣布道:"听上去不是很糟糕!"

不是因为她确信如此,而是因为她觉得自己有责任提高周围的人的士气。

玛丽亚和玛德莱娜叹了口气。

"夫人相信吗?"

于贝尔,佩里冈家里的第二个孩子,今年十八岁,长着胖嘟嘟的、玫瑰色的脸颊,看上去只有他感到绝望和恐惧。他神经质地用揉成团的手绢擦着脖子,用尖厉甚至时不时变得嘶哑的声音叫道:"这不可能!我们不可能等在那里!但是妈妈,他们究竟还在等什么,为什么不号召大家拿起武器?十六岁到六十岁之间所有的男人,立刻参战!这才是他们应该做的,您不这样认为吗,妈妈?"

他跑到学习室,拿来一张很大的地图,在桌子上展开,发狂一般地测算着距离。

"我们完了,我跟您说,完了,除非……"

他又重新燃起了希望。

"我,我明白我们想干什么了。"他开心地笑起来,露出一排雪白的牙齿,宣称道,"我真的明白了,我们肯定是让他们前进,前进,然后,我们会在这里等着他们,就这里,瞧,妈妈!或者是……"

"是的,是的。"他的母亲回答道,"赶快去洗手,还有,别忘了整理好你的这簇乱糟糟的头发,都快掉进眼睛里去了。看看你像什么样子。"

于贝尔将愤怒埋藏在心里,折好地图。只有菲利普认真对待他,只有菲利普用平等的口气和他说话。"家庭,我恨你。"[①]他在心里暗暗吟诵,走出客厅时,为了报复,他一脚踹开了弟弟贝尔纳的玩具,贝尔纳叫开了。"这是给他上的人生一课。"于贝尔想。奶奶赶紧将贝尔纳和雅克琳娜带出客厅,婴儿艾玛努埃尔已经在她的肩头睡着了。她大步地向前走,手里牵着贝尔纳,为自己的三个儿子哭泣,她在心里看见了自己的三个儿子,三个都死了。"真是悲惨和不幸啊,真是悲惨和不幸啊!"她一边摇着灰

---

① 安德烈·纪德的名句。

色的脑袋一边低声重复道。她打开浴缸的龙头，开始给孩子们的浴盆注入热水。她一直咕哝着这句话，在她看来，这不仅可以用来描述目前的政治局势，而且更是她个人生活的写照：年轻时在地里劳作，然后守寡，媳妇们脾气都不大好，还有，自她十六岁开始，就从东家到西家做奶妈。

贴身男仆奥古斯特悄悄地回到厨房。在他那一本正经的愚蠢的脸上，有一种蔑视，是针对很多事情的蔑视。佩里冈夫人也回到自己的房间。这个精力超常的女人总是利用孩子们洗澡和晚饭间的十五分钟让雅克琳娜和贝尔纳背诵课文。清脆的声音响了起来："地球是一个球，没有任何支撑。"客厅里只剩下老佩里冈和小猫阿尔贝。今天的天气真是太好了。傍晚的霞光温和地照耀着茂盛的栗树，小猫阿尔贝没有什么高贵血统，纯粹是孩子们的玩伴，此时，它似乎颇为自得地享受着这个美妙的时刻：它在地毯上打着滚儿。它跳上了壁炉，咬住一支芍药的顶端。芍药插在一只很大的蓝色夜壶里，夜壶放在托架的一角，精致地镶嵌着铜雕的狼嘴装饰。接着，它又纵身一跃，落在老佩里冈的扶手椅上，在他耳边喵呜喵呜地叫着。老佩里冈将手——他那总是冰凉的、紫色的、颤抖的手——伸向猫。小猫害怕地逃开了。晚饭即将上桌。奥古斯特出现在客厅里，将不能行动的老人推到餐厅。大家在餐桌前就座，女主人正在喂雅克琳娜喝糖浆，突然间，手还举在空中，她停了下来。

"你们父亲回来了，孩子们。"伴随着钥匙在锁孔里转动的声音，她说道。

的确是佩里冈先生，一个胖乎乎的小个子男人，温文尔雅，有点笨拙。他平常都是红光满面，神色安详，一副衣食无忧的样子,今天却脸色苍白,而且这苍白似乎不是因为害怕或焦灼,却是因为实实在在吃了一惊。就好像在某次事故中突然死去的那些人,在几秒钟的时间里,还来不及痛苦或害怕,就是这样的一种表情。这些人原本都在看书,或是透过汽车的玻璃望着窗外,他们在想着自己的事情,正要去餐车什么的,但是突然之间就被带到了地狱里。

佩里冈夫人微微从座椅上欠起身来。

"亚德里安?"她用一种惶恐的音调叫了一声。

"没什么,没什么。"他匆匆地嘀咕说,用眼神示意孩子们、父亲和仆人都在。

佩里冈夫人理解他的意思,做出继续吃饭的样子。她勉强地吞咽着放在面前的食物,但是,每一勺都似乎那么难以下咽、淡而无味,就像一块滞留在喉咙口的石头。尽管如此,她仍然在重复三十年来的每顿饭几乎都要重复的、已经成为某种礼仪的话。她对孩子们说:"在喝汤前别喝水。我的小宝贝,注意你的刀子……"

她仔细地切分着老佩里冈先生的鳎鱼脊肉。一直以来,老佩里冈享有特殊烹调,极为精致和复杂。佩里冈夫人也坚持亲自为他服务,替他倒水,替他往面包片上抹黄油,在他的脖子上系餐巾,因为在餐桌上看见自己喜欢的东西时,老佩里冈先生总是流口水。"我觉得,"佩里冈夫人对朋友们说,"如果让那些仆人动手,这些不能动弹的老人可就遭罪了。"

"我们必须赶快向爷爷证明我们的爱,我的孩子们。"佩里冈夫人还要教孩子,她边说边看了眼老人,用一种可怕的温柔目光。

老佩里冈先生在中年时已经建立起不少慈善事业,其中的一项尤其让他牵挂在心:十六区小小忏悔者团体,这个组织的目的在于帮助那些在道德事件中受到伤害的孩子恢复信心。一直都说老佩里冈死的时候会给这个组织留下一笔钱,但是老佩里冈总是用一种让人恼火的方式来进行这一切:他从来不明确这笔钱的数目。假如他讨厌某道菜,或是孩子们太闹了,老佩里冈就会突然从浑浑噩噩中醒来,用虚弱但却清晰的声音宣布道:"我准备向这个慈善组织捐赠五百万。"

随之而来的是令人窒息的寂静。

相反,如果他吃得很好,或是在阳光下的扶手椅里好好睡了一觉,他就会向儿媳抬起他那双如同婴儿和新生小狗一般苍白、模糊和不知所措的眼睛。

夏洛特很有分寸。她不像其他女人那样会叫嚷起来,她总是温柔地回应说:"您是对的,我的爸爸,您有充分的时间好好考虑,我的上帝啊!"

佩里冈家的财产数额巨大,而且实际上,别人指责他们觊觎老佩里冈的遗产是不公平的。他们并不看重钱,相反,是钱看重他们,在某种程度上!有很多东西天生就是该他们的,其中就有他们本人也许永远都不会花的"里昂马尔泰特家族的数百万家财",这笔钱,他们更大程度上是为自己孩子的孩子保留的。至于小小忏悔者团体,他们都非常在意这个慈善组织,佩里冈夫人每年还为这些不幸的小孩子组织两次古典音乐会,她亲自演奏竖琴,并且可以肯定,弹到某些段落时,大厅的阴影里会回荡起哭泣声。

老佩里冈的目光专注地随着儿媳的手转动。而她是如此心不在焉、不知所措,竟忘了他的菜汁。他摇动着自己的白色胡须,以示警告。佩里冈夫人回到现实中来,赶紧将和着碎芹末的新鲜黄油汁浇在象牙色的鱼肉上,但是一直到她想起来在盘边放上一片柠檬,老人的脸上才恢复了宁静。

于贝尔冲弟弟斜过身去,轻声嘀咕说:"情况不太好?"

"是的。"弟弟点点头,并用眼神表示肯定。

于贝尔颤抖的双手落在膝盖上。他驰骋在想象的王国里,沉浸在想象中的战役和胜利之中。他是童子军,他和他的同伴可以组成一支志愿军团,做誓死保卫祖国的自由射手①。就在这一秒钟之内,他在自己的脑中穿越了时空。他和他的同志们,一支以荣誉和忠诚为标志的小分队,他们战斗,在晚上战斗。他们拯救了硝烟与战火之中的巴黎。多么令人激动、令人心驰神往的生活啊!他的心狂跳起来。但是战争是一件可怕而野蛮的事情。他陶醉在自己所看到的这些景象中。他紧紧地握着手中的餐刀,以至于切下的一块烤牛肉跳到了地板上。

"真笨。"坐在他身边的贝尔纳煽风点火地说,还指了指桌布下面的牛肉。

贝尔纳和雅克琳娜,一个八岁、一个九岁,两个孩子都是金发,有点瘦弱,长着朝天鼻。甜点之后,两个人都被打发去睡觉了,而老佩里冈也已经在窗边的老位子上睡着了,窗户开着。窗外,每一次灯光的颤动都比前一次更加柔弱、更加精妙,似乎每一次颤动都是向大地充满遗憾与爱恋的永别。小猫坐在窗边,满

---

① 自由射手,法国古时的义勇军,普法战争时期及第二次世界大战时法国游击队均沿用此名。

怀乡愁地望着远方的地平线,瞪着绿色的眼珠。佩里冈先生在客厅里来来回回地踱着步子。

"后天,也许明天,德国人就会到巴黎城下。据说最高指挥部已经下决心在巴黎城前、城内和城后部署战役。幸亏大家还不清楚,因为从此时开始到明天将会有大队人马涌向火车站和公路。明天一早必须出发,到您母亲家,夏洛特,到勃艮第去。至于我,我的使命很重要,我将与属于我看管的珍宝同命运。"

"我想,我们会在九月疏散博物馆。"于贝尔说。

"是的,但是布列塔尼的临时博物馆不太合适,因为它曾经受过潮,像地窖一样。我也不明白是怎么回事。我们曾经组织过一个保护国宝委员会,大家分成三个大组和七个小组,每个小组都由若干专家组成,负责在战争时期将一部分艺术品撤退到临时博物馆,而就在上个月,临时博物馆的保安提醒我们说,油画上出现了一些可疑的斑点。是的,米尼亚尔①的一幅肖像画杰作上,人物的双手落上了绿色的斑点。我们赶紧将那些珍贵的箱子又召回巴黎,现在我还在等命令,看看能不能赶紧将它们送到更远一点的地方。"

"但是我们呢,我们怎么走?我们单独走吗?"

"明天,您带着孩子们和两部车子先走,平静一点,把所有能带上的东西都带上,比如说家具,当然还有行李,因为必须承认,从现在起到这个周末,也许巴黎会被彻底摧毁、烧光,市场会被抢掠一空。"

"您真是让人吃惊。"夏洛特叫道,"您谈论这一切的时候竟

---

① 皮埃尔·米尼亚尔(1612—1695),法国宫廷画师,画风华丽,擅长肖像画。

然能够如此镇定!"

佩里冈先生转向他的妻子,他的脸色渐渐恢复了往日的那种红润,但这是一种垂死的红润,仿佛刚遭宰杀的猪一样。

"这是因为我不能相信。"他温和地解释道,"我跟您说,我理解您的意思,我们决定抛掉我们的房子,踏上逃跑之路,我无法相信这是真的,您明白吗?您快去准备一下,夏洛特,明天一早都得准备好,晚上你们就可以到您母亲家吃晚饭了。只要能够脱身,我就立刻来和你们会合。"

佩里冈夫人摆出一副顺从而尖酸的表情,就像她在孩子们一起生病时穿上护士服时的表情。一般说来,孩子们总是商量好似的一起生病,尽管得的病各自不同。那些日子,佩里冈夫人手里拿着温度计,从孩子们的卧室里走出来,仿佛摇动着殉道者的棕榈勋章一般,而她的所有观点只是一声尖叫:"你们会认出你们的亲人的,最后一天的时候,我的小耶稣们!"此时,她只是问道:"菲利普呢?"

"菲利普不能离开巴黎。"

佩里冈夫人高昂着脑袋走出了客厅。重负从来不会将她的脊柱压弯。她会安排好一切的,明天一早,一家人就可以出发了:不能动弹的老头、四个孩子、仆人、猫、银器、最珍贵的器皿、皮草、孩子们的所有东西、食物、应急的药物。她不禁颤抖起来。

客厅里,于贝尔在恳求自己的父亲。

"请您允许我留下来。我和菲利普一起留下来。您……您不能嘲笑我。您不认为我可以去找同学?我们年轻、结实,做好了一切准备,我们可以组成一支志愿军团……我们可以……"

佩里冈先生看了他一眼，只说了一句："我可怜的小东西！"

"这就完了？我们已经输了？"于贝尔结结巴巴地说，"这，这不是真的吧？"

突然间他放声大哭起来，令他自己害怕的是，他知道自己会情不自禁地放声大哭。他像个孩子一般地哭着，哭得像贝尔纳一样，张大嘴巴，嘴巴周边满是皱纹，眼泪像潮水一般，弄得满脸都是。夜晚来临，温柔、宁静的夜。一只燕子飞过，在已经暗淡的天光中掠过阳台。小猫发出贪婪的叫声。

三

作家加布里埃尔·科尔特在露台上工作，在树林移动的阴影与塞纳河上渐渐暗淡下来的金绿色夕阳之间。周围多么安静啊！他最熟悉的人都在他不远的地方。白色的大狗，它没有睡着，可是一动不动的，鼻子搭在冰凉的廊柱上，眼睛半闭。他的情人正在他脚边安安静静地收拾着他散落在地上的纸页。他的仆人、秘书都应该在那闪闪发光的落地玻璃后面，这会儿看不见，反正是藏在家里的某个地方，在他所希冀的那种生活的里层，那种如同芭蕾一般光彩夺目、庄严但却遵循一定规律的生活。在不同的日子里，他分别扮演着宇宙主人与可怜的、被艰苦而徒劳的工作压弯了腰的作家的角色。他在自己的写字台上刻着："为了举起如此沉重的负荷，西西弗斯，我们需要你的勇气。"他的同仁嫉妒他，因为他富有。他曾经不无苦涩地谈起自己入选法兰西院士时，有人提议投他一票，而有个投票人只是干巴巴地回答道："他有三条电话线！"

他颇为英俊，有着猫一般懒洋洋的残酷神情，柔和的、富有表现力的手，恺撒式的、略微有点胖的脸。他只接受芙洛朗丝——他严肃意义上的情人——睡在他的床上，与他一起过夜（其他女人从来不和他一起睡），也只有芙洛朗丝有可能会知道他有多少张面具，知道在这睫毛和女人一般尖尖细细的眉毛之下，是怎样一颗只剩了两个空空口袋的灵魂，与过气的风流女人无异。

今天晚上，他像平日一般在工作，半裸着。他在圣-克鲁的这幢房子建得非常巧妙，连同阳台在内，基本上都能避开外界的目光，房子很大、很美，周围种着深蓝色的瓜叶菊。蓝色是加布里埃尔·科尔特最喜欢的颜色。如果身边不放上一块深蓝色的、小小的天青石，他就没法儿写作。另外，芙洛朗丝身上最让他心动的，也是她那双一览无余的蓝眼睛。他对芙洛朗丝也经常说，她的眼睛和那小块天青石一样，给他一种清爽的感觉。"你的眼睛让我陶醉。"他常常这样呢喃道。芙洛朗丝有着略微显得松弛的柔和下巴，女中音的嗓音依旧美丽，纯净的目光如小牛犊一般，加布里埃尔·科尔特对朋友说，我喜欢这样。一个女人应当像一只小牛犊，温和、可靠、大方，身体如奶油一般白皙，你们知道的，就是那种到了一定年龄的演员的皮肤，长期按摩使得这皮肤变得非常柔软，化妆粉也都深深地渗了进去。加布里埃尔伸展了一下自己细长的手指，像个小混混那样，将指节弄得嘎吱作响。芙洛朗丝递给他一个柠檬，他咬了一口，接着他又吞下了一个橘子和几个冰凉的草莓。他每天都要消耗大量的水果。芙洛朗丝望着他，几乎是半跪在他面前，下面垫着一块天鹅绒的垫子，带着他喜欢的那种欣赏的目光。（再说他无法想象，她望着他还能用别的目光！）他有点疲倦，但是这是幸福工作之后的疲倦，比做爱之后的疲倦要好——就像有时候他自己会这样说。他带着某种善意望着自己的情人。

"嗯，进展得还算不错，我想。你知道，中心部分（他在空中划了个三角形，指指三角的顶端），这个部分已经过了。"

她知道他的意思。灵感往往会在小说进展到一半时减退。因此科尔特还得像匹卸不了车的马一样努力工作呢。她的双手做了个表示欣赏和惊讶的优雅姿势，握在一起。

"已经过了！我向你表示祝贺，亲爱的。现在可以比较顺利地进展下去了，我可以肯定。"

他颇为忧虑地嘀咕道："但愿上帝能听见你的话！但是吕西安娜让我感到很担心。"

"吕西安娜？"

他扫了她一眼，眼睛中有一种生硬的、冷冷的、让人颇不舒服的东西。在他情绪好的时候，芙洛朗丝就会说："你又用那种蛇怪般的眼神看人了。"他会笑的，仿佛受了恭维一般，但是处在创作激情之中的他痛恨玩笑。

她一点也不记得吕西安娜这个人物。

她撒了谎。

"啊，当然了，瞧瞧！我刚才都不知道在想什么！"

"我也在想你是怎么回事。"他用一种受伤的苦涩语调说。

但是她看上去如此悲伤、可怜，他不自禁地同情起她来了。他软了下来。

"我一直和你说，你总是不太关注次要人物。一部小说应当像一条满是陌生人的街道，其中只有两三个人物——仅仅两三个，不能更多——是我们真正了解的。看看普鲁斯特之类的作家，他们很善于运用次要人物。他们会运用这些次要人物来嘲弄、淡化他们笔下的主人公。在一部小说中，再也没有比这种对主人公的嘲弄更加让人受到教益的技巧课了。你还记得吗，在《战争与和平》中，在公路上，安德烈王子车前跑过的那些不起眼的农妇，她们笑着跑过来看他，他和她们说话，就在她们耳边，而读者的视野一下子就得到了提升，这不再是唯一的一张脸，唯一的灵魂，读者会发现不同的模型，等等，我想让你读读这一段，这段非常出色。把灯开开。"他说，"天已经黑了。"

"飞机。"芙洛朗丝指了指天空。

他咆哮道："他们连片刻的安宁都不给我吗？"

他痛恨战争，战争威胁的不仅仅是他的生命和他的舒适自在，战争每时每刻都在摧毁他的虚构世界，唯一能够令他感到幸福的世界。这种摧毁，仿佛喇叭那刺耳、可怕的声音一般，使得他辛苦建造的、隔绝他与外界的脆弱的水晶城墙轰然坍塌。

"上帝啊！"他叹了口气道，"烦死人了，真是一场噩梦！"

但是他还是回到现实中。他问道：

"你有报纸吗？"

她没说什么，把报纸拿给他。他们离开了露台。他浏览着报纸，脸色越来越阴沉。

"总的来说没什么新内容。"

他什么也不想看。他用一种受惊的、厌烦的手势将现实一把推开，就像一个熟睡的人从梦中突然醒来。甚至连姿势都是一样的，他将手遮在眼睛前面，仿佛为了避免过于强烈的光线刺激。

芙洛朗丝走近广播。他制止住她。

"不，不，还是安静一点。"

"但是，加布里埃尔……"

他因为愤怒而脸色苍白。

"我跟你说，我什么也不想听。明天，明天再说吧。现在，这些坏消息（有了政府里的这些混……只能是坏消息）会抑制我今晚的激情，截断我今晚的灵感，也许会令我处于一种恐惧的危机之中。瞧，你最好把苏德尔小姐叫进来。我想，我要口述几页纸！"

她赶紧服从命令。就在她通知好秘书回到客厅时，电话铃声响了起来。

"是议会主席于勒·布朗先生，他想和先生通话。"贴身男仆说。

她小心翼翼地关上所有门，不让一丝儿声音溜进加布里埃尔和秘书工作的房间。不过，贴身男仆仍像往常一样，正在准备主人非常喜欢的凉汤。加布里埃尔饭吃得很少，但是到了晚上经常会饿。除了汤之外，还有冷的小山鹑、桃子，芙洛朗丝亲自从左岸一家点心店里订购的奶酪小点心和一瓶波美里香槟。经过长时间的思考和研究之后，加布里埃尔总结出来，只有香槟不会让他的肝病恶化。芙洛朗丝一只耳朵听着电话里于勒·布朗精疲力竭、几乎要到失声地步的声音，另一只耳朵却传来所有家里熟悉的声音，碗盘杯盏柔和的叮当声，加布里埃尔疲倦、沙哑、深沉的颤音，让她觉得他仍然生活在混乱的梦中的声音。她挂上了听筒，叫来贴身男仆。贴身男仆已经在他们家待了很长时间，总是站得笔直，就像那种所谓的"家庭机器人"。这种对伟大世纪①风范的下意识的滑稽模仿很是讨加布里埃尔的喜欢。

"怎么办呢，马塞尔？于勒·布朗先生劝我们走……"

"走？走到哪里去，夫人？"

"随便到哪里。布列塔尼，中央高原。德国人迟早要渡过塞纳河。怎么办呢？"她重复道。

"我可不知道，夫人。"马塞尔用一种冷冰冰的声调说。

现在正是问他意见的时候。他暗地里在想："应该前一天就

---

① 指法国的17世纪。

走的。能看到这些富人、名人的判断比动物高明不了多少,这也不算一桩很糟糕的事情,动物还有感知危险的能力呢!"对于他来说,他不害怕德国人。一九一四年战争的时候他就见过德国人。他已经不属于征兵的范围了,所以不会拿他怎么样的。但是如果不拿这座房子、家具和银器当回事的话,他就会觉得受到了侮辱。他暗暗叹了口气。他,他应该早一些打点好的,将一切都藏在箱子里,放在看不见的地方。他对于自己的主人怀有一种充满感情的蔑视,就像对那种白色小猎兔一样,它们很漂亮,就是没脑子。

"夫人最好早点通知先生。"他最后总结说。

芙洛朗丝向客厅走去,但是才开了一点儿门,加布里埃尔的声音就传到了她耳朵里。加布里埃尔的声音告诉她,这是他最糟糕的日子,充满忧虑的时刻,他的音调缓慢,声音嘶哑(并且时不时地被神经质的咳嗽声打断)。

她对马塞尔和贴身女仆交代了一下,在想哪些东西最为珍贵,哪些东西是逃命时和身处危险之中一定要带的。她将一口轻便但结实的箱子放在床上。首先,她将自己小心翼翼从保险箱里取出的珠宝放了进去。在上面,她放了一点换洗衣物,梳洗用具,两件可以替换的外套,一条晚餐时穿的小裙子——这样,在抵达某地时可以有衣服穿,因为路上肯定要耽搁一些时间——一把梳子,绣花拖鞋,粉盒(粉盒占了很大的位置),当然,还有加布里埃尔的手稿。可箱子关不上了。她挪了挪首饰盒的位置,又重新试了一次。还是关不上,看来一定要拿掉一点东西。但是拿掉什么呢?一切都是那么必不可少。她将膝盖抵在箱子上,用力往里推,试图将锁扣上,还是不行。她简直要发疯了。最终只好喊来了贴身女仆。

"也许您能将它关上,朱丽叶?"

"塞得太满了,夫人。肯定关不上。"

芙洛朗丝迟疑了一会儿,在粉盒与手稿之间,最终她选择了粉盒,关上了箱子。

可以把手稿塞到装帽子的纸箱里,她想。啊,不!我了解他,他一定会狂怒的,会因为恐惧而发病的,得带上他的心脏药洋地黄。明天就清楚了,最好今天夜里准备好一切,明天就出发,他自己什么也不知道。然后再看事情会怎么发展……

四

里昂的马尔泰特家族遗赠给佩里冈一家的不仅仅是财产，还有易感染结核病的基因。结核病夺走了亚德里安·佩里冈两个姐妹的生命，在她们年纪还小的时候。就在几年前，菲利普神甫也感染了这种病，不过在山间度过的两年时光似乎让他得以痊愈，就在他终于被任命为神甫之后不久。但是他的肺由此变得非常脆弱，所以战争宣布开始时，他退役了。不过，从外表上看，他是个强壮的男人，脸色红润，眉毛又黑又浓，看上去质朴健康。他是奥弗涅大区一个村庄的神甫。自打他决定了自己的志向开始，佩里冈夫人就把他丢给了主。不过她原本希望，作为回报，他应当给她带来一种上流社会的荣耀，能够有远大的前程，而不是在奥弗涅大区多姆山省给微不足道的农民上天主教的教义课。既然教堂没有赋予他伟大的责任，那她也宁愿他主持一座修道院，而不是主持这个可怜的堂区。这是浪费，她对他说，字字铿锵有力。你浪费了上帝赋予你的天赋。但是想到恶劣的气候反倒比较适合他，佩里冈夫人多少觉得有所安慰。他在瑞士的两年使得他似乎已经离不开高山上的空气了。回到巴黎曾经熟悉的马路上，他大步地穿街走巷，脚步灵活，跨度很大，行人都不自禁地要笑出声来，因为教士似乎不应该用这样的步态走路。

今天早上他就是迈着这样的步子，来到了一幢灰色大楼前，走进了散发着白菜味道的院子：十六区小小忏悔者慈善团体占据着这里的一座旅馆，旅馆的前面是一座用来出租的高房子。正如佩里冈夫人在每年写给慈善团体赞助人（创建会员：每年五百法郎；施恩者：每年一百法郎；参与者：每年二十法郎）的信中所说的一样，孩子们在这里生活得很好，物质条件和道德条件都很好，他们在这里学习不同的职业技能，做一些健康的体力活动：在屋子的旁边建一座有玻璃的小工棚，小工棚里有一个细木工活车间和一个修鞋铺。透过玻璃窗，佩里冈神甫看见两个孤儿圆圆的脑袋，听见他的脚步声，这两个小圆脑袋抬了一下。在台阶与工棚之间的一小块花园里，有两个十五六岁的男孩子在学监的命令下干活。他们没有穿制服。这里可不愿延续某些人已经经历过的作为苦役犯的记忆。他们穿着慈善人士捐赠的衣服，而慈善人士正好也借此机会把自己穿剩的羊毛衣物处理掉。一个男孩穿着一件苹果绿的粗羊毛衫，露出了长着汗毛的细长手腕。他们在翻土、除草，十分听话地、默默地将花栽进盆里。看到佩里冈神甫冲他们微笑，他们也致以问候。神甫的脸很平静，这脸上的表情是严厉的，有点忧伤。但是他的微笑很柔和，带一点羞怯和温和的指责，似乎在说："我爱你们，为什么你们不爱我呢？"孩子们看着他，默不作声。

"天气多好啊。"他轻声说道。

"是的，神甫先生。"他们回答道，声音冷冷的，非常克制。

菲利普又说了两句，便进了前厅。房子里的基调是灰色的，非常干净，他所在的这间房里几乎什么都没有。两把藤椅就是所有的家具。这是探望孩子用的会客室，这个慈善团体还能容忍有人来看望孩子，但不鼓励！再说几乎所有的孩子都是孤儿。隔上很久的时间，才会有几个认识孩子去世父母的邻居，或是外省的、还记得孩子们的年长的嬷嬷，他们的探望是被接受的。但是佩里冈神甫从来不曾在这会客室碰到过人。而这里负责人的房间与会客室朝向同一个平台。

负责人是一个苍白的小个子男人,红色的眼皮,鼻子尖尖的,老是像嗅到食物味道的鸟嘴一样抖个不停。这里的孤儿都叫他"老鼠"或是"貘"。此时他向菲利普张开双臂,两只手凉冰冰、潮乎乎的。

"对于您的好意,我真不知道应该如何感谢才好,神甫先生!您真的能够带这些孤儿离开?"

孩子们明天必须撤离。而他却因为远在中央高原的妻子生病而无法……

"学监还害怕局面无法控制呢,害怕一个人应付不来我们这三十个孩子。"

"他们看上去很听话。"菲利普指出道。

"啊!他们都是好孩子。他们已经被我们训练得比较温顺了,对于那些特别顽固的,我们进行了严格的教育。我倒不是自我吹嘘,这些事只有我一个人做。学监们都比较胆小怕事。再说战争使得我们的人越来越少,今天走一个,明天走一个……"

他不满地噘了噘嘴。

"如果能够不改变自己的习惯,那当然是最好了,但是也就不能有任何的创新,一杯水就能把这样的人淹死。回到正题上来吧,我真的不知道该向哪位圣人祈祷,让他保佑圆满地完成这次疏散,就在这时您的父亲对我说,您恰好路过这里,说明天您才出发回山里,而且您不拒绝帮我们一把。"

"我非常乐意。您计划如何让这些孩子离开?"

"我们可以给您两辆卡车。我们的汽油也够量。您知道,孩子们暂时躲避的地方离您的郊区只有五十公里的路,所以这不会让您绕太大的弯子。"

"一直到星期四我都有空。"菲利普说,"我的一个同事暂时顶替我的工作呢。"

"噢!旅程不会占用这么长的时间的。您父亲曾经和我说过,说您知道那位女施主暂时借给我们用的房子。房子很大,坐落于森林之中。房子的主人是去年继承的遗产,战争爆发前不久,她将房子里的漂亮家具都卖了。孩子们可以在公园里露营。在这美丽的季节,他们会多么高兴啊!战争才开始的时候,他们就这样在科来兹的一座城堡里过了三个月,那也是一位女施主非常友善地提供给我们的。在那里,我们没有取暖设备。早晨起来必须将罐子里的冰打碎。可孩子们的身体从来没有这样好过。时间过得真快啊。"负责人说,"那是战争之中小小的安逸与甜美。"

神甫看了看时间。

"如果和您一起用午餐,我将十分高兴,神甫先生!"

菲利普拒绝了。他今天早上才到巴黎,赶了一夜的路。他还害怕于贝尔,不知道他会做出什么冲动的事情来,于贝尔来找过他,不过今天全家就要出发去尼埃弗勒。菲利普打算送送他们。多一个人帮忙总不嫌多的,他微笑着想。

"我去对孩子们说,您将要替代我陪在他们身边。"负责人说,"也许您想对他们说几句,可以在某种程度上和年轻人沟通一下。我本来想亲自和他们说几句的,让他们意识到祖国正在遭受战争,但是我四点钟就要走了,而我……"

"我会对他们说的。"佩里冈神甫说。

神甫垂下眼睛,将合拢的指尖抵在唇上。他的脸上出现了一种沉重而忧伤的表情,与他本人相违背的、与他本心不符的沉重和忧伤。他不喜欢这些不幸的孩子。他怀着自己所能够有的最大诚意温和地接近他们，但是他们的存在只能让他感到冷漠和厌恶，没有一丁点爱的绽放，没有一丁点那种救赎最可怜的罪人时所能体会到的神圣的激动。比起这些孩子的话语与目光，夸夸其谈的无神论者和渎神的人都还显得谦卑。他们表面的顺从十分可怕。尽管受过洗，尽管这个慈善组织也举行圣事，尽管他们做忏悔，任何救赎的光都未曾照耀在他们身上。黑暗中的孩子，他们甚至都没有足够的精神力量向往光明，他们感受不到光明的存在，他们不希冀光明的来临，他们不因为缺少光明而心存遗憾。佩里冈满怀温情地想起了他堂区里的那些天主教的好孩子。哦！他对他们可不存在过多的幻想。他也知道恶已经扎根于这些年轻的灵魂之中，牢固而坚硬，但是有时，当他谈起耶稣受难，这些灵魂又会迸发出怎样的柔情，怎样纯洁的感恩之心，怎样怜悯与害怕的战栗啊！此时他真希望赶紧再见到他们。他想起在下个星期天，是他们第一次领圣体的仪式。

但是他还是跟着负责人来到了大厅，慈善组织的孩子们才集合好。百叶窗关着。黑暗中，他在跨越门槛时踩空了一级楼梯，打了个趔趄，为了不至于跌跤，他不得不抓住负责人的手臂。他看着孩子们，等待着，甚至希望他们爆发出某种压抑的笑声。有时这一类可笑的突发事件可以打破老师和学生之间的坚冰。但是没有！没有一个孩子动弹一下。苍白的脸，紧闭的唇，低垂的眼睛，他们站成一个半圆，背靠着墙，年纪小的孩子站在前面。前排的孩子在十一岁到十五岁之间。孩子们比他们的年龄看起来还要小，都很瘦弱。后面站着的是十五岁到十七岁之间的少年。他们当中的有些人额际较低，还长着杀手一般的沉甸甸的双手。再一次，和这些孩子站在一起时，佩里冈神甫感到一种极度的憎恶，甚至害怕。但是他必须不惜一切代价战胜这种感情。他向他们走去，而他们不知不觉地往后退去，仿佛想嵌进墙里。

"我的孩子，从明天开始直到旅程结束，我都将代替负责人先生，和你们在一起。"他说，"你们知道，你们即将离开巴黎。只有上帝知道属于我们的士兵、我们祖国的命运，只有他，以他无边的智慧，知道在未来的日子里，我们每一个人即将面临的命运。非常可能，我们的内心都承受着痛苦，因为大众的不幸是由无数个人的不幸组成的。只有在这种情况下，像我们这样盲目的、庸庸碌碌的人才能够意识到，我们是一个整体，彼此相连，我们是同一个身体上的肢体。我希望从你们这里得到的，是对上帝的信任。我们每个人嘴上都在重复：'但愿您的愿望能够实现。'而实际上，我们都在内心深处叫着：'但愿我的愿望能够实现。'但是，为什么我们要找寻上帝？因为我们希冀着幸福：正是基于对幸福的渴求，人才之所以为人，而这幸福，上帝可以立刻给予我们，无须等到死亡与复生，只要我们接受他的意愿，只要我们把他的意愿当成我们自己的意愿。我的孩子们，但愿你们都把自己交给上帝。但愿每个人都能像对待父亲一样对待上帝，但愿每个人都能够将他的生命交付到上帝无与伦比的双手之间，而神圣的和平很快就将降临到他的身上。"

他等了一会儿，望着他们。

"让我们一起念一小段祈祷文。"

三十个孩子尖厉、冷漠的声音一起背诵着《天父》，三十张消瘦的脸庞围绕着神甫；当他为他们画十字的时候，他们的额头突然低下，动作非常机械。只有一个长着苦兮兮的大嘴巴的淘气鬼将目光转向窗户，透过关闭着的百叶窗的缝隙钻进来的一缕阳光照在他娇嫩的、满是雀斑的脸上，还有他那细细窄窄的鼻子上。

没有一个孩子动一下，也没有一个孩子有所回答。随着学监的哨声，他们排好队，离开了大厅。

五

街上空荡荡的。商店的铁制卷帘门关上了。在一片寂静之中，只听得铁门发出的金属声，在暴乱或是战争时期的清晨穿透人耳膜的那种声音。就在这条街稍微远一点的地方，米肖夫妇看见停在各大部门前塞满了东西的卡车。他们摇摇头，和往常一样，手挽着手，穿过歌剧院大街，来到办公室大楼前，尽管今天早上，街上根本没有什么人和车。他俩都是银行职员，供职于同一家机构，不过丈夫已经在这家银行工作了十五年，是个会计，而妻子是几个月前才受聘来这里工作的，只是"战争期间的临时职位"。她原来是教唱歌的老师，去年九月份，她失去了所有的学生，因为害怕遭到轰炸，学生都被家里送到外省躲起来了。丈夫的薪水从来不够养活一家人，他们唯一的儿子又应征上了前线。多亏了这份临时的秘书工作，他们得以摆脱困境，维持到现在，就像她总说的那样："不要奢求不可能的事情，我可怜的丈夫！"自打违背父母意愿逃出来结婚的那天开始，他们的生活一直比较拮据，长期以来都是如此。在她消瘦的脸庞上，还保留着美丽的痕迹。她的头发已经灰白。男人个子很小，神态疲倦、漫不经心，只是有时候，当他转向妻子，看着她，冲她微笑的时候，眼睛里才会燃起略带嘲讽的、温柔的火焰——她还是那样，他想，是的，真的，几乎和过去没有分别。他挽着她跨上人行道，拾起她掉在地上的手套。她轻轻捏了一下和她握在一起的他的手，表示感谢。其他的职员正急急忙忙地冲向银行敞开的大门。他们当中的一位看到米肖夫妇经过，问道：

"我们终于能走了？"

米肖夫妇一无所知。这天是六月十日，星期一。前一天晚上他们离开时，一切似乎都还很平静。银行只是把证券送到外省，而对于如何安排银行职员没有做出任何决定。他们的命运将在一楼得到裁决，负责人的办公室都在一楼，还有两扇加厚的、漆成绿色的大门，米肖夫妇迅速地、默不作声地走过大门。在走廊的尽头，他们分手了，他上楼到会计部，而她则留在特权地带：她是负责人之一、银行真正的管理人员科尔班先生的秘书。另一个负责人是弗利埃尔伯爵（他和索罗门-沃尔姆斯家族的女子结了婚），他主要负责银行的外联，他所掌握的客户虽然有限，但都是一流的大客户。这家银行只优先接受大地主和冶金界的巨头。科尔班先生一直希望他的同事弗利埃尔伯爵能够帮助他进入马术协会。这几年来，他一直处于这份期待之中。弗利埃尔伯爵则认为他为科尔班先生所提供的好处，比如邀请他参加晚宴或弗利埃尔家族的狩猎活动已经大大抵消了银行为他提供的某些便利。晚上，米肖夫人会为丈夫模仿两位负责人见面的情景，他们尖酸的笑声，科尔班先生的怪相，伯爵的目光，这样可以稍微平复一下日常的单调劳作。但是这段时间以来，这项娱乐活动也无法进行了：弗利埃尔先生应召入伍上了阿尔卑斯山的前线，科尔班先生独自一人掌管银行。

米肖夫人带着信件走进紧挨经理办公室的一间小房间里，空气中飘荡着一种淡淡的香气。闻到这种香气，她立刻意识到科尔班的办公室里一定有人！他包养了一个舞蹈演员：阿尔莱特·克拉伊。科尔班的情妇都是舞蹈演员，似乎他对其他职业的女人都不感兴趣。再年轻、再漂亮的打字员也无法改变他的这种独特爱好。对于他的女职员，不论美丑，不论是年轻的还是上了年纪的，他都显得一样暴躁、粗俗和吝啬。这颗脑袋里发出的声音出奇地小，简直很难想象支撑这脑袋的，是这么一具肥硕、沉重、营养过剩的身体。他发火时，声音就会变得尖细，还打着颤，就像女人的声音。

今天，米肖夫人如此熟悉的这尖细的声音穿透紧闭的办公室门传出来。一个银行职员走进米肖夫人的办公室，低声说："我们要走了。"

"什么时候？"

"明天。"

走廊里，窃窃私语的影子在蹿来蹿去。大家趴在窗户上说话，或是站在办公室的门口。科尔班先生终于打开门，让舞蹈演员走出办公室。她穿着绛红色的套装，染过的头发上戴着一顶大草帽。她身材苗条，比例匀称，脸上的线条比较生硬，由于经常化妆而一脸倦色。她的面颊和前额上布着一些斑点。看上去她非常生气。米肖夫人听见她在说："您希望我走着去？"

"赶快回到修理行去，您从来都不听我的。别那么小气，他们要多少就给多少，汽车会修好的。"

"因为我已经跟您说过了，这不可能！不可能！您听得懂法语吗？"

"好了，我亲爱的朋友，那您还指望我说什么？德国人已经到巴黎城脚下了。而您还要走凡尔赛那条路？首先您得明白您为什么要去那里？坐火车走吧。"

"您知道火车站的情况吗？"

"公路也好不到哪里去。"

"您……您真是毫不知情。您就这么走了,您有两辆车……"

"我要带上档案,还有一部分人员。您让我把这些人扔哪里去?"

"我请您不要那么粗鲁!还有您妻子的汽车呢?"

"您想坐在我妻子的车里?这个主意倒是很妙!"

舞蹈演员转过身去背对着他,吆喝着一路奔跑跳跃的小狗。她牵着狗的项圈,手因为愤怒而颤抖。

"我的青春都给了一个……"

"行了,别再节外生枝了。晚上我给您打电话,看看我们还有什么解决办法……"

"不,不。我非常清楚,我只有死在马路边的沟渠里了……啊!行了,您别再说了,您真是让我恼火……"

他们终于发现秘书正在听他们说话。他们压低了声音,科尔班拽着情妇的胳膊,一直陪她走到门边。然后他折身回来,瞟了一眼米肖夫人,米肖夫人迎着他回来的方向站着,成了他恶劣情绪的第一个受害者。

"请把所有的部门负责人都喊到董事会议室来。立刻!"

米肖夫人走出办公室,传达他的命令。过了一会儿,职员们陆续走进那间大会议室。会议室正对着现任董事长奥古斯特-让的全身像。由于年龄太大,这段时间以来奥古斯特-让的思维大不如前。与现任董事长全身像并排的,还有银行创始人的大理石半身塑像。

科尔班先生站在椭圆形会议桌后面等着他们,桌子上放着九个装有吸墨水纸的垫板,指明了行政管理委员会九个人的座位。

"先生们,明天早上八点钟,我们出发前往图尔的银行分部。

我的车子会把银行董事会的卷宗带走。米肖夫人,您和您的丈夫陪我一起走。有车的人过来带上银行的同事,明天六点钟在银行大门前集合,这是指我指定必须走的人。至于其他人,我会尽力安排,否则就请他们乘火车走。谢谢,先生们。"

他消失了,大厅里响起了七嘴八舌、充满焦虑的低语声。科尔班前天还宣布说他没打算离开,说那些弄得大家惶惶不安的人都是叛徒,说银行将会坚守阵地,如果说其他机构不负责任,本行将会尽心尽责。既然我们那么谨慎才敢说出口的"撤退"是如此突如其来,也许一切都完了!女人擦拭着噙满泪水的眼睛。穿过人群,米肖夫妇站在一起。两个人不约而同地想到了他们的儿子让-玛利。他最后一封信是六月二日的。只有八天的时间。这八天以来什么事情都可能发生,我的上帝啊!在惶惶不安中,他们唯一的安慰就是对方在自己的身边。

"我们不用分离,这是多么幸福的事情啊。"她在他耳边轻声说。

六

夜幕即将降临，但是佩里冈一家还在门口等着。他们在车顶绑上了二十八年来一直装饰着那张夫妻大床的又厚又软的床垫。行李箱上又绑上了孩子们的小车和自行车。他们想要带上家里所有的包、大小行李箱，以及装着三明治的篮子、装着点心的保温瓶、孩子们的奶瓶、冷的鸡、火腿、面包，还有专门为老佩里冈先生准备的含乳面粉，最后还有猫篓，但是根本装不下。之所以拖到那么迟，首先是因为浆洗店的老板没能把床单还来，而且电话又联系不上他。佩里冈一家似乎很难放弃这些大床单，因为它们也是佩里冈-马尔泰特家族遗产的一部分，和首饰、银器以及藏书一样重要。整个上午都花在找这些床单上了，浆洗店老板本人也正准备出发。最后，他终于将佩里冈家的财产还给了他们，只不过成了一团又潮又皱的破布。佩里冈夫人连午饭都没吃，亲自监督将这些床单包裹装箱。还有，本来说定仆人、于贝尔和贝尔纳乘火车走的，但是所有火车站的铁栅栏都关上了，而且有卫兵把守。人群贴着栅栏的铁条，摇动着，然后又涌向周围的街道。女人边哭边跑，手里抱着孩子。最后的出租车被拦住了，有人出三千法郎的高价离开巴黎。"到奥尔良就行了……"但是司机统统予以拒绝，他们没有汽油。佩里冈一家总算回到家里。他们最终找到一辆小卡车，能带上玛德莱娜、玛丽亚、奥古斯特、贝尔纳以及还需要抱在手里的小弟弟。至于于贝尔，他将骑车跟在车队后面。

德莱塞林荫大道上，在很远的地方就能看见，从一座房子的门口陆续走出一队女人、老人和孩子,开始时还试图保持安静,很快他们就变得狂热起来,最终带着一种近乎病态、疯狂的激动将家里人和行李塞进一辆雷诺、一辆旅行轿车和一辆老式双座敞篷汽车。透过窗户看不见一丝光亮。星星开始出现在天际,春天的星星,闪耀着银色光芒。巴黎散发出最为柔和的一种味道,那是正在开花的栗子树的味道、汽油的味道和齿间咀嚼稻谷时的那种李子一般的味道。黑暗之中,越来越能感受到危险的存在。空气中都能嗅出恐惧的气氛,静谧之中的恐惧。哪怕平日里最冷漠、最安静的人也无法阻止这种混乱和致命的恐惧。每个人在看自己的家时,心都不自禁地揪紧了,他们在想:"明天也许它就将毁于一旦,明天,我什么都没有了。我们没有伤害过别人,为什么会这样?"同时,他们的心里也会掠过一种无所谓的感情:"这又有什么关系呢!这只是些石头、木头,一些呆滞的没有活力的东西!最主要的是逃命!"谁会想到祖国的不幸?反正不是这些人,不是今天晚上走的这些人。害怕废黜了一切非本能的东西,它是一种动物性的颤抖。要抓住这个世界上最珍贵的东西,其他的根本顾不上!……在这个夜晚,只有活着、能呼吸、能哭能爱的东西最有价值!很少有人会惋惜自己的财富;双臂间拥着的,是女人或者孩子,其他一切都不再重要,其他的一切都可以在烈火中毁于一旦。

竖起耳朵能够听到天上的飞机声。法国的飞机还是敌人的飞机?没人知道。"快点,快点。"佩里冈先生说。但是他们一会儿发现忘了花边盒,一会儿又发现忘了熨衣板。根本没办法让仆人注意条理。他们害怕得直抖,他们想要离开,但是机械服从的意识超越了恐惧,他们坚持按照某种仪式完成一切,就像出发去乡间度假前那样。箱子里所有的一切都必须摆放在往日摆放的地方。他们根本不清楚究竟发生了什么事情。他们好像在两个时间的跨度中行动，一半是在现在，一半沉浸在过去，似乎所有这些事件只渗入他们一部分意识，而且是最表面的那部分，而深层的那个意识区域则在不安之中昏睡着。奶妈披散着灰色的头发，紧闭着双唇，眼睛因为过度流泪红肿不堪，她正在叠刚刚熨好的雅克琳娜的手绢，动作之有力与准确，令人着实吃惊。已经坐进汽车里的佩里冈夫人叫她，但是这个上了年纪的女人没有回答，甚至没有听见。于是只好让菲利普上楼找她。

"来吧，奶妈，你怎么啦？必须走了。你究竟怎么了？"菲利普握着她的手，柔声地重复道。

"啊！不要管我，我可怜的小东西。"她呻吟道，她忘记自己很久以来只叫他"菲利普先生"或是"神甫先生"，仿佛出于本能，又像很久以前那般用"你"称呼他，"别管我，你走吧。你是好人，但是我们都迷路了！"

"不是这样的，别这样伤感，我可怜的老奶奶，不要管这些手绢了，赶快穿好衣服下楼，妈妈在等你。"

"我再也看不到我的儿子们了，菲利普！"

"不会的，不会的。"他说，他亲自为老人梳理头发，将她散落的几缕乱发整理好，为她戴上黑色的草帽。

"你会为我的儿子向圣母祈祷的，是吗？"

他在她的面颊上轻轻地吻了吻。

"是的，是的，我向你保证。现在走吧。"

在楼梯上，他们碰到了前来找老佩里冈先生的司机和看门人。一直到最后一刻他们才来找他，省得他经历那种混乱的场面。奥古斯特和看护刚给他穿好衣服，老人前不久动过手术，他身上绑着交叉纵横的绷带；这个季节的夜晚还比较凉，他们给他系上了一条又大又宽的法兰绒腰带，以至于他整个身体被包裹得严严实实，好像一具木乃伊。奥古斯特为他扣上老式皮靴的袢子，递给他一件保暖而轻便的毛衣，然后又给了他一件外套。老佩里冈先生之前仿佛一个直挺挺的老布娃娃，任由他们摆布，一句话也没说，此时却突然从梦中醒了似的，咕哝道："羊毛背心！……"

"先生，会热的。"奥古斯特提醒他说，不想理睬他，继续做着自己的事情。

但是主人用苍白、呆滞的目光盯着他，提高声音重复道："羊毛背心！……"

他们把羊毛背心给了他。接着为他穿上长外套，披上披肩，围着脖子绕了两圈，在后面用保险别针固定好。然后他们把他弄进轮椅里，要把他从五楼抬下去，轮椅进不了电梯。看护是一个结实的阿尔萨斯人，红头发，他眼见轮椅进不了电梯，于是倒退到楼梯那里，张开双臂抱着这个沉重的负担，奥古斯特自觉地在后面帮他撑着。两个男人在每一层的楼梯平台上都要停一会儿，擦拭额头上的汗水，而老佩里冈先生则一脸肃穆地欣赏着天花板，微微地晃动着自己漂亮的胡须。没有人知道在这匆忙的出发时刻，老先生究竟在想什么。但是，和人们所猜测的正相反，对于最近发生的事件他非常清楚。给他穿衣服的时候，他低声说："一个明亮的、美丽的夜晚……我倒是不会感到惊讶……"

他似乎睡着了，过了一会儿，在过门槛的一瞬间，他才把他这句话说完："我倒是不会感到惊讶，如果我们在半路上被炸死!"

"怎么能这么想,佩里冈先生!"看护感叹道,出于职业习惯,他对所有事均抱乐观态度。

但是老人已经又恢复到一贯的那种深深的漠然。大家好歹算是把他的轮椅抬出了家门。老佩里冈先生被安置在车内右手的角落,那里吹不到穿堂风。他的儿媳伸出因为不耐烦而颤抖的手,为他围上一条苏格兰围巾,因为他喜欢拿围巾上长长的流苏编着玩儿。

"一切就绪了?"菲利普问,"那好,现在赶快走吧。"

如果明天早晨之前能出巴黎城门,他们就算幸运了,他想。

"我的手套。"老人叫道。

大家把手套递给他,好不容易才将手套拉上他因为穿着毛衣而格外粗的手腕。老佩里冈先生丝毫不给人省心,还硬是叫人把搭扣给扣上。最后总算一切就绪。艾玛努埃尔在奶妈的怀里哭叫。佩里冈夫人拥抱了丈夫和长子。她紧紧地抱着他们,没有哭,但是他们都能感觉到她急促的心跳就贴着自己的心口。司机发动了汽车。于贝尔也骑上了自行车。老佩里冈先生举起手。

"等一等。"他用平静、虚弱然而清晰的声音宣布道。

"怎么了,我的父亲?"

但是他做了个手势,表示不能和儿媳说。

"您是不是忘了什么东西?"

他低下头。车子停下来。佩里冈夫人因为恼火而面色苍白,她向车门探过身去。

"我想爸爸大概是忘了什么东西?"她冲站在走廊上的那一小群人叫道,那是她的丈夫、儿子和看护。

车子往后倒到门口停下，老人做了个小小的、几乎难以察觉的手势，将看护叫过来，在他耳边低声咕哝了点什么。

"究竟怎么了？真是发疯了！照这样我们明天还在这里。"佩里冈夫人激动地叫道，"您到底要什么，我的父亲？他到底要干什么？"她问看护。

看护垂下眼睛。

"先生想要我们把他抬上去……他有件小事情要嘱托我们……"

七

空荡荡的客厅里,查尔斯·朗日莱跪在地板上,亲手包装他的那些瓷器。他体态肥胖,有心脏病。从他那几乎喘不过气来的胸膛里发出的一声声叹息总是带着一种嘶哑的声音。空旷的公寓里只有他一个人。七年来一直为他打理家事的夫妇今天一早就吓坏了,因为巴黎人醒来,发现城市笼罩在人工烟雾之中,就像是下了酸雨一般。他们很早便出门去买食物,再也没有回来。朗日莱先生不无苦涩地想起,自从他们来到他家,他曾慷慨地付给他们那么多工资和奖金,他丝毫不怀疑,这些钱足够他们在自己的家乡买一座安静的房子或是一座远离尘嚣的小农庄。

朗日莱先生早就该走了。现在,他自己也承认这一点,但是他就像那些领导一样,无法舍弃自己很久以来养成的习惯。他怕冷,性格傲慢,在这世界上,他只爱自己的公寓和此时散落在他脚边地板上的东西:地毯已经卷起来了,放好樟脑,藏在地窖里。所有的窗户上都装饰着玫瑰色和淡蓝色相间的纸带。这是朗日莱先生亲手贴的,用他那双肥胖又苍白的手将纸带布置成星状、船状和麒麟的形状。这些纸带的确赢得了朋友们的赞赏,但主要是他自己无法生活在一种枯燥与粗俗的环境之中。在他周围,在他家里,一切组成其生存方式的东西都闪烁着美的光彩,有些东西并不怎么值钱,有些东西很珍贵,但最终,这些东西一起构建了一种特殊的氛围,柔和却光彩夺目的氛围,他觉得,应该是唯一能配得上一个文化人的氛围。二十岁的时候,他戴的一个戒指内面就用英文刻着:这美的事物是永远的罪(朗日莱先生自言自语时情愿用英语：这充满诗意和力量的语言很适合他在某些时刻的心态）。这的确有点孩子气，他后来就将这枚戒指摘下不戴了，但是这句铭文一直深深刻在他的内心，他忠实于它。

他单膝撑地，直起身来，深深地、不舍地望了一眼周围所有的东西：窗下的塞纳河，将两个客厅分隔开来的优雅中线，带有那种老式柴架的壁炉，高高的天花板，天花板上明澈的灯光。灯光透过杏色麻布的百叶窗照到阳台上，如河水般呈现出一种绿色而透明的色彩。

电话铃不时会响。巴黎城里还有些犹豫不决的人，一些怀疑弃逃是否妥当、在等待着不知什么奇迹的疯子。朗日莱先生叹着气，慢慢地摘下听筒。他鼻音很重，音调平静，仍然带着那样的超脱和幽默，他的朋友们——非常有限、非常巴黎化的一个小集团——所谓的"无法模仿的音调"。是的，他决定离开。不，他无所畏惧。他们是不会保卫巴黎城的。可在别的地方，事情也不会有什么本质区别。危险无处不在，但是他所躲避的不是危险。"我见过两次大战。"他总是说。的确如此，第一次世界大战时，他在自己诺曼底的一处房子里，因为他有心脏病，所以不需要服兵役。

"亲爱的朋友，我六十岁了，我害怕的不是死亡！"

"那您为什么还要走呢？"

"我无法忍受这种混乱，这种仇恨的爆发，战争这种令人厌恶的场面。我要去一个安静的角落，在乡间。我在那里靠几个苏过日子，直到人们重新变得明智为止。"

回答他的是一声轻轻的嘲笑：他出了名的吝啬与谨慎。别人总是这样说他:"查理①?他把所有的金币都缝在旧衣服里。"他的脸上出现了一丝尖酸、冰冷的笑容。他很清楚,别人都嫉妒他过于舒适的富足生活。他的这位朋友果真叫道:"哦!您不会不幸的。可不是所有人都像您,有那么多钱,唉!"

查理皱起了眉头,他觉得她不知分寸。

"您去哪里?"她又接着问道。

"到我在西布尔买下的一幢小破屋里去。"

"靠近边界那里?"这位朋友终于完全失去控制了。

他们冷冷地道了别。查理重新跪在半空的纸箱旁,隔着稻草和丝纸,他轻轻地抚摸着他的瓷器,南京的茶杯、韦奇伍德②的大餐桌摆设、塞弗勒的花瓶。这些东西,只要他活着,就永远不会与它们分开。但是他的心揪紧了,他也许没有办法带走那张梳妆台,那件萨克森瓷器,还有卧室里那件带有玫瑰花饰镜的珍品。这一切都要扔给迷路的野狗了!有一阵,他一动不动地跪在地板上,黑绳拴着的单片眼镜垂下来,碰到了地面。他高大健壮,细腻的头皮上头发已经不多了,但是非常精心地梳理过。在他的脸上,平日里总有一种虚情假意、充满怀疑的表情,就像一只在壁炉一角满足地呜噜呜噜叫的老猫。前一天的疲倦在这张脸上无情地留下了痕迹,松弛的下巴一下子垂了下来,好像死人一般。刚才那个傲慢的女人在电话里都讲了些什么?她的意思是说他要逃出法国!这个可怜的蠢货!她想激怒他,让他感到羞愧!但是毫无疑问,他是要离开的。只要他能到昂代,他就能想办法

---

① 查尔斯的昵称。
② 韦奇伍德是英国著名的陶瓷制品品牌,因其创始人韦奇伍德而命名。

穿越边界。他可以在里斯本短暂停留，然后离开血腥得令人恶心的丑陋欧洲。他在脑中想象着这个欧洲，一具几乎支离破碎、伤痕累累的尸体。他打了个寒战。他不属于这样的世界，不属于这具死尸，不属于这条从坟墓里爬出来的蠕虫，不属于这个残酷、野蛮、自相残杀的世界。他望着自己这双漂亮的手，这双从不曾劳作过的手，只是用来抚摸雕塑、古代金银器、精装书，有时，这双手也会抚摸伊丽莎白一世时期的家具。他，查尔斯·朗日莱，如此优雅精致，如此一丝不苟，已经达到了某种他自己意识到的高度，这一切已经成为他性格的最深层面，像他这样的人，在这样一个疯狂的世界里能做什么？他会遭到烧杀抢掠，就像一只可怜的、被投进狼群的狗。他虚弱而苦涩地笑了，看上去好像迷失在丛林之中的金色毛发的北京猿人。他和其他人之间没什么共同点。对于他们的野心、他们的恐惧、他们的懦弱和他们的抱怨，他觉得无从体会。他生活在一个和平而明亮的世界里。他生来便注定要遭到仇恨和欺骗。想到这里，他又想起了自己的仆人，冷笑了一下。这是新时代的开始，是警告，是预兆！他的双膝跪得生疼，于是他颇为费力地站起身来，双手撑腰，去厨房找来锤子和钉子，将箱子钉上。他亲自将箱子抬下楼，装进汽车：不需要让看门人知道他带走了些什么。

八

米肖夫妇五点钟起的床,因而他们还有时间在离开之前将这套小公寓房彻底地整理一下。当然,如此精心地对待这些一文不值的东西其实有点奇怪。再说,只要巴黎遭到轰炸,它们肯定也会在第一时间里毁于一旦。但是,米肖夫人想,我们总是精心地替死人穿好衣服,为他们梳妆打扮,而他们也注定要在泥土之中腐烂的。这是最后的敬意,是对自己亲爱的东西所表达的至高无上的爱意。而这座小公寓的确是他们最亲爱的东西,他们在这里生活了十六年。他们不能把所有的纪念品都带走,再说这样做也没有用,最好的纪念品都将留在这里,留在这些可怜的墙体之间。他们整理好书架底层的书和拍着玩儿的相片,以前总是说要将这些相片贴到相簿上,可是总也没有实现,从抽屉的齿槽间拿出来的这些相片已经有点发黄发卷了。让-玛利孩提时代的一张肖像已经进了手提箱,放在下面,在一件备用裙里面。银行只允许米肖夫妇带很少一点必用品:一些内衣和梳洗用具。终于,一切就绪。他们吃了饭。米肖夫人用一张大床单将床罩上,她不想让床上的玫瑰色丝绸床罩沾上灰尘,尽管床罩已经有点旧了。

"我们得走了。"丈夫说。

"你先下去,我马上就来。"她用一种恋恋不舍的声音说。

他照她的话做了,让她一个人待着。她进了让-玛利的房间。关闭的百叶窗后面,一切都是那么静谧、阴暗和悲伤。她在他的床边跪了一会儿,高声说:"上帝保佑他。"接着她关门下楼。丈夫在楼梯上等她。他拽过她,一声不吭地用力将她紧紧拥在怀里,疼得她轻轻叫了一声:"哦!莫里斯,你弄疼我了!"

"没关系的。"他嘶哑着嗓子,低声说。

银行里,所有的职员都聚集在大厅里,每个人的膝上都放着一只包,彼此间低声交换着最近的新闻。科尔班不在。人事科长在发号码牌,每个被叫到号的人可以登上分配给他乘坐的汽车。一直到中午,出发秩序井然,而且几乎没什么大的动静。中午时分,科尔班进来了,行色匆匆,一脸心烦意乱。他下到地下室,走进保险库,然后又上来,手上拿着个半藏在大衣之下的包裹。米肖夫人在丈夫耳边低声说:"这是阿尔莱特的首饰。还有他老婆的,是前天提出来的。"

"但愿他没忘了我们就好。"莫里斯感叹道,语调中带着讽刺与焦虑。

米肖夫人毅然站到科尔班经过的地方。

"经理先生,说好的,我们和您一起走,是吗?"

他做了个肯定的表示,咕哝了一声,让他们跟着。米肖先生抓住手提箱,三个人一起走出银行。科尔班先生的汽车等在那里,然而,等到他们走近,米肖眨着他那双近视的眼睛,用温和而有点拖沓的声音说:

"我看我们的位置已经被占了。"

阿尔莱特·克拉伊带着她的狗和若干箱子,占据了汽车最里面的座位。她发疯一般打开车门,叫道:

"您也许会把我扔到马路上?"

一场男女之间的争吵开始了。米肖夫妇后退了几步,但是每个字仍然清晰地传到他们耳朵中。

"但是到了图尔,我们就要和我妻子会合了。"科尔班最终边叫边给了狗一脚。

小狗呻吟了一下,躲到阿尔莱特的双腿下。

"真粗鲁!"

"啊!闭嘴,您真该闭嘴!要是前天您没和那些英国飞行员闲逛的话……水底下还有两个,我倒是想见见的……"

她重复道:"真粗鲁!真粗鲁!"声音越来越尖,但是突然,她用最为平静的语调说:

"在图尔,我有一位朋友。我不再需要您。"

科尔班看了她一眼,目光颇为残忍,但是看上去他已经听从了她的意见。他转向米肖夫妇。

"我很抱歉,你们瞧,没有你们的位置了。克拉伊夫人的车子出了点问题,她请求我把她带到图尔。我无法拒绝。一个小时后有班火车,你们还赶得上。也许会很拥挤,不过旅程也不是很长……无论如何,你们自己解决吧,尽快和我们会合。我相信您,米肖夫人。您比您的丈夫更有精神,对了,顺便提一下,米肖先生,您必须显示出更多的活力(他着重强调了'活力'这个词的几个音节),而不是像这段时间以来这样。我再也无法忍受得过且过的态度了。如果您希望继续在银行工作,就必须照我说的做。最迟明早,你们俩必须到图尔。我希望银行里所有的人都在。"

他微微挥了挥手,上车在舞蹈演员身边坐下,车子开走了。米肖夫妇站在走廊上,彼此看了一眼。

"这倒是个好办法。"米肖的声调仍然是无精打采的,他轻轻耸了耸肩膀,"冲着即将要抱怨你的人大吼大叫,这种办法还总能奏效!"

他们无法自控地笑了起来。

"我们现在做什么呢?"

"我们回去吃饭。"妻子恼火地说。

他们回到自己的家,家里挺凉的,厨房里的百叶窗关得好好的,家具都蒙上了罩子。一切都具有一种神秘、友善和温和的色调,似乎在阴影之中有个声音在呢喃:"我们在等你们。一切都秩序井然。"

"我们留在巴黎算了。"莫里斯建议道。

他们坐在客厅的沙发上,她伸出消瘦而细腻的手,像往常一样轻轻替他按摩着太阳穴。

"我可怜的小东西,这是不可能的,我们得生活,我们一个苏的积蓄也没有。你知道的,自从我动了手术以后,储蓄所的账户里只剩下一百七十五法郎了。你也认为科尔班绝对不会错过这个把我们赶出门去的好机会。经历了这样的劫难,所有机构都会裁员。无论如何我们也要赶到图尔。"

"我觉得我们根本没办法赶过去。"

"必须如此。"她重复道。

她已经站起身,重新戴好帽子,拿上手提箱。他们出了门,向火车站走去。

他们一直没能进入关闭的候车大厅。大厅的门是锁住的,由军队看管着,还有人群,贴着铁栅栏拥在一起,也组成了一道屏障。他们在火车站一直待到天黑,徒劳地抗争着。周围的人都在说:"算了。我们步行吧。"

他们带着一种疲惫不堪的恐惧说着这句话。看上去他们并不相信自己能这么做。他们望着四周,等待奇迹的出现:一辆汽车、一辆卡车,或者随便什么能将他们带走的东西。但是什么也没有出现。于是他们朝着巴黎城门的方向走去，穿过城门，在漫天灰尘中拖着自己的行李，走着，往郊区、农村走去，一边走一边想："我是在做梦吧！"

和其他人一样，米肖夫妇也踏上了远征之路。这是六月一个闷热的夜晚。走在他们前面的是个穿着丧服的女人，白色的头发上歪歪斜斜地扣着一顶饰有黑纱的帽子，她在路上的石头间磕磕绊绊地走着，一边做着疯疯癫癫的手势一边咕哝着："祈祷吧，幸好我们不是在冬天撤离……祈祷吧……祈祷吧！"

九

六月十一日到六月十二日的这个晚上，加布里埃尔·科尔特和芙洛朗丝是在自己的汽车里度过的。他们傍晚六点钟抵达，而旅馆里只剩下顶层的两个小房间。加布里埃尔怒气冲冲，大步走完了这两个房间，猛然推开窗子，倚着灯光下的扶栏探出身去，过了一会儿他站起身，毅然说道："我不要在这里。"

"我们没有别的房间了，先生，我很抱歉。您想想看，有那么多避难的人，连我们的台球桌上都睡满了人。"饭店老板脸色惨白，精疲力竭，"你们已经算是舒服的了！"

"我不要在这里。"加布里埃尔一边跨过门槛，一边重复道，他一字一顿地说，用那种金属撞击般的声音，那种和出版商讨论到最后的声音。"如果这样，我就无话可说了，先生！"出版商于是乎软下来，将稿酬从八万法郎提到十万法郎。

"我没有别的房间了，什么房间都没有了。"

"您知道我是谁吗？"突然，加布里埃尔平静地问，平静得令人害怕，"我是加布里埃尔·科尔特，我告诉您，我情愿在我的汽车里过夜，也不会要这样的老鼠洞。"

"您走出这个门，就会在楼梯平台上看到十家人。"受到伤害的饭店老板反驳说，"他们会跪在地上求我把房间租给他们。"

科尔特爆发出一阵夸张的、冰冷的、蔑视的笑声。

"我肯定不会和他们争的。永别了，先生。"

他不会向任何人，包括在大厅里等他的芙洛朗丝承认，为什么他不要这个房间。刚才向窗户走去时，他看见就在旅馆附近有一个油库,稍微远一点的广场上,他觉得好像还停着坦克和装甲车。

"我们会被炸死的!"他想,不由一阵发抖,那么突然,那么深入骨髓的一阵颤抖,以至于他想:"我病了,我在发烧。"是害怕吗,加布里埃尔·科尔特?不,他可不能害怕!他带着一种蔑视和怜悯微笑着,仿佛是在回答一个看不见的对话者。他当然不是害怕,但是,由于他再一次探出身去,他看见了阴沉沉的天空,那里仿佛随时都会投下战火与死亡,于是这种可怕的感觉又一次占据了他,先是深入骨髓的战栗,接着是虚弱,恶心,五脏六腑的抽搐,他觉得自己就快要晕倒了。管它是不是害怕呢!现在他逃走了,身后跟着芙洛朗丝和贴身女仆。

"我们去车里睡,"他说,"一个晚上很快就过去了。"

过了一会儿,他又想起来,他们本可以早点换家旅馆,但是就在他犹豫的时候,一切都已经太晚了:就在巴黎过来的这条公路上,缓缓地流淌着一条由小车、卡车、大车、自行车组成的车流,其间还掺杂着丢弃了农庄、逃向南方、拖着孩子和羊群的农民的套车。到了半夜十二点,整个奥尔良地区已经没有一个空房间,没有一张空床了。人们在咖啡馆、在大街上、在火车站席地而卧,头靠着箱子。车子堵成这样,根本没办法出城。有人说已经设了路障,好留条路给部队。

汽车将车灯全部熄灭,悄无声息地陆续来到广场,车里满得都像要爆开了,载着行李、家具、孩子们的小车,鸟笼,放置内衣的箱子和篮子,每辆车的顶上都牢牢地系着床垫。这些车组成了东拼西凑的一个脆弱整体,似乎不需要借助引擎的力量,单靠自身的重量便可以沿着斜坡慢慢地滑到广场上。这条车流此时已经没有任何出口，车子仿佛渔网里的鱼一样彼此贴着，甚至让人觉得，只要一提渔网，就可以把它们一股脑儿地拎起来，扔上可怕的海岸。听不到哭声、叫喊声，连孩子们都没有出声。一切都那么安静。有时，车窗摇下去，会出现一张脸抬头长久地仰望着上天。压抑的呼吸，叹气，低声的、仿佛怕被躲在暗处的敌人听了去的交谈，组成了一种虚弱、喑哑的嘈杂，在人群中蔓延。有些人想睡一会儿，额头撞在箱子角上，双腿痛苦地缩在狭窄的板凳上，或是将灼热的脸颊贴着车窗玻璃。不同车内的年轻的男男女女彼此呼唤着，有时还发出快活的笑声！但是星光闪耀的天际出现了一个黑点，吸引了所有人的注意力，笑声停止了。这不是单纯意义上所说的焦虑，而是一种奇怪的忧伤，不包含任何人类情感的特征，因为这里面既没有勇气也没有希望，只是像动物等待死亡时那样。就像嵌在渔网里的鱼，望着渔夫的影子走过来走过去。

飞机突然出现在他们头上，大家都听见了它纤细然而尖锐的声音，一会儿远去消失了，一会儿又重新回到城市上空，引领着城市里成千上万种声音，令所有急促的呼吸声无法继续。河流、金属桥、铁轨、火车站、工厂的烟囱都泛着柔和的光芒，那么多的"战略要点"，那么多可供敌人攻击的目标。而对于这静默的人群来说，就是那么多的危险！乐观主义者说："我觉得这是法国的飞机！"法国的、敌人的，没有人知道。但是现在它不见了。有时可以听到远方传来的爆炸声。"幸亏炸的不是我们。"人们幸福地感叹道："炸的不是我们，是别人。我们真有运气！"

"什么样的夜晚啊！什么样的夜晚啊！"芙洛朗丝呻吟着。

加布里埃尔就像将骨头扔给狗一样扔给她一句话，几乎听不太见，仿佛是从紧闭的双唇间挤出的一丝气流："我就不睡了吗，我，是不是？像我一样做就行了。"

"但是，我们本来可以有间房的！因为我们本来运气好得令人难以相信，可以有间房的！"

"你还说这是令人难以相信的好运气？就那间污秽不堪的屋顶房？那间散发着恶臭和阴沟气味的破房子？你没有注意到吗，它就在厨房上面？你让我住在那里？你希望看到我在那样的房间里？"

"但是加布里埃尔，你又把它看成自尊心的问题了。"

"好了，让我安静一会儿吧，行不行？一直以来我都想过这个问题，有些很细微的东西……"他在寻找合适的词语，"一些很细微的可耻之处，你感觉不到。"

"我感觉屁股疼。"芙洛朗丝叫道，在这一瞬间，她突然忘记了自己这五年以来的生活，她用戴满戒指的手拍打着自己的臀部，像个下等人那样用力地拍着，"哦！行了！行了！我真是受够了！"

加布里埃尔转向她，气得脸色苍白，鼻子也一歙一张。

"那你滚啊！行啊，滚吧！我把你扔出去好了！"

就在他说话的这个当口，一束强光突然照亮了广场。这是飞机丢下来的烟火。话语凝结在加布里埃尔的唇边。烟火熄灭了，但是天空似乎布满了飞机。它们在广场上来来回回地飞着，大家都这么说。人们纷纷抱怨："我们的飞机呢，我们的飞机在哪里？"

在科尔特的左手边有一辆可怜的小车，车顶上除了床垫以外，还系着一张客厅用的独脚小桌，圆桌面，还带着沉重又粗俗的青铜装饰。车里坐着一个戴鸭舌帽的男人和两个女人,一个女人将孩子抱在腿上,另一个女人则拿着鸟笼。他们想必在路上遭遇了车祸。车身被划伤了,防冲击装置也弄得坑坑洼洼,还有那个拿着鸟笼的胖女人,她的头上绑着布条。

右手边,加布里埃尔看到一辆小卡车,装满了那种农民去集市卖家禽用的柳条筐,而此时这些柳条筐装的都是猎犬。卡车的车门离加布里埃尔的车门很近,加布里埃尔看见一个上了年纪的妓女模样的人,橘红色的头发乱成一团,额头很低,线条生硬,眼眶画得五颜六色。她定定地看着他,嘴里嚼着面包。他不禁抖了一下。

"多么丑陋啊,"他咕哝道,"多么可憎的面孔!"

他被击垮了,转过头,冲着车里,闭上了眼睛。

"我饿了。"芙洛朗丝说,"你呢?"

他示意说不饿。

她打开柳条箱,取出几块三明治。

"你今天晚上没吃饭。听着,理智一点。"

"我吃不了,"他说,"我想我一口也吞不下去。你没看到那边那个又老又丑的女人,拿着鸟笼,包扎的布条全是血的那一个?"

芙洛朗丝拿了一块三明治,将其余的分给贴身女仆和司机。加布里埃尔用手捂住耳朵,不想听见仆人咀嚼面包的声音。

十

佩里冈一家在路上快一个星期了,他们着实不太走运。在日安,他们停留了两天,因为汽车故障。又走了一段以后,在这难以想象的混乱与拥挤之中,小车撞上了装着仆人和行李的小卡车,这事情发生在讷韦尔附近。幸好佩里冈一家在哪里都能找到一两个朋友亲戚什么的,而且都有大房子、漂亮的花园,食品柜里也都是满满的。有一位里昂马尔泰特家族分支的表亲收留了他们四十八小时。但是恐惧渐渐在蔓延,就像熊熊火焰一般,从一个城市传播到另一个城市。车子勉勉强强算是修好以后,佩里冈一家又重新上了路。星期六中午,非常不幸,如果车子再不检修处理,就一步也动不了。佩里冈一家在离国家公路不远的一座小城镇停下来,还希望能找到一间空房。但是城镇的街道上已经停满了各种各样的交通工具;空气中回荡着使用过度的刹车那吱吱嘎嘎的声音;河流前的广场成了波希米亚人的营地;精疲力竭的男人席地而卧,其他的就在草坪上梳洗。一个年轻的女人在树上挂了一面小镜子,站在那里涂脂抹粉,梳理头发。另一个女人就着喷泉洗孩子的包袱。镇上的居民都走出家门,怀着深深的恐惧欣赏着这一幕场景。

"可怜的人!不过真是得看一看才知道!"他们不无怜悯地说,同时隐隐地有一种满足:这些难民来自巴黎,来自北面、东面,来自那些即将被侵占、受到战争威胁的省。然而他们,他们还过着安静的日子。时光在流逝,士兵在打仗,然而五金制品店老板和服饰用品店老板杜布瓦小姐仍然在继续卖他们的锅子,卖他们的缎带,继续在厨房里喝着热汤；晚上，关上木头栅栏，继续将他们的小花园与世界的其他部分隔绝开来。

白天，汽车都在等着加油。油已经开始紧缺。镇上的人问难民有什么新消息，难民也不知道。有一个人宣称说"我方在莫尔万山等着德国人"。但是对于这些话，大家都是半信半疑。

"瞧，他们在十四号没能挺进很远。"胖胖的药店老板一边摇脑袋一边说。所有的人都表示赞同，仿佛十四号那天流的血组成了一道能够永远抵抗敌人的神秘的屏障。

其他的车也陆续地抵达，接着又是一批。

"他们看上去多么疲惫，多么热啊！"这些人重复道，但是没有一个人想到打开门，请某个不幸的人进去，让他进入在屋后能够隐隐约约看见的树荫下的小天堂，给他一张位于树荫下，醋栗树下或玫瑰花丛中的木凳。太多疲倦的、失血的、满是汗水的脸，太多哭闹的孩子，太多颤抖的嘴在问："您知道哪里还有房间吗？还有床位吗？""您能不能告诉我哪里有餐馆，夫人？"这一切打击了镇上人的慈悲之心。这可怜的人群已经没有人样了，仿佛溃散的畜群。而这些人之间有种奇怪的一致性。衣服都是皱巴巴的，面容憔悴，声音嘶哑，这一切让他们彼此极为相似。他们所有人都拥有相同的手势，说着同样的词语。从汽车里出来，他们都有点步履蹒跚，仿佛喝了酒一样；他们都将手撑在额头上，撑在生疼的臀部。他们都会感叹道："上帝啊，什么样的旅途啊！"他们都会嘲讽说："我们可真够漂亮的，嗯？"他们都会抬起手，指一指某个看不见的地方说："不管怎么说，似乎到那里就会好些的。"

在火车站的一个小咖啡馆附近，佩里冈夫人让她的车队停了下来。他们开箱取出了一个食品篮。然后要了啤酒。隔壁那张桌上,有个漂亮的小男孩正在平静地吃着一块面包片,他穿着优雅,只是绿色的长外套已经破了。小男孩旁边的椅子上,一个躺在垫着衣服的篮子里的婴儿在哭叫。佩里冈夫人凭借自己的眼光,一下子就瞧出这些孩子出生良好,觉得可以跟这样的人家说话。于是她友善地和小男孩打了招呼,等孩子母亲出现时,又和母亲攀谈起来。她是从兰斯来的,她颇为羡慕地看了一眼佩里冈家孩子吃的点心。

"妈妈,我很想要块巧克力来就我的面包。"穿着绿色外套的小男孩说。

"我可怜的小东西!"年轻女人将婴儿抱在膝头,想要让他安静下来,"我没有,我没能有时间去买,今天晚上到了外婆家你会吃到很好的甜点。"

"您能允许我赠送给您几块饼干吗?"

"哦!夫人!您太好了!这可不行!"

"可是我请求您……"

她们用一种最活泼、最优雅的语调在说话,都像是平时接受或拒绝一块小点心或是一杯茶时的动作和微笑,但是婴儿在哭闹。一波又一波的难民走进咖啡馆,带着他们的孩子、行李和狗。一只狗闻到了篮子里小猫阿尔贝的气味,欢快地叫着跑到佩里冈一家的桌下,而穿着绿衣服的小男孩无动于衷地吃着饼干。

"雅克琳娜,你的包里还有麦芽糖。"佩里冈夫人一边说一边做了一个小小的手势,她看了雅克琳娜一眼,意思是在说:"你很清楚,应该和一无所有的人共享,在不幸之中,大家应该互相帮助。这是将你所学的基督教教义用于实践的时刻。"

她觉得颇为自得，一方面她发现自己什么都有，另一方面她发现自己是多么仁慈！应该说这体现了她的远见和她的善心。她不仅将麦芽糖送给小男孩，还送给了一家比利时人，这家人是和鸡笼一起挤在一辆小卡车里来的。她为孩子们添了一点葡萄小面包，又叫人拿来了气泡水，还为老佩里冈先生准备了淡味的浸液。于贝尔离开去找房间了。佩里冈夫人也走出咖啡馆，她问了路，她在找市中心的教堂。很多家庭就在教堂的走廊上和大石阶上安营扎寨。

这是一座白色教堂，很新，她还能闻到刚刷上的油漆的气味。在她的内心世界，她过着双重的生活，一面是世俗的日常节奏，另一面却是狂热而奇怪的存在。教堂的一角，一位修女正在换圣母脚下的鲜花。她不紧不慢地，带着平静、温和的微笑，将枯枝剪去，把新鲜的玫瑰花扎成很大的一束。大家都能听见她拿剪刀修枝的声音和踏在石板上轻轻的脚步声。一位老神甫走向告诫座。一个上了年纪的女人在椅子上睡着了，手里拿着念珠。圣女贞德的雕像前点着很多大蜡烛。在这阳光下，在这耀眼的白墙间，所有这些小小的火焰都在舞蹈，苍白、透明的火焰。在两扇窗户之间有一块大理石板，上面用金字刻着第一次世界大战阵亡战士的姓名，闪闪发光。

但是人越来越多了，他们像潮水一般涌进教堂，震动着教堂的墙壁。女人、孩子，她们来感谢上帝能够让他们一直走到这里，或是在为接下来的旅程祈祷。有些人在哭，有些人受伤了，头上扎着布条或者吊着胳膊。所有的脸上都布满了红斑，衣服都是皱巴巴脏兮兮的，破烂不堪，看上去这些人应该是衣不解带地睡了好几夜。在一些失血的、满是灰尘的脸上，流淌着如同泪珠一般的大汗珠。女人突然就闯了进来,扑进教堂,仿佛扑进一处不可侵犯的避难所。她们是那么激动,那么狂热,似乎根本无法安静下来。她们从一个跪凳移到另一个跪凳,跪下去,站起身。有些女人撞到了椅子上,神情之间充满了恐惧和惊慌,仿佛夜鸟飞进了灯光明亮的房间。但是渐渐地,她们还是安静下来,将脸埋在手中,站在黑色的大十字架前,精疲力竭、哭干了眼泪的她们终于找回了安宁。

佩里冈夫人念完祈祷,走出教堂。走到街上,她想补充一下因为自己的慷慨大大减少的饼干,走进了一家大食品店。

"我们什么也没有了,夫人。"营业员说。

"什么?连一小块黄油、一个香料蜜糖面包也没有了?什么也没有了?"

"什么也没有了,夫人。所有的都卖光了。"

"那给我一斤茶,锡兰红茶,可以吗?"

"什么都没有了,夫人。"

佩里冈夫人问还有没有别的食品商店,但是在别的商店,她也一无所获,什么都没买到。难民把这座城镇抢掠一空。在咖啡店附近,她遇到了于贝尔。他没有找到房间。

她叫道:"什么吃的也没有,商店里全空了!"

"我嘛,"于贝尔说,"我倒是找到两处家具完备的房子。"

"啊?真的?在哪里?"

于贝尔由衷地笑起来:"一处是卖钢琴的,还有一处嘛,是卖葬礼用品的!"

"你真傻,我可怜的孩子。"母亲说。

"我想,事情照这样发展下去,珍珠花圈一定会走俏的。我们可以囤积一点,您不认为吗,妈妈?"

佩里冈夫人只是耸耸肩。踏进咖啡馆时,她看见了雅克琳娜和贝尔纳。他们满手都是巧克力和糖,正在向周围人分发。佩里冈夫人一步便跳了过去。

"你们是不是想回去!你们都在干什么?我禁止你们碰食物。雅克琳娜,你会受到惩罚的。贝尔纳,你父亲会知道这件事情。"她拽着两个做错了事的孩子,重复道,孩子们都吓坏了,可是她坚如磐石,丝毫不为所动。基督教的仁慈,数个世纪文明所沉淀的宽容仿佛无用的装饰一般离她而去,暴露出她那颗冷漠的、赤裸裸的灵魂。在这充满敌意的世界里,他们是孤零零的,她的孩子和她。她必须保护她的孩子,不能饿着他们。其余的一切都不重要。

十一

莫里斯·米肖和让娜·米肖一前一后走在种着杨树的宽阔马路上。他们的周围、前面、后面全都是逃亡者。公路起伏不平，一个个地势稍高的地方将公路切成了一块块广场，他们到了其中一个地势稍高的地方后，极目眺望，看见的是在漫天灰尘中拖着脚步的混乱人群，一直延伸到地平线。稍微有点钱的还能有辆两轮推车什么的，或是孩子的小车，再或是那种架了四层板的大轮推车，车子上堆满了行李，几乎被箱包、猎犬、沉沉睡去的孩子的重量压弯了支架。而这些人都是穷人，最倒霉的人，老弱病残，不知道如何解决问题的人，被挤到最后的人。当然，他们之中也还有一些胆小怕事的人，一些直到最后仍然为了车票价格、旅途花费与危险而犹豫不决的吝啬鬼。但是突然之间，他们也像别人一样，感到非常恐慌。他们不知道为什么要跑：整个法国都身处战火之中，到处都是危险。他们肯定不知道自己要去哪里。倒在地上的时候，他们在想，他们也许再也起不来了，他们也许就死在这里，而既然是死，还不如死得平静一点。飞机靠近的时候，他们是最早一批站起身来的人。在他们之间，有一种怜悯，一种仁慈，有一种只有平民老百姓之间才会有的积极、谨慎的同情，特别是在充满恐惧与悲苦的时刻。不下十次，一旁粗壮的大嫂向让娜·米肖伸出胳膊，架着她往前走。让娜自己也牵着别人的孩子，而她的丈夫肩上一会儿背着一包衣服，一会儿又背着一只篮子，里面装着一只活兔子和一些土豆，那是来自一位步行离开楠泰尔的瘦小老太太的唯一财产。疲劳、饥饿、焦虑,可是莫里斯·米肖没有感觉到不幸。他的思维方式颇为奇特,他很少关注自己;想到自己时,他不像其他男人一样,觉得自己是无可替代的稀有生物。对于这些正在承受苦难的旅途同伴,他抱有一种怜悯之心,但是这种怜悯是明澈而冷静的。无论如何,人类这种大规模迁徙也许是由自然法则决定的,他想。也许,定期的大规模迁移对于人类来说是必不可少的,就像兽群需要转地饲养一样。他从这样的想法中得到了一种奇怪的安慰。他周围的这些人以为命运特别不愿放过他们,不愿放过他们这可怜的一代人。但是他想的不一样,他想到的是自古以来所发生的人类大规模逃难。多少人就在这片土地上(在别的地方也是一样)倒下,血泪交加,将孩子紧紧地抱在胸口:没有人会满怀同情地想到这些不计其数的死者。在他们的后代看来,他们与被割破喉咙的鸡之间没有多大差别。他想象着,他们那哀怨的身影从公路上竖起来,冲着他耳边低声道:"我们比你更早地经历了这一切。为什么你要比我们更幸福?"

他身边的一位粗壮的大嫂呻吟道:

"我们从来没有看到过这么可怕的事情!"

"不,夫人,不是这样的。"他温和地回答道。

看见第一批溃败的军队时,他们已经走了三天的时间。法国人的信心也许是太强了,看到这些士兵时,难民们竟认为法国是要全面投入战斗了,认为一定是司令部下了命令,让这些至今毫发无损的部队分小队赶到前线会合。这种希望支撑着他们。士兵的话不多。几乎所有人都很阴郁,心事重重。有些士兵缩在卡车里睡着了。坦克在漫天的灰尘里慢慢前行,周身都用树枝做了掩护。在被炽热的太阳晒焦的枯叶间，是一张张苍白、疲倦的脸，脸上的表情，是一种极度的愤怒与极度的疲倦。

米肖夫人总以为儿子就在他们之中。其实没有一天她真正看见儿子部队的番号，但是她处在某种幻觉里：每每出现一张陌生的面孔，每每接触到他人的目光，每每听到耳边响起年轻的声音，她的心都不自觉地揪紧了，她会突然停下来，用手捂住胸口，虚弱地喃喃低语：

"哦！莫里斯，这不是……"

"是什么？"

"不！没什么……"

但是他没有被糊弄过去。他摇摇头。

"你看谁都是你的儿子，我可怜的让娜！"

她只是叹口气。

"他们很像，你不觉得吗？"

不管怎么说，这是有可能发生的。他可能会突然出现在她身边，她的儿子，她死里逃生的让-玛利，用他那快乐、温柔的声音，那种虽然男性化可是非常温柔的声音冲着她喊："你俩在这儿干什么呢？"

噢！只要能看见他，紧紧地抱着他，用唇去感受他那清凉、粗糙的面颊，看见他那美丽的双眼，四目相对，看见他那具有穿透力的生动的目光，这就够了。他的眼睛是浅褐色的，像女孩子一样有着长长的睫毛，这双眼睛看得透那么多事情！从他孩提时代起，她就教他如何看待周围人滑稽而感人的一面。她喜欢笑，总是对人抱有同情之心，"你的狄更斯精神，小妈妈。"他总是说。他们之间是多么心有灵犀啊！他们总是在一起快活地——有时也会毫不留情地——嘲笑他们不喜欢的人。接着，只消对方一个词，一个动作，一声叹息，他们就立即作罢。莫里斯和他们不一样：莫里斯更严肃，更冷漠。她爱莫里斯，欣赏他，但是让-玛利……哦！我的上帝啊，让-玛利是她想要成为的人，是她所梦想的一切，他具备她身上最优秀的品质，她的快乐，她的希望……"我的儿子，我的小爱人，我的让诺特。"她想，他五岁的时候，她就给他起了这么个绰号，那时，她总是轻轻地拽过他的耳朵，抱着他，让他的脑袋冲后仰着，她用她的唇逗弄着他，他爆发出一串串的笑声。

越往前走，她的思维越是混乱和狂热。她很擅长走路：年轻的时候，逢到短假，莫里斯和她总是背着背包在乡间游荡。没钱住旅馆，他们就这样不停地走，带上食物和睡袋。因此，比起她的同伴来，她并不觉得非常累，但是这万花筒一般的场景，这些陌生的脸不停地从她面前经过，出现在她眼前，又从她眼前离去、消失，令她感到一种揪心的痛苦，比体力上的疲劳还要糟糕。"就像旋转木马，我掉进了陷阱。"她想。在人群之中，汽车就像水面上漂浮的草茎一样，激流经过，它们会因为某种无形的东西彼此连在一起。让娜转过头，不去看那些汽车。汽车所散发出来的汽油味污染了空气，它的喇叭声震得行人耳朵都要聋了，可是毫无作用，人们根本不会给它们让道，让它们通过。看到司机无可奈何的愤怒，看到他们只好闷闷不乐地服从，难民的心里感到一种快慰。他们互相告慰："他们并不比我们跑得快！"一种共同承受不幸的感觉让他们感到很温暖。

逃亡者分成一个个小组。谁也不知道是怎样的偶然性让他们在巴黎的城门口彼此团结在一起，反正现在他们不会分开了，尽管没有人知道身边的人叫什么名字。和米肖夫妇走在一起的是一个又高又瘦的女人,穿着一件可怜的破旧长外套,还戴着假首饰。让娜一直在想,出于什么样的动机,能够让一个女人逃亡时还不忘在耳朵上挂两个镶碎钻的大颗人造珍珠,在手指上套几个红红绿绿的石头,在外套上别一枚镶黄玉的玻璃别针。跟在米肖夫妇身后的是一个看门人和她的女儿。母亲是小个子,面色苍白;女儿胖乎乎的,很粗壮。两个人都穿着黑衣服,拖在身后的行李中有一张画像,画像上是一个留着浓密的黑色小胡子的男人。"这是我丈夫,他是守公墓的。"母亲说。母亲的妹妹已经怀孕了,也和她走在一起,还推着一辆婴儿车,车里睡着个孩子。这个女人还那么年轻!她也是的,每当经过军人的车子,她总是颤抖着,在人群中找寻什么人似的。"我丈夫就在那里。"她说。那里,或者也许是这里……一切都是可能的。而让娜也上百次地告诉过她……但是她自己都不知道说了些什么,"我的儿子也是,我儿子也是……"

他们还没有遭受到扫射。因此开始时,他们丝毫不清楚发生了什么事情。他们听到了一声爆炸,接着又是一声,然后是叫喊声:"快逃命啊!卧倒!趴下!"他们本能地将脸贴在地上,让娜混乱地想:"我们的样子一定很滑稽!"她不害怕,但是她的心狂跳不止,她气喘吁吁地用手捂住胸口,靠在一块石头上。她感觉到自己嘴巴下面有什么东西在摩挲着她,是一株顶着玫瑰色铃铛花的小草。她想起来了,刚才他们躺在地上的时候,有一只小蝴蝶不紧不慢地从一朵花飞到另一朵花。终于,她听见耳边有个声音在说:"结束了,他们都走了。"她站起身,机械地掸了掸满是灰尘的裙子。她觉得似乎没有人受伤。但是走了一会儿,他们看到了第一批死人：两个男人和一个女人。他们的身体已经被炸散，但是出于偶然，三个人的脸都完好无损，那么暗淡，那么平庸的脸，神情愕然、专注，甚至有点愚蠢，似乎想要弄明白究竟发生了什么事情。上帝啊，对于战争中的死亡，人们是多么无能为力！对于死亡，人们又是多么无能为力啊！女人终其一生大概只说过"韭葱又涨价了"，或是"是猪弄脏了我的地砖吗"之类的话。

但是我又知道些什么呢？让娜问自己。也许在这不高的额头下，在这暗淡、散乱的头发下有着某种智慧财富和某种柔情。可是在别人眼里，莫里斯和我，我们不就是一对贫穷的小职员吗，除此之外我们还能是什么？从一方面来说的确如此，可从另一方面来说，我们是罕见的，珍贵的。我也知道这一点。"多么可耻的浪费。"她接着想道。

她靠在莫里斯肩上，颤抖着，满脸的泪水。

"再往前走一点。"他轻轻拽着她。

两个人都在想："为什么？"他们也许永远也到不了图尔。银行还存在吗？科尔班先生没有和他的卷宗一起被埋在瓦砾下吗？他的股票呢？他的舞蹈演员呢？还有他妻子的首饰！但是真这样就太好了，让娜突然间残忍地想。然而，莫里斯和她还是一瘸一拐地上了路。只有向前走，只有将自己重新交付到上帝的双手间。

十二

星期五晚上,米肖夫妇和同伴组成的这支小队被收容了,一辆军用卡车带上了他们。这天的剩余时间他们是在卡车上度过的,就睡在箱子中间。他们到了一座也许他们永远也不会知道名字的城市。他们被告知铁路完好无损,他们可以直接乘火车去图尔。在往小镇方向走的路上,让娜走进了她所遇到的第一户人家,请求主人让她稍事梳洗。厨房里已经挤满难民,他们在洗碗槽里洗衣服,不过主人还是将让娜带到小花园,她就着花园里的水龙头洗了洗。莫里斯买了面带根小链条的小镜子,他将镜子固定在树干上,刮了胡子。接着他们都感觉好一些,可以去军营前排长队了,那里在供应汤。他们还要去排更长的一列队伍,那就是火车站三楼柜台前的队伍。他们吃过饭,穿越火车站广场,而此时,轰炸开始了。三天以来,敌人的飞机一直在这座城市的上空盘旋。警报不停地在响。警报器用的是过去一个旧火警警报器。在汽车的喧闹声、孩子的哭叫声和受惊人群发出的声音中,这低沉而可笑的叮当声依稀可辨。人们到达这座城市,从火车上下来,听到这声音都会问:"嗨!这是警报吗?"人们回答说:"不,这表示警报已经解除了。"可五分钟过后,这低沉的鸣音再度响起。人们都笑了。这里还有商店开着门,走廊上也还有小女孩在玩造房子游戏,古老的教堂附近,小狗在灰尘中奔跑。甚至对于静静地在城市上空逡巡的意大利和德国飞机,人们也不感到担心。大家最终都习惯了。

突然,一架飞机离开天空,冲向人群。让娜想:"飞机掉下来了。"接着，她又想："不，它要开火，它会开火的，我们完了……"她本能地捂住嘴，没让自己叫出声来。炸弹落在火车站和稍远一点的铁道上。玻璃门窗被炸得粉碎，弹到广场上，广场上的人死的死，伤的伤。一些女人害怕极了，仿佛扔掉一个沉重的包袱一般扔开孩子逃命去了。另一些则抓住自己的孩子，紧紧抱着他们，要把他们再度塞回肚子里似的，仿佛那里才是唯一安全的地方。一个不幸的女人滚到了让娜的身旁：就是那个戴假首饰的女人。假首饰仍然在她的颈部和手指上闪闪发光，血从她碎裂的脑袋上流下来。热血喷溅上让娜的裙子、胳膊和鞋子。幸好她没有时间欣赏身边的死人！受伤的人在碎裂的石头和玻璃间喊着救命。让娜终于和莫里斯会合了，还有另外几个试图清扫碎瓦碎玻璃的人。但是她没法儿安静下来，她做不到。她想到了那些在广场上跑来跑去寻找自己母亲的可怜的孩子。她呼唤着他们，牵着他们的手，将他们带得稍微远一点，让他们集中在教堂的门廊下。然后她重新跑向人群，她看见一个急疯了的女人，从一个广场跑到另一个广场，她用平静而有力——如此平静，如此有力，连她自己都感到吃惊——的声音说："孩子们都在教堂门口。快点去带他们。所有和孩子失散的都到教堂去找。"

女人们冲向教堂。有的女人哭了，有的女人大笑起来，有的女人发出一声狂野的、令人窒息的尖叫，这尖叫和任何场合的叫声完全不同。孩子们平静得多，他们的泪水很快就干了。母亲们将他们各自领走，紧紧地抱在胸前。没有人想到对让娜表示感谢。她回到广场上，人们告诉她，城市基本没有遭受什么损失，只是一节载着伤病员的火车驶进车站时遭到了轰炸。不过，往图尔去的这条铁路线没有受到影响。甚至火车这会儿已经在挂车厢了，一刻钟以后出发。于是这些人已然忘记了死者和伤者，仿佛溺水之人抓住救生圈一般牢牢抓住他们的箱子和帽子往火车站冲。人们为了一个座位又吵又打。米肖夫妇看见了第一批担架，上面躺着受伤的士兵。实在是太拥挤了，他们没有办法接近这些担架，看清上面的面容。人们把他们卸到匆匆忙忙征集来的卡车、民用和军用汽车上。让娜看见一个军官跑向一辆装满孩子的卡车，一位神甫带着这些孩子。她听见他们说："我很抱歉，神甫先生，但是我不得不占用您的卡车。必须把我们的伤员带到布洛瓦。"

神甫冲孩子们做了个手势，孩子们开始下车。

军官重复道："我很抱歉，神甫先生，这大概是所学校？"

"是孤儿院。"

"如果我能找到汽油，我会将车子还给您的。"

孩子们大约在十四岁到十八岁间，他们每个人手里都拿着一个小行李箱，下了车以后，他们围在神甫身边站好。莫里斯转向他的妻子。

"你过来吗？"

"我要过来的，不过等一下。"

"还有什么事？"

她努力地想要看清陆续穿过人群的担架。但是人实在太多了，她什么也看不见。在她身旁，有个女人也踮起脚尖。她的双唇在嚅动，可是没说什么让人听得清楚的话：她在祈祷，或是重复某个名字。她看了让娜一眼。

"我们总以为很快就能看见自己的亲人，是不是？"她说。

让娜轻轻地叹了口气。也许，的确是没有任何理由，她的亲人,她的儿子,她最心爱的人突然出现在她的眼前,而不是别人的亲人。也许他正在某个安静的角落。即便是最可怕的战争也会有所遗漏,总有些区域没有受到任何攻击,在战火的屏障之间得以完善地保留下来。

她问身边这个女人:"您不知道这列火车是从哪里来的吗?"

"不知道。"

"死了很多人吗?"

"据说有两车厢的死人。"

她不再反抗,任由莫里斯将她拽走。他们好不容易为自己开辟出一条小路,一直走到火车站。一路上他们踩着碎石子、成堆的石块儿和碎玻璃。最后他们终于来到了没有遭到轰炸的第三站台,那里,开往图尔的火车正在挂车厢。外省的那种小火车,静静地,黑色的小火车,车头吐着浓烟。

十三

让-玛利两天前受了伤:他就在那辆遭到轰炸的火车里。这一次他倒是没有被炸到,可是车厢着火了。他想要离开自己待的地方,挣扎到门边,这一来伤口又开了。等到人们过来将他抬上卡车时,他已经处于半昏迷状态。他直直地躺在担架上,车子每颠一下,他的脑袋就重重地撞在空箱子上。三辆装满士兵的车子沿着一条刚刚遭到扫射、才勉强恢复通行的道路慢慢前进。敌人的飞机就在车顶盘旋。有一阵子,让-玛利从高烧中短暂地苏醒过来,他还想:"大概遭到山鹰袭击的家禽和我们此时的感受是一样的吧……"

在混乱之中,他似乎重新见到孩提时代放复活节大假时总会去的奶妈的农庄。院子里洒满了阳光,鸡在地上啄食稻谷,在烟灰中嬉戏,接着奶妈瘦骨嶙峋的大手向它们伸去,抓住其中的一只,把它的脚绑起来,带走,五分钟以后……血流出来,伴随着它轻微的、滑稽的咕咕声。这就是死亡……而我也给抓住了,带走了,他想……抓住了,带走了……明天,消瘦的我会被剥光衣服,扔在地上,我不会比一只鸡好看到哪里去……

他的额头又撞在了箱子上,那么重,以至于他发出了虚弱的反抗声,他没有力气叫,但就这小小的声音惊动了睡在他旁边的同伴,他伤在腿部,可是比让-玛利的伤要轻。

"怎么啦,米肖?好点了吗?"

"给我点水喝,把我的头搁得舒服一点,赶走我眼睛上的这只苍蝇。"让-玛利想说。但是他只是叹了口气。

"没什么……"

他闭上眼睛。

"他们会安排好的。"同伴咕哝道。

就在这时,炸弹落在车子周围。一座小桥被炸毁了,去布洛瓦的路就此被截断。必须向后退,在难民中开辟出一条道路,或是经旺多姆走,反正半夜之前大概到不了。

这些可怜的小伙子,少校看着米肖想,米肖是受伤最严重的,必须给他注射一针。车子重新出发了。两辆载着轻伤士兵的车往旺多姆的方向驶去。让-玛利所在的车走一条斜路,这样可以缩短几公里的路程。但车子很快就停下来,因为油不够了。少校开始找寻可以安置他的士兵的房子。这里离撤退的大军有点距离,车流在下面流淌。少校登上一座山丘,透过这六月温和安宁、呈现出一种浅紫色的黄昏,他看见了远处黑色的人群,正是从这人群之中,流淌出喇叭不和谐的、模模糊糊的声音,叫喊声,呼唤声以及一种揪心的、滞重而阴郁的喧闹声。

少校看见了几座彼此相连的房屋。房子里都有人,不过只有女人和孩子,男人都在前线。他叫人把让-玛利抬进了其中的一户人家。旁边的人家接待了别的伤员。少校发现一辆女式自行车后,宣布他要去最近的城镇找急救人员、汽油和卡车,总之,找他能找到的东西……

"如果真是命该他死,"就在女人正在暖床、铺被时,少校告别了一直躺在担架上、此时正等在人家厨房里的米肖,他想,"如果他真的要在这里长眠,至少他可以躺在干净的床单上,这总好过死在路上……"

他往旺多姆的方向骑去。他骑了一夜的车,进了城,最终落在德国人手里，成了德国人的囚徒。然而，由于没看见他回来，村里的女人自己跑到镇上，把情况告诉医生和医院里的嬷嬷。医院已经人满为患，因为在上次爆炸中受伤的人都被抬到这里。士兵只好继续留在村里。女人很有怨气：男人都走了，她们的活够多的，除了强加给她们的这些伤员以外，她们还得干田里的活，还得照看牲口！让-玛利勉强睁开灼热的眼睛，看见床前有一个上了年纪的女人，长着长长的黄鼻子，一边织毛衣一边看着他叹气："如果我知道那个老家伙在哪里的话，可怜的孩子，他得到的照顾就是一个与我没有丝毫关系的人得到的照顾……"让-玛利听见钢针碰撞的声音，毛线球在他的压脚被前跳跃。由于高烧，他觉得毛线球似乎长着尖尖的耳朵和尾巴，于是他伸出手抚摸它。有时，农妇的儿媳会走到他身边来。她很年轻，面容娇嫩，红扑扑的，轮廓稍微有点粗，有一双生动而清澈的棕色眼睛。一天，她为他带来了一捧樱桃，放在他的枕边。他不能吃任何东西，但是他将樱桃贴近像火一般灼热的面颊，他心安多了，几乎有一种幸福的感觉。

十四

科尔特一行人离开奥尔良,往波尔多方向继续他们的行程。让事情变得复杂的是,他们并不清楚自己究竟要去哪里。开始时他们朝着布列塔尼的方向,接着他们又决定去中央高原。现在,加布里埃尔宣布他要离开法国。

"我们不可能活着走出去。"芙洛朗丝说。

她感到的不完全是疲惫和恐惧,更是愤怒,一种内心油然而生的愤怒,令她窒息、盲目而疯狂。她觉得加布里埃尔解除了将他们联系在一起的某种心照不宣的合同。对于他们这样的情况,在他们这样年纪的男女之间,爱情就是一种等价交换。她将自己交付于他,因为她希望作为交换,她从他这里能够得到一种保护,不仅是物质上的,更是精神上的。在这之前,她的确以金钱的方式、以名誉的方式得到了这种保护。但是突然之间,她觉得他是那么脆弱,那么让人蔑视。

"你能不能告诉我,我们去国外干什么?我们怎么生活?你所有的钱都在这里,因为你做了件蠢事,把钱全从伦敦弄回来了,说到这个,我还真不知道你为什么要这么做!"

"因为我以为英国比我们受到的威胁更大。我对我们的国家,对我们国家的军队充满信心,你总不能因为这个指责我,不是吗?再说你有什么好担心的?感谢上帝,我到哪里都很出名,我想应该是这样!"

他突然住口,将头靠在车门上,然后又愤怒地仰起头。

"又怎么啦?"芙洛朗丝朝天翻着眼睛,嘟哝道。

"这些人……"

他指了指超过他们的那辆车。芙洛朗丝望了一眼这些占据他们位置的人。在奥尔良,他们的车挨在一起过了一夜,就在广场上:破车、膝头抱着孩子的女人、头上包着布条的女人、鸟笼,还有戴鸭舌帽的男人,这些都很容易辨认。

"哦!不要看他们。"芙洛朗丝有点厌烦地说。

他用力敲着手肘下的箱子,敲了好几次,那是一只饰有黄金和象牙的随身小箱。

"像撤离这样痛苦的插曲,像大批逃难这样的事情,如果不具备一种高贵的意味、一种伟大,那就根本不值得经历!我不能接受这些商店小老板,这些看门人,这些脏兮兮的人,不能接受他们又哭又闹的样子,他们那副猪相,他们的粗俗,这让一出悲剧变得猥琐。但是,看看这些人!他们又来了。他们在冲我按喇叭,是冲着我的话来的!……"

他冲司机叫道:"亨利,加点速,瞧瞧!您就不能甩掉这些贱民吗?"

亨利甚至没有回答。小车往前走了三米,停了下来,陷入一团难以想象的混乱之中,周围布满了汽车、自行车和行人。再一次,加布里埃尔看到那个头上绑着布条的女人就在距离他两步之遥的地方。她的眉毛又黑又浓,牙齿很白很亮、长长的、排列紧凑,嘴唇上方的汗毛很重。布条上都是血渍,黑发贴在棉花和布条上。加布里埃尔觉得恶心,他呻吟着,转过头,但是那个女人却兀自冲他微笑,而且还要和他说话。

"真是走不快呢,是吧?"她讨好地、透过摇下的车窗说,"不过我们还算幸运,走了这一边,另外一边遭受了可怕的轰炸！卢瓦尔河沿岸的城堡都被炸毁了，先生……"

终于，她看见了加布里埃尔呆滞、冰冷的目光。她没再说下去。

"也许你不明白，我是摆脱不了这些人了！"

"别看他们就是了！"

"说得倒是简单！真是一场噩梦！哦！这群人是如此丑陋、粗俗，如此可怕地低贱！"

图尔已经离得不远。加布里埃尔打了好一会儿哈欠：他饿了。从奥尔良开始，他几乎没有吃什么东西。他总是说，他就像拜伦一样，平日奉行节制饮食的原则，只吃蔬菜、水果，喝一点气泡水，但是每个星期，他需要吃一到两餐丰盛的、热量比较足的饭。现在他觉得自己有此需要。他一动不动，一声不吭，闭着眼睛，英俊而苍白的脸上掠过一种痛苦的表情，就像刚才他在脑子里构思书的开头时一样。他的开头总是没有水分的、纯粹的句子（他喜欢这些如同知了一般轻盈、喧闹的句子，过了开头以后他会使用一种喑哑的、充满激情的语调，他所谓的"我的小提琴声"——"让我的小提琴来吟唱。"他接着会说）。但是，今天晚上，他的思维被别的东西占据了。他强烈地想念起芙洛朗丝在奥尔良递给他的三明治来。那时候他看到那些因为天热而显得软塌塌的三明治，觉得一点胃口也没有。一些是涂了鹅肝酱的奶油圆球蛋糕，另一些是夹着黄瓜薄片和生菜叶的两片黑面包，想上去那种三明治应该不错，有一种可口的、新鲜的、酸酸的口味。科尔特又打了个哈欠，他打开柳条箱，只找到一张斑斑点点的餐巾和一瓶酸菜。

"你找什么？"芙洛朗丝问。

"三明治。"

"没有了。"

"什么？刚才还有三块呢。"

"蛋黄酱都流出来了，不能吃，我给扔了。我们也许可以到图尔吃晚饭，我希望。"她补充道。

图尔的市镇就在眼前，但是车流不再往前动。路口交叉处竖起了一道路障。只好等，等轮到自己接受检查。一个小时就这样过去了。加布里埃尔的脸色越来越苍白。现在他所梦想的不是一块三明治，而是淡淡的热汤，有一天从比亚里茨回来时在图尔吃过的那种用黄油炸的小点心（那一次他和一个女人在一起。他从比亚里茨回来。真是奇怪，他想不起那个女人的姓名和面容。留在他记忆里的，只有这种黄油小点心，在甜腻、光滑的点心里还藏着一块半月形的块菰）。接着，他又想念起肉来：一大块红色的、带血的烤牛肉，上面是贝壳状的黄油，在柔嫩的牛肉上慢慢融化，多么美味啊……是的，他需要的是这个……一块烤牛肉……一块牛排……烤牛排……迫不得已也可以换成一片羊肉，一块羊排。他深深地叹了口气。

这是一个清爽的金色夜晚，没有一丝风，也没有令人窒息的暑气，神圣的一天结束了，温馨的阴影笼罩着田野和道路，仿佛一扇翅膀……从附近的树林里散发出淡淡的草莓味道。有时，透过因为汽油和尾气而变得滞重的空气还能看见草莓。汽车走两步停一下，就这样慢慢地来到了一座桥下。女人在小河里静静地洗衣裳。在这安宁场面的烘托下，这些事情显得尤为可怕和奇怪。很远的地方，磨坊的风车依旧在转。

"这里应该出产鱼。"加布里埃尔满怀憧憬地说。两年前，在奥地利，在一条和这条河一般水流湍急、清澈的小河边，他曾经品尝过蓝色鳟鱼！在珠蓝色的鱼皮下，鱼肉如同小孩子的肉一般，泛着玫瑰色！还有那些蒸土豆……那么简单、那么传统的菜，放了一点新鲜的黄油和香芹末……他充满希望地望着城墙。终于，车子进了城。但是他们的脑袋才伸进城门，就看见了一群难民站在街上等。大家说那是一个施汤站，在给饥民分发食物，但是已经没有什么东西了。

一个穿着讲究的女人手里牵着个孩子，转向加布里埃尔和芙洛朗丝说："我们在这里已经待了四个小时。"她说："孩子在叫，真是可怕……"

"真是可怕。"芙洛朗丝重复道。

他们身后，那个头上包着布条的女人突然跳了出来。

"没必要再等下去了。施汤站已经关门，什么也没有了。"

她微微做了一个干脆的手势。

"什么都没有了，什么都没有了，连一小块面包皮都没有了。和我一起走的朋友分娩才三个月，她从昨天开始就什么都没吃了，而且她还得给小家伙喂奶。之后他们还会冲你说：多生孩子。孩子就是不幸，是的！他们真让我觉得好笑！"

人群低声咕哝着，彼此之间传递着不幸消息："什么吃的都没有了，什么都没有了，他们什么都没有了。他们说'明天再来'。还说德国人已经靠近了，说部队今天夜里就开拔。"

"你们有没有到城里看过，那里也什么都没有了吗？"

"想想看吧！所有的人都走了，几乎是座空城。而且有人已经开始囤积，您想得倒美！"

"真是可怕。"芙洛朗丝再次呻吟道。

她激动地冲着破车里的人说。那个将孩子抱在膝头的女人面色苍白得如同死人。另一个女人则阴郁地摇摇头。

"这,这根本不算什么。这里的都是富人,工人才最受苦受难。"

"我们怎么办?"芙洛朗丝转向加布里埃尔,做了个绝望的手势。

他暗示她离开这里。他大步往前走着。月亮才升起来,借助月亮的光辉,他们毫不费力地辨别出城里的方向,向城里走去,家家户户都是紧闭门窗,没有一盏灯,没有一个人出现在窗口。

"你要知道,"他压低声音说,"这不会是真的……只要付钱,就不可能找不到吃的。相信我,总会有疯子留下来,还有些精明鬼,把食物藏在安全的地方。就是要找到这些精明鬼。"

他停下脚步。

"这是帕莱-勒-莫尼亚勒,是吗?瞧瞧我找到了什么。两年前我在这家餐馆吃过饭。老板应该还记得我,等着。"

他拼命敲着紧锁的大门,用一种盛气凌人的声音叫道:"开门,开门,我的老朋友!是一位朋友!"

奇迹真的出现了!先是脚步声,接着是钥匙在锁孔中转动的声音,最后出现了一只焦虑不安的鼻子。

"瞧,您应该还认识我,是不是?我是科尔特,加布里埃尔·科尔特。我都快饿死了,我亲爱的朋友。是的是的,我知道什么吃的都没有了,可是对我……再好好找找看……您真的什么都不剩了?啊!啊!您现在想起来了?"

"先生,我很抱歉,我不能让您进来。"饭店老板嘟哝道,"我会被包围的!您一直往下走到街角,在那里等着我。我会来找您的。我只希望您能够尽量舒服一点，科尔特先生，但是我们一无所有，我们是那么不幸，好好找找看……"

"是的。是这样的，好好找找看……"

"对了，您不会和任何人说吧？您简直不能想象今天发生的事情。疯狂的场面，我的妻子因此生了病。他们会吞掉一切东西，然后，不付钱就跑了！"

"我相信您，我的老朋友。"加布里埃尔将钱塞进老板手里说。

五分钟以后，芙洛朗丝和他重新往车子的方向走去，神秘地挽着一只篮子，上面盖着餐巾。

"不知道里面都装了些什么。"加布里埃尔小声说，用一种冷淡却满怀憧憬的语调说，平素他对女人、对那些他想得到又还没得到的女人就用这样的语调说话，"不，我一点也不清楚……但是我想，我应该是闻到了鹅肝酱的味道……"

就在这时，一个阴影从加布里埃尔和芙洛朗丝之间蹿过去，一把抢过他们手上的篮子，一拳将他们俩分开。受了惊吓的芙洛朗丝用两只手抓住脖子，叫道："我的项链，我的项链！"但是项链一直都在，和他们带在身边的首饰盒一样都在。小偷只抢食物。她感觉自己没什么事，便跑到加布里埃尔身边，他一面用棉条擦拭着生疼的下巴和鼻子，一边重复道：

"这是一个弱肉强食的世界，我们处在一个弱肉强食的世界中……"

十五

"你不该这样做。"那个把新生儿抱在怀里的女人叹了口气说。

她此时恢复了点面色。几乎散了一半架的破旧雪铁龙还真够灵巧的,摆脱了混乱的人群,车里的人正坐在一片小树林的青苔地上休息。一轮皎洁的圆月照耀着他们,即便没有月亮,地平线那头熊熊燃烧的烈火也足以照亮这场面:到处都躺着人,这里、那里、松树下;这些一动不动的汽车;还有就是年轻女人和鸭舌帽男人身边这只打开的食物篮,篮子已经空了一半,旁边还有一瓶开了瓶的香槟。

"不,你不该这样……这让我感到很尴尬,不得不这样做真是不幸,于勒!"

男人又瘦又小,整张脸上只看见额头和眼睛,嘴巴很小,石貂一般的下巴,他反驳说:

"要不还能怎么办?饿死?"

"随他去吧,他做得对。啊!"头上绑着布条的女人说,"你要我们怎么办?那两个人根本不配活着,我跟你说!"

他们都不再说话。头上绑着布条的女人以前是个佣人,嫁给了一个雷诺汽车厂的工人。战争开始时的头几个月,他还得以留在巴黎,但是二月的时候,他还是走了,现在不知在哪里打仗呢。她丈夫参加过一战,他们家的四个孩子中他年龄最大,可这一切都无济于事!特权、例外、照顾,这些都属于资产阶级。在她心里,累积着一层层的仇恨,彼此相叠而不混淆:农民的仇恨，对城里人本能的厌恶；仆人的仇恨，那种厌倦了在别人家的生活，并且因此变得尖酸的仇恨；工人的仇恨，因为就在前几个月，她顶替丈夫去工厂工作，她不习惯这种男人的工作，这份工作让她练就了生硬的胳膊和灵魂。

"但是你见过他们，于勒。"女人对她弟弟说，"有一点我向你保证，我没想到你能下手！"

"可我看见阿丽娜都快昏过去了，而这两个混蛋却满载香槟、鹅肝而归，我就什么都不管了。"

阿丽娜显得更加羞怯和温和，她试探地说："我们也许可以问他们要一小块，你不认为吗，赫尔坦丝？"

她丈夫惊呼起来："你想什么呢！啊！不，这是因为你不了解这些人！他们会看着我们死，看着我们比狗都死得难看。你真是想好事！"

"我了解他们，"赫尔坦丝说，"这些人是最坏的。那个男的，我曾经在那个庸俗可笑的老女人巴拉尔·杜热伯爵夫人家见过，他写书和剧本。一个神经病，他的司机说的，还说他像他的脚丫子一样蠢。"

赫尔坦丝一边说一边把剩下来的食物整理好。她那双红红的、粗壮的手做起事来却是出人意料地灵巧轻盈。接着，她抱过婴儿，解开襁褓。

"可怜的卷心菜，多糟糕的旅程啊！啊！他很早就开始了解生活了，这个小东西！也许这样更好。我经常在想，在艰苦中长大并不是件坏事情：知道如何用双手创造生活，有些人就不能说这话！你还记得吗，于勒？妈妈死的时候，我十三岁还不到。我一天到晚得去洗衣服，冬天，破冰舀水，背上背着一包包衣服……我用满是裂口的手捂着脸哭。但是同时，它教会了我应对困难，教会了我无所畏惧。"

"这是当然，你在任何情况下都不会被难住。"阿丽娜欣赏地说。

给婴儿换好尿布，擦干、洗好身子后，阿丽娜解开上衣，将婴儿贴近胸口，其他两个人微笑地看着。

"至少他还是有东西吃的，我可怜的小东西，快点吃吧！"

香槟上头了，他们感觉到一种轻微、混乱的醉意。他们带着深深的麻木望着远方的火焰。他们不时忘记自己为什么会在这个奇怪的地方；为什么会离开自己里昂火车站附近的那间小公寓；为什么会上路，会在枫丹白露树林里跑来跑去，会抢劫科尔特。一切都变得模模糊糊，不甚明了，就像一场梦。鸟笼挂在一根低矮的树枝上。出发的时候，赫尔坦丝还没忘记为鸟儿带上一包稻谷。她从口袋里面挖出几块糖，扔进热腾腾的咖啡里。暖水杯没有在意外事件里受到损伤。她啧啧作响地喝着咖啡，噘起两片又厚又大的嘴唇，一只手挡在宽阔的胸前，防止咖啡滴下来。突然间，人们都在说："德军今天早上已经进了巴黎。"

赫尔坦丝放下还有一半没喝的杯子，她那张肥嘟嘟的脸更红了。她低下头开始哭。

"我这里有点……这里有点，这里。"她指着心脏的地方说。

她流下了滚烫的泪水，她很少流泪，这是一个很少同情自己也很少同情别人的硬心肠女人的泪水。一种愤怒、悲伤和羞愧的感情占据了她的心，那么强烈，以至于她感觉到了一种肉体的疼痛，心脏附近阵阵尖锐的刺痛。她终于说："你知道，我爱我的丈夫……可怜的路易，我们只有两个人，他辛勤工作，不喝酒，不往外跑，而且我们相爱，我只有他，但是人们却告诉我：你再也看不到他了，他在他该死的时候死了，而我们凯旋而归……唉！我更喜欢这样，啊！我向你保证，这不是开玩笑，我更喜欢这样！"

"啊！那是当然。"阿丽娜说，她想找到更为有力的表达，但是没有找到，"当然我们会感到厌烦。"

于勒没有说话，他想起自己那只接近于麻痹的胳膊，正是因为这胳膊，他得以逃脱战争时期的兵役。他自言自语道："我的运气真好！"可同时，又有一种令他感到困惑的东西，他也不知道究竟是什么，接近悔恨吧。

"行了，事情就是这样的，就是这样的，我们无能为力。"他对两个表情黯然的女人说。

他们又重新开始谈论科尔特。想起刚才就在这里吃的晚餐，他们感到非常满意。终于，他们在对科尔特做出判断时没那么激烈了。赫尔坦丝在巴拉尔·杜热伯爵夫人家见过作家、院士，甚至有一天，诺阿耶伯爵夫人还对她们谈论过她所知道的作家院士们的逸闻趣事，笑得她们眼泪都掉下来了。

"他们不是坏。他们只是不懂得生活。"阿丽娜说。

十六

佩里冈一家在城里没有找到位置,不过,在旁边的小镇上,就在教堂的对面,他们在两位老姑娘家找到一间很大的空房。孩子们和衣睡下,他们已经疲倦得难以支撑。雅克琳娜用颤抖的声音要求一定要把猫篮放在她身边,她总是觉得猫会跑掉,再也找不回来,觉得猫会饿死在这路上。她的手从篮子的竹条间伸进去,对于小猫来说,篮子的竹条仿佛一扇小窗,它在这扇小窗里面瞪着它那警觉的绿眼睛,长长的胡子因为愤怒竖了起来,可只有它比较安静。艾玛努埃尔被这陌生的房间吓坏了,看着两个老姑娘像受惊的冒失鬼一般不停地跑来跑去。她们一边跑一边嘟哝着:"从来没有看到过这样的事情……真是令人同情……可怜的不幸的人啊,他们是无辜的……可怜的、温和的耶稣……"贝尔纳仰天躺着,眼睛一眨也不眨地看着他们,一副痴呆相,嘴里吮吸着一块糖。这块糖他藏在口袋里三天了,天气太热,融化的糖和口袋里的一段铅笔芯、一张褪色的邮票以及一小段绳子粘在一起。房间里的另外一张床上躺着老佩里冈先生。佩里冈夫人、于贝尔和其他仆人就在饭厅的椅子上过的夜。

从开着的窗户望出去,可以看见月光照耀下的一个小花园。璀璨而宁静的月光流淌在花园小路银色的鹅卵石和一串串散发着清香的白色丁香上,一只猫轻盈地走过。饭厅里,聚集着难民和镇上的居民,他们在一起收听法国广播电台。女人在哭。男人一声不吭,纷纷低下头。他们不是纯粹意义上的绝望,而是拒绝理解所发生的事情,这是一种被魇住了的感觉,仿佛是在梦中,沉沉睡意就要消散、天就要放亮、已经感觉到天光、一切都在向着光明而去、梦里人在想"这是噩梦，我就要醒了"的时刻。男人一动不动，每个人都掉转头，回避着别人的目光。于贝尔关掉广播，男人一言不发地走了。房间里只剩下一群女人。她们低声交谈着，感叹着：为祖国的不幸而哭泣，透过还在前线作战的丈夫、儿子那熟悉的轮廓，她们看到了这不幸的存在。她们的痛苦比男人的痛苦更加直接、更加单纯，也更坦率。通过指责、感叹，她们可以松一口气："这样……费了这么大劲真是值得！到了这个程度……这还不算不幸……我们遭到了背叛，夫人，我跟您说……我们被出卖了，现在是穷人最倒霉……"

于贝尔听她们絮絮叨叨，握紧了拳头，愤怒在心中燃烧。他在这里干什么？一堆多嘴多舌的人，他想。啊！只要他再大上两岁！在这之前，他还稚嫩，还肤浅，还显得比他实际年龄小，但是突然之间，一种成熟男人的激情和痛苦在他心中苏醒了：对祖国的担忧，想要牺牲的炽热欲望，羞愧、痛苦和愤怒。不管怎么说，这是平生第一次，如此沉重的命运安排在呼唤着他的责任心，他想。不能仅仅因为背叛而哭泣和叫喊，他已经是个男人了；他还没有到上前线作战的法定年龄，但是他知道自己比起上前线的那些三十五岁、四十岁的老东西更为强壮，更耐疲劳，更加灵巧，也更加精明，而且他是自由的，他可不受家庭和爱情的羁绊！

"哦！我要走。"他低声道，"我要走！"

他冲向母亲，握住她的手，拽住她："妈妈，给我食物和我放在您随身小箱里的红毛衣，还有……请亲吻我。我要走了。"他说。

他说不下去了,热泪流过他的面颊。他母亲看了他一眼,明白了他的意图。

"瞧,我的孩子,你疯了。"

"妈妈,我要走。我不能留在这里……如果我必须留在这里,就这样,无能为力,抱着双臂,而……我会死的,我肯定会自杀的。您不明白,德国人就要来了,他们会招募、强迫所有的壮小伙为他们打仗。我不愿意!让我走吧。"

他不知不觉提高了声音,现在简直是在叫,他无法控制地叫着。他被一群瑟瑟发抖、吓坏了的老女人围住了。有一个小伙子,看上去和他差不多大,是这里一个地主的侄子,红红的脸,金色的卷发,长着一双单纯的蓝色大眼睛,他加入了于贝尔的阵营,用轻微的南方口音(他的父母是政府官员——他出生于塔拉斯孔)重复道:"当然得走,而且今天夜里就走!瞧,就在离这里不远的地方,在圣女树林里就有部队……我们只要骑上自行车,溜过去就……"

"勒内。"他的姑妈姨妈都围了过来,扯住他,"勒内,我的孩子,想想你妈妈!"

"让我走,我的姑妈,这不是女人的事情。"他一边回答一边推开她们,可爱的脸兴高采烈的。他为自己能说出这样精彩的话而骄傲。

他看了一眼泪痕已干的于贝尔,于贝尔站在窗前,面色阴沉,态度坚决。他靠上去,在他耳边轻轻说:"我们走?"

"我们走,一定要走。"于贝尔用非常低的声音回答道。

他想了一下,又补充说:"夜里十二点,我们在镇上的出口处等。"

他们彼此偷偷地握了握手。他们周围,所有的女人都在劝说他们,恳请他们放弃计划,为未来保存如此珍贵的生命,可怜可怜他们的父母。就在这时,楼上传来了雅克琳娜的尖叫。

"妈妈,妈妈,快来啊,阿尔贝跑了!"

"阿尔贝,您的第二个儿子?啊,上帝啊!"两个老姑娘惊呼道。

"不不,是小猫阿尔贝。"佩里冈夫人觉得自己都要疯了。

然而,深沉而喑哑的声音撼动着空气。远处传来隆隆的炮声,周围到处都是危险!佩里冈夫人跌坐在椅子上:"于贝尔,听好了!你父亲不在的时候,由我掌管一切!你还是个孩子,只有十七岁,你的责任是为未来保存好你自己……"

"为了下一次战争?"

"为了下一次战争。"佩里冈夫人机械地重复说,"而在此期间,你唯一可做的就是闭上嘴,服从我。你不许走!如果你还有点良心,像这样残忍、这样愚蠢的念头,你根本连想都想不到!你是不是觉得我还不够不幸,也许?你还不明白吗,一切都完了?德国人马上就到,你跑不出一百米就会被他们逮住,杀掉!你给我住嘴!我根本不想和你说话,你真的要出去,就踩着我的尸体出去好了!"

"妈妈,妈妈。"可是雅克琳娜还在那里叫,"我要阿尔贝!去给我把阿尔贝找回来。德国人会把它带走的!它会被炸死,被抢走,它会迷路的!阿尔贝!阿尔贝!阿尔贝!"

"雅克琳娜,闭嘴,你会吵醒哥哥弟弟的!"

所有的女人都在叫。于贝尔颤抖着双唇,离开这群混乱的、做着各种各样姿势的、头发乱蓬蓬的老女人。她们怎么就不明白？生活是莎士比亚式的，是令人激赏的，是悲剧性的，她们却将生活贬低为一种快乐。世界正在坍塌，成了一堆废墟残瓦，而她们丝毫未变。这群低等的生物，她们没有一丝英雄主义，没有一丝成就伟大之心，没有信仰，没有牺牲精神。她们只知道将自己所能接触到的一切，将自己范围内的一切变得渺小。哦！上帝，看看一个男人，握住一个男人的手！甚至爸爸也行，他想，但尤其是亲爱的、善良的、伟大的菲利普。他那么需要菲利普在身边，以至于泪水再次涌上眼眶。接连不断的炮声让他倍感焦虑，他十分激动，身体一阵阵发颤。他像一匹受了惊的马，猛然把头转向右边，然后又转向左边。但是他不是害怕。不，不是的！他不害怕！他迎接死神的到来，甚至能够抚摸死神。为了这已经失败的事业，死神将如此美丽。这总比一九一四年滞留在战地壕沟里强。如今，我们在开阔的天空下作战，在六月美丽的太阳下，或是在这璀璨的月光下。

他母亲已经上楼，去雅克琳娜身边了，但是她采取了措施：他想去花园时，发现门已经锁上。他拼命地敲啊，摇啊。房子的主人也已回到自己的房间，她们抗议道："不要动大门，先生！很晚了。我们很疲倦，我们困了。请让我们睡觉。"

她们当中的一个补充道："您快去睡吧，我的小朋友。"

他愤怒地耸耸肩膀。

"她的小朋友……这个老菜皮！"

他母亲回到了餐厅。

"雅克琳娜太紧张了，神经出了点问题。"她说，"幸亏我的包里有一瓶桔子味花露水。别咬指甲！于贝尔，你真是让我恼火。好了，躺在这张椅子上睡觉。"

"我不困。"

"我不管，睡觉。"她用一种不容置疑的口吻说，而且非常不耐烦，就像在对艾玛努埃尔说话。

带着充满反抗之情的一颗心，他一屁股坐在老的印花扶手椅里，椅子在他的重压之下嘎吱作响。佩里冈夫人翻了翻眼睛。

"你真是够笨拙的，我可怜的孩子！你把椅子都要弄坏了！安静地待在那里。"

"好的，妈妈。"他顺从地说。

"你有没有记着把车子上的雨衣拿下来？"

"没有，妈妈。"

"你什么都想不到！"

"可是我不需要，天气很好。"

"明天可能会下雨。"

她从包里拿出毛线。毛线针叮叮当当地响着。于贝尔小的时候，他上钢琴课，她就这样坐在他身边打毛线。他闭上眼睛假装睡着。过了一会儿，她也睡着了。于是他从打开的窗户跳了出去，跑到停自行车的小棚子那里，将栅栏门打开一条小缝，溜了出去。现在，一切都在沉睡之中。炮声也听不见了。屋顶上的猫在哭叫。在难民们用来停车的一条大道间，矗立着一座教堂，大玻璃窗在月光下闪耀着蓝色，美得令人赞叹。没有在居民家找到安身之处的人睡在车里或草地上。即便在睡梦中，他们苍白的脸上仍然保留着害怕和恐惧的痕迹。但是，他们睡得如此深沉，看来不到白天，任何东西也惊醒不了他们。这一点非常明显，他们可以在不知不觉中从熟睡步入死亡。

于贝尔从他们之间穿过，怜悯而又惊讶地望着他们。他一点也不觉得疲倦。超乎寻常的激动支撑着他,推动着他。他不无悲伤与悔恨地想起了被他抛在一边的家庭。但正是这悲伤与悔恨让他尤为激动。他并非一无所有地投入这冒险,他为祖国所牺牲的不仅是他自己的生命,还有所有亲人的生命。他仿佛一个年轻的神,背负着现在,前进在自己的道路上。至少他是这么看待自己的。他出了村子,来到一棵樱桃树下,趴在樱桃树的树枝下。一种温馨的激情让他的心突突直跳:他想到了即将与他分享光荣与危险的新同志。他几乎不认识这个金发的小伙子,但对他怀有一种强烈的、难以言表的柔情。他曾经听说过,在北方,一支德军部队踩着在战斗中倒下的同伴的尸体过桥,他们一边过桥一边唱:"我有一个同志……"他理解这种感情,这种纯粹的爱,这种几乎称得上野蛮的感情。下意识里,他想找人替代菲利普,他那么爱菲利普,但是菲利普带着一种无与伦比的温情摆脱了他,一种太过严厉、太神圣的柔情,于贝尔想,菲利普所表现出来的不是别的,就是基督的那种爱,那种激情。

于贝尔这两年真的感到非常孤独,就像故意安排好似的,他的同窗不是粗人就是贵族。而且他自己几乎都不知道,他对肉体之美也非常敏感,勒内就有一张天使的面孔。是的,他在等他。每听到一点声响,他都不自禁地颤抖,抬起头来。十二点差五分。一匹马经过,上面没有骑手。不时地会出现这样一些奇怪的场面,让人想起灾难和战争,但是剩下的时候,一切都是那么安静。他摘下一根长疯了的草,放进嘴里嚼着,接着他翻了翻自己的口袋,看看里面都有些什么东西:一块面包皮、一个苹果、几个榛子、一点已经揉碎的香料蜜糖面包、一把小刀、一团绳子,还有他的红色小记事簿。在第一页,他写道:"如果我死了,请通知我的父亲，巴黎德莱塞林荫大道十八号的佩里冈先生，或者我的母亲……"他又添上了尼姆的地址。他想起他还没做晚上的祈祷呢。他跪在草丛间，专门为家里人念了一遍信经。他深深叹口气，站起身来。他觉得自己在对待他人与上帝时应该说是无可指责的。就在他祈祷的时候敲响了夜里十二点的钟声。现在得准备出发。月亮照着那条路，可是他没看见任何东西。他又耐心地等了半个小时，然后便有些急了。他将自行车放倒在沟里，迎着勒内所在的村庄走去，但是他找不到。转了半个圈后，他又回到樱桃树下，继续等，翻了他的第二个口袋：几根揉皱的香烟、钱。他点了根烟，没觉出有什么好抽的。他还不习惯烟草的味道。他的双手神经质地颤抖着。他掐下几朵花，接着扔掉。一个小时过去了，也许勒内……不，不……他应该不会食言的，因此……他也许是被姑妈姨妈什么的留住了，关起来了，但是他，于贝尔，母亲的措施不是没能阻止他逃走吗？他母亲，她应该还在睡着，她很快就会醒的，然后呢，她会怎么办？人们会到处找他。他不应该留在这里，这里离镇上那么近。但是如果勒内来了呢？……他会等他一个晚上，直到太阳升起再走。

当朝阳的光芒洒满道路时，于贝尔终于离开了那里。他来到丘陵上的圣女树林。他小心翼翼地爬上去，手里推着自行车，心里正在准备待会儿见到士兵时的演讲。他听见有人讲话，还有笑声，马的嘶叫声。有人在叫。于贝尔停住了，几乎不能呼吸，是德语。他迅速躲在一棵树后，看见就在离他几步远的地方出现了那种灰绿色的军服，他丢掉自行车，兔子般撒腿就跑。接着，他回到了国家公路上，掉进了难民的汽车阵中。汽车发疯般地向前开，真是疯了一般的速度。他看见一辆汽车（一辆灰色的鱼雷型敞篷汽车）将一辆小卡车撞翻在沟里，而司机甚至没有减速便一溜烟跑了。他越是向前走，发现这车流的速度越快，就像在一部失常的影片里一样，他想。他看见一辆装满士兵的卡车。他做着绝望的手势。卡车没有停下，不过车上有人伸出手，将他拽上去，拽到大炮和防雨布箱间，大炮还伪装着树叶呢。

"我想要告诉你们。"于贝尔气喘吁吁地说，"就在这附近的小树林里，我看见了德国人。"

"他们无处不在，我的小伙子。"士兵回答道。

"我能和你们一起走吗？"于贝尔羞涩地问道，"我想要（因为太激动，他都没法儿连贯地说下去），我想要投入战斗。"

士兵看了他一眼，什么也没说。看上去，无论什么样的话，无论什么样的场面，都不能令这些人感动或震惊。一路上，于贝尔得知他们还收留了一个怀孕女人，一个在爆炸中受伤的、被扔掉或者自己迷了路的小孩，一只被炸断了脚的小狗。他还了解到我方想要尽量拖延敌人过河——如果可能的话。

"我再也不离开他们了，"于贝尔想，"现在好了，我已经参与到战争中来了。"

越来越庞大的难民队伍围住卡车，挡住卡车的路。有时，士兵根本无法前进。他们抱着胳膊，等人们让出路来，让他们经过。于贝尔坐在卡车后面，双脚吊着。一种难以名状的、混乱喧杂的思绪和感情令他激动不已，但是在他心中，最为强烈的是对整个人类的蔑视。这种感情几乎是一种物质性的。好几个月前，平生第一次，同学让他喝了酒——劣质红酒残留在嘴巴里的那种胆汁与烟灰的可怕味道，此时他仿佛又体味到了。他小的时候是个乖孩子！世界在他的眼里单纯而美丽，人人都值得尊敬。

人……一群懦弱、野蛮的动物。那个煽动他逃跑，此时却躲在羽毛被子里享受美好生活的勒内，而法国正面临着重重危机……这些拒绝给难民提供一杯水、一张床的人，这些将鸡蛋卖到天价的人，这些在汽车里塞满了行李、包裹、食物，甚至家具，却对从巴黎一路步行过来、疲倦得要死的女人和孩子说"您不能上来……您没看见没有位置了吗"的人；还有这些浅黄色皮箱，这些坐在一卡车军官中间、画得五颜六色的女人，如此自私自利，如此怯懦，如此残忍而徒劳的冷酷，这一切令他的心揪紧了。最为可怕的是，对于牺牲、英雄主义以及某些人身上所具有的善良，他做不到无动于衷。比如说，菲利普就几乎是个圣人，还有这些没得吃没得喝（军需处的军官一早就走了，他没能按时回来）却要为绝望的事业而战斗的士兵，他们都是英雄。人类中存在着勇气、忘我和爱，但是这本身就很可怕：善良的人背负着事先注定的命运，菲利普曾经用自己的方式解释过这一点。他在说话的时候，似乎光彩照人，激情涌动，浑身发烫，好像被纯净的炭火笼罩着，但是于贝尔经历过信仰危机，菲利普离他远了。外面这个失去和谐、丑陋的世界是用地狱的色彩绘制的，地狱，耶稣永远也不会降临的地狱。"因为他们活该被砸得粉碎。"于贝尔想。

敌人向卡车进行扫射。死神在上空盘旋，突然之间，在苍穹上排开了一列飞翼，钢嘴向这条沿着公路蜿蜒的、蠕动的黑色之线投掷下炸弹。所有的人都趴在地上，女人趴在孩子身上，想用自己的身体保护他们。等火熄灭的时候，人群中出现了几道深沟，仿佛经过暴风雨的麦穗或是被击倒的树所形成的那深而窄的沟。只安静了一会儿，人群中便响起了呻吟声、呼唤声，此起彼伏,任何人都听不见的呻吟声和徒然的呼唤声……

　　人们重新上了停在路边的汽车,再度出发。但是一些车就这样被抛下了,车门还开着,车顶上还系着行李;有时,由于司机逃命心切,想躲开袭击却出了事故,一只轮胎就在沟里躺着。不过,这司机也许再也回不来了。车里,在被遗忘的包裹间,有时能发现一条拖着皮带的狗在狂吠,或是一只猫被关在篮子里喵呜喵呜地狂叫。

十七

加布里埃尔·科尔特的某些反应不像是他这个年龄的人所应该有的：别人伤害他的时候，他首先是抱怨，然后才是自卫。此时他拖着芙洛朗丝，匆匆忙忙地在帕赖勒莫尼亚勒找市长，找宪兵，找议员，找署长，总之，找任何一个权力机构的代表偿还他失去的晚餐。但是真是奇怪啊……街上没有人，屋子里也都静悄悄的。在一个十字路口，他撞到一群似乎毫无目的地在闲逛的女人，那些女人回答了他的问题："我们不知道，我们不是这里的人。我们和您一样是难民。"其中的一个补充道。

六月柔和的风将一阵淡淡的烟味送到他们面前。

过了一会儿，他们想起了自己的车子，车子在哪里呢。芙洛朗丝认为车子应该在火车站附近。加布里埃尔想起那附近应该有座可以作为标记的桥；安宁的、美轮美奂的月光照耀着他们，但是这座古老的小城里，似乎所有的街道都是一样的。到处都是鸽子，古老的界标，街道旁微微倾斜的阳台，黑色的胡同。

"舞台剧的拙劣背景。"科尔特呻吟道。

气味本身也像是剧院的，寡淡、满是灰尘，远远的还有股厕所的臭味。天很热，汗水顺着科尔特的额头流下来。他听见身后芙洛朗丝在叫他："等等我！停下来，胆小鬼，混蛋！你在哪里，加布里埃尔？你在哪里？我看不到你，加布里埃尔，你这只猪！"她的叫喊在古老的墙间回荡，声音像子弹一样地反弹回来，到处都可以听见这回音："猪，老混蛋，胆小鬼！"

她终于在火车站附近追上了他。她向他扑来，打他、扇他、啐他,而他则用尖声的叫喊进行防卫。真是难以想象,加布里埃尔·科尔特平素一贯低沉、疲倦的声音竟然包含如此具有震颤力、如此尖锐、如此女性化、如此野蛮的音符。饥饿、害怕、疲倦令他们丧失了理智。一眼之间,他们看见了空荡荡的广场大道,立刻明白上面已经下命令疏散了。

其他的人都已走上了那座月光下的桥。只有几个精疲力竭的士兵席地而坐,三三两两地聚在一起,坐在人行道上。其中一个非常年轻,面色苍白,戴着一副大眼镜的小伙子站起身来,过来分开了芙洛朗丝和科尔特。

"行了,先生……瞧,夫人,你们不感到羞愧吗?"

"但是我们的车哪里去了?"科尔特叫道。

"都走了,上面的命令。"

"谁下的命令?为什么?可是我们的行李!我的手稿!我是加布里埃尔·科尔特!"

"我的上帝,您会找到的,您的手稿!我可以告诉您,别人失去的可比您要多!"

"没有教养的人!"

"的确如此,先生,但是……"

"谁下了这个愚蠢的命令?"

"这个,先生……我必须向您承认,我们得到很多并不比这个高明的命令。您会找到您的汽车和您的手稿,我可以肯定。不过在找到它们之前您不能留在这里。德国人一会儿就要进来了。我们奉命炸毁火车站。"

"我们上哪里去?"芙洛朗丝呻吟道。

"回到城里去。"

"可是我们住在哪里?"

"地方可不缺。所有的人都逃走了。"一个士兵走近他们说,他站在离科尔特几步远的地方。

一轮明月默默地洒下蓝色的光辉。站在科尔特身边的男人长着一张严厉的、厚嘟嘟的脸:在他丰厚的面颊上有两道竖褶子。他搭上加布里埃尔的肩膀,似乎还没怎么用力,就让他转了一圈。

"快走吧,快点!我们不想再看到你们了,明白吗?"

加布里埃尔有一瞬的冲动,想要扑向那个士兵,但是肩膀上的那只手如此坚硬有力,在它的重压之下,加布里埃尔弯下了身子,后退了两步。

"我们自星期一开始就在路上了……我们饿了……"

"我们饿了。"芙洛朗丝像回声一般地叹道。

"等到早上。如果我们还在,你们会有汤喝。"

戴着大眼镜的士兵仍然用他那温和而疲惫的声音重复道:"你们不能待在这里,先生……好了,走吧。"他拽住科尔特,轻轻地推了他一下,就像把客厅里的孩子赶出去睡觉时那样。

他们再次穿越广场,只是现在他们肩并肩地走着,拖着疲倦的脚步;他们的愤怒烟消云散,支撑着他们的那股子蛮劲儿也随之烟消云散。他们实在是没劲儿了,都没有气力再找一家饭店。他们敲门,可是门都紧闭不开。最终他们麻木地跌坐在教堂边的一张板凳上。芙洛朗丝作了个痛苦的表情,将鞋子脱掉。

夜晚过去了。什么也没有发生。火车站一直还在广场上。有时能够听到从附近的街道上传来士兵的脚步声。有一两次,几个人从板凳前经过,他们甚至都没有看一眼芙洛朗丝和科尔特,这两个人在黑暗里蜷作一团，两颗沉重的脑袋靠在一起。一股变质的肉味飘过来：镇上的屠宰场遭到了轰炸。他们昏昏沉沉地睡着了。等他们醒过来的时候，他们看见士兵拿着饭盒从眼前经过。芙洛朗丝发出了觊觎的叫声，声音虽然柔弱，不过他们也听见了，士兵给了她一碗汤和一块面包。光明重现，加布里埃尔也找回了一点做人的尊严：他没敢和情人争这一口汤和面包！芙洛朗丝慢慢地喝着。然而她停了下来，转向加布里埃尔。

"把剩下的吃了。"她对情人说。

他还反抗道："不，你自己也就这点点吃的！"

她将盛满滚烫液体的铝杯递给他，汤散发出白菜的味道。他用颤抖的双手抓住杯子，将嘴巴凑到杯子边缘，大口地喝着，几乎都没有停下喘口气，喝完了之后，他幸福地叹了口气。

"现在好些了吗？"士兵问道。

他们认出来，这正是昨夜将他们从广场上赶走的那个士兵，不过，清晨的阳光让这位野蛮队长的轮廓变得柔和了些。加布里埃尔想起自己口袋里还有几根烟，他将烟递给队长。两个男人静静地抽了会烟，没说话，而芙洛朗丝在一边穿鞋，但鞋子穿不上了。

"如果我是你们，"士兵终于开口说，"我就赶快逃命，因为德国人肯定会来的。他们现在还没到已经够让人吃惊的了。但是他们不用着急，"他苦涩地补充道，"现在这太容易了，一直到拜约那……"

"您认为全完了吗？"芙洛朗丝羞怯地问。

士兵没有回答，突然离开他们。他们蹒跚地向前走去，往城里小镇的方向。这座到目前为止似乎一直空无一人的小城突然间三三两两地蹦出了许多带着行李的难民。到处都是,彼此挨着,就像暴风雨之后彼此找寻、重逢的迷途羔羊。他们走向士兵把守的桥,士兵让他们过去。科尔特和芙洛朗丝此时便在桥上。他们头上是闪闪发光的蓝天,没有一丝云彩,没有一架飞机。脚下流淌着美丽的、波光粼粼的河水。桥的对面是通向南方的公路,还有一座小树林,树的年份不是很长,长着嫩绿色的叶子。突然,树林似乎在动,迎着他们的方向前进。伪装好的德国卡车和大炮向他们驶来。科尔特看见前面的人举起胳膊往回跑。就在这时,法国军队也开了火,德国的机枪在回应。在两股火力之间,难民朝各个方向鼠窜,剩下的就在原地转圈,似乎疯了:一个女人跨过护栏,跳进河里。

芙洛朗丝抓住科尔特的胳膊,指甲深深嵌在他的肉里,吼道:"我们回去,来!"

"可是桥就要被炸毁了。"科尔特叫道。

他抓住她,拖着她往前去,突然间他的脑海里闪过一个念头,非常奇怪的念头,炽热、尖锐,就像一道闪电,他觉得他们是在跑向死亡。他将她拽到身边,用力护住她的脑袋,将她藏在自己的外套底下,就像处死某人前绑上他的眼睛一样。他蹒跚着,气喘吁吁地,几乎半抱着她走了几米,来到河对岸。尽管心仿佛一口钟一样突突地跳着,他并非真害怕。他怀着某种模模糊糊的炽热愿望,想要救芙洛朗丝的性命。他有信心,一种无形的信心,仿佛有一只庇护之手向他伸过来,伸过来。他是那么脆弱,那么悲惨,那么小,以至于很可能被命运之神忽略,就像无能抗争风暴的一根麦秸。他们穿过桥,紧挨着德国人往前跑,穿越枪林弹雨,穿过德国人灰绿色的军服。公路没有关闭,死亡被他们甩在身后,突然之间他们发现——是的,他们没有弄错,他们都认出来了——那里,在一条森林小路的入口处,停着他们的车子,忠实的仆人在等他们。芙洛朗丝禁不住呻吟道:"朱丽叶,谢天谢地。朱丽叶!"司机和贴身女仆的声音传到科尔特的耳朵里,就像那种在昏迷状态里时隐时现的嘶哑而奇怪的声音。芙洛朗丝哭了。过了一会儿,在半信半疑、半清醒之中,科尔特才好不容易慢慢明白过来,他的车子回来了,他的手稿回来了,他的命回来了,而他,已经不再是个平庸的、痛苦的、饥饿的、既勇敢又怯懦的男人,而是一个上帝特别眷顾的、摆脱了所有恶的生物——加布里埃尔·科尔特!!!

十八

于贝尔终于和路上遇见的人一起抵达阿列河沿岸。他们到达时是六月十七日星期一的中午,支援者加入了士兵的行列——游击队、塞内加尔人,还有军人,队伍溃败、重新组建不成、怀着绝望的勇气加入每一场抵抗战役的军人,当然,剩下来就是像于贝尔·佩里冈这样离开家庭或是半夜出走、要"加入队伍"的淘气鬼。这些话从一个村庄传到另一个村庄,从一座农场传到另一个农场,"我们就要加入队伍,避开德国人,在卢瓦尔河后面重新整合",一张张十六岁的嘴巴在重复。这些孩子背上背着小包(含泪的母亲匆匆忙忙将前天晚上吃剩的点心与毛衣衬衫裹在一起);他们都有着红扑扑、胖嘟嘟的脸蛋,沾满墨水的手指和喑哑的声音。其中三个孩子是父亲一块儿陪着来的,他们的父亲都是"一战"的老兵,因为年龄、伤口或是家庭原因,自九月宣战以来,总算一直远离战火。大队指挥部设在平交道口附近的一座石桥下。于贝尔数了一下,铁道和河岸上大约有两百人。由于毫无经验,在他看来,面对敌人的这支队伍已经足够强大了。他看见排放在石桥上的数吨麦宁奈特炸药,他不知道的仅仅是他们已经找到了用来引爆的比克福特导爆线。士兵们一声不吭地工作,再不就是席地而卧。自昨晚以来他们什么都没吃。将近傍晚,开始分发瓶装啤酒。于贝尔不饿,但是这金黄色、带着苦味和泡沫慢慢退去的液体给了他一种幸福的感觉。他需要凭借它来得到勇气。的确,似乎没有人需要他。他从一个人身边跑到另一个人身边,羞涩地为他们提供服务,可是没有人对他做出任何反应,甚至没有人看他一眼。他看见两个士兵拖着稻草和木柴向桥那边走去，另一个推着沥青桶打他面前经过。于贝尔抓住了一大捆木柴，可是他太笨拙了，松枝弄伤了他的手，他发出小小的呻吟。过了一会儿，估摸着应该没有人听见，他正暗自羞愧难当，好不容易将木柴扔在桥前，此时听见一个男人冲着他叫："你在那干什么呢？没看见你多碍事吗？嗯？"

于贝尔受到伤害，走远了。他一动不动站在圣普尔桑公路上，面对着阿列河，他看着那些人正在完成在他看来根本不可理解的事情：将浇了沥青的稻草和木柴堆放在桥上，旁边就是装了五十升汽油的油桶；他们希望凭借这道堤坝阻挡敌人军队，而一门七十五毫米口径的大炮正准备随时引爆麦宁奈特炸药。

接下来的一天还是如此，晚上和第二天早晨他们也都在忙这个。时间就像高烧一样，似乎没有尽头似的，非常奇怪，非常不和谐。一直没得吃没得喝。年轻的农民不再像以前那样水灵灵的，因为饥饿，他们脸色苍白，再加上尘土满面，头发蓬乱，双眼灼灼，他们一下子就老了，成熟了，显现出一种固执、痛苦和生硬的表情。

河对岸出现第一批德国人时是下午两点。是今天早晨跨越帕赖勒莫尼亚勒的摩托纵队。于贝尔张大了嘴巴看着他们顺着桥迅速前进，速度之快令人难以置信，仿佛一道蛮横的军人之电闪现在安宁的乡村之上。这一切只持续了一瞬：炮弹引爆了数吨的炸药，形成一道屏障。桥、军车和人的碎片在空中横飞，接着又落在阿列河中。于贝尔看见士兵在他面前奔跑。

"太好了！我们发起了进攻。"他想，他的皮肤一下子变得冰凉，喉咙发紧，就像小的时候听见大街上响起军乐时那样。他往前冲去，撞在已经开始燃烧的稻草和柴堆上。沥青的黑烟进了他的嘴巴和鼻孔。在这面保护性的幕帘后，机枪齐鸣，阻止德国坦克的进攻。于贝尔被沥青呛得咳嗽流涕，往后退了几步。他很绝望。他没有武器，无能为力。人们在战斗，但他只能抄着双手，不能动，没有用。不过，想到周围的人也只能是忍受着敌人的炮火无法回应，他感到了些许的安慰。他还以为，他们之所以这样，是出于战术的考虑，直到他终于明白，他们根本没有弹药。然而，他对自己说，既然让我们留在这里，这本身就说明人们需要我们在这里，说明我们是有用的，说明人们都知道，我们在保护法国主力部队。他在每一个时刻期盼着，希望看见精神饱满的队伍出现在圣普尔桑的道路上，一边向他们冲来一边叫道："我们来了，孩子们，别担心！让我们来对付他们！"或是其他什么战争的豪言壮语。但是没有。他看见身边有个人满头是血，像喝醉了酒似的踉跄了几步，最终倒在壕沟里，坐在树枝之间，姿势非常奇怪，非常不合适，下巴垂在胸前，双腿弯在身子下面。他听见一个军官愤怒地感叹："没有医生，没有护士，没有救护车！你们要我怎么办？"

有人回答他说："征税处花园还有个伤员。"

"可是你们要我去那里干什么，上帝啊？"军官重复道，"就让他在那里待着吧。"

炮弹点燃了城市半边天。在六月灿烂的天光下，火焰有一种玫瑰色的、透明的色彩，形成一缕缕烟柱升上天空，在阳光的照耀下，硫磺和硝烟划出一道道金色的痕迹。

"小伙子们都跑了。"一个士兵指着放弃钢桥的机枪手对于贝尔说。

"为什么？"于贝尔沮丧地叫道，"这是溃败！我参与了一场最大的溃败,比滑铁卢还要糟糕。我们全都迷失了,我再也看不到妈妈,看不到亲人。我要死了。"他觉得自己迷了路,对什么都失去了兴趣,处在一种疲倦而绝望的可怕状态中。他没有听见撤退的命令。看见人们在枪林弹雨中奔跑,他也冲了出去,翻过花园的栅栏,花园里还有一辆混乱中留下的婴儿车。然而战斗还没有结束。人们还在抵抗,没有坦克,没有大炮,没有弹药,就在这几平方米的范围内,在这桥头,胜利的德国人从四面八方涌进法国。于贝尔突然爆发出一种绝望的勇气,像疯了一样。他想,他这是在逃跑,而他的责任应该是冲向战火,冲向这不断在耳边响起的由手枪机枪组成的德国人的枪林弹雨,和德国人一起死。冒着每一秒钟都可能失去生命的危险,他再一次穿越小花园,花园中散落的玩具全被他踩扁了。这家的人上哪里去了?他们逃跑了吗?在子弹的呼啸声中,他先是在金属栅栏上匍匐前进,好在没有受伤,接着他掉在公路上,重新开始往河的方向爬去,手和膝盖全是血。他也许永远爬不到河边。不过爬到一半的时候,世界完全安静下来。此时他发现天色已黑,他明白过来,他先前应该是累昏过去了。但是,突然,正是这奇怪的寂静让他回到自身。他坐了下来。脑子空荡荡的,一口钟似的响着。明亮的月光照在路上,不过他藏在一棵大树的阴影之下。维拉尔区仍然在燃烧,只是所有的武器都闭上了嘴。

　　于贝尔放弃了有可能遇见德国人的公路,他穿过小树林。有时他停下来,想要知道自己这是在什么样的位置。五天之内已经进入法国半壁江山的摩托纵队明天一定就能抵达意大利、瑞士和西班牙边境。他躲不开他们。他忘了自己没有穿制服,没有任何可以证明他参加过战斗的东西。他肯定自己会被俘虏。他本能地跑着,将他带至战斗地点的,与现在让他远离那片火海、破桥和让他平生第一次亲眼见到死人的噩梦的,是同一种本能,他神经质地估算着德国人早上所能够行进的距离。他在想象,一座座城市相继沦陷,想象残兵败将,扔得一地的武器,因为没有汽油留在路上的卡车,还有坦克,还有反坦克的大炮——他以前看过复制品,曾经那么为之赞叹,还有所有落入敌人之手的战利品!他在颤抖,一边手脚并用地在这月光下的田野里往前爬,一边哭泣,可是,他还是不相信他们就这样被打败了,正如年轻而健康的生命会将死亡的想法推得远远的一样。士兵应当在稍远一点的地方,他们会重新集合,重新开始战斗,而他会和他们在一起。而他……和他们一起……"但是我都做了什么?"他突然想,"我甚至连一枪都没有开过!"他为自己感到羞愧,那么羞愧,以至于眼泪再次流淌了下来,灼热的、痛苦的眼泪。"这不是我的错,我没有武器,我只有双手。"他又重新看见那个拖着柴堆往河边走去的自己。是的,他甚至连这个都做不了,而他还希望能够冲向铁桥,率领身后的士兵,一边高喊着"法兰西万岁"一边冲向敌人的坦克呢。他沉醉在疲倦与绝望之中。有时,一些奇怪的成熟的想法会来到他的脑海:他想到了灾难,想到了他所肩负的具有深刻意义的事业,想到未来,想到死亡。接着他想到了自己,想到他应该成为什么样的人,渐渐地,他又回到现实中:"妈妈会怎么看我呢,肯定会说哎呀呀!"他喃喃道,在他那张苍白的、缩紧的、似乎两天之间就苍老和消瘦的脸上,有一秒钟的时间里,闪过了孩提时代的美好笑容,天真、灿烂的笑容。

在两片农田之间,他发现了一条深入乡村的小路。这里的一切似乎都与战争无关。泉水流淌,夜莺歌唱,每到整点,钟发出叮当的响声，所有的篱笆间都有花儿，所有的树上都长着嫩绿的树叶。他将双手和嘴唇浸在小溪里，接着又将手合拢成杯状，捧起溪水喝了几口，觉得好些了。他在枝头寻找水果，但是没能找到。他知道现在不是季节，但是他仍然处在相信奇迹的年龄。小路的尽头又是公路。他看到界碑上写着：克莱桑日，二十二公里，他不知所措地停下来，接着，他看见一座农屋，犹豫了很长时间，他叩响了百叶窗。他听见屋里传来脚步声。里面的人问他是谁。听他回答说自己迷了路，肚子很饿，屋里的人便让他进了门。在屋里，他看到三个法国士兵在睡觉。他认出了他们，他们也是守卫穆兰的桥的。现在他们在板凳上打着呼噜，苍白消瘦、脏不拉叽的脸朝后仰着，像死人。一个女人一边织毛衣一边守着他们，毛线球滚在地上，一只猫和毛线球玩得正起劲。度过了这八天之后，这场面是那么熟悉，同时又显得那么奇怪。于贝尔一屁股坐了下来，盘着腿。在桌子上，放着士兵的钢盔，他们在帽子上插了树叶，省得在月光下太耀眼。

一个士兵醒了，用手肘支撑着，抬起身子。

"你看见他们没有，小伙子？"他的声音嘶哑低沉。

于贝尔知道他说的是德国人。

"没有，没有。穆兰之后没看见一个德国人。"

"看上去，"士兵说，"他们都懒得抓俘虏了。俘虏太多。他们缴了俘虏的械之后就随他们去逃命算了。"

"看来是这样。"女人说。

他们没再说话。于贝尔吃了东西：他们给他送来一盘汤和一点奶酪。吃完东西之后，他问士兵："你们现在做什么？"

士兵的同伴也睁开了眼睛。他们讨论起来。一个想要去克莱桑日，另一个回答道："为什么要去那里？到处都是德国人，到处……"他一副受惊的样子，仿佛一只不知所措的小鸟，用那种痛苦、惊惧的目光看着四周。

他仿佛真的看见他们就在身边，这些要抓住他的德国人。他不时地爆发出断断续续的、苦涩的笑声。

"上帝啊！一九一四年的战争也参加了，现在看到这……"

女人心平气和地织着毛线。她的年纪非常大，戴着一项白色的带褶软帽。

"我可见过一八七〇年的战争①……"她咕哝说。

于贝尔听他们说，带着某种惊恐欣赏他们。在他眼里，他们显得非常不真实，仿佛幽灵一般，仿佛从法国历史的书页中跳出来的阴影。上帝啊！现在以及现在的灾难总比这些逝去的光荣、比历史中升起的这股子血腥气味要强。于贝尔喝了一杯非常热的黑咖啡，那种咖啡渣似的咖啡，谢过女人，与士兵打了招呼之后，他重新上路，他下决心要在上午赶到克莱桑日。在那里他也许能够联系上亲人，告诉他们自己现在的情况，让他们放心。他走了几个小时的路，在距离克莱桑日几公里的地方，他闻到饭店里飘出来的咖啡和新鲜面包的味道。此时于贝尔觉得自己再也走不动了，觉得双脚不再听他的使唤。他走进挤满难民的小饭店，问是不是还有房间。没有人能回答他。人们告诉他，老板娘出门为这群饥肠辘辘的流民找吃的了，应该马上就能回来。他走到马路上，透过房子底层的窗户，他看见一个女人在化妆。她手里的唇线笔掉了出来，正好滚到于贝尔脚边；于贝尔赶紧将笔拾起

---

① 这里指的是普法战争。

来。女人微微弯过身,发现了他,冲他笑了笑。

"现在怎么办呢?"她问道。

她伸出光溜溜的手臂,她的手很白。涂了指甲油的指甲在太阳下闪闪发光,小小的闪电划过于贝尔的双眼,这乳白色的光,这棕红色的头发仿佛一道强光刺伤了他。

他垂下眼睛,嗫嚅道:"我……我可以给您送过来,夫人。"
"那好吧,烦劳了。"她说。

她又重新绽放出笑容。他走进了饭店,穿过咖啡厅,走上小小的黑色楼梯,看见一间玫瑰红的房间敞着门。太阳透过可怜的红棉布窗帘照进来,整个房间都充斥着一种闷热的、生机勃勃的深红色调,仿佛玫瑰花丛一般。女人将于贝尔让进房间,她正在修指甲。她拿过唇线笔,看着他:"哟,他快不行了!"于贝尔感觉到女人拉住他的手,扶着他走了两步,坐进扶手椅里,女人还在他脑袋下面塞了个枕头。他没有昏过去,只是心跳得很厉害。周围的一切都在舞动,就像晕船时的那种感觉,身子一会儿冰凉,一会儿发烫。

他有点害怕,可是又为自己感到骄傲。她问他:"累的?饿的?可怜的孩子,你怎么啦?"

他特别地夸张了一下颤抖的声音,回答道:"没什么,只是……我从穆兰一直走到这里,我们在那里守桥。"

她望着他,非常吃惊。

"可是您才多大?"

"十八岁。"

"您没有参军吧?"

"不,我是和家里人一起出来的。我离开了他们,找到了部队。"

"这很好。"她说。

尽管她确实用他所期待的一种赞赏的口吻在说，可是，他也不知道为什么，在她的注视下，他的脸红了。凑近了看，她不是很年轻。精心化妆也没能遮掩她脸上的细微皱纹。她非常苗条，非常优雅，长着一双绝妙的腿。

"您叫什么？"

"于贝尔·佩里冈。"

"美术博物馆不是有一位姓佩里冈的馆长吗？"

"他是我的父亲，夫人。"

她一面和他谈话，一面站起身，为他倒了杯咖啡。她才吃完饭，餐盘和空了一半的咖啡壶还放在桌上，餐盘里有一碗奶油和一些烤肉。

"咖啡不是很热了。"她说，"不过还是喝一点吧，对您有好处。"

他听话喝了。

"下面有这么多难民，真是让人不知所措，我原来还以为明天以前他们都到不了呢！您应该是从巴黎来吧？"

"是的，您也是吧，夫人？"

"是的。我先到的图尔，然后从图尔过来。在图尔，我碰到了轰炸。现在我想到波尔多去。我估计大剧院的人应该是撤到波尔多了。"

"您是演员，夫人？"于贝尔尊敬地问。

"舞蹈演员，阿尔莱特·克拉伊。"

除了在巴黎夏特莱剧院的舞台上，于贝尔还从来没有见过舞蹈演员。几乎出于本能，他好奇而略带贪婪的目光转向她长长的脚踝和闪光丝袜下的柔软肌肉。他脑子彻底乱了。一缕金黄色的头发落在眼睛里。女人用手轻轻地替他将这缕头发顺上去。

"那您现在去哪里？"

"我也不知道。"于贝尔承认道，"我家里人先前停在距离这里三十公里的一个小村子里。我很想去找他们，不过德国人应该已经到那里了。"

"这里不久之后也会有德国人。"

"这里？"

他受了惊一般，站起身来准备跑。她笑着拽住他。

"不过他们能拿您怎么样呢？像您这样的小孩子……"

"可是不管怎么说，我参加过战斗。"他抗议道，这句话伤害了他。

"是的，当然，但是不会有人告诉他们的，不是吗？"

她沉思了一会儿，微微皱起眉头。

"听着，您这样。我这就下楼为您要间房。这里的人认识我。这是间很小的旅馆，但是饭菜可口，我在这里过了几次周末。饭店老板会把他们儿子的房间给您的，他们的儿子入伍了。您可以在这里休息一到两天，然后就可以通知您的父母。"

"我不知道该怎么感谢您，夫人。"他低声说。

她离开房间。等过了一会儿，她回来时，于贝尔已经睡着了。她想要撑起他的脑袋，将手臂绕过他宽阔的肩膀和微微起伏的胸膛。她仔细地看着他，替他将散落在额际的金发理好，再一次用一种梦幻般的目光打量着他，仿佛一只馋嘴猫欣赏小鸟一般，叹道："他还真是不错，这孩子……"

十九

村子的人在等德国人的到来。一些人想到这是第一次看到凌驾于他们之上的征服者，便感觉到一种绝望的羞愧；另一些人则觉得害怕；但是更多的人只是感觉到一种可怕的好奇，仿佛即将上演一出惊世骇俗、前所未有的戏。头天晚上，政府官员、宪兵、邮局职员接到了出发的命令。不过镇长还在，这是个患痛风的老农民，似乎没有喜怒哀乐，任何事情也触动不了他。村子就这样处在没有领导的状况下，不过好像也糟糕不到哪里去！中午，就在阿尔莱特·克拉伊就餐的喧闹的餐厅，途经这里的人带来了停战的消息，女人哭成一片。据说局势非常混乱，有些地方士兵还在抵抗，市民都加入了他们的行列；大家一致认为这样做是不对的，一切都完了，现在能做的只有让步。所有的人同时开口说话，空气都变得无法呼吸。阿尔莱特推开她的餐盘，走出餐厅来到饭店的小花园。她随身带着香烟、折叠躺椅和一本书。从巴黎出来有一个星期的时间，当时她处在一种接近疯狂的恐慌之中，而在经历了许许多多不可否认的危险之后，她变得非常冷漠而安静；并且，她现在已经肯定，不管什么样的困境都难不倒她，她具备在所有情势之下尽可能获得舒适与安逸的天赋。这份变通，这份透彻，这份超脱，在她的职业与感情生涯中发挥了巨大作用，但是直到这时为止，她才看清楚，在她的日常生活中，在特殊状况下，这些特质也同样如此有用。

现在，想到自己曾经乞求科尔班的保护，她不无同情地笑了。就在图尔遭到轰炸的时候，他们到了那里。科尔班那只装有个人证券和银行资料的箱子被埋葬在碎瓦残片之中,而她从一片混乱中脱身时却没有丢失任何东西,甚至一块手绢、一个粉盒、一双鞋。科尔班害怕得瘫软的样子浮现在她眼前,她想,以后不妨和他谈谈当时的场景,想到这里她觉得很有趣。过了一会儿,她又想起他那深陷的、死人一样的下巴;真是让人想给他装个护领,好把他的下巴给撑起来。真是可悲啊!她把他留在图尔可怕的混乱与嘈杂之中,自己弄到汽油后便开车离开了。她到这座村镇已经两天,吃得很好,睡得很好,而那些可怜的人只能睡在谷仓里和广场上。她甚至还大发善心,将自己的房间留给那个可爱的男孩儿,那个小佩里冈……佩里冈?这是一个资产阶级家庭,挺无聊的,不过受人尊敬,非常富有,与军界、政界和产业界巨头的关系非常好,因为他们与里昂的马尔泰特家族的血缘关系……关系……她烦恼地叹了口气,想到这段时间以来,她为了勾引热拉尔·索罗门——弗尔尼埃伯爵的大舅子所付出的努力,想到今后必须修正在这件事情上的所有想法。她的这番努力没什么结果,平白浪费了很多精力和时间。

阿尔莱特微微皱起眉头,看着自己的指甲。看着这十面小小的镜子,她陷入了抽象的思辨之中。她的情人都知道,当她带着这种沉思的神情看着自己的手时,就是要表达自己的某种看法了,对于政治、艺术、文学、时尚的看法,并且,通常来说,她的看法尖锐而准确。就在刚才的这会儿工夫,熊蜂在她身边的鸡冠花丛中采蜜之时,这位舞蹈演员正在思忖自己的未来。最终她的结论是,对于她来说,一切都不会改变。她的财产一部分是首饰——首饰只能越来越值钱,另一部分是土地——战前,在中央高原地区,她做了几笔好交易。再说这还都是次要的。她最大的财富是她的腿,她的身材,她在出谋划策方面的天赋,而这一切唯一能受到的威胁只是时间。不过这倒是个黑洞……她想起自己的年龄,立刻从包里掏出镜子,就像掏出驱除命运魔咒的护身符一般,仔仔细细察看起自己的脸来。这时她想起一件事情,颇感不快:她用的粉是美国的一个牌子,而且只用这个牌子。在未来的这几个星期里,她很难弄到这个牌子的粉。这很破坏她的情绪。好吧,好吧!事情的表面还是会有所变化的,不过实质仍然不可动摇!一定会产生新的富人,所有灾难之后都是如此,这些人愿意花大价钱买乐子,因为他们的钱来得太容易了,爱情也依然如此。但是,上帝啊,但愿动荡早点平息!但愿某种生活方式——不管是什么样的方式——能够很快得以建立。所有的这一切,战争、革命,历史上翻天覆地的动荡,这一切只能激励男人,而女人……啊!女人所能感受到的只是烦恼。她敢肯定,所有女人对于这些事情的想法都和她一样,烦恼得让人哭,烦恼得让人提不起劲来,所有伟大的词汇,所有伟大的情感都没了!至于男人……不知道,也不好说……在某些方面,头脑简单的男人不大让人看得懂,但是女人嘛,她们有从一切非日常生活、非尘世生活的东西中恢复的能力,至少能够保证五十年不再受其影响……她抬起眼睛,看见小饭店的老板娘正趴在窗子上张望。

"怎么啦?古洛夫人?"

古洛夫人用一种严肃然而发抖的声音回答说:"小姐,是他们……他们到了……"

"德国人?"

"是的。"

她本想站起身来,到栅栏那里去,因为那里看得见街上的情景,但是她害怕自己一离开,就会有人强占她的帆布躺椅和树荫下的这个位置,因此她没动。

其实这还算不上德国军队,只是一个德国人:第一个。村子里的所有人都躲在紧闭的门后,透过半闭百叶窗的缝隙或是谷仓的小天窗看他。他将摩托车停在空地上。他双手戴着手套,穿着绿色的军服,戴着钢盔,当他抬起头的时候,便会露出帽檐下那张瘦长的粉色的脸,甚至可以说是一张颇为孩子气的脸。"他很年轻!"女人低声道。她们在不知不觉中认为自己原本应当看到个怪物,反正是奇怪而可怕的魔鬼的样子。他环视周围,想找什么人问问。于是那个参加过"一战"的办事员走出小店,他穿着胸前别有十字勋章和军功章的军服走向敌人。有一会儿,两个男人就这么面对面地站着,一句话没说。接着德国人指了指香烟,用蹩脚的法语问办事员借火。办事员用蹩脚的德语回答他,因为在一九一八年的时候,他曾经占领过马恩斯。小镇太安静了(整个村镇都屏住了呼吸),因此听得清他俩所说的每一句话。德国人在问路,法国人回答了他,然后进一步大胆问道:"停战协议签了吗?"

德国人张开双臂。

"我们还不知道,希望是这样。"他说。

这句话当中所包含的人性的成分,这个手势,所有这一切都表明,眼下这个人不是个凶残的魔鬼,而是一个普通士兵,和其他人一样。这突然间打破了村里人与敌人之间、打破了农民和入侵者之间的坚冰。

"他看上去不坏。"女人悄悄地说道。

他将手举到帽边,不过动作一点也不生硬,而且面带微笑,这是一个不确切的手势,仿佛还没有完成,不能算是军礼,和普通市民之间彼此说再见的手势没什么不同。他向紧闭的窗子投去好奇的一瞥,摩托车重新发动,很快消失了。人们陆陆续续打开房门,村里的人都出来了,走到广场上,围住办事员,而办事员仍然站在那里,一动不动,双手插在口袋里,皱着眉头凝视远方。他脸上的神情表达着某种矛盾:一切都结束了的轻松和一切以如此方式结束的悲伤与愤怒,过去的回忆与对未来的恐惧。所有的这些情感都反射到其他人的行为上。女人擦拭着满是泪水的眼睛,男人一声不吭,一副顽固和生硬的神情;一度心思不在游戏上的孩子此时回到了他们的弹子和造房子游戏的方格上。天空泛着银色的光芒,如同每一个明媚灿烂的日子一样,一团不易察觉的柔和的虹彩在天际飘过,虹彩里似乎汇聚了六月里所有新鲜的颜色,而且更加丰富,更加柔和,就像透过水面看到的种种颜色。

时间静静地流逝。公路上的汽车少了。不过自行车仍然全速前进,就像仍然被那股一个星期以来从东北面方向呼啸而来的狂风夹带着一般,那股不幸的人组成的狂风。又过了一会儿——令人震惊的场面——一些汽车出现在公路上,只是和一个星期以来车流的方向正相反,这些车是回巴黎的。看到这个场面,人们真正可以相信,一切都结束了。每个人都要回到自己家中。主妇在厨房里洗碗的丁当声再度响起,还有给兔子喂草的小个子老妇人轻巧的脚步声,甚至某个小姑娘一边用水泵汲水一边还在哼着歌儿。小狗在打架,在灰尘中打着滚儿。

现在已是晚上,柔美的黄昏,透明的空气,蓝色的阴影,最后一缕夕阳抚弄着玫瑰花丛,还有召唤信徒前去礼拜的教堂钟楼。就在此时，公路上出现了一种声音，而且越来越大，不像是这些日子以来的那种喧闹声。这声音低沉、沉着，似乎是不紧不慢地前进的轰鸣，令人窒息，冷酷无情。一队卡车往村镇的方向驶来。这一次真的是德国人来了。卡车在广场上停下来，车上的人也陆续下了车。第一批卡车之后，紧接着又是一批，然后又是一批。很短的时间里，从教堂到市政府，整个灰色的古老广场便停满了钢铁色彩的汽车，阴沉沉的一片，一动不动，远远望去，还能分辨出些许伪装后留下的枯枝。

多少人啊！人们重新走出家门，静静地、专注地望着广场上的人，听他们说话，估算他们大概有多少人，可是根本算不出来。德国人从四面八方涌出来，占满了广场和街道，而且一批又一批地接着到达。自从九月以来，村镇已经不习惯听到脚步声、笑声和年轻人的声音了。在这绿色军服的浪潮所带来的喧闹声中，在这健康人的气味中，在这新鲜的肉体的气味中，尤其是在这陌生的语言中，小村镇似乎有点闷住了，喘不过气来。德国人闯进镇上的人家，闯进商店和咖啡馆。他们的靴子踩在厨房的红砖上发出响声。他们要吃的，要喝的。他们抚弄着走过的孩子。他们做着大幅度的手势，唱歌，冲女人笑。他们那幸福的表情，那种胜利者的醉意，那种狂热，那种疯狂，那种掺杂着怀疑——仿佛他们自己对发生的一切也不敢相信似的——的极乐，这一切都形成了一种压力，一种震颤，好像是暂时忘记了忧伤和仇恨的被征服者一般。而真正的被征服者则张大嘴巴，看着他们。

在那家小饭店里，就在于贝尔一直沉睡的房间楼下，大厅里回荡着叫喊声和歌声。很快，德国人开始要香槟（"香槟！食物！"），香槟瓶盖在他们的手中蹦来蹦去。有些人在玩弹子球，有些人把一堆红彤彤的生肉片带进厨房，扔在火上，肉噼啪作响，冒出浓烟。士兵们还从地窖里将小瓶啤酒拿上来，不耐烦地推开想帮他们的女招待。一个脸蛋红扑扑的金发小伙子自己在炉边敲鸡蛋，还有一个在花园里摘第一茬草莓。两个几乎脱光了的小伙子将脑袋浸在才吊上来的冰凉的井水里。他们大嚼大咽这尘世里的所有好东西，他们逃过了死神，他们年轻，充满活力，他们是胜利者！他们用急促的、快速的语句，用蹩脚的法语倾吐着他们极度的欢乐，他们和每一个愿意听的人说，他们指着自己的靴子，重复说："我们走，走，同志倒下，一直在走"……大厅里，他们的武器、腰带和帽子丁当声此起彼伏。在睡梦中，于贝尔隐隐约约感觉到了这一切，他将这一切与前天的记忆混在了一起，似乎又看见了穆兰桥战役。他非常激动，叹着气，推开他也不知道是谁的一个人，他在抱怨，他觉得很难受。终于，他在这陌生的房间里醒来。他睡了整整一天。于贝尔受惊似的动了一下，揉着眼睛，他看见了在他熟睡之际走进房间的舞蹈演员。

他结结巴巴地说着感谢和抱歉的话。

"现在您大概饿了吧？"她说。

是的，真的，他饿极了。

"但是最好就在我房间里吃晚饭，您知道吗？楼下简直难以忍受，全是士兵。"

"哦！士兵！"他冲向门口，"他们说什么？形势好些了吗？德国人在哪里？"

"德国人？他们就在这里。楼下是德国士兵。"

他吃了一惊，害怕地从她身边跳开去，好像一只被追捕的动物。

"德国人？不，不，您是在开玩笑吧？"

他想找到另一个词，可是没能找到，于是他用颤抖而低沉的声音重复道："是开玩笑吧？"

她打开门，伴随着一股酸酸的浓烟，胜利士兵的声音传了上来，让人一辈子也忘不了：叫声、笑声、歌声、靴子的声音、将重型手枪扔在大理石桌面上的撞击声、钢盔撞到腰带铁扣发出的声音，总之是来自幸福人群的欢愉的轰鸣，是因为胜利而产生出的狂热与沉醉。"就像赢得比赛的橄榄球队。"于贝尔想。他好不容易才忍住了谩骂和泪水。他冲到窗边，向外看去。大街现在已经开始空了，但是四个人并排走过，用拳头敲着家家户户的门，他们叫着："灯，都关上！"灯光顺从地相继熄灭。只剩下月亮皎洁的光芒，照在他们的钢盔与枪管上，发出蓝色的幽光。于贝尔两手紧紧抓住窗帘，神经质地用窗帘捂住嘴，哭出声来。

"轻一点，轻一点。"女人说，她带着一丝同情，轻轻抚摸着他的肩膀，"我们也没有办法，不是吗？我们能怎么办？世界上的所有泪水加起来也不能改变什么。日子会好起来的。必须活下去，才能看到好日子，无论如何，必须活下去……必须挺着……不过您已经表现得很勇敢了……如果所有人都能这么勇敢……而您还这么年轻！几乎还是个孩子……"

他摇摇头。

"不是吗？"她低声道，"是个男人了？"

她不再说话。手指微微地颤抖着，指甲嵌进了小伙子的手臂，仿佛俘获了一个活生生的猎物，在塞进齿间饱餐一顿之前还要好好揉捏一番。她用一种残忍的语气低声说："不要哭。孩子才哭。您已经是男人了，一个男人在不幸的时候知道自己能够寻找到……"

她在等答案,可是没能等到。他低下眼睛,紧紧闭着痛苦的双唇,鼻子皱着,鼻孔仍在抽动。她只好用虚弱的声音继续说:"爱情……"

二十

在佩里冈家孩子们睡觉的那个房间，小猫阿尔贝已经做好了自己的床。一开始，它跳上了雅克琳娜脚边的提花压脚被，它搓揉着被子，轻轻撕咬被子上的提花图案，觉得有一种胶水和水果的味道，但是奶妈突然进来，把它赶跑了。如此反复了三次，于是等她一转身，它便静静地一跃，姿态如飞机一般优美，重新占据自己的位置，但是最后，它还是不得不放弃了斗争，在扶手椅上入睡。椅子上放了件雅克琳娜的裙子，它就睡在裙子下面。房间里的一切都在睡梦中。孩子们安静地休息，奶妈在数念珠做祷告，念着念着睡着了。小猫一动不动地睁着一只绿色的眼睛瞪着月光下闪闪发光的念珠，另一只眼睛仍然闭着。它的身体藏在玫瑰红法兰绒裙子里，然后，它慢慢地伸出一只爪子，接着又是一只，动作异常轻柔，它的爪子向前伸去，踏在藏在柔软温暖毛皮下的弹簧上，它感觉到从高处的关节一直到尖利透明的爪子都在颤抖。它纵身一跃，跳上了奶妈的床，一动不动地望着奶妈，观察了很长一段时间，只有它那纤细的胡子的两端有一点微微的颤动。它探出爪子，玩起了念珠。开始时仅仅是轻轻地摇动珠子，接着它觉得这些在它爪子间滚动的完美小球触上去非常光滑，而且凉凉的，很好玩；它加大了动作的幅度，念珠滚落在地上。小猫害怕了，消失在扶手椅下。

过了一会儿，艾玛努埃尔醒来，发出了尖叫。窗子和百叶窗都开着。月亮照耀在小镇的房顶上，房顶上的瓦片仿佛鱼鳞一般闪闪发光。花园里静静的，散发着一阵阵的香气，银色的月光好像透明的水波，晃动着，又轻轻地落在果树上。

小猫用嘴挑开扶手椅的流苏，用一种严肃、吃惊、做梦一般的神情望着眼前的场景。这还是一只年纪很轻的猫，只知道城市的生活。在城市里，只能远远地感受到六月的夜，比如说有时能够呼吸到那种湿热的、醉人的空气，但是在这里，鼻子里都是香气，香气包围着它，让它无处可逃，浸透它身体的每一个毛孔，弄得它昏昏然。半睁着眼睛，它感觉到一阵阵强烈而柔和的气味向它涌来，最后一批百合花的味道，带一点即将腐败的臭味，在树间流淌的汁液的气味，深不可测的土地散发出来的泥土清香，动物的气味，小鸟、鼹鼠、老鼠等所有猎物的气味，毛发、皮肤散发出来的麝香，血的气味……它贪婪地打了个哈欠，跳上窗台。它在窗台的沟槽上踱了很长时间。前天晚上，就是在这里，一只有力的手捉住它，将它扔到抽泣的雅克琳娜的床上。可是今夜，它不会被捉住的。它用眼睛测量了一下从窗台到地面的距离。穿越这段距离对于它来说有点玩命的意味，不过也许它很愿意通过自己的眼睛，通过夸大这一跃的困难程度来抬高自己。它用一种凶蛮的、胜利者的姿态抬起臀部，黑色的长尾巴扫过窗台，耳朵向后一撇，冲了出去，落在一块刚翻过的土地上。它犹豫了一下，嘴巴拱进地里，而现在它站在中心，站在最深的中心所在，站在黑夜的中心。它必须感受到的就是这大地；香气是在这地里，在树根与鹅卵石中间，香气还没有蒸发，还没有消散在天际，没有溶解在人类的气味里。这香气在倾诉，有一种秘密的意味，热热的。这香气充满了生命力。每一种香气都包裹着一块小小的生命，幸福的，可以食用的……金龟子、田鼠、蟋蟀，还有这声音中似乎含着晶莹泪珠的蟾蜍……小猫的长耳朵竖了起来，粉红色的耳朵，银色的绒毛，尖尖的，不过在耳朵里犹如旋花一般精巧地卷起来。它听着黑暗中的各种声音，如此之轻，如此细腻，如此神秘，只有它能够听得清楚：鸟巢里，小鸟孵蛋时稻草摩擦发出的沙沙声，羽毛的声音，小鸟啄树干时的声音，扑腾翅膀的声音，鞘翅的声音，老鼠的爪子轻轻擦过地面的声音，甚至还有正在发芽的种子发出的爆裂声。金黄色的眼睛在黑夜里闪过，在树叶下沉睡的麻雀，巨大的黑色山鹑，山雀，还有雌夜莺；雄夜莺醒着，它在歌唱，在森林间，在河岸上与雌夜莺彼此呼应。

我们还能听见别的声音：每隔一定时间就会响起的爆炸声在空中升起，如花朵般绽放；爆炸声停下的时候，便能听见村子里所有的玻璃窗都在颤抖；黑暗中，百叶窗打开，又重新关上，充满忧虑的话语在空中飘荡，从一扇窗传到另一扇窗。开始的时候，每一声爆炸都会让小猫受惊跳起来，尾巴竖得笔直：一道道波光掠过它的毛皮，它的胡子因为激动而陡然翘起，接着它就习惯了，而且爆炸声越来越近，也许它把这爆炸声和雷声混淆了。它在花坛里翻了几个筋斗，用爪子揉碎了一朵玫瑰：玫瑰已经盛开，只消一口气便能让它坠落，逝去；白色的花瓣雨轻轻地飘落在地上。突然，小猫爬到一棵树的树顶；它的跳跃与松鼠一样迅捷，树皮在它爪子下纷纷裂了开来。受惊的小鸟四散飞开。站在一根树枝的顶端，它跳起了一种野蛮的舞蹈，仿佛战争之舞，傲慢而大胆，嘲弄天，嘲弄地，嘲弄动物，嘲弄月亮。它不时地张开那张狭而深的嘴，发出尖锐的喵呜声，这是对周围所有猫的召唤，挑衅的、尖利的召唤。

鸡棚里、鸽棚里，所有的动物都醒了，都在颤抖，它们把脑袋埋在翅膀里，感受着石头和死亡的气味。一只小白鸡跳到了吧台的小木桶上，打翻木桶之后匆匆忙忙地逃走了，咕哒咕哒地乱叫着。但小猫此时跳到草地上，它没有动，它在等待。它那金色的圆眼睛在黑暗中闪闪发光，接着是树叶晃动的声音。等它回到原地时，嘴巴上已然叼着一只失去知觉的小鸟。它轻轻地舔噬着从小鸟伤口中流出的血。它闭着眼睛，怡然地饮着热血。它将爪子放在小鸟的胸前，一会儿松开，一会儿深深地嵌进小鸟柔软的肌肉和轻巧的骨头里，它的动作缓慢而富节奏感，直至最后，小鸟的心脏停止了跳动。然后它不紧不慢地将小鸟吃完，舔着自己的尾巴，给这尾巴上光。刚才，湿润的夜在这条漂亮的毛尾巴的顶端留下了一条潮湿的、闪光的印记。现在，它觉得自己已经做好发善心的准备了：一只鸲鹆在它爪子下溜过，它没有抓住它，接着是一只鼹鼠，它也只是给鼹鼠的头部来上一击，鼹鼠的嘴角边流下鲜血，而它就听凭鼹鼠处在这样的半死状态，没有再做什么。它的鼻孔倨傲地抽搐着，它欣赏着眼前的鼹鼠，不过没有碰它。现在它感觉到了另一种饥饿，是来自腰间的饥饿，它抬起脑袋，又喵呜了一声，而喵呜声最终变成了王者嘶哑的叫声。鸡棚上，一只棕红色的老雌猫出现了，在月光下蜷成一团。六月的夜很短，马上就要结束，星光渐渐暗淡下去，空气中散发着奶味和潮湿的青草味道。月亮的一半身影躲进了树林里，只剩下玫瑰色的一角，也渐渐在晨雾中隐去，此时，猫懒洋洋地回来了，一副胜利者的姿态，身上沾着露水，嘴里在嚼一根稻草，它溜进雅克琳娜的房间，蹿上她的床，在她瘦小的脚边寻找一块温暖的地方。它仿佛一只开水壶般打起呼噜来。

不久之后，火药库爆炸了。

二十一

火药库爆炸了,可怕的爆炸声才勉强平息(这地方的一切似乎都搬了家,所有的门窗都在颤抖,公墓的一面矮墙也坍塌了),教堂钟楼那里便燃起了熊熊火焰,而且还发出巨大的呼啸声。火灾的爆裂声与军火爆炸的声音混在一起。仅仅一秒钟的时间,整个村镇都沦为火海。工具仓里还堆放着干草,谷仓里有稻谷,这些都是燃料。屋顶掉了下来,天花板一裂两半;逃难的人群冲向外面的街道;村镇里的居民则冲向鸡棚与马厩,想要救出家畜家禽。马在嘶叫,直立起来,因爆炸声和火灾的声音受了惊;它们拒绝离开马厩,而是仰起头,抬起蹄,与火墙奋力抗争。一头牛跑了出来,头上还顶着着火的干草,于是疯狂地甩着头,发出痛苦而惊惧的哞哞吼声;燃烧的草秸向四面八方飞舞。花园里,一棵棵正在开花的树被这血一般的神奇光芒照耀着。如果是在平常的日子,救援工作是可以开展的。而人们在经历了最初的可怕时刻之后,也基本能够安静下来。但是这次不同,接踵而来的不幸令他们完全丧失了理智。再说,他们知道消防队员在三天前就接到命令开拔了,并且带走了所有的救援物品。他们觉得完全失去了方向。"男人,哪怕只要有男人在也行啊!"农妇叫道。但是男人都在远方,淘气鬼们跑啊、叫啊,忙成一团,使得这一切更是乱上加乱。难民也在叫唤。他们当中就有佩里冈一家,衣服还没穿整齐,脸都是黑黑的,披散着头发。就像在公路上那回,爆炸之后,所有的呼唤声同时响起,彼此交错,所有人都在叫——村镇整个地陷入一片喧闹之中,"让!苏珊娜!妈妈!爷爷!"——

所有人一起在喊。可是没有人回答。几个从着火的车棚里救出自行车的小伙子推着车子冲向人群。但是，奇怪的是，这些人仿佛都还保持着冷静，似乎该怎么做就怎么做，并没乱了方寸。佩里冈夫人将艾玛努埃尔抱在手上，雅克琳娜和贝尔纳挨着她的裙子（妈妈把雅克琳娜从床上拎起来的时候，雅克琳娜甚至还得空把小猫放进篮里，此时她神经质地将猫紧紧地贴在胸口）。佩里冈夫人在脑子里不停地重复着："最要紧的是逃命！上帝保佑！"她的首饰和钱都缝在一个鹿皮袋里，用别针别在她的衬衫里，此时就在她的胸前，她一边跑一边能感觉到这东西在撞她。她还记得带出了她的毛皮大衣和放在枕边的那只装满钱的箱子。孩子们都在：三个孩子！有时，她的脑海里会闪现出菲利普和于贝尔，虽然像闪电般一闪而过，可是会刺痛她，两个大孩子此时都不在她身边，也许都身处危险之中。于贝尔的逃跑曾令她非常绝望，然而她又为他感到骄傲。这的确是未经思考、不听话的举动，不过这是一个男人的举动。这两个，菲利普和于贝尔，她不能为他们做些什么，但是这三个小的！她救出了她的三个孩子！前天晚上她好像有预感似的，她想，她让他们半和衣而睡。雅克琳娜没穿裙子，但是在她裸露的肩头披着一件紧腰上衣，她不会着凉的，这比穿衬衫要强；婴儿包在被子里；贝尔纳的头上甚至还带着他的贝雷帽。至于她，她没有穿长筒袜，赤脚穿了双红色高跟凉拖鞋，胳膊紧紧地围住婴儿，小东西倒是没叫，不过眼睛害怕得骨碌碌直转。佩里冈夫人在充满恐惧的人群中开辟出一条道路，根本不知道自己将走向什么样的世界，而天上，她觉得有数不清的飞机（实际上只有两架！）在来来去去，发出邪恶的胡蜂般的嗡嗡声。

"但愿别再向我们投炸弹了！但愿别再炸我们！但愿……"这些话一直在她低垂的脑袋里盘旋，同样的话。她高声叫着："别松手，雅克琳娜！贝尔纳，别叫了！你又不是小姑娘！好了，我的小宝贝，没什么的，妈妈在这里！"她机械地吐出这些话，自己心里则在不停地祈祷："但愿别再炸我们了！但愿炸的是别人，上帝啊，不是我们！我有三个孩子！我要救他们！怎么样都行，就是别炸我们！"

终于走过了村里狭窄的街道。她现在身处旷野之中，火海已经在她身后，火焰在天边像扇子一般地弥散开来。此时距离榴弹投在钟楼上的黎明时分才一个小时。公路上，还有从巴黎、第戎、诺曼底、洛林和法国各地逃出来的汽车。车里的人在打瞌睡，有时他们会抬起头，无动于衷地看着远处的火海。他们看了太多的事情！奶妈跟在佩里冈夫人身后，似乎害怕得丧失了说话的能力；她的嘴唇在颤动，可是没有发出任何声音。她手里拿着她才烫好的打褶便帽，帽子两边还有平纹细布的带子。佩里冈夫人向她投去了愤怒的一瞥。"怎么，奶妈，您就真的不能带点有用的东西吗？"老太太费了很大的劲想说点什么。她的脸都憋紫了，满眼是泪。"主啊。"佩里冈夫人想，"这个人已经疯了，我又会怎么样？"然而，女主人严厉的声音倒是让奶妈神奇般地恢复了说话的能力……她又找回了以往一贯的语调，那种恭敬却尖酸的语调回答说："夫人不会希望我落下它吧，它可并非一钱不值！"这顶便帽是她们之间不和的导火索，因为奶妈讨厌强加给她的这种发型——"这种发型多么合适。"佩里冈夫人一直认为，"仆人就是应该梳这样的头发。"在佩里冈夫人看来，每一个社会阶层都应该佩戴表明自己境况的标记，这样可以避免判断上的错误，就好像商店里都要给货品贴上价格标签一样。"谁都能看出她不是干洗衣、熨烫之类的活儿的!"奶妈总是在配膳室说。她颤抖着手,将帽子蝴蝶似的缎带系在脑袋上,夜里她就已经梳好了用来戴这顶帽子的头。佩里冈夫人望着她,觉得有点什么不对劲的地方,但是说不出来。一切都是那么模糊,世界是一个可怕的梦。她在一个大土坡上坐下来,将艾玛努埃尔交到奶妈手里,用尽气力说:"现在的问题是必须离开这里。"她仍然坐着,等待奇迹的出现。没有奇迹,不过一驾驴车正好经过,看到驾车人看了她和孩子们一眼,并且慢了下来,佩里冈夫人的直觉又起作用了,这种直觉源于富有,有钱人知道什么时候、什么东西可以卖。

"停一下!"佩里冈夫人叫道,"离这里最近的火车站在哪里?"

"圣-乔治。"

"乘您这车,需要多少时间能到那里?"

"嗯,大概四个小时吧。"

"还有火车吗?"

"据说还有。"

"那就好。我上来了。来,贝尔纳。奶妈,抱着小东西。"

"但是,夫人,问题是我不走那个方向,这样来回就要耗掉我八个小时。"

"我会出个好价钱的。"佩里冈夫人说。

她上了车,计算着,如果火车正常运转,她明天早晨可以到尼姆。尼姆……她母亲家,她的卧室、浴室。想到这里,她感到有些支撑不住了。火车上还会有位置吗?"有这三个孩子。"她对自己说,"我什么都能办到。"佩里冈夫人总是一派王者风范,因为她是一个大家庭的女主人,所以在任何时候都自然而然占据着首要位置……她可不是那种随随便便就可以让别人忘记其特权的女人。她抱着双臂,用胜利者的姿态欣赏着乡间风光。

"但是夫人,汽车呢?"奶妈呻吟道。

"估计汽车已经在某个时刻化为灰烬了。"佩里冈夫人回答说。

"那箱子呢,孩子们的东西呢?"

箱子都在仆人的小卡车上。灾难发生的时候只剩下三个了,三个箱子里盛满了衣服……

"我不要了。"佩里冈夫人叹了口气,眼睛望着天,在甜美的梦中,她看见了尼姆堆满细布和亚麻珍宝的橱子。

奶妈丢了自己的铁锁箱,还有一只仿皮的手袋,她哭了。佩里冈夫人想让她明白天意不可违的道理,可是没有用。"想想看吧,您还活着,我可怜的奶妈,其他的一切都不重要!"驴子一路小跑。农民选择的是近道,路上全是难民,黑压压的一片。十一点钟,他们到了圣-乔治,佩里冈夫人终于登上一辆开往尼姆的火车。周围的人都在说已经签署了停战协议。有些人说这根本不可能。但是无论如何,炮声、炸弹声都没有了。"也许噩梦已经结束?"佩里冈夫人在想。她再一次看了一眼自己带出来的东西,她"救出的所有东西":她的孩子、她的箱子。她摸了摸缝在胸前的首饰和钱。是的,在这黑暗的时刻,她是那么坚定、勇敢和冷静。她没有乱……她没有丢掉……她没有……她突然发出一声尖叫。她将手放在脖子上,脑袋向后仰去,从喉咙口挤出了窒息一般的嘶哑叫声。

"上帝啊，夫人！夫人不舒服了！"奶妈也叫出声来。

佩里冈夫人嘶哑着嗓子，终于哼哼道："奶妈，我可怜的奶妈，我们忘了……"

"忘了什么？到底是什么？"

"我们忘了我公公。"佩里冈夫人哭着说。

二十二

整整一夜，查尔斯·朗日莱没有离开过方向盘，他在从巴黎到蒙塔日的路上，就这样，他也身处大众的不幸之中。但是，他表现出心肠很硬的样子。在他停下来吃饭的小饭店里，周围的一群难民都在哀叹一路上的可怕情景，拖他作证说："是不是这样的，先生？您看到的和我们看到的一样吧？可不能说我们在夸张！"而他则用干巴巴的语调回答说："我什么都没看见，没看见！"

"什么？连个炸弹也没看见？"饭店老板娘吃惊地问。

"没有，夫人。"

"没看见着火？"

"连一起车祸都没看见。"

"那您的运气真是太好了。"老板娘迟疑了一下说，可是她怀疑地耸耸肩膀，仿佛在想："这可真是个怪人！"

朗日莱用唇边碰了碰才给他端上来的煎蛋，旋即推开盘子，低声说"简直没法儿吃"，然后就结账离开了。这些所谓好心肠的人询问他，原本指望得到些许乐趣，却在他这里碰了壁，他感到一种奇怪的快意，因为这些人，这些卑劣而粗俗的生灵，他们自以为这是一种人类的同情心，实际上只是对传奇事件的低俗的好奇心。"这个世界，粗俗无处不在，真是令人匪夷所思。"查尔斯·朗日莱悲伤地想。每当他发现现实世界里竟然住满了从来没有看过教堂、雕塑、绘画的可怜人，他就会觉得受到侮辱而火冒三丈。更何况，他一向自诩属于极少数幸福的人，然而，这些所谓幸福的人在面对命运时，竟然也是和穷人一样怯懦，一样愚蠢。上帝啊！想想这些人吧，想想他们会怎么说这次"逃难"，会怎么说"他们的逃难史"吧。他们会说些什么，他都知道，自命不凡的老女人会尖声说："我不怕德国人，我才不怕呢，我冲他们走过去，对他们说：先生，你们是在一位法国军官母亲家——他们一句话也没说。"另一个女人会说："子弹就在我身边呼啸，可是真奇怪，这一点也不令我感到害怕。"他知道，所有人都会在自己的故事里加入可怕的场面。至于他，他会回答道："真是奇怪，在我看来一切都很平常。公路上有很多人，如此而已。"他想象着他们吃惊的表情，笑了，得到了某种安慰，他需要安慰。只要想到巴黎的房子，他的心便很疼。有时，在车里，他会转过头去，温柔地看着那些装有瓷器、装有他最珍贵的宝贝的箱子。一件卡波迪蒙特群像瓷器令他颇为担忧：他一直在想是不是在瓷器周围放够了丝纸屑。包装到最后的时候，丝纸不够了。这是一件放在餐桌中央的大瓷器，上面画着年轻姑娘和心上人以及小动物翩翩起舞的图案。他叹了口气。他将自己比作在火山熔岩到达前出逃庞贝城的罗马人，放弃了奴隶、房屋和金子，但是在自己的内长衣里，却放上了几尊陶土的雕像，一个形状完美的花瓶，或是做成美丽的乳房形状的高脚酒杯。想起自己和其他人如此不同，他有一种既欣慰又苦涩的感觉。他垂下了苍白的眼睛。车流一直往前，那些个阴沉、焦虑的脸彼此之间没什么两样。可怜的孬种！他们究竟在担心什么？无非是吃什么喝什么？而他，他想的是鲁昂的大教堂，卢瓦尔河岸的城堡，想的是卢浮宫。这些值得尊敬的石头啊，只要一块就能抵得上一千条人命。他已经靠近日安。天际出现了一个黑点，就在一闪念的功夫，他突然想到这条难民流很可能成为诱惑敌机的目标，于是他转到反方向的道路上。十五分钟后，就在离他几米远的地方，那些也想和他一样离开公路的汽车相继冲了出来，惊慌失措的司机完全乱了手脚。汽车纷纷摇晃踌躇着，直到最后冲进田野，将行李、床垫、鸟笼散了一地，还有好些个女人受了伤。查尔斯听见一阵混乱的响声，但是他没有回头。他向一座茂密的树林逃去。他将车停在树林里，等了一会儿之后又重新出发，准备走乡村小路，因为毫无疑问，国家公路已经十分危险了。

有一阵子，他暂时抛下了鲁昂的大教堂，他要好好想想自己可能碰到的麻烦，他，查尔斯·朗日莱。他不想让自己沉浸在这样的思绪之中，可这些最令人不快的情景就是要进入他的脑海。他细腻而清瘦的一双大手紧紧地抓住方向盘，有些微微的颤抖。他现在所处的地方没有什么汽车经过，也没有什么房子，问题只是，他不知道自己在朝什么地方去。他的方向感一向很差。没有司机的旅行他一点儿也不习惯。他在日安附近游荡了一阵子。可是，意识到汽油有可能不够的问题时，他更加紧张了。他叹口气，摇摇头。他早就料到会发生这一类的事：他，查尔斯·朗日莱，他根本无法适应这种粗俗的生存。日常生活的重重圈套对于他来说简直无法承受。汽车停了下来。没有汽油了。他做了个小小的、优雅的手势，就像人们在可怜的勇气面前所表现出的某种敬意。这下什么也做不了了，他也许得在树林里过夜。

"您不能让给我一点汽油吗？"他问路过的一个车主。

这个人拒绝了，查尔斯的脸上显出讥讽而忧伤的笑容："瞧啊，这就是人！自私的、硬心肠的人类。在不幸之中，没有人会给他的兄弟分一口面包、一瓶啤酒、一点可怜的汽油。"那个车主又回过头来冲他叫道:"距离这里十米的地方,有个小村庄……"

村庄的名字随着他的远去消失在风中,不过查尔斯已经向前走去,绕过一些树。他觉得自己好像看到了一两座房屋。

"可是汽车呢?我可不能把汽车丢在这里!"他绝望地想,"再试试看吧。"可是什么也没有发生。他浑身上下都是灰尘,简直像根粉笔,此时,有几个看上去像是喝醉了的年轻人,吵吵着,仿佛苍蝇一样粘满了一辆几乎无法前进的汽车,车里面、车座上,甚至还有车顶都是人。

朗日莱不禁战栗地想:"真是一群无赖啊。"可是,他还是用最彬彬有礼的口吻问:"先生们,你们能给我一点汽油吗?我没法儿开了。"

他们那显然是疲劳过度的刹车发出可怕的声音,然后汽车停了下来。年轻人看着查尔斯,讽刺地笑了。

"您付多少?"终于,他们当中的一个问道。

查尔斯觉得自己本应该回答:"您要多少我就付多少!"但是他很小气,更何况他害怕自己太露富,让这些无赖想入非非。最后还有一个原因,那就是他怕自己上当白付钱。

"我会付合理的价钱。"他傲慢地回答。

"没有。"这辆颠颠簸簸、一路呻吟的汽车主人说。

他重新发动车子,沿着林间满是灰尘和沙子的小道向前开去,而朗日莱吓得赶紧挥舞着手臂想要叫住他。

"可是等等!停一下!至少开个价呀!"

他们甚至没有回答,留下他一个人。可是他一个人待着的时间不是很长,因为夜晚来临,渐渐地,难民侵入了树林。他们没能在饭店找到房间，而且沿途的住家也都挤满了难民，所以这些人决定在树林里过夜。很快，这里就好像在七月的伊丽莎白维尔一样，一派野营的场面，朗日莱有点恶心地想。小孩子你争我夺，青苔上盖满了揉得皱巴巴的报纸、湿漉漉的衣服和空罐头盒。一些女人在哭，另一些在叫或者在笑。可怕的、脏兮兮的孩子走近查尔斯，查尔斯没敢训斥他们，赶他们走，因为他害怕孩子父母纠缠，可是，他瞪圆愤怒的眼睛。"这是贝尔维尔①的败类。"他惊恐地低声说，"我究竟掉在什么样的陷阱里啊？"究竟是出于偶然，还是他查尔斯过于快速和紧张的想象，巴黎最下三滥的区域之一的居民全都聚集在这里。他觉得所有男人都像是强盗，所有女孩子都像是骗子。一会儿天就完全黑了，在这浓密的树荫下，六月透明的影子被冰凉的白色月光切成一块块黑色的阴影。所有的声音都戴上了一种特别的、可怖的回声：天上的飞机声，落在后面的小鸟的声音，还有沉闷的轰鸣声，谁也不能确定究竟是炮声还是轮胎爆炸声。有一两次，有人在他周围不怀好意地闲逛，凑近了看他。他听到了些让人发抖的话题。平民百姓的精神状态可不是原本应该的那样……他们在说富人逃跑都是为了将自己的皮草和金子藏起来，他们全部都拥堵在公路上，而穷人呢，只有腿，走得几乎累死。"照这样说他们应该不是开车逃难的。"查尔斯愤愤地想，"那些也许是偷来的车子！"

一辆小车停在他身边，车里的小伙子和年轻姑娘看来比其他的难民要上流一点，查尔斯感到特别宽慰。小伙子的胳膊稍稍有些变形，他故意一直将这只胳膊伸在前面，仿佛贴上了一行大字

---

① 贝尔维尔，或译美丽城，巴黎移民较为集中的一个区域。

"不适合参军"。女人年轻、漂亮,脸色特别苍白。他们分了块三明治,似乎很快就要入睡,并肩坐着,脸靠在一起。查尔斯也想这么睡一会儿,但是,疲倦、超常的激动和恐惧让他难以入睡。一个小时以后,查尔斯的邻居,那个小伙子睁开了眼睛,他轻轻地动了动,点燃一根香烟。他看见朗日莱也没睡。

"真是难受啊!"他冲查尔斯轻声说道。

"是啊,非常难受。"

"不过,一个晚上很快就过去了。我希望明天能到博让西,从反向的小路走,下面的公路已经没法儿走了。"

"真的吗?好像那里遭到了猛烈的轰炸。您能走真是幸运。"查尔斯说,"我一滴汽油也没了。"

查尔斯犹豫了一下。

"也许我能请您帮我看一下车子(这个人看上去是个诚实的人,他想),我想去附近的村子里看看还有没有剩下一点,有人说那里有。"

小伙子摇摇头。

"唉,先生,什么都没有了。我要了最后几罐,价格简直离谱。我到卢瓦尔河边应该是没问题的。"他指着绑在汽车后备箱上的汽油罐说,"可以在他们炸掉桥之前过去。"

"什么,我们要把桥炸掉?"

"是的,所有人都这么说。据说要在卢瓦尔河边打上一仗。"

"那么说您认为已经没有汽油了?"

"哦!我可以肯定!我很想让给您一点,但是我自己也刚刚够。我必须把我的未婚妻带到安全的地方,带到我父母家。他们住在拜日拉克。只要穿过卢瓦尔河,找到汽油也许比较容易,我希望是这样。"

"啊!这是您的未婚妻?"查尔斯说,他实际上在想别的事情。

"是的。我们本应该六月十四日结婚。一切都已准备就绪,先生,请帖发出去了,戒指买好了,婚纱应该今天早晨送到。"

小伙子陷入了遐想之中。

"不过暂且搁一搁而已。"查尔斯·朗日莱彬彬有礼地说。

"啊!先生!谁知道我们明天在哪里?我也许不该抱怨。像我这样的年龄,本该去当兵,不过,我的胳膊……是的,因为中学里的一次事故……但是我觉得,在这场战争中,市民所承受的风险比军人所承受的还要大。据说某些城市……"

他压低了声音:"据说某些城市已经化为灰烬,到处是死尸,遍地都是。他们还说了好些非常残忍的故事。您知道吧,监狱、疯人院全都开了门,先生。我们的领导人丧失了理智。犯人没人看管,满街乱跑。据说有个监狱长就在接到打开监狱大门的命令时被犯人杀了;这事就发生在距离这里两步之遥的地方。我亲眼看到好些人家被抢,一片狼藉。而且他们还袭击过路的,偷汽车……"

"啊,他们偷……"

"这种大规模的出逃过程中会发生什么事情,我们永远也不知道。他们现在说:'你们只要待在自己家中就可以了!'他们还真是好。待在家里,等着被飞机扔下的炸弹和枪炮杀死。我在蒙弗尔-拉默里租了一座小房子,想结婚以后在那里安静地过上一个月,然后再去我的岳父母家。可是六月三日,小房子被炸掉了,先生。"他气愤地说。

他说了很多,而且很兴奋,他似乎已经累得脸色灰暗。他温柔地用手指轻轻抚弄了一下熟睡中的未婚妻的脸蛋。

"但愿我能救出索朗日!"

"你们俩都很年轻吧?"

"我二十二岁,索朗日二十岁。"

"她这样很难受。"查尔斯·朗日莱突然温柔地说,声音温柔得连他自己都觉得陌生,仿佛蜜一样甜,而他的心却跳得厉害,"为什么你们俩不到稍微远一点的草地上去伸展一下呢?"

"可是汽车怎么办?"

"哦!我会帮您看着的,别担心。"查尔斯压抑地笑了一下说。

小伙子还在犹豫。

"可我想尽早走。但是我睡觉很沉……"

"我可以叫醒您。您想什么时候走?瞧,现在刚刚十二点。"他看着表说,"我四点钟叫醒您。"

"哦!先生,您真是太好了!"

"不。只是二十二岁,我也曾经爱过……"

小伙子做了个局促不安的手势。

"我们应该在六月十四日结婚的。"他叹着气重复道。

"是的,当然,当然……我们处在一个可怕的时期……但是我可以向您保证,这样抱着方向盘那才叫荒唐。您的未婚妻非常疲倦呢。您有什么可以盖一下的?"

"我的未婚妻有件很大的风衣。"

"草地上是那么美好。如果我不是因为风湿病,这病有些年头了……啊!年轻人,二十岁是多么美好啊!"

"二十二岁。"小伙子纠正道。

"你们还能看见更加美好的时光,你们总能摆脱困境,而像我这么一个可怜的老人……"

他就像一只要打呼噜的猫,垂下了眼睛。接着他用手指着一块借助月光才能勉强分辨出的浓密树荫下的空地说:"到那里一定好极了……会忘记一切。"

他等着年轻人的回答,然后又故意用一种假装出来的无所谓的声音说:"您听到夜莺的歌声了吗?"

鸟儿已经叫了一段时间,它栖息在一根很高的树枝上,对一切声音,对难民们的嘈杂声,对他们在草地上燃起的驱逐湿气的火堆不理不睬。它啼唱着,乡间的其他夜莺都在和鸣。小伙子听着鸟儿的歌声,歪着脑袋,胳膊环着熟睡的未婚妻,过了一会儿,他冲未婚妻低声说了点什么。她睁开眼睛。他又凑近她说了几句,像是在恳求什么。查尔斯转过头。可是还是听到了一点。"因为这位先生说可以帮我们看着车子……"还有,"您不爱我,索朗日,不,您不爱我……可是您……"

查尔斯故意毫不掩饰地打了个大大的哈欠,用一种蹩脚演员的夸张语调,似乎也不针对谁地低声说:"我大概很快就要睡着了,我……"

于是索朗日不再犹豫。她紧张地低声笑着,吻着小伙子,用几乎听不见的声音否认说:

"如果妈妈看见我们这样……哦!鲍勃!您真是可怕……您以后不会因此指责我的,是吗,鲍勃?"

她倚在未婚夫的怀里走远了。查尔斯看见他们在树荫下往前走,搂着腰,互相轻轻亲吻。接着就不见了踪影。

他在等。这半个小时似乎是他平生所度过的最漫长的时光。但是他没有思考。他觉得害怕，同时还有一种出乎意料的快感，他的心跳得如此猛烈，简直有点疼，他呢喃道："这心脏不好……真是承受不了！"

但是他知道，自己从未曾有过这么强烈的欲望。好像一只猫，平素都是躺在天鹅绒垫子里，嚼着美味的鸡肉，出于偶然来到乡间，站在一根冰凉的、嫩红的干树枝上，齿间是仍在扑腾的血肉模糊的小鸟，它体会到的应该是同样的恐惧，同样的残忍的快感，查尔斯想，因为他太聪明了，不可能不知道自己正发生着什么样的变化。他轻轻地、轻轻地爬上身旁的车子，尽量不把车门弄出什么响动，他解开汽油罐（他还拿了食用油），打开油罐的封口——打开封口时他划破了手，为自己的汽车加满油，然后，趁着好几辆汽车发动的机会，他上了路。

出了树林，他回过头，微笑着欣赏了一下月亮的清辉下那银绿色的树梢，想道："不管怎么说，他们六月十四日要结婚的……"

二十三

街上的嘈杂声惊醒了老佩里冈。他睁开一只眼睛,唯一的一只眼睛,混浊、苍白,这只眼睛里满是惊讶与责备。"他们这是在干什么,那么吵?"他想。他忘记了这一路的旅程,忘记了德国人,忘记了战争。他以为还是在儿子家呢,德莱塞林荫大道,尽管他的目光停留在一间陌生的房间里,他根本不明白是怎么回事。在他这个年龄,过去的情景总是比现实显得更具力量。他看见的仿佛是巴黎寓所床上的绿色床罩。他那颤抖的手指伸向桌子,每天,他一早醒来的时候,桌上总是放好了一盘麦片粥和几块指定牌子的饼干。没有盘子,没有杯子,甚至没有桌子。就在这时他听见附近的房屋着火的声音,闻到了烟味,他猜到一点发生的事情。他张开嘴,无声地喘着气,仿佛一条游出水面的鱼,接着他就昏了过去。

但是屋子没有被烧掉。只是屋顶的一角被烧坏了。极度混乱和可怕的场面之后,火灾平息下来。低处广场的瓦砾之中仍然隐藏着火苗,而且还能听到爆裂的声音,但是小旅馆没事。傍晚,人们发现了老佩里冈,一个人躺在床上。他咕哝着,言语混乱。人们把他抬到了修道院的收容所。

"他还是在那里更好,我没有时间照顾他,想想看!"老板娘说,"难民,还有马上就要来的德国人,还有火灾,这一切……"

她没有说出最让她揪心的事:丈夫和两个儿子都不在身边,三个人都上了前线,音信杳无……三个人都处在这不确定的、一直在摇摆不定的、可怕逼近的被称之为"战争"的区域里……

在圣体教堂嬷嬷们的打理下，修道院收容所非常干净。人们把老佩里冈先生安置在窗边一张舒适的床上。透过窗户可以看见六月里郁郁葱葱的大树，在他周围有十五个安静的老者，都不说话，静静地躺在雪白的床单上。但是他什么也看不见。有时，他似乎在和自己那双青色的、交叉放在灰色被罩上的手说话。他断断续续地讲了几句，非常严厉，然后他一直在摇头，直到喘不上气来才闭上眼睛。他没有被烧到，也没有受伤，但是他正发着高烧。医生正在邻近的另一座城市里抢救在轰炸中受伤的人。很晚的时候，他终于来替佩里冈先生做了检查。他没说出个所以然来：医生太累了，他已经四十八个小时没有睡觉，抢救了六十个伤员。他给佩里冈先生打了一针，答应第二天再来。对于嬷嬷们来说，问题已经得到了解决，她们成天和奄奄一息的人打交道，从他们的一声叹气、一句埋怨或是冰凉的汗珠和麻木的手指就能嗅出死亡的气味。她们还找来了陪医生一起到邻近城市的神甫先生，这位神甫先生睡得可不比医生要多！他替佩里冈先生做了圣事。老人似乎神志清醒过来。神甫先生离开收容所时，对嬷嬷们说可怜的老人正在和上帝交涉，说他会有一个完美的基督教人生结局。

一个嬷嬷是小个子，很瘦，白色的修女帽下是一双深邃、狡黠、充满勇气的蓝眼睛；另一个则温和、羞涩，红红的脸蛋，总是牙疼，因此在诵经的时候，她总是将念珠举到疼痛难忍的牙边，她的笑容总带一点谦卑的味道，好像觉得在这悲伤的几天自己所受的苦难太轻似的。佩里冈先生就是对她突然说道（已经过了十二点，白天的嘈杂平息下来，此时只能听到修道院花园里的猫叫声）："媳妇儿，我感觉不好……赶快把公证人叫来。"

他把嬷嬷看成自己的儿媳妇了。在他半糊涂半清醒的状态下，看见儿媳妇戴着这样的修女帽照顾他，他还是感到非常惊讶，可是无论如何，这只能是她！他温和地，耐心地重复说："诺加莱先生……公证人……最后的遗愿。"

"怎么办？"圣体教堂的玛丽嬷嬷问天使教堂的玛丽嬷嬷。

两个头戴白色修女帽的人弯下身来，脑袋几乎在那具平躺的身体上方碰到一起。

"这个时候公证人没法儿来，我可怜的先生……睡觉吧……明天我们叫公证人来。"

"不……没时间了。"佩里冈低声说，"诺加莱先生会来的……打电话给他，我求您。"

两位修女又商议了一番，其中一个走开了一会儿，回来时拿来一杯很热的药茶。佩里冈试图喝几口，但是很快他就将药茶还给她们，药茶沿着他白色的胡子流下来。突然间，他好像特别激动，咕哝着发出命令："让他加紧点……他答应过我……只要我喊他……我求您了……得快点儿，让娜（因为此时在他脑中出现的不再是他儿媳妇了，而是他已经去世四十年的妻子）。"

圣体教堂的玛丽此时感到牙齿一阵钻心的剧痛，以至于她没法子表示任何反对意见。她一边点头表示同意，一边用手绢摩擦着面颊，一动没动，可是，她的同伴下定决心地站起身来。

"得去找公证人，嬷嬷。"

她具有炽热而好斗的个性，同伴无所作为的样子让她绝望。她本来想跟医生和神甫一起去城里的，但是她不能把收容院的十五个老人就这么留下来（她不太相信圣体教堂的玛丽，她做事可不那么主动)。着火的时候，开始那个玛丽只知道戴着修女帽哼哼。她成功地将十五张床推出室外，还自己准备了梯子、绳子和水桶，不过火没有蔓延到距离被炸的教堂两公里的收容院。于是她等着，看到受惊的人群、闻到烟火的气味也不自禁地发抖，但是她一直牢牢地坚守岗位，并且准备好应付一切。然而什么都没发生。受伤的人全都被送到医院去了。要做的事情只是准备十五个老人的汤，当然还有佩里冈先生的突然到来，这在瞬间激发了她的所有能量。

"必须去找公证人。"

"您这么认为吗，嬷嬷？"

"也许他有什么非常重要的愿望要说。"

"可是公证人夏尔波夫先生也许不在家？"

天使教堂的玛丽嬷嬷耸了耸肩。

"十二点半的时候不在家？"

"他不会愿意来的。"

"我倒要看看！这是他的职责。如果需要，我就把他从床上拽起来。"年轻的修女气愤地说。

她走了出去，可是来到外面她又犹豫了。修会里有四个修女，其中两个在帕赖勒莫尼亚勒修道院，还没能回来。修会还有一辆自行车，但是直到现在没有一个修女敢骑，她们害怕骑车会让村民感到不够庄重，而天使教堂的玛丽嬷嬷自己也一直说："必须等到上帝赐给我们紧急情况时再骑。比如说，有个病人快不行了，必须通知医生和神甫！每一秒钟都很珍贵，我跨上自行车，大家都不会说什么的！可是如果再有第二次，他们就不会再大惊小怪了！"紧急情况还没有出现过。可天使教堂的玛丽嬷嬷已经迫不及待地想骑上这器械了！以前，她还没有进入修会的时候，和姐妹们有多少快乐的聚会啊，经常上街买东西，经常野餐。她将黑色面纱翻到脑后，对自己说："这是最好的机会。"她抓住了车把，心因为兴奋突突地跳着。

过了一会儿，她就来到了村里。她费了点功夫才让夏尔波夫先生醒过来，夏尔波夫睡得很沉，然后，她又费了点口舌说服他必须立刻赶到收容院。这里的年轻姑娘都叫夏尔波夫先生"大宝宝"，因为他长着胖嘟嘟的红脸蛋，嘴唇也很红润，而且他性格随和，他还有个总是能吓住他的老婆。他叹了口气，穿好衣服，往收容院赶。他到的时候，佩里冈先生醒着，因为发烧满脸通红。

"公证人来了。"修女宣布道。

"请坐，请坐。"老人说，"别浪费时间了。"

公证人叫来了收容院的花匠和花匠的三个儿子作为证人。看到佩里冈先生如此急切，他从口袋里掏出纸，准备执笔。

"您请说，先生。先请告诉我您的姓、名和身份。"

"您不是诺加莱？"

佩里冈恢复了神智。他看了一眼收容院的墙，床对面的圣约瑟夫石膏雕像，还有天使教堂的玛丽在窗口采的、插在蓝色窄花瓶的两朵玫瑰。他想要弄明白这究竟是在哪里，他又为什么会一个人待在这里，但是他还是放弃了。他快死了，就是这样，必须按照程序死去。这最后一幕，这死亡的情景，这遗嘱，他曾多少次地想象过，一个佩里冈-马尔泰特家族的人在世界舞台上最后的、精彩的演出。十年来，他只是一个需要别人为他擤鼻涕、穿衣服的老人，不过在最后的时刻他可以突然间找到自己的全部重要性之所在！他可以根据自己的意愿来进行惩罚、补偿；他可以让人失望，可以让人满足，可以让人平分他的地产，可以统治别人、影响别人，可以占据首要的位置。在这之后，只有在某个仪式上他还能占据首要的位置，不过那是在一个黑箱子里，被搁在支架上，在鲜花丛中，但是那时他只能作为一个象征或是飘荡在空中的某种精神代表而出现。而此时，这一次，他还活着……

"您怎么称呼？"佩里冈低声说。

"公证人夏尔波夫。"公证人谦卑地说。

"好吧，叫什么都无所谓。开始吧。"

他慢慢地、费力地开始听写，仿佛他念给公证人的，是专门为他本人写下的句子，也只有他本人才能看得见。

"当着夏尔波夫先生……公证人的面……兹有……见证。"公证人咕哝着，"佩里冈先生亲立……"

佩里冈先生只是稍稍做了一点努力，想要丰富、美化一下这个姓氏。他必须省着点气，再说他根本已经无法呼喊出这些充满魅力的音节了，他那双青紫色的手在床单上挥舞了一阵，像个木偶。在他看来，公证人正在白纸上画着黑色的、粗黑醒目的符号，就像以前他在卡片、证券、买卖单据和契约的下方签的那样：佩里冈……佩-里-冈，路易-奥古斯特。

"家住？"

"巴黎德莱塞林荫大道十八号。"

"虽身体状况不佳，但神志清醒，这一点公证人和证人都可以见证。"夏尔波夫抬起眼睛，怀疑地看了他一眼。

但是他被这个垂死之人震住了。夏尔波夫有点经验，他的客户当然主要是周围的农庄主人，但是富人立的遗嘱几乎大致相同。这是个富人，他肯定不会搞错的，尽管让他睡觉的时候人们给他穿上了收容院的粗布衣衫，可是能感觉出来，这可能是个大人物！可以这样见证他临死的场面，公证人夏尔波夫感到有点飘飘然。

"您希望将您的儿子列为所有遗产的继承人，是吗？"

"是的，我将所有的动产和不动产遗赠给亚德里安·佩里冈，并委托他立即、毫不耽搁地为我所建立的十六区小小忏悔者慈善团体注入五百万资金。慈善团体必须保证为我制作一幅肖像，大小等同于我葬礼上所用肖像，或者制作一个能够重现我轮廓的半身雕塑。上述肖像或雕塑需交付给一位杰出的艺术家制作，完成后放在该慈善团体的前厅。我尊敬的母亲，亨利埃特·马尔泰特，她留下的财产曾经引起我和我深爱的姐姐阿黛尔-爱弥莲娜-路易丝之间的不和。为了补偿她，我现在将我在一九一二年得到的敦刻尔克的所有地产遗赠给她，同时包括在敦刻尔克所建的所有房屋和同样属于我的码头。我委托我的儿子完全执行该承诺。我希望将位于卡尔瓦多斯省①沃朗日地区的布雷沃维尔城堡改造成战争重伤员收容所，那些瘫痪的和精神受到严重创伤的伤员可以优先考虑进该收容所。我的要求仅仅是在墙上挂上一块简单的匾，上面写着：佩里冈-马尔泰特家族慈善机构，谨纪念在香槟省阵亡的两个儿子。等战争结束……"

"我想，我想……战争已经结束了。"公证人夏尔波夫怯怯地低声说。

---

① 法国下诺曼底大区的一个省份，以盛产苹果烧酒而闻名。

但是他不知道，佩里冈先生已经回到了另一场战争中，那场夺去他两个儿子生命、使他财产翻了三倍的战争。他回到了一九一八年，胜利的前夕。那时，一场肺炎差点要了他的命，全家人都聚集在他的床前（包括北面和中央高原的旁系亲属也都闻讯赶来），他基本上完成了临终时必须重复的那些步骤：他也让人记下了他的临终遗愿。而现在，他觉得这些遗愿基本没有什么改变，只是他又进行了一定程度的发挥。

"等战争结束，我同意在我的遗产中拨出三千法郎，在布雷沃维尔建立阵亡纪念碑。纪念碑上方首先用金色大字写上我两个长子的名字，接着空一段，再……"

他闭上眼睛，精疲力竭。

"再写上其他人的名字，用小一号的字体……"

他沉默了很长时间，以至于公证人焦虑地看着两位嬷嬷。他怎么了？……一切已经结束了？但是天使教堂的玛丽嬷嬷平静地晃动着她的修女帽。他还没死，他在思考。尽管这身体一动不动，回忆却已经跨越了大段的时空距离。

"我所有的财产几乎折换成了美国证券，据说收益非常好。我不再相信这个说法。"

"我不再相信。我希望我的儿子立即将证券兑换成法国法郎。还有黄金，现在也没有必要持有黄金。还是卖了吧。在布雷沃城城堡底楼的大厅，也要放上我的一张复制肖像。我遗赠给我忠实的贴身男仆每年一千法郎的年金和养老金。对于以后出生的家族后裔，我的名字可以让他们继承，如果是男孩，可以叫路易-奥古斯特；如果是女孩，可以叫路易丝-奥古斯蒂娜，孩子们的父母可以自行选择。"

"完了吗?"夏尔波夫公证人问道。

他摇动着长胡子,示意是的,结束了。对于公证人、证人和嬷嬷来说,这些断断续续的时刻也许非常短暂,但是对于眼下的佩里冈-马尔泰特来说,这些时刻却是漫长得如同一个世纪,如同一场高烧,如同一场梦。就在这些时刻里,他反方向地再次穿越他在尘世间的旅程:家里的晚餐,德莱塞林荫大道,客厅的午睡,那只叫阿纳道尔、坐在他膝头的猫;他和哥哥的最后几次以两个人的怒气冲冲而告终的会面(他私下里买了哥哥的股份);让娜,他的妻子,因为风湿病蜷缩在花园里一张稻草编的长椅上,手里拿着一把纸扇(八天后她就死了);还有三十五年前,在布雷沃维尔的让娜,那是他们新婚的第二天,蜜蜂从窗户飞进来,叮在婚礼用的百合花束和扔在床跟头的橘花花冠上,让娜笑着,躲在他的怀里……

接着他也许感觉到了死神的来临。他做了个非常简短、幅度很小的手势,似乎表示吃惊,好像走过一扇对他来说过于狭窄的门,他说:"不。您先请。请。"他的脸上显现出吃惊的表情。

"是这样吗?"他似乎在说,"就是这样吗?"

吃惊的表情不见了,这张脸变得严肃、阴沉,夏尔波夫公证人赶紧写道:"……正在我们意欲将笔递给立遗嘱人,让他在该遗嘱上签名之际,他努力想要抬起头,可是没能成功,随即他便断气,此场景公证人与证人均准确观察无误,公证人与证人在阅读该遗嘱后均按照法律所赋予的权利署上各自姓名。"

二十四

不过让-玛利还是苏醒过来了。整整四天，他发着高烧，处于昏睡之中，直到今天他才感觉自己有了一点体力。医生前天晚上终于来了一趟，他重新包扎了伤口，让-玛利的体温降了下来。从让-玛利躺的这个位置，在他躺着的这张灵床上，可以看见光线有点暗的大厨房，有个带白色便帽的老妇坐在厨房的一角，让-玛利看见墙上挂着的锃亮的锅，还有一本日历，上面画着一个法国士兵，脸色红润，胖乎乎的，抱着两个年轻的阿尔萨斯姑娘，这是前一场战争的纪念品。看到另一场战争的回忆在这里竟然如此栩栩如生，还是有点让人觉得奇怪。在最显眼的位置，有一张四个穿军服的男人的肖像画，肖像的一角挂着一个小小的三色领结和绉纱的饰结。在他身旁，还放了一套从一九一四年到一九一八年的图画书，黑色和绿色的装帧，是准备让他在康复期间打发时间的。

在他听到的谈话中，他经常听到"凡尔登、沙勒罗瓦、马恩省……"这样的地名和"在另一场战争中，我们……""我占领米卢斯的时候……"这样的话。关于现在的这场战争，关于溃败，人们很少谈论。这场战争还没有进入人们的脑海，只有在几个月之后，也许是几年之后，甚至要等到让-玛利在门前的栅栏上方所看到的那些个脏兮兮的孩子长成人之后，它才会在人们的眼里变得生动而可怕。这些个孩子都带着破烂的草帽，长着棕色的或是红扑扑的脸蛋，手里拿着长长的绿树枝，又害怕又好奇地穿着木鞋爬上栅栏，想要踩高一点，看见里面受伤的士兵，而只要让-玛利稍微动一下,他们就立刻消失了,就像青蛙跳入水中一般没了踪影。有时,门开着,会进来一只鸡,一只面容严肃的老狗,或是一只巨大的火鸡。只有在吃饭的时间,让-玛利才能看见收留他的这家人。白天的时候,他都由那位戴着便帽的老妇人看管。等到了晚上,会有两个年轻的姑娘坐在他的身边。一个叫塞西尔,另一个叫玛德莱娜。开始时,他以为她们是姊妹。但不是!那个叫塞西尔的姑娘是这里的女农庄主的女儿,而玛德莱娜是这家人救济的孩子。两个姑娘看着都挺让人愉快的,谈不上漂亮,但是充满朝气,塞西尔的脸很大,红红的,一双棕色的眼睛非常生动;玛德莱娜是金发,长得更细巧,双颊很有光泽,光滑粉嫩,宛如苹果花一般。

通过这两个姑娘,他知道了这一个星期所发生的事情。所有的这些事,通过她们的嘴巴说出来,通过她们那种略有些叽叽喳喳的语言说出来,似乎都失去了原本的悲剧色彩。她们一直在说:"这真让人难过。""看到这样的事情当然不会让人感到愉快……""啊!先生,大家都烦恼极了!"听到这些,他就在想,是不是这个地方的人都这么说话,或者是更深层一点的原因,是因为这些年轻姑娘的心,是因为她们的青春,一种直觉告诉她们,战争总要过去,侵略者总要离开,即便生活已经变形,已经残缺不全,却一样会继续。让-玛利的母亲以前总是和他感叹,一边看着炉子上炖的汤,一边织着毛衣说:"一九一四年?那年我们结婚,你父亲和我。我们后来非常不幸,不过开始时非常幸福。"然而,在爱情的照耀下,这凶险的一年变得柔和了,带上了别样的色彩。

同样,对于这些年轻姑娘来说,无论如何,一九四〇年在她们的记忆里仍然会是她们二十岁的花季，他想。他不愿去想；思考问题比肉体的病痛更加糟糕，但是所有的一切重新回到他的脑际，所有的一切都在围绕着他的脑袋不停地转：五月十五日他应征入伍，在昂热待的四天，火车走不了了，士兵就睡在车厢的地板上，像牲口一样吃饭，接着是警报、轰炸、雷泰尔战役、撤退、索姆河战役，再一次撤退，那些从一座城市逃往另一座城市的日子，没有头，没有命令，没有武器，最后就是那节着火的车厢。他激动起来，呻吟着。他不知道自己究竟是在现实中真的作战，还是在因为饥渴和高烧引起的梦中作战。瞧，这不可能……有些事情根本是不可能……好像有个人在讲色当？那是一八七〇年的事，在那本红封皮历史书某一页的上面，他好像能看见那本书呢。那是……他轻轻地、抑扬顿挫地朗诵着："色当，色当溃败……色当的那场可怕的战役决定了战争的命运……"墙上，挂历上的脸，这个笑容满面、脸色红润的士兵和那两个露出白袜子的阿尔萨斯姑娘。是的，是梦，是过去，而他……他开始颤抖，说："太好了，没什么的；太好了，没有关系……"此时，有人在他冰凉、僵硬的脚上塞进了个热水袋。

"您今天晚上看上去好些了。"

"我是感觉好多了。"他回答说。

他要来面镜子，看到下巴上长了一圈黑胡子，他笑了。

"明天我得刮刮胡子……"

"如果您有力气刮胡子的话。您为谁收拾得那么漂亮啊？"

"为你们。"

姑娘们笑了，走近他。她们很好奇，想知道他从哪里来，在哪里受的伤。可有时她们又犹豫上了，打断自己的话题说："哦，不能让我们跟您这样聊天……这会让您感到疲劳的……再说我们之间也会因为您争吵的……您是姓米肖吗？……叫让-玛利？"

"是的。"

"您是巴黎人？您做什么的？工人吗？不，我知道了！我从您的手就看得出来。您是公司职员，或者也许是公务员？"

"我只是个大学生。"

"啊！您还在学习？为什么？"

"的确，"他在思考，说，"我也在想是为什么！"

真是滑稽……他和他的同学，他们努力学习，通过各种考试，获取一个个文凭，其实他们都知道毫无用处，什么用处也没有，因为战争就要爆发……他们的未来都已经事先被规定好，他们的事业是上苍注定的，就像人们以前总说"婚姻是上苍注定的"一样。他获准在一九一五年出生。在战争中出生，并且为了战争而生。在他的这种思想里，没有任何病态的成分，他和很多同年龄的小伙子都沟通过，这种思想真是非常逻辑而合理。但是，他在想，既然现在最糟糕的已经过去了，一切都将改变。他再一次有了未来。战争结束了，可怕的、可耻的战争，但是它结束了。于是……有了希望……

"我想写书。"他羞涩地说，这个愿望他几乎从来没有表达过，是他心里的一个秘密，这会儿却对这两个村姑，这两个陌生人说了出来。

接着，他希望知道这个地方的名字，他所处的农庄的名字。

"这里远离一切。"塞西尔说，"是乡下。啊！我们每天过得可不是那么有趣。一天到晚照料牲口，自己都快变成牲口了，不是吗，玛德莱娜？"

"您似乎来这里不久,玛德莱娜小姐?"

"有三个星期了。是她母亲给我喂的奶,和塞西尔一起。我们吃的同样的奶,我们俩是这个意义上的姐妹。"

"你们相处得很好,我看得出来。"

"我们的想法不总是一样的。"塞西尔说,"她想进修道院!"

"有时……"玛德莱娜微笑地说。

她的笑容很美,慢吞吞的,有点羞涩。

"我倒是想知道,她来自何方?"让-玛利想。玛德莱娜的手红红的,但是形状优雅,她的腿和脚踝同样也很优雅。救济院的孩子……他感觉到一点好奇,一点同情。他感谢她,她引发了他的模糊的遐想。这个可以让他分点心,不再想自己,想战争,只是非常遗憾,他现在还这么虚弱。他没法笑,没法和她们开玩笑……但是她们期待的就是这些,也许!在乡村,男孩和女孩之间很流行开玩笑来逗乐的……这样是合适的,历来如此。他不和她们一起笑,她们一定感到失望,一定感到不知该怎么办好。

他努力笑了一下。

"会有一个男孩子来改变您的想法的,玛德莱娜小姐,那时您就不会想进修道院了!"

"我都说过了,只是有时候会想!"

"什么时候呢?"

"哦!我不知道……在悲伤的日子里……"

"这附近没有多少小伙子。"塞西尔说,"我跟您说过,这里远离一切。再说,就算这里有一些,也都去打仗了。所以呢?啊!我们是女孩儿,真是不幸!"

"所有的人,"玛德莱娜说,"都有自己的不幸。"

她在让-玛利身边坐下，活泼地直起身子。

"塞西尔，你忘了！我们没擦地砖。"

"今天轮到你了。"

"真是的，你的脸皮真厚！真厚啊！"

她们争吵了一会儿，最后以两人一起干而告终。她们特别灵巧，充满活力。很快，红色的方砖便在清凉的水下闪闪发光。从门槛那里传来青草、牛奶和野薄荷的混合味道。让-玛利将面颊靠在手掌上。真是奇怪，这绝对安宁的场面和他内心的喧闹之间形成了对照，因为最后六天那地狱一般的混乱一直就在他的耳边，只需片刻的寂静，他立刻又回想起这一切：金属摩擦的声音，铁锤敲击、落在巨大的铁砧上那种喑哑而缓慢的声音……他颤抖着，身上全是汗……这是遭到扫射的车厢的声音，横梁、钢铁爆炸飞溅的声音，还有人的叫喊声。他高声说：

"无论如何必须忘记这一切，不是吗？"

"您说什么？您需要什么东西吗？"

他没有回答。他已经认不出塞西尔和玛德莱娜了。她们摇着头，有点沮丧。

"他的体温又高上来了。"

"你让他说了太多的话，这也是原因！"

"你以为！他什么也没说。一直都是我们在说！"

"这也会让他感到疲劳的。"

玛德莱娜冲他弯下身子。他看见她的脸颊就挨着他的，她的脸颊散发出草莓的味道。他吻了她！她满脸通红地直起身，笑着，整理好掉出来的碎发。

"好了，好了，您让我感到害怕……看来您病得不是那么重！"

他则在想："这个女孩是谁？"他吻她，就好像是将一杯清水捧到唇边。他在发烧，他的喉咙、他的嘴巴里面好像烫得都裂了，因为火焰的灼热干得要命，这清亮、温和的皮肤能够让他得到缓解。可同时他的脑子很清楚，失眠和高烧给他带来某种清晰的思维。他忘记了两个姑娘的名字和自己的名字。想要弄清现在的状况，在这对他来说又变得陌生的地方的状况，所需付出的精力已经不是他身体所能承受的。他精疲力竭，可是模模糊糊中，他的灵魂有一种安宁和轻盈的感觉，就像是水中的一条鱼，是被风带走的一只小鸟。他看到的不是自己，不是他，让-玛利·米肖；他看到的是另一个人，一个不知其名的士兵，打了败仗，但是没有屈服；他看到的是一个受伤的、可是不愿意就这么死去的年轻人，一个没有绝望的不幸人。"必须摆脱这一切……必须从这一切中走出来，这血，这让人身陷其中的泥浆……无论如何不能在这里躺倒，死去……不是吗？嗯？如果这样就太愚蠢了。必须坚持……坚持……坚持……"他喃喃道。是的，他又回来了，他睁大了眼睛，抓住枕头，在床上竖了起来，看着这满月的夜晚，这芬芳、静谧的夜晚，这洒满清辉、温柔的夜晚。在一天的燥热之后，敞开门窗的农庄迎接着这样的夜晚，好让它抚慰伤者，让伤者得到一点清凉。

二十五

佩里冈神甫带着孩子们重新上路,孩子每人带着自己的包袱,背着一个布袋,在漫天灰尘里拖着脚步跟在他身后。此时,他们正往地区中部走去,离开了危险无处不在的卢瓦尔河前往树林里去的时候,他们发现部队已经驻扎在那里了。神甫想,有了这些士兵,飞机很容易确定目标,这矮树林里隐藏的危险并不比卢瓦尔河沿岸要少。于是,神甫放弃了国家公路,选择了一条到处是石子的羊肠小道。他完全将自己交付给直觉,希望能够听凭直觉引导,找到一处远离一切的房子,就像那时候在山间,他领着滑雪的人在迷雾与暴风雪中找到某个避处一样。此时却是极为美好的六月的一天,如此灿烂,如此炎热,孩子们觉得非常陶醉。直到现在为止,他们一直很沉默、顺从,甚至是太顺从了。不过现在,他们在打闹,在叫喊,以至于佩里冈神甫听到他们的笑声和压抑的断断续续的歌声,都觉得有点奇怪。他仔细地听,听到在他身后传来几句淫秽的歌词反复,好像是半张着嘴,从唇间咕哝出来的。神甫曾经提议选一首圣诗作为旅途之歌,他起了头,抑扬顿挫地唱着那些歌词,可是几乎没有人应和。再过了一会儿,所有人都闭嘴不唱了。他自己也是,一声不吭地向前走,他在想,也许这突如其来的自由唤醒了这些可怜的孩子心中某种难以名状的欲望?是什么样的梦想呢?一个小孩子突然停下来,叫道:"蜥蜴!哦!蜥蜴!看哪!"太阳下,两块石头间出现了蜥蜴灵活的尾巴,接着又消失了。它们细而平的脑袋探了出来,颈部一上一下,迅速地、受了惊吓般地抽动着。兴高采烈的孩子们盯着蜥蜴在看，有几个甚至跪在小路上。神甫耐心地等了一会儿，接着示意他们出发。孩子们顺从地站起身，但就在这一秒钟的时间，石子从他们的手指间弹了出去，那么灵巧，那么迅速，那么出乎意料，两只接近灰蓝色的蜥蜴，最漂亮、最大的两只被就地砸死了。

"你们为什么要这么做？"神甫不高兴地大声说。

没有人回答。

"为什么？这样做很无耻！"

"但是它们和蝰蛇一样，是咬人的。"一个面色苍白、长相猥琐、鼻子尖尖的男孩说。

"蠢话！蜥蜴根本不伤人。"

"啊！我们不知道，神甫先生。"男孩子用无赖口吻反驳道，里面有一种装出来的无辜，神甫才不会上当呢。

但是神甫想，重新讨论这个问题，场合和时间都不合适。于是他只是轻轻地侧了一下脑袋，仿佛对他的回答感到满意似的，不过还是加了一句："那你们现在知道了。"

他让孩子们排好队，跟在他身后。直到现在，他都没看着他们，就让他们这么跟着他走。但是，他忽然想到，他们当中可能会有人想逃跑。他们如此顺从地听他指挥，如此机械，似乎对哨声、对排队、对顺从和必须的沉默已经非常习惯，以至于神甫想到这些，心都揪紧了。他扫了一眼这些突然间阴沉、暗淡的小脸，是的，这一张张的小脸突然关闭了，真的就像一座座看上去已经关闭的房屋，门上了锁，心躲进自己的角落，或者根本没有心，或者心已经死了。神甫说："我们必须加紧了，这样才能在夜晚来临的时候找到一个避风的地方。只有我知道我们今天可以在哪里过夜，等我们吃完东西后（因为你们很快就会觉得饿的！），我们可以组织篝火晚会，你们想在外面待多久就待多久。"

他走在他们中间，跟他们谈起自己在奥弗涅管的那些孩子，谈起滑雪，在山里上的那些课，努力想提起他们的兴趣，让他们亲近他。可是这些努力都白费了。他们似乎没有听他说。他终于明白，别人说的任何话，不管是鼓励的、责备的，还是教育性的，根本进不了他们的脑子，因为他们的灵魂已经关闭，围上了，不会有任何反应，不会发出任何声音。

"如果我可以陪他们久一点……"他想。但是在他的内心，他知道自己不希望这样。他所希望的，只有一件事情：尽快摆脱他们，摆脱他们加在自己身上的那份沉重的责任和不安。一直以来他都觉得爱的准则还是比较容易执行的，因为上帝给予他极大的圣宠，他谦卑地想，现在他却没法儿听从于此了："因此，也许这是我平生第一次需要付出值得称赞的努力，这是真正的牺牲。"他叫过来一个总是落在后面的小孩子。

"你累了吗？还是鞋子把脚弄疼了？"

是的，神甫猜的是对的：小淘气的鞋子太紧了，弄得他很疼。神甫拉住他，帮助他一起走，他和小淘气温和地说着话，并且，看到他因为支撑不住而拱着肩，弯着背，神甫就轻轻地揪住他的颈子，给他一点支撑，让他能够撑住向前走。小东西没有反抗。相反，他的眼睛望着远方，神情冷漠。他将颈部靠在这只手上，靠在这默默的、坚决的压力之上，而这奇怪的、暧昧的亲昵，或者，更确切地说，这份对亲昵的等待让神甫禁不住热血上涌。他用手转过孩子的下巴，希望看到他的眼睛里去，但是，孩子垂下了眼皮，他的眼睛根本看不见。

他加快了脚步，就像往日在悲伤的时刻那样，他试着在心里默默念起一种祷告，不是真正意义上的那种祈祷。通常，这祷告用的都不是人类通用的语言。这是一种难以形容的静思，而静思之后，他能够得到充分的愉悦和安宁。但是今天，他既没有愉悦也没有安宁。他的同情之心被焦虑和苦涩的情绪破坏了。很显然，这些可怜的存在缺少恩宠：激不起他的恩宠。他原本希望能够将这份恩宠慢慢地倾泻在他们身上，为这些冷漠的心灵灌输信仰和爱。当然，也许需要耶稣基督的一口仙气，需要某位天使轻拍一下他的翅膀，奇迹才能够发生，但是他，菲利普·佩里冈，他难道不是上帝派来温暖这些灵魂、开启这些灵魂的人吗？上帝派他来，不就是让这些灵魂准备好迎接上帝到来的吗？对此无能为力真令他感到十分悲伤。他没有那种怀疑的时刻，教徒所有的这种突如其来的无情没有让他成为这世界的王子，而是将他抛弃在介于撒旦与上帝之间的半路上，将他浸在这深不可测的黑暗里。

不过此番对于他的诱惑是另外的一种东西：一种神圣的急不可耐，希望能够将所有得到救赎的灵魂集聚在他身边，这是一种令人震颤的匆忙，一旦为上帝征服了一颗心，便立即转向别的战役，而他因此一直处在一种对自己感到沮丧、不满和不快的情绪中。这不够！不，耶稣啊，这还不够！那个忏悔、在生命的最后时刻领了圣体的老异教徒，那个放弃了自己罪行的道德败坏的女人，那个希望受洗的异教徒。不够，不，还不够！他觉得自己好像一个收藏黄金的吝啬鬼一样，总嫌不够似的。然而还不完全是这样。这让他想起小的时候在河边度过的某些时光，想起每次抓到鱼时那种幸福的战栗（他现在真不明白那时怎么能喜欢这样残酷的游戏，甚至现在他都不那么愿意吃鱼。蔬菜、乳制品、新鲜面包、栗子，还有那种乡间浓得可以粘住勺子的汤对他来说已是足够），但是孩提时代他是一个疯狂的钓鱼爱好者，他至今都能想起太阳从水面隐下去时他的那份恐慌，收获还很小，可是假期已经终结。别人一直指责他过于细致。他自己也害怕这些孩子们不是打上帝那里来的，而是来自于另一个……无论如何，他从不曾像今天在这条路上一般体会到这样一种感觉，在这闪过致命飞机的天空下，在这群他也许只能挽救身体的孩子们中间……

他们走了一会儿，终于发现了有个村庄，看见了位于村庄最外边的房子。这是个很小的村庄，没有受损，空落落的：居民都逃走了。然而，在离开之前，他们牢牢地锁上了门窗，带走了狗，还有兔子和鸡。这里只剩下几只猫，在太阳下的花园小径上睡觉，或是在低矮的屋顶上散步，一副满足而安静的神态。由于现在正是玫瑰季节，因此在每家的门廊上，都盛开着一朵怒放的、笑盈盈的美丽的花朵，任由胡蜂和熊蜂进入它，并啃噬它的心脏。在这个被人抛弃的村庄里，既听不见说话声，也听不见任何乡村的声音——两轮车发出的吱吱嘎嘎的声音，鸽子的咕咕叫声，家禽叽叽喳喳的叫嚷声，此时这里成了小鸟、蜜蜂和大胡蜂的王国。菲利普觉得自己从来没有听见过鸟儿这般震颤、快乐的歌声，也从来没有看到过这么多飞来飞去的昆虫。干草枝、草莓、黑茶蔍子，还有装饰着花坛四周的香香的小花儿，每一座花坛、每一处树丛、每一根草茎都流淌出水车的那种呼噜噜的歌声。这些小花园都得到过精心的打理，得到过主人充满爱意的照料。每个小花园都有一座盖满玫瑰花的拱廊，一个至今还开放着最后一批丁香的棚架，两把铁质的椅子，一张搁置在阳光下的凳子。这里的茶藨子很大，透明的，色泽金黄。

"今天晚上我们有多么好的甜点啊。"菲利普说，"小鸟不得不和我们分享这美餐，我们采摘这些水果不会对任何人犯下过错。我们每个人的背包都能装得满满的，我们不再会忍受饥饿的痛苦。不过，可别指望在床上睡觉。我想在美丽星光下过上一晚应该不会让你们感到害怕吧？你们都有充足的铺盖。瞧，我们需要什么？一块草坪、一捧泉水。你们也不会介意谷仓和牲畜栏的，我想！我也是一样……天气如此晴朗。来，去吃点水果给自己打打气，跟我来，我们看看能不能找到一个好位置。"

他等了一刻钟的时间，孩子们在拼命地往嘴里塞草莓。他很注意地看着他们，怕他们踩到花或者蔬菜，但是他没什么好看的，他们真的很乖。这一次，他没有吹哨子，只是抬高了声音说："我们走吧，留一点放到今天晚上吃。跟我来。如果你们在路上不拖拖拉拉的，我就允许你们不排队。"

他们又一次听从了他的指挥。他们望着树、天空和花朵，而菲利普根本猜不到他们在想什么……他只是感觉到，他们喜欢的、能够和他们的心灵对话的，不是能够看得见的这个世界，而是他们呼吸到的纯净的、充满自由的醉人空气，这对他们来说是从未曾有过的。

"你们当中没有人了解乡村生活吗？"菲利普问。

"不了解，神甫先生。""不了解，先生。"他们一个接一个地回答道。

菲利普已经注意到，只有在几秒钟的静默之后，他才能得到他们的回答，仿佛他们总是在编造点什么，在编造谎言，或是他们总是弄不懂别人究竟想问他们要什么答案……总令人感觉到似乎是在和一群……非人的……存在打交道，他想。他高声说："走吧，我们快点。"

等他们走出村子，他们看见了一个很大的、维护得不太理想的公园，一个深不可测的、清澈透明的池塘和山丘上的一座房子。

也许是城堡，菲利普想。他按响了铁栅栏边的门铃，希望这座房子里有人住，但是看门人的小房子关着门，没有人前来应答。

"这里的草地似乎是为我们准备的。"菲利普用手指着池塘边那块地方说，"你们还想怎么样，我的孩子们！我们的破坏不会很大，总要比在那精心维护的小花园里要好。在这里，我们会比在路上舒服，如果有暴风雨来，我们也许还能躲在小浴室里……"

公园四周只有一圈铁丝，他们非常轻松地穿了过去。

"别忘了。"菲利普笑着说，"别忘了我这是给你们做了个破坏围墙的坏榜样，因此我要求你们绝对不能破坏这里的东西，不要折断一根树枝，不要将一张报纸遗忘在草地上，不要留下一个空罐头盒。说好了，嗯？如果你们听话，明天，我会允许你们去池塘游泳。"

草很高，一直到孩子们的膝盖。他们踩到了花儿。菲利普告诉他们什么是圣母花，那种白色的、六瓣的星状花朵，还有圣约瑟夫花，一种淡色的、几乎是粉色的丁香。

"我们能摘吗，先生？"

"是的，这些花儿你们尽管摘。只需要一点点雨水和阳光，这些花就又能重新长出来。那边的就需要精心的照料了。"他指着城堡周围的花坛说。一个站在他身边的男孩抬起他那张方方的、棱角分明的小脸,冲着那些禁闭的大窗户说:"那里面应该有不少东西!"

他声音不高,但是他的声音里有一种沉闷的尖锐,令神甫不安。由于神甫没有回答,小淘气继续说道:"是不是,神甫先生,那里面应该有不少东西?"

"我们从来没有看见过这样的房子。"另一个孩子说。

"也许吧,也许里面会有很漂亮的东西,家具、绘画、雕像……但是很多城堡的主人都败落了,如果你们以为可以在里面看到什么精美绝伦的东西,也许会失望的。"菲利普活泼地回答说,"你们感兴趣的,我猜应该是食物。不过,这里的人似乎很有远见,他们应该是把所有的东西都带走了。再说无论如何,既然这不属于我们,我们也不可能进去,我们还是不要去想的好,还是用我们有的东西来解决问题吧。你们分成三个小组:第一组去捡枯枝,第二组提水,第三组准备饭盒。"

在他的指挥下,孩子们工作得又快又好。池塘边燃起熊熊篝火;他们吃啊、喝啊,在树林里采草莓。菲利普还想组织他们玩游戏,但是孩子们了无兴趣地玩着,而且很拘束,不叫,也不笑。夕阳下池塘不再那样波光粼粼,光芒有点暗淡,青蛙在池塘边呱呱叫着。篝火照亮了已经钻进被子、一动不动的孩子们。

"你们要睡觉了吗?"

没有人回答他。

"你们不冷吧,不是吗?"

又是沉默。

他们肯定不会都睡着的,神甫想。他站起身,走在一排排孩子间。有时他低下身，替那个比别人都要瘦小孱弱的身体或是替这个理着平头、长着招风耳的小脑袋盖好被子。他们都闭着眼睛，装出睡着的样子，或者，也许他们是真的困了。菲利普回到篝火边，读起他的日课经来。时不时地，他抬起眼睛，望着水中的倒影。这静思冥想的时刻平复了他所有的疲劳，补偿了他所付出的所有辛苦。爱再一次进入他的心田，仿佛干旱的土地迎来了甘露，起初是一滴一滴地，沿着卵石间的小道艰难地流淌，接着就变成欢畅、急促的水流，重新流向他的心灵所在。

可怜的孩子！他们当中的一个正在做梦，在梦中，孩子吐出一串长长的、重复的抱怨之词。神甫在阴影中抬起手，替孩子们低声念了祈祷，为他们祝福。"主爱你们。"他喃喃念道。对教理讲授班的那些孩子，每次他激励他们忏悔、服从和祈祷时，他都喜欢说这句话。是啊，他怎么能认为这些孩子，这些不幸的孩子缺乏圣宠呢？也许他得到的圣宠还不如他们？也许这些孩子当中最堕落的也比他享有更多来自上帝的宽容和温情？哦！耶稣啊！原谅我吧！这是骄傲所致，这是魔鬼的陷阱！我是什么？比一切都更加微不足道，我是你可敬的脚下的一粒尘土，主啊！是的，我自童年时代开始就得到了你的爱，你的保护，就被引领着来到你的身边，因此毫无疑问，你完全有权对我有所要求！但是这些孩子……一些孩子是被上帝选中的……另一些……圣徒会将他们重新赎回……是的，一切都很好，都很好，一切都是恩典。耶稣啊，请原谅我的悲伤！

池塘里的水泛着微光，夜晚圣洁而宁静。阴影之中，他无时无刻不依存的这神灵，这气息，这注视，一切都集中在他身上。一个躺在黑暗之中、依偎在母亲怀抱里的孩子根本不需要光线便能分辨出母亲熟悉的轮廓,她的手和她的戒指!想到这里,他甚至愉快地笑了,声音很低。"耶稣,你就在这里,你又一次来到我身边!留在我身边,我可敬的朋友啊!"一块黑色的木炭中蹿出了长长的、生机勃勃的红色火苗。天色已晚,月亮升了起来,但是他不困。他拿过一条被子,在草丛间伸展开来。他就这么躺着,睁大了眼睛,花朵轻轻地蹭着他的脸颊。大地的这个角落没有一点声响。

他并没有听见,也没有看见,只是第六感告诉他,两个孩子正往城堡的方向溜去。一切发生得如此之快,开始时,他还以为自己是在梦中。他不想叫,不想因此惊醒别的孩子。他站起身来,整理了一下沾着草茎和花瓣的长袍,然后他自己也向城堡的方向走去。厚厚的草皮吞没了脚步声。他现在想起来,刚才自己也曾注意到城堡有扇窗户的百叶窗没有关好,微微露了一点缝隙。是的,他没有搞错!月光照在房子的这一面上。一个孩子正在推那扇百叶窗,拼命想弄开它。菲利普还没时间叫出声来阻止他们,玻璃窗已经被砸碎了,玻璃碎片落在地上。孩子们如猫般一跃,消失在屋内。

"啊!小坏蛋,让我来帮帮你们,我这就来了!"菲利普叫道。

他将长袍卷到膝盖,也和孩子们一样进入了屋内。现在他来到了一间客厅,客厅铺着那种冰冷的大地板,家具都蒙上了罩子。他摸索了一会儿,找到电源开关。把灯打开后,他一个人也没看见。他犹豫了一会儿,望着周围(孩子们肯定是躲起来了,要不就已经跑掉了):这些沙发,这架钢琴,这盖着波状褶裥的罩子的扶手椅,还有窗前飘动的湖蓝色窗帘都可以藏人。他在一扇很深的窗洞下往前走去，因为那儿的窗帘在动。他突然拉开窗帘，一个孩子就站在那里，是年纪最大的一个孩子，基本上可以算是个男人了，黑糊糊的脸，非常漂亮的眼睛，低额，厚厚的下颌。

"你们到这里来做什么？"神甫问。

他听见身后有动静，于是转过身去。另一个孩子也在房间里，就站在他身后。他的上下嘴唇紧紧地抿在一起，黄黄的脸上显现出一种不屑，这就是人们所说的暗藏着兽性的那种人。神甫已经有了戒备，但这两个孩子来得太快了，一瞬之间他们已经冲向他，一个将他绊倒，另一个掐住了他的喉咙。菲利普没有叫，却十分有效地抵御了他们的进攻。他抓住一个孩子的领子，完全抑制住他的攻击，于是孩子只好放开手。就在他摆脱之际，从他的口袋里掉出了点东西，落在地上：是钱。

"不是我夸你，你的动作还真快。"菲利普有点气喘吁吁地说。他坐在地板上，在想："不管怎么说千万不要发生任何悲剧，把他们带出城堡，他们会像狗一样地跟着我。明天，我们走着瞧！"他接着说："够了，嗯！你们做的蠢事够多了……快滚出去。"

他们没说什么，可他才说完这句话，他们再一次冲向他，这一跃野蛮而绝望，其中的一个孩子咬了他，鲜血溅了出来。

"他们要杀了我。"菲利普不无恐惧地想。他们粘在他身上，像两匹狼。他不想弄疼他们，但他还是尽力防卫。他又打又踢，将他们推开，可是他们又再次发疯般地冲上来，几乎丧失了所有人性，完全成了魔鬼、动物……原本不管怎么说，菲利普应该比两个孩子的力量都大，但是他的头被家具打了一下，那是一张青铜桌角的小圆桌。他倒在地上。倒地的时候,他听见一个孩子跑向窗户,吹了声口哨。这之后他便什么也没能看见:他没看见二十八个突然间醒来的孩子,穿过草坪向这里跑来,爬上窗户;他也没看见涌向这些脆弱家具的人潮,对这些家具,孩子们开膛破肚,抢掠一空,还从窗户把家具扔出去。他们沉醉其中,围着躺在地上的神甫跳起了舞,他们叫啊唱啊;一个很小的、小姑娘模样的孩子双脚并拢跳上沙发,沙发的老弹簧发出了吱吱嘎嘎的声音。年纪比较大的孩子发现了一个利口酒酒箱,他们把酒箱拖进客厅,用脚将箱子往前踢;打开箱子后,他们发现箱子是空的,但是他们根本不需要酒就已经醉了。杀人这件事已经足够令他们感到兴奋,他们从中感受到一种可怕的幸福。他们拖着菲利普的脚,将他拽出城堡,把他弄上窗子,再让他重重地摔落在草地上。到了池塘边,他们控制住他,摇晃他,就像在摇晃一只包裹——哦!站起来啊!去死吧!他们用嘶哑而尖厉的声音叫着,其中有些孩子还没变声呢。但是他落进池塘里的时候也还没死。一种自卫的本能,或是最后的勇气迸发将他留在生命的这一边,他双手抱着一根树枝,努力地想将脑袋浮出池塘水面。他的脸因拳打脚踢受伤非常严重,红红的,肿了起来,变得很大,很可怕。孩子们朝他扔石头。开始他还挺着,牢牢地抱住摇来摇去、即将断裂、滑出他双手之外的树枝。他努力想游到池塘的另一边,但是石头如雨点一般落在他身上。最后他只好抬起胳膊,护住脸,孩子们就这样看着他直直地沉入水中,穿着他那件黑色的道袍。他不是溺水身亡:他被池塘的泥沙托住了。他死的时候就是这样,竖在水中,水深到腰际,脑袋往后仰着,一只眼睛里还插着块石头。

二十六

在尼姆的圣母院教堂，每年都会为佩里冈-马尔泰特家族过世的人举行一次弥撒。但是，由于住在尼姆的只剩下佩里冈夫人的母亲了，通常，这个仪式都是在侧面的小礼拜堂举行的，速度很快。参加的人只有那个半瞎的、肥胖的、嘶哑的喘息声盖过了神甫声音的老太太，还有在老太太家已经做了三十年的厨娘。佩里冈夫人出生于克拉冈家，与马赛靠食用油生意起家的克拉冈家族有姻亲关系。当然，她觉得这个出身也挺体面的（她的嫁妆是两百万法郎，战前的两百万法郎），只是在夫家的光芒之下显得有点暗淡。她的母亲，老克拉冈夫人在这点上和她看法一致，因此，隐居在尼姆的她一直非常忠诚地参与这些庆祝祭祀仪式，为逝去的人祈祷，为生者祝福。逢到有人结婚或受洗，她就奉上贺信，就像伦敦在庆贺英国女王生日的时候，远在殖民地的英国人只好自己喝得酩酊大醉。

对于克拉冈夫人来说，这每年一度为死者举行的弥撒真是件让人惬意的事情，因为在仪式之后，从教堂回家的路上，她总是去点心店坐一会儿，在那里喝上一杯巧克力，吃两个羊角面包。克拉冈夫人非常胖，医生让她严格控制饮食，但是在这样的日子，她起得比平时早，再加上需要穿过整座教堂，从雕花的大门一直走到自己的凳子旁，这让她颇为疲倦，于是她一点也不内疚地吞下这些滋补性的食物。甚至在有些时候，令她颇感畏惧的厨娘转过身子，直直地、默默地站在门边，手上拿着两个人的祈祷书，胳膊上搭着克拉冈夫人的黑头巾，她还会趁机拽过点心盘，摆出一副漫不经心的神态,吞下一个圆形泡芙,或是一个樱桃小蛋糕,再或两个都吃了。

外面停着克拉冈夫人的马车,两匹老马,由一个几乎和克拉冈夫人一样肥的马车夫驾着,马车静静地在阳光下和苍蝇的环绕中等待她们。

今年,一切都乱了。六月事件之后躲在尼姆的佩里冈一家刚刚得到了老佩里冈-马尔泰特和菲利普的死讯。老佩里冈先生的死讯是修道院收容所的嬷嬷宣告的,说老人有一个"非常安宁的、值得欣慰的基督教徒的结局";圣体教堂的玛丽在信中写道:"他充分表达了对自己亲人的善意,想要在遗嘱里尽早地传达清楚,不遗漏任何细节。"

最后一句话,佩里冈夫人又重新读了一遍,叹了口气,眉宇之间有一种焦虑的神情,但是她随即换上了在得知自己所爱的人被圣人带走之后那种基督教徒应有的严肃表情。

"你们的爷爷现在就在亲爱的耶稣身边,我的孩子。"她说。

两个小时之后,这个家庭承受了第二次打击,但是这一次没有提供任何细节。卢瓦雷一个小镇的镇长告诉佩里冈夫人,菲利普·佩里冈神甫被发现死于一场事故,镇长寄来了可以确定无误死者身份的神甫的证件。至于他领的那三十个孩子,他们都不见了踪影。由于此时的法国,大家都忙着找来找去的,所以这件事情没有惊动任何人。据说就在离菲利普出事地方不远,有一辆卡车翻在河里,因此,菲利普的亲人一直都认为,这辆卡车一定和菲利普以及那三十个孤儿有关。最后,佩里冈夫人还被告知,于贝尔在磨坊战役中牺牲了。这一次,灾难真的是完整了。达到圆满的痛苦让佩里冈夫人发出了一声尖叫,尖叫里带有一种绝望的骄傲。

"我生了一个英雄，一个圣人，"她说，"我的儿子们为他人付出了自己的生命。"她凄切地喃喃低语，看了一眼克拉冈家族的一位表姐妹，这个表姐妹的独生子在图卢兹的居民防空部门谋得了一个平静的小职位。

"亲爱的奥黛特，我的心在流血，你知道，我曾经为我的这两个孩子而活，我曾经是他们的母亲，仅仅做一个母亲该做的事情（克拉冈夫人在年轻时举止轻佻，此时她低下了头），但是我向你发誓，我所感受到的骄傲让我忘记了自己的丧子之痛。"

她挺挺地站着，非常骄傲、威严，已经感觉到黑纱在身边飘扬，她陪着表姐妹一直走到门口，而她的表姐妹谦卑地叹道："哦！你是个真正的罗马女人。"

"我只是一个善良的法国女人而已。"佩里冈夫人干巴巴地回答说，冲她转过身。

这几句话稍微减轻了一点她的痛苦，活生生的、深切的痛苦。她一直很尊重菲利普，在某种程度上，她知道他不属于这个世界。她知道他梦想过要做传教士，如果说他后来放弃了，那是出于一种特别纯粹的谦卑，为了侍奉上帝选择了对他而言最为艰苦的事业：屈从于最为平常的责任。她敢肯定儿子此时一定在耶稣身边。在谈到自己的公公时，她也这么说，但是带有一种发自内心的、她自己也觉得不应该的怀疑，可不管怎么说……至于菲利普，她想："我看得见他，就像我在他身边一样！"是的，她可以为菲利普感到骄傲，这颗灵魂的光芒照耀在她身上。但最为奇怪的是于贝尔在她内心所引起的这一切，在中学得鸭蛋的于贝尔，咬指甲的于贝尔，弄得满手都是墨水的于贝尔，他那胖乎乎的脸蛋，他那张大大的、红润的嘴。于贝尔英雄地死去，这……真是出人意料……当她向深受感动的朋友们讲起于贝尔的离去时（我想留住他，我也知道我不可能留住他。他还是个孩子，一个勇敢的孩子，他为法国的荣誉而倒下），就像罗斯唐①说的那样，"在没有用的时刻，一切都更加美丽"。她重建了过去。她觉得仿佛是自己讲出了这些令人骄傲的话，是她亲手将儿子送上了战场。

尼姆的人，一直到此时为止都觉得这个女人不无尖酸，但此时对于这个身处痛苦之中的母亲表现出了一种几乎接近温柔的尊敬。

"今天，城里所有人都会来。"老克拉冈夫人带着一种悲伤的满足叹道。

今天是七月三十一日。十点钟，为佩里冈家族故去的人所举行的弥撒就该开始了，如今，故去之人的名单上又悲剧性地添上了三个名字。

"哦！妈妈，这是干什么？"女儿回答说，也不知道这句话是因为这种安慰方式令她感到颇为受用，还是因为压根儿就看不上她的同乡。

城市在炽热的阳光下闪闪发光。在居民集中的区域，有一股暗暗的、干燥的风摇动着门口珠色的门帘。苍蝇到处乱叮，能够感觉出暴风雨的气味。往常的这个时候，尼姆还在沉睡之中呢，如今却挤满了人。因为缺少汽油和卢瓦尔河暂时封锁，涌进城里的难民至今仍滞留在这里。街道和广场变成了停车场。没有一间

---

① 埃德蒙·罗斯唐（1868—1918），法国剧作家、诗人。

空房。到了今天,对于没有床的人来说,能在街头占个位置或是有捆稻草已经是很奢侈的事情。对于承担并且超额承担这些难民,尼姆不无得意之情。它张开双臂迎接这些难民,将他们揽入怀中。然而,没有一个家庭对这些不幸的人表达了好客之情。只有遗憾,遗憾这种状况持续的时间太长了。食物会成问题,而且,尼姆认为,这些长途跋涉、精疲力竭的可怜难民很容易感染上各种传染病。因此,每天,尼姆的居民都在不停地祈求上苍让他们尽快走,报纸上在隐晦地祈求,居民则更为直接地祈求,可是眼下的状况根本不允许难民离开。

克拉冈夫人将自己的家人全部安排好,这样她正好有充分理由拒绝对其他难民施以援手,连两张床单的请求也可以拒绝。不过她也尝够了不断传到她耳朵边的这份喧闹,话里不无嫉妒之情,好在嫉妒的色彩如今算是与日俱减。她在吃早饭,同时吃饭的还有佩里冈家的孩子,过一会儿他们要去教堂。佩里冈夫人看着他们吃,却一点没碰自己面前的东西,虽然在数量上有所缩减,这些食物还是非常诱人的,多亏宣战之后,家里的大橱里贮藏了不少食物。

克拉冈夫人将雪白的餐巾铺在自己肥硕的胸前,她已经吃完第三片黄油烤面包,她感觉到自己很难消化这些面包片。女儿用冰凉的眼神盯着她,让她感到很难受。有时,她会停下来,不好意思地看着佩里冈夫人。

"我不知道自己为什么要吃,夏洛特。"她说,"其实根本消化不了!"

佩里冈夫人冷冷地讽刺道:"是啊,您得花点劲儿才行,妈妈。"

佩里冈夫人将摆在母亲餐具面前的满满的巧克力推开。

"好了！再给我来半杯，夏洛特，但是不要超过半杯！"

"您知道吗，这已经是您的第三杯了？"

但是克拉冈夫人好像突然间耳朵聋了似的。

"是的，是的。"她一边摇头一边含糊地说，"夏洛特，你说得对，在悲伤的典礼前必须吃饱。"她一口气便将泛着泡泡的巧克力喝了下去！

然而此时门铃响了，仆人为佩里冈夫人带来一个包裹。包裹里是菲利普和于贝尔的肖像照。她将儿子们的照片送去装裱了。此时，她久久地端详着孩子们，然后站起身来，将照片放在靠墙的小桌子上，后退一步，判断一下效果究竟如何，接着她走进房间，拿着两朵玫瑰花形绉纱徽章和三色缎带回到厅里。她用这些东西将相框周边装饰好。就在这时，站在门口、抱着艾玛努埃尔的奶妈哭了起来。雅克琳娜和贝尔纳也开始哭。佩里冈夫人一手拉着一个，轻轻地将他们拽起来，走到墙边的小桌子前。

"亲爱的孩子们！好好看看你们的两位哥哥。向圣人祈祷吧，让你们也成为哥哥这样的人。要努力向他们学习，做一个听话、顺从而勤奋的孩子。他们曾经是那么好的孩子。"佩里冈夫人因为痛苦有些哽咽，"所以，上帝为他们颁发殉道者的荣誉，对此我一点都不感到奇怪。不要哭。他们都在圣人身边。他们在看着我们，保护着我们。他们会在那里迎接我们，在天上，在这一刻来到之前，在尘世的我们应当为他们感到骄傲，就像所有的基督徒、所有的法国人都会为他们感到骄傲一样。"

现在所有人都在哭。克拉冈夫人也抛开了巧克力，用颤抖的手寻找她的手绢。菲利普的照片与本人非常相像，真的再现了他那深邃而纯净的目光。他似乎面带有时会浮现在他脸上的那种温和、宽容和亲切的微笑，欣赏着自己的亲人。

"……还有，不要忘了为那些和他一起不见的孩子祈祷。"佩里冈夫人在结束前说道。

"也许，他们并没全死？"

"也许。"佩里冈夫人心不在焉地说，"很可能。可怜的小东西……从另一方面来说，这项慈善事业负担很重。"她补充道，思维回到公公的遗嘱上。

克拉冈夫人擦拭着眼睛。

"小于贝尔……他是那么可爱，那么爱开玩笑。我还记得，有一天，你们到这里来的时候，午饭后我在客厅里睡着了，他撕下了荧光灯上的粘蝇纸，把苍蝇轻轻地抖在我的头上。我醒了，发出尖叫，那天你好好教训了他一下，夏洛特。"

"我不记得了。"夏洛特干巴巴地答道，"不过，妈妈，喝完你的巧克力，我们得赶紧了。车子在下面等着。很快就要到十点了。"

他们陆续下楼来到大街上，先是外祖母，沉沉的，呼吸短促，拄着拐杖；接着是佩里冈夫人，一身的黑纱；接着是两个身着黑色衣服的孩子和穿着白衣服的艾玛努埃尔；最后是几个身着丧服的仆人。马车已经就绪。车夫跳下车开门，这时，艾玛努埃尔突然用她那小小的手指指着人群中的某个人说：

"于贝尔，是于贝尔！"

奶妈机械地转过头，望着孩子手指的方向，面色一下子变得煞白，发出一声窒息的叫声。

"耶稣啊！我的圣母啊！"

母亲的唇间也发出一种嘶哑的吼声,她将黑色的面纱撩起来,往于贝尔的方向走了两步,接着滑到了人行道上。这时马车夫及时上来扶住了她,她瘫倒在马车夫的臂弯里。

真的是于贝尔,一缕乱发耷拉在眼睛里,油桃一般红扑扑的、闪着金色光芒的皮肤,没有行李,自行车也不见了,可是也没有负伤。他向前走去,大嘴咧着,微笑着。

"你好,妈妈!你好,外婆!所有的人都好吗?"

"是你吗?是你吗?你还活着!"克拉冈夫人又哭又笑,"啊!我的小于贝尔,我就知道你没死!你那么淘气,不会死的,我的上帝啊!"

佩里冈夫人恢复了神志。

"于贝尔?真是你吗?"她结结巴巴的,声音不是很自然。

对于这样一种迎接,于贝尔又是高兴又是尴尬。他向母亲的方向走了两步,向她伸过自己的面颊。她吻了他,根本不清楚自己究竟在干什么。接着于贝尔站好,身子左右摇摆着,就好像在中学里拉丁语翻译得了零分时那样,尴尬地站在母亲面前。

她叹了一声,叫着"于贝尔",搂住了他的脖子,抱住他,不停地吻他,泪水弄得他一脸一身。被感动的一小群人围住了他们。不知所措的于贝尔只是敲着佩里冈夫人的背,好像她呛住了一样。

"你们不是在等我吗?"

她摇了摇头。

"你们要出去?"

"可怜的小东西!我们正要去教堂做弥撒,为你的灵魂安息做祈祷!"

"不开玩笑吧?"

"可是,你究竟在哪里?这两个月你做了些什么?他们说你在穆兰那里被打死了。"

"可您瞧,这不是真的,我现在不是在这里吗?"

"但是你是去参加战斗了吗?于贝尔,不要撒谎!你可是硬要去那里的,小傻瓜!你的自行车呢?你的自行车在哪里?"

"丢了。"

"当然!这个孩子简直没法儿让我安生!好了,快说吧,说说看,你在哪里?"

"我想找到你们。"

"你根本不应该离开我们。"佩里冈夫人严厉地说。"你父亲知道后会高兴的。"最后她抽泣地说。

然后,突然之间她发疯般地哭起来,再一次拥抱他。可是时间不早了,她擦了擦眼睛,只是泪水还是一个劲儿地流。

"好了,上楼去,洗一洗!你饿吗?"

"不,我吃过一顿很好的午饭,谢谢。"

"换块手帕,换上领带,洗洗手,穿得庄重些,我的上帝啊!然后,赶快到教堂来和我们会合。"

"怎么啦?你们还要去教堂?可我还活着,你们还不如换成大吃一顿呢,去饭店不好吗?"

"于贝尔!"

"又怎么了?就因为我说了'大吃一顿'吗?"

"不,可是……"

"真是没法儿和他说,像这样,在这大街上真是难以想象。"佩里冈夫人想。她抓住他的手,将他拽上马车。

"我的孩子,有两个非常不幸的消息。首先是爷爷,可怜的爷爷死了,然后是菲利普……"

他接受打击的方式颇为奇怪。两个月前他一定会放声大哭,透明的、咸咸的泪水会流过他那红扑扑的脸蛋。可这次他的面色变得煞白,他的脸上呈现出一种她简直不认识的表情,一种成熟甚至有点冷酷的表情。

"爷爷,这对我来说无所谓。"沉默了很长一段时间后,他说,"可菲利普……"

"于贝尔,你疯了吗?"

"是的,我无所谓,您也无所谓。他年纪很大了,又有病。现在到处都乱七八糟的,他还能怎么样呢?"

"喂!"克拉冈夫人发出了抗议,她感觉受到了伤害。

但是他根本没有听,继续说:"可菲利普……但是首先一点,你们能肯定吗?会不会和我的情况一样?"

"唉,我们可以肯定……"

"菲利普……"

他的声音在颤抖,几乎说不下去。

"他不属于这个世界,别人虽然都在谈论上天,但是他们属于尘世……而菲利普,他从上帝那里来,此时此刻他应该非常幸福。"

他将脸埋在手中,很长时间一动没动。教堂的钟声敲响了。佩里冈夫人碰了碰儿子的手臂。

"我们走吧?"

他表示同意。所有人都上了马车,后面还有一辆。他们来到了教堂。于贝尔走在妈妈和外婆中间。他跪在自己跪凳上的时候,两个人也把他夹在中间。别人认出了他。他听见人们嘟哝着,压低了声音感叹着。克拉冈夫人没有预料错,城里的人都来了。所有的人都能看到,就在大家来为家族故去的人祈祷的这一天,这个死里逃生的人来感谢上帝的仁慈,放他一条生路。总的说来,大家都很高兴:像于贝尔这样的好孩子避开了德国人的子弹,这在某种程度上满足了他们的正义感和对奇迹的渴望。每一个自五月以来失去孩子消息的母亲(她们可是人数众多!)感觉到自己的心里跳动着希望!她们几乎不可能那样尖酸地想——原本她们是有可能这样的:"有些人真是太有运气了。"因为,唉,可怜的菲利普(据说是位非常杰出的神甫)被人发现的时候已经死了。

因此,尽管这个场合是如此庄严,不少女人还是冲于贝尔微笑。于贝尔没有看她们,他还没从母亲那句话所带给他的惊骇中回过神来。菲利普的死令他心碎。他觉得自己又回到了一种可怕的精神状态,就像在磨坊桥开始绝望而徒劳的抵抗前,那种溃败的时刻所带给他的精神状态一样。"如果说我们都是一样的,是可以把猪和狗放在一起的!"他望着所有在场的人想,"这也还可以理解。但是,像菲利普这样的圣人,把他发配到这里来干什么?如果是为了我们,为了赎回我们的罪恶,这就好像是用一袋石子换了一颗珍珠。"

而包围着他的这些人,他的家庭,他的朋友,在他心里激起一种羞愧和愤怒的感觉。在路上,他看到过这些人,或是和这些人差不多的人,他想起了装满军官的车子,军官带着他们漂亮的黄箱子和画得五颜六色的女人在逃跑;他想起了那些放弃职守的政府官员,那些因为恐慌一路上将秘密文件、案宗撒了一地的政客,还有在签订停战协议的那天非常恰当地哭了之后、如今已经和德国人互相安慰的姑娘。"真想不到,竟然不会有人知道这一切。包围着这一切的,是撒谎的缄默,以至于我们日后还会在法国历史上书写伟大的一页。根本找不到,所谓的忠诚,所谓的英雄主义。上帝啊!我看到了怎样的一切啊,我!大门紧闭,敲了半天想要一杯水都不可能,还有这些将居民住所抢劫一空的难民,到处如此,从上到下,混乱、怯懦、虚荣、无知!啊,我们真够漂亮的!"

然而他嘴上还是跟大家一起念着祈祷文,只是心事如此沉重,如此沉痛,让他真的感到不舒服了。有好几次,他都发出一种嘶哑的叹息声,令他的母亲非常焦虑。她冲他转过身,透过黑纱,能够看见他的眼睛满是泪水。她低声道:

"你没什么不舒服吧?"

"不,妈妈。"他冷冷地看着妈妈回答说,虽然他为自己的这种目光很是自责,但是他没办法不这么做。

对于自己的家人,他的评判也相当严厉,不乏苦涩。他没有直接地将这些不满说出来。在他的心里,这一切以一系列强烈而短暂的形象显示出来:他的父亲,一边念叨着共和国的"腐朽体制……",一边在同一天晚上,在家里摆上了二十四副餐具,铺上了最漂亮的桌布,还有极其鲜美的鹅肝酱、名贵的红酒,宴请一位曾经做过部长、如今又再登部长宝座的客人,佩里冈先生希望能够得到他的照顾。(噢!母亲将嘴巴噘起来,说:"我亲爱的主席先生……")还有,他们装满衣服和银器的车子挤在逃跑的人群中,他的母亲,指着那些步行的、手里挽着用手绢扎起来的几件衣服的女人和孩子说:"瞧瞧,耶稣对我们是多么仁慈啊。想一想,如果我们处在这些不幸的人的位置上,我们会成什么样子!"真是虚伪!真是伪善!还有他,他来这里干什么?他的心里满是反抗和仇恨,却装出为菲利普祈祷的样子!但是菲利普是一个……上帝啊!菲利普,我亲爱的哥哥!他低声念着,仿佛这些词有一种让他平静下来的神圣力量,他的心仿佛一下子开了口,流下了急促的、滚烫的泪水。一些温和而宽恕的想法进入了他的内心。这些想法并非来自他,而是来自外界,仿佛有一位朋友冲他弯下身,在他耳边轻轻地说:"能够生出菲利普的家庭和血统不可能坏的。你太严厉了,你只看到了事件外在的一面,你不了解灵魂所在。恶是容易看见的,它会殷勤地出现在每一双眼睛前。一点恶就足以让你对牺牲、对流淌的鲜血和泪水视而不见。"他望着那块大理石板,上面刻着……另一场战争的牺牲者的名字。这里面有克拉冈家族和佩里冈家族的人,他不认识的舅舅、叔叔和表兄弟,一些并不比他大多少、在索姆河、佛兰德、凡尔登丧命的孩子,他们等于死过两回,因为他们死得毫无意义。渐渐地,在这片混乱之中,在这些矛盾的感情之中,他得到了一种奇怪的、苦涩的完满。他获得了丰富的经验,他知道,不是通过一种抽象、书本上的方式,而是通过曾经如此激烈跳动过的这颗心,通过在穆兰守桥时被撕成碎片的手,通过在德国人庆祝胜利时吻过一个女人的双唇。他知道这些词都意味着什么:危险、勇气、恐惧、爱情……是的,爱情本身……他现在感觉到自己很好、很强,对自己很有把握。他不再通过别人的眼睛看自己,而且同时,他今后所爱的,所相信的,都会完完全全属于自己,而不是受到别人的启发。他慢慢地合拢双手,低下头,最后,完成了祈祷。

弥撒结束了。在教堂前的广场上,人们围住了他,拥抱他,向他的母亲表示祝贺。

"他的脸蛋还是那样可爱。"女人们说,"这么累都几乎没让他瘦下来,他没变。亲爱的小于贝尔……"

二十七

科尔特一行两人在清晨七点钟抵达大饭店,累得步履蹒跚。他们心怀恐惧地看着面前的一切,仿佛他们已经有所准备,准备好一旦走进旋转门里,就会掉进一个噩梦般的不和谐的世界:难民们可能都睡在客厅奶白色的地毯上,而就这客厅,还需要写信预订,门卫认不出他们,拒绝给他们一间空房,他们也没有热水梳洗,炸弹又落在大厅上。但是,感谢上帝,法国最好的温泉没有受到任何损害,湖水似乎有些不平静,沸腾着,但是总的来说,一切正常。温泉的工作人员也都在自己的岗位上。温泉的负责人证实说一切都处于匮乏中。不过咖啡还是不错的,酒吧里也还有冰镇饮料,水龙头仍然可以根据客人的需要供应冷水和热水。开始的时候大家也很着急:英国极不友好的态度让人担心,封锁是否会继续下去呢?这样威士忌根本到不了,不过这里有大量的库存。他们可以等。

一走上大厅的花岗岩,科尔特和芙洛朗丝已经感觉到了自己的再生:非常安静,只能勉强听到远处传来电梯轰隆隆的声音。透过开着的窗户,可以瞥见公园草地上给草坪浇水的水柱,形成了一道道颤抖的、液体的虹彩。这里的人认出了他们,围了过来。二十年来,科尔特年年都会到这里来,大饭店的负责人张开双臂,对他们说,一切都完了,人们掉进了黑暗的深渊,必须重新教会人们什么是责任,什么是伟大。接着,他告诉他们,据说政府的人要过来,从昨天晚上开始,所有的房间都必须保留,说玻利维亚的大使睡在台球桌上,可只有对他,对加布里埃尔·科尔特例外,他会安排好一切。总之,和当年在多维尔看赛马时,他在诺曼底饭店说的那套差不多,当时他才当上那里的副经理!

科尔特疲乏无力的手搁在自己几乎要爆炸的额头上。

"我可怜的朋友,如果您愿意,给我在盥洗室放张床垫就行了。"

一切,他周围的一切人,都用一种谨慎的、轻盈的、很有分寸的方式在履行职责。不再有在壕沟里分娩的女人;不再有迷途的孩子;不再有如烟火般散落的桥梁,负载着未能准时爆炸的麦宁奈特炸药,将旁边的房屋化为灰烬。服务人员将窗户关上,免得他吹到穿堂风,然后又打开他面前的一扇扇门,他感觉到脚下踩着厚厚的地毯。

"您所有的行李都在吗?什么也没丢?您真有运气!很多人到这里,连一件睡衣、一把牙刷都没有。甚至还有一个不幸的人由于遇到爆炸,到这里时已经衣不蔽体。他就这么光着身子从图尔过来,身上只裹了张被单,伤势严重。"

"我差点丢掉我的手稿。"科尔特说。

"啊,上帝,那将多么不幸啊?您完好无损找回来了吧?不管怎么说,我们以后就会知道的!我们会看到的!对不起,先生,请原谅我,夫人,我走在您前面了。这就是我给你们准备的房间,在五楼,你们会原谅我的,是吧?"

"啊!"科尔特喃喃道,"现在对我来说什么都无所谓。"

"我理解。"饭店经理忧伤地歪着脑袋,"在这样的混乱之中……我虽然是瑞士籍,可内心是个法国人。我理解。"他重复说。

他一动不动地停留了一会儿,低着脑袋,就像在坟墓前向死人致敬一般，不敢那么快就冲向出口。几天以来，他经常表现出这样的态度，连那张殷勤的、胖乎乎的脸都有点变了。他一贯脚步很轻，声音温和，因为这是职业的要求。可是此时，他更加夸张地表现了这种自然禀性，在房间里悄无声息地兜着圈儿，真的好像在死人房间里一样，而当他问科尔特"我叫人把早饭给你们送上来好吗"时，他的声音是那么谨慎，那么悲伤，就好像指着一位亲爱的人的尸体在问他："我能不能再最后一次抱抱他？"

"早饭？"科尔特叹道，勉强才回到现实和那些微不足道的小麻烦里来。"我已经二十四小时没有吃过东西了。"他补充道，微笑显得很苍白。

搁在昨天确实如此，但是此刻这么说就不对了，因为就在今天早上六点钟的时候，他才吃过一顿丰盛的早饭。不过他也没有撒谎：那顿早饭他吃得非常心不在焉，因为他疲倦极了，也因为祖国的不幸让他陷入一种混乱之中。他觉得自己似乎还空着肚子。

"哦！可是您必须强迫自己吃点。哦！我不希望看见您这样，科尔特先生。您必须对自己负责。您属于全人类。"

他做了一个小小的表示绝望的动作，他是说，他知道这点，他也并不抗议人类加在他身上的义务，但是在这种情况下，如果说要求他具备某种勇气，那么这要求根本不能超过对一个非常普通的公民的要求。

"我可怜的朋友。"他转过身去，不愿别人看见他的泪水，"不仅仅是法国在死亡，还有精神。"

"只要您在，就不会，科尔特先生。"饭店经理热忱地说道，在法国大溃败以来，这句话他已经说过好几遍了。在一系列悲惨事件发生之后,科尔特是第十四个抵达该饭店的名人,也是到这座宫殿来避难的第五个作家。

科尔特虚弱地笑着,要求咖啡一定要烫。

"滚烫的。"饭店经理保证说,在用电话传达了必要的命令之后,他走出了房间。

芙洛朗丝待在自己的房间里,她反锁上房门,惊愕地望着镜子。平常,她的脸是那么柔和,那么精致地扑着粉,那么容光焕发,此时却被汗水浸透了,汗水就像一层闪闪发光的涂层。她的脸再也吸收不了任何乳霜和脂粉,乳霜和脂粉在上面结了厚厚的块,就像变质的蛋黄酱,鼻翼收紧了,眼睛深深地凹陷下去,嘴唇软塌塌的,一点光泽也没有。她惊慌地转过身去,背对着镜子。

"我有五十岁。"她对贴身女仆说。

其实这是最真的真相,但是她说这些话的时候,带着那样一种让人难以置信的口吻,那样一种恐惧。朱丽叶于是明白了这些话的意思,也就是说五十岁,作为一种形象、一种暗喻,只是用来形容极度衰老而已。

"在经历过那么多事情之后,我能够理解……只要夫人睡上一小觉就会好的。"

"不可能……只要我一闭上眼睛,我就听见炸弹的声音,看见那座桥,那些死人……"

"夫人会忘记的。"

"啊!永远不会!您能够忘记吗?您?"

"对于我来说不同。"

"为什么?"

"夫人还有那么多别的事情要想!"朱丽叶说,"我是不是把夫人的那件绿裙子拿出来?"

"我的绿裙子,就我现在这样?"

芙洛朗丝任由自己靠着椅背,闭上了眼睛,但是突然,她又重新聚集起已经分散的精力,就像一个指挥官,尽管需要休息,也观察到自己的手下已经没有什么作战能力,可还是疲倦地蹒跚着,重新拿起指挥棒,指挥部队冲向战场。

"听好了,下面是您要做的事情。在给我准备洗澡水的同时,先给我准备好一张面膜,三号的,是美国美容学院的那种。然后打电话给美发店,问他们吕吉是否一直都在他们那里,让吕吉带着指甲修剪师三刻钟后到这里来。最后为我准备好那套灰色的小套装,再把玫瑰红的尼龙短上衣拿出来。"

"就是那件领子是这样的短上衣?"朱丽叶用手指比划着,意思是领口开得很大的那件。

芙洛朗丝犹豫了。

"是的……不……算了……就那件吧,还有那顶小小的、带有矢车菊的新帽子。啊!朱丽叶,我还以为我再也没有机会戴它了呢,那顶小帽子。算了……您说得对,不要再想那些事情了,我们会发疯的……我在想他们还会不会有那种赭色的粉,最后一盒……"

"我们会知道的……夫人非常明智,带了好几盒。这粉可是从英国来的。"

"啊!我知道这是从英国来的!瞧,朱丽叶,我们还没意识到究竟发生了什么呢。这些事件根本无法预计,我跟您说,无法预计……好几代人的生活将要因此改变。今年我们会挨饿的。

您帮我把那只金色搭扣的麂皮包拿出来,就是款式很简单的那只……我在想巴黎现在成了什么样子。"芙洛朗丝一边走进浴室一边说,不过朱丽叶才打开的水龙头的声音淹没了她最后几句话。

然而,科尔特想的事情比芙洛朗丝严肃多了。他也躺在浴缸里。开始的时刻,他非常快乐,享受着这种乡间的宁静,那么深沉的宁静,简直令他想起了童年时代的美妙时光:咬到满是奶油的冰夹心烤蛋白时,将脚浸入冰凉的泉水时,把一件新玩具紧紧抱在怀里时所感受到的那种幸福。他觉得自己在热热的液体上漂浮,水轻抚着他,温和地刺弄着他的皮肤,洗去他身上的尘土和汗水,钻进他的脚趾,滑过他的腰际,就像一位母亲托起一个睡着的孩子。浴室里散发着沥青皂、洗发水、古龙水、熏衣草水的味道。他微笑着,伸展着四肢,让他长长的、苍白的手指关节发出声响,享受着躲开炸弹,在这炽热的一天洗一个清爽澡的神圣而简单的快乐。他自己也不知道是在何时,苦涩进入他的内心,仿佛一把刀插在水果上一样。也许是他的目光落在放在椅子上的、装着他手稿的箱子上时,也许是香皂落入水中,他必须付出某种努力将香皂捞出来因而打扰了他的快乐时,但是就在某个时刻,他皱起了眉头,那张刚才似乎变得比平时更为纯净、更为光滑、更为年轻的脸又带上了一种阴郁而焦虑的神情。

他会变成怎样?他,加布里埃尔·科尔特?这个世界会变成怎样?明天的精神会是怎样?或者,也许以后人们只想着吃,不再会有艺术的位置?或者会产生新的理想,就像每次危机过后那样,新的理想会拥有绝大多数的公众?一向玩世不恭、懒洋洋的他,现在却想着"新方式"的问题!但是他,科尔特,他已经太老了,无法适应新的趣味。在一九二〇年的时候,他已经更新过自己的生活方式。再来第二次是不可能的。他根本跟不上,这个即将诞生的世界。啊!谁能预料呢,从一九四〇年这场坚硬的战争模具——就像那种青铜铸造模具一样——出来的世界会是怎样一种形状,也许是巨人,也许是畸形(或者是畸形的巨人),这个我们已经感受到其最初的震荡的世界啊!如果弯下身,仔细看这个世界,真是可怕……而且根本无法理解。因为没有任何内容。他想起了自己的小说,从大火、炸弹中抢出来的,此时正放在椅子上的手稿。他突然体会到一种非常强烈的气馁的感觉。他所描写的激情,他的灵魂状态,他的一丝不苟,这个属于他这个时代的故事,这一切都是那么陈旧、无效、过时。他绝望地吐出这个词:过时!香皂再一次滑入水中,仿佛一条鱼,消失在水中。他骂了一句粗话,站起身来,疯狂地揿铃。他的仆人出现了。

"替我擦一下身子吧。"他用颤抖的声音叹道。

仆人用马鬃手套和古龙水替他擦腿的时候,科尔特才觉得好些了。然后他光着身子刮胡子,仆人在一旁为他准备衣服:亚麻衬衫,薄呢西装,蓝色的领带。

"这里有我们认识的人吗?"科尔特问。

"我不知道,先生。我见到的人还不太多,但是据说昨天晚上到了很多车子,很快又离开了,是往西班牙的方向。这里面有于勒·布朗先生。他去葡萄牙。"

"于勒·布朗?"

科尔特呆住了,将满是泡沫的剃须刀举在半空。于勒·布朗去了葡萄牙,他逃跑了!这消息给他带来了沉重打击。就像所有的人都会从生活中尽量得到舒适与享受一样,加布里埃尔·科尔特也有一位他所效劳的政界要人。通过精美的晚餐,盛大的招待会,芙洛朗丝所协调的一些无微不至的照顾,还有几篇应景的文章,他从于勒·布朗(几乎在所有内阁担任过部长的职务,两度担任议长,四度出任战争部长)那里得到了无数可以让生存变得比较容易的特权。多亏了于勒·布朗,才会有出版社向他订购这"伟大的情人"小说系列;在去年冬天,他还在国家电台做了关于这个小说系列的节目。也是在电台,于勒·布朗还多次让他发表演讲,有时是爱国主义,或是政治的、道德的训诫,根据形势的变化。于勒·布朗坚持让一家日报的负责人付给科尔特十三万法郎作为小说稿酬,而不是他们最初商定的八万。最后,他还允诺过科尔特,要授予他三级荣誉勋位。在他所处的这台机器中,于勒·布朗虽然平庸,却是个必不可少的齿轮,因为天才不可能只在天上飘荡,而是要在地上具体操作。

得知他的朋友已经逃跑(他是不是应该妥协呢,支持这绝望的决定,他,他不是一向喜欢说在政治上,溃败是胜利的开始),科尔特感觉到非常孤独,被抛弃在深渊的边缘。又一次,他有这样一种可怕的强烈感觉,觉得有另一个完全不同的世界,是为他所不知的世界;在这个世界里,也可能是出自奇迹,所有的人都变得纯洁、公正,拥有最为高贵的理想。但是,出于对植物、动物和人的自卫本能,一种随大流的心理让他回答道:"啊!他走了?这些玩家、政客的时代已经过去了……"

沉默了一会儿后,他又补充道:"可怜的法国……"

他慢慢地套上蓝袜子。就这样仅仅穿着袜子和黑色丝质吊袜带站在那里,身体的其他部分赤裸着,他的身体没有毛,白白的，非常光滑，泛着象牙色。他做了几个胳膊的伸展动作，弯了弯上身。他带着一种赞许的目光注视着镜子当中的自己。

"看上去的确好多了。"他对仆人说，好像想通过这句话为他带来某种很大的乐趣似的。

接着他穿好了衣服。将近中午他下楼来到酒吧。大厅里看上去发生了什么事情，能够让人察觉出一种慌乱，似乎是远处发生的什么重大灾难震动了世界的其他地方。厅里有很多人们遗忘的行李，乱七八糟地放在平常用来跳舞的地方。厨房里传来叮呤咣啷的巨大响动；还有面色苍白、头发散乱的女人在走廊里跑来跑去，想要找一间房，电梯也不运转了。一个老人在门卫面前哭泣着，因为门卫拒绝给他一张床。

"您知道的，先生，不是我不想给，但真的不可能，不可能。我们已经忙得不可开交了，先生。"

"只要房间一角就行了，"可怜的人恳求道，"我约好我的太太，在这里等。我们在埃唐普遭到轰炸时走散了，她会以为我已经死了的。我七十岁了，先生，她六十八岁。我们从来没有分开过。"

他用颤抖的手拿出钱包。

"我给您一千法郎。"他说。

在他那张典型的中产阶级法国人诚实而谦和的脸上，显现出一种平生第一次行贿的惭愧表情，同时也有一种要与自己的钱分离的心疼。但是门卫拒绝了伸过来的钞票。

"我已经和您说过了，这不可能，先生。您到城里去试试吧。"

"城里？可我正是打那里来，先生！从早晨五点钟开始，我敲遍了所有的门。可都像狗一般被打发出来了！我也不算是随便什么人，我是圣奥梅尔高中的物理教授。我有棕榈勋章。"

看到门卫早就不在听他说话，并且已经转过身去，他捡起刚刚丢在地上的一个帽盒——里面应该是他的行李，一声不吭地走了。门卫这会儿正在和四个脸上扑着粉的黑头发西班牙女人纠缠。其中的一个抓住了门卫的胳膊。

"如果只有一次，那还可以忍受，但是两次太多了。"她用蹩脚的法语大叫大嚷道，声音嘶哑却有力，"经历过西班牙内战，逃到法国来，又陷进这样的事情里，太多了！"

"可是，夫人，对此我无能为力，我！"

"您可以给我一间房！"

"不可能，夫人，不可能。"

她想找到什么尖刻的话来反击，一句咒骂，但是没有能够，愣了一会儿，她扔出了一句："瞧，您根本不是个男人！"

"我？"门卫叫嚷起来，突然间失去了职业性的耐心，在受到侮辱的情况下跳了起来，"好啊，您是想继续侮辱我，是吧？首先您是外国人，不是吗？给我闭嘴，要不然我就叫警察了。"他非常尊严地结束了他的话，为这四个用西班牙语破口大骂的人打开门，将她们推了出去。

"什么日子啊，先生，什么样的夜晚啊。"他对科尔特说，"世界都疯了，先生！"

科尔特找到一条凉爽、安静而阴暗的长廊，通向一个非常安静的酒吧。所有的闹腾就在这道门槛戛然而止。百叶窗全都关上了，大大的窗子保护着这个酒吧免受暴雨前炽热阳光的烘烤，这里能够闻到铜器、优质雪茄和肉质细腻的隆头鱼的香气。酒吧招待是个意大利人，科尔特的老朋友。他用一种特殊的方式接待了他，向他证明，能再见到他是多么高兴，同时也对法国所遭遇的不幸表示同情。这是一种贵族的方式，非常有分寸，从来不会忘记外界的事件或是他低于科尔特的地位所必然要求的一种谨慎，他做得如此到位，科尔特得到了很大安慰。

"真高兴再见到你，我的老朋友。"他高兴地说。

"先生离开巴黎很困难吧？"

"啊！"科尔特只是非常简单地叹了一声。

他翻了翻眼睛，而约瑟夫，那个酒吧招待，做了一个腼腆的、小小的手势，仿佛要将秘密推开，拒绝唤醒那些才发生的、如此沉重的记忆似的，他用一种面对身处危机之中的病人时，医生所用的口吻说："先喝了这个，然后您再向我解释一下您的情况。"他尊敬地低声说："为您准备一杯马爹利，是吗？"

一个因为冰凉而雾气朦胧的酒杯放在他面前，酒杯旁还一左一右地摆着两个小碟，一碟橄榄，一碟炸薯片。科尔特冲着这包围着他的熟悉环境露出一个惨淡、模糊的微笑，接着，他向才走进酒吧的人望去，一一认出了他们。是的！他们都在这里，这位院士，前某部部长，这位工业巨头，这位出版家，这位报社总编，这位议员，这位剧作家，还有这位用"X将军"的笔名发表了那么多资料充分、严肃、专业的文章的先生，这些文章都登在巴黎一家很大的杂志上；他为那家杂志评论军事事件，让广大的群众也能有所了解，而且他还会用上自己的观点，总是很乐观，但是比较模糊（比如说，他会这样写：下一次军事行动的舞台将会在欧洲北部，或是巴尔干半岛，或是在鲁尔地区，或是在三个地方同时登场，更或是在地球某个难以确定的地方）。是的，他们都在，身体健康。有一瞬，科尔特好像是惊呆了。他不知该怎么说，就在过去的二十四小时里，他曾经觉得旧世界坍塌了，他一个人孤零零地站在残垣破瓦上。看到这些或为朋友、或为敌人的名人——此时对他而言是不是敌人已经不重要了——他感到有一种难以言表的宽慰。他们站在同一边，他们在一起！他们彼此互为证明，毫无疑问，什么都没有改变，一切都和原来一样，这并非什么史无前例的激变，并非我们原先所想象的世界末日，这只是纯粹的人类关系问题，受到时间和空间的限制，总之，只能深深地触及那些默默无闻的普通人。

　　他们交换了悲观的甚至是绝望的观点，但是语调颇为轻松。一些人已经充分享受过生活了。他们已经到了欣赏年轻人表演的年龄："就让他们去对付吧！"另一些人匆匆忙忙地在脑子里汇聚起自己曾经写过的东西，发表过的演说，这些东西也许在新体制下能有用。（由于他们或多或少地惋惜法国已经失去了崇高意识和危机意识，不再那么孩子气了，他们在这方面显得非常平静！）政界要人则相对焦虑一些，他们当中有些人已经完全妥协，正思考着怎么颠覆盟军。剧作家和科尔特则在谈论各自的作品，他们忘记了这个世界。

二十八

米肖夫妇根本没能抵达图尔。爆炸摧毁了铁路，火车停了下来。难民又回到公路上，此时与德国纵队混杂在一起。他们接到了返回的命令。回到巴黎，米肖夫妇发现巴黎城一半是空的。他们步行回到家中。离开家也不过两个星期的时间，但是他们却觉得如此漫长。本来以为回来时，一切都将是乱七八糟的，因此，走在毫发无损的街上，他们简直不敢相信自己的眼睛：所有的东西都在自己应该在的位置上，暴风雨前的太阳照耀着百叶窗紧闭的房屋，和他们离开那天的情景一模一样；突如其来的热浪烤焦了梧桐树的叶子，没有人清扫落叶，难民拖着疲倦的步伐踩在落叶上。食品店看上去都关着。有时这副人烟稀少的景象还是让人颇为吃惊，就好像是经历过鼠疫的一座城市，就在揪心地大声叫着"所有的人都走了，或者死了"时，面对面地却站着一个穿着得体、化着妆的小个子女人；或者，好像米肖夫妇所遇见的一样，在上了铁门的肉店与面包店之间，他们看见有家理发店却开着，还有一位女客人在烫头发。这是米肖夫人的理发师。她叫了他一声。他本人，他的助手，理发师的妻子和客人，都跑到门边，发出了惊叹："你们这是赶路回来？"

米肖夫人指了指没穿袜子的腿，还有乱七八糟的裙子，和她满是汗水和尘土的脸。

"你们瞧！我家怎么样？"米肖夫人焦急地问道。

"没事儿！你家可都好好的。我今天还从你们家窗底下走过。"理发师的妻子说，"一切完好无损。"

"可我的儿子呢？让-玛利？你们有没有看见过他？"

"他们怎么会看见呢，我可怜的妻子？"这时莫里斯说话了，"你真是失去理智了！"

"那你呢，你的冷静足以要我的命。"她激烈地回答道，"不过，也许看门人那里……"她已经冲了出去。

"别累着自己，米肖夫人！那里什么也没有，我路过的时候问过，再说邮件根本就到不了！"

让娜试图用微笑来遮掩这残酷的失望之情。

"好了，那只有等待了。"她说，但是她的嘴唇在颤抖。

她机械地坐下来，喃喃道："现在怎么办？"

"如果我是您，"理发师说，他是个小个子，胖胖的、圆圆的、轮廓柔和的脸，"我就先洗个头。这样可以理清思路，我们还可以让米肖先生也凉爽一下，在你们洗头的同时，我的妻子可以给你们炖点东西。"

事情于是就这样安排了。正在理发师用熏衣草精华液为让娜按摩头部的时候，理发师的儿子跑过来告诉他们停战协议签了。由于米肖夫人正处在极度疲惫的状况中，她几乎理解不了这条新闻的意义，就好像在一个垂死之人的床边，大家都哭干了眼泪，等到这个人真的咽气时就没有眼泪了。但是莫里斯，他想起了一九一四年的战争，想起他参与过的战斗，伤口、痛苦，他觉得心头涌上了一股苦涩的潮水。然而他没有什么好说的，于是他沉默着。

他们在若斯夫人的店里待了一个多小时，然后从那里出来回家。据说法国军队的伤亡人数并不多，但是战俘达到了两百万之多。也许让-玛利也被俘虏了？他们不敢期望别的。他们走进自己的家，尽管若斯夫人事先已经向他们保证过，可他们还是不能相信家仍然在，而不像上个星期，在奥尔良，他们所穿过的马尔特罗广场上的那些大楼一样燃为灰烬。但是就是这里，他们认出了大门，看门人的小屋子，信箱（空的！），等待他们回来的钥匙，还有看门人！圣徒拉萨尔重见光明之时，看见自己的姐妹和炉子上炖着的汤，想必体验到的也是类似的一种掺杂着惊惧和默默的骄傲的感情："无论如何，我们回来了，我们在这里。"他们想。可是，让娜又立即想到："可这又有什么好呢？如果我的儿子……"

她望着莫里斯，莫里斯冲她勉强地笑了一下，接着高声对看门人说："您好，诺南夫人。"

看门人年纪很大，耳朵几乎聋了。米肖夫妇尽量简短地叙述了外逃一路上发生的事情，也尽量让对方说得简单些，因为诺南夫人跟着女儿——她女儿是个洗衣店老板娘——一直走到意大利国门口。到了那里以后她和女婿发生了争执，于是她回来了。

"他们不知道我现在怎么样，他们会以为我已经死了。"她得意地说，"他们以为已经得到了我的储蓄。她倒不是坏。"在谈到女儿时她补充道，"她只是脾气太急。"

米肖夫妇告诉她，他们非常疲倦，然后他们上了楼，电梯坏了。

"这真是最后的打击。"让娜呻吟着，不过还是笑出声来。

丈夫慢慢地爬着楼梯时，她冲在了前面，又回到了做姑娘时的那种状态，双腿轻盈，一点不喘。上帝啊，有的时候，她还会抱怨这阴暗的楼梯，抱怨这缺少壁橱、浴室（于是只好把浴缸安在厨房），而且在冬天最冷的时候暖气老是出毛病的房子！这一切现在回来了,这个小小的封闭的世界,舒适的、她生活了十五年的世界,在这几堵墙里包裹着那么柔软、那么温暖的回忆。她倚着楼梯栏杆,望着下面的、仍然很远的莫里斯。她一个人。她靠在门上,将嘴唇贴在木头的大门上,然后抓住钥匙,开了门。这是她的房子,她的避风港。这是让-玛利的房间,这是厨房,这是客厅,还有晚上,她从银行回来、让她伸展疲惫的双脚的沙发。

想到银行,她突然间抖了一下。一个星期以来,她都没去想它。等莫里斯进门时,他看见她忧心忡忡的,回到家的那种快乐已经荡然无存。

"怎么了?"他问,"让-玛利?"

她犹豫了一下:"不,银行。"

"上帝啊!为了到图尔,我们已经做了人类能做的一切事情,甚至超出了人类所能的范围。他们不能指责我们什么。"

"他们的确不会指责我们。"她说,"前提是如果他们想让我们留下。可我仅仅是战争时期的临时职位,而你呢,我可怜的朋友,你和他们一向处不来,所以说,如果他们想摆脱我们,这正是好时机。"

"我也想到了。"

和往常一样,在他不表示反对而是完全同意她的意见的时候,她却完全换了意见。

"不管怎么说,他们也许还不是最混蛋的混蛋。"

"他们就是最混蛋的混蛋。"莫里斯温和地说,"你不知道吗?我们有我们的担忧。我们在一起,我们在自己家里。别去想其他事情了……"

他们没有谈论让-玛利,如果讲到这个名字,他们不可能不流泪,但是他们不愿意哭。在他们心中,总充满着一种对幸福的炽热向往。也许是因为他们非常相爱,他们每天都在学习生活,心甘情愿不去想第二天的事情。

他们不饿,于是打开果酱瓶和饼干罐,让娜精心地准备着咖啡。咖啡只剩下四分之一了,是那种非常纯正的摩卡咖啡,历来都是逢到最重要的场合才用的。

"我们还会有什么更重要的场合呢?"莫里斯说。

"反正不是今天这样的情况,我希望。"他的妻子回答说,"但是,我们不得不承认,如果战争持续下去,我们可不能很快找到这样的咖啡。"

"你简直赋予这咖啡一种罪恶的味道。"莫里斯深吸了一口从咖啡壶里散发出来的香味,说道。

吃完这顿简便的饭之后,他们在打开的窗户前坐下来。每个人的膝头摊着一本书,但是他们都不在读。最后他们靠着睡着了,手握在一起。

就这样,他们度过了几天非常安静的日子。由于邮路不通,他们知道自己不会得到任何消息,好的或是坏的。只有等待。七月初,德·弗尔尼埃先生回到了巴黎。德·弗尔尼埃伯爵打过一场漂亮仗,一九一九年"一战"结束了之后大家都这么说:有几个月的时间,他如同一个英雄,身处危险之中,接着他娶了个非常富有的年轻姑娘。于是他就不那么想死了,这是当然!他的妻子有一些地位很高的亲朋好友,但是他没有利用这些关系。他不再故意寻求危险,但也不躲避。战争结束时他没受一点儿伤,他对自己,对自己在战火中的漂亮表现,对自己内在的自信和肩上的星星感到相当满意。到了一九三九年，他基本上在一流的上层社会确立了地位。他的妻子是所罗门-沃尔姆斯家族的，他的妹妹嫁给了麦格勒侯爵，他是马球协会的成员，他组织的晚餐和狩猎活动颇负盛名。他有两个可爱的女儿，大女儿才订婚。比起一九二〇年的时候，他的钱要少得多了，但是他却更清楚摆脱金钱或利用机会积累财富的方式。他接受了科尔班银行的负责人一职。

科尔班的确是一个非常粗俗的人。他创立自己这项事业的方式极为低级，而且非常无耻。据说他最早只是特鲁代纳街一家信用机构的服务生，但是他很有银行家的才能，总之，他和伯爵相处得很好。他俩都是非常聪明的人，知道彼此之间都很有用，因此，在某种热忱的彼此轻视的基础之上，他们之间确立了某种友谊，就像某些又酸又涩的液体，混合了之后却能产生出一种怡人的芬芳。"和所有贵族一样，他几乎是个白痴。"科尔班说。"这是个用手指吃饭的可怜人。"弗尔尼埃感叹道。伯爵用自己在马球协会的身份作为诱饵，从科尔班那里得到了他想要的东西。

总之，弗尔尼埃将自己的生活安排得非常舒适。而本世纪的第二次世界大战爆发时，弗尔尼埃觉得自己就像一个努力读书的孩子，安静本分，全身心地投入自己的角色，可是别人再一次剥夺了他的乐趣。他差一点就要叫出声来："一次还行，两次就太多了！活见鬼！这次该轮到别人了！"怎么？他已经尽过责任了！他已经被剥夺了五年的青春，现在又要来抢他如此美妙、如此珍贵的成熟时光，一个男人，到了这样的年龄，才明白自己即将失去什么，才懂得享受的迫切性。

"不，这太过分了。"在征兵的那天，告别科尔班时，他说，

"那上面写着，我不能幸免。"

他是预备役军官，他得走，当然他原本可以安排好这一切的……但是他没有这样做，因为他想继续让自己受到尊敬，在他内心，这种愿望非常强烈，因此总用一种讽刺与严厉的态度对待这个世界的其他人。他走了。跟他处境相同的司机对他说："必须去，我们走吧。但是如果他们认为这次和一九一四年一样，那他们就错了（在他的脑子里，这个'他们'指的是某些所谓的权威人士，觉得自己出于职业责任和激情将别人送上了战场），如果他们以为我们还会再像以前那样来一次（他咬住指甲，发出咔嗒的声音），超出我们所必须的范围再来一次，他们就完全错了，我跟你这么说。"

德·弗尔尼埃伯爵当然不会用这种方式表达自己的想法，但是他的想法与司机的想法也不乏相似之处，而且，司机的想法可以说是代表了许多老兵的精神状况。带着一种默默的仇恨，或是一种绝望的反抗，反抗命运在他们的一生之中两度将这残酷的事情强加在他们身上，大多数男人还是上了前线。

在六月的溃败中，弗尔尼埃所在的军团几乎全部落入敌人之手。他本人有了一次得救的机会，他抓住了。在一九一四年的战争中，他还可能想要英雄地死去，放弃在灾难中幸存的机会。但是在一九四〇年，他宁可活着。他重新回到已经在为他哭泣的妻子身边，回到两个可爱的女儿身边，大女儿才举行过一场盛大的婚礼（她嫁给了财政部一位年轻稽核），回到德·弗尔尼埃城堡里。他的司机就没这么好运了：他被囚禁在七A号战俘集中营，编号是55.481。

伯爵回家后，就立刻开始和住在自由区的科尔班联系，两个人一起着手将银行分散在各地的部门整合起来。会计部在卡奥尔,证券部在巴约讷,秘书处往图卢兹走的时候,在尼斯与皮尼昂之间不见了。没有人知道银行的全部有价证券现在在哪里搁着。

"一场混乱、混乱,说不出来的混乱。"科尔班和弗尔尼埃第一次会面时就说。

他在夜里通过了自由区和占领区的界限。他在自己家里接待的弗尔尼埃,在他巴黎的公寓中,而他的仆人全都逃出了巴黎。他怀疑他们带走了他的新箱子和衣服,这更增添了他内心对国家的愤恨:"您了解我的,不是吗?我不是个敏感的人!我差点哭,我亲爱的朋友,当我在边境那里看见第一个德国人的时候,差点像个孩子般地哭出声来。那个德国人举止非常到位,一点也不像法国人那样散漫,你知道的,法国人的那种'把猪赶到一块儿'的散漫神态。不,那个德国人真是非常好,小小的敬礼,坚定的态度,一点也没有什么不自然的地方,非常好……但是对此您能说什么呢?嗯?对这一切,您能怎么说?我们的军官可真够漂亮的!"

"请听我说。"弗尔尼埃用一种粗暴的口吻说,"我不认为军官有什么应该受到指责的地方。没有武器,和一些被宠坏了的、腐朽的、只想着要……和平的人在一起,军官能怎么办?首先得给我们人手!"

"啊,但是他们说的却是:'我们没有得到命令!'。"科尔班说,他很高兴激怒了弗尔尼埃,"这是我们私底下说的,我的老朋友,我亲眼看到了可悲的场面……"

"如果没有这些市民,没有这些胆小鬼,没有这塞住公路的难民潮，也许还有机会得救。"

"啊！您说得对！这种惶恐真是可怕！人们真是特别害怕。这些年一直在说：'全世界范围内的战争，全世界范围内的战争……'他们早就应该有所准备，可不是这样的！很快就是惶恐、混乱、逃跑，为什么？我倒是想问问你？这真是不正常！我也走，因为银行接到了走的命令。如果不是这样，您明白的……"

"图尔的情况很可怕吗？"

"哦！很可怕……但原因都只有一个：逃难的人流。在图尔附近的地区，我连一张空床都没能找到，我不得不睡在城里。自然，我们遭到了轰炸，还有轰炸后的大火。"科尔班想起乡间的那个小城堡，非常气愤。他在那里遭到拒绝，因为小城堡庇护了来自比利时的难民。他们没被炸，科尔班却差点葬身于图尔的残垣破瓦之下。他重复说道："这混乱啊，每个人都只想到自己！真是自私啊！这真是可以用来说明人！至于您的职员，他们真是糟糕透了。没有一个能够到图尔来跟我会合的。他们之间也互相失去了联系。我早就要求过他们，不要走散。真是见鬼！一些人现在在南方，一些人在北方。我们根本不能相信别人。然而，就是在这样的危机时刻，我们往往能够对人做出判断，他的活力，他的斗志，他的勇气。一群窝囊废，我告诉你，一群窝囊废！只想着自己逃命！根本不管银行，也不管我！我告诉你，我肯定会解雇掉几个。再说，我想我们的日常事务也不会很多的。"

对话转向了技术性问题，这让他们又找回了那种意识到彼此重要性的令人安慰的感情。最近这些事情发生以来，这种感情有点淡了。

"有一个德国集团,"科尔班说,"会重新收购东部的炼钢厂。在这方面,我们应该说站在比较有利的位置上,虽然鲁昂码头那里的生意的确……"

天色暗下来。弗尔尼埃告辞了。科尔班想陪弗尔尼埃走到门口,在百叶窗紧闭的客厅,科尔班按动了电灯开关,但是没有灯。他骂了句粗话。

"他们切了我的电,混蛋。"

"这个人真是粗俗。"伯爵想。

伯爵劝慰他道:"打个电话,很快就能修好的。电话还通。"

"但是您简直无法想象,我的家里乱成什么样子。"科尔班强忍住怒火说,"仆人全都跑了,我亲爱的朋友!所有的都跑了,我告诉您!我敢说他们肯定抢了我的钱。我妻子不在。我真不知该怎么办好,我……"

"科尔班夫人在自由区吗?"

"是的。"科尔班咕哝了一声。

他妻子和他之间有过比较艰难的时刻。在匆匆忙忙逃离的混乱之中,也许是出于某种恶意,贴身女仆在科尔班夫人的随身物品中放进了属于科尔班先生的一个小相框,相框里是阿尔莱特的一张裸体照片。裸体本身也许倒没有激怒这位合法妻子:她是个通情达理的人。问题是舞蹈演员的脖子上戴着一条精美绝伦的项链。"我向你保证,项链是假的!"科尔班先生说,他烦恼透了。他的妻子并不相信这一点。至于阿尔莱特,她音信全无。不过,有人说她在波尔多,有人看见她经常和德国军官在一起。想到这里,科尔班先生的脾气更坏了。他拼命地揿铃。

"现在我只有一个打字员了。"他说,"一个我在尼斯捡来的小淘气。笨得要命，不过很漂亮。啊，您来了。"他突然对才进来的年轻的棕发女子说，"我的电被切了，您看看该怎么办。打个电话，向他们抗议，反正您看着办。还有，过会儿把我的信件送来。"

"信件？您没拿上来吗？"

"没有，还在门房那里。快去啊，把信给我拿回来。我付钱给您，难道您什么都不做吗？"

"我要离开您了，您让我感到害怕。"弗尔尼埃说。

科尔班无意中发现了伯爵略带蔑视的微笑。他更加恼火。"装模作样的骗子。"他心里想。

他高声回答道："那您要我怎么办？是他们弄火了我。"

信件送来了，里面有米肖夫妇的一封信。他们去过巴黎的银行，但是没有得到明确的信息。于是他们写信到尼斯去，信又辗转回到科尔班的手上。在信中，米肖夫妇问他们应该怎么办，提到了钱的问题。科尔班的坏脾气终于找到了发泄的地方，他叫道："啊！她可真够好的，这个女人！他们没走！还有人没走！我们跑啊，我们拼命地干，我们在法国的公路上挤来挤去。米肖先生和夫人却在巴黎安逸地度假，他们还胆敢要钱！您给他们写封信。"他冲着惊呆的打字员说。以下是信的内容：

　　巴黎，一九四〇年七月二十五日
　　巴黎第七区鲁瑟莱街二十三号
　　莫里斯·米肖先生　收

先生，

　　六月十一日，我们告诉过您，也告诉过您的夫人，必须到银行撤离的所在地来，继续履行您的职责，也就是说到图尔。您不是不知道，在这决定性的时刻，银行的每一个职员都好比是战士，尤其是像您一样占据着重要岗位的职员。您知道，在这样的时刻，离弃自己的岗位意味着什么。你们两位的缺席是对于我们所交付给你们的工作——秘书工作和会计工作——完全不负责任的表现。这并非是我们对您的唯一指责。去年十二月三十一日年底分配奖金的时候，你们请求我给您三千法郎的奖金。那时我就已经告诉过你们，这在我看来是不可能的。我当时就请你们注意到这样的事实，尽管我想照顾您，可是你们的工作效率比你们的前任来说低了很多。在这样的情况下，我很遗憾，你们这么长时间才和你们的领导取得联系。直到今天之前，你们音信全无，我们将此视作辞职的表示，您和米肖夫人都是如此。辞职的行为是你们单方面引起的，而且没有任何的预先通知，因此我们没有义务向你们支付任何补贴费用。然而，考虑到您在银行供职时间较长，同时也考虑到现在的情况，我们出于单纯的善意，会向您支付一笔相当于您两个月薪水的特殊补贴。请查收随信附上的，我给您开的、数目为……法郎的划线支票，您可以在巴黎的法国银行兑现。按照手续，请告知你们收到来函及支票。先生，请接受我的敬意。

科尔班

这封信将米肖夫妇置于绝望之中。他们的储蓄总共还不到五千法郎，因为让-玛利的学费非常贵。加上两个月的薪水，他们差不多只有一万五千法郎左右，而他们还欠着税款。这个时候想要找到工作几乎是不可能的。任何工作岗位几乎都不招人，报酬又低。他们一直生活在孤立的世界中，没有家庭，也没有任何可以求助的人。他们因为长途跋涉而精疲力竭，因为自己的儿子而终日惶惶。米肖夫人的这一生遇到不少挫折，让-玛利小的时候，她经常想："等到他长到那种能够独自应付一切的年龄就好了，到那时也许任何事情都不可能真正地伤害到我。"她知道自己充满力量，能够支撑起这个家；她觉得自己很勇敢，对于自己她一点也不担心，对丈夫也是如此，因为她知道在精神上他们永远不会分离。

现在让-玛利已经成长为一个男人。不管他在哪里，只要活着，他不再需要她。但是她并没有感到安慰。首先她无法想象自己孩子的生活里可以没有她。同时，她现在明白了，现在是自己需要儿子。所有的勇气都离她而去，她看到莫里斯是如此脆弱：他觉得自己孤独、衰老、身体不好。他们怎么找工作？这一万五千法郎花完了，他们该怎么办？她有点小首饰：她很喜欢这些首饰。虽然她嘴上总是说"它们一钱不值"，但是在她心里，她真的无法相信它们卖不出个好价钱。那个小小的珍珠胸针，还有那个莫里斯在年轻时送给她的小小的红宝石戒指，她是那么喜欢这两样东西。她曾经把这两件东西拿到本区的珠宝商那里，然后又去了和平大街上的一家大珠宝店，两家都不要：胸针和戒指的做工都很精致，但是珠宝商只对宝石感兴趣，而这两件首饰上的珍珠宝石都太小了，不值得买卖。对于能够留下自己的财产，米肖夫人暗暗地感到非常幸福，可是事实摆在眼前：这是他们唯一的财产。然而七月过去了，这个月已经消耗掉他们很大一部分积蓄。他俩最先想到的都是去找科尔班，向他解释，他们已经尽了一切可能，想到图尔和银行会合；如果他还要坚持解雇他们，至少应该付给他们一笔他们所期望的补贴。但是他们和他们的科尔班打了太多交道，很明白自己不是他的对手。他们也没有能力对他提起诉讼，再说科尔班可不是那么容易受到恐吓的。他们觉得，要让自己去恳求这么个他们非常讨厌、非常蔑视的人，真让他们感到接受不了的恶心。

"我不能这样做，让娜。别让我这么做，我做不到。"莫里斯温和而虚弱地说，"我觉得如果站在他面前，我可能会啐他一脸，这样做解决不了问题。"

"不。"让娜说，她仍然笑着，"只是我们眼下的境况非常糟糕，我可怜的小东西。就好像是在往一个巨大的洞走，每走一步，都在缩短一分距离，而且根本躲不开。这真是无法忍受。"

"可是必须忍受。"他平静地回答道。

他音调的变化和他在一九一六年受伤时一样。她被叫到医院，来到他身边。"我治愈的可能基本上有十分之四。"他思考了一下，迟疑地补充道，"是三点五，更确切地说。"

她温和地、轻轻地将手放在他的额头上，绝望地想："啊！如果让-玛利在，他会保护我们的，他会救我们的。他年轻，有力……"在她的内心，非常奇怪。她既希望作为母亲得到保护，同时也希望作为女人得到保护，这两种需求交织在一起。"他在哪里，我可怜的小东西？他是不是还活着？他是不是在承受伤痛？这不可能，上帝啊！他不可能死。"她想，可就在她反过来计算可能性的时候，她的心变得冰凉。这么多天以来，她一直勇敢地忍住的泪水涌出她的眼眶。她反抗地叫道："为什么苦难都是针对我们的？要么就是针对我们这一类的人？针对普通人？针对小资产阶级？不管是战争爆发、法郎贬值、失业增加或是革命爆发，别人都能从中得到利益。被压垮的总是我们！为什么？我们究竟做了什么？我们要为所有的错误付出代价。当然，别人不会怕我们的，我们！工人可以自我捍卫，富人有的是力量。而我们呢，我们是可以被压榨的温顺的羊羔。谁告诉我这是为什么！究竟发生了什么？我不明白。你是个男人，你，你应该明白。"她愤怒地对莫里斯说，她已经不知道将自己遭受的灾难归咎到谁的头上，"谁错谁对？为什么是科尔班？为什么是让-玛利？为什么是我们？"

"你想明白什么？没什么好弄明白的。"他克制自己保持冷静，"这个世界自然有管理它的规矩，无论对我们有利还是不利。暴风雨来临时，不要怨恨任何人。你知道的，雷是两股相反的电流碰撞产生的结果，乌云不会认识你的。你不能指责它们。再说这也会非常可笑，它们不会明白的。"

"但这不是一码事。现在发生的是纯粹人类的现象。"

"这只是表面，让娜。似乎是因为这个或那个人，或是因为某一种情境，但这就像自然界一样，一段时间平静之后，必然会由暴风雨取而代之，暴风雨有它的开始、高潮和结束，然后又会是或长或短的平静期！我们的不幸就在于我们出生于一个暴风雨的世纪，这就是一切。暴风雨会平静下来的。"

"是的。"她说，但是她没有顺着他的思路，留在这抽象领域里，"可科尔班呢？这不是自然力量，科尔班，他可不是。"

"他是那类坏心眼的人，就像蝎子、蛇、毒蘑菇。实际上，这里面也多少有我们自己的错。我们一直都知道科尔班是什么东西。为什么我们还要留在他那里呢？留在他的银行？你不会碰毒蘑菇的，我们也必须提防那些坏人。在某些情境之中，我们只要再多一点勇气，再多一点忍耐力，我们可能就会找到别的出路。你还记得吧，我们年轻的时候，有人让我到圣保罗做辅导教师，但是你不让我走。"

"好了，这事过去很久了。"她耸耸肩膀说。

"不，我只是要说……"

"是的，你要说不要恨别人。但是你自己刚才说，如果你碰到科尔班，你会啐他一脸。"

他们继续讨论着，不是因为他们想说服对方，而是在说话的时候他们可以暂时忘掉一点残酷的揪心事。

"我们可以找谁帮忙呢？"最后让娜喊道。

"你不明白吗，谁都不会把别人的事放在眼里的，不是吗？"

她看着他。

"你真奇怪，莫里斯。你觉得所有的人都很玩世不恭，都很冷漠，可同时，你却并非是个不幸的人。我是想说，你的内心，一点都没有不幸！我没说错吧？"

"没有。"

"可是，究竟你从何处得到了安慰？"

"我确信我的内心是自由的。"他思考之后说，"这是无可替代的珍贵的财产，是否会失去，还是能够保留这份财产，决定权不在我手上。哪怕激情到了最高潮，就像现在，最终也必然熄灭。只要有开始，注定都要结束。总之，灾难总是要发生的，我们该做的就是努力不从它们面前经过，这就行了。重要的是活着。一天天地活着。持续、等待、希望。"

她默默地听他说，没吭声。突然，她站起身来，抓起她放在壁炉上的帽子。他吃惊地看着她。

"而我,"她说,"我的准则是'自己帮助自己,上苍就会帮助你'。因此我要去找弗尔尼埃。他对我一直很好,他会帮助我们的,哪怕难为难为科尔班也好。"

让娜没有弄错!弗尔尼埃接待了她,答应她,可以付给他们一笔补贴,相当于他俩六个月的薪水,这就让他们的资本增加到了六万法郎左右。

"你看,我解决了问题,上苍帮助了我。"让娜在回家的路上对丈夫说。

"而我,我有过希望!"他笑着回答她,"我俩都对!"

他们对这次行动的结果相当满意,但是他们觉得,既然他们的注意力从金钱的忧虑中脱出身来,至少不需要再担心眼下的金钱问题,那么,他们所有的注意力都会集中在对儿子的担忧上。

二十九

秋天，查尔斯·朗日莱回到了他家。一路上瓷器倒是没有受到太大的折腾。他亲自打开大箱子，当他碰到木屑和丝纸下那冰凉的塞弗勒雕像时，他不由快乐得颤抖了，这是社会党一位要员家收藏的大花瓶。他不敢相信自己回到了家中，又重新回到自己的珍宝身边。有时，他会抬起头，透过因为贴了胶纸留下一条条痕迹的大窗户望着塞纳河那美丽的曲线。

中午，看门人上楼来打扫屋子。他还没有雇用仆人。严重的事件，无论是幸福的还是不幸的，都不会改变一个人的灵魂。但是它们会让这灵魂变得明确起来，就像是一阵风扫走了枯叶，显现出树的形状；它们照亮了以往在阴影下的东西；它们会让精神转向某个方向，而且朝这个方向不断生长。查尔斯以前就一直非常吝啬。从外面回来之后，他感觉到了自己的吝啬，尽可能节省带给他一种真实的快乐，而且他意识到这一点，因为，到市场去的时候他简直有点厚颜无耻。以前，他从来没有想到过可以住在乱七八糟、满是灰尘的屋子里。想到回来的第一天就要上饭店吃饭他也受不了。但是现在他经过那么多事情，没有任何事情会让他感到害怕。于是，看门人和他说，无论如何她都不能今天把屋子收拾好，说先生还没意识到要干的活儿有多重，查尔斯听了以后温和却不容置疑地说："您可以安排好的，罗格勒夫人。您只要收拾快点就行了。"

"速度和质量可不总是成正比的，先生。"

"这一次可以成正比，容易打发的时光过去了，"查尔斯严厉地说,"我六点钟回来。我希望到时一切都已就绪。"他补充说道。

他傲然地看了一眼看门人,看门人此时已不再吭声,只是压抑着满心的愤怒,然后,查尔斯最后看了一眼自己的瓷器,出了门。从楼梯上下来的时候,他计算着自己又省下多少。他不需要付罗格勒夫人的午饭钱。在一段时间内,可以让她每天来两个小时。一次大扫除之后,房子所需的不过是日常的维护。他只需要安安静静地找几个仆人就行了,也许找一对夫妻。到现在为止他一直雇用夫妻,贴身男仆和厨娘。

他到塞纳河边吃了午饭,在他熟悉的一家小饭馆里。出于对眼前形势的考虑,他吃得比较好。再说他吃得不多,只是开了一瓶非常好的葡萄酒。老板偷偷地告诉他,还藏着一点上好的咖啡。查尔斯点燃了一支雪茄,觉得生活很美好。也就是说,不,生活本身并不美好,人们无法忘记法国的溃败和他们所承受的所有苦难,以及这些苦难带给他们的屈辱,但是对于他来说,对于他查尔斯来说,生活是美好的,因为存在是怎么样的,他查尔斯就怎么样接受,他从来不为过去呻吟,也不怀疑未来。

"未来该怎么样就怎么样,"他想,"我对它的担忧就像这……"他抖了抖雪茄的烟灰。他的钱在美国,幸好被冻结住了,他可以少付点税,甚至几乎可以说不用付税。在将来的很长一段时间,法郎会跌价。只要解冻,他的财产自然就会大大增值。至于日常花销,很久以来,他一直注意要有积蓄。他不允许自己买卖黄金,黄金在黑市上已经到了天价。他不无惊奇地想起当初这股刮到他身上的恐慌之风,竟然令他也产生过离开法国,在葡萄牙或南美生活的念头。他的一些朋友这样做了,但是他既不是犹太人，也不是共济会会员，他不会这样做的，感谢上帝，想起这些，他略带嘲讽地笑了一下。他从来不关心政治，他不觉得人们有什么理由不让他安安静静地活着，他这样一个非常安静的可怜人，一个毫无抵抗能力的人，从来没有对别人造成过什么伤害，在这个世界上只爱自己那些瓷器的人。他真的认为，这才是在如此频繁的动荡之中他得以拥有幸福的秘密。他什么都不爱，至少是时间能够改变、死神能够带走的所有活的东西，他都不爱；他真是做得对，没有结婚，也没有孩子……上帝啊，其他所有人都是骗子，只有他是智者。

但是回到这反常的移居国外的计划上来，之所以他会产生这样的念头，那是因为他有过一个奇怪而近乎疯狂的想法，认为这个世界在几天的时间里就会产生变化，会变成一个地狱，一个到处是恐怖的地方。可是……一切都不会改变的！他想起了《圣经》里所记载的人类历史，想起了关于大洪水来到之前对于尘世的描写：当时已经是什么样的场面了啊？啊，是的：人们在建造家园，结婚，吃啊，喝啊……好吧！《圣经》没有写完。还可以加上这样一段："洪水消退，人们重新开始建造家园，结婚，吃啊，喝啊……"再说人类根本无关紧要。重要的是将艺术品、博物馆、收藏品保留下来。西班牙战争最恐怖的地方就在于它让不少杰作毁于一旦。但是这一次，主要的艺术品都保留下来了，只是卢瓦尔河边的一些城堡承受了劫难。这是不可原谅的，但是他喝的红酒真是太好了，让他不禁乐观起来。再说无论如何总有废墟存在，非常美的废墟。比如说，在希农，还有什么比这没有天花板的大厅更美的呢？还有什么比这见过贞德、现在听任小鸟筑巢、在某个角落长着一株野樱桃的墙壁更美的呢？

吃完午饭，他本想在街上稍微散散步，但是他觉得大街上一片惨淡。几乎看不到什么车子，有一种异乎寻常的安静，到处飘荡着大幅的红色卐字旗。在一家乳品商店门口，有一些女人在排队。这是他第一次亲眼看见战争。人群寂静无声。查尔斯匆匆忙忙往地铁站赶去，这是唯一的交通工具，他想赶到他以前经常在一点钟或七点钟去的酒吧。这些酒吧都是优雅的避风港！酒吧很贵，客人清一色的全是富人，都过了成熟的年龄，不是战争征兵的对象。有一阵子，酒吧里只有查尔斯一个人，但是在六点半左右，客人全到了，都是些熟客。所有的人都穿着体面，安然无恙，面色红润，身边陪伴着娇美的女人，化着精致的妆，打扮得漂漂亮亮，戴着可爱的小帽子。有人在叫："还真的是他，是查尔斯呢……还好吧，您不是很疲倦吧？回到巴黎了？"

"巴黎真可怕，是吗？"

很快，他们就像是度过一个最为安宁、最为普通的夏天之后再次相聚一般，开始聊起活泼而轻松的话题，掠过所有事物的表面，却并不深入。查尔斯是这样形容这种谈话方式的："滑过去，这些致命的话题——可不要靠在上面。"时不时地，他听到有些年轻人死了或是做了俘虏，他说："哦！这不可能！瞧！我根本想不到会是这样，真可怕！可怜的孩子们！"

这些夫人当中，有一位的丈夫也在德国的战俘营里。

"我每隔不久就能收到他的消息，他并不是很不幸，可是很无聊，你们明白吗？……我希望不久以后能让他获释。"

聊着，听着，查尔斯仿佛又找回了他的精神所在，刚才因为巴黎街道而阴沉下去的情绪此时又得到了改善，但是真正让他完全恢复的，是刚刚进来的一个女人的帽子。这里所有的女人都穿得很体面，但是有一种故意做出来的朴素，她们都在说："我们都没法儿注意穿着了，您想想看！首先我们没钱，再说现在也不是穿得好看的时候，我把原来的旧裙子都拿出来穿了个遍……"但是这个女人却很勇敢，毫不畏惧，带着一种傲视一切的幸福，在金黄色的头发上戴着一顶小小的、精致的紫红色的新帽子，比套餐巾用的小圆环大不了多少，是用两块紫貂皮制成的。看到这顶帽子，查尔斯的心情彻底放晴了。天色已晚，他想在晚饭前回趟家，于是现在应该离开，可是他又下不了决心离开朋友们。有人提议道：

"要不我们一起吃晚饭吧？"

"这真是个不错的主意。"查尔斯热情地说。

他提议就在自己吃午饭的那个小餐馆，中午他真是吃得很好，他像猫，只要受到很好的接待，就会迷恋上那个地方。

"又要去乘地铁了！这地铁可真让人够受的，实在有损人的生命。"他说。

"我想办法搞到了汽油和驾照。我不能送您回去，因为我答应要等纳迪娜的。"戴着新帽子的女人说。

"您是怎么搞到的？这可不简单！"

"啊！就这样啦！"她微笑地说。

"好了，听着，我们一个小时后，一个小时一刻钟后见。"

"您要我去带您吗？"

"不，谢谢，您真好，不过饭店离我家很近。"

"真的不用吗？您知道的，天已经黑了。在这个问题上他们非常严格。"

"的确，真是一片黑暗啊！"查尔斯走出这个温暖而光明的酒吧来到黑黢黢的街上时，心里想。外面在下雨，这是查尔斯以前非常喜欢的巴黎的秋夜，可是远处的天边还有火光的映照。现在，一切都是那么黑，那么阴险，就像在一口深井里。

幸好地铁口靠得很近。回到家里，查尔斯看到罗格勒夫人还没有做完家务，正沉着脸，专注地扫地呢。但是客厅已经收拾好了。查尔斯想把他的塞弗勒雕像放在齐本德尔桌子那闪闪发光的桌面上，在众多的珍宝中，他最喜欢的就是这件做成镜中维纳斯形状的塞弗勒雕像。他把东西从木箱中取出来，解开包在外面的丝纸，充满感情地端详着，就在他将雕像拿到桌边时，门铃响了。

"去看看是谁，罗格勒夫人。"

罗格勒夫人出去后回来说："先生，我曾经说过先生想找个人做事，六号的看门人为我介绍了这个人，说这个人愿意做。"

看到查尔斯在犹豫，她补充道："这个人很好，她曾经是巴拉尔·杜热伯爵夫人家的贴身女仆。后来她结婚了，本不想再出来做事，可是她的丈夫做了战俘，她需要挣钱养活自己。先生看看总没错的！"

"好吧，让她进来。"朗日莱将雕像放在独脚小圆桌上。

这个女人外表不错，朴素而安静，看上去想讨别人的喜欢，可又不是很谄媚的样子。一眼就能看出来她在很好的家庭做过，训练有素。她体格健壮。查尔斯心里不太喜欢这样健壮的女人。他喜欢那种偏瘦的、有点干巴巴的女仆，但是这个女人的年龄介于三十五岁到四十岁之间，对于做女仆来说，这个年龄非常合适，因为这个年龄的人不再喜欢东跑西跑，而且很健康有力，可以做好家务。她的脸很大，宽宽的肩膀，穿着简单而得体。毫无疑问，身上的裙子、大衣和帽子应该是她的旧主人淘汰给她的。

"您叫什么名字？"查尔斯基本上持肯定的态度。

"赫尔坦丝·加亚尔，先生。"

"很好，您找工作？"

"是的，先生，两年前，因为结婚我离开了巴拉尔·杜热伯爵夫人家。我本不想再出来做事，可是我的丈夫上了前线，做了俘虏，先生应该理解，我必须挣钱养活自己。我的哥哥也失业了，他靠我养活，而且他还有个生病的妻子和一个孩子。"

"我明白。我原本想用一对夫妇……"

"我知道，先生，但是也许我一个人就够了。我是伯爵夫人的第一个贴身女仆，但是在这之前，我在伯爵夫人的母亲家做过厨娘。我可以做饭，同时收拾整理。"

"是的，这一点很不错。"查尔斯低声说，他确实想，这种结合很有吸引力。

当然他会有招待客人的问题。他来自上流社会，但是今年冬天，他不准备在家招待太多客人。

"您会烫男人的衣服吗？在这个方面我的要求很高，我预先告诉您。"

"伯爵的衣服都是我烫的。"

"那在厨艺方面呢？我经常到饭店去吃晚饭。我需要的是简单而精致的饭菜。"

"也许先生愿意看看我的证书？"

她从仿皮的包里拿出证书，递给查尔斯。查尔斯一张张地看了，所有证书都给予她非同一般的褒扬——勤劳，训练有素，非常诚实，很会做饭，甚至还会做点心。

"还会做点心?这很好。我想,赫尔坦丝,我们能够处好。您在巴拉尔·杜热夫人家做了很久吗?"

"五年,先生。"

"这位夫人现在在巴黎吗?您应该能够理解,我更希望能够亲自向他人了解一些情况。"

"我完全能够理解,先生。伯爵夫人在巴黎。也许先生想要她的电话号码?奥特伊 38.14。"

"谢谢,请记下来,罗格勒夫人。在酬金方面呢?您想要多少?"

赫尔坦丝要六百法郎。他还到四百五。赫尔坦丝想了一会儿。她那黑色的、生动而锐利的小眼睛一直看到了这位傲慢无礼、生活优裕的先生的灵魂里去。"硕鼠,一天到晚盯着这种小事情,"她心里在想,"不过我会成功的。"再说工作不好找。她决定了之后说:"我不能低于五百五十法郎。先生会理解的。我有一点积蓄,可是在离开巴黎的可怕旅途中全花光了。"

"您也离开了巴黎?"

"大家都外逃的时候,我也离开了,先生。轰炸,还有其他一切,而且我们在路上差点饿死。先生不知道有多么艰难。"

"可我知道,我知道。"查尔斯叹着气说,"我走的是同一条路。啊!真是悲惨啊。我们就说好五百五十法郎吧。听着,我很愿意付您这个价钱,是因为我认为您值。我希望您的确能做到非常诚实。"

"哦!先生。"赫尔坦丝用一种小心翼翼、仿佛受了侮辱一般的口吻说,似乎这样想对她来说是一种辱骂。查尔斯赶紧给了她一个安慰性的微笑,让她明白,他这样说仅仅是一种形式;对于她完美的正直,他未曾产生过丝毫的怀疑;再说即便有这样不太光明的念头,在他本人看来也是难以忍受的,因此他根本不可能这样想。

"我希望您能干而且细心。我有一些非常喜欢的收藏品。对于一些珍品,我不允许任何人为它们掸灰,不过这个橱子里的东西,比如说,我就会交给您来做的。"

赫尔坦丝觉得他是在请她看,于是就扫了一眼那些半开的箱子:"先生有很漂亮的东西。在为伯爵夫人母亲服务之前,我在一个美国人那里做过,莫迪梅·沙奥先生。他收藏的是象牙。"

"莫迪梅·沙奥?这么巧!我认识他,他是个大古董收藏家。"

"他已经退休不干了,先生。"

"您在他家做了很久吗?"

"四年。我做过的人家就这么多了。"

查尔斯站起身来,陪着赫尔坦丝走到门口,鼓励地说:"请明天过来听我的最后答复,您愿意吗?如果他们亲口所说的和您的证书一样好,我一刻也不会犹豫的,立即聘用您。您很快就能开始工作吗?"

"星期一,只要先生愿意。"

赫尔坦丝走后,查尔斯赶紧换了衬领、袖子,洗了手。在酒吧,他喝了很多酒。他感到轻飘飘的,对自己相当满意。他没有等电梯,那是一架缓慢而古老的机器,他像年轻人一般迈着轻盈的步子下了楼。他就要见到他那些令人愉快的朋友,一个可爱的女人。他很高兴,能把自己发现的这个小饭店介绍给他们。

"不知道是不是还有那种考尔通葡萄酒。"他想。宽阔的大门开启，然后又关上，发出沉重的、吱吱嘎嘎的声音，这大门上还有海妖和人鱼图案的木雕呢（这木雕是杰作，已经被巴黎历史遗迹保护委员会列为艺术品）。一跨过门槛，查尔斯便浸没在沉沉的黑暗之中，但是，今天晚上的他就像二十岁一样活泼，一样无忧无虑，他一点也没有在意这黑暗，径直就想穿过马路到河岸边去。他忘记了手电筒。"这个街区的每一块石头我都清清楚楚。"他心里在说，"只要沿着塞纳河边往前走，穿过玛丽桥就到了。车子不应该很多。"就在他脑子里闪过这些话的时候，他看见有一辆车子突然出现在距离他两步之遥的地方，速度极快，按照规定涂成蓝色的车灯发出一种可疑的、凄凉的光。他吃了一惊，向后跳了一步，一个趔趄，感觉到自己失去了平衡。他的两只手在空中挥舞着，可是除了空气，没有任何东西能够让他抓住的，他倒了下去。车子赶紧往一边偏去，只听得一个女人惊恐的声音在叫："当心！"然而太迟了。

"可我完了。我会被压死的！经过这么多危险之后，却以这样的方式终结，真是太……太愚蠢了……我会遭到嘲笑的……在某处，某个人跟我开了这么一个粗俗而可怕的玩笑……"就像一只小鸟听到枪声，从自己的巢中惊飞离去，消失了一般，这就是在最后时刻，穿过查尔斯脑际的清醒的想法，之后，他的思维便连同生命一起离开了他。他的脑部受到了可怕的撞击。车子的挡泥板撞在他的脑袋上，只见他的脑袋碎片横飞。鲜血和脑浆四处飞溅，力量如此之大，竟让驾驶车子的女人身上也溅到了几滴——一个漂亮的女人，戴着比餐巾环大不了多少的紫红色小帽子，两块紫貂皮缝制而成，轻扣在金色头发上。阿尔莱特·克拉伊。她上个星期才从波尔多回来，现在，她惊恐地看着尸体，喃喃道:"真倒霉啊,哦,不,怎么这么倒霉呢!"

她是个小心的女人,身上带着手电。她仔细看了这张脸——虽然飞走了一部分,至少剩下的她可以看清楚——认出了查尔斯·朗日莱:"啊!可怜的家伙……是的,我的速度是很快,可他也没能当心啊,这个老蠢货。现在怎么办?"

但是她想起了自己的保险、驾照,一切都很齐全,再说她认识一位有影响的人物,可以为她安排好一切。她放下心来,尽管心仍然突突地跳着,她坐在汽车的踏板上,休息了一秒钟,点燃一支烟,用颤抖的手补了补粉,去找人来救援。

罗格勒夫人终于打扫完了办公室和书房。她回到客厅,想把吸尘器的插头拔下来。就在她拔插头的时候,吸尘器的柄撞到了放置镜中维纳斯的桌子。罗格勒夫人发出一声尖叫:雕像落在地板上。维纳斯的脑袋成了碎片。

罗格勒夫人用围裙擦了擦额头,犹豫了一会儿,她没有再去动小雕像,迈着像她这样体重的人简直不可能有的轻盈而无声的脚步,将吸尘器放回原来的位置后,溜出了公寓。

"老天啊,我就说因为门开着,穿堂风进来,所以雕像会掉在地上。再说这也是他的错,谁叫他把那东西放在桌边的呢?他愿意说什么就让他说什么好了!让他去死吧!"她愤怒地说。

三十

如果在以前,有人对让-玛利说,有一天,他会远离他的军团,根本无法联系上他的亲人,不知道他的亲人究竟是在巴黎好好地活着,还是和其他很多人一样,被埋在路边的弹坑里;尤其是,如果有人对让-玛利说法国被打败了,而他还能继续活下去,甚至在某些时刻还颇感幸福,他一定不会相信。然而,他现在正是这样,灾难到了尽头,到了没有任何挽回余地的时候,反而能给人带来某种帮助,就像一些要命的毒药能够解毒一样。让-玛利所承受的苦难都是无可救药的。他没法儿不让敌人绕过或突破(大家还不清楚到底是怎么回事)马其诺防线,他也没法儿不让两百万士兵成为敌人的俘虏,他没法不让法国战败。他没法儿恢复邮件、电报和电话。他没法儿弄到汽油或汽车,到距离这里二十一公里的火车站,再说到了那里也没用,火车已经停运,因为铁路被炸毁了。他没法儿步行赶到巴黎,因为他的伤势很严重,现在仅仅是不再卧床而已。他也没法儿付钱给收留他的人家,因为他没有钱,也没有办法弄到钱。这一切都超出他现在所有的能力范围。因此他只需安安静静地留在这里等待。

这种绝对独立于外部世界之外的感觉给了他一种安宁。他甚至没有自己的衣服:他的军服全都破了,还被烧了好些个洞,根本不能穿。他穿着农庄里一个小伙子的土黄色军装和急救员裤子。在小镇上,他买了双木鞋。不过他曾经秘密地穿过封锁线,随便指了一个地方说是他家,因此已经脱离部队,现在他不会有被俘虏的危险了。他一直在农庄,只是病好了之后,他就不再睡在厨房的灵床上了。他们为他在谷仓上面安排了一个小房间。通过圆形的窗户，他可以看见外面美丽而安宁的田野，肥沃的土地和树林。晚上，他听见老鼠在他头顶上跑来跑去，还有鸽笼里的鸽子发出的咕咕声。

这种基于致命的恐惧之上的生存，只有在活一天算一天的状况下能够忍受。每天，夜晚来临的时候，对自己说："又过了二十四小时，感谢上帝，这二十四个小时里没有发生什么特别糟糕的事情，就让我们等待明天的来临吧。"让-玛利周围的所有人都是这么想的，或者说，都表现出这样的想法。人们还在为未来的日子做打算，人们种树，打算着这些树过了五六个季节后就能结果；人们喂猪，打算着两年后就能吃到猪肉，可是人们却不去预料在最近的将来会发生些什么。让-玛利问他们明天天气如何（这是巴黎人在度假时问得最多、没有什么特别意义的问题）时，他们说："啊！我们可不知道！我们怎么能知道呢？"如果问："能结果子吗？"他们会回答："也许会有一点吧。"他们怀疑地望着靠墙的那排树上挂着的又硬又青的梨子，"可也不好说……我们也不知道……到那时候再看吧……"他们有经验，知道命途多舛的道理，四月的霜冻，收获季节可能面临的将农田席卷一空的冰雹，七月烤焦菜田的旱灾，因此他们有这份智慧，从不着急，但与此同时，他们每天都在做自己该做的事情。他们不算很富有同情心，但是他们都是值得尊敬的人，让-玛利想，他不太了解农村：从五代前开始米肖家就一直是城里人。

这个小村庄里的人好客、可爱，男人话都很多，女孩子很爱打扮。不过和他们熟悉之后，就会发现他们性格当中不乏尖酸、生硬之处，甚至有的时候他们还不乏恶意，令人吃惊。也许是因为在他们的性格中潜藏着返祖性的遥远记忆，那种世纪性的仇恨和恐惧，通过血脉代代相传。但同时，他们又非常慷慨。农庄的女主人连一个鸡蛋都不愿意给邻居，她卖家禽的时候，也是一个苏都不肯让；但让-玛利提出自己要走，说他没有钱，不愿意增加他们的负担，说他试试看能不能步行到巴黎时，一家人听完了他的话，难过地沉默着，最后母亲用一种奇怪的尊严开口说："不能这么说，先生，您这样说，我们很不高兴……"

"那怎么办呢？"让-玛利说，他仍然感到很虚弱，这时坐在女主人身边，一动没动，手撑着脑袋。

"什么都不要做。只能等待。"

"是的，当然了，邮局很快就重新开门了。"让-玛利低声说，"只要我父母在巴黎……"

"到时候再说吧。"女主人说。

没有一个地方像这里一样，令人完全忘记外面的世界。没有信件，没有报纸，和外界其他地方的唯一联系就是广播，但是有人对农民说，德国人要没收收音机，于是他们把收音机藏在谷仓里、老橱子里，或是把没有被征用的猎枪埋在田野里。这个地方也属于占领区，就在分界线旁，但是德国军队至多是途经于此，还没有进驻。再说就算是途经，德国军队也仅仅是从小镇经过，从来不曾爬过这两公里布满碎石子的陡峭山路。在城市和某些省，食物已经开始匮乏，而这里食物比以往还要丰富，因为产品没法儿运出去，只好就地消费掉。让-玛利一生都没有吃过那么多的黄油、鸡、奶油、桃子。他的身体恢复得很快。女主人说他甚至已经开始发胖了。在女主人对让-玛利的好意里，有一种暗暗的希望，希望能和圣人搞好关系，能够拯救一个生命，以此交换掌握在圣人手里的另一个生命，就像她给鸡喂谷子，是为了让母鸡为她孵蛋，同样，她也试着用让-玛利来交换她自己儿子的性命。让-玛利很明白这一点，但是这丝毫不会改变他对这位精心照顾他的老妇人的感激之情。他希望自己有点用，他为农庄做点小的修补工作，在花园里做点小活儿。

女人有时会向他打听战争的事情，这一次的战争，可男人从来没有！剩下的男人都是上一次世界大战的战士，年轻人全走了。这些老战士的记忆已经定格在一九一四年。过去经过他们的筛滤和整理，滤去了所有的渣滓，所有有毒的成分，可以为自己的灵魂所接受，而最近发生的事件却是那么混乱，掺杂了那么多的毒素！再说，在他们的心里，这一切都是年轻人的错，因为现在的年轻人没有他们健康，没有他们耐心，他们都在学校里被宠坏了。因为让-玛利也是年轻人，他们出于某种高尚之心尽量避免对他做出判断，他，以及他的同龄人。

所有一切都让让-玛利这个士兵不再那么敏感，让他得到了一种安慰，让他能够很快恢复力气和勇气。他每天几乎都是一个人；眼下正是田里活儿忙的时节，男人天一亮就离开家了，女人则照顾牲口，洗洗弄弄。让-玛利希望能给他们帮点忙，但是他们让他去散步。"刚刚站起来就要工作！"于是他走出客厅，穿过火鸡叫个不停的院子，一直往下走到用栅栏围起的草地上。马正在草地上吃草。有一匹棕黄色的母马带着两匹奶咖色的小马在那里，小马的马鬃是黑色的，又短又硬。有时候，小马用嘴直蹭母亲的腿，母亲却仍然自顾自地吃草，不耐烦地摇摇尾巴，驱赶苍蝇。有时其中的一匹小马会转过头，用它那黑色而潮湿的眼睛望着躺在栅栏边的让-玛利，发出欢快的叫声。让-玛利目不转睛地欣赏着它们。他想要写一本小说，写这些可爱的小马，描绘一下七月的日子，这个地方，这个农庄，这里的人，战争，还有他自己。他用一截被咬得不成样子的破铅笔头写，写在藏在自己胸前的一本小学生作业簿上。他写得很急，在他的内心藏着一些令他焦虑的事情，在叩一扇看不见的门。写着写着，他似乎打开了这扇门，任这些希望生长的东西恣意生长。可是，接下来他突然泄了气，有一种揪心、疲惫的感觉。他简直要发疯。他都在干些什么呢？写一些愚蠢的小故事，让农庄的女主人照顾他，而他的同伴此时却在监狱里，他绝望的双亲还以为他死了呢，未来如此不确定，过去如此黑暗。就在他这样想的时候，他看见一匹小马欢快地跑在前面，接着停了下来，在草地上打滚，扬着小马蹄儿，在地上乱蹭，还拿温柔、狡黠、闪闪发亮的眼睛望着他。他又在想，用什么样的词语可以描写这样的目光呢，他好奇地、不耐烦地寻找合适的词语，有一种奇怪而温和的焦急。他没有找到，但是他能够理解小马的感觉，这凉凉的、发出噼噼啪啪响声的草多好啊！而苍蝇真是让人难以忍受！当它抬起鼻子，奔跑着冲在前面时，它看上去是那么自由和骄傲。让-玛利急速地写了几行不太完整、有点笨拙的句子，但是这不要紧，关键不在这里，而且日后会完整，会修改好的。他合上本子，最终就这么一动不动地停在那里，双手摊开，幸福而疲倦地闭着眼睛。

晚饭时间，他回去了，他立刻看出，他不在的时候出了件大事。小仆人到镇上去买面包，他带回四个金黄色的环形的大面包，绑在自行车龙头上，女人们都围着他。看见让-玛利过来，一个女孩子冲他叫道："哎！米肖先生，您一定很高兴，邮局开门了。"

"不可能。"让-玛利说,"你肯定吗,老朋友?"

"肯定,我看到邮局开门了,而且人们都在看信。"

"那我上去给家里人写几句话,然后赶到镇上去发。你一定会把自行车借给我的,是吗?"

到了镇上,他不仅将自己的信投进邮局,而且还买了刚到的报纸。这一切是多么奇怪啊!他就像一个遇到海难的人,重新回到了自己的家乡,重新找回了属于自己的文明和社会,重新回到了与自己相似的人群中。在小广场上,人们都在看晚上抵达的信件。女人在哭。信很多是俘虏写来的,主要是写他们自己的情况,但他们也列出了阵亡同志的名字。农庄里的人托过让-玛利,所以他问这些人是否知道女主人的儿子伯努瓦在哪里。

"啊!您就是住在那里的士兵?"农妇们说,"我们什么也不知道,不过,既然现在通邮了,我们很快就会知道我们的男人在哪里!"

有一位上了年纪的农妇,戴着一顶尖尖的黑色小帽子,脑袋顶上还插着一朵玫瑰花,她哭着说:"有些人知道得早一点。我情愿没有收到这张倒霉的纸头。我的儿子是水兵,在布列塔尼,他们说他下落不明,英国人向他们的船发射了鱼雷。真是太不幸了。"

"您不应该感到悲痛。下落不明并不意味着死了,说不定他被囚禁在英国呢!"

但是不管别人怎么安慰,她都只有摇头,每摇一下,那朵黄铜茎顶着的人造花就颤一下。

"不,不,他肯定死了,我可怜的孩子!真是太不幸了……"

让-玛利踏上了回小村庄的路。路上他碰到了前来迎他的塞西尔和玛德莱娜,她们俩同时开口问道:"您一点也没打听到我哥哥的消息吗?您一点也没有打听到伯努瓦的消息?"

"不,但是这不说明什么。你们知道有多少迟到的信件吗?"

母亲却什么也没有问。她只是将那只黄黄的、干巴巴的手遮在眼前,望着让-玛利,让-玛利摇了摇头。汤放在桌子上,家里的男人都回来了,所有的人都在吃饭。晚饭结束,擦干盘子,扫完客厅,玛德莱娜到花园里去摘豌豆。让-玛利跟在她后面。他认为自己很快就要离开农庄,这里的一切在他眼里显得更美、更安宁了。

这几天以来,暑气非常重,只有晚上才能喘得上气来。此时,花园非常美好,太阳烤焦了菜园边那一圈雏菊和康乃馨,但是井边的玫瑰花丛满是盛开的鲜花,从蜂箱旁这小小的红色玫瑰花丛中散发出一阵阵甜香,麝香和蜜香。满月有一种琥珀的颜色,它照耀着天空,那么亮,似乎一直照到最深最深的天际,用它那均匀的、宁静的光芒,带着一种温和而透明的绿色。

"多美的夏天啊。"玛德莱娜说。

她挽着篮子,走向豌豆棚。

"只有一个星期天气不好,月初的时候,打那以后连一滴雨都没下过,没有一片云,如果这样下去,我们甚至都没有蔬菜了……这么热的天,劳动非常艰苦,但是这也无所谓,总的来说还是挺让人愉快的,就好像老天是想安慰可怜的世界。如果您想帮我,别不好意思。"她最后补充道。

"塞西尔在干什么?"

"她在做衣服,在做星期天弥撒时她要穿的一条裙子。"

她灵巧的手指在新鲜的绿豌豆叶间穿梭,掐下豌豆,扔在篓子里,她一直低着头在摘。

"那么说,您要离开我们了?"

"必须如此。我很高兴能回到父母身边,再说我必须去找工作,但是……"

两个人都没有说话。

"当然,您不能在这里待一辈子。"她将头埋得更低了,说,"我们都很清楚,生活就是这样,相遇,然后再分离……"

"分离。"他低声重复着。

"好了,您现在恢复得不错。脸上又有了血色……"

"这多亏了您的精心照顾。"

她的手在一片叶子上停住了。

"您在我们这里愉快吗?"

"您很清楚。"

"那么,千万要告诉我们您的消息,您要给我们写信。"她说。让-玛利看见了她满是泪水的眼睛。她立刻转过头去。

"我当然会写信的,我向您保证。"让-玛利说,他羞涩地碰了碰姑娘的手。

"哦!我们说这……我们在这里,等您走了,我们就会有时间想念您,我的上帝啊……现在还是忙碌的季节,从早到晚我们不停地做事……但是接着就是秋天,然后是冬天,除了照顾牲口,没什么要做的,剩下的时间就是收拾屋子,看着下雨、下雪。很多次,我在想是不是应该到城里去……"

"不,玛德莱娜,不要这样,答应我。您在这里会更幸福。"

"您这样认为?"她用一种奇怪的语调低声问道。

她抓住篮子,走远了,豌豆叶将她藏了起来,让-玛利看不见她，机械地摘着豆子。

"您以为我能够忘记您吗？"他终于说，"您以为我真的有这么多美好的回忆，可以忽视这里所带给我的一切？想想看吧！战争、恐怖、战争。"

"可是在这之前呢？又不是一直以来只有战争，不是吗，那么以前呢，有……"

"什么？"

她没有回答。

"您是想说女人，姑娘们？"

"当然，就是那个意思！"

"没什么特别的，我的小玛德莱娜。"

"但是您走了。"她说，这一次没能忍住泪水，她听凭眼泪流下来，流过她宽阔的面颊，她抽泣地说，"我，离开您简直是要我的命。我不应该对您说这个，您会嘲笑我的，塞西尔知道了更要笑我……但是我无所谓……就是要我的命……"

"玛德莱娜……"

她重新站直身子，他们的目光相遇了。他走到她身边，轻轻揽住她的腰。正当他要吻她的时候，她推开了他，叹口气说："不，这不是我要的……太草率了……"

"您要什么，玛德莱娜？要我答应您，永远不忘记您？您可以相信我，也可以不相信我，但是真的，我不会忘记您的。"他说，他拉住她的手，吻了她，她高兴得脸都红了。

"玛德莱娜，您真的想做修女吗？"

"真的，我以前是这么想的，可是现在……并非我不爱上帝了，而是我觉得我也许不合适！"

"当然不合适，您更合适爱，并且得到幸福。"

"幸福？我不知道，但是我想我更合适有丈夫和孩子，如果伯努瓦没有战死，那么……"

"伯努瓦？我还不知道……"

"是的，他们谈起过这件事……我，我一点也不愿意。因为我想做修女。但是如果他回来……他是个好小伙儿……"

这些农民是多么善于保守秘密！他们谨慎、多疑，总是锁上两道……就像他们的大橱子。他在他们身边生活了两个多月的时间，从来就没有想过玛德莱娜和这家儿子之间的关系，现在他想起来，他们几乎不怎么和他谈这个伯努瓦……他们什么都不说。可他们想得不少。

女主人在叫玛德莱娜，他们便回去了。

几天过去了。没有伯努瓦的消息，但是很快，让-玛利收到了家里人的来信，还有钱。他再也没能和玛德莱娜单独在一起。他明白，这家人在监视他们。他向聚在门口的一家人辞行。这是一天早上，下着雨，好几个星期以来的头一场雨，山坡那里刮来一阵冷风。等他走远了之后，女主人回到了家里。两个姑娘停留了很久，听着手推车走在路上发出的声音。

"好了，没什么不幸的！"塞西尔叫道，好像很久以来，她一直在控制自己，不让自己讲出这些愤怒的话，"我总算可以摆脱一下属于你的工作了……最近这段时间你一直魂不守舍，把一切事情都扔给我做……"

"还轮不到你来指责我，你只知道做新裙子，照镜子……昨天就是我挤的牛奶，而昨天不该我挤。"玛德莱娜气愤地反驳说。

"我怎么知道？是妈妈叫你挤的。"

"如果说是妈妈叫我挤的,我也很清楚是谁挑唆她,让她担心的。"

"哎!想想看你究竟想干什么!"

"真虚伪!"

"放荡的女人!还要做修女呢!……"

"如果这样你不要跟在他后面啊。可是人家可没少嘲弄过这事儿!"

"那你又怎么样呢?他走了,你再也见不到他了。"

两个人的眼里都冒着火,她们互相打量了一阵,可突然,玛德莱娜的脸上掠过一种温柔而吃惊的表情。

"噢!塞西尔,我们一直情同姐妹……以前我们从来不吵架的……这不值得。他不属于你也不属于我,这个小伙子!"

她用胳膊环住塞西尔的脖子,塞西尔已经在哭了。

"会过去的,好了,会过去的……擦擦眼睛。你妈妈会看出来你哭过。"

"哦,妈妈……她什么都知道,只是不说而已。"

她们分开了,一个走向牲口棚,另一个人则进了家门。今天是星期一,是浆洗的日子,她们几乎没什么时间讲话,但是她们的目光和微笑已经表现出她们之间的和解。风将洗衣间的烟吹压下去。这一天的天气不太明朗,阴沉着,能从心里感觉到那种八月里初秋的风。擦肥皂,拧衣服,漂洗,玛德莱娜没有思考的时间,因此也就平息了痛苦。有时她会抬起眼睛,看看灰蒙蒙的天,看看被暴风雨刮得东倒西歪的树。有一次,她说:"看上去夏天已经结束了……"

"也没什么不好的。肮脏的夏天。"母亲带着一种恼怒的口吻回答她说。

玛德莱娜吃惊地看着她,接着她想起了战争,外逃的流民,伯努瓦的离开,普天之下的不幸,远处仍然在继续、造成那么多死伤的战争,不过她也仅仅想到了这些而已。她继续工作,没再吭声。

晚上,她将鸡赶进笼子,急匆匆地穿过院子,在大雨中,她看见一个男人迈着大步向这里走来。她的心开始狂跳。一开始她还以为是让-玛利回来了。她感觉到一阵狂喜,跑向那男人,就在距离那男人两步远的时候,她叫出了声:"伯努瓦?……"

"当然是我了,是我。"那人说。

"怎么回事?……哦!你母亲肯定要高兴坏了……那么你没被俘虏?伯努瓦?我们真怕你被俘虏了。"

他静静地笑着。这是一个高大的小伙子,脸膛很宽,棕色的皮肤,大胆而明亮的眼睛。

"我是做过俘虏,但时间不是很长!"

"你逃跑了?"

"是的。"

"怎么跑出来的?"

"嗯,和同伴一起跑出来的。"

重新看到伯努瓦之后,玛德莱娜仿佛又回到了那种农家女的羞涩状态,这种默默地爱、默默地承受痛苦、几乎因为让-玛利而失去的羞涩。她没再问他什么,只是一声不吭地走在他的身边。

"这里一切都还好吗?"

"还好。"

"没什么事儿吗?"

"没有,什么也没有。"她说。

跨过厨房的三级台阶,她走进屋子,喊道:

"妈妈,快来啊,伯努瓦回来啦!"

三十一

去年冬天——战争来临的第一个冬天——漫长而难过。可是一九四〇年到一九四一年的这个冬天怎么说呢?从十一月底开始,天气就变得很冷,而且一直在下雪。雪落在遭过轰炸的房顶上,落在新建的桥上,落在巴黎的街道上,巴黎的街道上不再见小车和公共汽车驶过,只有穿着毛皮大衣、戴着羊毛风帽的女人走过,而另一些女人则哆嗦着等在商店门口。雪落在铁轨上,落在有时因为太重而拖在地上、甚至断了的电缆上,落在德国士兵灰绿色的军服上,落在挂在建筑物三角楣上的巨幅红色卐字旗上。在冰凉的公寓里,这雪让房子里有了一丝灰白的、惨淡的光线,更加增添了寒冷与不舒服的感觉。贫困的家庭里,老人和孩子几个星期来只能待在床上:这是唯一能够让他们感到温暖的地方。

这年冬天,科尔特家的露台上覆盖着一层厚厚的雪,此时他们用这雪来冰香槟酒。科尔特在炭火边写作,但是炭火的热量根本没法儿替代暖气片的效果。他的鼻子冻成了青色,眼泪都快冻出来了。他一只手放在胸口的热水袋上,另一只手在写。

圣诞节的时候天气冷得更加厉害,只有在地铁的走廊里人们才能稍微暖一下冻僵的身子。雪一直在下,似乎无穷无尽,柔和却顽固地滞留在德莱塞林荫大道的树上,佩里冈一家人已经回到了这里——因为他们属于那类宁愿看见孩子没有面包、没有肉、没有新鲜空气,也不愿看到他们没有文凭的大资产阶级人家。在他们看来,无论如何都不能中断于贝尔的学业,由于去年夏天发生的一系列大事,于贝尔学业已经受到了很大牵连;还有贝尔纳,他今年八岁,可已经把外逃前所学的东西忘了个精光,包括他母亲让他背诵的那些个东西:"地球是一个球,没有任何支撑。"好像他此时只有七岁,而不是八岁。

鹅毛般的雪花粘在佩里冈夫人的黑色面纱上,她在商店前骄傲地跟着排队人群往前走,只有在到了门口的时候,她才停下来,像摇动旗帜一样地挥舞着手中的多人口家庭优待证。

在大雪中,让娜和莫里斯·米肖夫妇也在排队,他们肩靠着肩,像两匹重新上路之前疲惫之极的马。

大雪覆盖了位于拉雪兹公墓的查尔斯·朗日莱的坟,还有日安桥附近那片汽车的废墟——所有在六月被炸毁、烧毁、丢弃的汽车都堆在公路的两边,有的只有一只轮子,有的侧翻着,有的被炸了个大洞,有的几乎就只剩下一堆乱七八糟的废铁残骸。乡间白茫茫的一片,一望无际,没有一丝儿声响。有几天雪化了,农民们都很高兴:"看到大地真好。"他们说。可是第二天雪又下了起来,乌鸦在天空嘶叫着。"今年乌鸦很多。"年轻人低声念叨着,他们想起了战场,想起了遭到轰炸的城市,但是老年人回答说:"并不比往年多!"在农村,一切都没有改变,人们仍然在等待。等待战争结束,等待封锁结束,等待战俘回来,等待冬天结束。

"今年不会有春天了。"女人眼看着二月过去,感叹道,接着是三月初,可温度并没有回升。雪已经没了踪影,但是大地灰蒙蒙的,生硬得很,就像铁一样,踩到上面咚咚作响。土豆都上了冻,牲畜的毛也几乎没长出来,一根草都没冒出来。在萨巴里家的农庄,老人们几乎一直躲在大木门后不出去,到了晚上,这木门就钉死了。一家人都围着火炉坐在一起，一声不吭地为战俘织毛衣。玛德莱娜和塞西尔在用旧床单缝制小衬衫和小被子。玛德莱娜在九月份嫁给了伯努瓦，现在她正等着孩子出世呢。有时一阵狂风摇动着大门，上了年纪的女人便会说："唉，上帝啊，真是太悲惨了。"

在隔壁的农庄，圣诞节前，一个小男孩诞生了，他的父亲是战俘。孩子的母亲已经有三个孩子。这是一个瘦瘦高高的农妇，非常害羞，不太说话，相当保守，从不抱怨。别人对她说："你怎么办呢，路易丝？家里也没个男人，有这么多活儿要干，也没人帮帮你，还有你这四个孩子，你怎么办呢？"她总是微笑着，尽管她的眼睛一直是那么冰凉凉的，充满了忧伤，她回答道："必须这样……"晚上，孩子们都睡下后，她会到萨巴里家。她坐在那里织毛衣，靠在门边，这样可以随时在黑压压的寂静中听到孩子叫她的声音。假如别人不瞧她，她便会偷偷地抬起眼睛，望着玛德莱娜和她年轻的丈夫，没有嫉妒，也没有恶意，只是有点说不出的忧郁，然后她很快垂下目光，看着手里的活儿。过了一刻钟后，她站起身，穿上靴子，低声说"好了，我得走了。晚安，先生，夫人"，然后回到自己家里。这是三月的一个晚上。她不能入睡。几乎每个晚上她都是这样过的，在这冷冰冰的、空荡荡的床上等待入眠。她想过叫最大的孩子和她一起睡，可是她没有这样做，因为她有一种迷信的担心：她觉得应该给不在的人留着这个空位。

这天晚上，狂风呼啸，从莫尔万山脉过来的风掠过村庄。"明天又要下雪了！"人们都这样说。这个女人，在寂静的却像失去方向的小船一样到处都会噼啪作响的大屋子里，第一次听凭自己的眼泪恣意横流。丈夫一九三九年走的时候，以及后来他短暂获准回家之后再次离开时，她都没有哭；在知道丈夫被俘，在她独自一人分娩之时她也没哭。但是现在她精疲力竭：那么多的事情……那个最小的孩子，他够厉害的，要吃，动不动就叫，弄得她无法应付……那头因为天冷几乎不产奶的牛……没有稻谷吃不愿下蛋的鸡，还有必须破冰的洗衣槽……这一切太……她再也无法承受……身体不行了……甚至她连活下去的欲望都没有了……活着有什么好？她不会再看见她的丈夫，他们彼此之间也都很厌烦，他会死在德国。这张大床真是冷啊：她将两个小时前放进被子的烫壶取了出来，放在地砖上，放进去时还是滚烫的，现在已经没有一丝儿热气。手缩回来的时候，碰到了一下更加冰冷的地板，她觉得更冷了，一直冷到心里。她抽泣着，身体更加支撑不住似的。别人又能怎样安慰她呢？"不是只有您一个……"她很清楚这一点，但是别人似乎比她运气好一点……比如说玛德莱娜·萨巴里……她对她没有什么不好的想法……但是真的，太过分了！这个世界实在太不幸了。她瘦弱的身体冻僵了。即便在被子里，在鸭绒压脚被下蜷作一团也没什么用，她觉得寒气已经侵入了骨头的关节里。"会过去的，他会回来，战争会结束的。"人们说。不。不！她再也不相信了，这一切会延续下去，一直延续下去……连春天都不愿意来……在春天也许还从来没有看到过这样的天气吧！很快就是三月底了，然而地还冻着，和她一样，一直冰到了心里。什么样的风啊！什么样的声音！屋顶的瓦都要被掀掉了。她在床上半直起身子，听了一会儿，突然，在这张满是泪水和痛苦的脸上，掠过一种柔和的、难以置信的表情。风停了，这不知从哪里来的风此时不知又刮到了何处。它折断了树枝，在盲目的狂怒中摇动着屋顶；它卷走了山丘上最后的残雪。现在，从阴沉沉的、闪着狂风暴雨的天空，落下了春天的第一场雨，仍然是冷冰冰的，但是它是流动的，那么急促，形成了一条水渠，一直流淌到埋在地下的树根里，一直流淌到黑色而深沉的泥土深处。

第二部
柔　板

一

安吉利耶家把家庭证件、银器和书都锁了起来：德国人已经进驻比西。自从大溃败以来，市镇第三次遭到德国人占领。今天是复活节的星期天，是做大弥撒的时候。天上下着凄冷的雨。教堂门口有一株正在绽放粉红色花朵的桃树，可怜的树枝在雨中颤抖。德国人排成八个人一排的队列往前走，身着野战服，头戴钢盔。全副武装的士兵脸上呈现出一种非人性的、难以洞察的表情，但是他们的眼睛却在偷偷地、不无好奇地打量着市镇灰色的墙壁，他们即将在这里生活一段时间。窗口一个人也没有。在教堂前，他们听到了风琴的声音和嗡嗡的祈祷声。但是一个受惊的信徒关上了教堂的大门。只能听见德国士兵的靴子声。第一支队过去了，接着是一位骑马前行的下级军官。这匹带有灰色斑点的骏马似乎对一定要走这么慢感到非常恼火。马蹄谨慎地落在地面上，但是带有一种怒气冲冲的意味，马儿颤抖着，嘶叫着，骄傲地甩着脑袋。灰色的坦克隆隆驶过，撼动着卵石的街面。然后是架在炮床上的大炮，每个炮床上都躺着一个士兵，视线与炮管平齐。德国人实在太多了，以至于在神甫讲道的时候，这隆隆的雷声一直在教堂的穹顶下回荡着，不曾停息。等到这铜铁的轰鸣声消退之后，簇拥着指挥官的摩托车队又过来了。指挥官身后空出了一段合适的距离，然后便是装着黑色圆面包的、将大玻璃窗震得直颤的卡车。军队的吉祥物——一只瘦瘦的、沉默的、接受过战争训练的狼狗——与骑兵一起走在游行队伍的最后面。也许因为是军团里特别受宠的一支纵队；也许因为他们远离指挥官,指挥官因此看不到他们;也许是出于某些法国人无从得知的原因,这些骑兵看上去比别的德国士兵更为亲切,更为热情。他们彼此交谈着,笑着。统领他们的中尉面带微笑地看着那株可怜的、颤抖的、几乎要被猛烈的风吹垮的粉色桃树;他采了一枝桃花。他向四周望去,只看到关得严严实实的窗子。他以为自己是一个人。然而,在每一扇紧闭的窗后都有一只老妇人的眼睛,如同标枪一般犀利,在窥伺这个胜利的士兵。在幽深的房间深处,颤抖的声音在说:"真是太过分了……""这会毁了我们的果树,真不幸啊!"一张掉光了牙齿的嘴巴在咕哝着:"看上去这一批是最坏的。也许他们到这里来之前都是些流氓。我们会很惨的。他们也许会把我们家的床单都拿走。"这是一个家庭主妇在说,"我母亲传给我的床单,想想看吧!他们一定要最好的。"

中尉喊了一声口令。这些德国士兵看上去都很年轻,红红的肌肤,金色的头发。他们胯下的马也很漂亮,非常肥壮,喂养得很好,都有着宽宽的、亮闪闪的臀部。士兵将马拴在广场上,围着死亡将士纪念碑。士兵们也不再排成一列列的队伍,他们坐了下来。小镇上充斥着他们的靴子声,马刺和武器的叮当声,还有他们那陌生的语言。家境比较富裕的家庭藏起了漂亮的床单被褥。

安吉利耶家的两位夫人——母亲和如今身处德国的战俘加斯东·安吉利耶的妻子——完成了她们的整理工作。老安吉利耶夫人是一个消瘦、苍白、病弱的女人,干巴巴的,此时她虔诚地用手掌抚摸每一本书的封面,低声诵读书名,然后再一一合上。

"我儿子的书。"她喃喃道,"却要看着它们落入德国人之手!……我宁可把它们全都烧掉。"

"但是如果他们问我们要书橱的钥匙怎么办呢?"胖厨娘颤声说。

"让他们来问我要。"老安吉利耶夫人说,她挺直身子,轻轻敲了一下缝在她黑色呢裙里的口袋。她一直带在身上的钥匙发出叮当的响声。"他们不会问我要第二次的。"她阴沉着脸,把这句话说完。

她的儿媳露西尔·安吉利耶按照她的吩咐,将壁炉上的小玩意儿一一收起来。露西尔想要把烟灰缸留下来。老安吉利耶夫人开始时不同意。

"可他们会把烟灰掸到地毯上的。"露西尔提醒说,老夫人这才让了步,然而眉头深锁。

这位老夫人的皮肤非常白,白到透明的地步,让人觉得似乎在这样的皮肤之下没有一滴血。她的头发已经雪白,嘴巴仿佛刀刃一般,呈现出一种凋谢的粉色,几乎接近淡紫色。她的紫色平纹衣领很高,是那种古老的式样,衬有塑料硬片,衣领遮住了她的颈部,却还是隐藏不了颈部嶙峋的瘦骨,一到激动的时刻,她的颈部便会突突地跳个不停,就像蜥蜴的喉部一样。只要听见窗子那边传来帝国士兵的脚步声或说话声,她就会浑身颤抖,从穿着尖头小靴子的小脚脚尖一直抖到戴着高贵的无边软帽的额头。

"快点,快点,他们到了。"她说。

房间里只留下严格意义上的必需品:没有一枝花,没有一个垫子,没有一幅画。家庭相簿被藏进了衣柜深处的一叠床单里,这样,敌人那亵渎神灵的目光既看不到姨祖母阿黛拉伊德领圣体时的眼神,也看不到舅舅于勒在六个月时光着身子站在垫子上的情景了。包括装饰壁炉的所有东西:比如说那两个路易-菲利普时期的陶瓷大花瓶，做成一群鹦鹉的形状，嘴里衔着玫瑰花环，花瓶是一个亲戚送的结婚礼物，这位亲戚与家里的往来越来越少了，而安吉利耶家也敢于冒犯她，摆脱她——是的，包括这两只花瓶都被藏了起来。对于这两只花瓶，加斯东还一直说"如果保姆一扫帚给打碎了，我一定加她的工资"。因为这两只花瓶也是来自法国人之手，一直以来都在法国人的目光注视之下，是用法国的毛掸为它们掸灰的——它们不应当被德国人玷污。还有十字架！卧室一角，沙发上方的十字架！老安吉利耶夫人亲自将十字架摘下来，放在自己的胸口，围巾的花边底下。

"我想该放好的都放好了。"她终于说。

她又在脑子里从头想了一遍：大客厅里的家具都搬开了，窗帘也都已经取下来，食物堆放在花匠用来放置工具的棚屋里——哦，那些大块的、上面落满灰尘的烟熏火腿，那一坛坛软质黄油，带咸味的黄油，纯正而细腻的猪油，理石花纹的粗香肠——她所有的财产，所有的珍宝……还有葡萄酒，自从英国军队在敦刻尔克重新登船的那天起，这酒就一直在地窖中沉睡。钢琴也锁上了。加斯东的猎枪藏在一个谁也找不到的秘密之处。一切就绪，现在要做的只是等待征服者的到来。老安吉利耶夫人脸色苍白，一声不吭。她那只纤细的手颤抖着，将百叶窗半合上，就像在一个死者的卧室那样，然后，她走出客厅，身后跟着露西尔。

露西尔金发，黑眼睛，非常漂亮，但是安静而低调，"一副心不在焉的神态"，老安吉利耶夫人总是这样指责她。之所以娶她进安吉利耶家，原本是因为考虑到家族联姻的好处以及她能带来的嫁妆（她当时是本地一家大地主的女儿），但是露西尔的父亲投机失败，家产败尽，将自己的地产全都抵押了出去，因此这桩婚姻并不是太合算，而且还有一个问题，就是露西尔没有孩子。

两个女人走进了饭厅，餐具已经摆好。此时正午已过，但是只有教堂和市政府被迫设成德国时间，而每一个法国家庭都把钟拨慢了六十分钟，因为这是荣誉攸关的事情。每个法国女人都带着一种蔑视的口吻说："在我们这里，我们可不能生活在德国人的时间里。"因此，一天里就产生了很多大块的空闲时间，无事可做。比如说现在，星期天弥撒之后到中饭之前的这段乏味的时光，也不看书。老安吉利耶夫人如果看到露西尔手上摊着一本书，她就会吃惊地、责怪地盯着她说："瞧，您竟然还能看得进书？"老夫人的声音柔弱、高雅，纤细得如同竖琴发出的一声轻叹："您没什么事情做了吗？"可的确没什么工作要做：今天是复活节的星期天。她们也不说话，在这两个女人之间，每一个谈话的主题都有似带刺的灌木。彼此只能小心翼翼地接近，伸出手去就可能会被划伤。每听到一个词都可能会让老安吉利耶夫人回忆起露西尔所不了解的葬礼啦，家里的官司啦，或是由来已久的怨隙啦等等。唇间每吐出一句话，她就会停下来，看着她的儿媳妇，用一种茫然、痛苦和惊讶的眼神，仿佛在想："她的丈夫是德国人的俘虏，而她居然还能呼吸、走动、说话、笑？这真是奇怪……"她基本不认为她们之间的问题在于加斯东。在她看来，露西尔的语调从来就没有正常过。要么显得太悲伤了：她怎么像是在谈论一个死人啊？再说，作为一个妻子，一个法国人的妻子，就应该勇敢地承受分离，就像她本人一样，一九一四年到一九一八年的战争让她在新婚的第二天——或者说几乎等于是第二天——就不得不承受离别。但是假如露西尔低声说一些安慰的话或是充满希望的话，母亲又会尖酸地想："啊，谁都看得出来,她从来没有爱过他,我早就怀疑这一点了。现在,我瞧出来了,我可以肯定……她说话的语调暴露了这一点。这是一种冷淡、漠然的本性。她什么都不缺,她,而我的儿子,我可怜的孩子……"她想象着集中营、铁丝网、监狱看守、岗哨。她的眼里满是泪水,哽咽着说:"我们别再说他了……"

她从包里拿出一块干净、质地细洁的手绢,她的包里一直备有这样的手绢,当人们说起关于加斯东以前的事情,或是谈论法国的不幸时,她可以随时用上。她很小心地擦拭着眼睛,那种姿势就像用吸墨水纸的一角吸取一块墨点似的。

就这样,两个女人默默地、一动不动地站在几乎没有火的壁炉旁,她们在等待。

二

德国人得到了自己的住所,渐渐开始了解小镇。军官喜欢独自一人,最多也就是两个人,头抬得高高的,靴子的声音在卵石街面上神气地回响;士兵则成群结队,一副无所事事的样子,在镇上唯一一条街上大步地走来走去,从这头走到那头,或是聚集在广场上,在那个老十字架旁边。他们当中只要有一个停下了,整个一伙人便都会停下来,长长的绿色制服之队挡住了农民的路。农民呢,他们将鸭舌帽的帽檐尽量压到最低,没有一丝儿感情地转过身,取道蜿蜒的、消失在田野里的小路,到农田里去。乡村警察正在两个士官的监督下,往主要建筑物上贴招贴画。招贴画什么内容都有:有一种上面画着一个德国军人,浅色的头发,笑盈盈的,露出一口非常漂亮的牙齿,他站在一群法国孩子当中,正为他们分面包片。下面的标语是"被抛弃的居民,请相信帝国的士兵"!其他的一些画则用漫画或图表的方式展示了英国在全世界的统治和犹太人可恶的专横。但大多数是以"禁止"这个词开头的。晚上九点到翌日清晨五点之间禁止外出,禁止在家私藏武器,禁止向逃出来的战俘、德国的敌对国侨民和英国军人提供"躲避之处,帮助和救援",禁止收听外国电台,禁止拒绝接收德国货币等。在每一张招贴画下方,都是一排相同的黑体字,并且划了两道杠杠:"<u>违者处死</u>"。

但是,由于弥撒已经结束,商人的店铺又都开了门。一九四一年的春天,在外省,商品还没有短缺:人们储存了那么多的布料、鞋子和生活用品,因此,有足够的量拿出来交易。德国人也不难对付：那些个过时货统统塞给了他们，有前一次世界大战流行的女人的胸衣，有一九〇〇年的靴子，还有印着小小国旗或是绣着埃菲尔铁塔的衣服（原本是想卖给英国人的）。在他们看来，什么都好。

对于占领区的居民来说，德国人在他们心里所激起的是害怕，是尊敬，是厌恶，但同时，还有一种想欺骗他们、利用他们、从他们口袋里挖出钱来戏弄他们的愿望。

"一切都是我们的……他们从我们这里拿走的东西。"食品店老板一边冲侵略军军人美美地微笑着，一边想。他卖给这个德国人一斤全是虫眼的李子干，收了他双倍的钱。

士兵带着怀疑的表情细细查看商品，瞧得出来，他也感觉到了欺骗，但是，他被老板那不容置疑的神情吓住了，于是没说什么。他们的部队曾经驻扎在北方的一座小城市里，那里早就被劫掠一空，什么都没有剩下。而在这中部的富裕地区，士兵觉得又找到了那种能够让他有所觊觎的东西。他的眼睛在货架前因为欲望而闪闪发光。他们回想起了城市生活的甜美，这些松木的货架，这些三件套的套装，这些孩子的玩具，这些玫瑰红的小裙子。德国军队从一家商店走到另一家商店，神情严肃，仿佛做梦一般，口袋里的钱叮当作响。在士兵们身后，或是在他们头上，就在那些个窗子之间，法国人彼此交换着小小的手势与表情——眼睛望着天，摇着头，微笑着，做着小小的嘲弄与挑衅的鬼脸。总之，所有那些依次表达同一种意义的手势与表情，就是说，在这样的混乱之中，只有求助于上帝，但只有上帝本人！……他们希望仍然是自由的，即便在行动与语言上没有自由的权利，无论如何至少在精神上还是自由的，而这些德国人还不算太狡猾，因为他们轻易相信了法国人对他们表现出的好感，法国人不得不表现出的好感，不管怎么说，他们是主人。"我们的主人。"女人们一边带着仇恨的贪欲看着他们一边说。（敌人？当然……但他们是男人、小伙子……）戏弄他们尤其让人感到愉快。"他们以为我们喜欢他们，但是我们是为了通行证、汽油和其他许可证。"那些已经在巴黎或外省大城市看见占领军的女人想，而单纯的乡村姑娘们则在德国人的注视中羞涩地垂下眼睛。

在咖啡馆里，士兵在进门的时候便开始松开腰带的搭扣，然后他们用力将腰带扔在独脚小圆桌的大理石桌面上，坐了下来。在旅行者饭店，士官们包了一个主房间，用来当饭堂。这是乡村小旅馆那种又深又暗的大厅。在房间深处的镜子上，插着两面红色的卐字旗，挡住了原来上半部分雕有情侣和火焰的镜框。尽管冬天已经过去，房间里仍然烧着一口锅。这些男人将椅子拖到火前面，带着一种心满意足、昏昏然的神情烤火取暖。有时这口黑紫色的大锅周围会弥漫起一种酸烟，可是德国人不在乎。他们越坐越近。烤衣服，烤靴子。他们望着四周，似乎在思考着什么，眼神里一种厌烦和模模糊糊的焦虑，仿佛在说："我们看过这么多事情……倒是瞧瞧这一次会怎么样……"

这些是上了点年纪、最守纪律的德国人。年轻一点的则一天到晚向女服务生眨眼示意，让她以一分钟十次的频率打开通往地窖的地板门，让她钻到地下的黑暗之中，等她回到地面上的时候，只见她左手拿着十二瓶啤酒，另一只手则挎着装满气泡酒的铁篮子。（"香槟！"德国人不断地要着香槟，"请拿法国香槟，小……姐！香槟！"）

女服务生——一个胖嘟嘟、圆滚滚、红扑扑的姑娘——迅速地在桌子间穿梭。士兵们冲她微笑。而她原本也想还之以微笑的,因为他们是那么年轻,可她又怕自己被人看不起,因为这些都是敌人。于是她皱起眉头,非常严厉地抿紧双唇,但是却没能掩饰住脸颊上暴露出内心狂喜的两个酒窝。那么多男人,我的上帝啊!她一个人面对那么多男人,因为在别的地方,都是老板的女儿做服务生的,她们的父母总是看着她们,而她就不一样了……士兵们一边看着她,一边用唇做着亲吻的动作。因为还有一点怕羞,她故意装作没有听见他们在叫她,或者,有的时候,她会含含糊糊地答应道:"好了,好了,就来!你们真够着急的!"他们用自己的语言和她说话,而她则骄傲地说:"我哪里能听懂你们这些莫名其妙的话,我?"

可门开着,从门口不断地涌进这灰绿色制服的浪潮,渐渐地,她觉得自己有点醉了,精疲力竭,不再能够抵抗,于是她只能虚弱地叫着诸如"不,好了,您总算可以让我走了吧?真是一群野蛮人!"之类的话,作为对于他们炽热的撩拨的回应。

另一些军人在绿色的绒布上打弹子球。楼梯扶手上、窗沿上、椅背上挂满了他们的腰带、帽子、手枪和子弹夹。

然而此时,晚祷的钟声敲响了。

三

分配住在安吉利耶家的德国人进门时，这家的两位女士正打算出门做晚祷。他们在门口相遇了。他顿了一下鞋跟，和她们打了招呼。老安吉利耶夫人的面色更加苍白，勉强点了点头。露西尔抬起眼睛，有一瞬，两个人的目光相遇了。一秒钟之内，露西尔的脑海里掠过无数想法。"也许就是他，"她对自己说，"让加斯东做了战俘？我的上帝啊，他杀了多少法国人？有多少眼泪因为他而流淌？的确，如果战争是另外一个局面，今天，加斯东有可能作为主人进入德国人家。这就是战争，这不是这个小伙子的错。"

德国人年轻，清瘦，有一双很漂亮的手，大大的眼睛。露西尔注意到他的手很漂亮，是因为他一直为她拉着门，让她过去。在他的无名指上戴着一枚戒指，镶嵌着深色的、暗暗的宝石。从云团之间钻出一缕阳光，让戒指绽出一种紫色的光芒。光芒在他的脸上跳跃着，他的脸被风吹得通红，而且，就像一枚水果一般毛茸茸的。他的颧骨很高，轮廓分明、细致，薄薄的嘴唇显得很骄傲。露西尔不禁放慢了脚步：她无法阻止自己去看这只宽大的、细洁的、手指长长的手（她想象这样的手里拿着黑色的手枪，或是机枪，或是手榴弹，总之，随便什么漠然地传播死亡的武器），她欣赏着灰绿色的制服（有多少夜间值勤的法国人，躲在林下灌木丛中，在窥伺着类似的制服出现……），还有着闪闪发亮的靴子。她想起一年以前，吃了败仗的法国军队在撤逃时曾经路过这个小镇，他们都是脏兮兮的，在漫天的灰尘中拖着军鞋。哦,我的上帝,这就是战争……敌方的士兵从来不是独自一人,——从来不是一个人站在另一个人的对面——在他的身后,在他周围的各个方向,簇拥着一群幽灵,不在的,或是死人的幽灵。我们不仅仅是在对一个人说话,而是在对一群看不见的人说话;因此,我们所发出的每一个词都不是那么简简单单地说出来的,也不会被简简单单地听了去;总有一种很奇怪的感觉,似乎是一张嘴在替那么多缄口不言的嘴在说。

"他呢?他在想什么?"年轻女人想,"当他踏进这家法国人家,而这家的主人却是他或者他的同伴的俘虏,他体会到的是一种什么样的感觉?他怨我们吗?他恨我们吗?或者他走进这里就像走进一家小客栈,只想着床是不是够好,女服务生是否年轻?"门早就在军官身后关上了。露西尔跟着她的婆婆,走进教堂,跪在她的凳子上,但是她无法忘记那个敌人。现在他一个人在家,占据的是加斯东的办公房间,那个房间有一个独立出口。在外面吃饭,她也许看不见他;也许只会听到他的脚步声、说话声和笑声。唉!他可以笑!他有笑的权利。她望着婆婆,婆婆一动不动,将脸埋在手里,头一回,露西尔对这个自己一向不喜欢的女人产生了同情,还有一种模模糊糊的柔情。她冲婆婆弯过身,柔声说:"让我们一起为加斯东做个念珠祷告吧,妈妈。"

老夫人点头表示同意。露西尔带着一种真挚的虔诚开始了祈祷。但是渐渐地,她的思维又无法集中了,转到了虽然时隔不远但却显得非常遥远的过去,也许是因为黑暗的战争中断了这一切吧。她又看见了自己的丈夫,这个肥胖、无聊的男人,只对钱、土地和地方政治感兴趣。她从来没有爱过他。之所以嫁给他,只是出于她父亲的愿望。她在乡间出生,在乡间长大,除了曾经在巴黎短暂地停留过以外，她根本不了解世界的其他地方。这里是法国的中部，在这里的外省生活富裕而孤单。每个人都在自己家里，在属于自己的领地上，把麦子收回来，数着自己的钱过日子。大吃大喝和狩猎便是这里的娱乐。小镇的房子建得都很粗糙，外面是那种监狱一般的大门，客厅里堆满了家具，而且总是关着门，冷冰冰的，这样可以节省柴火，可对于露西尔来说，这就代表着文明。当初她离开散布在树林里的房子时，想到住在这个小镇上，想到有车子，有时能到维希吃午饭，曾经有过一种快乐的激动……她在非常严厉而纯洁的环境里长大，不过她倒未曾觉得不幸过。小花园，家里需要做的活儿，还有她偷偷地溜进去翻找一番的书房——一间很大的、潮湿的屋子，书都发霉了——带给她足够的娱乐。她结了婚，是一个顺从而冷漠的妻子。和她结婚的时候，加斯东·安吉利耶只有二十五岁，但是他有他早熟的一面，那是外省深居简出的日子以及塞饱他的营养丰富、过于油腻的饮食造成的，还有过度的酒精，他缺少一切强烈而生动的激情。他是一个本着严肃生活态度的骗子，只遵从习惯和男人该有的思维方式，不过，年轻人时时涌动的热血有时也会作用于他。

　　有一次因为生意上的事，加斯东到了他度过大学时光的第戎，与以前的情人相遇了，和他分过手的一个服饰商人。他第二次坠入情网，这一次比过去那次还要强烈。他和她有了个孩子，于是为她在镇上租了个小屋子，自己也通过精心安排，一半时间在第戎过，一半时间在这边的家里。露西尔什么都知道，但是她没有说，因为羞怯，因为蔑视或是冷漠。接着战争就爆发了……

　　而现在，加斯东成了战俘，已经有一年的时间了。可怜的小伙子……他一定很痛苦，露西尔想，念珠机械地在她的指间滑过。他最想念的是什么呢？他那舒适的床？丰盛的晚餐？他的情妇？……她愿意把他所失去的一切都还给他，一切现在不在他身边的东西……是的……一切，甚至包括那个女人……在这个问题上，她是真诚的，几乎很自然地这么想，然而同时，她又觉出自己的心是多么空；这颗心从未曾被填满过，不论是爱情，还是那种嫉妒的怨愤，都没有。她的丈夫有时对她很粗暴。她原谅了他的不忠，但是他却从未忘记过岳父的投机失败。她听到他不止一次地在她耳边叨叨说："你想想看，如果我早知道他没有钱！"这些话无异于给她一记耳光。

她低下头。可是不！她一点都不怨他！她丈夫自溃败以来所承受的一切，后面吃的那几场败仗，逃跑，被德国人捉住，强行军，寒冷，饥饿，周围的死人，现在还被关在战俘营里，这一切抹掉了她的怨恨。"只要他能回来就行，但愿他能够重新找回他喜欢的一切，他的房间，到处乱扔的拖鞋，凌晨时分在花园里散步，刚刚摘下放在篮子里的冰凉的桃子，还有精美的菜肴，跳跃的熊熊火焰，他所有的那些乐趣，我不知道的乐趣，我猜想到的乐趣，但愿他能够全部找回来！我自己没有什么好要求的。我想看到他幸福。我，我？"

就在她沉浸在自己的冥想之中时，念珠滑落在地上。她这才发现所有人都已经站起身来，晚祷结束了。外面的广场上全是德国人。阳光下，他们制服上的银色饰缘，他们那明亮的眼睛、金色的头发和腰带上的金属片都在闪光，赋予教堂前这个尘土飞扬、封闭在高墙（古城墙的遗迹）间的地方以一种活泼和耀眼的感觉，一种崭新的生命。他们在遛马。德国人在这里弄了个露天饭厅，他们从木匠那里拿了些棺材板，拼凑成桌子和凳子，一边吃饭一边带着饶有兴味的好奇心看着这里的居民。看上去十一个月的占领生活并没有让他们感到厌烦。对于法国人，他们仍然像开始时一样，有一种愉快的惊讶之情；他们觉得法国人很滑稽，很奇怪；他们还不习惯法国人那种速度很快的语言；他们一直在猜，不知道这些战败国的人民究竟是恨他们、忍受着他们还是喜欢他们。他们远远地、偷偷地冲着年轻姑娘笑，年轻姑娘走过去，非常骄傲，而且一副蔑视的样子——这可是他们进驻这里的第一天！于是德国人垂下眼睛，将视线转移到周围一群吵吵闹闹的小孩子身上：镇上所有的孩子都在，他们对德国人的制服、马和高筒靴艳羡不已。母亲在叫，可是根本没有用，孩子们听不见。德国人把孩子们招呼到身边，散发着手里的糖果和零钱。

但是小镇上依然是往常那种星期日的宁静场面。德国人只是在这幅场景之上添了一个奇怪的标号，小镇的骨子里并没有多少变化，露西尔想。有过一些小小的混乱时刻。几个女人（像安吉利耶夫人这样的战俘的母亲，或是"一战"留下来的寡妇）匆匆忙忙回到家中，关上窗户，拉上窗帘，不想看到德国人。在小小的、阴暗的房间里，有人在读那些旧信件，在吻那些发黄的、装饰着绉纱和三色缎带的照片……但是年轻女人仍然集中在广场上聊天，像以往所有的星期天一样。她们可不想因为德国人丢失一个节日的下午，丢失她们的乐趣。她们戴着新帽子：这是复活节的星期天。男人偷偷地打量着德国人。不知道他们在想什么，这些农民猜不透。一个德国人走近他们，问他们借个火。他们把打火机借给他用了，迟疑着回应了他的问候，然后他走了，男人继续谈论牛的价格。和每个星期天一样，公证人先生到旅行者饭店的咖啡馆玩塔罗纸牌游戏；很多家庭才从墓地回来，墓地是他们每周必去的地方，在这个不知娱乐的地方，去墓地几乎已经成了人们的一部分乐趣，大家在坟墓间采摘花朵。教养院的嬷嬷和孩子们一起走出教堂；她们在士兵当中开辟出一条道路，戴着软帽的她们面无表情。

"他们在这里待很长时间吗？"税务官凑在法院书记官耳边，指着德国人轻声问道。

"据说三个月。"书记官用同样的音调回答道。

税务官叹了口气。

"东西要涨价的。"

他下意识地搓着在一九一五年被炮弹划伤过的手。接着他们谈论起别的事情。晚祷结束的钟声停了下来，最后那一点尖细的震颤消失在晚风之中。

安吉利耶家的这两位夫人沿着一条羊肠小道回家，露西尔对于这条小路上的每一块石头都清清楚楚。她们默默地走着，没有说话，逢到农民向她们问好，便点点头表示回应。这个地方的人不喜欢老安吉利耶夫人，但是大家对露西尔还是颇有好感的，她很年轻，丈夫是战俘，而且一点都不傲气。有的时候，村里的人会来问她一些关于教育孩子或是做新衣服的问题。或者，要往德国寄包裹的时候，他们也来找她。大家都知道那位德国军官住在安吉利耶家，——安吉利耶家的房子是镇上最漂亮的——看到她们也不得不屈从于众人所必须遵守的法令，大家很同情她们。

"你们尽责了。"裁缝从她们身边经过时，低声说。

"希望他尽早离开。"药剂师说。

还有一位迈着细碎的步子一路小跑，跟在一头身披漂亮白色长毛的山羊后面的老妇人，她踮起脚尖，凑到露西尔耳边说："看上去他们很坏，很可恶，会为可怜人带来灾难。"

山羊跳着用羊角顶了一下某位德国军官的灰色长斗篷。军官停下脚步，笑了，想要摸摸小山羊，可是山羊逃开了。受到惊吓的老妇人很快消失不见，而安吉利耶家的两位夫人走进家里，将大门关上。

四

安吉利耶家的房子是这个地区最漂亮的房子,已经有一百年的历史。房子长长的,不高,用那种多孔的黄色石头建成,在太阳下,石头呈现出一种金黄的面包颜色,很温暖。临街的窗户(都是豪华房间的窗户)仔仔细细地关上了,百叶窗也是扇扇紧闭,外面围着防盗铁栅栏。储藏室(就是用来放各种坛坛罐罐大肚瓶的地方,坛罐里藏有各种违禁的食品)的小圆窗外也有一圈铁栅栏,百合花形状的铁条尖端足可以刺穿野猫。大门漆成蓝色,监狱一样的门锁,在一片寂静之中,巨大的钥匙插进去总是发出哀怨的吱吱呀呀的响声。底下的套房散发出一种霉味,一种长期无人居住的寒冷味道,尽管房子的主人一直都在。因为怕墙纸褪色,同时也为了保护家具,阳光基本一直被挡在外面,空气也很少流通。前厅的玻璃窗是碎纹图案的,阳光透过玻璃照进来,成了青绿的颜色,有种捉摸不定的意味。大箱子、墙上挂着的鹿角以及因为潮湿而褪色的古旧的小雕像都被这青绿色的光线置于阴影之中。

在饭厅(只在那里架了一口锅!)和露西尔的房间,有时会生火,在那里能闻得到树枝燃烧所散发出的温和味道,栗树皮的那种烟火香。饭厅的门外就是花园,这个季节的景致最为悲凉:梨树被绑上了十字铁丝架,苹果树也用细绳加以固定,树皮粗糙不堪,一副受苦受难的样子,竖着尖利的枝权;葡萄树只剩下光秃秃的枝蔓。但是只要有几天晴朗的日子,那就不仅仅是教堂广场前那株早熟的桃树会开满花朵了,每一株都将有如此灿烂的桃花。上床前,露西尔站在窗口梳着头发,她望着窗外月光下的花园。矮墙上,猫在哭叫。花园延伸出去就是整个地区的风光:深不可测、枝繁叶茂、充满神秘色彩的山谷,在月光下呈现出一种温柔的珠灰色。

在这空荡荡的大房间里,每到晚上,露西尔觉得尤其不舒服。以前加斯东在这里睡觉:他在这里脱衣服,在这里嘀嘀咕咕,在这里震得家具左右摇晃。他是一个伴,一个生灵。差不多有一年的时间了,这个房间里没有其他人。没有一丝儿声响。外面,一切都在沉睡。露西尔竖起了耳朵,尽管她并不想这么做,她想听听隔壁德国军官睡觉的那个房间有什么动静。但是她什么也没有听见,也许他还没有回来?或者他也和她一样,正这么一动不动地待着,没有发出任何声响?过了一阵她听见一阵窸窸窣窣的声音,一声叹息,接着是很轻的口哨声,她想,那个德国人此时应该站在窗口,望着花园。他会想什么呢?她无法想象:下意识里,她不认为他会像一个平常人那样思考,有着平常人的欲望。她无法相信他可以问心无愧地欣赏花园的景致,欣赏波光粼粼的鱼塘,鱼儿寂寂无声地滑过水面,闪动着银白色的光芒:第二天晚餐桌上的鲤鱼。"他非常高兴。他回想起那些胜仗,重新审视自己已经安然渡过的重重危险。过一会儿他会写信给家里,给他在德国的家,给他的妻子,——不!他应该还没有结婚,他太年轻了!——给他的母亲,他的未婚妻,他的情人。他会写:'我进驻一家法国人家,我一点罪也没受,阿玛丽亚(她应该叫阿玛丽亚,或者叫居内贡德、日尔特鲁德什么的,她想,故意找了一些听上去很不协调的、粗俗的名字),因为我们是胜利者。'"

现在她什么也听不到了,他没有动,屏住了呼吸。"吱-嗦",

黑暗中，一只蛤蟆在叫。仿佛一声低沉而柔和的如诉琴声，一个纯粹的、震颤的音符，像一个水球正在炸开，发出清脆的响声。"吱-嗦，吱-嗦"，露西尔半闭着眼睛。这是怎样的一种安宁啊，忧伤而深沉的安宁……有时，她内心的某种东西会苏醒过来，翻腾着，希望能有一点声音，一点动作，一点人气。有生命的东西，我的上帝啊，有生命的东西！这场战争究竟要持续多长时间？这样的情况究竟还要持续多少年，在这黑压压的，如暴风雨中的牲畜一般委屈、顺从、压抑的麻木之中，究竟还要待上多少时间？她不无遗憾地想起收音机发出的嘈杂声，可自从德国人来了以后，收音机便藏到地窖里去了。据说德国人要没收或者销毁收音机。她笑了："他肯定觉得法国人家里没什么东西。"她想，当时安吉利耶夫人往大橱里藏了那么多东西，还把好些东西给锁上，省得被德国人看到。

晚饭的时候，那个德国军官的传令兵曾走进餐厅，送来一封短信：

> 布鲁诺·冯·弗克中尉向两位安吉利耶夫人致以问候，并恳请她们将钢琴与书橱钥匙交予送信士兵带回。中尉以其名誉保证，不会将乐器带走，也不会把书撕掉。

但是安吉利耶夫人没有表现出对这个玩笑的欣赏。她翻了翻眼睛，嚅动着嘴唇，好像在念一篇短祷，听由神的意志来决定似的："力量超越于权力之上，是吗？"她问士兵，可士兵不懂法语，他只是绽放出一个大大的微笑，回答说："也许吧。"点了好几次头。

"告诉冯……冯……中尉。"她不无蔑视地咕哝着这个名字,"他是主人。"

她将德国人要求的那两把钥匙从钥匙串上取下来,扔在桌上。接着,她悲愤地对儿媳低声说道:"他会弹《守望莱茵》①的。"

"我想他们现在应该有另一首军歌,妈妈。"

但是中尉什么也没弹。仍然是一片深不可测的死寂,接着,最外面的大门发出了声音,在这宁静的夜晚,仿佛信号锣一般响亮,两位夫人因此知道这位军官出门了,她们都松了一口气。现在,露西尔想,他一定不在窗边。他在屋里来回踱步,靴子,这靴子的声音……这一切都会过去的,占领会结束。然后是和平,美好的和平。一九四〇年的战争和灾难将成为回忆,成为历史的一页,成为学生在学校里结结巴巴背诵的一连串战役和条约的名称,但是我,只要我活着,我就不会忘记靴子踏在地板上所发出的深沉而富有节奏的声音。为什么他还不睡?为什么回到自己房间,他不穿上拖鞋,就像一个平常百姓,一个法国人那样?他在喝东西,她听见苏打水虹吸瓶打开的声音,还有压挤柠檬发出的轻微的"滋滋"声。(她的婆婆听到了肯定会说:"怪不得我们缺柠檬呢!")现在,他在翻书。哦,真是可怕,他想……她不禁颤抖起来。他打开了钢琴,她听得出琴盖向后翻去的声音,还有琴凳转动发出的吱嘎声。不!无论如何,他可不要在半夜三更弹琴!的确,现在才九点钟。也许在世界其他地方,人们睡得不这么早?……是的,他真的在弹琴。她听了一会儿,垂着脑袋,紧张地咬住嘴唇。其实,与其说这是琴音,还不如说是琴键发出的

---

① 《守望莱茵》为普法战争中德国的军歌。

叹息声，一串跳跃的音符。他的手划过琴键，抚摸着它们，最后发出的是轻盈、快速，如同小鸟啼鸣一般的颤音。一切又归于沉寂。

很长时间，露西尔就这么站着，一动没动，手里握着梳子，散开的头发披在肩头。然后她叹了口气，模模糊糊地在想："真是遗憾！"（遗憾这宁静是如此深沉？遗憾小伙子不再弹下去了？遗憾是他在这里，是他，侵略者，敌人，是他，而不是别人？）她微微做了一个恼火的手势，仿佛要推开这一片过于沉重、无法呼吸的空气似的。遗憾……她上了那张空荡荡的大床。

五

玛德莱娜独自一人在家。她坐在让-玛利住过好几个星期的饭厅里。每天早上,玛德莱娜都要整理他睡过的那张床。这个举动让塞西尔颇为恼火。"随它去好了!从今以后又不会有人睡在这里,根本不需要换干净床单的,好像你在等什么人似的。你是不是在等谁?"

玛德莱娜不做回答,每天早上,她依然会将满是羽毛的床垫抖干净。

现在,她独自一人和正在吃奶的小东西在一起,她感到很幸福,小东西的脸贴在她裸露的乳房上。给他换一边吃奶的时候,只见他一边的面颊潮潮的、红红的,仿佛樱桃一般亮晶晶的,那半边的乳房被他的小脸压出了个坑。她轻轻地吻了吻小东西。她又一次在想:"我很高兴是个男孩,男人没有那么多灾难。"她望着炉火,朦朦胧胧地睡着了,她一直睡不够。有这么多活儿要做,她很少能够在十点、十一点以前上床睡觉,有时夜里还要爬起来去拿英国收音机。早上,五点钟就得起床,打扫畜栏。今天比较舒服,能够睡上一小会儿午觉,炉火上炖着晚饭,桌上的餐具也摆好了,她周围的一切都井然有序。多雨的春天那种柔弱的阳光照耀着外面的一片嫩绿和灰蒙蒙的天际。院子里,鸭子的小嘴儿在雨中发出噼噼啪啪的响声,母鸡和火鸡则竖着乱蓬蓬的短毛,忧伤地躲在棚子里。玛德莱娜听见了狗叫。

"他们已经回来了?"她想。

伯努瓦驾车带全家人去了镇上。

有人穿过院子,一个不是像伯努瓦那样穿木鞋的人。然而,每每听到别样的脚步声,可以判断这不是丈夫的或是农庄里什么人的脚步声时,每每远远地看到一个陌生的身影,她都会神经质地想:"一定不是让-玛利,不可能是他,我真是疯了!首先,他不会回来的;再说,即便他回来了,我又能怎么样呢,我已经嫁给了伯努瓦?我没有等任何人,恰恰相反,我向上帝祈祷,但愿他永远不要回来,因为我会渐渐习惯我的丈夫,我会生活得很幸福。但是我真的不知道自己还在找什么,我发誓,我真是精神错乱了。我很幸福。"就在她这么想的时候,她那颗没那么理智的心却狂跳起来,以至于淹没了一切外界的声音,她再也听不见伯努瓦的说话声、孩子的叫声、风拍打门的声音,沸腾的热血让她变成了个聋子,就像置身于浪涛之中那样。在某一段时间里她会处在半昏迷的状态,直至她看到送稻种目录的邮递员(那天他穿了双新鞋子)或是地主蒙莫尔子爵。

"怎么了,玛德莱娜,你怎么连招呼都不打一声呢?"萨巴里老夫人惊讶地问道。

"我还以为我把您弄醒了。"来访者说,而玛德莱娜低声打过招呼,并且咕哝道:"是的,您让我吓了一跳……"

弄醒了?从什么样的梦中?

这一次也是一样,她感觉到陌生人走进(或回到)她的生活时,自己心里的那份激动和惶恐。她在椅子上半欠起身,定定地看着大门。一个男人?是的,是那人的脚步声,轻轻的咳嗽声,还有质地细腻的烟草的味道!……一只男人的手搭在插销上,优雅、白皙,接着,出现了德国军服。就像每一回发现进来的不是让-玛利一样,她是那么失望,以至于在某一个瞬间,她几乎没有思维，甚至没有想起来要将自己的胸衣扣上。进来的德国人是名下级军官，一个看上去应该二十岁不到的小伙子，脸上几乎没有什么血色，睫毛、头发、短短的小胡子的颜色也一样很淡，是那种非常浅的、闪闪发光的金色。他看着玛德莱娜袒露的胸部，微笑着，带着一种夸张的礼数向她打了个招呼，几乎有一点侮辱。有些德国人知道如何在对法国人问候（也许至少在战败者看来是这样的，在尖酸、受到侮辱、满怀愤怒的战败者看来）之中掺杂上假装的礼貌。这不是对同类表达的一种礼貌，而是那种对死人表达的礼貌，就像是在才遭到枪决的死人尸首面前"持枪致敬"一般。

"请问您有什么需要？"玛德莱娜终于问道，一只手匆匆忙忙地把裙子扣好。

"夫人，我有一张诺南农庄的居住证。"小伙子回答道，他的法语说得很好，"很抱歉打扰您。请问您能不能告诉我房间在哪里？"

"他们说来我家住的是普通的士兵。"玛德莱娜羞涩地说。

"我是指挥官的翻译，中尉。"

"这里离镇上很远，而且我担心，对于一位中尉来说，房间也比较差。这里只是一座农庄，没有自来水，也没有电，没有任何对于一位绅士而言不可缺少的东西。"

小伙子环视着饭厅。他仔细看了红色地砖，地砖已经褪色，不少地方成了粉色；他看了屋子中央的壁炉，看了房间一角的灵床，还有纺车（纺车以前是放在谷仓的，上次世界大战的时候就有了：这个地区的所有姑娘都在学纺羊毛，因为商店里不再有成品出售）。德国人还特别仔细地看了挂在墙上的、镶着镜框的相片，农业竞赛的证书，以前放过圣女小雕像、现在空着的壁龛以及壁龛周围装饰框缘上那些已经模糊了的精致的画儿；最终，他的目光又重新落在抱着孩子的年轻村妇身上。他笑着说："不用为我担心，我会在这里过得很好。"

他的音质非常奇怪、生硬，并且带有一种震颤，像金属摩擦发出的声音。他的眼睛是铁灰色的，脸上的线条非常锋利，特别的淡金色的头发，顺滑、明亮，如同一顶帽子一般，这一切外貌特征给玛德莱娜留下了颇为深刻的印象。他的外表里有一种完美、准确、闪闪发光的东西，让她觉得更像是一架机器，而不是人。不过，她被他的靴子和腰带扣迷住了：皮和铁发出耀眼的光芒。

"我希望，"她说，"您有勤务兵。我们这里可没有人能让你的靴子那么亮。"

他笑了，重复道："不用为我担心。"

玛德莱娜安顿好儿了。床上方的镜子正好反射出那个德国人。她看见了他的目光和微笑。她不无恐惧地想："如果他纠缠我，伯努瓦会怎么说？"她不喜欢这个小伙子，他让她感到有些害怕。但是，尽管这样，他还是有点儿吸引她的，他身上有些地方和让-玛利很像，不是作为人的那一面，而是作为资产阶级，作为绅士。两个人的胡子都刮得很干净，教养良好，手很白净，皮肤细腻。她知道，这个德国人的出现会令伯努瓦感到双重的不快：因为他是敌人，而且不是一个像他一样的农民，他尤其讨厌会引起玛德莱娜兴趣、挑起她的好奇心的东西，那种属于优越的阶层的东西。这一段时间以来，他总是从她手里夺去流行的报纸，或是在她要求他刮胡子、换衬衫时说："你必须受着。你嫁的是个乡下人、土包子，我可不是那么风度翩翩的，我……"他的口吻中带有那么多的怨恨，那么深的嫉妒，她知道这股风是打哪儿吹来的，想必塞西尔的嘴没闲着。而塞西尔本人和她也不一样。她叹了口气，自从这可恶的战争爆发以来，很多事情都变了……

"我这就带您去看您的房间。"她终于说。

但是他拒绝了，拿了张椅子，坐在火堆旁。

"如果您同意，我们一会儿再去看。先认识一下。您叫什么名字？"

"玛德莱娜·萨巴里。"

"我叫科特·波奈（他读成波奈特）。您听出来了，这是一个法国姓氏。我的祖先应当是您的同胞，在路易十四期间被驱逐出法国。德国流着法国的血，而且在我们的语言里有一些法文词。"

"啊？"她面无表情地说。

她原本想回答："一九一四年以来，法国也流着德国的血，不过这血深入土地。"但是她不敢：最好还是乖乖地闭上嘴。真是奇怪，她不恨德国人，她谁都不恨，但是眼前的制服似乎将到目前为止一直自由而骄傲的她变成了奴隶，一个诡计多端、小心翼翼、诚惶诚恐的奴隶，一个善于讨好胜利者、可是转过身关上门以后便吐口唾沫说"让他们去死吧"的奴隶，她的婆婆对他们就是这样的态度。然而，至少她婆婆不会假装讨好，对胜利者不会摆出一副温柔的样子，她想。她为自己感到羞愧，她皱起眉头，换上冷冰冰的表情，把自己的椅子向后挪了一点，想让德国人明白，她不想和他说话，他在这里让她感到很不舒服。

而他却饶有兴趣地看着她。和很多年轻人一样，从小他就受到非常苛刻的纪律的约束，他已经习惯用外表的傲慢和冷峻支撑自己的内心世界。他认为，一个合格的男人就是铁打的。在战争中，在波兰，在法国，在占领时期，他也的确是这样表现的。但是，他对原则的服从远远不如他对青春年少的冲动的服从（玛德莱娜猜他二十岁。实际上他还不到二十岁，他在法国战役期间度过的十九岁生日）。表现出亲切还是冷酷，往往取决于他对人和事所产生的第一印象。如果他讨厌某个人，他就会尽可能地让他不好受。法国军队大溃败的时候，他奉命将一支可怜的法国战俘队伍带到德国，在那几天可怕的日子里，他们得到命令，要对那些虚弱的、走得不够快的人严加责罚；对于那些个不够友好的人，他毫无愧疚，甚至颇为愉悦地大打出手。然而对于某些在他看来比较友善的战俘，他却表现出了极大的善意，有时还施以援手，其中的一些人多亏了他才得以生存下来。他是很残忍，但是这是一种少年的残忍，是一种来自于强烈而微妙的想象的残忍，这种残忍完全以自我为中心，以自己的灵魂为中心；对于别人承受的痛苦没有一丝怜悯之心：看不见别人，只看见自己。在这份残忍之中，他有一点造作的成分，不过这造作来自于他的年龄，而不是来自于施虐狂的倾向。比如说，他对男人的态度非常生硬，可是对动物却极为友善。几个月前，加莱地区的指挥官颁布了一条命令，就是来自他的提议。波奈注意到，当地的农民赶集时，总是把鸡的脚绑起来，头冲下倒拎着。"出于人道主义的考虑"，以后禁止再这样做。农民们根本没有注意到这个问题，这更加剧了波奈对于"野蛮而轻浮"的法国人的厌恶，可法国人正为这条法令下面的另一条决议愤恨不已：作为对于德占期间法国人搞的一次破坏活动的惩戒，八个法国人被处死。在他们驻扎的北方小城里，波奈只和他的房主有交往，因为有天他感冒了，这个女人亲自将早餐送到了他的床边。波奈想起了自己的母亲，想起了童年的时光，他两眼含泪地谢过这位做过妓院老板的莉莉夫人。从此以后，他为她做了很多事情，为她搞所有的许可证，还有汽油券什么的；他和这个庸俗可笑的老妇人一起度过很多夜晚，因为他觉得她很孤单，上了年纪，无聊得很；他到巴黎出公差时还会给她买些小饰品，他为这些一钱不值的东西可是花了不少钱，而且他并不富有。

有时候，这一类的好感是出于某种音乐的、文学的，或者——就像在这个春天的早上他跨入萨巴里家时所感受到的——绘画的印象。波奈受过非常好的教育，他对于所有的艺术都颇具天赋。萨巴里家的农庄，多雨的日子里显得有点潮湿和阴暗的氛围，地砖的粉色，那个可以猜到应该是在最近一场革命的时候拿掉了原先的圣母雕像的空空的壁龛，摇篮上方的黄杨圣枝，还有在半明半暗的光线中、铜制的长柄暖床炉发出的光芒，在波奈的眼里，这一切让他想起了弗拉芒画派某种"内在的东西"。还有这个坐在矮凳上的年轻女人，她怀里抱着的孩子，在阴影中熠熠生辉的半裸的乳房，这张生动的面孔，红红的面颊，非常白净的额头和下巴，她本身就是一幅画。望着她，欣赏她，几乎就像是在慕尼黑或是德累斯顿的博物馆，独自一人站在其中的一幅油画前，沉醉其中。画儿带给他的，既是感官的满足，也是精神上的满足，为此他可以放弃世界上的其他一切。这个女人也许会对他表现出冷淡或敌意，可他无所谓，他甚至不会察觉到。对于她，包括对于她周围的一切，他所要求的仅是纯粹的艺术上的益处：保留这幅杰作的明暗，保留这肌肤的光辉，保留这底色的柔和。

就在这时,大钟敲响了十二点。波奈笑了,几乎是非常愉快地笑了。这厚重、深沉、略带嘶哑,从上了漆的古老机箱中发出来的声音,他觉得自己听到过,当时应该是一边欣赏荷兰油画,一边想象着厨娘准备的新鲜鲱鱼,或者想象着透过青绿色的玻璃瞥见的熙熙攘攘的马路上发出的声音,好像在那阴暗的护墙板上总是挂着这样的一口钟。

但是,他想让玛德莱娜说点什么,他想听到她那清新的、有点儿像唱歌一般的声音。

"您一个人住在这里吗?您的丈夫是战俘,也许?"

"不。"她迅速回答道。

想到伯努瓦曾经被德国人俘虏过,只是后来逃出来了,她不禁又害怕起来。她突然想,德国人也许能猜到,会把逃犯抓回去的。"我多蠢啊。"她想,但是出于本能她还是平静下来:必须对这位胜利者表示友好。她用一种坦率而顺从的口吻问道:"您会在我家住很长时间吗?他们说是三个月。"

"我们自己也不知道。"波奈解释说,"这就是军人的生活:我们听从命令,听从将军们的心血来潮或是战争的偶然事件。我们正准备去南斯拉夫,但是那里的一切都结束了。"

"啊?都结束了?"

"这是迟早的事。无论如何,等取得胜利之后,也许我们会到那里去。因此,我想,整个夏天我们也许都会留在这里,除非派我们到非洲或英国去。"

"嗯……您喜欢这样吗?"玛德莱娜说,她想做出一种天真的表情,但是她还是没能掩藏住自己的厌恶之情,微微有些颤抖,仿佛在问一个吃人肉的家伙:"您真的喜欢人肉吗?"

"男人就应当成为一名战士,就像女人应当成为战士的娱乐一样。"波奈回答道,他笑了,因为他觉得面对一个美丽的法国农妇引用尼采的话很滑稽,"您的丈夫,如果他还年轻,也会这样想的。"

玛德莱娜没有回答。实际上,她不太了解伯努瓦的想法,她想,尽管她是在他身边长大的。伯努瓦不太爱说话,总是穿着羞怯、男性化和法国农民的三层盔甲。她不知道他恨什么,爱什么,她只知道他具备爱与恨的能力。

"我的上帝啊,"她想,"但愿他不要太讨厌这个德国人。"

她在听德国人说话,不过很少回答。她一直竖着耳朵在听外面路上的声音,推车从路上经过,教堂敲响了晚祷的钟声。在乡间能够依次听到不同教堂的钟声,先是蒙莫尔小礼拜堂的钟声,轻得好像银钱碰在一起发出的叮当声,然后是镇上教堂沉沉的钟声,再后是圣母教堂急促的排钟声。这声音只有天气不好的时候才能听到,是风从山坡上一路送来的。

"但愿家里人别耽搁才好。"玛德莱娜低声说。

她在餐桌上添了一个插满勿忘我的奶白色彩陶壶。

"您不在这里吃饭,我想?"她突然问道。

他让她放心:"不,不,我在镇上吃,有固定的地方。只有早上,我希望您能给我一杯加奶的咖啡。"

"这很简单,先生。"

这是这个地区非常特别的一句话。伴随着这句话的,总是微笑和一种温存的语调,可是这句话没有什么特别的意义:它是不会欺骗任何人的客套话,它不表示真的就能得到服务。这只是一句客套话,如果承诺没有得到实现,那么还有一句准备好的话在后面,当然是遗憾和请求原谅的口吻:"啊,不是想做就一定能做到的。"但是德国人却陶醉了。

"这里的人都是那么可爱。"他天真地说。

"您这么想,先生?"

"您会把我的咖啡送到床边来的,是吗?"

"只有对病人,我们才这么做。"玛德莱娜讽刺地说。

他想要握她的手,她突然将手缩回去。

"我丈夫回来了。"

丈夫还没到,但是很快就会到。她已经听到那匹母马的脚步声。她走到院子里,外面在下雨。一驾古老的马车从大门下进入院子,自上一次战争以来,这辆马车就没有再用过,这会儿是用来替代坏了的汽车。伯努瓦驾的车。女人都坐在湿漉漉的伞下。玛德莱娜冲她丈夫跑去,抱住他的脖子。

"有个德国鬼子。"她凑到丈夫耳边说。

"他要住我们家?"

"是的。"

"真是不幸!"

"行了,"塞西尔说,"他们不算坏人,如果我们会想办法,能从他们那里得到不少钱。"

伯努瓦将套解下,把马带回马厩。塞西尔尽管害怕德国人,可是她知道自己今天胜过平时,因为她穿着星期天的盛装和丝袜,戴着帽子,于是她傲然走进了饭厅。

六

部队从露西尔的窗下走过。士兵们在唱歌。他们的嗓音非常好，可是这沉重、阴郁而忧伤的圣歌却令法国人感到非常吃惊，因为这歌更是宗教性的，而非战争性的。

这是他们的祈祷吗？女人问。

部队才演习完回来。早上的天气实在太好了，整个小镇仍然在沉睡之中。女人惊醒了，凑近窗户笑了。一个多么柔和清新的早晨啊！公鸡开始啼鸣，原本清越的嗓音因为昨夜的寒冷而有点嘶哑。宁静的空气中有一种粉色和银色交织的光辉。这无知的阳光照在排成纵队的男人的幸福的脸上（在这样美丽的春天如何能不感到幸福呢？），这些高大、身材完美、轮廓硬朗、歌声动人的男人令女人的目光久久地停留在他们身上。镇上的人已经认得其中的某些士兵了。这不再是第一天来到这里的匿名人群，由绿色军服构成的人潮，彼此之间没有一丁点儿差别，就像大海的一波海浪，没有一丁点儿属于自己的特征，与前面的、后面的海浪混在一起。现在这些士兵都有了名字："瞧！"居民说，"那个住在鞋匠家的小个子，金头发的那个，他们叫他威利。那个棕红色头发的，他要人家给他炒八个鸡蛋，一口气喝了十八杯白兰地，气也没喘一下，而且也没生病。那个很年轻的、站得笔直的那个，他是翻译。他对指挥官的影响可大了。那个就是安吉利耶家的德国人。"

以前，农民居住的范围已经成为他们称谓中的一部分。比如说，邮递员的先祖是以前蒙莫尔家族领地的佃户，因此人们叫他蒙莫尔的奥古斯特,于是现在,德国人在某种程度上也按照这种办法袭承了房东的身份。这里的人喊他们"杜朗家的弗里茨,孚尔日家的艾沃德,安吉利耶家的布鲁诺"。

安吉利耶家的布鲁诺在骑兵队伍的最前面。马儿膘肥体壮,脾性躁烈,它们跳跃着,用漂亮的眼睛焦躁地望着人群,很不耐烦。农民们很喜欢这些马。

"妈妈,你看呀!"小淘气们在叫。

中尉的马是金棕色的,闪着缎子一般的光芒。人和马似乎都听到了赞叹之声和女人愉快的叫声。马儿弯下脖子,疯狂地摇动着嚼子。军官笑眯眯的,有时能听到他的唇间轻轻地发出安抚的逗弄声,用来控制马儿,这可比马鞭有效得多。一个年轻女孩靠在自己窗边感叹道:"不管怎么说,这个德国鬼子的马骑得很好。"他将戴着白手套的手举到帽边,非常认真地敬了个礼。

姑娘的身后,有一个激动的声音低声在说:

"你知道的,他们不喜欢我们这么叫他们,你疯了?"

"好了!我忘记了。"姑娘辩白道,脸红得如同樱桃一般。

广场上,部队解散了。士兵们回到各自住的地方,一路上靴子和马刺发出很大的动静。阳光非常耀眼,这会儿已经很热了,有点夏天的味道。院子里,士兵在冲洗。他们光着上身,在灼热的空气中,他们的上身红红的,全是汗。一个士兵将小镜子挂在树干上刮胡子。另一个士兵把头和赤裸的双臂浸入盛有凉水的大桶里。还有一个冲着一位姑娘叫道:

"天气真好啊,夫人!"

"啊,您会说法语?"

"会说一点。"

人们相视一笑。女人走近水井，放下了长绳，绳子发出吱吱嘎嘎的响声。等桶回到地面上，只见那冰凉的井水在阳光下摇晃着，倒映出深蓝色的天空，此时，一定会有士兵冲出来，从女人的手里接过沉重的负担。有些人是为了显示虽然他们是德国人，可一样懂得礼貌；还有一些人是出于一种自然而然的好心；另一些人就是因为在这晴朗的天气里，他们觉得自己有一种使不完的劲儿。这户外的天气，这健康的倦意，这段休息之前闲来无事的时间让他们感到一种想干点什么的冲动，一种内在的力量。而面对弱者，男人总是表现得更为温柔，正因为对于强者，他们不自觉地会表现出一种恶意（也许出于同样的想法，春天的时候，雄性动物之间会互相争斗，而在雌性动物前，它们会轻轻地拱地、戏耍、雀跃）。一个年轻的士兵一直把女人送到家门口，他很认真地为她背着两大瓶才从井水中取出来的白葡萄酒。这是个很年轻的小伙子，明亮的眼睛，翘鼻子，健壮的双臂。

"真漂亮。"他一边盯着女人的腿一边说，"真是漂亮，夫人……"

女人转过身，将手指竖在唇上："嘘……我丈夫……"

"啊，丈夫，坏人。"他叫道，故意装出很害怕的样子。

丈夫此时就在紧闭的门后，他在听他们说话，由于他非常信任自己的妻子，他并没有感到愤怒；相反，他很骄傲："瞧，我们的女人很漂亮，我们的。"他想。他更觉得早晨喝的那点白葡萄酒真是不错。

一些士兵进了木鞋匠的铺子。鞋匠是个残废军人，正在工作台上工作呢。铺子里的空气中弥漫着一种新鲜木头所散发出的刺鼻的植物的气味，才砍下来的松木工作板还在滴着松脂。架子上放着才雕好的木鞋，刻有怪物、蛇、牛头等图案。有一双鞋做成猪嘴的形状。一个德国人饶有兴味地看着鞋。

"杰作。"他说。

虚弱的鞋匠本来话就不多，他没有回答，但是正在摆桌子的鞋匠妻子抑制不住好奇心，问道："你们在德国是做什么的？"

士兵一开始没能听懂，不过最后他总算明白了，回答说是锁匠。鞋匠的妻子思考了一会儿，凑在丈夫耳边说："应该让他看看碗橱上的那把锁，也许他能修好……"

"算了。"丈夫皱着眉头说。

"你们？中饭？"士兵继续说。他指了指一只裱花盘里的面包："法国面包……很轻……胃里什么也没有……什么也没有……"

他想说的是这面包在他看来不够营养，不足以支撑身体。但是法国人不能够相信有人会疯到这种程度，不知道这种法国食物的精妙之处，尤其是这圆形大面包，这种做成冠冕形状的大面包，据说很快就要用麸皮和劣质面粉混合起来代替原先的面包材料了。但是，他们不能相信。他们把德国人的话当成是一种恭维，他们感到很骄傲。甚至连鞋匠也缓和下来，不再是那么一副臭脸。他和家里人一块儿在桌边坐下。士兵们坐在稍远处的矮凳上。

"你们喜欢这里吗？"鞋匠的妻子继续问。

她天生喜欢热闹，丈夫的沉默让她感到非常难受。

"哦，是的，很美……"

"那你们那里呢？和这里像吗？"她问另外一个士兵。

这个士兵的脸上掠过一阵轻微的痉挛。看上去，他是热切地找寻着能描绘自己家乡的词语，啤酒花或是幽深的森林。但是他没找到。他只好摊开手臂。

"很大……土地很好……"他犹豫了一下，叹口气说，"很远……"

"您成家了吗？"

他点点头。

但鞋匠对妻子说："你没有必要和他们聊天。"

女人觉得有些羞愧。她不再说话，继续干手中的活儿，倒咖啡，为孩子们切面包片。外面响起欢快的喧闹声。笑声、武器发出的叮当声、脚步声和士兵的说话声，真所谓欢声笑语。也不知道为什么，心似乎变得不那么沉重了。也许是因为这晴朗的天气？天空那么蓝，好像远远地倾斜下来，想要爱抚大地。鸡在尘土中蹲着，有时摇动着羽毛，没睡醒似的"咯咯"叫着。稻草、羽毛，还有肉眼几乎察觉不出的花粉在空气中飞来飞去。这是筑巢的季节。

很长时间以来，镇上一直没什么男人，尽管这是些侵略者，可似乎也能够取代男人的位置。士兵们感觉到了这一点，因而洋洋得意地坐在太阳下。看到他们，战俘或是在战争中牺牲的士兵的母亲在心里低声祈求上帝给他们带去厄运，但是姑娘们的视线却离不开他们。

七

在一所教会学校的教室里，镇上的夫人和镇子周边的几个胖胖的农庄女主人又见面了，这是她们每个月一次的例行聚会，商量给战俘寄包裹的事情。战争爆发之前，在还没有战俘这回事儿的时候，镇上把居住在这个地区、需要救济的孩子们交给她们负责。这项慈善事业的负责人是蒙莫尔子爵夫人。这是一个羞怯而丑陋的女人，每一次需要她在公共场合讲话都让她感到极为痛苦。她结结巴巴，掌心出汗，双腿打颤。总之，她和皇室成员一样容易怯场！但是她将此视作一项责任，她自然肩负着引导这些资产阶级和农民的使命，为他们指明道路，让好的种子得以在他们的心里生长。

"你知道的，阿莫里，"她向丈夫解释说，"我并不认为她们与我之间有什么本质的区别。就算她们让我如此失望，我依然不这么想。（您真是不知道她们是多么粗俗，多么斤斤计较！）我一直坚持在她们的内心深处寻找光明。是的。"她望着丈夫，两眼噙满了泪水——她很容易哭——"是的，如果她们的内心深处真的有一点什么的话，我们的主就不会为这些灵魂失去生命了……但是无知，她们所处的那种无知状态真是可怕。因此，每一次会议之后，我都要做一个简短的发言，专门讲给她们听的，让她们明白自己为什么会受到惩罚。（您可以笑，阿莫里。）有的时候，在她们胖嘟嘟的面颊上，我会看到理解的灵光闪现。我很遗憾，"子爵夫人一边思索一边结束她的话，"我很遗憾没能继续我的使命：我本来想去某个荒蛮之地传播福音，成为大草原或是原始森林的传教士的左膀右臂。好了,现在没什么好想的了。我们被主派遣到什么地方,我们的使命就在什么地方。"

她站在学校教室的小讲台上,学校才匆匆忙忙将小学生的课桌撤走,还选了十二个最好的孩子来听子爵夫人的演讲。这些小姑娘在地面上拖拉着她们的木鞋,睁大眼睛,平静地望着不知什么地方。"像牛一样。"子爵夫人带着某种愤怒想。她决定直接对她们说。

"我亲爱的小姑娘们,"她说,"你们过早承担了祖国的痛苦……"

其中的一个小姑娘听得实在是太专心了,竟从凳子上摔了下来。其他的十一个小姑娘坐在自己的板凳上吃吃地疯笑着。子爵夫人皱起眉头,用更为有力的声音继续道:"你们仍然沉浸在属于你们这个年龄的游戏里。你们似乎无忧无虑。但是你们的内心充满忧伤。每天早晨和晚上,你们做了多少祷告,祈求万能的上帝可怜可怜我们亲爱的法国的不幸!"

看到刚刚进来的校长,她暂时中断了自己的讲话,干巴巴地打了个招呼。这个女人从来不去做弥撒,而且为自己的丈夫举行了世俗的葬礼。她的学生还说她根本没有受洗过,这件事与其说不体面,还不如说让人难以置信,就好像是在说某个人生出来时就长了条鱼尾巴似的。这个人的行为倒是无可指摘,但是这让子爵夫人更加恨她。"因为,"她对子爵解释道,"如果她酗酒,有很多情人,我们可以用缺乏宗教信仰来解释,但是想想看吧,阿莫里,如果人们看见这些想法不够正确的人竟然有这么多美德,他们会多么混乱啊!"校长的出现令子爵夫人非常不快,子爵夫人的声音里注入了一点激情,那种敌人的目光所能带给心灵的激情,于是她再继续的时候,已经是真正的雄辩了:"但是祈祷和眼泪远远不够。这话不仅仅是对你们说的,也是对你们的母亲说的。我们必须发扬慈善之心。可是,我都看到了些什么?没有人在发扬慈善之心,没有人为了他人忘记自己。我所要求的不是钱。钱,眼下解决不了什么大问题。"子爵夫人叹了口气,她想起不久以前,为了脚上的这双鞋,她刚刚付了八百五十法郎(幸亏子爵是这个小镇的镇长,她需要的时候可以拿到鞋券),"不,不是钱,而是乡间盛产的食物,我希望能够把这些食物寄给我们的战俘。你们每个人都想着自己的亲人,想着自己被囚禁的丈夫、儿子、兄弟、父亲,对于他们来说的确没有什么问题:我们给他们寄黄油、巧克力、糖和香烟。可是对于那些没有家的人呢?啊,夫人们,想想吧,想想那些从来未曾收到过包裹和信件的可怜人!让我们一起瞧瞧,你们能够为他们做些什么?我接受所有的捐赠,由我来负责汇总,然后寄给红十字组织,红十字组织会将它们分配到不同的战俘集中营。现在我听你们说,夫人们。"

没有人说话。农庄的女主人望着镇上的夫人,镇上的夫人紧抿双唇,望着农庄的女主人。

"瞧,还是由我先说吧。"子爵夫人柔声道,"我有个主意:下次寄包裹时,我们可以在每个包裹里附一封这些孩子写的信,一封言辞简单却感人的信。孩子们可以在信中吐露自己的心声,表达他们的痛苦与爱国热情。想想吧,那个可怜的被抛弃的人读到这封信会是多么快乐,信的字里行间都能让人感觉到祖国的心跳,他会想起他亲爱的、小小的家乡的男人、女人、孩子、树木和房子。家乡,就像诗人所说的那样,让我们更加挚爱祖国的家乡。孩子们，你们听凭自己的心声去写吧。不要在意风格效果：就让写信的天赋沉默好了，让自己的心开口说话。啊，心！"子爵夫人微微闭上眼睛，"没有心，就没有美丽和伟大。你们可以在信里放一朵田野里的小花，一朵雏菊，一朵报春花……我想，这样做是不会遭到有关法令禁止的。你们喜欢这个主意吗？"子爵夫人微微侧过头，脸上浮现出优雅的笑容，"瞧，瞧，我说得太多了。现在请大家说说。"

公证人的妻子嘴唇上方的汗毛很重，面部轮廓生硬，她用一种尖酸的语调说："我们也想为我们亲爱的战俘多做些好事。可是我们能做什么呢，我们这些居住在镇上的可怜的居民？我们什么也没有。我们不像您一样有如此广阔的领地，子爵夫人；也不像乡里的人一样，有美丽的农庄。我们连养活自己都很困难。我女儿才分娩，然而她连孩子需要的牛奶都找不到。鸡蛋也卖到两法郎一个，而且还买不着。"

"那您的意思是说我们在做黑市买卖？"塞西尔·萨巴里也来了。她生气的时候，就像一只火鸡，脖子一下子变粗变红了。

"我不是这个意思，但是……"

"夫人们，夫人们。"子爵夫人低声叫道，她很泄气地想：显然，没什么可做的，她们什么也感觉不到，什么也不懂，这都是些低贱的灵魂。我说什么？灵魂？还不如说是些会说话的酒囊饭袋。

"听到这个真让人觉得难过。"塞西尔耸耸肩膀说，"看到什么都有的人家哭穷真让人觉得难过。算了吧，大家都知道资产阶级拥有一切。你们听清楚了么？一切！你们以为我们不知道是谁把肉抢光了？有人清点这些票。大家都知道，一张肉票都要卖到一百个苏。那些有钱人,当然他们什么都不缺,而穷人呢……"

"我们必须有肉,我们,夫人。"公证人妻子威严地说,想到前天有人看见她拿着一只羊腿从肉店出来(已经是这个星期的第二只了),她不免感到害怕,"我们又不杀猪,我们!我们的厨房里可没有火腿、大块的猪油或是晒干的香肠,你们宁可喂虫子也不愿意让给可怜的城里人。"

"夫人们,夫人们。"子爵夫人叹道,"想想法国吧,提高一下你们的觉悟……控制一下你们自己!不要再就这些沉重的话题争吵不休了。想想我们的处境!我们遭到了摧毁,我们被打败了……我们只有唯一的安慰:我们亲爱的元帅……而你们还在谈论鸡蛋、牛奶和猪!食物算什么呢?算了吧,夫人们,这一切都粗俗不堪!我们有太多值得悲伤的主题。实际上我们需要的究竟是什么呢?不过是一点互相之间的帮助,一点忍耐。我们应该联合起来,成为一个战壕里的勇士,我毫不怀疑,我们亲爱的战俘在集中营里就是这样的,在那带刺的铁丝网后面……"

真是奇怪。一直到现在,大家几乎没怎么听她说话。她的这些劝诫之词有如神甫布道一般,人们只听到他的声音,却从来不去理解是什么意思。但是形象,德国的集中营形象,还有被关押在集中营里的男人,囚禁在带刺的铁丝网之后,这样的景象令她们十分感动。所有这些强壮、粗壮的生灵都有一个自己挚爱的人被关押在那里。她们为他劳作,她们为他节省,为了他有朝一日能够回来。她们藏起每一个子儿,就是为了有朝一日他能说:"你做得很好,一切都在正常运转,我的妻子。"每个女人都仿佛看到了那个不在的人,唯一的、自己的亲人。每个女人都以自己的方式想象着亲人被囚禁的地方。一个人想到了松树林,另一个人想到的是阴冷的房间，再一个人想到的是碉堡的高墙，但是最终，大家一致往这好几公里长的带刺铁丝网上想，他们的男人就被囚禁在这铁丝网之后，与世隔绝。不论是资产阶级的女人还是农民，她们的眼里都噙满了泪水。

"我可以给您带一点东西。"一个女人开口道。

"我，"另一个叹道，"我也能找一块儿什么来。"

"我看看我能做点什么。"公证人的妻子允诺道。

蒙莫尔夫人匆匆忙忙地将捐赠物记录下来。每个人都从自己的座位上站起身，走向主席台，在她耳边轻声嘀咕了几句，因为现在她们心里都十分感动，心变得软了，她们不仅要给自己的儿子和丈夫送东西，也愿意给陌生人，或是需要救济的孩子送点东西。只是，她们怀疑自己周围的这些女人。她们不愿显示出比其他人富有的样子，她们害怕会被告发：每一家都藏起了自己的财产。母亲与女儿互相窥视，互相揭发。吃饭的时候，主妇们将厨房的门关上，唯恐锅底噼啪作响的肥肉、违禁的猪肉或是用违禁面粉做的点心的味道暴露了秘密。蒙莫尔夫人记道：

> 罗什农庄女主人布拉瑟莱夫人，两根生香肠、一罐蜂蜜、一罐肉酱……居住在鲁埃领地的约瑟夫人，两罐珠鸡、带咸味的黄油、巧克力、咖啡、糖……

"我可以完全相信你们，是吗，夫人们？"子爵夫人再次重复道。

但是农庄的女主人望着她，神情颇为诧异：人是不能食言的啊。她们告辞了。向子爵夫人伸出因为冬天的寒风、照顾牲口、洗衣服而满是裂口的通红的手,每一次,子爵夫人都要付出小小的努力才能勉强和这样的手握在一起,这触摸令她感到颇不舒服。可是她控制住了这种有违基督徒善心的感情,出于苦修精神,她还做出相当努力,拥抱了陪同母亲前来的孩子。孩子们都很胖,红扑扑的脸蛋,就像小猪一样,塞得饱饱的,脏兮兮的。

终于,教室里的人走光了。校长将小姑娘全都带了出去。农庄的女主人们也都离开。子爵夫人叹了口气,不是因为疲倦,而是因为难过。人类是多么丑陋和低贱啊!想要在这些可悲的灵魂里点起一簇爱的火苗是多么不容易啊……"噗!"她高声叹道,但是,就像听她忏悔的神甫所要求她的那样,她将今天的所有疲惫、所有工作都呈现给上帝。

八

"先生,法国人是如何看待战争的呢?"波奈问。

女人面面相觑,遭到了侮辱一般的表情。不可以这样的。不可以和一个德国人谈论战争,这次战争或是上一次战争,贝当元帅,凯比尔港,被截成两半的法国军队,占领军,谈论任何重大的事情都不行。只有一种可能的态度:假装出来的冷冷的漠视,而这也正是伯努瓦用来回答波奈问题的语调,他举起满满的红葡萄酒酒杯,说:"他们才不在乎呢,先生。"

夜晚已经到来。纯净而冰冷的夕阳预告今天夜里将有霜冻,可同时也预告了明天也许是个晴朗的日子。波奈这一整天都是在镇上度过的。他回来睡觉,可在上楼之前,出于一种优越感,一种自然而然的诚意,一种想要露个脸儿的想法或是一种想在一角的炉火边暖和一下的欲望,他留在了饭厅里。晚饭结束。只有伯努瓦一个人坐在桌边,女人都已经站起身来,整理房间,洗碗。德国人好奇地打量着那张没有人睡的大床。

"没有人睡在这里,是吧?这张床没有用吗?真是奇怪。"

"有时会有人睡的。"玛德莱娜回答道,她想起了让-玛利。

她以为没有人会猜到她的心思,但是伯努瓦皱起了眉头。所有影射到今年夏天的故事的东西都会刺痛他的心,仿佛一支箭,迅速而准确地穿透他的心脏,但这是他的事情……是他一个人的事情。他看了塞西尔一眼,把她那种微微的嘲笑压了回去,然后他非常礼貌地回答德国人说:"有时会有人睡,您也可能用得着,谁也说不准,如果您遇到什么不幸(我当然并不希望是这样……)。在我们这里,这样的床是用来暂时安放死人的。"

波奈望着他,觉得很有趣,神色之中有一点居高临下的同情,仿佛一只关在笼子栅栏后的一头猛兽,我们都能感觉到它牙齿在咯咯作响。"幸好,"他想,"这个男人因为要劳动不经常在家里……女人要容易接近得多。"他微笑道:"在战争时期,我们没有一个人希望躺在床上死去。"

然而玛德莱娜已经走到花园里去了。回来时她采了些花儿,拿来插在壁炉上的花瓶里。是第一批绽放的、雪白的丁香花,花枝顶端正在变绿,此时还缩成一个个小小的圆球,稍微下来一点儿,便是一串怒放的花儿,很香。波奈将苍白的脸埋在花束中。

"真是绝妙……您太会摆弄花儿了……"

有一秒钟的时间,他们就这么并肩站着,没有说话。伯努瓦在想,她(他的妻子,玛德莱娜)在做女人的活儿时似乎总是那么自如——比如说挑花儿啦,给指甲抛光啦,梳一个不属于这个地区女人的发式啦,或是和陌生人交谈,包括拿起一本书,她都是那么自如……"不应该娶救济院的女孩儿,因为我们不知道她打哪儿来。"他又一次不无痛苦地对自己说。而当他想到"不知道她打哪儿来"的时候,他所想象的、所担心的并非她是一个酒鬼或是小偷的后代,而是另一种血统,资产阶级的血统,让她经常慨叹"啊,在农村真是无聊……"或是"我希望能拥有漂亮的东西……"的血统,那种将她——他想——暗地里和某个陌生人、某个敌人联系在一起的血统,不管这敌人是位先生,是质地细腻的衣物,还是洁净的双手。

他猛地推开椅子,走出饭厅。该去关牲口了。伯努瓦在牲口棚阴暗而湿热的空气中待了很长时间。一头母牛昨天下了仔儿。它轻轻地舔着小牛犊,小牛犊有着大大的头,颤抖而纤细的四肢。另外一头牛待在畜棚的一角温和地喘着气。伯努瓦听着牛深沉而安静的呼吸声。从他所站的地方能望见屋子的大门,门开着。一个人影出现在门口,这个人因为他不在而倍感焦急,她在找他。母亲还是玛德莱娜?母亲,也许……唉,只能是母亲,不会是别人的……一直到德国人回到自己房间以前,伯努瓦就要待在这里,他是不会动的。他要看到德国人的房间亮起灯来。当然,德国人不会在乎这点电。的确,过了一会儿,窗口的灯亮了。与此同时,那个守在门口的人影离开屋子,向他跑来,身影轻捷。他觉得心花怒放,就像一只无形的手突然端走了很长时间以来一直压在他心口的重负一般。

"你在吗,伯努瓦?"

"是的,我在。"

"你在干什么呢?我害怕。"

"害怕?怕什么?你真是疯了。"

"我不知道。回吧。"

"等等。再等一会儿。"

他将她拽到自己怀里。她一边挣脱一边似乎在笑,但是他感觉到了,他知道在他怀里的身体从上到下绷得有多紧,知道她根本不想笑,知道她一点也不觉得有什么好玩的,知道她不喜欢在干草和新草间滚来滚去,知道她不爱他……不!她不爱他……和他在一起,她没有一点儿乐趣。他在她耳边压低了声音,嘶哑地说:"你一点都不想?"

"不,我很想……可不是在这里,不是像这样。伯努瓦,我觉得难为情。"

"有什么难为情的？怕牛看你吗？"他生硬地说，"行了，滚吧！"

她发出了一声充满歉意的抱怨声。他既想哭，可同时又想杀了她。

"你是怎么跟我说话的啊！有时候，我觉得你恨我。为什么呢？是塞西尔，她……"

他捂住了她的嘴，但是她猛然将他的手拨开，继续把话说完："是她煽动你的。"

"没有人煽动我。我看事情不需要通过他人的眼睛。我只知道每次我靠近你，你总是说：'等等。下次。今天晚上不要，小家伙让我精疲力竭。'谁在等你？"他突然吼道："你为谁守身？嗯？嗯？"

"放开我！"她叫道，因为他绞住了她的手和胯骨，"放开我！你弄疼我了。"

他再次推开她，由于用力太猛，她撞在低矮的畜栏门上。他们相互对视了一会儿，什么也没说。他拿起耙子，疯狂地搅动着稻草。

"你错了。"玛德莱娜终于开口说，她细言细语地说，"伯努瓦……可怜的小伯努瓦……你这样胡思乱想是错的……行了，我是你的，是你的妻子。如果我有时候显得有些冷淡，只是因为孩子，我太累了。仅此而已。"

"我们离开这里吧。"他突然说，"上楼睡觉。"

他们穿过已经空无一人的阴暗的饭厅。天还没有完全黑，但仅仅是天际，还有树梢上有些光。剩下的一切，大地、房屋、草坪，一切都沉浸在清凉的黑暗之中。他们脱了衣服，上床。这一夜，他没有再想占有她。他们就这么躺着，一动不动，也没有睡着。他们听着楼上传来的德国人的呼吸声，以及德国人的床发出的吱吱嘎嘎的响声。玛德莱娜在黑暗中找寻着丈夫的手，用力抓住了它。

"伯努瓦！"

"怎么了？"

"伯努瓦，我刚才突然想到……得把你的枪藏起来。你看到镇上的通告了吗？"

"是的。"他用讽刺的口吻说，"违者处死。他们只知道这几个词，这些家伙。"

"我们把枪藏到哪里呢？"

"随它去吧。现在放得好好的。"

"伯努瓦，别固执了！这很严重。你很清楚，有人就是因为没有将武器上交给指挥官而被枪毙了。"

"你想让我把枪给交了？可只有胆小鬼才这么做！我才不怕他们呢。你不知道我是怎么逃出来的吗？去年夏天，你不知道吗？我杀了两个德国人。他们都没来得及叫一声就完蛋了！我还能干掉他们。"他愤怒地说，在夜里向看不见的那个德国人挥舞着拳头。

"我没有说上交，但是要藏好、埋好……有很多地方可以藏的。"

"不行。"

"可究竟为什么呢？"

"武器必须就在我手边。你以为我会任由狐狸和其他那些臭烘烘的畜牲靠近我们？山上、城堡的公园里挤满了这一类的畜牲。子爵可害怕了。下水道里都是臭烘烘的畜牲。子爵他一头都杀不了。这个人就把枪交给了指挥官,当然还要满脸赔笑……'请,先生们,你们给了我无上光荣……'幸好,我和同伴们在夜里光顾他的公园。要不然整个地区都会毁于一旦。"

"他们听不到枪声?"

"你以为呢!那么大的地方,和森林差不多。"

"你经常去吗?"玛德莱娜好奇地问,"我都不知道。"

"有很多事情你都不知道,我的姑娘……我们去那里找西红柿和甜菜,还有水果,所有他不愿意卖的东西。子爵……"

他没说下去,思考了一会儿以后,他补充道:"子爵是最坏的人之一……"

从老子到儿子,萨巴里家一直是蒙莫尔领地上的租种户。从老子到儿子,他们一直互相仇恨。萨巴里家的人说蒙莫尔家对穷人很苛刻,他们骄傲,喜欢绕弯子,而蒙莫尔家的人则说他们"思想意识很坏"。讲这话的时候,萨巴里家的人总是压低了声音,耸耸肩膀,翻翻眼睛,添上这些,这就比蒙莫尔所理解的内容要更为丰富。这是一种对于贫穷、富有、和平、战争和自由的看法,是对并不比蒙莫尔家少多少的产业的看法,但是虽然相当,萨巴里家的产业与蒙莫尔家的产业却一直水火不容。现在,他们彼此之间又添上了别的不满。在子爵眼里,伯努瓦是一九四〇年的士兵,是不守纪律、缺乏爱国主义精神的士兵,是"思想意识很坏"的士兵,而且他想,正是这些人导致了法军的大溃败。而伯努瓦觉得蒙莫尔就是那些埋下破坏圈套的无用的官员,他们在六月里全都逃向西班牙边境,舒舒服服地在汽车里,带着老婆、箱子。再说,还有"法奸行为"……

"他舔德国人的脚后跟。"伯努瓦阴沉地说。

"注意点。"玛德莱娜说,"你说得太多了,心里想什么就说什么。还有,别对楼上的德国人那样……"

"如果他不怀好意地盯着你,我就……"

"你真是发疯!"

"我长着眼睛。"

"现在,你又要吃那个家伙的醋!"玛德莱娜叫道。

可话一出口,她就后悔了:不应该给这嫉妒之情某个具体的对象与名字。可是,不管怎么说,既然两个人心里都清楚,又何必埋在心里不说出来呢。

伯努瓦回答道:"对于我来说,两个人都是一路货。"

这一类胡子刮得干干净净、整洁、说话简短干脆、女人喜欢看的男人……尽管她们……因为女人都喜欢被这些先生们看上,得到他们的追求,为此她们会洋洋自得……他想说的是这个,玛德莱娜想。他还真是知道这点!他还真猜到她爱过让-玛利!从看到让-玛利的第一眼起,从看到他精疲力竭、穿着带血的制服、躺在担架上的那一刻起!爱过。是的。在黑暗里,在自己内心最秘密的所在,她曾一千遍一万遍地对自己说:"我爱过他。是的。我还爱着他。没有办法。"

公鸡破晓的第一声啼鸣响起,两个未曾合眼的人都起了床。她去煮咖啡,而他则去洗刷牲畜。

九

露西尔·安吉利耶坐在樱桃树的树荫下,手上有一本书,还有一点针线活儿。只有在花园的这一角,安吉利耶家的人不在乎树或作物能为自己带来什么样的实际收益,因为这几棵樱桃树产的樱桃很少。但现在是花季。天是那种纯净的、不会褪色的蓝靛色,那种塞弗勒瓷器的蓝,丰盈而夺目,只有某些好的瓷器才能有的蓝色;树枝就在这蓝色天际的映衬下,似乎还覆盖着雪。尽管已经是五月,摇动着树枝的风依然很凉。花瓣小心地抵抗着风的侵袭,带着某种怕冷似的优雅缩了起来,转向地面,垂下它们金黄色的花蕊。阳光穿透了其中的一些花朵,凸现出它们白色的花瓣中清晰可辨的、精致的、彼此交错的经脉,给仿佛不像是真的柔弱花朵增添了一分生命力,几乎是人类的那种生命力,那种同时包含脆弱与抵抗的意义的人类生命力。我们都知道,风无论如何摇动这些活泼的生灵,都摧毁不了它们,甚至不能揉皱它们。它们如在梦幻里一般摇摆着,似乎就要落下,可是却牢牢地钉在亮闪闪、直挺挺的纤细树枝上。从一面看来,树枝仿佛有金属成分似的,就像树干本身,瘦长、平滑,闪烁着灰色和紫色的光芒。在白色的花束间是小小的、长长的叶子;在阴影之中叶子呈现出一种柔嫩的绿色,上面覆盖着银色的绒毛;阳光下,叶子又像是粉红色的。花园靠着一条狭窄的小路,一条乡间小路,路边延伸着一串小屋子。这是德国人用来放弹药的地方。一个哨兵在红色通告下来回踱着方步,通告上用硕大的字写着:

VERBOTEN(禁区)

下面，稍微隔了一点距离，用小一号的法文字写着：

禁止靠近此地，违者处死。

士兵在给马洗刷，他们轻轻地吹着口哨，马儿在嚼柔嫩的小树芽。在靠近马路的花园里，到处都是在安静地劳动着的人。他们脱去了外套，穿着衬衫和绒裤，头戴草帽，在铲草，清除毛虫，灌溉，播种，种树。有时会有一个德国军人推开其中一个小花园的栅栏门，为自己的烟斗借个火儿，或是借个生鸡蛋，再不就是要杯啤酒。花匠把他要的东西给了他之后，靠在自己的铁锨上，沉思地看着德国人远去的身影。最后，他耸耸肩，重新开始工作。也许他的想法实在太多、太深、太沉重、太奇怪，除了这个动作以外，他竟找不到合适的词语来表达。

露西尔在刺绣上下了一针，接着便将绣活扔在一边。头顶上的樱桃花儿吸引了成群的胡蜂和蜜蜂。它们来来去去地飞舞着，一头扎在花萼里，贪婪地吮吸着。它们低着脑袋，身体似乎因为某种快意的痉挛而颤抖着，而此时，一只金色的大黄蜂仿佛在嘲笑这些灵巧的工作者似的，在风中拍打着翅膀，好像是在吊床上一样微微地颤动，在空气中散播自己那宁静的、金色的歌声。

坐在自己的位置上，露西尔能够看到住在她家的德国军官站在窗后。他，还有几天来一直和他在一起的纵队的狼狗。他坐在加斯东·安吉利耶的房间里，坐在那张路易十四风格的书桌上；他将烟斗里的烟灰磕在一只蓝色的杯子里，而在过去，这只杯子是老安吉利耶夫人给儿子盛汤药用的；他漫不经心地用脚后跟踢着桌角金色的铜饰。狗的鼻子蹭着德国人的腿；时不时地，它会叫几声，拉扯着拴它的链子。德国人在用法语和狗说话，声音很高，露西尔都听见了（在这花园的寂静之中，所有的声音都会回荡很长时间，就好像是安静的空气送到耳边的一样）。

"不，布比，您不能出去散步。您会把夫人们的色拉全都吃光，她们会不高兴的。她们会说我们是粗俗、没有教养的士兵。必须待在这里，布比，就待在这里欣赏美丽的花园。"

"这个家伙！"露西尔想。她情不自禁地笑了。

军官又开始说："很不幸，是吗，布比？您一定喜欢用鼻子把地拱得一个洞一个洞的，我想。如果这家里有个孩子，也许就没问题了……他会让我们过去的。我们总是和小孩子相处得很好，但是这里只有两位非常严肃、非常沉默的夫人，因此……我们最好还是待在这里，布比！"

他又等了一会儿，由于露西尔一直没有说话，他似乎很失望。他更加靠近窗口，敬了个非常正式的礼，庄重地问道："夫人，您能否允许我在花坛里摘些草莓，这样做不会有什么不妥吧？"

"请便。"露西尔用一种讽刺的活泼口吻说。

军官又行了个礼。

"我不是为我自己，我向您保证，而是这狗，它非常喜欢草莓。我还要告诉您，这是一条法国狗。我们是作战时，在诺曼底的一个村子里发现它的，它没人管，我的同志们就将它捡了回来。您不会拒绝给同胞一点草莓的。"

"我们都是白痴。"露西尔想。她只是简单说道："来吧，您和您的狗，想摘什么就摘什么。"

"谢谢，夫人。"军官愉快地叫道，同时纵身一跃，翻过了窗子,狗跟在他身后。

军官和狗走近露西尔,德国人微笑着。

"我真是冒昧,夫人,希望您不要怨恨我,但是这花园,这些草莓,对于一个可怜的军人来说,就好像一角天堂。"

"您在法国过的冬天?"露西尔问。

"是的,在北方,由于遇上了恶劣天气,我们驻扎下来,在军营里和咖啡馆里。我住在一个可怜的年轻女人家,她才结婚不久,丈夫两个星期后就做了战俘。每次我和她在走廊里相遇,她就开始哭,我觉得自己像是个罪人。可这也不是我的错……我本可以告诉她,我也才结婚不久,因为战争离开了我的妻子。"

"您已经结婚了?"

"是的。您对此感到很惊讶吗?我已经结婚四年了。而我当了四年兵。"

"您那么年轻!"

"我二十四岁,夫人。"

他们不再说话。露西尔重新拿起刺绣。军官单腿着地,拾起了草莓。他把草莓放在掌心里,布比就到他的掌心里来找,用它那潮湿的黑鼻子翻着。

"您独自一人和您的母亲在这里生活吗?"

"是我丈夫的母亲。我丈夫是战俘。您可以到厨房去要个盘子放草莓。"

"啊,太好了……谢谢,夫人。"

过了一会儿,他回来了,手里拿着一只蓝色的大盘子,继续采摘草莓。接着他将草莓递到露西尔面前,露西尔拿了几颗,让他自己把剩下的吃了。他站在她的面前,背靠着樱桃树树干。

"您家的房子非常漂亮，夫人。"

天空笼罩着一层淡淡的雾气，在这柔和的光线下，房子呈现出一种几乎接近粉色的赭石色，这颜色让露西尔想起一种鸡蛋的颜色。小的时候，她叫这种鸡蛋为棕色鸡蛋，她觉得这种鸡蛋比大多数母鸡下的那种雪白的鸡蛋要美味。童年的回忆令她微微一笑。她望着这座房子，蓝色的岩板屋顶，十六扇窗户，因为害怕春天的阳光把地毯晒褪色，窗子外面的百叶窗都只开了一条缝，还有房子正中三角楣上的那口生锈的、不再敲响的大钟，反射着天光的玻璃雨篷。她问道：

"您觉得这房子漂亮吗？"

"就像是巴尔扎克笔下人物住的房子。也许是外省的一个公证人隐居乡间时让人建造了这座房子。我想，晚上，就在我住的这间房里，他数着一卷卷的金路易。他是个自由思想者，但是他的妻子总是一大清早就赶去参加第一场弥撒，就是我有时夜里演习完回来时听到的那场。妻子应该是红扑扑的脸，金发，戴着大大的羊毛披肩。"

"我可以去问问我的婆婆，"露西尔说，"究竟是谁建造了这座房子。我丈夫的亲戚都是地产商，可也许在十九世纪的时候，他们当中有公证人、诉讼代理人、医生什么的，再往前，就都该是农民了。我知道一百五十年前，他们的农庄就已经存在了。"

"您去问问，您不知道吗？您对这个不感兴趣，夫人？"

"我不知道。"露西尔说，"不过对于我家乡的房子，我可以告诉您是什么时候、由谁建造的。这里不是我出生的地方。我只是在这里生活。"

"您的出生地在哪里？"

"离这里不是很远,可属于另外一个省。我家的房子坐落在树林里……树木就在房子的大厅旁生长,到了夏天,绿色的树荫遮住一切,就像在水族馆一样。"

"我家也有森林,"军官说,"很大、很大的森林。我们每天都打猎。水族馆,您说得有道理。"他思考了一会儿又补充道:"客厅的镜子都是绿的,颜色很深,像水一样模模糊糊。我们那里还有水塘,我们到那里去打野鸭。"

"您能够很快获准回家吗?"露西尔问。

军官的脸上闪过一丝快乐的光芒。

"夫人,我十天后就走,八号的星期一。自从战争开始后,我只在圣诞节放过一次短假,一个星期都不到。啊,夫人,我们多么盼望放假啊!我们天天都数着日子呢。我们是多么盼望假期的到来啊!然后我们回到家中,我们发现和亲人之间已经说不到一块儿去了。"

"有时是这样。"露西尔喃喃道。

"总是这样。"

"您的父母还在吗?"

"是的,这会儿,我的母亲应该也像您一样,坐在花园里,手里拿着书和针线活儿。"

"您的妻子呢?"

"我的妻子,"他说,"在等我,或者更确切地说,是在等一个四年前第一次离开、从此再也没有回去过的人……都一样。不在场是一种非常奇怪的现象。"

"是的。"露西尔叹了口气。

她想到加斯东·安吉利耶。但是有的女人是在等同一个男人,有的女人等的不是那个走掉的、本该等的男人,她想,这两种女人都会失望。她强迫自己去想她的丈夫,离开她一年的丈夫,想他现在变成什么样子。他一定很痛苦,因为留恋而备感烦恼(可他究竟是留恋妻子呢,还是留恋第戎的那个服饰商人?)。她这样想不公平。令他痛苦的,应该是法国溃败带来的耻辱,是损失了那么多财产……突然之间,德国人的目光(不!不是德国人的,而是他的军服,是那种独特的、从灰色中提取出来的杏仁绿,是他的短上衣,是他高统靴闪耀的镜子般的光芒)让她感到格外难以承受。她借口家里还有事要做,返回了屋中。在她自己的房间里,她看见德国人在高大的梨树间的小径上走来走去,梨树伸展着开满花朵的树枝。多么温和的一天……光线渐渐弱了下去,樱桃树的树枝带点蓝色,非常轻盈,仿佛沾满了粉的粉扑。狗乖乖地在军官身边走,有时用鼻尖顶住小伙子的手心。军官轻轻抚摸了它好几回。德国人没有戴帽子:他的头发闪着金属的那种金色,在阳光下闪闪发光。露西尔看到他望着这座房子。

"他很聪明,也很有教养。"她想,"但我很高兴,他马上就要走了。我可怜的婆婆看到他待在自己儿子的卧室里一定非常痛苦。充满感情的人都非常简单。"她接着想,"她恨他,恨就是一切。那些能够毫不掩饰、直截了当、不加区分地爱与恨的人是多么幸福啊。可目前,我只好被关在自己的房间里,尽管天气如此晴朗,就因为这位先生喜欢散步。这真是蠢透了。"

她关上窗子,扑到床上,继续自己刚刚开了个头的阅读。她一直坚持到晚饭时间,但是她看着看着书便有点睡着了,白天的光和热弄得她有些疲倦。等她走进饭厅,她看见婆婆已经坐在她平常一贯坐的位置上,坐在那张空着的椅子——以前是加斯东坐的——对面。她是那么苍白,那么僵硬,两眼噙满泪水,露西尔被吓住了,问道:"发生什么事了?"

"我在想……"安吉利耶夫人回答说,两只手紧紧地绞在一起,露西尔看到她的指甲都变白了,"我在想您究竟为什么嫁给加斯东?"

对于一个人来说,往往表达愤怒的方式是不会变化的。平日里,安吉利耶夫人表达愤怒的方式是慌乱而难以捉摸的,仿佛蟒蛇发出的嘘嘘声。露西尔还从未受过这么直接与突如其来的攻击。与其说愤怒,她更多感受到的是难过。她突然间明白过来,她的婆婆承受着多么大的痛苦。她想起了家里的那只黑猫,平素一贯显得痛苦、虚伪,需要别人的爱抚,只会呼呼叫着伸出阴险的爪子挠挠人。可是有一次,它扑向厨娘的眼睛,差点把她弄瞎,因为那一天,家里正准备把它的小猫淹死,打那之后,黑猫彻底消失了。

"我做了什么?"露西尔低声问。

"你怎么能够,在他的家里,在他的窗下,而他做了战俘,不在家,也许病了,受到那些畜生的虐待,你却怎么能够冲一个德国人微笑,和一个德国人亲切地话家常?这简直难以想象!"

"他请求我允许他到花园里采些草莓。我无法拒绝。您忘了,这会儿他是主人,唉……他的确受过良好教育,会三思而后行,可是他可以占有他喜欢的一切,可以想去哪里就去哪里,甚至把我们赶出去。他戴着白手套,行使着他征服者的权力。我不能恨他。我觉得他做得对。这里不是战场。我们可以在内心深处保留所有的情感,但是,至少在表面上,为什么我们不能表现得礼貌与亲切呢?眼下的形势中有某种非人道的东西存在。为什么要夸大这一点？这不……这不够理智，我的母亲。"露西尔高声叫道，声音之大令她自己也吃了一惊。

"理智！"安吉利耶夫人叫道，"然而，我可怜的姑娘，就这一个词便足以证明您不爱您的丈夫，您从来没有爱过他，您一点也不为他感到难过！您认为我理智吗？我？我根本不能看见他，这个军官！我真想把他的眼珠子抠出来！我希望看到他死。这的确不公正，不人道，不是一个基督徒应有的感情，但我是个母亲，我因为失去儿子而备感痛苦，我恨所有那些让他离开我的人。如果您是一个真正的妻子，您就不可能容忍这个德国人在您的身边，您就不怕在他面前表现得粗俗、没有教养、可笑！我的上帝啊！这军服，这靴子，这金色的头发，这说话声，还有这健康、幸福的神情，而我那不幸的儿子……"

她说不下去了，开始痛哭流涕。

"瞧，我的母亲……"

然而安吉利耶夫人却备加疯狂。

"我在想您为什么会嫁给他！"她再一次叫道，"也许是为了钱，为了产业，可……"

"不是这样！您很清楚不是这样！我之所以和他结婚，因为我是一个小笨蛋。爸爸对我说：'他是个正直的小伙子。他会让你幸福的。'我没有想到自己会上当，新婚后不久就冒出来个第戎的服饰商！"

"可这是怎么回事？……这又是个什么故事？"

"这就是我婚姻的故事。"露西尔不无苦涩地说，"此时，在第戎，有个女人正为加斯东织毛衣呢，给他制作甜食，给他寄包裹，也许还给他写这样的话：'我一个人真是无聊透了，在属于我俩的大房子里,今天夜里,我可怜的小狼。'"

"一个爱他的女人。"安吉利耶夫人喃喃道,她的嘴唇此时如同凋谢了的绣球花一般苍白,变得薄而锋利,像是一条线。

"此时,"露西尔想,"他也许很想把我赶出家门,让那个服饰商取而代之。"但是,出于一种再好的女人也有的永不放弃的阴险,她进一步含沙射影地说:"的确,她对于他来说,非常宝贵……非常宝贵……您只需要去看看他的支票存根就知道了。加斯东走的时候,我又看到了,就在他的书桌里。"

"他还为她花钱?"安吉利耶夫人害怕地叫道。

"是的,这对于我来说倒是无所谓。"

很长时间的沉默。晚上那些熟悉的声音又变得清晰可辨。邻居家的收音机吐出一串单调、哀怨而尖利的音符,就像那种阿拉伯音乐,或是蝉发出的"吱嘎吱嘎"的鸣叫声。这是受到敌台干扰的伦敦BBC广播电台。还有在某个地方,在这夜晚,不知从哪里来的、消散在旷野中的神秘的呢喃,还有蛤蟆那顽固、贪婪的"吱-嗦""吱-嗦"的求雨声。客厅里,那盏经过一代又一代的继承者擦拭、抛光的铜吊灯已经失去了原先的玫瑰金色,变成金黄色和新月时期那种苍白的月色,此时,这盏灯照耀着饭桌和两位夫人。露西尔觉得非常难过,她的心中不无后悔。

"我为什么要发脾气呢?"她想,"我应该任由她责备,默不作声。她现在更加苦恼了。她还要原谅他的儿子,让我们重修旧好……上帝啊,这是多么烦恼!"

晚饭结束前,安吉利耶夫人一直都没有开口。晚饭后,两个人在客厅坐着,此时,厨娘过来说蒙莫尔子爵夫人来访。平常,这位夫人与村镇的资产阶级人家不太往来。就像她不太邀请村里的农庄主上她家去一样,她也不太邀请这些资产阶级人家的夫人上她家去。但是,每每她有需要之时,她就会亲自跑到这些人家里来,一副单纯、质朴的劲儿,还有一种天真的傲慢,似乎证明她真的"天性如此"。她总是以邻家女人的身份去的,打扮成贴身女仆的样子,戴着一顶插有野鸡毛、跟她经历过好时光的红色毡帽。资产阶级人家并不认为她这样不事装扮能够说明什么问题,这其中所表达的,还是对他们的深深的蔑视,并不比她高高在上或是庄重严肃的方式要好多少:就像他们本人,路过农庄进去讨杯牛奶也基本上不用梳洗打扮。看到她这样子,变得温和的资产阶级人家会说"她并不骄傲",可这并不妨碍他们用一种特别的傲慢来对待她,和子爵夫人所谓的单纯一样不假思索。

蒙莫尔夫人大踏步地走进安吉利耶家的客厅,她热情地和两位夫人打过招呼,她为自己这么晚还来叨扰感到抱歉。她拿起露西尔正在看的书,高声念出了书名——《了解东方》,这是克洛岱尔的一部作品。

"这很好。"她一面说一面绽放出鼓励的微笑,就像是在对教会学校一个自觉阅读法国历史的小淘气表示庆贺,"您喜欢读严肃题材的书,这很好。"

她弯身捡起刚才老安吉利耶夫人掉在地上的毛线球。

您瞧,子爵夫人似乎是在说,我受到的教育告诉我,要尊重上了年纪的人。他们的出身、教育、财产对我来说都不是问题。我只看他们的白发。

但是安吉利耶夫人冷冷地歪着脑袋,几乎没有张嘴,只是向她指了个座儿,请她坐下。她的心里却在大喊大叫——只可惜她不能说出来——"您以为您来到我家,会令我感到不胜荣幸吗,您错了。我的曾太祖父有可能是蒙莫尔子爵领地的农民，可这已经是过去的历史，没有人知道，他们知道的是您死去的公公因为需要钱，急不可待地将多少公顷的土地转让给我的丈夫。再说，您的丈夫上下疏通，得以从战场上跑了回来，而我的儿子却是战俘。您必须尊重我，因为我是一个痛苦的母亲。"对于子爵夫人的问题，她勉强给予回答，说她的身体还好，最近才得到儿子的消息。

"您不抱希望了？"子爵夫人在打探她，意思是说"不久之后就能看到他回家的希望"。

安吉利耶夫人摇摇头，眼睛望着天。

"真是可悲啊！"子爵夫人说。"我们经历了太多。"她又补充道。

她用"我们"这个词，因为她觉得不太好意思，在一个不幸的人面前，装出和她承受了相同痛苦的样子（但是自私的感情轻易地改变了我们对晚期结核病人的最美好的想法："我同情您，我知道结核病是怎么样的，三个星期了，我的感冒一直没好。"）。

"经历了太多，夫人。"安吉利耶夫人冷冷地、忧伤地呢喃道，"我们这里有部队的人，您知道的。"她指了指隔壁房间，苦涩地笑着，补充说："某位先生……您家里大概也有吧？"尽管人们私下里流传说幸亏子爵的私人关系，城堡里没有德国人。

子爵夫人没有回答这个问题，但是，她用愤怒的语调说："您根本猜不到他们的脸皮有多厚，要求什么！他们要到湖边，钓鱼、游泳。我最好的时光都是在水上度过的，这个夏天我都没法儿去了。"

"他们不允许您去？这真是有些过分了。"安吉利耶夫人叫道，子爵夫人遭遇到的耻辱多少让她感到点安慰。

"不，不。"子爵夫人赶紧解释说，"他们表现得非常在理，'请您告诉我们，我们什么时候去比较方便，不会打扰您'，他们对我说。但是您以为我会和这些穿着夏装的先生们面对面地站着吗？您知道吗，甚至在吃饭的时候，他们都光着膀子。他们占领了教会学校，在院子里吃饭，上半身光着，腿也露在外面，就穿着一条类似三角裤的东西！我们必须把高年级教室的百叶窗关上，免得孩子们看见……她们不该看见的东西，因为教室正好朝向院子。想想看这有多热，我们还真够舒服的！"

她叹了口气：她所面临的形势非常困难。战争刚开始的时候，她表现出坚决反德的决心和炽热的爱国热情，不是因为比起其他外国人来，她更讨厌德国人（她憎恶、怀疑、蔑视所有的外国人），而是因为在爱国主义和敌视德国的感情中——就像在后来的反犹主义的感情中一样——在对贝当元帅的忠诚中，有一种让她震颤的戏剧性。一九三九年，在教会学校，在由教会医院的嬷嬷、镇上的夫人和富裕的农庄女主人组成的听众前，她做过一系列关于希特勒心理的演讲。在她的演讲中，她将所有的德国人无一例外地描绘成疯子、虐待狂和罪犯。而就在溃败后不久，她还坚持自己的态度，因为想要那么快地改变主见，这要求她的精神中具备一种柔韧与灵活，可她恰恰没有。那个时候，她亲自将奥迪勒圣女①的预言打印成铅字，打了几十份，在农村广为散发，预言里说德国人将在一九四一年年底被彻底歼灭。但是时光

---

① 奥迪勒圣女（约660—720），阿尔萨斯霍恩堡修道院的创建者。据说她曾经预言第二次世界大战的发生。

流逝,一九四一年了,德国人一直都在,而且,子爵被任命为这个村镇的镇长,成了必须追随政府观点的政府人物。子爵也的确越来越倾向于所谓"合作"的政治态度。因此,德·蒙莫尔夫人觉得每天在谈论局势的时候,她都不得不克制自己。这次也是一样,她想起来,自己不应该对这群胜利者表现出憎恶的感情,于是她表示容忍地说(再说,耶稣不是说过也要爱敌人吗?):"不过我可以理解,繁重的体力劳动之后,他们不会穿那么多。无论如何,他们也和别人一样,都是普通人。"

但是安吉利耶夫人拒绝和她继续讨论这方面的事情。

"他们都是讨厌我们的恶人。他们说过,看见法国人都在吃草,他们觉得很幸福。"

"真是可恶。"子爵夫人说,非常诚挚地表现出自己的愤怒。

由于合作政策毕竟才存在了几个月,而敌视德国的感情却差不多已经有将近一个世纪的历史,蒙莫尔夫人自然而然地重新拾起以前的语汇。

"我们可怜的祖国……被抢掠,被压迫,迷失了的祖国……有多少悲剧啊!看看铁匠家:三个儿子,一个死了,一个做了战俘,另一个在凯比尔港战役中下落不明……还有山里的贝拉尔家。"她说,按照当地的习惯,在农庄主的姓氏后面还要加上他们所居住的领地的名字,"自从丈夫做了战俘之后,妻子因为疲倦和烦恼,变成了疯子。农活只有祖父和十三岁的小女儿干。克雷芒家呢,母亲做活儿的时候累死了,四个小孩子由邻居抚养。不计其数的悲剧……可怜的法国!"

安吉利耶夫人紧闭着苍白的双唇,一边织毛衣一边不断点头表示同意。不过,子爵夫人和她很快就不再谈论别人的灾难,而是转到自己的烦恼上来。此时她们的语调生动而充满激情，与谈论周围人的不幸时所使用的那种缓慢、夸张和庄重的叙述方式形成了鲜明的对照。就像小学生用低沉、尊重和无聊的口吻背诵和他毫无关系的希波吕托斯之死，但是当他停下来，向老师抱怨别人拿了他的弹子时，就像奇迹一般，他立刻找回了那种令人信服、充满热情的语调。

"真是可耻，可耻。"安吉利耶夫人说，"一斤黄油卖到二十七法郎。一切都要经过黑市。城里人也要生活，这是当然，可……"

"您别说这个了，我在想巴黎的食物卖到了什么价格……当然对于有钱人来说没有问题，可是还有穷人呢。"子爵夫人甚为高尚地提醒他人注意穷人的问题。她品尝着做好人的愉悦之情，能显示她没有忘记过那些可怜人。她很愉悦，她觉得尽管她很有钱，可是她从来没有处在被他人抱怨的境地，这就像是一种额外的愉悦。

"我们想穷人想得不够多。"她说。

但这一切都只是装模作样的题外话。现在是切入她此番前来真正目的的时候了：她想得到喂养家禽的小麦。她的家禽饲养场在这个地区很是有名。一九四一年，小麦要求全部上缴。原则上，小麦是禁止用来喂鸡的，但是"禁止"并不意味着"绝对不可能继续"，只是"再这样做比较困难"而已。是分寸、机会和钱的问题。子爵夫人写了一篇小文章，登在颇为传统的一张由神甫先生主编的地方报纸上。文章的题目是《一切为了元帅！》。文章是这样开头的："让我们将这句话说出来！让我们不断重复它，在茅屋下，在夜晚，围绕着灰烬下仍然燃烧着的火苗。一个法国人如果要配得上这样的身份，就不能再丢一粒稻谷给鸡，再丢一个土豆给猪。他会节省下每一粒燕麦、黑麦、大麦、油菜籽，但是他会将这所有的财富汇聚起来，捆成一束，扎上象征着爱国主义的三色缎结，将它送到我们可敬的老人的脚下，给了我们希望的可敬的老人！"但是在子爵夫人认为不该保留一粒麦子的所有家禽饲养场之中，当然不包括她本人的。这是她的骄傲和她花心思最多的地方。她的饲养场里有若干在法国或国外的农业竞赛中获奖的稀有品种。子爵夫人拥有这个地区最好的地产，但是对于这样一桩微妙的交易，她不敢对那些农民开口：对这些无产阶级，不能授之以柄；像这一类的复杂事物，他们会让她付出昂贵的代价，而和安吉利耶夫人之间就是另一回事了。事情总能得到解决的。安吉利耶夫人深深地叹了口气，说："我也许能给……一到两袋吧……在您这方面，通过镇长先生，您能不能给我们一点煤？原则上我们是没有权利，但是……"

露西尔离开她们，走近窗户。百叶窗还没有关上。客厅朝向广场。在死难者纪念碑的对面有一张凳子，位于阴影之中。一切似乎都在沉睡之中。这是一个美妙的、春天的夜晚，天空上布满了银色的星星。邻家的屋顶在夜晚闪烁着柔弱的光，那里是铁匠铺，老人也许正在为失去的三个儿子哭泣。还有那个鞋匠的小铺子，鞋匠死在战场上，他可怜的妻子和十六岁的儿子尽可能地支撑着这个小铺。仔细地听，也许在一间间低矮、阴暗、安静的房子里，都会传出哀怨的叹息，露西尔想。但是……她都听见了什么？黑暗中出现了笑声和裙子的摩擦发出的窸窣声。接着是男人的声音，怪腔怪调地问："怎么说，法文，这个？吻？是的？哦，真好……"

稍远一点的地方，有一些阴影在游荡，模模糊糊地可以看见女子的白色上衣，披肩长发上的蝴蝶结，还有闪闪发光的靴子和腰带。哨兵一直在禁止靠近、违者处死的地方来回踱步，但是他的同伴们正享受着美好夜晚的乐趣。两个士兵夹在一群姑娘之中，唱道：

> 再喝一小滴！
> 啊！苏珊娜……

随后姑娘们也低声地哼着。

安吉利耶夫人和子爵夫人沉默了一会儿，她们听到歌曲的最后几个音符。

"这个时候谁还能唱歌？"

"是和德国士兵在一起的女人。"

"真可怕！"子爵夫人叫道。

她比划了一下，表示惊讶和恶心。

"我很想知道哪些姑娘那么不知羞耻？我要让神甫先生注意。"

她探过身，目光灼灼地探视着黑夜。

"我们看不到她们。她们也不敢在大白天这么做……啊，夫人们，这才是最糟糕的！瞧，现在，他们把法国姑娘都带坏了！想想看吧，她们的兄弟和丈夫都是战俘，而她们却和德国人一起过着放荡的生活！某些女人身体里究竟装的是什么东西？"子爵夫人叫道，她的愤怒有多重原因：受伤的爱国热情，对于廉耻的感觉，对自己的社会角色所产生的怀疑（每个星期六晚上，她都要做有关《真正的年轻基督教女信徒》的报告。她还创建了一个乡村图书馆，有时她会邀请这里的姑娘到她家看富有教育意义、起感化作用的电影，比如说《索莱姆斯修道院的一天》或是《从毛虫到蝴蝶》。可这一切又是为什么呢？就是为了让全世界觉得法国女人是那么可怕，那么无耻？)，最后，就是她对某种个性的执着，尽管有些形象让她这个性变得有些模糊，尽管她还没能从子爵那里得到安慰，因为子爵对于普遍意义上的女人，尤其是对自己的女人很少作出评判。

"这真是耻辱！"她感叹道。

"这很可悲。"露西尔说，她想到了这些青春徒然流逝的姑娘：男人不在，要么做了战俘，要么死在战场。敌人取代了他们男人的位置。是很可悲，可以后不一定会有人知道。这可能成为她们的后代所不了解的事情之一，也有可能，出于廉耻之心，她们以后会转变的。

安吉利耶夫人打铃叫来了厨娘。厨娘把百叶窗和窗户全都关上，一切又回到黑夜之中。歌声，亲吻的声音，星星柔和的光芒，胜利者在乱石小路上的脚步声，还有徒然祈求上天给一点雨水的蛤蟆的贪婪叫声。

十

有一两回，德国人在半明半暗的门厅碰到过露西尔，正好她想取下那顶挂在鹿角上的花园里戴的帽子，不小心却将一只挂在衣钩下方墙上、起装饰作用的铜盘敲得叮当作响。德国人似乎在守候这满屋寂静之中的轻微响动。他打开自己的房门，前来帮助露西尔，替她拿过篮子、整枝剪、书和针线活，还有她放在花园的长椅，但是她不再和他说话。她只是微微颔首，节制地微笑一下，表示谢意；她相信老安吉利耶夫人就躲在百叶窗后面盯着她，她能够感觉到她的目光。德国人明白，他不再自我表现，几乎每天夜里都要出去，带部队士兵演习，一直到第二天下午四点他才回来，回来后就和狗一起待在房间不出来。晚上，有时在村镇里走动的时候，露西尔会在某个咖啡馆里看见他，手里拿着一本书，面前的桌子上放着一杯啤酒。他避免和她打招呼，看见她总是皱着眉头转过身去。她则在数日子："他星期一走。"她心里在说，"等他回去了，也许部队就会离开镇子。无论如何，他已经明白，我不会再和他说话。"

每天早上，她都要问厨娘："德国人一直都在吗，玛尔特？"

"上帝啊，是的，他看上去不是很惹人厌。"厨娘总是说，"他问我是不是乐意接受水果。他非常诚心地给我。当然，他们什么都不缺，他们！他们有成箱的橘子。非常新鲜。"她又补充说，感情陷入犹豫之中，一边是对给她橘子，并且就像她自己说的那样，每天都显得"很漂亮，很可爱，一点儿不让人害怕"的军官所产生的亲切之心，另一边却在想他们从法国人手里剥夺了这些水果，于是闪过一丝愤怒的火光。

也许愤怒占了上风，因为她接着便不无憎恶地说："不管怎么说，他们是多么肮脏的民族！我，我从军官那里拿所有我能拿的东西：他的面包、糖、从他家里寄来的点心（这可是用好面粉做的，我发誓，夫人），还有香烟，我寄给我的战俘。"

"哦，不能这样，玛尔特！"

但是老厨娘只是耸了耸肩膀。

"既然他们剥夺了我们的一切，这只是……"

有天晚上，露西尔从饭厅里出来的时候，玛尔特打开了厨房的门，喊住她："夫人愿意打这里过一下吗？有人想见您。"

露西尔走进厨房，心里非常害怕被安吉利耶夫人撞个正着，安吉利耶夫人不喜欢在厨房和食物贮藏室看到陌生人。不是因为她真的怀疑露西尔会偷果酱——尽管她总是故意查看露西尔打开过的橱子——而是倘若陌生人闯进了厨房或是食物贮藏室，她就像一个在自己的工作室受到搅扰的艺术家，或是在梳妆台前被撞见的上流社会的女人一样，有一种被激怒的羞涩：厨房是属于她、只属于她的圣地。玛尔特在她家已经工作了二十七年。二十七年以来，安吉利耶夫人一直非常注意提醒玛尔特不要忘记，她这并非在自己家里，而是在别人家，她随时随地都可能会被迫离开她的鸡毛掸子、锅、炉子，就像一个忠实的信徒，在基督教仪式结束之后，应当每时每刻提醒自己，他在这世间的一切财产都只是暂时属于他而已，第二天就可能因为造物主心血来潮的意愿被全部收回。

露西尔走进厨房后，玛尔特关上门，用一种让她放心的语调对她说："夫人去做祈祷了。"

厨房非常大，就像一个舞厅，两扇大窗户朝向花园。一个男人坐在桌前。露西尔看见了一条精妙绝伦的石斑狗鱼，银色的身体因为恐惧而颤抖着，最后的颤抖。鱼被扔在防水桌布上，在一个金黄色的大面包和空了一半的葡萄酒瓶之间。男人抬起头，露西尔认出了他，是伯努瓦·萨巴里。

"您从哪儿弄来的这个，伯努瓦？"

"蒙莫尔先生家的池塘。"

"有一天您会被捉住的。"

男人没有回答。出于不满他将鱼稍稍抬起，大鱼虚弱地呼吸着，摇着透明的尾巴。

"是礼物吗？"厨娘玛尔特问，她是萨巴里家的亲戚。

"如果您愿意的话。"

"把这给我，伯努瓦。夫人知道吗，又减了肉的配额？我看不久就会是世界末日，大家都要死了。"她补充说，她耸了耸肩，将垂在搁栅上的一只大火腿挂好，"伯努瓦，趁着夫人不在，说说你为什么来找加斯东夫人。"

"夫人，"伯努瓦费了番劲儿才说出口，"我家里有个德国人尽围着我妻子转。是指挥官的翻译，一个十九岁的小淘气。对此我无法忍受。"

"可我能做些什么呢？"

"他的一个同伴住在这里……"

"我从来不和他说话。"

"别对我说这个。"伯努瓦翻了翻眼睛说。

他走近炉子，下意识地玩起了火钩，把它弄弯，再把它弄直。他的力气大得超乎寻常。

"那天,他们看见您在花园和他说话,和他一起笑,一起吃草莓。我不是指责您,这是您的事情,我是来请求您的。让他和他的同伴讲讲道理,另寻住处。"

"这是什么地方啊!"露西尔却在想,"这里的人的眼睛都能穿透墙壁。"

就在这时,已经忍耐了好几个小时的暴风雨再也按捺不住了,只听得一声雷响,非常简短庄严的一声,又急又冷的暴雨倾盆而下。天空变得阴沉沉的,所有的灯光全都熄灭了,刮大风的日子十之八九是这样的,玛尔特满意地说:"这下子夫人被阻搁在教堂回不来了。"

她利用这个机会给伯努瓦端了杯热咖啡。闪电照亮了厨房,雨水在地砖上流淌,闪闪发光,在这含硫的光线下呈现出一种绿色。门开了,是德国军官,因为暴风雨的缘故,他不得不出了自己的房间,来讨两根蜡烛。

"怎么,您在这里,夫人?"认出露西尔之后,他补充道,"请您原谅,这么黑,我没看见您。"

"没有蜡烛。"然而玛尔特没好气地说,"自从你们来了之后,法国就没有蜡烛了。"

她很不高兴看见军官出现在她的厨房里。在别的屋子里还可以忍受,但是这里,在炉子和食品橱之间看见他,真是难以忍受,在她看来,这是一种耻辱,简直是亵渎:他侵犯了这个家的灵魂所在。

"至少给我一根火柴。"军官祈求道,故意用了一种哀怨的口气,想博取厨娘的同情,但是她仍然摇着脑袋。

"也没有火柴。"

露西尔笑了。

"别听她的。瞧，火柴在这里，在您身后的炉子上。正好这里有人想和您说话，先生。他想投诉一位德国士兵。"

"啊，真的吗？您请说。"军官活泼地说，"我们一直非常注意，帝国军队的士兵应当非常尊重当地居民。"

伯努瓦没有说话。这回是玛尔特在说："他老是围着他妻子转。"她说话的那种口吻让人有些搞不清楚，不知道在她的内心深处究竟是怎样的感情：是一个品行端正的人的愤怒，还是遗憾自己不再处在能够碰到这类麻烦的年龄。

"但是，小伙子，您也许把德国军官的权利想得太大了。当然，如果我手下的家伙冒犯了您的妻子，我可以惩罚他，可如果您的妻子觉得他很对胃口……"

"不要开玩笑！"伯努瓦吼道，他冲军官迈了一步。

"他讨人喜欢吗？"

"不要开玩笑，我告诉您。我们不需要这类肮脏的……"

露西尔出于恐惧和警告叫了一声，玛尔特用胳膊肘顶了顶伯努瓦。露西尔猜到伯努瓦马上就要说出严禁说的"德国鬼子"，如果说出这个词，将处以监禁的惩罚。伯努瓦好不容易才忍住。

"我们不需要你们的人跟在我们的女人身后。"

"但，我的朋友，必须在这之前就对他们有所防备，你们的女人。"军官温和地说。

他的脸非常红，脸上浮现出一种高高在上、令人很不舒服的表情。露西尔插话了。

"我请求您帮帮忙。"她低声说，"这个男人吃醋了。他很痛苦。别把他逼急了。"

"那个人叫什么?"

"波奈。"

"指挥官的翻译?可他不在我的管辖范围内。他和我的军衔是一样的。我没办法介入这件事。"

"以朋友的身份也不行吗?"

军官耸耸肩膀。

"不行。我解释一下为什么。"

伯努瓦打断了他,声音平静而尖酸。

"没有必要解释!对于一个士兵,一个可怜的家伙,其实可以采取措施。Verboten(禁区),就像你们用你们的语言所说的那样。可为什么要搅扰军官先生们的乐趣呢?世界上所有的军队都是如此。"

"请给我煮杯咖啡,我亲爱的玛尔特,我一个小时以后离开。"

"又要去演习?都连着三个晚上了。"玛尔特叫道,她没能够校正对敌人的感情,有的时候,看到部队清晨回来,她会颇为自得地说:"看他们多热、多累,啊,真是好玩,"有时候她又忘了他们是德国人,觉得内心一种母性的怜悯油然而生:"可不管怎么说,这些可怜的小伙子,这日子可不好过……"

出于某些说不出口的原因,今天晚上,正是这种女性的柔情占了上风。

"好了,不管怎样我马上给您做咖啡。您就坐这里吧。您也喝一杯,夫人。"

"不……"露西尔开口说。

伯努瓦却跑了。他悄无声息地翻窗离开。

"哦，我求求您。"德国人低声说，"从现在开始，我不会再多打扰您了。我后天就走，等我回来部队可能就要受命进驻非洲。我们再也不会见面，如果知道您不仇恨我，我会舒服一点儿的。"

"我不恨您，可是……"

"我知道，别再说下去了。请您陪我一会儿……"

然而玛尔特已经开始摆桌子了，她的脸上带着一种温柔的、同谋犯似的微笑，好像被什么人带坏了一样，仿佛偷偷地给一个受到惩罚的孩子塞上一块蛋糕。在干净的餐巾上，放着两只彩陶的花碗，滚烫的咖啡壶和一盏她从橱子里拿出来的老式油灯，油灯已经装好油，点燃了。柔和的红色火焰照亮了墙上到处挂着的铜质器皿，军官好奇地打量着。

"这个你们叫什么，夫人？"

"这个是长柄暖床炉。"

"那这个呢？"

"这个是烘蜂窝煤饼的铁模，差不多一百年的历史了。现在我们不再用这个东西。"

玛尔特拿来一个巨大的、简直像个骨灰瓮的糖罐，糖罐的脚是铜的，盖子上还雕着花，她还拿来了用雕花玻璃杯装着的果酱。

"那么说，后天的这个时候，您就和您的妻子一起喝咖啡了？"

"我希望是这样。我会和她谈起您的，向她描述一下这座房子。"

"她不了解法国吗？"

"不，夫人。"

露西尔本想知道敌人是否喜欢法国，可是出于一种羞涩的骄傲，她忍住已经冲到唇边的话。他们继续喝着咖啡，默默地，也没有注视对方。

接着德国人谈起了他的国家。冬天，白雪覆盖之下的柏林的林荫大道，还有那尖利、猛烈、扫过欧洲平原的空气，幽深的湖泊，松树林和采砂场。

玛尔特急不可耐地加入谈话。

"这场战争会持续很长时间吗？"

"我不知道。"军官微笑地说，他微微耸了耸肩膀。

"但是您怎么想呢？"这一回是露西尔在问。

"夫人，我是士兵。士兵不想。他们说到那里，我就去那里。他们叫我打自己，我就打自己；叫我去送死，我就去死。思考这样的事情只会让战役变得更为艰难，让死亡变得更为可怕。"

"可是激情……"

"夫人，请原谅我这么说，这是女人的词。一个男人，即便没有任何激情可言，也要履行他的责任。也只有做到了这一点，人们才承认他是个男人，一个真正的男人。"

"也许吧。"

花园的雨声小了。最后的雨滴慢慢地落在丁香花上。鱼塘里的水满了，溢出来，慵懒地低声吟唱着。大门开了。

"快跑，夫人回来了！"玛尔特的口气里不无恐惧。

她把军官和露西尔往外推。

"从花园走！她肯定要冲我大叫大嚷了，我的圣母啊！"

她匆匆忙忙地将剩下来的咖啡倒入洗碗槽，藏起杯子，吹灭油灯。

他俩出了厨房,站在外面。军官笑了,露西尔有点发抖。两个人躲在暗处,看见安吉利耶夫人穿过屋子,前面是举着一盏小灯的玛尔特,接着所有的百叶窗都关上了,铁栅栏也都放下固定好。听着铰链发出的吱吱嘎嘎的响声,生锈的链条发出的声音和沉沉的大门插上门闩所发出的可怕的声音,德国人说:"就像监狱一样。那您怎么回去呢?"

"从书房的小门。玛尔特会留好门的。"

"您呢?"

"哦,我翻墙。"

他果然轻盈地一跃,柔声说了一句:"晚安,睡吧。"

"晚安。"她也用德语回答道。

她的口音让军官笑出声来。站在暗处,她听了一会儿这逐渐远去的笑声。一阵微风将丁香花的花枝吹落在她的头发上。她感到轻松、愉快,一路小跑回到自己房间。

十一

每个月，安吉利耶夫人都会去视察她的领地。她总是选择一个星期天去看属于她家的"世界"，这让她家的租种户非常恼火。她一来，他们就匆匆忙忙把咖啡、糖以及午饭残留的渣滓藏起来。安吉利耶夫人是受传统教育长大的人——她觉得租种户吃的食物都是从应当交还给她的食物里克扣下来的；对于那些从肉店老板那里拿最好的肉的人，她总是给予尖酸的指责。她在镇子上有自己的眼线，就像她自己所说的那样，如果哪个租住户的妻子或是女儿过于频繁地购买丝袜、香水、粉袋或是小说，她就会将其辞退。德·蒙莫尔夫人也用类似的原则管理自己的人，但是，由于她是贵族，比起安吉利耶夫人所属的尖酸而物质至上的资产阶级，她更注重精神价值，她尤其关注宗教问题。她问的是孩子们是否受洗，是否一年领两次圣体，女人是否去望弥撒（至于男人，她便听凭他们去了，想要知道这类的信息太难了）。不过，在共同管理这个地区的两个家族中——蒙莫尔家和安吉利耶家，最让人讨厌的还是前者。

晨曦刚刚沉沉地出现在天际，安吉利耶夫人就上路了。昨晚的暴风雨彻底改变了天气：天上落着冰冷的瓢泼大雨。汽车没法儿开，因为没有许可证也没有汽油，但是安吉利耶夫人找人去车库里搜寻了一番，三十年来她一直把一辆四轮马车放在那里，马车套着两匹好马，走过不少路。家里所有人都站着目送老夫人离开。最后一分钟，她（不无遗憾地）把钥匙交给露西尔。她撑开伞；暴雨下得更急了。

"夫人应该等到明天再走的。"厨娘说。

"我得操心一切,因为这个家的主人被那些先生抓了去做战俘。"安吉利耶夫人讽刺地高声答道,也许是为了让两个路过的德国士兵感到忏悔。

她看了他们一眼,用夏多布里昂描写过的那种目光,"闪闪发光的瞳仁似乎从眼睛里分离出来,像子弹一样射向人群"。

但是这两个士兵不懂法文,他们大概把这目光当成是对他们漂亮的身材、堂堂的仪表和完美的军人气度所表达的一种敬意,因为他们露出了羞涩而优雅的笑容。安吉利耶夫人厌恶地闭上了眼睛。马车启程了。一阵狂风摇动着车门。

早晨,稍晚一些的时候,露西尔去了裁缝家。裁缝是个年轻的女人,人家都在传她和德国人鬼混。露西尔带去了一块很轻的布料,想要做件晨衣。裁缝摇摇头:"您运气真好,还有这样的丝绸。我们已经什么都没有了。"

她说这话的时候,没有什么嫉妒的意思,而是充满了尊敬,仿佛她认为资产阶级不是拥有某种特权,而是拥有一种自然的诀窍,可以让他们先于他人得到服务,就像平原的居民说山民的那样:"他可不会跌断脚,他!他从童年时起就开始爬阿尔卑斯山了。"她也许认为露西尔——从她的出身,从她的返祖性天赋——比她本人更善于钻法律空子,绕过规则,因为她一边微笑一边冲露西尔眨眼睛:"您很有办法,看得出来。这很好。"

就在这时,露西尔瞥见床上有一根德国士兵的腰带。两个女人的目光相遇了。裁缝的目光中有一种狡猾、专注和无情的味道,就像一只猫,别人想要从它的爪子下夺取它正准备咬死的小鸟时,它便会抬起鼻子,傲慢地喵呜喵呜直叫,仿佛在说:"不?可是,有好几次了?要么是你的,要么是我的,这块好肉?"

"您怎么能这样?"露西尔低声说。

裁缝犹豫着,换了好几种态度。她的脸上闪现过傲慢、不解和撒了谎的神情。但是突然之间,她低下脑袋。

"怎么样呢?德国人或是法国人,朋友或是敌人,可首先他是个男人,而我是个女人。他对我很好,很温和,在一些小地方对我关怀备至……他是个城里的小伙子;他很整洁,不像这里的小伙子;他的皮肤很好,也很白。他亲吻我的时候,口气非常清新,不像这里的小伙子,嘴里总是一股酒味儿。对于我来说,这就足够了。我不求别的。战争和其他这类的事情把我们的生存弄得那么复杂。可男人和女人之间,这些都不会影响他们,所有这一切。即便他是英国人,或是个黑鬼,只要我觉得他对我的胃口,我就会把自己给他,只要我能够。我让您感到厌恶了?当然,您,您很富有,您有我所没有的乐趣……"

"乐趣!"露西尔不由自主地用一种苦涩的口吻打断了她,她在想,像安吉利耶这样的人家,裁缝会想象到什么样的乐趣呢:也许就是视察产业、存钱之类的吧。

"您受过教育。您见过很多人。像我们这样的,我们只有劳动、苦干。如果没有爱情,那还不如投井自杀。而我说的爱情,您可别以为我仅仅是指那事儿。瞧,这个德国人,有天,他去穆兰的时候,给我买了一个仿鳄鱼皮的包;还有一次,他为我带来一束花,城里的那种花束,就是送给夫人的那种花束。这很蠢,因为农村到处都是花儿,可这是一种关注,这让我很开心。对于我来说,直到现在,找男人就只是为了那事儿。但是这个,我不能这样对您说，我可能可以为他做一切，可以追随他到任何地方。他也爱我……哦，我经历的男人太多了，我知道这当中谁不撒谎。您应该明白，随他们怎么说吧，'德国人，德国人，这是个德国人'，这对我来说根本无所谓。他们是和我们一样的人。"

"是的。可，我可怜的姑娘，当他们说'一个德国人'的时候，所有的人都知道这不过是一个人，比所有其他人好不到哪里去也坏不到哪里去。但是还有言下之意，可怕的在于这里，言下之意他们是在说他杀过法国人，他让我们的亲人成了战俘，他让我们忍饥挨饿……"

"您以为我就从来没有想过吗？有好几次，我睡在他身边时对自己说：'也许就是他的父亲杀了我的父亲。'我爸爸，您知道的，死于上一次战争……我想过，而归根到底，我不在乎。一边是他和我，另一边是其他人。其他人根本不在乎我们，他们冲我们扔炸弹，让我们承受痛苦，杀了我们，对我们下手时把我们看得连兔子都不如。而我们呢，我们也不在乎他们。您知道，如果真的是为其他人活着，我们大概比畜牲还不如。这个地区的人都说我是条母狗。不！那些成群结队、只要上面命令他们就会咬人的人才是狗。我和威利……"

她没说下去，叹了口气。

"我爱他。"最后她说。

"但是部队总有一天要开拔的。"

"我知道，但是，夫人，威利说战争结束后，他就让我上他家去。"

"您相信吗？"

"我相信，是的。"她挑衅地回答道。

"您真是疯了。"露西尔说,"他离开后,很快就会忘了您。您的兄弟是战俘;等他们回来……相信我,小心一点,您做的一切非常危险。危险,而且不道德。"她总结说。

"等他们回来……"

她们互相对视,沉默着。在这间塞满乡村家具的封闭的房间里,露西尔闻到一股神秘的、深沉的气味,令她产生了某种奇怪的不适感。

走的时候,她在楼梯上碰到一群脏兮兮的小孩子,他们四级台阶四级台阶地往下蹦。

"你们这样跑上哪儿去?"露西尔问。

"去佩兰家的花园玩。"

佩兰是镇上一户殷实的人家,在一九四〇年六月的时候他们举家逃亡。因为害怕至极,他们走的时候没有关门,所有的门都大敞着,抽屉里堆满了银器,橱子里挂满了裙子。德国人到了之后抢掠一空:大花园也没能幸免于难,花园彻底荒废了,被抢一空,踩得一塌糊涂,成了一座热带丛林。

"德国人让你们去吗?"

他们没有回答,笑着跑远了。

露西尔冒雨回到家中。她看到了佩兰家的花园:尽管雨凉风骤,她还是在树枝间看见了村里小淘气们蓝色和粉色的罩衫。有时,还能看见一张脏兮兮、闪闪发光的小脸蛋,雨水在小脸蛋上流淌着,让这张小脸闪着光芒,在水流之中的小脸仿佛一只桃子。孩子们采着樱桃树的花儿和丁香,在草坪上你追我赶。一个穿红色短裤的小男孩爬上了一棵雪松,像只乌鸫一般吹着口哨。

他们继续摧毁花园里剩下来的一切。在过去,这花园曾经那么井井有条，主人那么精心地打理它；现在，再也不会看见佩兰一家黄昏时分坐在花园里的铁椅上，男人穿着黑色上装，女人穿着窸窣作响的长裙，一家人一起看着草莓和西瓜成熟。一个小男孩穿着粉色的小学生罩衫，一边踩着铁栅栏往前走，一边在枪尖状的铁条间努力维持平衡。

"你会掉下来的，小可怜。"露西尔说。

他定定地看着她，没有回答。她突然间羡慕起这些丝毫不在意时间、战争和不幸，尽情欢愉的孩子来。她觉得，在所有这些沦为奴隶的人中，只有他们是自由的，"真正的自由"，她想。

她很不情愿地往那座忧伤、肃穆、被暴雨抽打的房子走去。

十二

看到邮递员从自己家中出来,露西尔颇为吃惊:很少有人给她写信。候见厅的桌子上放着一张写给她的明信片。

  夫人,您还记得去年夏天曾经在您家住过的那对老夫妻吗?打那之后我们经常想起您,夫人,想起您热情的接待,想起那糟糕透顶的旅途中在您家得到的休息。如果能有您的消息,我们将感到十分高兴。您的丈夫幸免于难,健康地回到家中了吗?至于我们,我们非常幸福,因为我们的儿子回来了。夫人,请接受我们诚挚的敬意。

让娜及莫里斯·米肖夫妇
巴黎(十六区)索尔斯街十二号

露西尔心头不禁一阵高兴。正直的人……他们比她要幸福……他们相爱,他们一同经历与面对所有的危险……她把明信片藏在自己的写字台里,回到饭厅。总的来说,今天是美好的一天,虽然大雨仍然在下,只有一副餐具,她又一次享受着安吉利耶夫人不在的幸福时光:她可以一边看书一边吃饭了。她吃得很快,然后她走近窗子,看着外面的雨。这会儿是"暴风雨的尾巴"了,就像厨娘说的那样。四十八小时之内,天气彻底变了,从最明媚的春天变成了捉摸不定、残酷奇怪的季节,最后残留的白雪和最初绽放的花朵混在一起。苹果树一夜之间便掉光了花瓣;蔷薇也都黑了,冻成一团;狂风击碎了种着老獾草和香豌豆的花盆。"什么都没了，结不了果子了。"玛尔特一边撤餐具一边呻吟着。"饭厅里生了火。"她补充说，"天真是冷得难以忍受。德国人叫我烧壁炉，可是烟管没有通，会弄得满屋子烟的。活该他倒霉。我和他说了，可是他不听，他觉得是我不愿意，就好像他们把我们的一切都拿走了之后，我还舍不得两三根木柴似的……瞧！他现在被呛着了吧！圣母啊！侍候德国鬼子真是够不幸的。我来了，我来了！"她没好气地说。露西尔听到她把门打开，德国人愤怒地叫着，而玛尔特回答他说："哎，我早就告诉您了！今天风这么大，没有通过烟管的壁炉会倒灌烟的！"

"但是为什么不通烟管呢，我的上帝？"被激怒的德国人吼道。

"为什么？为什么？我不知道为什么。我又不是这家的女主人。您以为在战争期间，我们想干什么就能干什么？"

"太太，如果您以为我会像只兔子一样在这屋里被呛死，您就错了！这些夫人都到哪里去了？如果她们不能为我提供一间可以住人的房间，她们可以把我安置在客厅。给客厅生上火。"

"这不可能，先生，我很遗憾。"露西尔往前走了一步说，"在我们外省的房子里，客厅只是用来装门面的，日常起居活动并不在那里。壁炉是假的，您看看就明白了。"

"什么？这个白色大理石、雕着正在烤火的情人的东西是假的？"

"从来没在那里生过火。"露西尔微笑地说完这句话，"不过我请您到饭厅里坐一会儿，如果您愿意：那儿正烧着火呢，上面有口锅。的确，您的房间条件不是很好。"她一边看着消散的烟团一边补充说。

"啊！夫人，我差点窒息而死！士兵这职业真是充满了危险！但是我不想因为任何事情冒犯您。镇上的咖啡馆兼弹子房脏兮兮的，到处飘着白粉……您的婆婆……"

"她今天不在。"

"啊！好吧，我非常感谢您，夫人。我不会再打搅您了。我还有紧急的工作需要完成。"他扬扬手中的地图和手绘图说。

他在撤走餐具的饭桌前坐下，露西尔坐在靠着火的一张扶手椅上。她将手伸向火，有时，她心不在焉地搓搓两只手。"我的动作像个老人，"她突然不无悲伤地想，"老人的动作和生活。"

她的双手重新落回在膝盖上。抬起头，她看见军官已经放下了他的那些地图，走到窗边，掀起窗帘，望着在灰色的天空下备受折磨的梨树。

"多么可悲的地方啊。"他低声说。

"这和您有什么关系呢？"露西尔回答说，"您明天就走了。"

"不。"他说，"我不走了。"

"啊！我还以为……"

"所有的假都被推迟了。"

"是吗？为什么？"

他微微耸了耸肩膀。

"我们不知道。推迟，就这样。这就是军人的生活。"

她同情起他来：这次休假让他那么开心。

"这的确很让人烦恼。"她同情地说，"不过只是往后延一延而已……"

"延到三个月后，六个月后，或者无限期……我痛苦，尤其是因为我的母亲。她上了年纪，身体很不好。一个满头白发的小个子老妇人，带着草帽，一阵风就能把她刮倒……她明天晚上还在等我呢，可只能等到一份电报。"

"您是独子吗？"

"我有三个兄弟。一个死在波兰战场上；还有一个也死了，就在我们进入法国的时候，一年前；第三个在非洲。"

"这真是非常不幸，对于您夫人来说同样如此……"

"哦！我的夫人……我夫人会得到安慰的。我们结婚的时候还很年轻，几乎还是孩子。像这一类的婚姻，只是同志般地相处了两个星期，游游湖就完事儿了，您怎么想呢？"

"我不知道！在法国，结婚不是这样的。"

"可是也不像以前那样吧，就像在巴尔扎克笔下一样，在家里的朋友那儿见了两面就结婚？"

"也许不完全是这样，可也没有很大的差别，至少在外省没有……"

"我母亲不想让我娶艾迪西。但是我爱上了她。啊，爱情……应该是一起长大，一起变老……但是紧接着就是分离、战争、考验，在彼此的眼里，我们好像一直是十八岁，而实际上本人……"

他举起手臂，又放下。

"有的时候是十二岁，有的时候是一百岁……"

"哦！您夸张了。"

"不，在某些方面，士兵的确仍然很幼稚，可在另一些方面，他往往会很老，很老……他不再有年龄。他是大地上所有最古老的东西的同龄人，和该隐谋杀亚伯一样古老，和食人肉族的盛宴一样古老，和石器时代一样古老……好了，我们不再说这些事情了。我现在被关在这里，被关在这个坟墓一样的地方……不！……是乡下公墓里的一座坟墓，周围倒都是鲜花儿、小鸟儿和可爱的身影，可还是一座坟墓……您怎么能整年都在这里生活？"

"战争爆发以前，我们有时也出去……"

"可是我敢说，您从来没有旅行过？您不了解意大利，也不了解中欧……只勉强了解一点巴黎……想想看我是多么想念……博物馆、戏剧、大型音乐会……啊！尤其是大型音乐会，我真是遗憾。而我在这里只有一架可怜的钢琴，我还不敢弹，唯恐冒犯你们法国人合理的敏感神经。"他恼火地说。

"您想弹什么就弹什么好了，先生……瞧，您非常忧伤，可我也不快乐啊！……坐到钢琴边弹奏一曲吧。我们会忘了糟糕的天气，不在身边的人和事，会忘记我们所有的不幸……"

"真的，您希望我弹吗？我还有工作。"他看了一眼他的地图，"好吧！您拿上您的针线活，或者拿本书，坐到我身边来，听我弹琴！只有在拥有听众的时候我才能弹好琴。我非常……你们法语是怎么说的？哗众取宠？就是这个词！"

"是的，哗众取宠。请接受我对您法语语言知识的赞扬……"

他坐在钢琴边，锅已经烧热了，轻轻地嘟嘟叫着，散发出一阵柔和的烟味和烤栗子的香味。大滴的雨水沿着玻璃窗留下来，仿佛眼泪一般；屋子里静悄悄、空荡荡的，厨娘去做晚祷了。

"其实我也该去的。"露西尔想，"不过算了吧！一直在下雨。"她看着那双白皙、清瘦的手在琴键上滑过。他戴在手指上的那枚镶深红色宝石的戒指妨碍了他弹琴，他很自然地摘下来，递给露西尔。露西尔接过戒指，端详了一会儿，戒指上还残留着他的手的温度。她攥着这枚戒指,透过窗户照进来的灰白色的光线下,它闪耀着光芒。戒指上有两个透明的字母和一个日期。她想大概是爱情纪念吧。然而不是!……日期是一七七五或是一七九五之类的,她看得不很清楚,不过这应该是家族传下来的首饰;她将戒指轻轻地放在桌上。她在想,某个晚上,他也许也是这样在弹琴,旁边坐着他的妻子……对了,她叫什么来着?艾迪西?他弹得多好啊!她听出了其中几段。羞涩地问:"巴赫,是吗?莫扎特?"

"您是音乐家啊。"

"不!不!我对音乐一无所知。结婚前我也弹一点琴,可我都忘了!我喜欢音乐,您很有天赋,先生!"

他看着她,用一种悲伤的、令她惊讶的语调一字一顿地说:"是的,我也认为自己很有天赋。"

他在琴键上敲出了一串轻盈而讽刺的琴音。接着说:"现在您听这个。"

他一边弹,一边低声说:"这是和平时期,姑娘的笑声,春天欢快的声音,看到燕子从南方飞回来……这是德国的一个城市,三月,冰雪开始融化。这是冰雪融化之后,泉水的声音,它沿着古老的街道流淌。现在和平时期结束了……军鼓、卡车、士兵的脚步声……您听到了吗?您听到了吗?这缓慢的、沉重的、无情地跺在地上的声音……正在行军的人们……这个士兵就走在他们当中……在这里应当插入一段圣歌,一种还没有结束的宗教歌曲。现在,听好了!是战斗……音乐非常低沉、深沉、可怕。"

"哦!真美啊。"露西尔温柔地说,"多美啊!"

"士兵死了,在临死之际,他又一次听见了圣歌,不属于这片土地,而是来自于神圣军队的圣歌……就像这个,听……应当是既美妙又响亮的。您听到了悠远的喇叭声吗?您听到了这些让城墙坍塌的铜管乐声吗?但是一切都在远去、减弱,最终停止、消失了……士兵死了。"

"这是您写的吗?是您的作品吗?"

"是的!我一直打算做个音乐家。现在,一切都结束了!"

"为什么?可战争……"

"音乐是非常苛刻的情人,不能将它丢弃四年不管不顾。这样,等再回到它身边的时候,它就逃走了。您怎么想?"看到露西尔一动不动地看着他,他问道。

"我想……作为个人不应当作出如此大的牺牲。我说的是我们所有人。我们被剥夺了一切!爱情、家庭……这太过分了!"

"啊!夫人,这是我们时代的主要问题:个人重要还是集体重要?战争归根结底是一种集体行为。我们这些人,德国人,我们所理解的集体精神就是蜜蜂集体工作的那种精神,蜂巢的精神。我们把所有的一切都献给集体:精华、光彩、芬芳、爱情……但是这都是些朴素的想法。听着!我给您弹一首斯卡拉蒂①的奏鸣曲。您知道他吗?"

"不!我想我不知道,不!……"

她还在想:"个人还是集体?……唉!我的上帝!这又不是什么新鲜事,他们没有什么新的创造。我们死了两百万人,在另一场战争中,他们也是为了这所谓'蜂巢的精神'牺牲生命的!他们死了……二十五年之后……什么样的欺骗!什么样的虚荣

---

① 亚历山德罗·斯卡拉蒂(1659—1725),意大利作曲家,近代歌剧之父。

啊！……只不过存在着作用于集体工作的蜜蜂和普通百姓命运身上的法则罢了，这才是一切的真相！可是普通百姓的精神呢，也许，这精神为某种我们所不知的法则，为某种我们无法预知的心血来潮所左右。可怜的世界，如此美丽而又如此荒诞……但是这当中有一点是肯定的，那就是五年、十年或二十年以后，这个在他看来是属于我们这个时代的问题将不复存在，由别的问题取而代之……而这音乐，这玻璃窗上的雨声，这对面花园雪松所发出的阴郁的吱吱嘎嘎的声音，这在战争之中如此温柔、如此奇怪的时光，这，这一切将永远停留下来……这是永恒的……"

他突然停下来，望着她说："您哭了？"

她用力地擦拭噙满泪水的双眼。

"我请求您原谅。音乐是很冒失的。也许我的音乐让您想起……某个不在您身边的人？"

她不由自主地低声说："不！没有……只是这……没有……"

他们都不再说话。他合上琴盖。

"夫人，战争结束后，我会回来的。请允许我回来。法国和德国之间的所有纷争都会过去……会被遗忘……至少在十五年之后会这样。有天晚上，我会敲响您的门。您给我开了门，认不出我来了，因为我穿着便装。于是我说：可我是……德国军官……您想起来了吗？现在是和平，是幸福和自由。我劫持了您。瞧，我们一起离开这里。我带您到很多国家。我，我已经是一个著名的作曲家，当然了，您和现在一样美丽……"

"可您的妻子，我的丈夫，我们拿他们怎么办呢？"她努力挤出笑容说。

他轻轻地吹了声口哨。

"谁知道他们在哪里?还有我们?但是,夫人,我是非常严肃的,我会回来的。"

短暂沉默之后,她说:"再弹点什么吧。"

"不!弹得太多了!过多的音乐……是危险的。现在,您还是做个上流社会的夫人吧,请我喝杯茶。"

"法国已经没有茶了,先生。我给您来一点弗龙蒂尼昂的葡萄酒和饼干吧。您喜欢吗?"

"哦!是的!可我求求您,别喊仆人。请允许我来帮助您摆餐具。告诉我,桌布在哪里?是这个抽屉吗?请让我来选择:您知道的,我们这些德国人这方面没有任何感觉。我想要这粉红的……不!还是这白的、绣着小花的吧,花是您绣的吗?"

"那当然了!"

"剩下的就让给您来做吧。"

"非常荣幸。"她笑着说,"您的狗在哪里?我一直没有看见它。"

"它获准外出了:它属于整个纵队,属于所有同志;其中的一位,波奈,翻译,就是您那位乡下的朋友投诉的波奈,他把狗带走了。他们三天前去了慕尼黑,但是有新的安排,他们很快就会回来。"

"关于这位波奈,您对他说过吗?"

"夫人,我的朋友波奈可不是个简单的人。也许到目前为止他还只是出于无心,只是逗个乐而已,可是假如那个丈夫激怒了他,他还真能投入激情,幸灾乐祸,您懂吗?他真的能坠入情网,而如果那个年轻女人不是很严肃的话……"

"关于这一点不是问题。"露西尔说。

"她爱那个举止粗野的家伙?"

"也许吧。再说,您可别因为这里有些姑娘让您的士兵接近,您就以为所有姑娘都是这样,玛德莱娜·萨巴里是位正直的姑娘,是个很好的法国女人。"

"我明白。"军官歪着头说。

他帮助露西尔将游戏桌拖到窗边,露西尔摆上了旧式的粗棱水晶杯,还有带有镀金瓶盖的长颈瓶和绘有各种主题的小碟子。小碟子是第一帝国时期的,上面绘有战争场面:拿破仑从军队前经过的场面,在林中空地露营的、身着金光闪闪的制服的轻骑兵,还有三月广场的游行。德国人欣赏着鲜艳而质朴的色彩。

"多么漂亮的制服啊!我真想有一件绣金线的短上衣,就像这个轻骑兵穿的一样!"

"尝尝这些点心,先生!这些都是自家做的。"

他将目光投向她,微笑着。

"夫人,您有没有听说过那种扫过南部海域的飓风?如果我从书里看来的知识没理解错的话,它们形成圆圈,边缘由暴风雨组成,飓风中心是不会移动的,一点都不动,以至于处在这飓风中心的小鸟儿或蝴蝶根本不会受到飓风的侵扰,它们的翅膀都不会被吹皱,而就在周围,暴风雨却横扫一切。瞧瞧这座屋子!瞧瞧现在正在喝福隆迪涅昂的葡萄酒、品尝饼干的我们,再想想世界上发生的事情!"

"我还是不去想的好。"露西尔忧伤地说。

然而,她觉得内心有一种她从未体验过的热情。动作本身很轻盈,甚至比平常还要灵巧,可在她的耳边响起的、自己的声音却像是陌生人发出的。比平常的声音要低,这声音更为深沉,更带有一种颤意，连她自己都听不出来，这是自己的声音。而最让人感到心旷神怡的，是位于这充满敌意的屋子里、却孤立于一切事物之外的这份安静，这份奇怪的安全感：没有人来打扰，没有信件，没有来访的人，没有电话。甚至那口大钟，她今天早晨也忘了上发条（就像老安吉利耶夫人所说的——"自然，我不在的时候，一切都乱了纲常"），她很害怕大钟所发出的沉重而忧伤的声音，可是这钟今天也沉默了。最后，想必暴风雨又一次摧毁了发电中心，几个小时内，这个地区没有灯，也没有听见广播的声音。广播也不响了……多静啊……不可能让步于任何企图。不再在这阴暗的匣子里找寻巴黎、伦敦、柏林、波士顿。再也听不到这些可恶的、无形的、阴郁的声音，谈论沉没的船只、烧毁的飞机、摧毁的城市，清点死伤人数，宣布未来的屠杀……令人非常快乐的忘却……直到晚上都是这样，什么都没有发生，只有缓慢流淌的时间，完全人性化的一种存在，清淡、芬芳的红酒，音乐，长时间的沉默，幸福……

十三

一个月后,在一个下午,与露西尔和德国人共同度过的这个下午相仿的一个下午,玛尔特向两位安吉利耶夫人宣布有人来访。让进客厅的是三位头戴面纱、穿着黑色长大衣、头戴丧葬礼帽的夫人。她们戴的黑色绉纱从脑袋顶端差不多一直垂到地上,仿佛将她们隔绝在无法穿越的丧葬之笼里。安吉利耶家很少在家接待来访者,厨娘很激动,都忘了把来访者的伞收起来。她们三个人手里各自拿着自己的伞,身体靠在自己的伞上;伞微微张开,仿佛一只圣杯那么大;最后的雨滴在她们的面纱上流淌着,就像哭丧妇一般,把泪水倾注在英雄坟墓上的石质骨灰瓮里。安吉利耶夫人费了一番功夫才认出三个一袭黑衣的女人。她惊讶地说:"是佩兰家的女人!"

佩兰家(就是被德国人洗劫一空的美丽领地的业主)是"本地区拥有最好东西的人家"。对于拥有这样称谓的人家,安吉利耶夫人体会到的情感与皇室血统的人彼此之间所有的情感差不多;他们能够平静地彼此确定是相同血统的人,对所有事情的看法都差不多,当然也会有一些暂时的分歧让他们彼此疏离;可是,尽管有战争或政府部门的过错之类的事,他们最终还会因为某种牢不可破的联系重新团结在一起;正是出于这样的原因,西班牙的王室如果覆灭了,瑞典的王室不可能还坐得这么稳如泰山。穆兰的公证人溜走的时候,佩兰家损失了九十万法郎,安吉利耶家抖得不行。而安吉利耶夫人用一口面包的价钱换来一块"一直"属于蒙莫尔家的土地时,佩兰家也深感快慰。这种相同阶级之间的感情与蒙莫尔家在资产阶级中所唤起的那种尖酸的尊敬是无法相提并论的。

带着一种亲切的尊敬,安吉利耶夫人让佩兰夫人坐下,后者看到她走过来,微微地从座上起身致意。安吉利耶夫人没有感觉到蒙莫尔夫人进门时的那种不快的战栗。她知道在佩兰夫人的眼里,这里的一切都很好:假壁炉,地窖的气味,半闭的百叶窗,家具上的罩子,银色棕榈叶图案的茶青色壁纸。一切都很合适。刚才,她给这几个来访者上了橘子水和满是灰尘的奶油小方糕。佩兰夫人似乎没有被这小点心里所包含的斤斤计较吓到,她觉得这恰恰再次证明了安吉利耶家的富有,因为人们总是越富有便越小气。在她的行为中佩兰夫人也看到了自己,处处节省,不愿享受,而这些都是法国资产阶级内心深处的品质。对于这种让人振作的苦涩,她也总有一种秘密的、说不出口的喜欢。

佩兰夫人叙述了儿子壮烈倒在诺曼底的过程,那是在德国挺进法国之际,她获准去他坟墓看看。她抱怨了很久这趟旅程如何昂贵,安吉利耶夫人深为赞同。母爱和金钱是两回事。佩兰家住在里昂。

"城里真是惨透了。我看见乌鸦卖到十五法郎一只。母亲就给孩子们喝乌鸦粥。您别以为我说的是工人!不!夫人!这些都是和你我一样的人!"

安吉利耶夫人痛苦地叹息着,她想象着自己的亲戚,她家里的人正在晚餐桌上分食乌鸦的情景。想到这里,她觉出某种可笑和侮辱的意味(如果只是关系到工人,那还可以简单地说一声"可怜的,不幸的人",然后就转到别的话题上)。

"可是至少你们是自由的!你们家里没有德国人,而我们家里却有一个。一个军官！是的，夫人，在这座房子里，在这堵墙后面。"她指指银色棕榈叶图案的茶青色壁纸。

"我们知道。"佩兰夫人有点尴尬地说，"是公证人的妻子告诉我们的，她最近才过到封锁线这边来。我们甚至是为了这个来找您的。"

所有的视线都不自觉地转向露西尔。

"说说看，夫人们。"老安吉利耶夫人冷冷地说。

"据说这位军官表现非常得体？"

"是的。"

"甚至他们看见他非常礼貌地和您说过好几次话？"

"他不和我说话。"安吉利耶夫人高高在上地说，"我受不了和他说话。我也知道这种态度不是很理智（她重点强调了这个词），就像别人对我指出的那样，但是我是战俘的母亲，有这样的身份，哪怕用全世界的黄金来换，我也只能把这位先生看成一个致命的敌人。但是有些人更……我该怎么说呢？……更灵活，更现实，也许……尤其是我这位儿媳妇……"

"的确，他和我说话的时候，我会回答他。"露西尔说。

"但是您这么做完全是对的，您有一千个理由这么做！"佩兰夫人叫道，"我亲爱的姑娘，我的希望全都寄托在您的身上。是为了我们家那座可怜的房子！房子破坏得很厉害，是吗？"

"我只看到过花园……透过栅栏……"

"我亲爱的孩子，您能不能让他们把房子里的一些东西还给我们？这些东西对我们来说都是非常珍贵的。"

"我，夫人，可是……"

"请您别拒绝！只要找到其中的一位先生，替我们求求情。"

当然，也许所有的东西都被砸碎了，烧毁了，但是我没法儿相信真的破坏得这么厉害，家庭肖像、信件或者家具这些只对我们有感情价值的东西都不可能恢复了……"

"夫人，您可以直接对驻扎在你们房子里的德国人说，他们……"

"不。"佩兰夫人将腰挺得直直的，"只要他们在那里，我就决不跨进我的房子一步。这是尊严和感情的问题……他们杀了我的儿子，一个才被巴黎高等理工学院录取，位于前六名的儿子……一直到明天，我和我的女儿住在旅行者饭店的一个房间里。我会给您一张清单，如果您能够取出某些物品，我会永远对您感激不尽。如果我和一个德国人面对面地站着，我一定会唱起《马赛曲》(我知道我自己!)。"佩兰夫人用颤抖的声音说，"我会让他们把我流放到普鲁士去。这也不是什么丢面子的事情，远远不是，可我还有女儿！我必须为我的家庭保全我自己。因此，我迫切地恳求您，我亲爱的露西尔，为我做一点您能够做的事情。"

"这是清单。"佩兰夫人的二女儿说。

她将清单展开，念道："一只脸盆；一只瓷质的、写有数字、带蝴蝶图案的水桶；一只色拉篮；一套白色和金色相间的茶具二十八件，糖缸缺了盖子）；两张爷爷的肖像照片：被抱在奶奶膝盖上的一张，在灵床上的一张；前厅的鹿角，这是我舅舅阿道尔夫的纪念品；奶奶的粥盘；瓷质镀金的、爸爸忘在洗手间的备用假牙；客厅黑红相间的沙发。最后，还有书桌左边抽屉的物品若干，这是钥匙；我哥哥最初的一张书法；爸爸一九二四年在维泰勒治疗时给妈妈写的信（信都用红色窄缎带扎着）；我的所有相片。"

在一片阴郁的寂静之中，她念完清单。佩兰夫人在面纱后轻声哭泣。

"真的很难，真的很难看到这些我们如此珍爱的东西被他人夺去……我求求您，我的小露西尔，为我们尽一切力量拿到这些东西。雄辩、灵活……"

露西尔看着婆婆。

"这个……这个军人。"安吉利耶夫人勉强张开嘴唇道，"他还没有回来。你们今天晚上看不到他，露西尔，太晚了，可是明天一早您可以去找他，和他说说，请他给予支持。"

"好吧。我会做的。"

佩兰夫人伸出戴着黑手套的双手，将露西尔拉在怀中。

"谢谢，谢谢！亲爱的孩子……现在我们就告辞了。"

"喝点饮料再走吧。"安吉利耶夫人说。

"哦！太打扰你们了……"

在玛尔特才拿来的长颈瓶装的橘子水和奶油小方糕周围响起了温和的、彬彬有礼的低语声。恢复了平静的夫人们谈论起战争来。她们怀疑德国人的胜利，但她们也不希望英国人取胜。总之，她们希望所有的人都吃败仗。她们痛心疾首地指责老百姓的那种享乐精神。接着话题转到了个人身上。佩兰夫人和安吉利耶夫人谈起了自己的病。佩兰夫人说了很长时间最近发作的风湿病。安吉利耶夫人不耐烦地听着，趁着她停下来喘口气的工夫，她赶紧说，"和我一样……"，然后她讲起了自己的风湿。

佩兰夫人的女儿们在一旁不露声色地吃着奶油小方糕。外面，雨一直在下。

十四

第二天早晨,雨停了。太阳照耀着闷热、潮湿和幸福的大地。一早,几乎没有怎么睡觉的露西尔就坐在花园的凳子上等德国人。一看见他出了屋子,她就迎上前去,向他陈述了她的请求。两个人都感觉到安吉利耶夫人和厨娘在暗地里看着他们,当然,可能还有邻居家的女人们,躲在紧闭的百叶窗后,看着他俩站在小路的中央。

"如果您愿意和我一起到这些夫人的房子里去,"德国人说,"我让他们当面把她们要的东西找出来;但是我有好几个同志住在这座被主人抛弃的房子里,我想房子肯定一塌糊涂。我们一起去看看吧。"

他们并肩穿过小镇,几乎没怎么说话。

走到旅行者饭店的那个路口时,露西尔看见了佩兰夫人的黑纱在飘扬。人们用一种好奇可是同谋一般的、略带赞同之意的神情望着露西尔和她身边的人。也许所有人都知道她将从敌人手里夺回一点战利品(以假牙、瓷质餐具和其他具有家用和感情价值的东西的形式)。一位从来不敢毫无畏惧地直视德国军服的老妇人此时却走近露西尔,低声和她说:"这真是很好……非常及时……您不怕他们,您,至少……"

军官微笑着。

"他们把您当成到赫罗弗尼斯的军营里图谋行刺他的友第

德①了。我希望您可别像这位夫人一样,有那么阴暗的企图!我们到了。请屈尊进来吧,夫人。"

他推开面前那扇沉沉的栅栏门,栅栏门顶端的小铃铛发出忧郁的响声,这铃铛过去是用来通知佩兰家有人来访的。一年的时间,花园完全是一副没人照看的样子,如果不是在像今天如此灿烂的日子来,会令人非常揪心。可这是五月的一天,是暴风雨过后的第二天。小草亮晶晶的,小路上开满了雏菊、矢车菊,所有的花儿都湿漉漉的,恣意生长,在阳光下闪闪发光。小灌木长得没了章法,丁香新发出的枝条轻轻地抽打着走过这里的露西尔。房子里住着十来个年轻德国士兵,镇上所有孩子最无忧无虑的日子也是在这里的前厅度过的(这里的前厅和安吉利耶夫人家的前厅一样,光线阴暗,散发着潮湿的气味,镜子微微泛点儿绿色,墙上挂着一排狩猎的战利品)。露西尔认出了车匠家的两个小姑娘,她们坐在一个金发士兵的膝头,那个士兵长着一张大大的、爱笑的嘴。木匠家的小男孩正骑在另一个士兵的背上玩骑马。那个小裁缝的私生子、四个两至六岁的小男孩睡在地板上,用勿忘我和小小的香石竹编织花冠。过去,这些花曾经那么乖巧地装点着花坛。

士兵们跳起来,按照规定的动作站好,下巴高高昂起,向前突出,身体绷得那么紧,脖子上的静脉都清晰可辨。

军官对露西尔说:"您可以把清单给我吗?我们一起来找。"

---

① 据希伯来《圣经》中的《友第德传》记载,公元前6世纪,亚述王国大将赫罗弗尼斯率军侵占耶路撒冷,犹太寡妇友第德利用美色骗取赫罗弗尼斯信任,出入军营。在一次赫罗弗尼斯醉酒之后,友第德将其头颅砍下。亚述军队随之溃败。友第德拯救了以色列人民。

他笑着读完清单。

"我们从沙发开始吧。沙发应该在客厅里,客厅就在这里,我想。"

他推开一扇门,走进一间很大的、堆满家具的房间,家具坏的坏,倒的倒;画儿沿着墙排成一排,搁在地上,有些被脚踹出好几个洞。地上乱七八糟地散落着报纸碎片、稻草(也许是一九四〇年六月逃亡时留下的)和侵略者吸了一半就扔掉的雪茄。在一个架子上,竖着一只稻草充填的獒狗标本,头上戴着已经枯萎的花冠,鼻子碎成了两半。

"什么样子啊!"露西尔难过地说。

但是这间屋子里还是有某种喜剧的成分,尤其是军官和士兵尴尬的脸色。军官看到了露西尔的目光和她指责的神情,他急忙说:"我父母在莱茵河有幢别墅,上一次战争的时候,你们的士兵曾经进驻,他们毁坏了很多稀有珍贵、有两百年历史的乐器,把歌德的书撕得粉碎。"

露西尔不禁笑了。他用一种粗鲁和恼怒的声音分辩着,好像一个小男孩,别人指责他做了坏事时,他愤怒地回答说:"可是,夫人,不是我先开始的,是别人先……"

看到在一个无法接近的敌人、一个生硬的战士的脸上浮现出孩子气的表情,她感到一种女性的快乐,一种肉体的温情。"因为不得不承认,"她想,"我们都在他的手上。我们毫无反抗之力。如果我们的生命与财产可以幸免于难,只不过是他愿意罢了。"她几乎有点害怕心里的那种感情,这就好像是在抚摸一头野蛮的动物时感受到的,某种既尖酸又甜美的感觉,一种温柔和恐惧并存的感觉。

她想再这样多玩一会儿,于是皱着眉头说:"你们应该感到羞愧!这些空房子是在德国军队的保护之下,是和德国军队的面子有关!"

他一边听她说,一边轻轻地用手杖抽打着靴子的翻边。他转向士兵,非常严厉地大声说着什么。露西尔听出他是在命令他们将屋子的一切整理好,把破坏的东西修理好,将地板和家具打扫干净。他说德语的时候,尤其是在用上对下的口吻说德语时,声音里有一种振颤的、金属的东西,让露西尔感觉到一种粗暴的、最后变成撕咬的吻所产生的快感。她用手轻轻地抚弄着发烫的面颊,对自己说:"停下来!不要再去想他,你正踏上一条可怕的道路……"

她向门的方向走了几步。

"我不留在这里了。我要回去。您有清单,您请您的士兵把清单上的东西找出来吧。"

他跳了一步,追上她。

"我求求您,别这样怒气冲冲地离开……一切将尽可能地恢复原状,我向您保证。听着!让他们去找东西,过会儿他们会把东西放在手推车上,送到佩兰夫人们的身边,这一切都听从您的命令。我陪着您,向您表示歉意。我能做的也只有这么多了。在他们完成以前,到花园里去吧。我们散会儿步,我为您采些漂亮的花儿。"

"不,我回去了!"

"不行!您答应夫人们,将她们的东西送还给她们。您应该监督他们如何执行您的命令。"他一边说一边拽住她的胳膊。

他们走出屋子,走在开满丁香的小路上。无数的蜜蜂、胡蜂和大黄蜂在他们周围嗡嗡地叫着,蜂儿一头扎进花丛之中,吮吸着花朵,然后停在他们的胳膊和露西尔的头发上。露西尔有些害怕,她紧张地笑道:"我们别在这里了。我真是刚出虎穴,又入狼窝。"

"往前走一点。"

在花园深处,他们遇到了村里的小淘气们。有一些在花坛里玩儿,在被踩得一塌糊涂和摘得光秃秃的花丛中;另一些爬到梨树上折花枝。

"小野鬼,"露西尔叫道,"还没结果呢。"

"是的,但是花儿很美!"

他冲孩子们张开双臂,孩子们把一束束柔美的花儿往下扔。

"拿着,夫人,把它们插到桌上的杯子里会非常漂亮的。"

"我怎么也不敢抱着果树的花枝穿过这个地方。"露西尔笑着抗议道,"等着,小淘气,村里的警察回头把你们统统抓起来!"

"不会有这样的危险。"一个穿黑色小学生罩衫的小女孩说。

她嘴里咬着一片面包,两只脏兮兮的小腿盘在树上,向上爬。

"不会有这样的危险……鬼……德国人不会让他回来的。"

草坪已经两个夏天没有割了,长满了黄色毛茛。军官坐在草丛中,把大大的短斗篷解下来扔在地上。斗篷也是那种从灰色中萃取的惨淡的绿色,那种杏仁绿。孩子们跟着他们。穿黑色罩衫的小女孩采了些报春花,她把花扎成一个个新鲜的黄色花球,将小鼻子深深地埋进花球,可狡猾而纯洁的黑眼睛却一直没有离开过两个大人。她好奇地看着露西尔,眼神之中还含有某种批评:是一个女人看着另一个女人的那种眼神。"她看上去有些害怕。"

她想,"我在想为什么她要害怕。他看样子不是坏人,这个军官。我和他挺熟的,他给我钱,还有一次他帮我把挂在那棵很高的雪松树枝上的气球拿了下来。这个军官多么英俊啊!他比爸爸要英俊,比这个地方所有的小伙子都要英俊。夫人的裙子也很漂亮。"

她偷偷地走近他们,用脏脏的小手指轻触着质地轻盈、式样简单的裙子。裙子用灰色的平纹细布做成,只在领子和袖子上装饰了一圈打褶细麻。她非常用力地拽了一下裙子,露西尔突然转过身来,小女孩向后跳了一步,但是露西尔瞪着一双惊慌失措的眼睛看着她,好像不认识她似的。小女孩看见这位夫人的脸色非常苍白,双唇在颤抖。她一定是害怕单独和德国人待在这里。就好像他会伤害她一样!他非常友善地和她说话。但是,他紧紧地握着她的手,她都忘了挣脱。小女孩模模糊糊地想,男孩子,不管是小男孩还是大男孩,他们都是一样的!他们就喜欢捉弄姑娘,让她们感到害怕。她在高高的草丛间躺下来,草将她完全遮没了;她觉得自己是那么小,几乎没有人能看见她,草儿轻轻地抚弄着她的脖子、腿和眼皮,真是舒服!

德国人和夫人在低声交谈。他也是,脸色苍白得像一张床单。有时,她能听见他尖锐而克制的声音,好像想要叫、哭,可是却不敢这么做似的。他的话对于小姑娘来说没有任何意义。她隐隐约约地听出他在谈论他的妻子和夫人的丈夫。她听见他重复了好几次:"如果您生活得幸福……我知道您生活得如何……我知道您一个人,知道您的丈夫总是把您一个人抛在家里……我向这个地区的人打听过。"幸福?这位有漂亮裙子、漂亮房子的夫人并不幸福?无论如何,她也没想过抱怨,她想走。她请求他让她一个人待着,请求他不要说了。我的天哪,她并不害怕,反而好像军官更加惊慌失措，尽管他穿着高筒靴，一副骄傲的样子。这时，一只瓢虫爬上了小姑娘的手掌，她久久地观察着小虫子，她想杀死它，可是她知道杀害动物会给上帝带来痛苦的。于是她只是看着小虫子在她身上喘气，开始时轻轻地，想要抬起那双精致而透明的翅膀，接着它开始喘粗气，那么大声地喘气，想来它的感觉就像一个遇到海难的人，在波涛汹涌的大海上，浮在木排上一样，但是此时瓢虫飞走了。"虫子在您的胳膊上，夫人！"小姑娘叫道。军官和夫人再一次转过头，望着小姑娘的方向，可是他们没有看到她。不过军官做了一个不耐烦的手势，好像在赶苍蝇一样。"我不会走开的。"小姑娘挑衅地说。首先，他们在这里干什么呢？一位先生和一位夫人，他们可以待在客厅里！她不怀好意地竖起耳朵。他们在说什么？"不，"军官低沉而嘶哑地说，"我永远不会忘了您的！"

一大团云将天空遮住一半，花儿，还有草坪那翠绿的、亮闪闪的颜色，一切都黯淡下来。夫人拔下三叶草紫色的小花，用手揉碎了。

"这不可能。"她说，听声音好像马上就要哭出来似的。

什么是不可能的？小姑娘想。

"因为别人会说你？"军官用一种非常蔑视的神情说。

但是她骄傲地看着他。

"别人？如果他们和我面对面地站着，我觉得自己无可指责……不！我们之间什么也不可能发生。"

"可是有很多东西，您永远也抹不掉：我们在雨声中共同度过的那个下午，钢琴，今天早上，我们在树林里散步……"

"啊！早知如此我真不应该……"

"但是一切已经发生了!太迟了……您根本无法改变!一切都已经……"

小女孩将脸靠在弯起的手臂上,他们的声音越来越远,好像蜜蜂的嗡嗡声一般,成了遥远的呢喃。这一大团云,这灼热的太阳都预告风雨即将来临。如果雨突然落下,夫人和军官会怎么做?如果看到他们在暴雨中奔跑应该很滑稽,她戴着草帽,而他披着那件漂亮的绿色斗篷?但是他们可能会藏在花园的某个地方躲雨。如果他们愿意跟着她,她可以带他们到谁也看不到的绿树荫底下。已经是中午了,她听见祈祷的钟声敲响了,她在想:"他们会回去吃午饭吗?这些富人都吃什么呢?和我们一样,吃白白的奶酪?面包?土豆?糖果?如果我问他们要糖吃,他们会怎么样?"她看见他们跳了一下,站起身来,颤抖着站在那里,此时她已经离他们很近,她想要拉住他们的手,问他们要糖果——她是小露丝,她是个勇敢的小姑娘。是的,这位先生和夫人在颤抖,就像他们在学校里爬樱桃树,正当他们嘴巴里塞满了樱桃,突然听到学校老师的声音在下命令说:"露丝,小女贼,给我立刻下来!"但是他们看到的不是学校里的老师,而是一个立正的士兵,正用自己那口让人听不懂的语言飞快地说着什么,词语在他的嘴里发出的声音,宛若激流冲刷着卵石的河床一般。

军官离开夫人一步,夫人脸色苍白,精神非常不好。

"怎么了?他说什么?"她低声问。

军官似乎和她一样不知所措,他也没有听懂似的。最后,他那苍白的脸上总算绽放出了笑容。

"他说所有的东西都找到了……但是老先生的假牙碎了,因为孩子们拿假牙玩儿:他们想要把假牙塞到獒犬标本里去。"

两个人——军官和夫人——似乎慢慢从某种仪式中缓过劲儿来，回到地面上。他们低头望着小露丝，这一回，他们看见了她。军官拉过她的耳朵说："你们都干了些什么，你们这些小淘气？"

但是他的声音非常犹豫，在夫人的笑声中，听起来好像是压抑的抽泣声那颤抖的回音。她的笑声也像是那类感到非常害怕的人发出的笑声，一边笑一边似乎还不能忘记才躲开的劫难。小露丝烦透了，可是她没能跑掉。"假牙……是的……当然了……我们想看看那只狗有了这些漂亮的、崭新的白牙齿，是不是看上去就能咬人了……"但是军官的愤怒令她感到害怕（走近了看，他显得很高大，很可怕），因此她选择了另一种腔调，一边哭一边说："我们什么也没干……我们根本没有看到您的什么假牙。"

可孩子们从四面八方全都来了。他们脆生生的、具有穿透力的嗓音混在一起。夫人恳求道："不要！不要！别说了！没关系的。剩下的那些能找到已经很不错了。"

一个小时以后，从佩兰家的花园里出来一群身着脏兮兮的罩衫的淘气鬼，还有两个士兵。他们推着一辆手推车，上面堆着用纸篓装的瓷杯子，四脚朝天，而且有一只脚已经坏了的沙发，一本绒面的相簿，一只被德国人当成色拉篮——也是主人们写在清单上的——的金丝雀鸟笼和其他一些东西。走在最后面的，是露西尔和德国军官。他们在女人好奇的目光下穿越了小镇，大家都注意到，军官和露西尔没有说话，他们甚至没有对视，两个人都面无血色。军官一副冰冷的、无法接近的样子。女人们私下里在说："她肯定和他说了，……看到把一座房子糟蹋成这样，她是怎么想的。他生气了。夫人！他们不习惯人们的反抗！她做得对。我们又不是狗!她很勇敢,年轻的安吉利耶夫人,她一点也不害怕。"

她们当中的一个,就是那个老是带着只山羊的(复活节的星期天,安吉利耶家两位夫人晚祷回来,她和她们说过话,她还说:"这些德国人,他们是最坏的。")的小个子妇人,白头发、蓝眼睛、老老实实的,趁露西尔经过的时候,她还凑上去说:"好啊,夫人!告诉他们我们一点也不怕!您的战俘会为您感到自豪的。"她补充说,说这话时她哭了,不是因为她本人也有个战俘丈夫,她年龄太大了,丈夫、儿子都不至于去参战,而是因为偏见紧随于激情之后,而她,既是一个爱国主义者,又是一个非常容易动感情的人。

十五

年迈的安吉利耶夫人和德国人面对面碰上的时候,两个人都会本能地向后缩去。对于军官而言,这是一种故意做出来的骑士风度,不能让自己的存在冒犯到房子的主人,而安吉利耶夫人挪动的这步距离就好像是一匹烈性马看到脚下有条蟒蛇时的反应一样,她甚至不需要压抑传遍全身的战栗,僵硬地站在那里,那种恐惧的态度,仿佛是碰到了最为危险、前所未见的怪兽。但是这一切只会持续一小段时间:良好的教育正是为了校正人类的自然反射。军官会越站越直,身上所有线条全都笔直,就像机器人一般丝毫无误,头微微倾斜,脚后跟一顿(哦!这种普鲁士人特有的敬礼方式,安吉利耶夫人小声咕哝着,她没有想到,这是个出生于东德意志的男人,这种敬礼方式再自然不过了,就像阿拉伯人的吻手礼和英国人的握手礼一样自然)。安吉利耶夫人此时双手交握放在胃的部位,那姿势就好像一个夜间守灵的嬷嬷,站起身来冲死人家里一位可能反教会的成员致以问候一样,因此她的脸上掠过多重表情:表面的尊重("您是主人")、责备("可您所了解的世界是什么样的啊,您这个异教徒!")、顺从("把我们的厌恶交给上帝吧"),最后是一丝残忍的快乐("等着吧,我的朋友,您会在地狱里遭到焚烧,而我会在上帝的怀里得到安息")。不过最后的念头在老安吉利耶夫人的脑海里变成了一种愿望,每次她看见占领军一员时都在心里暗暗地这么想:"我希望他很快葬身于芒什海峡①。"因为这个时期法国人正在等待英国人登陆,每天都在说第二天就要到了。安吉利耶夫人把自己的愿望当成了现实,以至于她觉得自己看到的德国人就是被溺死的样子,惨白、浮肿,被浪涛扔上了岸。想到这个她的脸上才恢复了点人气,唇边流露出一个惨淡的微笑,就像即将殒灭的星体发出的最后一点光芒。并且,听到对方问候她的身体,她还回答道:"谢谢。我再好没有了。"最后几个词忧伤地回荡着,好像是在说:"就像法国糟糕的状况所允许的那样好。"

露西尔跟在安吉利耶夫人身后。这几天,在她一贯的冷漠之中,又平添了一份心不在焉和倔强。她侧着头,静静地离开德国人。德国人同样什么也没说,但是他觉得露西尔根本没有看见他,于是目光追随了她很久。安吉利耶夫人就好像背后长着两只眼睛,要当场捉住他似的。她没有转过头,愤怒地低声对露西尔说:"别注意他。他一直在。"一直等身后的门关上之后,她才能够自由呼吸,这时,她便向媳妇投去冷冷的一瞥说:"您今天的发式和往常不一样。"或者"您穿了新裙子?"然后用讥讽的语气总结道:"还不够讨人喜欢。"

然而,尽管有时她非常恨露西尔,仅仅是因为她在,而她的儿子却不在,尽管她能猜到些什么,感觉到些什么,但她不相信媳妇和德国人之间真的会产生一种柔情。而且不管怎么说,我们总是根据自己的心来判断他人的。吝啬鬼觉得人们无不受到利益的驱使,喜欢奢华的人觉得他人无不为欲望所纠缠。对于安吉利耶夫人来说,德国人不是人,而是残忍、错乱和仇恨的化身。所

---

① 芒什海峡即英法之间的英吉利海峡,法国称芒什海峡。

有的其他判断都是不可能的，难以想象……她无法想象露西尔会爱上一个德国人，就像她觉得一个女人是不可能和一只独角兽、龙或圣马大在塔拉斯孔杀死的怪兽结合一样。德国人似乎也不应该爱上露西尔，因为安吉利耶夫人根本不承认他具有人类的感情。在她看来，德国人只是为了通过自己的目光更进一步地侮辱这个已经遭到他亵渎的法国人家，看到母亲和战俘的妻子只能听凭他摆布，他会感受到一种残忍的快乐。尤其让她气愤的，是她所谓的露西尔的"冷漠"："她尝试新的发型，穿新裙子！她难道不知道，那个德国人还以为是为他做的呢！多么没有尊严啊！"她真想给露西尔的脸蒙上一张面具，让她穿个袋子。看到她那么漂亮、健康，她就觉得受不了。她的心在滴血："就在这个时刻，我的儿子，我的儿子，属于我的……"

有一天，她们在前厅碰到德国人的时候，安吉利耶夫人着实高兴了一下，她们看见他的脸色惨白，胳膊夸张地——在安吉利耶夫人看来如此——用三角巾吊着。紧接着安吉利耶夫人就觉得自己受到了侮辱，因为她听到露西尔迅速地、几乎不由自主地问："发生了什么事情？"

"我从马上掉了下来。这个家伙很难相处，我又是第一次骑。"

"您的脸色非常不好。"露西尔望着精神不振的德国人说，"快去躺着。"

"哦！不！这只是一点轻伤，再说……"

他示意她听，纵队正打窗下走过。

"演习……"

"什么，还有演习？"

"我们身处战争之中。"他说。

他微微笑了一下,简单致意之后,他离开了。

"您在做什么?"老安吉利耶夫人尖酸地叫道。

露西尔卷起窗帘,望着渐渐远去的士兵。

"您看来一点也不知道什么是举止得体。德国人应当列队从关闭的窗户和百叶窗后经过……就像一八七〇年普法战争时一样……"

"是的,他们第一次进城时是该这样,但是如果他们每天都要从街上经过的话,倘若我们真的一丝不差地遵循传统,我们可能就要处在永远的黑暗之中。"露西尔不耐烦地回答说。

这是一个暴风雨的夜晚。一种含硫的光线笼罩着所有这些高昂的脸和张开的嘴巴,他们在唱歌,歌声节奏分明,声音不是很高,似乎相当收敛、压抑,好像过一会儿这歌声就要变成深沉而美妙的圣歌。当地人都在说:"他们的歌真好玩,挺吸引人的,就像祈祷!"

太阳西斜,闪现出一道红色的光芒,似乎这些头戴钢盔的脑袋,他们从脖子到下巴的地方,还有这些灰绿色的军服以及那位正在下令下马的军官全都被鲜血染得通红。安吉利耶夫人也被这景象吓住了。她喃喃道:

"这可能是个预兆呢……"

演习到半夜才结束。露西尔听到最外面的大门开关的声音。她听出军官踩在前厅石板上的脚步声。她叹了一口气。她睡不着。又是糟糕的一夜!这些夜晚几乎没有什么分别,痛苦的清醒和支离破碎的噩梦……六点钟,她还站着。但是无济于事!这只能让白天变得更长,更空。

厨娘告诉两位安吉利耶夫人，军官昨天回来就病倒了，说军医来过，发现他发着高烧，让他待在房间里休息。中午的时候，两个德国士兵给伤者端来了饭，但是他不愿意吃。他把自己关在房间里，可是他并没有躺下。大家能听到他在房间里走来走去，这单调的脚步声让安吉利耶夫人颇为恼火，吃了中饭后，她竟一反常态，很快回到自己的房间里。而平常的日子里，一直到四点以前，她都在饭厅里算账或是织毛衣，如果是夏天，就坐在窗边；如果在冬天，就坐在火边。只是到四点之后，她才会上自己二楼的卧房，在那里，没有任何声音能够干扰到她。而露西尔呢，这时她就能自由呼吸了，除非听到那轻轻的脚步声从楼上下来，偶尔在屋子里游荡一会儿——听上去是这样的——接着又消失在二楼的幽深之处。有时露西尔会想，她的婆婆在楼上那阴森森的地方做什么呢？因为她把百叶窗和窗户全都关上，而且不开灯。因此她肯定不在读书。再说她从来不读书。也许她在黑暗之中继续织毛衣！她是在给战俘织围巾，那种宽宽的、上下一样的长带状围巾，她不需要看，带着一种盲目的自信织着。她祈祷什么呢？她能睡着吗？她七点钟下楼，头发一丝儿不乱，穿着黑裙子的身子挺得直直的，一声不吭。

这天，以及随后的日子里，露西尔听见她进自己卧房时用钥匙锁了一圈，然后就什么也听不见了。整座房子一片死寂。只有德国人的脚步声会打破这份静谧。但是他的脚步声进不了老安吉利耶夫人的耳朵，她躲在厚厚的墙后，她房间的墙纸和帷幔将所有的声音都吞没了。这是一间非常阴暗、塞满家具的大房间。关上百叶窗，放下窗帘之后，老安吉利耶夫人开始让这间房变得更为阴暗，然后她坐在绿色的布艺扶手椅里，她那双接近透明的手交握着放在膝头。她闭上眼睛,有时,她的面颊上会流下少有的、灼灼的泪水,这衰老的泪水似乎充满了遗憾,好像年龄终于承认所有的抱怨都是那么无用,那么肤浅。她几乎是恼怒地擦去泪水。她站起身来,和自己说话,声音不高。她说:"瞧,你不累吗?午饭后正当消化之时你又跑个不停,还游泳。快点,快过来,加斯东,坐在你的小板凳上。但是你可以休息一会儿,你可以把小脑袋靠在妈妈的膝头。"她说,一边轻轻地、温柔地抚摸着想象中的儿子的头发。

这不是谵妄,也不是精神错乱的先兆。她再也没有比现在更加头脑清楚,更加了解自己的时候了,这不过是她喜欢的一出戏而已,能够给她带来某种安慰,就像酒精或是吗啡所能给予的安慰一样。在黑暗之中,在静谧之中,她审视过去。她搜索到一些她自己都以为永远忘记的事情,她重新发现了这些珍宝;她找回了儿子的这个词,这种语调,婴儿般胖乎乎的小手的这个姿势,的确,这一切在一秒钟内便废除了时间的至上权力。这不是想象,而是现实本身以它不可磨灭的实质回到她的身边,因为任何东西都已经无法阻碍它的发生。不在,甚至死亡都不能抹杀过去。儿子曾经穿过的粉红色小学生罩衫,被荨麻刺到的儿子哭泣着向她伸出小手,这一切都确实存在过,这一切都在她的控制之下,只要她还活着,这一切就能够得到重生。只需要孤独,阴暗以及儿子熟悉的所有这些包围着她的家具、物品,这一切就能够重生。她可以根据自己的意愿变化这些幻觉。她不仅仅满足于过去,她还在预期未来!她按照自己的想法改变现在。她对自己撒谎,但是由于这些谎言是她自己的杰作,她尤其钟爱。在一些短暂的时刻,她是幸福的。而且她的幸福感再也不需要受到现实的约束。一切都成为可能,一切都在她的手中。首先,战争结束了。这是梦的起点,是她跃向无边的至乐的跳板。战争结束了……和所有日子一样的一天……为什么不是明天呢?总是到最后一分钟她才知道一切。她不读报纸,不听广播。一切就会像突如其来的雷声一般爆发。一天,下楼来到厨房的时候,她看见厨娘玛尔特,她的眼睛都快弹出来了:"夫人不知道吗?"很多事情她都是这么知道的,比利时国王遭到囚禁,巴黎遭到占领,德国人到了,停火协议的签订……那么,也许有一天,她也是这样知道了和平的消息?为什么玛尔特就不会告诉她:"夫人,似乎一切都结束了!不再打仗了,战争已经结束,战俘都要回来了!"英国人还是德国人取得胜利?对她来说根本无所谓!她只关心自己的儿子。她的脸色惨白,双唇颤抖,双目紧闭,她在脑海中勾勒着充斥大量细节的图画。在精神病人的图画中,我们通常都会发现这类细节。她看见了加斯东脸上的每一根细小皱纹,他的发型,他的衣着,他穿的高筒军用靴上的鞋带;她听见了他音调之中每一点细微的变化。她握住他的手,喃喃道:"快!进来,你不认识自己家了吗?"

最初的时刻只属于她,没有露西尔的份儿。她不会用过多的亲吻和泪水来淹没儿子。她会让人给他准备一顿好饭,放好洗澡水,过了一会儿,她说:"你知道,我精心照管着你的生意。你觊觎很久的这块领地,靠近努塘的那块,我已经买下来了,现在它是你的。我还买了蒙莫尔家的那块草坪,这是我们两家地产的分界线,子爵原本说什么也不肯让给我们。我则等到了对我们极为有利的时刻。我得到了我希望得到的东西。你高兴吗?我把你的黄金、你的证券、家里的首饰都藏在安全的地方。我全是一个人完成这一切的,一个人面对这些问题。可不能相信你的妻子……我难道不是你唯一的朋友吗?难道不是只有我才能理解你?去吧,我的儿子!快到你妻子身边去。别对她有过多的指望!她是个冷漠而倔强的生灵。但是凭借我们俩的力量,我们可以让她听从我们的意愿,比我一个人单独应对更好,她总是用长时间的沉默来对付我。你,你有权问她:'你在想什么?'你是主人,你可以要求她回答。去她那里,去呀!占据她身上所有属于你的东西:她的美貌,她的青春……他们说在第戎……别这样,我的小东西!情妇会让你付出昂贵的代价。而你这么长时间不在家,这会让你更加喜爱我们这座古老的房子的……哦!我们在一起度过的安静的好日子。"安吉利耶夫人低声说。她站起身来,轻轻地穿过房间。她拉着想象中的手,靠着梦中的肩膀。"来,我们下楼。到饭厅去,我让他们准备了一点小点心。你瘦了,我的儿子。你得吃东西,来。"

她机械地打开门,走下楼梯。是的,是这样,晚上,她会从她房间里走出来。她会把孩子们吓坏的。她看见加斯东坐在窗边的扶手椅上,他的妻子在他的身边,正在给他读书。这是她的责任,她的角色,把他留在家中,为他提供消遣。他得了伤寒处在恢复期的时候,她给他读报纸。她的声音听起来温柔怡人,她有时听着也颇为愉快。温柔的、低低的声音……可她真的听到她的读书声了吗?瞧,她正在做梦!她已经让她的梦超过了应有的界限。她的身子一下子僵硬起来,走了几步,进了客厅,看见扶手椅被推到窗边。他的胳膊坏了,放在扶手上,嘴里叼着烟斗,双脚搁在加斯东小时候坐过的小凳子上。是的,她看见了他,他的灰绿色军服,侵略者、敌人、德国人,而露西尔就在他的身边,正在高声替他朗读一本书。

一阵沉默。两个人都站起身来。露西尔手中的书掉在地上。军官冲过去捡了起来。他将书放在桌子上,轻声说:"夫人,您的儿媳答应陪我一会儿。"

老夫人的脸色非常苍白,她歪着头。

"您是主人。"

"由于他们从巴黎给我寄了一包新书来,我就冒昧……"

"您是这里的主人。"安吉利耶夫人重复道。

她转过身,走出饭厅。露西尔听见她对厨娘说:"玛尔特,今天我不会再离开我的房间。请您把我的饭端上来。"

"今天,夫人?"

"今天,明天,只要这些先生在这里,就这么办。"

等她走远了,再也听不到她那消失在屋子深处的脚步声时,"这将是天堂。"德国人低声说。

十六

蒙莫尔子爵夫人最近一直为失眠所折磨。她是一个关心世界的人，所有时代的大问题都在她的灵魂中回荡着。想到白人的未来问题，想到德法关系问题，想到共济会给世界带来的威胁，想到共产主义，她就睡不着。一股股的寒流掠过她的身体。她站起身。她走出屋子，来到公园，头发上围了一条被虫蛀了的毛皮。她不愿意梳妆打扮，也许是看到漂亮的衣裙也弥补不了这恼人的轮廓组合，她丧失了希望吧——长长的红鼻子，几乎畸形的身材，布满了斑斑点点的皮肤——也许是出于一种自然而然的骄傲，对自己耀眼的美德十分自信，无法想象别人还会对她的美德视而不见，即便是戴着凹凸不平的毡帽，或是穿着连她的厨娘都会觉得恐怖厌恶的绿色和金色毛线交织的大衣，当然，还有可能是出于对所有偶然性的蔑视。"这有什么重要的，我的朋友？"她总是轻声对指责她穿着不成一双的鞋子出现在饭桌前的丈夫说。然而，在她让仆人工作或是看管自己财产的时候，她会一下子变得不再那么高高在上。

失眠的日子里，她就在公园里一边背诗一边散步，或者一直走到鸡窝，察看一下那三道拦住入口的大锁是否完好。她得注意牛。自从战争开始以来，草坪上不再种花儿了，可是晚上牲畜会打这儿经过。借着月亮的清辉，她沿着斜坡往下一直走到菜地，一株株地清点玉米的数量。有人偷她的玉米。战争以前，这个富饶的地区根本没人注意玉米，家禽都是拿麦子和燕麦喂的。现在，军需征调人员在谷仓到处搜寻小麦，家庭主妇没有稻谷可以喂鸡了。他们到城堡里来过,想要些作物,但是蒙莫尔家的这些作物首先是给自己留的,剩下则是给朋友和住在同一地区的老熟人的。农民非常恼火。"我们可以付钱。"他们说。他们其实不会付钱,但这不是问题之所在。再说他们也隐隐约约感觉到了。他们猜想他们所遭遇的是类似于共济会组织精神之类的东西,是一种阶级的团结,这种东西使得农民和农民的钱没有胁迫蒙特勒弗男爵或皮涅普勒伯爵来得重要。既然买不到,农民就自己拿。城堡已经没有看守了,他们都做了战俘,顶替的人也找不到;整个地区都缺男人。而且也不可能找到工人或是材料把坍塌的墙再给垒起来。农民就从缺口那里摸进来,在池塘里偷着摸鱼钓鱼;他们还偷鸡,偷西红柿和玉米,总之偷一切方便偷的东西。

德·蒙莫尔先生的处境非常微妙。他是镇长,一方面,他不愿意得罪他所管辖的这些人;另外一方面,他又非常看重自己的财产。如果没有他那拒绝一切妥协、软弱态度的妻子,也许他会采取睁一只眼闭一只眼的态度。"您只知道求太平。"她总是不无尖酸刻薄地对丈夫说,"我们的主亲口说过:'我来的目的不是带来太平,而是带来战争'。"

"您根本不是一个纯粹的基督徒。"阿莫里一副埋怨的神情,回答她说。但是很长时间以来,他必须得承认,子爵夫人有一颗使徒的灵魂,她的眼光非常有预见性。当然,他之所以支持子爵夫人的判断,尤其是因为她掌管夫妇两个人的财产,她把钱看得很紧。因此他非常忠实地站在她身后,与偷渔者、偷农作物者、不去做弥撒的小学校长以及被疑为"人民阵线"成员的邮务员展开不懈的斗争,尽管他公然在电话间的门上贴了一张贝当元帅的画像。

于是，六月的一天，子爵夫人一边背诗一边在她的公园里散步。那是她准备在母亲节的时候对教会学校的那些个被保护的小姑娘演说用的。她本来准备亲自写几句诗，但是她更善于写散文（在写下心中那些如此强烈、汹涌如潮的思绪之时，她往往不得不把笔放下，将双手浸在冷水之中，冷却一下沸腾的热血），相对来说不那么擅长诗歌。要屈从于韵律真是让人难以忍受。于是她决定将原本那首想要献给法国母亲无上光荣的诗歌改为一首散文颂歌："哦！母亲！"低年级的一位小学生，穿着白色的罩衫，手执一束野花，念道："哦！母亲！我看见你低下面庞，望着我的小床，外面正雷声大作。世界的天一片黑暗，但是灿烂的黎明即将升起。笑吧，哦！母亲！看，你的孩子跟随着元帅，他的手里是和平与光明。和我一起走进法国所有孩子和所有母亲围绕着可敬的老人，那位给我们带来希望的老人，所组成的快乐的圆圈舞里！"

蒙莫尔夫人高声诵读着这些语句，声音在寂静的公园里回荡。灵感来临之时，她总是难以控制自己。她大步地、来来回回地走着。接着她在潮湿的青苔上躺了下来，紧了紧环在瘦弱肩头的皮毛，她沉思了很长时间。在她的内心，沉思很快便会以充满激情的追问的形式进行。为什么，像她这么一个禀赋出众的女人，从来不曾赢得周围人的欣赏和爱？为什么丈夫是因为她的钱财娶了她？为什么她总是那么不受欢迎？当她走在小镇街头的时候，孩子们总是藏起来，或是在她身后嘲笑她。她知道人家都喊她"疯子"。让人讨厌是件非常让人难过的事情，她为这个地区的农民所付出的所有努力，可是……图书馆（但是这些她精心挑选的书，能够滋养人灵魂的阅读却让他们无动于衷。姑娘们要她买莫里斯·德克布拉①的小说，这一代的人啊，真是……)，富有教育意义的电影（这些电影也不太受欢迎……)，每年一次在公园里举行的游园会，由教会学校的小姑娘们表演节目，但是传到她耳朵里的尽是些强烈批评。大家反而恨她，因为时间不允许他们在树下嬉戏，观看演出的座位安排在车库里。这些人还想怎么样呢？她总不能把他们让进城堡里来吧？如果这样，他们又会最先感到局促不安。啊！新精神，刮遍法国大地的不幸的精神！只有她能够认出这精神的实质，只有她知道这精神的名称。民众成了布尔什维克。她曾经以为法国的溃败对民众而言是有益的，会让他们从危险的错误中转过身去，会重新强迫他们尊重领导，可不！民众现在更是前所未有的糟糕！

有时，像她这么一个炽热的爱国者，竟然会暗自庆幸敌人的存在，听见公园周边德国哨兵的脚步声时，她就这么想。整个夜晚，哨兵都在这个地区走来走去，四个人一队。人们既能听见教堂的排钟声，那种温柔而熟悉、使人们沉浸在梦中的声音，也能听见哨兵靴子着地发出的铁锤般的声音，武器的叮当声，仿佛在监狱里一般。是的，蒙莫尔子爵夫人甚至会想，是否应该感谢上帝让德国人进入法国。不是因为她喜欢德国人，上帝作证，不是！她根本无法忍受德国人，但是如果没有他们……谁知道呢？……阿莫里只知道对她说："共产党？这里的人？可他们比您要富有……"这不仅仅是钱或者产业的问题，当然和这些有关，还尤其是个激情的问题。她只是隐约感觉到其中

---

① 莫里斯·德克布拉（1885—1973），两次世界大战之间法国最受欢迎的畅销作家之一。作品被翻译成七十五种文字，销售量达到九千万册。

的道理，非常混乱，还解释不清楚。也许他们对于什么是真正的共产主义也只有一个模糊的概念，但是共产主义挑起了他们平等的欲望，金钱和财产的占有只能加剧这种欲望而无法满足它。用他们的话来说，这是对他们的一种戏弄，他们以代养牲畜的形式得到了财产，能够让儿子上中学，为女儿买丝袜，可尽管这样他们还是比蒙莫尔家的人要低贱。农民觉得这些人从来没有显示出对他们的尊重，尤其是子爵做了镇长以来……让出镇长位置的那个老农民对所有人都以"你"相称，他吝啬、粗俗、生硬，他总是辱骂他管辖的居民……可人们却能原谅他的一切！但是他指责蒙莫尔子爵总是高高在上，说这是不可原谅的……难道农民还在指望，如果看见他们走进市政厅，他就要站起身来？或是把他们一直送到门边什么的？他们无法忍受一切优越，出身的优越，财产的优越。再说什么也没用，而德国人还真是有他们的长处。瞧，这是一个守纪律的、顺从的民族，听到他们渐渐远去、节奏分明的脚步声，还有这在远方高喊"遵命"的嘶哑的声音，蒙莫尔夫人想……如果在德国拥有大片的土地应该是件很让人快慰的事情，而在这里……

烦恼啃噬着她的内心。可是夜越来越深，她想回去了，就在这时她看见——或者说相信自己看见——一个黑影沿着墙走来，低下去，在菜园子那边消失了。好，她可以当场捉住一个偷玉米的贼。她快乐地颤抖着。她从不害怕的个性是出了名的。阿莫里还经常害怕别人干坏事什么的，可不是她……危险会点燃她内心对于狩猎的趣味。她跟着那个黑影，时不时地藏身于树干之后，但是在这之前，她已经在墙角搜寻了一番，发现了一双藏在青苔下的木鞋。小偷穿着一双软底鞋走路，这样动静比较小。一切都在她的操纵之中，果然，小偷一出园子，便看见她站在面前。他扭身便跑，可是她用充满蔑视的口吻叫道："你的木鞋在我手上，我的朋友。宪兵很快便会知道这双鞋属于谁。"

那个人于是停住了，转身向她走来，她认出了伯努瓦·萨巴里。他们俩面对面地站着，没有说话。

"这下子可好了。"子爵夫人终于开口说道，颤抖的声音中充满了仇恨。

她讨厌他。在所有的农民中，他是最傲慢无礼、最难对付的一个。在干草的问题上、牲畜的问题上、围墙的问题上，以及一切大大小小的事情上，城堡和他家的农庄一直处在一种暗暗的、无休无止的争斗之中。她愤怒地说："好啊！我的小伙子，我现在知道小偷是谁了，我马上就会通知镇长。你得意不了多久的！"

"喂，我也可以用'你'来称呼夫人啦？这些就是你的作物。"伯努瓦将东西扔在地上说，东西在月光下散了一地，"难道我们不愿付钱吗？还是您认为我们没有足够的钱？我们一直在请您帮忙……我们也可以付给您一定的钱。可不！您情愿我们饿死。"

"小偷，小偷，小偷！"可子爵夫人用非常尖厉的声音叫着，"镇长……"

"喂，我才不在乎什么镇长呢！您去找他好了。我可以当面对他说这些话。"

"你竟敢用这种语气和我说话？"

"如果您想知道的话，这是因为这个地方的所有人已经忍受够了！您什么都有，可您什么都不肯给！您的树林，您的水果，您的鱼，您的野味，您的鸡，您什么都不卖，别人出金出银您都不愿出让。镇长先生做过互相帮助和其他什么东西的长篇大论的演讲。算了吧！您的城堡到处都是堆放谷子的地窖，我们大家都知道，我们看见的。我们是不是应该请您发发善心？是啊，可就是这一点激怒了您。善心，您倒是会发的，因为侮辱穷苦人您觉得很开心，但是如果我们是来请您帮忙的，以平等的身份：'我付您钱，然后我拿走。'那就谁都别想了。为什么您不愿意把您的作物卖给我们？"

"这是我的事情，我是在自己家里，我想，无礼之徒！"

"这玉米不是为我拿的，这一点我敢向您发誓！我宁可去死也不愿意请求这样的人。这是为路易丝拿的，她的丈夫是战俘，我想为她做点什么，因为我愿意帮助别人做点什么，我！"

"用偷的方式吗？"

"但是您要我们怎么做？您太不通融了，而且太吝啬！您还要我们怎么做？"他愤怒地重复道，"我可不是唯一一个上您这里来的人。您所拒绝的一切，毫无道理，只是出于单纯的恶意所拒绝的一切，我们都自己拿。这还没完呢。等着秋天吧！镇长先生和德国人一起打猎的时候……"

"这不是真的！你在撒谎！他从来没有和德国人一起打过猎。"

她愤怒地用脚直跺地；她真是气疯了。又是这一类愚蠢的恶意中伤！德国人邀请过他们俩，这是真的，去参加他们去年冬天的一次狩猎。他们拒绝了，但是不得以参加了当天狩猎结束后的晚餐。不管是否出于自愿，他们必须遵守政府的政策。再说了，这些德国军官无论如何都是些教养良好的人！让人们产生距离或让他们结合在一起的，不是语言、法律、道德、准则，而是拿刀叉的姿势是否相同！

伯努瓦在继续。

"到了秋天，他会和德国人一起打猎的，不过我会回来的，我，回到您的公园里来，面对您的兔子和狐狸，我丝毫不会感到拘束。您尽管在我身后安排好监管人，看守或是狼狗好了！他们可没有伯努瓦·萨巴里狡猾！整个冬天，他们都会跟着我跑来跑去，可就是捉不到我！"

"我既不会去找监管人也不会找看守，我去找德国人。他们会让你害怕的，不是吗？别充好汉，看到德国人的制服，你会一声不吭地溜掉！"

"喂，我可是看到过德国人就在我的身边，在比利时或是在索姆河，德国鬼子！我可不像您的丈夫！他在哪里打的仗，他？就在他那从不把别人放在眼里的办公室里！"

"粗俗的家伙！"

"在索恩河畔沙隆，他在那里，您的丈夫，从九月开始一直到德国人来。然后他就溜了，这就是他打的仗！"

"你……你真是可恶至极！你滚，要不我就叫了。你滚，要不我就叫人了！"

"是啊，把德国鬼子叫来！您很高兴看到他们在这里，是吗？这就相当于警察，他们会看管您的财产。祈求上帝，让他们待得久一点，否则他们走的那天……"

他没有说完这句话，而是突然夺过了一直被她当成战利品拿在手上的木鞋，他穿上鞋子，跨过墙跑了。几乎就在同时，可以听见德国人的脚步声就在附近响起。

"哦！我希望他们能捉住他！我真希望他们杀了他。"子爵夫人一边向城堡跑去一边自言自语，"什么人啊！什么东西！多么无耻的人！可这就是布尔什维克，就是这个！我的上帝啊！民众都变成什么样子了！在爸爸那个时代，如果在树林里抓到了小偷，他会哭，会请求原谅。自然我们就能原谅他。爸爸也会善良地喝骂他，大发雷霆，然后还会在厨房里请他喝一杯葡萄酒……在我小的时候，我不止一次地看到过这样的场景！但是那个时候农民很穷。自从他们有了钱之后，他们心中所有的邪恶本能都苏醒了。'城堡到处都是堆放谷子的地窖'。"她狂怒地重复着这句话，"那么他家呢？他们比我们还要富有。他们究竟想要什么？是嫉妒，是这类低贱的感情占据了他们的心。这个萨巴里是个危险的人。他还炫耀要到我们这里打猎！他还有枪没上交！他什么都能做。如果他干起坏事来，如果他杀了个德国人，整个地区都要为这起谋杀案负责，而镇长首当其冲！我们所有的不幸都是像他这样的人带来的。我有责任揭发他。我要让阿莫里明白，而……如果必要的话，我甚至可以亲自到指挥官那里去说。他晚上在树林里跑来跑去，无视法规；他有武器，他这笔账总是要算的！"

她冲进卧室，叫醒阿莫里，把刚才发生的事情都跟他说了，最后总结道："这就是我们的处境！别人跑到我家来顶撞我，偷我的东西，侮辱我！哦！这一切都不算什么！一个农民的辱骂真的能伤害到我吗？但是这是个危险的人。他什么都干得出来。我敢肯定，如果我不是机智果断地住了嘴，如果我喊了正好路过的德国人，他肯定会冲向他们，拳打脚踢，或者……"

她叫了一声，面色苍白。

"他手上有刀。我看到刀刃在闪闪发光，我可以肯定他有刀！您能想象随后发生的事情吗？一个德国人遭到谋杀，夜里，在您的花园里？快证明您与这事毫无关系。阿莫里，您的责任很清楚了。必须有所行动。这个人家里有武器，因为他炫耀说整个冬天他都会在我们的公园里打猎。武器！就在德国人说，而且不断重复说他们不能容忍武器的时候！如果他把武器藏在家里，那就说明他准备干坏事，肯定是谋杀！您意识到了没有？"

在邻近的那座小城，一个德国士兵被人杀了，小城里的所有要人（市长首当其冲）全都作为人质被关了起来，直到发现罪犯为止。在距离这里十一公里的一个小村子里，有个十六岁的小淘气，喝得醉醺醺的，伸手给了哨兵一拳，因为宵禁时候到了，他还在外面，哨兵要逮捕他。小淘气给枪毙了，但是不仅仅如此！不管怎么说，如果他能够遵守法规，什么事都不会发生的，可是那个镇长就倒霉了，由于管理不善，他也负有责任，他本人也吃尽了苦头。

"一把小折刀。"阿莫里嘟哝道，可她不听。

"我现在开始相信。"阿莫里一边用颤抖的双手穿好衣服（已经将近八点钟）一边说，"我现在开始相信我本不该接受这个职位的。"

"您会去向宪兵投诉的，我想？"

"宪兵？您疯了！整个地区的人都在和我们作对。您知道的，对于这些人来说，拿走我们不同意他们用现金来购买的东西不算偷。这只是个成功的恶作剧而已。他们会让我们的生活变得十分困难。不，我马上到指挥官那里去。我会请他们保守秘密，对他们即将采取的行动，因为他们是非常谨慎的人，而且他们理解我们的处境。他们会到萨巴里家搜查，肯定能找到武器……"

"您肯定能找到吗？"

"这些人自以为很狡猾，但是他们用来藏东西的地方，我都清楚，我……喝了酒之后，他们喜欢在小酒馆里炫耀……肯定是谷仓、地窖或是猪圈之类的地方。他们会逮捕伯努瓦，我要让德国人答应，不要惩罚得太严厉。他只不过坐几个月的牢罢了。我们在这段时间可以摆脱他的纠缠。之后，我告诉您，他会保持沉默的。德国人最擅长将这类人的棱角磨平。但是他们到底怎么回事？"此时正在穿衬衫的子爵突然叫了起来，衬衣的下摆打在他还没穿上裤子的腿肚子上，"他们肚子里究竟装的什么东西？为什么他们就不能安安静静地待着呢？我们要求他们的是什么？不要说话，安静地待着。可是，不！他们抗议，吹毛求疵，充好汉。他们究竟要走到哪一步？我问您？我们被打败了，不是吗？我们只好安静地走开。也许他们故意这么做，想要让我难堪。我费劲努力才和德国人相处好的。想想看吧，我们家没有一个德国人。这可是极大的优惠啊。还有，对于这个地区……我已经做了我所能做的一切……为此我成日睡不着觉……德国人对所有人都还彬彬有礼。他们和女人打招呼，安抚孩子。他们付现金。啊，不！可这还不够！但是他们究竟要什么？要他们把阿尔萨斯和洛林省还给我们？要成立共和国，在莱昂·布鲁姆①的统治之下？他们究竟要什么？要什么？"

---

① 莱昂·布鲁姆（1872—1950），法国社会党三十年代的领袖，1936年成为第一届人民阵线政府的总理。

"别生气,阿莫里。看看我吧,我很安静。尽您应尽的职责,除了上天的赐予,不要希冀任何回报。相信我,上帝会看到我们的内心。"

"我知道,我知道,但是这一切真的让人心烦。"子爵苦涩地叹了口气。

还没来得及吃饭(他的喉咙太难受了,一小块面包也咽不下去,他对妻子说),他便走出家门,避开所有人的视线,去求见指挥官先生。

十七

德国人下令征缴马匹：一匹母马值六七万法郎；德国人付（答应付）一半钱。很快就该是农忙了，农民苦恼地问镇长他们该怎么办。

"就用我们自己的胳膊，是吗？……但是我们可得提醒您，如果不让我们劳动，城里的人统统都要饿死。"

"但是，我的朋友们，我无能为力，我！"镇长咕哝着。

其实，就算他们知道他的确无能为力也是枉然，他们都在心里暗地指责他。"他自己当然能应付了，他，他可以安排好一切的，德国人根本不会碰他那些可恶的马！"一切都往不好的方向发展。自昨日以来，暴风雨一直在呼啸肆虐。花园里落满雨水，冰雹摧毁了田野里的作物。

那天早上，布鲁诺骑马从安吉利耶夫人家出发去邻近的那座城市征马时，他看到的是令人难过、被暴风雨洗劫一空的景象。林荫道上高大的椴树猛烈地摇晃着，它们在呻吟，如同船桅一般吱嘎作响。然而布鲁诺纵马路上时却不由觉得一阵轻松。这清冷、粗暴和纯净的空气让他想起了东普鲁士。啊！他什么时候才能重新见到那里的平原，苍绿的草儿，沼泽，春天天空令人难以想象的美呢——北方地区姗姗来迟的春天——琥珀色的天空，赭石色的云团，灯芯草，芦苇，罕见的桦树花……什么时候他才可以再次围捕苍鹭和杓鹬？一路上，他碰到了来自各村、各镇和这地区所有庄园的马和骑马的人，他们都在往旁边那座城市赶。"好牲口。"他想，"可是都没有得到好的照料。"法国人——不过所有的文明人都是这样——一点也不懂马。

他停了一会儿,让马通过。马儿,还有带马的人分成一个个小组,歪歪斜斜地走着。布鲁诺仔细地审视着这些牲口,他在所有马儿中找寻适合用来做战马的。大部分马匹会被运到德国干农活儿,但是有几匹会在非洲沙漠或是肯特的啤酒花田里承担疯狂的任务。上帝才知道战争的狂风会吹到哪里。布鲁诺回想起了在鲁昂,受惊的马儿在烈焰中哀鸣的场景。下雨了。农民们低着头向前走,只是在看到这位一动不动、肩头披着绿色斗篷的骑士时,才稍稍抬一抬头。某一瞬间,他们的目光交汇在一起。"他们动作可真够慢的。"布鲁诺想,"他们多么笨拙啊!已经晚了两个小时,照这样子,什么时候才能吃饭?先得把马管好。"

"好了,快点,快点。"他小声咕哝着,不耐烦地用马鞭抽打着靴子的翻边,努力克制住自己才没有放开声音骂出来,就像对付那些个苦力时一样。一群老人从他面前经过,还有孩子和几个女人;从一个村子里来的人都走在一起。然后就空了。只有跳跃的风可以填补这空间和寂静。布鲁诺利用这暂时的空当纵马往城里的方向奔去。在他身后,一队人在耐心等待。

农民没有说话。他们先是带走了壮小伙;然后拿走了面包、小麦、面粉和白薯;然后又是汽油和汽车,现在是马。明天呢,明天拿什么?他们当中的一些人半夜就启程了。他们低着头、弯着腰往前走,脸上一副捉摸不透的表情。就算他们跟镇长说一切都收光了,以后只有石板了,一切也都是白说。他们知道农忙总会结束的,粮食也都总能收好。必须吃好。"真想不到人们如此幸福。"他们想。德国人……那么多的牛……必须公平一点……这是战争时期……无论如何,战争还要持续多久呢?我的上帝啊！还要持续多久呢？农民望着暴风雨的天空小声说。

在露西尔的窗下，整整一天，不断地有马和人走过。她把耳朵堵起来，不想听见这声音。她什么也不想知道。战争的场面看得太多了，这些阴暗的画面！它们搅乱了她的心绪，撕碎了她的心；它们让她无法产生幸福的感觉。幸福，我的上帝啊！"嗯，是的，战争。"她想，"嗯，是的，战俘、寡妇、不幸、饥饿、占领。然后呢？我什么坏事也没有做。他只是一个顺从的朋友，书、音乐、我们的长谈、我们在树林里的散步……这一切之所以会变得有罪，是因为和战争联系在了一起，这个普遍存在的不幸。但是对于战争，他并不比我更负有责任！这不是我们的错。让我们安静一点吧……放过我们吧！"有时她自己都会被自己吓住，惊讶于自己的内心竟然有这样的一种叛逆——针对丈夫、婆婆、公众舆论，针对布鲁诺说的"蜜蜂集体工作的精神"。那个嗡嗡叫的、心存歹念的、盲目服从的蜂群……她恨它……

"让它们想去哪里就去哪里好了。我，我自然会做我想做的事情。我想要自由。对于外在的自由，我要求的不多，比如说去旅行，离开这座屋子（尽管这也许是难以想象的幸福！），我要的更是内在的自由，选择属于我自己的方向，只取决于自己的内心，而不是跟从蜂群。我讨厌他们老是在我耳边谈论的这集体精神。德国人、法国人、戴高乐派，所有人都同意一点：必须和别人一起生存、思考和爱，按照一个国家、一个地区、一个政党这样的组织来生存、思考和爱。哦，我的上帝啊！我不愿意！我是一个毫无用处的女人。我什么也不知道，但是我要自由！我们变成了奴隶。"她进一步往下想，"战争把我们拨弄到这里，拨弄到那里，剥夺了我们的安逸生活，从我们嘴里抢走面包；至少给我留下自由的权利,让我能够判断自己的命运,能够嘲笑战争,能够冒犯它,能够躲开它。奴隶?这总比一条跟在主人后面一路小跑的狗要好一些。狗甚至意识不到自己的奴性。"她一边听着人和马的声音,一边想,"如果怜悯、团结、'蜜蜂的集体工作精神'强迫我远离幸福,那我也和他们差不多。"她和德国人之间的友谊,这个偷偷摸摸的秘密,这个藏在这所充满敌意的房子里的世界,是多么温馨啊,我的上帝!她感到自己是个人,骄傲而自由。她不允许别人侵犯只属于她的领地。"任何人都不行!与任何人无关!让他们去互相斗争,去互相怨恨好了!管他父亲和我父亲是不是曾经兵戎相见!管他是不是亲手让我丈夫做了战俘(这个时刻萦绕在我那不幸婆婆的脑际的想法)!这又有什么关系?他和我,我们是朋友。"朋友?她穿过阴暗的前厅,走近放置在五斗橱上的镜子,这是一面用黑色木框镶起来的镜子。她望着自己暗淡的眼睛和颤抖的双唇,她笑了。"朋友?他爱我。"她咕哝道。她的唇凑近镜子,轻轻地吻了吻镜子中的自己。"的确如此,他爱我。这个欺骗你、抛弃你的丈夫,你没有亏欠他什么。他是战俘,你的丈夫是战俘,而你却让一个德国人接近你,取代不在的人的位置?嗯,是的!那么以后呢?那个不在的人,那个丈夫,我从来没有爱过他。让他死好了!让他消失好了!但是,瞧,你得仔细想一想。"她继续下去,前额靠在镜子上,她似乎真的在和自己的一部分说话,到现在为止她一直不了解、没看见、第一次发现的一部分。这个女人,她长着棕色的眼睛,薄薄的、颤抖的嘴唇,双颊如火,就是她,可又不完全是她……瞧,仔细想一想……理智……理智的声音……你是一个理智的法国女人……这一切将会把你带到哪里?这一切?他是士兵,他结了婚，他会离开。这一切会把你带到哪里？嗯，如果这只是瞬间的幸福呢？甚至不是幸福，不是快乐？你知道这是什么吗？对镜子中的那个形象的欣赏令她着迷。这个镜中的形象既令她喜欢又令她害怕。

她听见厨娘的脚步声在挨着前厅的食品贮藏室周围响起。她做了个受惊的动作，开始在屋子里毫无目的地闲逛起来。多么大的空屋子啊，我的上帝！她的婆婆就像她所许诺的一样，真的不再离开自己房间半步。人们把她的一日三餐端上去，可是即便看见她的时候，她也仍然不存在似的。这座屋子就是她的写照，她灵魂中最真实的部分和露西尔最真实的部分一样，就是那个刚才在黑框镜子中冲露西尔微笑的那个年轻女人，坠入情网的、勇敢的、活泼的、绝望的女人……（她消失了，只剩下没有生命的幽灵，这个在各个房间里游荡，将脸贴在玻璃窗上，把原本壁炉上那些丑陋而无用的装饰品——机械地放回原处的露西尔·安吉利耶）多么糟糕的天气！空气非常沉重，天灰蒙蒙的。正在开花的椴树被狂风刮得东倒西歪。"属于我一个人的卧室、房子。"露西尔想，"完美的卧室，几乎什么东西都没有，一盏漂亮的台灯……如果我把这里的百叶窗关上，如果我打开电灯，不再去看这糟糕的天气！玛尔特会来问我是否生病了，她会通知我的婆婆，我的婆婆会让她把灯关上，打开窗帘，因为电费很贵。我不能弹钢琴：这会冒犯那个不在的人。尽管下雨，我也许可以到树林里去，但是所有人都会知道的。人们会说：'露西尔·安吉利耶疯了。'在我们这样的地区，这条理由已经足够将一个女人关起来。"她笑了，想起别人对她说起过的一个姑娘，说这姑娘的父母把她送进了精神病院，就因为在有月亮的晚上，她会一直跑到池塘那里。"如果是和一个小伙子,这还可以理解!这只是行为不端……可一个人?她疯了……"池塘,夜晚……在这种暴雨中的池塘。哦!不管到哪里,远离这里就好……别的地方……这些马,这些人,这些可怜的在暴雨中弯着腰的、顺从的人!她坚决地离开了窗子。就算她说"他们和我之间没有任何相通之处"也是徒然,她感到他们之间仍然有一种无形的联系。

她走进了布鲁诺的房间。她不止一晚上地溜进去过,心怦怦乱跳。他半躺着,衣服穿得好好的,倚在床上。他总是在看书或是在写点什么,灯光下,头发的那种金属般的金色闪闪发光。他那沉重的腰带和刻着"上帝与我们同在"的徽章扔在房间一角的扶手椅上,还有他黑色的手枪、大盖帽和杏仁绿的大衣。他拿起大衣,盖在露西尔的膝头,因为自上个星期以来,暴雨一直下个不停,夜晚总是很凉。就他们俩——他们认为就他们俩——在这沉睡的大屋子里。没有爱情的表白,没有吻,只有沉默……除此之外就是高烧一般的、充满激情的对话,他们在谈论各自的家乡、家庭、音乐、书……他们体会到的奇怪的幸福……这种想要发现彼此心灵世界的迫切……一种情人的迫切,已经成为奉献,奉献身体之前的灵魂的奉献。"了解我,看着我。我是这样的。这就是我所经历的,这就是我曾经爱过的。你呢,我的爱人?"但是直到现在为止,没有爱的表白。有什么用呢?这些话一点用处也没有,就在这语调发生变化、双唇颤抖的时刻,就在这长时间的沉默来到的时刻……露西尔轻轻地触摸着桌子上的书,德文书,书页上写的都是这哥特式的字体,有些让人觉得奇怪,让人讨厌。德国人,德国人……所有的爱的动作还仅限于吻我的手和我的裙子,一个法国人是不会就这么让我离开的……

她微笑着，耸了耸肩膀。她知道这既不是羞怯也不是冷漠，而是德国人动物一般的深深的、尖刻的耐心，这是在等，等适当的时刻到来，等着迷醉的猎物听凭其宰割的时刻到来。"战争期间，"布鲁诺说，"我们有时会埋伏在莫夫勒森林里。等待，等待是非常肉感的……"她当时笑了，因为这个词。现在她觉得这个词没有这么好笑了。她今天还做了些什么？她在等。她在等他。她在这些没有生命的房间里游来荡去。又是两三个小时。然后一个人吃了晚饭。然后听到婆婆锁上房门的声音。然后是玛尔特，拿着灯笼穿过花园，关上栅栏门。然后又是等待，让人发烫的、奇怪的等待……最后还有街上马匹的鸣叫声，武器发出的叮当声，随着马匹一起远去的、向马夫下达的命令声。门口，有马刺的声音……接下去便是这夜，暴风雨的夜晚，椴树间冰冷的大风和听起来很遥远的雷声轰鸣。最后也许她会去对他说——哦！她一点也不虚伪，她会用准确的法语，明确干脆地对他说——他所觊觎的猎物属于他。"明天呢？明天？"她小声咕哝着。调皮、大胆、淫荡的笑容突然让她的脸扭曲了，就像是一道火焰照亮、改变了一张脸。在火光的照耀下，最柔和的轮廓也会带上魔鬼的神情，既诱人又让人害怕。她悄无声息地走出房间。

十八

有人敲厨房的门,敲门声低沉、羞涩,几乎被淹没在雨声之中。一定是想避风雨的淘气鬼,厨娘想。她向外看去,看见了玛德莱娜·萨巴里,她站在门槛上,手上还拿着正在往下滴水的雨伞。玛尔特张大嘴巴看了她一会儿。这里的人很少到城里来,除了星期天做大弥撒的时候。

"出什么事了?快进来。你家一切都好吗?"

"不,出了件大事儿。我想一会儿和夫人说。"玛德莱娜低声说。

"主啊耶稣啊!大事!您是要和安吉利耶夫人说还是和露西尔夫人说?"

玛德莱娜犹豫了一下。

"和露西尔夫人说。但是轻一点……不能让那个该死的德国人知道我在这里。"

"军官?他出门征缴马匹去了。到火边来坐,你浑身都湿透了。我去找夫人。"

露西尔刚刚结束一个人的晚饭。她的面前摊着一本书,在桌布上。"可怜的小妇人,"玛尔特突然间脑子清醒了一下,"这就是她的生活吗……一个人的丈夫两年来一直不在身边……另一个……会发生什么大事?肯定又是和德国人有关的事情!"

她对露西尔说有人要见她。

"玛德莱娜·萨巴里,夫人。她说她出了件大事儿……她不想被看见。"

"让她到这里来!德国人……冯·弗克中尉还没有回来吧?"

"没有,夫人。我会听见马的声音的。到时我通知夫人。"

"好,可以。去叫她来吧。"

露西尔在饭厅里等着,心怦怦直跳。玛德莱娜·萨巴里,面色苍白,呼吸急促,走进了屋子。村妇的那种羞怯、谨慎在与内心汹涌的情感做强烈的斗争。她抓住露西尔的手,咕哝着,根据说话的习惯,她从"我不打搅您吧"和"您家一切都好吧"开始。接着,她的声音更低了,费尽力气才控制住自己的眼泪,因为不应该当着别人的面哭,除了在死人床头……剩下的一切事都应该克制,在别人面前要隐藏起自己的痛苦,或是至乐的心情……

"啊!露西尔夫人!怎么办呢?我是来问您的意见的,因为我们,我们都不知该怎么办。德国人今天早上来逮捕了伯努瓦。"

露西尔发出一声惊叹。

"可为什么呢?"

"说他私藏枪支。也就是和别人一样,您想……可是他们谁家也没去,就来了我们家。伯努瓦说'你们找吧'。他们就找了,而且找到了。枪被埋在干草里,在旧的喂草架里。我们家的那个德国人,就是住在我们家的那个,翻译,他在饭厅里,看到指挥官派来的人拿着枪回来了,就对我丈夫说跟他们走吧。'等一等。'我丈夫说,'这支枪不是我的,是一个邻居藏在我这里的,就是为了揭发我。你们把枪给我,我证明给你们看。'他说得非常自然,那些人就没有怀疑。我的伯努瓦拿起了枪,似乎在检查,然后突然……啊!露西尔夫人,只听到两声差不多同时响起的枪响。一枪他打死了波奈,另一枪打死了布比,就是跟着波奈的那条大狼狗……"

"我知道,我知道。"露西尔喃喃道。

"然后他从饭厅的窗户跑了,不见了,德国人随后追去……但是他比他们熟悉这里,您想!他们没有找到他。雨那么大,只能看见两步以内的地方,幸好。波奈,他们把他放到了我的床上!如果他们找到伯努瓦,他们会枪毙他的。原本因为私藏枪支就可以枪毙他!但是如果仅仅这样,我们还有希望,现在我们知道是什么在等着他了,是吗?"

"为什么他要杀了波奈?"

"肯定是他揭发的伯努瓦,露西尔夫人。他住在我们家。他应该能找到枪。这些德国人,都是叛徒!而这个家伙……他老是对我献殷勤,您知道的……我丈夫知道这事!也许他是想惩罚他,也许他那时想:既然如此,干脆把他干了,他就不能趁我不在的时候围着我妻子转了。再说他讨厌他们,露西尔夫人。他一直梦想着杀掉一个。"

"他们应该找了他一天吧?您可以肯定他们还没有找到他?"

"肯定。"玛德莱娜沉默了一阵之后说。

"您见到他了?"

"是的。生死由命,露西尔夫人。您……您不会说出去吧?"

"哦!玛德莱娜!"

"好吧!他藏在我们邻居家,路易丝家,就是那个战俘的妻子。"

"他们会走遍这块地方的,会到处搜……"

"幸好今天是征缴马匹的日子,所有军官都走了。士兵在等待命令。明天他们就会搜遍整个地区。但是,露西尔夫人,这地方的藏身之处可不少。我们已经在他们的眼皮子底下转移了不少逃出来的战俘。路易丝把他藏好了，但是瞧，总有些小淘气鬼，小淘气鬼和德国人一起玩，他们不怕德国人，而且他们话很多，他们太小了，根本听不进道理。路易丝跟我说：'我知道我在冒险。可我真心愿意帮助你丈夫，如果是我丈夫，你也同样会为我这样做的，但是既然如此，最好能找到一座房子，能够让他一直藏在那里，等找到机会离开这里再说。'现在所有的路都看得死死的，您想！可德国人不会永远在这里的。现在所要找的，是小淘气们很少出没的一座大房子。"

"这里？"露西尔看着她问。

"这里，我曾经想到过，是的……"

"您知道有个德国军官在我们这里住吗？"

"他们无处不在。"

"军官应该很少出他房间？而且别人说……对不起，露西尔夫人，别人说他爱上了您，说您想做什么就可以做什么。我没有冒犯您吧？他们也都是和别人一样的男人，当然，他们也很无聊。所以，您可以对他说：'我不希望您的士兵打扰这里的一切。这很可笑。您很清楚，我没有藏任何人。首先我会害怕的……'反正是女人能找的借口。再说像这样的一座大房子，那么大，那么空，很容易找到一个隐蔽的角落，一个藏身之处。最后，这是他得救的机会。唯一的机会！您会说，如果您被发现了，您可能会坐牢……甚至会被处死……这些野蛮人做得出来。但如果我们法国人之间不互相帮助，谁能帮助我们呢？路易丝，她是因为有小孩子，她一点也不害怕。您是一个人。"

"我也不害怕。"露西尔慢慢地说。

她在思考，藏在她家或者藏在别的什么地方，对于伯努瓦来说，危险都是一样的。她的危险呢？"我呢？我的生活呢？我的生活究竟有什么意义？"她想，带有一种不由自主的绝望。的确，这没什么重要的。她突然想起一九四〇年六月的事情（两年，正好两年过去了）。那时候也是一样，在一片嘈杂之中，在危险之中，她没有想过她自己。她只是随着人流，就好像被一条湍急的河流冲着向前一样。她低声说："还有我婆婆，不过她不再出自己房间一步。她什么也不会看到的。还有玛尔特。"

"哦！玛尔特，夫人，她是自家人。她是我丈夫的一个表亲。她这方面不会有任何危险。我们对自己人总是有信心的。可把他藏到哪里呢？"

"我想到的是谷仓旁边那个蓝色的房间，原先是用来放玩具的，那类放床的凹室……再说，再说，我可怜的玛德莱娜，您不要幻想。如果命运和我们作对，他们就会在那里找到他，在别处也是一样；如果是上帝的意愿，他就可以躲开他们的追捕。无论如何，在法国，有很多谋杀德国士兵的案件到现在也没有找到凶手。我们必须尽一切可能把他藏好……还有……满怀希望，是吗？"

"是的，夫人，满怀希望……"玛德莱娜说，这时，她再也控制不了的泪水慢慢地流过她的面颊。

露西尔揽过她的肩膀，拥住她。

"去找他吧。从拉麦树林过来。一直在下雨，外面没什么人。不要相信任何人，不管是法国人还是德国人，听我的。我在花园的小门那里等你们。我会通知玛尔特。"

"谢谢，夫人。"玛德莱娜结结巴巴地说。

"快去吧,快。你们要快。"

玛德莱娜悄无声息地打开门,一溜身进了荒凉的、湿漉漉的花园,花园里的树在哭泣。一个小时以后,露西尔领着伯努瓦从朝向拉麦树林、漆成绿色的小门进了家。雨已经停了,然而狂风仍在呼啸。

十九

在自己房间里,老安吉利耶夫人听见村警在镇政府广场上叫着:"德国指挥官有令……"一张张焦虑的脸出现在每扇窗户后面:"他们又搞什么新花样了?"人们既怕又恨地想。他们那么怕德国人,哪怕指挥官通过村警的声音发布灭鼠或是孩子必须接种疫苗的命令,他们也是在最后一声鼓声停了之后很久才能放下心来,而且他们还会追问那些受过教育的人,比如说药剂师、公证人或是宪兵队长什么的,让他们再重复一遍刚刚讲的究竟是什么意思。他们焦虑地问:"就这样吗?这是所有的内容?他们不再问我们要什么了?"

接着,他们一步步地叫嚷开了:"啊,好啊!好啊,这还行!可我觉得,他们掺和这些事情干什么呢?"

这已经算是很懂道理的话了,有时他们还会说:"这是我们自己的老鼠和孩子。他们有什么权利要灭掉这个,又给那个接种疫苗?这和他们有什么关系?"

站在广场上的德国人也在评论这些命令。

"现在所有的人都会很健康了,法国人和德国人……"

带着一种假装出来的顺从(噢!充满奴性的微笑,老安吉利耶夫人想),农民赶紧表示同意:"那是肯定的……这很好……对所有人都有益……我们很能理解。"

而每个人回到家中之后,都将老鼠药扔进火里,然后赶紧到医生那里,请他不要给自己孩子打疫苗,"因为他才得过腮腺炎,因为他营养不良,不是很强壮"。另一些则坦率地说:"我们倒希望有一两个得病的：也许能让德国兵离开！"德国人还站在广场上，真诚地望着周围，心里在想，战败者和他们之间的坚冰在渐渐融化。

然而这一天，没有一个德国人脸带微笑，没有一个德国人和当地百姓说话。他们站着，站得非常直，脸色有些苍白，目光生硬而呆滞。村警表面看起来很为自己所要发布的重要讲话而自得，这是南部一个颇为英俊的男人，一直能够幸运地赢得女人的青睐。他才打了一下鼓，他像魔术师一般动作灵巧，把两根鼓槌优雅地塞到胳膊下方，然后，用男性那雄浑的、在寂静中久久回荡的嗓音读道：

> 德国部队的一位成员遭到谋杀：德国国防军的一位军官被人无耻地谋杀，罪犯名为伯努瓦·萨巴里，家住比西镇……
>
> 罪犯得以逃跑。所有向他提供藏匿之处、帮助或保护的人，或者四十八小时内知情不报者将一律被视为有罪，与杀人犯同罪论处，即：
>
> 立即枪决。

安吉利耶夫人将窗户打开一条缝。村警走远了之后，她探下身，望着广场。人们都在小声咕哝着，被这个消息吓坏了。真是的！昨天大家一直在谈论征缴马匹的事情，如今又出了这桩新的不幸事件，这让思维总是慢半拍的农民觉得实在难以置信："伯努瓦？伯努瓦干了这事？这不可能！"秘密保守得很好，镇上的居民根本不知道农村发生了什么事情，因为农村人喜欢小心翼翼地保守这广袤的土地上所发生的一切秘密。德国人的消息比较灵通。他们现在算是明白先前发生的一些事情的缘由了，半夜三更响起的警笛声，前一天晚上八点钟后禁止外出的警戒："也许他们那会儿把尸体运回来，他们不希望我们看到。"咖啡馆里，德国人之间在低声交谈。他们也觉得难以置信，觉得害怕。三个月以来，他们和法国人在一起生活，他们融入了他们的生活；他们没对法国人干什么坏事；他们终于凭借尊重，凭借良好的举止，成功地在侵略者与战败者之间建立起了一种人性化的关系！而现在一个疯子的举动将这一切推翻了。罪行本身对于他们的触动并没有这件事所牵涉的团结、共谋对他们的触动大（因为，如果想让一个人逃避整个部队对他的搜索，那就需要整个地区的人帮助他，帮他躲起来，给他送吃的，除非他藏在树林里，——可是他们花了一整晚搜遍树林——要么，更有可能的是他已经离开这个地区，但是他如果离开，那就更需要人们主动或被动的帮助）。"那么，我呢？"每个士兵都在想，"他们接待我，对我微笑，让我上桌和他们一起吃饭，让孩子坐在我的膝头，而如果明天，一个法国人杀了我，却没有一个人会替我说句话，所有人都会尽一切可能藏好谋杀我的凶手！"这些默不作声、神情捉摸不透的农民，这些昨天还冲他微笑、和他说话、今天却尴尬地从他面前走过、转开目光的女人，他们是一群敌人！他们几乎不敢相信。然而他们都是些正直的人啊……拉贡布，那个木鞋匠，他上个星期还送给德国人一瓶白葡萄酒，因为他女儿通过了毕业考试，他不知道该如何表达他的喜悦；木匠乔治，"一战"的老战士，他那天还说："但愿和平到来，每个人都能回自己家！这就是我们所有人，其他所有人都希望的。"还有随时都似乎要笑，要歌唱，让我们偷偷摸摸地拥抱她们的姑娘,也永远成了我们的敌人吗?

法国人却在想:"这个昨天还让我允许他抱抱孩子、说他的孩子在巴伐利亚、和我的孩子一般大小的威利,这个帮助我照顾生病的丈夫的德国佬,这个觉得法国很美的爱华德,还有那个向一九一五年死在战场上的爸爸的肖像脱帽致敬的德国人,如果明天,他们接到命令,他会逮捕我,毫无愧疚地杀了我?……战争……是的,我们很清楚战争意味着什么。但是占领在某种意义上更为可怕,因为我们已经习惯了这些人。我们在对自己说:'不管怎么说,他们都是和我们一样的人。'可根本不是这样,这不是真的。我们是两种不同的人,不相容的,是永远的敌人。"

安吉利耶夫人太了解他们了,她的这些农民,她觉得从他们的脸上就能读出他们的心思。她冷笑一声。她就没有上当,她!她就没有被收买!因为所有的人都在卖,在比西小镇如此,在法国的其他地方也是如此。德国人给他们钱(这些把夏布利葡萄酒卖给纳粹德国国防军的人,收他们一百法郎一瓶的酒商,还有把鸡蛋卖到五法郎一个的农民),给这个,给那个,给年轻人,给女人,为了找乐子……自从德国人到来之后,这里的人没有这么无聊了。终于有人可以说说话。上帝啊……包括她的媳妇!……她半闭上眼睛,将长长的、雪白透明的手遮在眼睛上,仿佛不想看见某个人赤裸的身体似的。是的!德国人以为这样就能够买到容忍和遗忘。他们的确做到了。安吉利耶夫人不无苦涩地将镇上的名人都想了一遍,他们都屈服了,都没有抵抗住诱惑:蒙莫尔家……他们让德国人到自己家来。据说在子爵的公园里,在池塘边,德国人组织节日庆典。蒙莫尔夫人逢到机会便说她是多么愤怒,说她关上窗户,不想听见音乐,也不想看到树下的篝火。但是冯·弗克中尉和翻译官波奈上她家去借椅子、杯子和桌布的时候,她却让他们在她家待了将近两个小时。安吉利耶夫人是从厨娘那里知道这件事情的,厨娘又是从监管人那里知道的。如果注意看,可以发现这些镇上名人本身就有一半是外国人。难道他们的血管里没有巴伐利亚、普鲁士(真让人厌恶!)或莱茵的血在流吗?有名望的家族彼此之间总是联合在一起,不考虑边界的问题,不过就这个问题而言,仔细想来,大资产阶级更好不到哪里去。人们私底下都在说那些和德国人进行不光彩交易的大家族的名字(英国人的广播里每天晚上都在叫),里昂的马尔泰特家族,巴黎的佩里冈家、科尔班银行……还有其他一些……老安吉利耶夫人因此觉得像自己这样的人根本没有,不和别人往来,像城堡一般坚不可摧,唉,唯一一座竖立在法国土地上的城堡!不过,尽管是唯一的,却任凭什么也不能够摧毁它、削弱它,因为其支柱不是石头构成的,也不是血肉构成的,而是由世界上最非物质化、同时也是最不可战胜的东西构成:爱与恨。

她静静地、急速地在房间里走来走去。她低声咕哝着:"闭上眼睛也无济于事。露西尔几乎要倒在这个德国人的怀抱之中了。"可她能做什么呢?男人有武器,他们可以战斗。她只能窥视,只能看、听,只能在夜晚的寂静中守着他们的脚步声、叹息声,这样才能不忘记这一切,不原谅这一切,才能等到加斯东回来之后……想到这里她不禁幸福地抖了一下。上帝啊!她多么讨厌露西尔!等家里的一切都沉睡了之后,老妇人便开始了她所谓的巡查。什么也逃不过她的眼睛。她清点着烟灰缸里的烟蒂,查看上面是否有口红印;她静静地捡起一条揉皱的、散发着香气的手绢,一朵扔在一边的花儿,一本打开的书。她经常听见钢琴的声音，或是德国人嘴里哼哼的，非常低、非常柔和的声音，像是歌词。这钢琴……人怎么能喜欢音乐呢？每一个音符都像是作用在她那被剥离的神经之上，让她发出痛苦的呻吟。她情愿听他们之间长长的对话，把耳朵贴到窗户上，可以听到这对话声的一点回音，因为她的房间正好在书房上面，在美丽的夏夜，他们在书房里时，总是开着窗。她甚至情愿听他们之间的沉默，或是露西尔的笑声（笑声！丈夫是战俘还笑得出来！……放荡，恶女人，低贱的灵魂！）。什么都要比音乐声好，因为只有音乐能够消弭两个人之间在语言和道德上的差异，触及他们心里某种不可摧毁的东西。有时，安吉利耶夫人会走近德国人的房间。她听到了他的呼吸声，抽烟时发出的轻轻的咳嗽声。她会穿过前厅，那里，就在塞了稻草的鹿头标本下，挂着军官宽大的斗篷，她在斗篷的口袋里塞上一些欧石楠的籽，别人说这会带来厄运的。她并不相信，她……不过试试总无妨……

这几天，确切地说，是从前天开始，家里的气氛变得更加可怕。钢琴声没有了。安吉利耶夫人听见露西尔和厨娘在一起长时间地低声交谈。（那个女人也背叛了我，也许？）教堂的钟声开始敲响。（啊！是被杀的那个军官的葬礼）……荷枪实弹的士兵，棺材，红色的花圈……教堂也被征用了。法国人不允许入内。圣歌的声音响了起来，声音非常悦耳，从节奏可以听出这是一首宗教歌曲。歌声来自圣女教堂。上教理课的孩子今年冬天打碎了一块玻璃，一直都没有修补好。歌声就从这扇位于圣女祭坛后古老的、开启的小窗升起，在广场上那棵高大的椴树间沉没。小鸟的歌声多么活泼啊！有时，它们尖尖的声音几乎遮没了德国人的国歌。安吉利耶夫人不知道死者的年龄和名字。指挥官只说是"纳粹德国国防军的某位军官"。这就够了。也许他还年轻。他们都很年轻。"好了，一切对你来说都结束了。你还想怎么样呢？这就是战争。"最终也会轮到他母亲明白这一点的，安吉利耶夫人低声说，手里下意识地拨弄着那根丧礼项链，煤玉和乌木珠子的项链，她是在丈夫死的时候戴上身的。

一直到晚上她都这样，一动不动，就像被就地锁住了一样，她在看所有穿过街道的人。晚上……没有一点儿声响。"连楼梯第三级阶梯所发出的吱嘎声都没有听见，听到这声音，就表明露西尔出了自己的房间，下楼来到花园里，因为成为她同谋的门不会吱嘎作响，可是这级忠实的老台阶会通知我。"安吉利耶夫人想，"不，今天什么也听不见。他们已经会合了吗？或者再迟一点？"

夜晚的时光在流逝。安吉利耶夫人被一种令人焦虑的好奇心占据着。她溜出自己的房间。她想把耳朵贴在饭厅的门上。不。德国人的房间没有传出一点儿声音。要不是晚上她听见屋子里有男人的脚步声，她会认为他还没有回来。谁也骗不了她。只要不是她儿子，任何男性的存在都是对她的侵犯。她嗅着这股奇怪的烟草味，脸色越来越苍白，手扶住额头，好像感觉非常不舒服似的。这个德国人在哪里？与往日相比，今天离她更近，因为烟味从开着的窗户里渗了进来。他是不是正在家里转悠呢？她猜想他很快就要走了，他已经知道这事儿，他正在挑选家具：他的那部分战利品。一九七〇年时，普鲁士人不就把钟偷走了吗？那么今天，他们也不会有多大变化！她想象着这些渎神之手翻寻着谷仓、食品储藏室和地窖！仔细想一想，地窖是最让安吉利耶夫人颤抖的。她从不喝酒。她想起她只在加斯东第一次领圣体时，还有他结婚时,喝过一小口香槟。但是酒是遗产的一部分,因此从这个意义上来说是神圣不可侵犯的,和所有死后仍然会继续存在的东西一样。狄盖姆城堡葡萄酒,这……她从丈夫手中接过来传给儿子的酒。他们把最好的酒埋在沙子里,可这个德国人……谁会知道呢?……也许露西尔为他引路……去看看……地窖到了,门是用铁皮包起来的,就像城堡的大门一样。这里有一个小小的藏东西的地方,只有她一个人知道,因为她在墙上做了一个十字形状的记号。不,这里似乎一切都还完好无损。然而安吉利耶夫人的心怦怦跳了起来。不久前露西尔也许来过地窖,因为她的香水味还在。跟着这缕香水味,安吉利耶夫人上了楼,穿过厨房、饭厅,在楼梯上,她终于撞见了正下楼的露西尔。她手上拿着一个盘子、一个杯子、一个空的葡萄酒瓶,原先肯定盛满了食物和葡萄酒。现在她知道她为什么去过地窖和食品储藏室了,怪不得安吉利耶夫人觉得听到有脚步声在那些地方附近响起过。

"情人共进的一顿小晚餐?"安吉利耶夫人用低沉而尖刻的声音说,字字仿佛皮鞭一般抽打在对方的身上。

"我求求您,别这样说!如果您知道……"

"和一个德国人,在我的屋檐下!在您丈夫的屋檐下!不幸的……"

"别说了!德国人还没回来,不是吗?他很可能一会儿就在了。让我过去,把东西放好。而您呢,趁这功夫上楼去,打开以前的玩具房,看看是谁在里面……然后,等您看清楚了之后,到饭厅来找我。您再告诉我您想怎么做。我错了,我犯了很大的错,因为我瞒着您做了这件事,因为我没有权力拿您的生命去冒险……"

"您把这个农民藏在我这里……就是那个被控杀人的?"

就在这时,她们听见部队经过的声音,嘶哑的口令声。几乎就在同时,便响起了德国人踏上台阶的脚步声,靴子踩在地上的声音绝对不可能和法国人的脚步声混同起来。还有马刺的声音,而且尤其是这样的节奏绝对不是一个被征服者所能有的节奏,那么自信,走在敌人的卵石道上,愉快地踏在被征服的土地上。

安吉利耶夫人打开了自己的房门,让露西尔进去,自己跟在她后面,随后推上了门闩。她拿过露西尔手上的盘子和杯子,在卫生间里洗好,细心地擦干,再将酒瓶放好,不过放好之前她看了看酒瓶上的标签。是普通的酒吗?是的,可年份很早!露西尔想:"她宁可因为藏匿谋杀德国人的罪犯被枪决,也不愿意牺牲一瓶陈年勃艮第葡萄酒。幸亏地窖很黑,我偶然间拿了一升装价值三法郎的红酒。"她没有说话,怀着深深的好奇等着安吉利耶夫人开口,看看她首先会讲什么。这个秘密她可能真的没有办法隐瞒她很久:这个老妇人的目光似乎能够穿透城墙。

"您以为我会向指挥官去出卖这个人吗?"安吉利耶夫人终于开口问道。她那夹得紧紧的鼻翼在颤抖,眼睛闪闪发光。她看上去很幸福,很兴奋,有点疯狂,就像一个已经衰老的女演员又重新找回了她曾赋予过生命的角色,语调、姿势变得熟悉起来,成为她的第二天性。

"他在这里已经很长时间了吗?"

"三天。"

"为什么你们什么都没跟我讲呢?"

露西尔没有回答。

"你们疯了,把他藏在蓝房间。他应该待在这里。因为我的一日三餐都是别人端上来的,你们不会有被逮住的危险:借口一下子就找到了。他可以睡在沙发上,睡在卫生间里。"

"我的母亲,您可得想好了!如果他们在您家找到他,风险的确也很大。但我可以把责任都揽在我的身上,就说是我瞒着您做的,实际上这也是事实,可如果在您的卧室里……"

安吉利耶夫人耸了耸肩膀。

"告诉我,"她用露西尔很久以来都没有听到过的一种活泼的语调说,"告诉我事情经过究竟是怎样的?除了村警念的通告之外,其他我什么都不知道。他杀了谁?只有一个德国人吗?他没有打伤别人?是个军官……至少该是个高级一点的军官?"

"她是多么自在啊,"露西尔想,"她几乎立刻'响应'了这种谋杀、血腥的呼唤……母亲和情人,残忍的女人。我既非母亲也非情人(布鲁诺?不……这个时候不应当想起布鲁诺,不应该……),我不能以这样的方式来看待这件事情。我更超脱,更冷漠,更平静,更文明,我坚信这一点。还有……我无法想象,我们三个人都真的把脑袋押在这上面……这好像有点过分了,过于夸张,可波奈死了……就是被这个农民给杀了,有人把这农民当成罪犯,另一些人则当成英雄……而我呢?我应该表态。我已经表态了……虽然是不得已的。可我相信自己是自由的……"

"您可以自己问萨巴里,我的母亲。"她说,"我这就去找他,把他带到您这里来。您要禁止他抽烟。中尉有可能闻出家里有另一种烟味儿。这是唯一的危险,我想。他们不会搜查我们家。他们基本上不能相信我们敢把这个人藏在镇里。他们会到农村去找。但是我们有可能会被揭发。"

"法国人是不会互相出卖的。"老妇人骄傲地说,"您忘了这一点,我的孩子,自从您认识德国人之后。"

露西尔想起冯·弗克中尉曾经告诉他的一个秘密,他说:"就在我们到达的那天,有一个给指挥官的包裹,里面装的全是匿名信。人们互相揭发,英国人或是戴高乐主义的宣传、囤积食品、间谍。如果真的把这些事情当真的话,整个地区的人都要进监狱!我让人把所有的匿名信都扔进火里。人的本性不是很好,溃败更是让心里所有的恶都醒了过来。在我们国家也是一样。"但是露西尔没有说,听凭她的婆婆,她那充满热情、活泼、年轻了二十岁的婆婆在卫生间的沙发上铺床。她用的是自己干净的床垫,自己的枕头,最为细腻的床单,她充满爱心地为伯努瓦·萨巴里准备被窝。

二十

很长时间以来德国人一直忙着组织六月二十一日到二十二日间在蒙莫尔城堡举行的节日。这是德国部队进入巴黎的纪念日,但是没有一个法国人知道他们为什么选择这个日子而不是别的:口令是上面传下来的,说必须遏制一下法国人的民族骄傲情绪。民众很清楚自己的缺点,他们比最恶毒的外在观察者还要了解。冯·弗克最近曾经和一个年轻的法国人友好地谈过话,这个法国人说:"我们很快就会忘记的,这既是我们的弱点也是我们的优点!一九一八年之后我们很快就忘了自己是战胜者,这可能就是我们现在会输的原因;一九四〇年之后我们也会很快忘记自己曾被打败过,这就有可能会救了我们!"

"而对于我们的国人来说,缺乏直觉应该说既是我们这个民族的缺点,同时也是我们最优秀的品质,换句话说就是缺乏想象力。我们无法换位思考。我们常常在无意之间伤害了别人,我们招人恨,可是这就让我们养成了一种从不屈服、坚持不懈的行动方式。"

由于德国人怀疑自己缺乏直觉,因此他们在和当地居民交谈的时候,尤其注意自己所说的话,可当地居民又为这个指责他们虚伪。甚至露西尔问"你们举行这个晚会的由头是什么"时,布鲁诺也含糊其辞地说,他们国家的人习惯在六月二十四日前后聚会庆贺,因为那天的夜最短,但是正好接到了二十四号大演习的命令,因此将庆祝提前。

一切准备就绪。公园里支起了桌子。他们要求当地的居民将最漂亮的桌布借给他们几个小时。在布鲁诺的指挥下，德国士兵带着尊敬，非常仔细地挑选着从深不可测的大橱里拿出来的这些缎纹桌布卷。资产阶级人家的女人翻着眼睛——好像她们早就料到有这么一天似的，她们暗暗诅咒布鲁诺，似乎看见圣热纳维耶夫从天上下来，劈死这些渎圣的德国人，他们竟然手捧着家庭的珍宝，质地细腻、绣有纪念日以及绣成花儿和小鸟的首字母图案珍宝——她们亲自上岗，当着士兵的面清点餐巾的数量。"我的餐巾应该是四乘十二，总共四十八条，中尉先生，可是现在只有四十七条。""请允许我帮您一起数，夫人，我相信我们没有拿您任何东西，您一定是太激动了，夫人。这是落在您脚边的第四十八条餐巾。请允许我把它拾起来，还给您。""啊！是的，我看见了，对不起，先生。但是，"女人带着最为尖酸的微笑回答说，"像这样乱的情况下，如果不当心，东西就会不见的。"但是布鲁诺找到了一种哄骗这些女人的方式，他十分优雅地敬了个礼说："当然，我们没有权利向您要求这个。您知道，这不属于战争捐助的范围……"

他甚至暗示说将军知道……"他很严厉……如果他知道我们竟然如此可恶，竟然如此放肆，他一定会责骂我们的……可我们真是烦透了。我们希望能度过一个美好的节日。我们这是在请求您的帮助，夫人。您完全可以拒绝我们。"神奇的话！哪怕是最为阴沉的脸也立刻放晴了，带上了一丝隐约的笑容（冬天那种惨淡而阴冷的阳光，布鲁诺想，照在一座富裕而衰落的古老房屋上）。

"但是，先生，我们有什么理由不让您得到快乐呢？您会仔细对待这些桌布的，是吗？那可是我的嫁妆！"

"啊！夫人，我向您发誓，我们一定用香皂洗干净，熨好了之后完好无损地还给您……"

"不！不！用完了直接还给我就行了！谢谢！用香皂洗我的桌布！可是，先生，我们从来不把这些桌布交给洗衣店洗，我们！我们直接看着保姆洗！我们用的是非常细腻的一种粉……"

说到这里，他只能带着柔和的微笑说："瞧，就像我母亲……"

"啊，真的？您母亲也……这真是奇怪……也许你们还需要餐巾什么的？"

"夫人，我可不敢再要求这个了。"

"我给您放上两套，三套，不，四套，每套十二件。您要餐具吗？"

东西都拿出来了，胳膊上挂满了洁净、芬芳的桌布餐巾，纸袋里装满了点心刀，古老的潘趣酒碗，还有拿破仑时代的咖啡壶，手柄上有一片叶型装饰，就像圣体一般伸手可及。这一切都放在城堡的厨房里，等待着节日。

姑娘们笑着呼唤士兵："没有女人，你们怎么跳舞？"

"我们也没有办法，小姐。这是战争时期。"

音乐家在暖房里弹奏。公园的门口竖起了缀满花饰的柱子和旗杆，他们的军旗在上面迎风飘扬——这支部队征战过波兰、比利时和法国，以胜利者的身份穿越了三个首都，还有卐字旗，露西尔看到了又会低声说，这上面染上了整个欧洲的鲜血。唉，是的，整个欧洲，包括德国在内，最为高贵的鲜血，最为年轻的、炽热的鲜血，在战斗中首先流淌的鲜血，而世界还要依靠剩下的鲜血来恢复生气。正因为如此，战后的日子总是如此艰难……

每天,从索恩河畔沙隆,从穆兰,从讷韦尔,从巴黎和艾佩尔奈,军用卡车满载香槟而来。如果说没有女人,至少有酒,有音乐和在池塘边升起的焰火。

"我们去看看。"法国姑娘说,"今天晚上就不去管什么宵禁了。您听见了吗?既然您开玩笑说,至少我们得找点乐子,我们也一样。我们去公园旁边的公路上看您跳舞。"

她们一边笑一边试着银色花边的撑边女帽、面具,还把头发梳成插满纸花的发式。他们究竟在庆贺什么节日?这些东西都是皱巴巴的,有点褪色,都是用过的,或是戛纳和多维尔的某个夜总会老板的藏货,一九三九年九月以前,都还在期望着以后的风光呢。

"如果你们戴上这些会多滑稽呀。"女人们说。

士兵一边做鬼脸一边神气活现地走着步子。

香槟、音乐、舞蹈,一时的欢乐……暂时忘却战争和流逝的时间。焦虑的仅仅是今天晚上有可能会下暴雨。但是夜晚是如此平静……可是,突然,很大的不幸降临了!一位同志被杀,毫无光彩地倒下了,被一个醉鬼农民无耻地打死了。他们想到过取消节日。可是不!勇士的精神在这里得到升华:要默默接受在你刚刚死去之际,同志们穿上你的衬衫、靴子,打一个晚上的牌,而你在帐篷的一角静静地安息——只要你的遗体被找到!但这种精神也会非常自然地接受别人的死亡,这是战士注定的平常命运,其他人不会为此牺牲哪怕极小的一点消遣。再说,军官无论如何都会想到,对于他们的下级,最好尽快想办法,不让他们沉湎于诸如未来的危险和生命短暂之类挫伤士气的胡思乱想。不!波奈没有承受很大的痛苦就去了。我们会给他举行隆重的葬礼。他本人也不会愿意同志们因为他而感到灰心丧气。节日将按照说定的日子举行。

布鲁诺也和士兵一样，沉浸在这样一种有点疯狂、几乎接近绝望的幼稚的激动中。休战时，他希冀着某种将他从日常的烦恼中释放出来的娱乐时，他总是这样。他不愿去想波奈，也不愿去想在这些灰色、清冷、充满敌意、百叶窗紧闭的房子里，人们在低声咕哝什么。他就像一个孩子，原本答应他要带他去看马戏，可这会儿又要让他留在家里，说有个上了年纪、令人厌烦的亲戚病了。他和这个孩子一样，他想说："可这和我没有任何关系。这是你们的事情。这和我有关吗？"这和他有关吗？他，布鲁诺·冯·弗克？他不仅仅是德意志士兵，他不仅仅因为军队和祖国的恩泽才得以成熟。他是最具人性的人。他想，他和所有的生灵一样享有追求幸福、追求自由的权利，然而（和所有生灵一样，唉，在这样的时期），这合理的愿望却不断地遭到某种国家逻辑的干扰，国家的逻辑，即所谓的战争、公共安全和必须维护胜利之师声望的要求。有点像王子，他们的存在仅仅就是为了满足国王，他们的父亲。当他经过比西镇的大街小巷，当他骑马穿越村庄，当他在踏入某个法国家庭将马刺弄得叮当作响时，他的确感受到了这份王者般的荣耀，这份强大德国的伟大投射在他身上的光环。但是法国人不可能理解的是，他既不骄傲也不无礼，他非常谦虚，他害怕他所承担的伟大。

但就是在今天，他不愿去想这一切。他宁愿只想舞会，或是梦想一些不太现实的东西，比如说已经离他很近的那个露西尔，有可能可以和他一起来参加节日庆典的那个露西尔……我真是烧得不轻，他微笑着对自己说。好吧！管它呢！在我的内心，我是自由的！在他的脑海里，他在勾勒属于露西尔的裙子，不是这个时代的裙子，而是像罗马雕像上的那种裙子。白色的、轻纱飞扬的那种，裙裾就像植物的花冠一样，从窄到宽。和她一起跳舞，把她拥在怀里的时候，有时他都能够感觉到这轻纱蔓绕在他的腿边。他的脸色变得有些苍白，咬住了嘴唇。她是那么美……身边的这个女人，在这样的一个夜晚，在蒙莫尔家的公园里，乐队的声音，远处的灯火……一个女人，尤其值得一提的是，一个有可能能够理解，能够与他分享接近于宗教性的灵魂战栗的女人。这战栗，来自孤独，来自黑暗，来自对这黑暗和对这可怕的嘈杂——远处的军队、士兵，还有更远的，正在战斗、承受痛苦的军队和以胜利者的身份驻扎在城市里的军队——的意识。

"和这个女人在一起，我会获得许多灵感。"他想。他已经作了很多曲。这段时间以来他一直沉浸在一种创作的激情之中，疯子一般地迷恋着音乐，他笑着说。是的，和这个女人在一起，再有一点自由，一点安宁，他可以做一些大事情。"真是可惜。"他叹道，"真是可惜，有一天，我会得到开拔的命令，然后又是战争，别人，别的国家，身体如此疲惫，甚至我永远无法结束我的军旅生涯。而她要求我接待她……在门口，迫不及待地响起这一连串的曲子，美妙的和弦，微妙的不和谐音……武器的碰撞声惊起有翅膀的野鸟。真是遗憾，除了战斗之外，波奈还喜欢什么别的东西吗？我不知道。我们永远无法彻底了解他人。但是如果……是这样的……他就这样获得了进一步的发展，他十九岁就死了，而我还活着。"

他在安吉利耶家门前停下脚步。他到家了。三个月来，他已经习惯把这里看成是他自己家，这贴着铁皮的大门，这监狱一样的大锁,这散发着地窖气味的候见厅,还有房子背后的花园,浸淫在月色之中的花园和远处的树林。这是一个六月的夜晚,带着一种神圣的柔情。玫瑰绽放,可是玫瑰的香味没有干草和草莓的味道浓,自昨晚开始,这味道就一直在这个地区飘荡,因为农忙时节到了。中尉一路上碰到不少装满新鲜干草的牛车——现在没有马。他静静欣赏了一番缓慢、庄严、走在芬芳的负荷前的牛。看到他经过,农民纷纷转过身去。他看到了……但是……他今天又觉得很高兴,而且很轻松。他走向厨房,要了点吃的。厨娘很不习惯,匆匆忙忙地给他准备了一些,可是没有理会他的玩笑。

"夫人在哪里?"他终于问道。

"我在这里。"露西尔说。

正在他才吞下一大块新鲜面包上的一片生火腿时,她悄无声息地走进厨房。他冲她抬起头:"您的脸色多么苍白啊。"他温柔而焦虑地说。

"苍白?不。只是今天一整天都很热。"

"您的好婆婆在哪里?"他微笑着问,"我们到外面转一圈吧。到花园里来找我。"

过了一会儿,当他正在果树间宽阔的小径上慢慢走着的时候,他看见了她。她走向他,低着头。在离他几步远的地方,她犹豫了一下,接着,和平时一样,等他们来到任何人都看不见的一棵高大的椴树下时,她走到他身边,挽住了他的胳膊。他们一起默默地走了几步。

"他们修剪了草坪。"她终于开口说。

他闭上眼睛,呼吸着芬芳的气味。在奶白色的、覆盖着轻盈的云团的、朦朦胧胧的天上,月亮呈现出一种蜂蜜色。天色还没有暗下来。

"明天是个好天,为我们的节日。"

"是明天?我还以为……"

她没有说下去。

"为什么不呢?"他皱着眉头说。

"没什么,我还以为……"

他用手里的手杖神经质地抽打着花儿。

"这里的人怎么说?"

"是关于……?"

"您很清楚。关于那件罪行。"

"我不知道。我没见过任何人。"

"那您呢,您怎么想?"

"多么可怕啊,当然。"

"可怕,而且难以理解。再说,我们究竟对他们做了什么?我们,作为男人?如果说有时候我们让他们感到难堪,这并不是我们的错,我们只是在执行命令而已。我们是士兵。而且我觉得军队已经尽一切可能表现得举止得体、人道,不是吗?"

"当然。"露西尔说。

"当然,如果是对别人,我也许不会说……我们一致认为,我们不应该同情被杀的同志的悲惨命运。这与军人精神是相违背的,军人精神要求我们只能把大家当成一个整体来看待。士兵死了而军队仍然存在!因此我们没有推迟节日。"他继续道,"但是对于您,露西尔,我可以说。想到这个被杀的十九岁的男孩,我的心在流血。他还算是我的一个远亲呢。我们两个家庭都认识……另外还有一件事情,虽然说出来有点傻,但是令我非常反感。为什么他要杀了那条狗,我们的福神,我们可怜的布比?如果有一天我找到他,那个人,我会很高兴亲手结果他。"

"也许,"露西尔低声说,"很长时间以来他也一直和自己这么说!如果我能亲手逮住一个德国人,趁其他人不在的时候,能够亲手逮住他们的狗,多痛快啊!"

他们互相望着对方,神情沮丧。话就这样冲出他们的嘴唇,几乎是不由自主地。沉默只能使事情更加恶化。

"这事情就说来话长了。"布鲁诺努力用一种轻松的语调说,"胜利者不能够理解为什么我们如此不满。一九一八年以后,你们还一直努力想要说服我们呢,说我们性格不好,因为我们不能忘记我们沉没的船队,我们失去的军团,我们遭到摧毁的帝国。但是如何能够将一个伟大民族的怨恨与一个农民盲目的复仇心理的爆发相提并论呢?"

露西尔摘了几根木樨草,嗅着,用手搓揉着。

"还没有找到他吗?"她问。

"没有。哦!他现在已经跑远了。没有一个诚实的人敢把他藏起来。他们知道他们这样做风险太大,他们都很贪生,不是吗?这对于他们来说几乎和钱一样重要……"

他带着一个浅浅的微笑,望着一座座低矮、壮实、神秘、在黄昏中沉睡、从四面八方包围着花园的房屋。看得出,他是在想,这些房子里住的都是饶舌、容易动感情的老妇人,住着谨慎、吹毛求疵、贪得无厌的资产阶级家的女人;越过这些屋子,在农村,住着和牲畜差不了多少的农民。这几乎都是事实,一部分事实。住在那里面的,的确是这部分影子,黑暗的、神秘的影子,根本无法沟通,而且对于这部分影子,露西尔突然想起了小学时读的一句课文,"最骄傲的暴君也无法拥有他们的帝国"。

"我们走远一点。"他说。

小径的两边都是百合。长长的、光滑的花蕾刚才还在最后一缕阳光中闪闪发光,而现在,骄傲、笔直、芬芳的花朵已经在晚风中绽放。他们认识三个月,露西尔和德国人一起散过很多次步,可是从来没有一次有这样晴朗的天气,这样适合恋爱的天气。他们达成了一致,尽量忘却所有不属于他们的东西。"这和我们没有关系,这不是我们的错。在每个男人和每个女人的心里,都存在着一种类似伊甸园的地方,那里没有死亡,没有战争,野兽和牝鹿在一起相安无事地嬉戏。我们只要找到这天堂,只要对其他一切闭上眼睛。我们只是一个男人和一个女人。我们相爱。"

他们对自己说,理智和心灵本身能够让他们成为敌人,但是他们之间有一种任何东西也不能截断的相同的感觉,一种无言的相通,因为共同的欲望将一个坠入情网的男人和一个愿意相许的女人联系在一起。在一棵结满果子、靠近小小喷泉的樱桃树下,在乌鸦贪婪怨愤的叫声中,他想要占有她。他无法自控地、粗暴地将她拽入怀中,撕扯着她的衣服,揉捏她的乳房。她发出一声尖叫:"永不!不!不!永不!"她永远也不可能属于他。她害怕他。她不再渴望他的爱抚。她还不够堕落(也许是太年轻了!),因此在这恐惧之中还生成不了欲望。爱情,她曾经如此热情地迎接它的到来,甚至不愿相信它是有罪的,然而此时,在她的眼里,爱情突然变成了一种可耻的狂热。她对他撒谎,她背叛了他。这个还能叫做爱情吗?那么,只是一个小时的欢娱……然而欢娱本身,她也没有能力去感受了。让他们成为敌人的,既非理智亦非心灵,而是这血的暗流,他们还以为能够凭借这血的暗流结合在一起,可是他们却不能够。他用那双美妙细腻的手触摸她,她也曾经希望得到这双手的爱抚,可是现在她却感受不到,而冰凉的、压在她胸口的腰带扣却让她一直冰到了心里。他在她耳边咕哝着德语词。外国人!外国人!敌人,不管怎么说,他永远是敌人,看看他的灰绿色外套,看看这不属于这里的金黄色的头发,看看这自信的嘴巴。突然间,他将她一把推开。

"我不会强迫您。我不是一个醉醺醺的粗野军人……您走吧。"

可是她裙子上的布腰带缠在军官的金属衣扣上。他颤抖着双手,轻轻地解开衣带。然而她却心存恐惧地望着屋子的方向。华灯初上。老安吉利耶夫人是否记得要将第二道窗帘拉上?这样,逃犯的影子才不至于映在窗玻璃上。对于六月的黄昏,我们的戒心往往不够大!黄昏会透露毫无防备敞开着的卧室里的秘密,目光会穿透一切,进入卧室。人们根本没有什么戒心。从邻居家的屋子里响起了英国广播的声音,清晰可辨。经过外面公路的车子上装满了违禁商品。每一座屋子里都藏有武器。布鲁诺低着头,手里拿着长长的、在风中飘扬的带子。他没敢动,也没敢说话。最后,他忧伤地说:"我以为……"

他没有说完,犹豫了一下,又继续道:"以为您对我……有一点柔情……"

"我也这样以为。"

"然而没有?"

"没有。这是不可能的。"

她离开他,在离他几步远的地方站住。有一瞬,他们的目光相遇了。令人心碎的军号声响了起来：宵禁的时候到了。广场上，德国士兵穿过人群。"走，上床去！"他们说，没有一丝粗鲁。女人笑着在抗议。军号又响了第二遍。居民都回到自己家中。广场上只剩下德国人。一直到天亮，只有他们巡夜的单调声音会搅扰到大家的睡眠。

"宵禁了。"露西尔淡然地说，"我得回去。我必须关上所有的窗子。昨天，有人告诉指挥官，说我们家客厅的灯光没有遮好。"

"只要我在，您不用担心。我们不会打扰您的。"

她没有回答。她向他伸出手，他吻了之后，她便往家中走去。午夜过后很久，他依然在花园里散步。她听见街上的哨兵简短而单调的招呼声，还有在她的窗下，狱卒一般缓慢而节奏分明的脚步声。有时，她想："他爱我，他一点也没有怀疑。"有时，她又想："他肯定有所怀疑，他在窥伺，他在等。"

"真是遗憾。"她想，突然之间很真实地想，"真是遗憾，这是个美丽的夜晚……为爱情准备的夜晚……不应该就这么失去它的。其余的一切都不再重要。"但是她没有做出任何举动，没有从床上起来，走近窗子。她觉得——被捆住了手脚——成了囚犯——自己与这个被囚禁的国家紧紧联系在一起，这个不耐烦地低声叹息和做着梦的国家。她就这么让夜晚白白地流逝了。

二十一

从下午开始,小镇就沉浸在欢乐的气氛之中。士兵用树叶和花朵装点好了广场上的旗杆。镇政府的阳台上,在卐字旗下,飘荡着红色和黑色的小纸旗。小旗上用哥特字体写着口号。天气真是美妙极了。凉爽而轻盈的风吹动着旗子和缎带。两个脸蛋红扑扑的年轻士兵拖着一辆装满玫瑰的车子。

"是用来装饰桌子吗?"好奇的女人问。

"是的。"士兵骄傲地回答。其中的一个选了一朵含苞待放的花儿,送给一位姑娘,他还敬了一个礼,弄得姑娘满脸通红。

"会是个很美好的节日。"

"我们希望是这样。我们已经有太多的不幸。"士兵回答说。

厨师们就在露天工作,制作点心和晚宴的塔式蛋糕。他们在教堂周围高大的椴树下,这样可以避开灰尘。厨师长穿着军服,但是他戴着高高的厨师帽,并且在短军服的外面罩了一件白得耀眼的罩衫,他正要完成他的蛋糕。他用奶油给蛋糕裱上阿拉伯式图案,最后再点上糖渍水果。空气中充斥着糖的香味。小淘气们发出欢快的叫声。厨师长骄傲极了,可他又不愿表露在外,于是故意皱着眉头,非常严肃地对孩子们说:"去,往后退一点,我们要和你们一起工作吗?"女人一开始先装出对蛋糕毫无兴趣的样子:"嗨!……肯定会很粗俗……他们没有好面粉……"渐渐地,她们走近蛋糕,起初还比较羞涩,接着就比较无礼了,以女人特有的方式发表她们的意见。

"哎,先生,这一面还差一点……先生,您需要在这里裱一个小天使。"

最终,她们一起参与了制作。她们一边把兴奋的孩子赶到一旁,一边和德国人一起在桌边忙碌。其中一个在剁杏仁,另一个在研磨糖块。

"这是专为军官准备的吗?还是士兵也有得吃?"她们问。

"所有人,所有人。"

她们冷笑一声。

"除了我们!"

厨师长将彩釉的盘子举起来,上面环绕着巨大的蛋糕,他微微致意,将他的作品呈献给人群,人们笑了,为他鼓掌。他们非常小心地将蛋糕放在一块巨大的木板上,两个士兵拿着木板(一人端头,一人端尾),厨师长也往城堡的方向走去。但是,驻扎在附近、受邀参加节日的军官陆续从四面八方赶到了。绿色的长斗篷在他们身后飘荡着。商人们满脸堆笑,等候在门口。从今天早晨开始,他们就从地窖里拿出了最后的存货:德国人买下他们所能买的一切,花了不少冤枉钱。一个军官买走了最后几瓶甜烧酒,另一个花一千二百法郎买了女式内衣。士兵拥在店铺前,满怀柔情地看着红色和蓝色的围嘴。最后,他们当中的一个实在坚持不住了,等军官走远,他便喊来了营业员,指着婴儿用品。这是个很年轻的、蓝眼睛的士兵。

"男孩还是女孩?"营业员问。

"我不知道。"他天真地回答说,"我妻子写信告诉我的。应该是上回探亲时的事情,一个月前。"

周围的人一阵大笑。他满脸通红,但是看上去很高兴。他们让他买了个拨浪鼓和一条小裙子。他胜利者一般地走过大街。

广场上响起了音乐，就在由鼓、军号和短笛组成的圆圈旁，另一个圆圈围住了这些军官。那是一群法国人，他们看着这一切，张大了嘴巴，双眼闪烁着希望，带着热情和忧伤摇着头，心里在想："我们知道这是怎么一回事……我们在等另一个国家传来的消息……我们都是这样过来的……"然而，一个身形巨大的德国人第三次踏进了旅行者饭店。他屁股很大，臀部也很宽，骑兵短裤穿在他身上，被他撑得像副手套，他让饭店再次检查气压计。气压计一直稳稳当当的，没动。德国人满意极了，光彩熠熠的，说："没什么好担心的。今晚没有暴风雨。上帝与我们同在。"

"是的，是的。"女服务生点头表示同意。

这份天真的快乐也感染了老板（他是个亲英分子）和消费者。所有人都站起身，走近气压计："没什么好担心的。很好，会是个好节日。"为了让他听懂，他们努力用一种简单的法语说，德国人于是咧开大嘴笑着，拍着所有人的肩膀重复说："上帝与我们同在。"

"当然，当然，上帝保佑，已经喝过了，德国佬。"背过身去，他们低声说，故意带上一种善意的口音：大家都知道怎么回事。从昨天开始他就为节日喝上了……一个壮实的家伙……嗯！是啊！他们有什么好烦恼的？不管怎么说他们也是人！

通过外表和话语建立了一种友好的气氛之后，德国人一口气干光了三瓶啤酒，兴高采烈地离开了。随着时间的流逝，所有的居民也开始感受、沉醉在节日气氛之中，好像他们也要去参加节日似的。厨房里，姑娘们懒洋洋地冲洗着玻璃，她们每时每刻都把身子凑在窗子上，想看看德国人是否已经成群结队往城堡的方向在赶。

"你看见住在本堂神甫那里的少尉了吗?他今天多英俊,胡子刮得多干净啊!这是指挥官的新翻译!你猜他有多大?在我看来,他肯定二十岁不到,这个小伙子!他们都很年轻。哦,这就是安吉利耶夫人家的中尉。他真是能让我发狂,这个年轻人。看得出他教养很好。多漂亮的马啊!他们的马还真是漂亮,我的上帝啊。"姑娘们感叹道。

这时,偎在锅边的某个老人用尖酸的语调说:"帕尔迪,这都是我们的马!"

老人往灰烬里吐了口痰,嘴里咕哝着姑娘们听不清楚的诅咒。她们只赶着做一件事:尽快做完洗洗涮涮的事情,去城堡看德国人。城堡外面有一条路,路两边都是洋槐、椴树和叶子一直抖个不停摇个不停的欧洲山杨。透过树枝,可以看到湖、架起桌子的草坪和位于高处的城堡。城堡的门窗都开着,那里在演奏军乐。八点钟,地区所有的人都在那里。姑娘们把父母也拖来了,年轻的女人不愿意把孩子单独留在家里,有些小孩已经在母亲的怀里睡着了,另一些又跑又叫,在玩鹅卵石。还有一些则拨开洋槐柔嫩的树枝,好奇地望着里面的景象:安坐在平台上的音乐家,躺在草地上或在树间慢慢散步的德国军官,还有桌子。桌子上铺着漂亮得耀眼的台布,桌子上的银器在最后一缕阳光下闪闪发光,每一张椅子后面都站着一个一动不动的士兵,就像阅兵时一样:这是负责服务的勤务兵。终于,一支尤其欢快和令人振奋的曲子响了起来,军官们都来到自己的座位上。在坐下之前,坐在首席的人("贵宾席上……是将军。"法国人私底下小声说)和所有立正的军官举起酒杯,叫了一声:"希特勒万岁。"声音久久回荡，很久方才平息。那声音中有一种金属般的、野性与纯净的质感，连空气也为之震颤。接着，便响起了彼此交谈的声音，杯盏交碰的声音和迟到的小鸟的歌声。

站在远处的法国人都在辨认自己认识的人。站在面容清秀、鹰钩鼻的白发将军旁的，是指挥官手下的军官。

"你看到的那个在左边的，就是拿了我车的那个，那个杂种！旁边那个小个子，金发，脸蛋红扑扑的，他人很好，法语讲得也很好。安吉利耶家的德国人呢？他叫布鲁诺……漂亮的名字……真遗憾，很快天就要黑了，一会儿我们什么也看不见了……鞋匠家的德国佬和我说他们将点燃火把照明！哦！妈妈，那会多漂亮啊！我们一直待到那个时候吧。城堡的主人对这一切会怎么说呢？他们今晚睡不了觉了！剩下的那些东西谁吃呢？说啊，妈妈？是镇长先生吗？"

"住嘴，小蠢货，不会有什么剩下的，去，他们胃口可好了！"

草坪上渐渐暗下来了。借助已经暗淡下来的光线，还能看见德国人制服上的金色装饰，他们金色的头发，平台上音乐家们的铜管乐器在闪闪发光。白天的所有光亮似乎在一瞬之间逃脱了大地，躲在天幕之后。贝壳状的红色云团围住了满月，月亮的颜色非常奇怪，是非常惨淡的绿色，就像那种黄连木的果冻糕，冰凉凉的，带着一种生硬的透明感。月亮倒映在湖中。空气中充斥着甜美的香气，青草、新鲜的干草和树林里的草莓。音乐声一直没停。突然，火把点燃了。士兵们手执火把，照亮了杯盘狼藉的桌子，此时军官们都已经来到湖边，唱着，笑着。人们听到香槟开启的声音，香槟酒瓶的塞子蹦出来，自有一种热烈、活泼的音调。

"啊！混蛋。"法国人说，可是话语之中并没有太大的怨愤，欢快的气氛是会传染的，它卸去了怨恨的心理，"不过他们喝的可是我们的酒……"

再说，德国人似乎觉得这香槟酒很好（他们可付了不少钱！），法国人在暗地里颇为他们的品位洋洋自得。

"他们玩得很开心，幸好不永远是战争。别担心，他们总有一天还要面临战争……他们说今年一切都会结束。当然，如果是他们赢了，那真是不幸，但是也没有办法，总要结束才好……城里的人真是太悲惨了……但愿他们把战俘还给我们。"

响亮而轻快的音乐响起时，路上的姑娘们互相搂着对方的腰，跳起了舞。鼓和铜管乐器让华尔兹和轻歌剧的曲子带上了一种非常响亮的味道，某种胜利者的声音，活泼、雄壮、欢快，弄得心儿怦怦直跳。有的时候，在轻快的音符上会突然插入即兴的一声，悠远而高亢，就像是遥远的暴风雨的回声一般。

等到夜晚彻底来临之时，圣歌的声音响了起来。从平台到公园，从陡峭的湖畔一直到荡着鲜花装饰一新的船儿的湖泊，军人们的歌声彼此相和回应。法国人听着，情不自禁地被迷住了。此时已近午夜，可没有一个想到要离开他们在高草和树枝间的位置。

火把，孟加拉焰火照在树上。这些动听的声音充斥着夜晚。突然，一片寂静。在绿色的火光和月亮的清辉下，可以隐约看见德国人像影子一般跑来跑去。

"要放焰火了！肯定是焰火！我知道。德国佬跟我说过。"一个小淘气叫道。

小孩儿尖厉的声音能够穿越湖水。母亲斥责道:"住嘴,别叫他们德国佬和德国鬼子,永远别这样叫!他们不喜欢。给我闭上嘴好好看。"

但是除了跑来跑去的影子在动之外,人们什么也没看见。平台高处有人叫了声什么,没有人听清楚他叫的是什么。这时响起一声悠远、低沉的回应,仿佛雷声轰鸣一般。

"他们在叫什么?你们听见了吗?应该是'希特勒万岁!戈林万岁!第三帝国万岁!'之类的东西吧。什么也听不清。他们什么也不说了。瞧,音乐家都走了!他们收到什么消息了吗?也许要坐船登陆英国了?在我看来,肯定是太冷了,他们要到城堡里继续节日。"药剂师带着一种暗示说,他很怕湿,因为他有关节炎。

他抓住年轻妻子的胳膊。

"我们也回去吧,莉耐特?"

但是药剂师的老婆不愿意听。

"哦!我们留下来吧,再等一会儿。他们要开始唱歌了,这一切那么美。"

法国人在等,可是歌声始终没有再响起。士兵、拿火把的人从城堡跑到公园,好像他们在传递什么命令。有时大家能听到一声简短的呼唤声。船儿在湖上飘荡,船儿空荡荡的,在月亮的光辉之中。军官们全都跳上了岸。他们在湖畔散步,高声谈论着什么。大家能够听见他们的声音,可是没有人能懂。孟加拉焰火一个接一个地灭了。观众们开始打哈欠。"太晚了。我们回去吧。节日肯定结束了。"

姑娘们手挽着手,父母跟在他们后面,困倦的孩子拖着腿,三两个一群走在回家的路上。在路上的第一座房子前,一位老人点燃了烟斗,坐在路边的草凳上。

"怎么?"他问,"节日结束了?"

"当然了,是的。哦!他们玩得很开心。"

"他们玩不了多久了。"老人心平气和地说,"广播里说他们和俄国人开战了。"

他将烟斗在他的木头凳子上磕了好几下,将烟灰磕出来,他的眼睛望着天空,低声说:"明天又是一滴雨没有。最终花园要遭殃的,这鬼天气!"

二十二

他们要走了!

好几天以来,人们一直在等德国人走。德国人自己也公布了这个消息:他们将被派驻到俄罗斯。法国人听到这个消息,好奇地观察着他们("他们高兴吗?还是很焦虑?他们会输还是会赢?")。德国人也在猜测人们是怎么想他们的:看到他们走,这些人是不是很开心?他们是不是在心里暗暗希望他们所有人都死掉?他们当中会有一些人舍不得他们吗?他们会为他们的离开而惋惜吗?不是作为德国人,作为征服者(他们还不至于单纯到这个地步,会问这样的问题),而是仅仅作为在他们家的屋顶下生活过三个月,将自己家的照片或是母亲的照片给他们看,和他们一起喝光不止一瓶葡萄酒的保罗、谢格菲尔德、爱华德,他们会不会感到遗憾呢?可是法国人和德国人都是一副捉摸不透的表情。他们彼此说话时彬彬有礼,非常节制——"这就是战争……我们也没办法……不是吗?不会持续很长时间的,必须这样想!"他们彼此说着告别的话,就好像船停靠最后一站时的乘客。他们要互相写信。有天他们也许会再见的。他们会保留这几个星期在一起生活的美好记忆。不止一个士兵在某个暗处对正在沉思的姑娘说:"战争之后我会回来的。"战争之后……多么遥远啊!

他们今天走。一九四一年七月一日。法国人最操心的,是镇上还会不会接待其他德国人。因为如果那样,他们不无苦涩地想,那就没有必要换了。人们已经习惯了这批人。谁知道在交换的过程中会不会损失点什么呢?

露西尔溜进安吉利耶夫人的房间,告诉她一切都已经决定,他们已经收到了命令,德国人今天夜里就走。在看到新的德国人到来之前,应该是有一点暂缓的时间,可以利用这个机会让伯努瓦离开。不可能把伯努瓦一直藏到战争结束,而只要地区仍然被德国人占领,也不能让他回家。只有一个希望——到封锁线另一头去,但是封锁线看得很紧,而且只要部队调动,封锁线就会越来越紧。

"非常危险,非常。"露西尔低声说。她脸色苍白,觉得自己疲倦极了。接连好几个晚上,她几乎没有睡着过。她望着站在她面前的伯努瓦。对于他,她有一种很奇怪的感觉,害怕、不解和羡慕。一副不可动摇的神情,相当严厉,几乎可以说是生硬,这让她感到颇为害怕。这个男人身材高大,肌肉结实,脸色比较深;浓浓的眉毛下一双明亮的眼睛,有时候这双眼睛流露出来的眼神让人无法承受。那双褐色的、满是皱纹的手一看就知道是农民和士兵的手,是一双漠然地翻动土地和搅动鲜血的手,露西尔想。她几乎可以肯定:不论是愧疚还是恐惧都搅扰不了他的睡眠,对于这个男人来说,一切都很简单。

"我仔细思考过了,露西尔夫人。"他低声说。

尽管有这城堡一样的墙,尽管门窗紧闭,他们三个人碰头的时候,总是觉得有人在偷看他们,所以要说什么的时候,总是说得很快,而且声音很低,像是咕哝。

"这会儿谁也不能让我通过封锁线。太危险了。是的,是得走,可是我想去巴黎。"

"巴黎?"

"我在部队的时候有一些同伴……"

他犹豫了一下。

"我们被关在一起。后来我们又一起逃跑。他们在巴黎工作。如果我找到他们,他们会帮助我的。他们中的某一个可能早已不在人间,要不是……"

他看着自己的手,没有说下去。

"现在要做的,是安全抵达巴黎,在路上不被抓住,还要找一个可靠的人,能够收留我一到两天,直到我和同伴们联系上。"

"我在巴黎一个人也不认识。"露西尔低声说,"但是无论如何,您需要弄到身份证。"

"只要我找到朋友,我就会有证件的,露西尔夫人。"

"怎么?您的朋友做什么?"

"政治。"伯努瓦简短地说。

"啊!共产党。"露西尔低声说,她想起这个地方的人就伯努瓦的思想和行为方式有过一些传言,"现在他们到处搜捕共产党。您这是在拿自己的生命冒险。"

"这又不是第一次,也不会是最后一次冒险,露西尔夫人。"伯努瓦说,"我们已经习惯了。"

"那怎么去巴黎呢?坐火车,这不可能。您的体貌特征已经被发送到全国各地了。"

"步行,或者骑车去。我逃跑的时候,完全靠走路。我不怕走路。"

"可宪兵呢……"

"两年前我留宿过的那些人家会认出我的,他们不会向宪兵告发我。路上比在这里更好,因为这里有很多人讨厌我。最糟糕的地方就是这个地区。在别的地方,人们既不喜欢我也不讨厌我。这会更容易。"

"这么长的路,步行,只有……"

老安吉利耶夫人到此时为止一直没有说话,她站在窗边,用那双颜色极淡的眼睛欣赏着德国人在广场上来来去去,此时她举起手,做了个表示警告的手势。

"他上来了。"

三个人都不再说话。露西尔的心怦怦直跳,她觉得很不好意思。心跳如此剧烈,如此急促,相信连其他两个人都听见了她的心跳。老夫人和农民都非常镇定。这时下面响起了布鲁诺的声音。他在找露西尔。他打开了好几扇门。他问厨娘:"您知道年轻的夫人在哪里?"

"她出去了。"玛尔特回答道。

露西尔深吸一口气。

"我得下去。"她说,"他找我,也许是为了和我告别。"

"利用这个机会,"安吉利耶夫人突然说,"问他要汽油券和通行证。您可以开那辆旧的汽车,没有被征用的那辆。您对德国人说,您要到城里去,因为您的一个农民病了。有了指挥官发的通行证,路上他们就不会拦下你们,这样你们就可以安全抵达巴黎了。"

"哦!"露西尔反感地说,"这样撒谎……"

"那您十天以来都在干什么?"

"可是到了巴黎之后,直到他找到朋友之前,我把他藏在哪里?到哪里去找如此勇敢、如此忠实的人,除非……对了……"

她的脑中突然掠过某个回忆。

"是的。"她突然说,"有一个可能……不管怎么说这是个机会,可以试试。您还记得一九四〇年六月在我们家待过的那些难民吗?有一对银行的职员,他们已经年龄不小了,可是他们很有耐力,很有勇气。他们才给我来过信。我有他们的地址,他们姓米肖。是的,是姓这个,玛尔特·米肖和莫里斯·米肖。他们也许会接受的……他们肯定会接受的……但是得写信给他们,等待他们的回复……要不然干脆孤注一掷算了……我不知道……"

"一定得要到通行证。"安吉利耶夫人劝告道。带着一丝惨淡而尖酸的微笑,她补充道:"这是最可行的。"

"我试试看。"露西尔低声说。

她害怕和布鲁诺单独相处的时刻。她匆匆忙忙地下了楼。一切结束了也好。如果他怀疑到什么东西了呢?啊!活该!这就是战争。她承受着战争的法则。她什么也不怕。她那空荡荡的、疲倦的灵魂暗地里期待着某种极大的风险。

她敲响了德国人的房门。进门之后看到他不是一个人,她感到很吃惊。指挥官的新翻译在,他是一个消瘦的、红头发的小伙子,脸部的轮廓分明而硬朗,金色的睫毛。除了他,还有一个很年轻的军官,个子不高,胖乎乎的,红红的皮肤。他们俩也在他的房间里。三个人都在写信,装包裹:他们把一些小玩意儿寄回家。士兵在一个地方停留一段时间的时候,就会买上这么些小玩意儿,仿佛是为了制造一种已经融入这个地方的幻觉,可是一旦出发去打仗,这些东西又会成为他们的障碍:烟灰缸、小摆钟、小雕像,还有书。露西尔想走,可是他们请她留下。她在布鲁诺给她搬到面前的扶手椅上坐下,看着三个男人在请求她原谅之后继续他们的工作。"因为我们想趁五点钟的邮班把这些都寄走。"

他们说。

她看见一把小提琴，一盏小台灯，一本法德字典，还有一些法文、德文和英文书籍，一张漂亮的浪漫主义版画，展现的是海上的一个帆船手。

"我是在欧坦的一个旧货商那里找到这东西的。"布鲁诺说。

他犹豫了一下。

"算了，不……这东西我不寄了……我没有合适的纸箱。它会坏的。您愿意接受它吗，夫人，这会让我感到非常高兴的。它非常配这间略显阴暗的房间。主题也很应景。瞧啊，阴沉沉的、黑乎乎的天气，一艘正在远去的船……而在很远的地方可以看到地平线那头的一丝亮光……非常模糊、惨淡的希望……请您收下来，这是来自于一个士兵的礼物，一个即将出发、再也不会和您见面的士兵。"

"我会留好的，先生，就因为地平线的这一缕白光。"露西尔低声说。

他低下头，继续准备他的东西。桌上点着一根蜡烛，他将信封上的蜡封口靠近火焰，在用绳子扎好的包裹上封了个蜡印，然后他用从手指上退下来的戒指压平滚烫的蜡。露西尔望着他，她想起他弹琴的那天，她还曾经将这枚带有他体温的戒指拿在手上。

"是的。"他说，他突然抬起头，"幸福时光结束了。"

"您认为新的战争会持续很长时间吗？"她问，可突然间她后悔自己提了这个问题。这就好像在问一个人他是否能活很久一样！新的战争预示着什么，意味着什么呢？一系列闪电般的胜利或是溃败，长时间的斗争？谁能够知道？谁敢预测未来？尽管谁也不能做别的什么……做也是白做……

他似乎读懂了她的心思。

"无论如何，总是无尽的痛苦、心碎和流血。"他说。

他的两个同志也和他一样，整理好了东西。小个子军官在非常仔细地包一只网球拍，翻译官则在包装一些开本很大、黄色皮封面的精装书。"是园艺方面的书。"他对露西尔解释说，"因为参军之前，"他略带故作庄重的口气说，"我是园景设计师，专门设计路易十四时代风格园景的。"

现在，在整个小镇上，在咖啡馆里，在他们居住的资产阶级家庭里，有多少德国人在写信给他们的妻子、未婚妻呢？有多少德国人在告别他们的属地，就像第二天就要去送死一样？露西尔非常同情他们。她看见街上走过才从马蹄铁匠和鞍具商那里出来的马匹，它们也许已经在准备出发了。想到这些从法国农民手上抢来的马就要被送到世界的另一端，这似乎让人有一种奇怪的感觉。翻译官随着她的视线望去，严肃地说："我们去的地方，是个对马来说非常有利的地方……"

小中尉做了个鬼脸。

"对人来说就没有这么有利了……"

露西尔觉得，看上去，德国人想到新的战争时充满了忧伤，但是她不让自己更加深入分析他们的感情。她不愿利用感情突然抓住一闪而过的所谓"战勇精神"。这简直像是间谍干的事情一样，她会为此感到羞愧的。再说，她现在非常了解他们，她知道无论如何，他们都会非常英勇地战斗！……最后，我在这里看到的年轻人和明天的战士之间存在着一道深沟，她对自己说。我们很清楚，人都是复杂、多样、分裂的，有很多令人意想不到的方面,然而必须借助战争或是大的变故才能够看到这一点。这是最为令人激动,也是最为可怕的场面,她继续想。最为可怕,因为这是最为真实的。如果没有看到过暴风雨中的大海,而只见过风平浪静的大海,就不能说自己了解大海。一个人,只有在这样的时刻观察过男人和女人,才能说自己已经了解了男人和女人,她想。也只有这样的人才能说了解自己。她原先怎么也没有想到自己会用这样一种自然、天真甚至真诚的口吻对布鲁诺说:"我是来请您帮个大忙的。"

"说吧,夫人,我能帮您什么忙?"

"您能不能帮我和指挥官身边的某位先生说一下,我想能够尽快得到通行证和汽油券。我得开车去趟巴黎……"

她一边说一边在想:"如果我对他说是租种我们家田地的农民病了,他会感到惊讶的。就在邻镇,在克勒索、帕赖或是欧坦有很好的诊所……"

"我必须开车送我家的一位农民到巴黎去。他的女儿在那里,她病得很重,想要见父亲一面。如果坐火车去,这个可怜人要浪费多时间。您知道,现在正是农忙的时候。如果您同意我的请求,我们就能够在一天之内来回。"

"您不需要对指挥官说,安吉利耶夫人。"小个子军官活泼地说,他远远地向她投来羞涩而欣赏的目光,"我就有权利把您所需要的东西给您。您想什么时候走?"

"明天。"

"啊,太好了!"布鲁诺低声说,"明天……那我们走的时候您会在。"

"你们定的是什么时候?"

"十一点。因为有轰炸,我们得在夜里走。可在月光明媚的晚上,这种小心也没什么用,和白天没什么分别。不过军人总是按照传统办事。"

"我现在暂时告辞了。"露西尔拿到两张德国人草草写就的纸片之后说。也许这意味着一个人的生命和自由。她平静地将纸片折好,塞进腰间,生怕一点点的匆忙出卖了自己的慌乱。

"我会在那里看你们走。"

三个年轻人站起身,都顿了一下脚跟表示致意。以前,她觉得这种德意志士兵有些过时、有些做作的礼节颇为可笑。现在,她觉得她也许会觉得有些遗憾的,因为再也听不见马刺发出的轻轻的叮当声了,再也看不见他们的吻手礼,还有他们对她的那种几乎是不由自主的欣赏,这一切都来自这些没有家庭、没有女人的士兵(如果不说是最为低贱的一种人)。在他们对她的尊敬之中,有一丝不易察觉的充满柔情的忧伤。仿佛幸亏了她,他们才找回了一点过去的生活,在过去的生活里,友善、良好的教育、对女人的礼貌才是受到更多赞赏的美德,而不是喝得烂醉或向敌人的阵地发起冲锋。在他们对她的态度中,有一种感激和怀念。这一点,她能够猜到,也能够感觉到。她带着一种深切的不安等待八点钟的到来。他会对她说什么呢?他们会怎样分离?在他俩之间,有一个由混乱而难以名状的思想构成的世界,仿佛珍贵的水晶,脆弱得一个词便足以令之破碎。他也许也感觉到了,因为他只和她单独待了很短的一会儿工夫。他没有戴帽子(他最后的、非军人的仪表,露西尔温柔而痛苦地想),握住她的双手。在吻她的手之前,他将脸颊在这双手上贴了一会儿,动作非常轻柔,然而却不乏王者风范,一种占有?是想要在她身上,如蜡封一般，封上灼烫的回忆？

"永别了。"他对她说，"我永远不会忘记您的。"

她没有回答。他看见她的眼睛里满是泪水。他转过头。

"听着。"过了一会儿他说，"我要给您一个地址，这是我的一位叔叔，一位和我一样的冯·弗克家族的人，是我爸爸的兄弟。他的事业相当辉煌，现在在巴黎，在……身边。"

他讲了一个很长的德国名字。

"直到战争结束，他将一直掌管大巴黎地区，总之，相当于总督之类的人物。我和他谈起过您，如果您遇到困难（我们身处战争之中，只有上帝知道我们还会碰到什么事情……），我会请他在自己的能力范围内帮助您。"

"您真是很好，布鲁诺。"她低声说。

此时，她不再为自己爱他而羞愧，因为她的欲望已经泯灭，对于他，她感觉到的只是一种同情，一种深深的、类似于母爱的柔情。她努力笑着说："就像中国母亲在儿子临上战场前会要求他千万小心，'因为战争充满了危险'，我也请求您，作为对我的纪念，一定要尽可能地保全自己的生命。"

"因为它对您来说弥足珍贵吗？"他焦急地问。

"是的，因为对我来说它弥足珍贵。"

慢慢地，他们的手握在了一起。她一直陪他走到台阶边。有个勤务兵在台阶旁等着他，牵着布鲁诺的马。天色已晚，可是没有人想到去睡觉。所有人都想看德国人离开。在这最后的时刻，有一种忧伤，一种人道的柔情将他们彼此相连，战败者与胜利者：高大的、长着大屁股、那么能喝酒、那么滑稽强壮的爱华德；小个子威利，灵巧、活泼、学了不少法国歌曲的威利（据说参军前他是个小丑）；可怜的约翰，在一次轰炸中他的一家命丧黄泉，"除了祖母，因为我的运气总是那么坏！"他说。所有这些人都将面临战火，面临枪林弹雨，还有死亡。有多少人将会被埋在俄罗斯的平原上？和德国之间的战争这么快，这么幸福地结束了，有多少可怜人没有看见这温和的结局，这复活的一天？这是一个非常晴朗、纯净、月光明亮的夜晚，没有一丝风。这是为椴树剪枝的季节。男人和小淘气爬到漂亮的、枝叶繁茂的树枝上，把多余的树枝修掉；女人和小女孩儿在处理脚下这些芬芳的树枝，将上面的花儿摘下来。夏天的时候，她们将花儿放在谷仓里晒干，冬天就可以用来做药茶了。空气中飘荡着一种甜美的、醉人的香气。一切都是那么美好，那么安宁！孩子们玩耍着，你追我赶，他们登上古老的石十字架的阶梯，望着公路。

"看见他们了吗？"母亲问。

"还没有。"

德国人定在城堡前集合，得到命令开拔的部队将要列队从镇上走过。这里，那里，在门前的阴影里，到处都听见低语声，吻别声……还有道别的声音，有的道别声比另外的道别声更为温柔。士兵们穿着迷彩服，戴着沉重的钢盔，胸前挂着防毒面具。终于，简短的鼓声响了起来。德国人都出来了，排成八个一列的队伍。队伍往前走的时候，迟到者也赶了上来，在道完最后一声永别之后，在唇间送出最后一个吻之后，匆匆忙忙地插入属于自己的位置。在士兵与人群之间还能听得见笑声，或是几句玩笑，可是很快一切都归于安静。将军出现在队伍中。他骑马从队伍正面经过，向队伍微微致意，也向法国人点头致意，然后离开。在他身后的是军官，接着是摩托部队，他们将一辆灰色的汽车围在中间，上面站着指挥官。再接下来是炮兵部队，架在炮床上的大炮，每个炮床上都躺着一个人，脸与炮管平齐，还有机枪手。所有这些轻型和重型的枪械，人们在演习中都已经看到过，按理说应该能够毫无畏惧、相当平静地看着，可是突然之间却无法不为之战栗。最后是瞄准天空的防空大炮。炮兵部队之后开来一辆装满才揉好、散发着香味的大圆面包的卡车，然后是红十字急救车，这些车目前还是空着的……位于车队最后的炊事车一路蹦蹦跳跳，仿佛狗尾巴上拴着的一个平底锅。德国人开始唱歌，一首音调低沉、节奏缓慢、渐渐在夜中消散的歌。很快，在公路上，在德国军队曾经停留过的地方，只剩下了一缕轻烟。

附录一
伊莱娜·内米洛夫斯基的手稿注释

关于法国的状况以及《法兰西组曲》
的写作计划,摘自其小说手稿

我的上帝啊！这个国家在对我做什么？既然它抛弃了我，且让我们冷冷地看着它，看着它丧失荣誉，丧失生命力。其他国家对我来说是怎么回事呢？帝国在死亡。没有什么重要的。如果我们从神秘的角度和个人的角度来看待这一切，那都是一回事。且让我们头脑冷静地观察这一切。让我们的心肠变硬。让我们等待。

六月二十一日。与皮埃-德-马尔米特晤谈。法国即将和德国手拉手地走在一起。很快要在这里征兵，"但仅限于年轻人"。这样说也许是在替米歇尔考虑。一支部队正在穿越俄罗斯。另一支部队从非洲回来。苏伊士被占领了。日本强大的海军正在和美国作战。英国在求饶。

六月二十五日。出奇的热。花园披挂上六月的色彩——蓝靛色、浅绿色和粉红色。我丢了钢笔。除了集中营、犹太人的身份等这些有所威胁的问题之外，还有其他的担心。难忘的星期天。来自俄罗斯的晴天霹雳击中了我们的朋友，他们才在池塘边度过一个"疯狂的夜晚"。而为了和他们一起，所有的人都酩酊大醉。有一天我会描写这些吗？

六月二十八日。他们走了。他们在二十四小时之内就被击败了，现在他们很高兴，尤其当他们在一起时。亲爱的小东西说"幸福时光结束了"。他们寄包裹回家。他们超乎寻常的激动，这点大家都瞧得出来。令人赞叹的纪律，而且，我相信，在他们的内心深处并没有反抗。我在这里发誓从此以后不再将我的仇恨——不管这仇恨是否有它的道理——转嫁到一群人身上，无论他们是何种族、宗教，无论他们有什么样的使命、偏见和错误。我同情这些可怜的儿童。但是我不能够怨恨个人，不能怨恨那些让我厌恶、那些冷冷地看着我们倒下的人，那些随时准备暗算你的人。那些……但愿总有一天他们会落在我的手里……这一切什么时候才是头呢？去年夏天在这里的部队说当年"圣诞节"，接着又说是今年七月。现在已经是一九四一年末了。这里的人说被占领土就要自由了，除了某些禁区和海岸线。在自由区，似乎大家才不在乎战争呢。仔仔细细地重读了《军官日记》，这让我重新回到几天前的心理状态。

> 为了举起如此沉重的负荷，
> 西西弗斯，我需要你的勇气。
> 我并不缺少完成这项工程之心，
> 但是目标长远，时间却如此短暂。
>
> ——《孤独之酒》，伊莱娜·内米洛夫斯基献出
> 　　伊莱娜·内米洛夫斯基的诗

一九四二年

法国人就像厌倦上了年纪的配偶一样，厌倦了共和国。独裁对于他们来说，只是短暂的情史，是通奸。但是他们很愿意欺骗自己的妻子，却不愿意杀了她。现在看到她死去，他们的共和国，他们的自由。他们为她哭泣。

这几年以来，在法国某社会阶层里所形成的一切都只有一个动力：恐惧。恐惧引起了战争、溃败和现在的和平。这个社会等级的法国人不恨任何人。他没有嫉妒之情，没有失望的野心，相反也没有真实的欲望。他害怕。谁对他的伤害最小呢（不是指将来，也不是指抽象的伤害，而是指眼下而言，指打屁股和抽耳光之类的伤害）？德国人？英国人？俄国人？德国人打了他，但是他忘记挨他打的事情，而且德国人会为此进行辩解。因此他"站在德国人一边"。在学校，最弱的学生情愿受到来自完全独立的个体的压迫。暴君的确会侮辱他，可同时他也禁止别人拿他的弹子，禁止别人揍他。如果他避开了暴君，他将孤立无援，被抛在混乱的人群之中。

在这个目前成为我们领导人的阶层与民族其他阶层之间，存在着一道深深的鸿沟。其他的法国人拥有得少，于是也没有他们那么害怕。怯懦不会湮没他们心中美好的情感，而这些情感（爱国主义、对自由的热爱）因此能够得以滋生。当然，最近一段时间，民众也得以建立了自己的财产，但是构成他们财产的货币在贬值，他们没有办法把这些财产变成真正的财产，土地、首饰、黄金等等。我们的肉店老板，他挣了五十万法郎，他知道国外的汇率（为零），因此，他对于钱的在乎程度远远不如佩里冈、科尔班①对于他们的财产和银行的在乎程度深。世界越来越分裂为有产者和无产者两大部分。有产者什么也不想失去，而无产者什么都想得到。谁会赢？

---

① 佩里冈、科尔班均为第一部《六月风暴》里的人物。——原注。

一九四二年法国最遭人恨的人物：

菲利普·亨利罗①和皮埃尔·拉瓦尔。前者是"暴君"，后者残忍阴险。在前者的身边我们可以闻到鲜血的气味，而在后者的身边则散发着肮脏的腐臭。

凯比尔港②	痛苦的恐怖
西伯利亚	冷漠
马达加斯加	更大的冷漠

总之，只有第一次的打击构成了真正的打击。我们已经习惯了一切，所有在占领区发生的事情：屠杀、迫害、有组织的劫掠，这一切像是利剑插入了泥潭！……人心的泥潭。

他们想让我们相信，我们处在一个集体时代，个体应当为了社会的生存付出生命，而我们不愿意看到是社会为暴君们的生存付出生命的代价。

这个自认为是"集体时代"的时代却比文艺复兴或是大封建地主时代更为个体化。现在所发生的一切让人觉得，这个世界的自由和权利有时是在千百万人之间分享，有时却是在一个单独的个体和其他千百万人之间分享。"把我剩下的拿去吧。"独裁者们说。但愿别再和我说什么集体精神。我无所谓死，可是我要作为一个法国人去死，要搞清楚究竟是怎么回事才能去死，我想弄明

---

① 菲利普·亨利罗，法国吉伦特派天主教议员。菲利普·亨利罗（1889—1944）是维希政府最为言听计从和最富效力的布道者之一。1943年法国建立法奸保安队之初，他就是保安队的成员。1944年初，他进入皮埃尔·拉瓦尔为总统的内阁政府，大力宣扬彻底倒向德国。1944年的6月他被抵抗组织处死。——原注。

② 阿尔及利亚奥兰省港口和城镇。1939年至1956年间为法国重要海军基地。

白为什么我会死。我，让-玛利·米肖①，我为 P. 亨利罗和 P. 拉瓦尔去死，就像一只被割了脖子的鸡，准备送到这些叛徒的餐桌上。而我却坚持认为，鸡的价值远远超过了吃鸡的人的价值。我知道在好人的眼里，我比上面提到的这些名字更聪明，更优秀，更值得珍惜。他们拥有力量，但那只是暂时的、虚幻的力量。随着时间的流逝，还有溃败，命运的打击和疾病（像拿破仑那样），这力量会消失。而到那时人们会目瞪口呆：怎么？人们会说，正是在这样的力量前我们曾经为之颤抖！如果说我为了反对贪欲捍卫属于我自己和其他所有人的这部分，我是有真正的集体精神的。个体只有在感觉到其他人的存在时，自己才具有价值，这是大家一致的意见。但是必须是"其他人"而不是其他"某个人"。专制正是建立在这种混淆之上。拿破仑所期待的只是法国的伟大，他说，但是他对梅特涅②叫道："我无所谓牺牲千百万人的生命。"

希特勒："我不是为我自己工作，而是为欧洲工作（他开始时说'我不是为了德国人民工作'）。"他的想法就是拿破仑的想法："我无所谓牺牲千百万人的生命。"

关于《六月风暴》
必须有：
1）一张非常详尽的法国地图或是一本米其林导游册。
2）六月一日到七月一日之间若干种法国报纸和外国报纸，

---

① 小说中的人物。——原注。
② 梅特涅（1773—1859），奥地利政治家。组织过反拿破仑的胜利同盟。

要全。

3)关于瓷器的论文。

4)六月的小鸟,它们的名字和歌声。

5)一本有关神甫的书(神甫写的书),比如说伯雷夏尔神甫的书。

关于已经写的东西的评论:

1)遗嘱部分——他说得太多了。

2)神甫之死——一出情节剧。

3)尼姆?为什么不是我熟悉的图鲁兹呢?

4)总的说来,还不够简洁!

[伊莱娜·内米洛夫斯基还用俄语补充道:"总的来说,大多数人物的地位太高。"]

一九四一年六月三十日。 要坚定米肖一家人的形象。他们总是倒霉,但是只有他们才是真正高贵的人。真是奇怪,人民大众,可恨的人民大众绝大部分却是由这些正直的家伙组成的。人民大众不会变得更好,也不会变得更坏。

哪些画面值得传给后代呢?

1)天蒙蒙亮时人们在排队。

2)德国人的到来。

3)没有那么多的谋杀和被枪毙的人质,更多的是人们深深的冷漠。

4)如果说我想写一点什么惊人的东西,我所展示的恰恰不是悲惨,而是他们身边的繁荣。

5)于贝尔从关押着很多不幸人的监狱里逃出来时,要写的不是那些人质的死亡,我想让大家看到的是巴黎歌剧院里的节日庆典,然后就是将通告贴在墙上的那些人:某某已于黎明时分被枪毙。战后也是同样,不要将重心过于集中在科尔班的身上。是的!这一切都要借助对比完成。如果用一个词来谈论悲惨,就要用十个词谈论自私、怯懦、团体和罪恶。一切从来没有如此时髦过!但是我真的在呼吸这样的空气。想象这样的场景很容易:对于食物的纠缠。

6)还要想想索尔斯街的弥撒,在如同夜晚一般漆黑的清晨。对比!是的,这里面有一种东西,有一种可能是很有力量、很新的东西。为什么我在《柔板》中用得那么少呢?但是,我没有把重点放在玛德莱娜身上——比如说玛德莱娜-露西尔这一章也许可以取消,缩减为在安吉利耶—露西尔这一章之中露西尔的几句解释。相反,一定要非常详细地描述德国人对于节日的准备。这也许"具有一种讽刺意味的对比。要感受到这种对比的力量,读者只需看和听"①。

依次出现的人物(按照我的记忆):

佩里冈一家—科尔特家—米肖夫妇—无产阶级—露西尔—流氓?—农民等—德国人—贵族。

对了,有可能要和开头的那些人物衔接上:于贝尔、科尔

---

① 原文为英文:an impression of ironic contrast, to receive the force of the contrast. The reader has only to see and hear.

特、于勒·布朗，但是这会毁了我在《柔板》中的整体色彩。我能够确定，还是应该让《柔板》保留现在的一切。相反，我必须和《风暴》中的人物衔接上，但是必须精心安排，使得这些人物能够对露西尔、让-玛利和其他人（还有法国）发生致命的影响。

我认为［实际结果也是如此］《柔板》应当短一点。的确，《风暴》有八十页，《柔板》可能只有六十页，不会再多。《囚禁》正相反，应当有一百页。我们暂且这样算一下：

《风暴》	八十页
《柔板》	六十页
《囚禁》	一百页
其余两部	各五十页

三百九十页①，算是四百页，再乘上四。主啊！打出来就是一千六百页！好吧，好吧，如果我真的身陷其中！② 好了，如果七月十四日，人们所说的一切真的发生了，那么就会少掉两部，至少是一部。

的确，就像音乐一样，有时我们听到的是乐队的合奏，有时只有小提琴。至少应该是这样。合在一起［两个俄语词……］，还有个人的情感。我感兴趣的是世界的历史。

当心危险：忘了在个性方面的一些修正。当然，展开的时间

---

① 手稿中计算有误。——原注。
② 原文为英文：Well, well, if I live in it！

很短。前面三部，无论如何，只相当于三年的时间。对于后面两部，这是上帝的秘密，如若要知道，我需要付出昂贵的代价。但是由于事件的强度和重力，承受这些事件的人物就必须变化……

我的想法是，这一切应当像一部电影一样展开，但是有时诱惑太大，于是我有时会用简短的话来表达这样的东西，或是在教会学校后的那一章里，我也作出了让步，阐述了我自己的观点。应当毫不留情地纠缠下去吗？

还有……有时候不应当知道露西尔心里究竟是怎么想的，而是应当通过别人的眼睛来展示。

一九四二年四月

应当将《风暴》《柔板》和《囚禁》写成前后相联的一组作品。应当把德如尔农庄换成穆南农庄。我想把农庄放到蒙非鲁。有两个好处：一是可以将《风暴》和《柔板》联系在一起，还有可以取消德如尔夫妇让人产生的不愉快的感觉。必须写一些大事情，不要再去想这样做有什么好处。

不要幻想：这不是眼下的事情。因此此时并不应该克制，而是应当用力打我们希望打在的地方。

关于《囚禁》。科尔特所采取的一系列态度：国家革命，必须有个领导。牺牲（所有的人都同意牺牲的必要性，除非牵涉到的是与自己紧密相连的人的牺牲），然后用一句很简单的话展现他的光荣，因为一开始科尔特给人的印象非常糟糕：他的态度过于法国化,但是他从一些细微而危险的信号中发现自己不应该这样。是的,他成为一个爱国者,但这是在后来:如今莱茵河在乌拉尔山脉间流淌,在某个时刻它有些犹豫,但是无论如何,这行动值得在地理上冒一下险,而且,这一类冒险近几年很是流行——英国人的界限是在莱茵河上,作为结束,马其诺防线和齐格菲防线的希望都在俄国,——这是贺瑞斯①最后的创造(down him)②。

关于 L.③。必须是他,因为他是个流氓。而在我们生活的这个时代,流氓比正直的人要合适。

《囚禁》——无需扭捏作态。直接叙述人们变成了什么样子,就这样。

今天是四月二十四日,很长时间来第一次得到了些许平静,深信《风暴》系列——如果我可以这样说的话——应当是,也的确是一部杰作。坚持不懈地写下去。

科尔特是在法国溃败之后显得尤其重要的作家之一。他非常善于用得体的语言描述令人不快的事实,在这方面他无与伦比。比如说:法国军队没有后退,它只是撤退!我们吻德国人的靴子,那是因为我们对现实有清楚的认识。集体精神意味着囤积大

---

① 原文中贺瑞斯写作 Horace。可能是张伯伦的参谋 Horace Wilson,马其诺、齐格菲这两条战线就是他从中斡旋的。
② 不知其意,故保留原文。
③ 这个首写字母也许指代拉瓦尔。——原注。

量食物，以供某些人的无度浪费。

我想应当用勿忘我来代替草莓。似乎很难把开花的樱桃树与可食用的草莓放在同一个时间段里。

必须找到将露西尔这个人物与《风暴》联系起来的办法。米肖夫妇赶路时得到休息的晚上，这片绿洲，这顿早餐和所有显得如此美妙的一切——瓷质杯子，桌子上满满的一束水灵灵的玫瑰（黑芯的玫瑰），蓝色雾霭之中的咖啡壶，等等。

狠狠批判所谓的文人。比如说 A. C，或是写过一篇题为《奥林匹亚的悲伤是一部杰作吗？》的 A. R。我们从来没有批判过 A. B 这类的文人（狼之间是不互相吞噬的）。

到一九四二年五月十三日为止已经完成的章节：
① 到达；② 玛德莱娜；③ 玛德莱娜和她的丈夫；④ 晚祷；⑤ 屋子；⑥ 镇上的德国人；⑦ 教会学校；⑧ 花园和子爵夫人的来访；⑨ 厨房；⑩ 安吉利耶夫人离开（关于佩兰家花园的第一次描写）；⑪ 雨天。

有待完成的章节：
⑫ 生病的德国人；⑬ 拉麦树林；⑭ 佩兰家的夫人们；⑮ 佩兰家的花园；⑯ 玛德莱娜家；⑰ 子爵夫人和伯努瓦；⑱ 揭发？⑲ 夜晚；⑳ 伯努瓦家发生的灾难；㉑ 玛德莱娜在露西尔家；㉒ 水上的节日；㉓ 骰子。

还需要完成的章节：12、13、16、17章的一部分，以及剩下的章节。

玛德莱娜在露西尔家—露西尔在安吉利耶夫人房中—露西尔和德国人—水上的节日—离开。

对于《囚禁》，对于集中营，受洗的犹太人所说的冒犯之语："我的上帝啊，请原谅我们的冒犯，就像我们原谅您一样。"——当然，殉道者是不会说这样的话的。

如果要好好地完成这部作品，应该是写五部：

1)《风暴》
2)《柔板》
3)《囚禁》
4)《巴士底狱》?
5)《和平》?

总的题目可以用《风暴》或《暴风雨》，那么第一部可以叫做《劫难》。

无论如何，将所有这些人联系在一起的是时代，仅仅是时代而已。这是否已经足够？我是说：这种联系是否已经足够？

因此伯努瓦，在杀了（或是试图杀死）波奈（因为我必须要再想一想，为将来考虑，是否应该让波奈活着）之后，他逃走了。他藏在拉麦树林，接着，由于玛德莱娜害怕自己在给他送食物时被人跟踪，他藏到了露西尔家。最后他到了巴黎，在米肖夫妇家，是露西尔将他送去的。遭到追捕的他及时逃走，但是盖世太保在米肖家进行搜查，找到了让-玛利为未来的作品所写的笔记，他们将这些笔记当成宣传单，于是逮捕了让-玛利。他在监狱里遇到因为做了些蠢事而遭逮捕的于贝尔。于贝尔原本可以在他那颇有声望的家庭的庇护下离开监狱，因为他的家庭已经完全沦为了法奸，但是，出于淘气，也出于对奇遇的喜好，他情愿冒着生命的危险和让-玛利一起逃跑。伯努瓦和他的伙伴们帮助了他们。稍后，应该说在很后面，他们逃出了法国，之所以放在很后面，是因为在这个时候必须让让-玛利和露西尔相爱。可以用这个来结束《囚禁》，和我说的一样：

　　伯努瓦　　　　　共产党
　　让-玛利　　　　资产阶级

让-玛利壮烈地死去。但是怎么死？而我们这个时代的英雄主义究竟是什么？与他的死亡同时展开的，是身处俄国的德国人①的死，两个充满了痛苦的高贵的人。

柔板：我必须找到所有这些音乐术语（急板、极快、柔板、行板、温柔的等）

音乐：第一〇六号作品，柔板，关于孤独的恢宏诗作，——《迪亚贝里主题变奏曲》，这个长着两道浓眉的斯芬克斯注视着黑暗的深渊——《庄严弥撒》②中的《降福经》和《帕西法尔》最后的场景。

---

① 这里的德国人是指布鲁诺·冯·弗克。
② 《迪亚贝里主题变奏曲》和《庄严弥撒》均为贝多芬音乐作品。

结局是这样的：真正相爱的人将是露西尔和让-玛利。拿于贝尔怎么办呢？初步的大纲：伯努瓦杀了波奈之后逃跑了。人们把他藏在露西尔家。德国人走后，露西尔害怕伯努瓦会落入镇上人的手里，突然间想到了米肖夫妇。

另外一方面，我希望让-玛利和于贝尔都在德国人的监狱里，只是原因不同。这样我们能够推迟德国人的死亡。为了救让-玛利，露西尔可以求助于他？这一切都还不确定。再看看。

一方面我希望能有一个总体的想法。可另一方面……比如说托尔斯泰，他的整体概念损害了其余一切。必须有人物，人类的反应，而这才是一切……

我们还必须将那些大政客、著名作家囊括进来。无论如何，他们是真正的国王。

关于《柔板》，一个贞洁的女人可以毫不羞愧地承认"这些被理智战胜的、令人惊讶的感受"，波丽娜（高乃依）说。

一九四二年六月二日：永远不要忘记战争总会过去，历史的所有部分都将变得模糊。要尽一切可能努力尝试人们会在一九五二年到二〇五二年间关注的事情和论战……重新阅读托尔斯泰。这一幅幅的画面是无法模仿的，但这些绝非历史的画面。一定要坚持这一点。比如说，在《柔板》中，德国人进驻村镇。在《囚禁》中，雅克琳娜第一次领圣体和阿尔莱特·克拉伊家的晚会。

一九四二年六月二日——开始担心这部小说结束时所采取

的形式！第二部我尚未结束，而我已经看到了第三部！但是第四、第五部尚在渺茫之中，而且是多么渺茫啊！真的是在神的膝头，因为一切将取决于周遭的事情如何发展。而神也许会放上一百年或者一千年的间隔，就像眼下很流行的一句话：而我，我会远去。但是神不会对我做这一切。我也非常相信诺查丹玛斯的预言。

一九四四年，哦！上帝啊。

在等待形式的时候……也许更准确地说，应该是节奏：电影意义上的节奏……各部分小说之间的关系。《风暴》《柔板》，温和而悲剧性的；《囚禁》？某种暗哑的、令人窒息的东西，要尽可能刻毒。之后我就不知道了。

重要的——作品各部分之间的关系。如果我对音乐了解得更多，我想这会对我有所帮助。在没有音乐的前提下，便是所谓的电影节奏。总之，一方面考虑的是变化，另一方面考虑的是和谐。电影应当有一种整体性，一种色调，一种风格。比如说，那些美国街头影片，我们总是能够看到摩天大楼，总是能隐隐感觉到一种闷热、暗哑、满是灰尘的纽约的气氛。这就是电影的整体性，但是它的各部分之间存在着变化。追捕——情人——笑、泪等等。我想要达到的是这样一种节奏。

现在有一个更加平淡无奇的问题，只是我一直找不到这个问题的答案：人们看到下一本书的时候，难道不会忘记前一本书的人物吗？正是为了避免这一点，我要写一本长达一千页的作品，而不是写一本由几卷作品组成的作品。

一九四二年七月三日——显然就是如此了,除非事情一直延续下去,在延续中变得越来越复杂!但是不管好坏,但愿都结束吧!

应该只有四个乐章。在第三部《囚禁》里,集体命运和个人命运紧密联系在了一起。在第四部里,不管结果如何!(我理解自己的意图)个人的命运挣脱了集体的命运。一方面是人民的命运,另一方面是让-玛利和露西尔,他们的爱情,德国人的音乐等等。

到目前为止,我想象的应该是这样:

1)伯努瓦:死于革命,或是争斗,或是在试图反抗的过程中,根据现实事态的发展而定。

2)科尔特:我想这样应该比较好。科尔特非常害怕布尔什维克。他是十足的法奸,但是,由于自己朋友遭到了谋杀,或是出于一种失望的虚荣心,他认为德国人会输掉这场战争。他想要将赌注压在左派的左派身上!他首先想到的是于勒·布朗,但是看到他之后,他觉得他(此处的俄文词无法辨认),于是他彻底转向一个年轻人的组织,非常活跃的一个组织,建立了……(这句话没有写完)。

关于《囚禁》:

开篇:科尔特,于勒·布朗在科尔特家。

接着是一个对照:也许是露西尔在米肖夫妇家。

接着:佩里冈家。

要尽量描写非历史性的聚会,但是有大量的人,社交聚会或是街头的战争场面,反正是类似的事情!

到达

清晨

出发

这三个章节应当不断得到烘托。这部作品的价值在于群体的运动。

至于第四乐章，除了德国人在俄国的死亡，其他我还什么都不知道。

是的，要想好好地完成这部作品，应当是五部曲，每部两百页。一部长达一千页的作品。啊！上帝！

注意！科尔特的晚餐被偷将在未来的日子里产生重大的影响。正常情况下，科尔特应当成为一个彻头彻尾的纳粹，但是如果我愿意，如果我需要，我能够让他这样想："没有什么好幻想的：未来就在这里，未来就在夺取我晚饭的这粗暴的力量之中。因此有两种立场：一是和这样的力量作斗争，或是正相反，从今天开始站在这浪潮的前端。任凭浪潮席卷，但是处在浪潮的前端？更甚领导这浪潮？党的御用作家。党的伟人，哎哎哎！"再加上德国人和俄国人站在一边，它应当越来越能忍受俄国。只要战争延续下去，的确，这只是德国等这一边的疯狂。但是在这之后，事情就不一样了……但是之后的事情我们会看到的。世界会冲向强者的怀抱。……科尔特会产生这么玩世不恭的念头吗？然而真是这样，在某些时刻。当他喝酒的时候，或是他以自己喜欢的方式做爱的时候，在这种方式中，一个简单的人只可能有一个脆弱的念头。可是一旦产生，脆弱的念头所引起的只能是错愕与恐慌。这里面困难的地方在于，事物实际的一面一直存在。一张报纸，某种广播。自由，德国人小心节制的补贴。再看吧。

所有的行动都是战斗，唯一的事务是和平。①

与其说这一切像是车轮，毋宁说像是涨涨落落的波浪。在浪尖上，有时是一只海鸥，有时是恶的精灵，有时是一只死老鼠。完完全全是现实，我们的现实（没有什么值得骄傲的地方）。

这里的节奏应当存在于群众的行动之中。在第一卷中，就是我们能够看到人群所在的所有地方：逃难，难民、德国人到达村镇。

在《柔板》中：德国人的到达，但是到达的场景在这之后还会重现，清晨，他们出发离开的时候。在《囚禁》中，第一次领圣体，游行（一九四一年十一月十一日），战争？再看吧。我还没有写到第三部，我只是听写现实。

如果我展示"作用于"这些事件的人物，这是不合时宜的。如果我展示了人物的行动，这当然更接近于现实，但是会损害小说的兴味。然而必须止于此。

珀西说的是对的（只是这句话平淡无奇，但是我们欣赏、喜爱平淡无奇），他说最好的历史场景（见《战争与和平》）是通过人物的眼睛所看见的历史场景。在《风暴》中，我试图做的是同样的事情，但是在《柔板》中，和德国人有关的一切，这一切应该，同时也能够进行单独处理。

---

① 原文为英文：All action is a battle, the only business is peace.

总之，这样做可能是比较好的，但是不是可以操作呢？就是说，**自始至终**通过人物来展现德国人的行动，而不是直接描写。因此《风暴》得由法国境内人涌如潮的景象开始。

难啊。

我认为，《战争与和平》之所以具备福斯特所说的这种张力，就是因为在托尔斯泰的脑子里，《战争与和平》只是一部作品的第一卷，第二卷是《十二月党人》。只不过他这样做可能是无意识的（也许，因为对此我一无所知，我只是猜想而已），或者也是有意的。反正无论无意还是有意，他的这种方式对于《风暴》等这样的书来说非常重要，尽管《风暴》中的一些人物在这本书里就已经有了结局，书本身就应当给人以未完的感觉，只是一章……就像我们的这个时代，实际上，所有时代都是如此，当然。

一九四二年六月二十二日——若干时间以来，我已经发现了一种对我而言非常实用的技巧——间接的方法。的确，每次我碰到困难感觉无法处理时，这种方法都能解救我，赋予故事以清新与力量。在《柔板》中，每次安吉利耶夫人出场时我都会使用这种方法。但是这种我尚未能完全掌握的出场方法可能还有无限的发展余地。

一九四二年七月一日，关于《囚禁》，我想到了以下几点：

要让整部作品的主题统一起来，要简化整部作品，作品就应当在个人命运与集体命运的斗争中得到解决。无需表态。

我的想法：非常不幸，英国所代表的资产阶级体制已经完蛋了，它所要求的，至少是相应的革新，因为究其实质而言，它是难以动摇的。但是它也许只有在死亡之后才能重新开始。于是在眼前只剩下了两种社会主义的形式。无论哪一种形式都不会让我欣喜若狂，但事实上①！其中的一种已经将我抛弃，因此……至于第二种……但是这个不是问题。作为作家，我应当以正确的方式提出问题。

两种命运之间的斗争，每次混乱之时都会出现，这不是建立在逻辑之上，而是一种本能性的出现。我想，每一次都留下了相当一部分生命，但是并不完全。能够拯救我们的一点在于，属于我们的时间比属于危机的时间要长。将军走了，政党仍在继续，可和我们想的正相反，集体命运比简单的个人命运要短（这也不完全正确。这是另一个时间范围：我们只关注重大的变故。重大的变故，要么就是重大的变故要了我们的命，要不就是它们持续的时间没有我们的生命长）。

回到我的主题上来。起初，让-玛利的态度非常审慎，与这一盘棋局始终保持一定的距离。他自然也想替法国报仇，但是他意识到报仇不是真正的目标，因为所谓的报仇意味着仇恨和报复，意味着永恒的战争，意味着一个基督徒想着自己要进地狱，要受到永远的惩戒。他厌烦了这一类的想法，因为在这一类的想法里，总是有最强的一方和最弱的一方。因此他更想走向统一……他所憧憬的，他所希冀的，是协和与和平。但是眼下与德国人合作的行为令他厌恶，而在另一方面，他也看到，共产主义

---

① 原文为英文：there are facts。

适合伯努瓦而不适合他。于是他的生活态度是：只当共同的、紧迫的大问题并不存在，他只需要解决自己的问题就可以了。但是，当他得知露西尔爱过，并且有可能仍然爱着一个德国人，他立刻表明了自己的意见，因为抽象的东西突然间得到了具体的仇恨的形式。他恨某个德国人，并且，在这个德国人的身上，通过这个德国人，他也仇恨起——或者认为自己在仇恨，这是一回事——某种意识形态。实际上，他是忘记了自己的命运，将自己的命运与他人的命运混在一起。事实上，在《囚禁》的尾声，露西尔和让-玛利相爱了。这份爱情非常痛苦，没有能够继续下去，甚至没有表明，充满了斗争！让-玛利逃走了，继续和德国人作战——如果到一九四二年底还有作战的可能！

第四乐章如果不是凯旋——让-玛利出现在凯旋的场景中——也应该是回归。永远不要忘记公众喜欢看到对于"富人"生活的描写。

总之，这是个人命运与集体命运之间的斗争。在结尾处，重点应该放在露西尔和让-玛利的爱情上和永恒的生活上。还有那个德国人的音乐杰作。此外，对于菲利普的回忆也必不可少。这与我内心深处的信念是相吻合的。存留下来的是：

1）我们可怜的日常生活

2）艺术

3）上帝

拉麦树林：一九四二年七月十一日

我的周围是松树。我坐在我的蓝色粗羊毛衫上，在一片腐烂的枯叶的海洋中央，前一夜的暴风雨浸湿了叶子，我双腿盘坐，好像坐在救生筏上！我在包里放了《安娜·卡列尼娜》第二卷，K.M.的日记和一个橘子。我的大黄蜂朋友，可爱的昆虫朋友似乎对自己感到很满意，它们嗡嗡的叫声深沉而低哑。在说话声与大自然中，我喜欢那类低而沉的声音。那些枝头"吱吱"尖叫的小鸟令我恼火……待会儿我要去找到那个不见了的池塘。

《囚禁》：

1）科尔特的反应。

2）伯努瓦的朋友所策划的谋杀令科尔特感到非常害怕。

3）科尔特从大嘴巴于贝尔处得知了事情真相。

4）从阿尔莱特·克拉伊等人处得知事情真相。

5）阿尔莱特卖弄风情。

6）揭发。于贝尔和让-玛利都被关进监狱，还有其他很多人。

7）多亏了他那富有而思想正统的家庭的活动，于贝尔得以释放。让-玛利被判死刑？

8）此时露西尔和德国人介入进来。让-玛利得到特赦（此处对监狱或类似事情的描写要尽量简短）。

9）伯努瓦帮助让-玛利越狱逃跑。逃跑引起了轰动。

10）让-玛利对于德国和德国人的反应。

11）让-玛利和于贝尔逃到英国。

12）伯努瓦之死。残忍而充满希望。

与此同时，慢慢展开的是露西尔对让-玛利的爱。

这里最为重要、最为有意义的是下面这一点：历史事实、革命事实等都应当蜻蜓点水般带过，而真正应当深化的，是日常生活，令人感动的日常生活，尤其是它所具有的戏剧性的一面。

附录二
一九三六——一九四五年的通信

一九三八年十月七日

伊莱娜·内米洛夫斯基致阿尔班·米歇尔。

非常感谢您寄来的四千法郎的支票。就这一事宜,请允许我提醒您,去年春天我来找您的时候,曾经请您考虑一下,是否能够对未来进行某种安排,不管是什么样的安排都好,因为想必您能够理解,我目前所面临的形势非常严峻。您当时回答我说您会尽一切可能让我满意,说我完全应该信任您。当时您不愿意具体说您会怎样进行安排,但是您说会在两个月之后确定下来。然而,就这一问题,自那次见面之后,您在给我的信中始终未再提及。我只好写信来问问您的意思,因为,唉,您能够理解,对于一个像我这样一无所有、只能靠写作为生的人来说,这是生活的必需。

一九三八年十月十日

热尼奥出版社(米兰)致阿尔班·米歇尔。

我们非常迫切地希望您能告诉我们,伊莱娜·内米洛夫斯基夫人是否犹太种族。根据意大利法律,只要双亲中的一位,父亲或是母亲是雅利安人,他(她)将不被视作犹太种族对待。

一九三九年八月二十八日

米歇尔·爱泼斯坦致阿尔班·米歇尔。

我的妻子现在和孩子们在昂达伊(Ene Exea别墅,昂达伊海滩)。在这样的艰难时期,我很为她担心,因为在有所需要的时候,任何人都不能为她提供帮助。我能否请求您帮个忙,如果可能的话,为她写几句推荐的话,如果有需要,她可以凭借这个求助于当地政府或是地区的新闻机构（下比利牛斯省、朗德省、纪龙德省）?

一九三九年八月二十八日

阿尔班·米歇尔致米歇尔·爱泼斯坦。

仅凭伊莱娜·内米洛夫斯基这个名字，所有的大门都将为她打开！尽管如此，我所能做的也只是给我认识的几家报纸同行写几句引荐的话，但是我需要确认一些事情，只有您一个人能够为我提供帮助。我请您今天晚上来找我。

一九三九年九月二十八日

罗贝尔·埃斯梅纳尔① 致伊莱娜·内米洛夫斯基。

我们现在正生活在令人焦虑的时刻，也许不日就会成为悲剧性的时刻。然而，您是犹太裔的俄国人，那些不认识您的人——不过鉴于您作家的声名，这样的情况应当比较少——可能会给您带来一些麻烦。同样，因为必须对所有事情都有所估计，我想，我作为出版者的证明也许会对您有用。

因此，我准备证明您是一位非常有才华的女作家，同时我还将证明您的著作在法国非常成功，而且您的某些作品被译成外语，在国外也很成功。我还准备声明，您在我的同行格拉塞出版社出版了一些作品，其中包括让您在文坛崭露头角、声名鹊起的《大卫·格德尔》，该书后来被拍摄成一部相当成功的电影。而自一九三三年

---

① 罗贝尔·埃斯梅纳尔，阿尔班·米歇尔出版社的负责人，阿尔班·米歇尔的女婿。当时，阿尔班·米歇尔因为身体原因，不再单独管理出版社的事务。——原注。

十月之后，您就开始在我们出版社出书。在出版商和作者的关系之外，我与您和您的丈夫之间还一直保持着更深的非常友好的关系。

一九三九年十二月二十一日

临时通行证，有效期为五月二十四日至一九四〇年八月二十三日

（证件持有人伊莱娜·内米洛夫斯基）

国籍：俄罗斯

获准前往伊西-勒维克

获准使用的交通工具：火车

理由：探望疏散到该地的孩子

一九四〇年七月十二日

伊莱娜·内米洛夫斯基致罗贝尔·埃斯梅纳尔。

两天前，我所在村庄的邮局基本恢复运转，于是我给您巴黎的地址写这封信，想碰碰运气。我衷心希望您能够幸运地度过最近这可怕的时刻，而且您的亲人没有出现任何让您担忧的情况。至于我，尽管军事行动就在我们身边，可是我们得以幸免于难。现在我最大的烦恼就是钱的问题。

一九四〇年八月九日

伊莱娜·内米洛夫斯基致勒弗尔小姐[①]。

我希望您收到了我的上一封信，在信中我告诉您已经收到

---

① 勒弗尔小姐，罗贝尔·埃斯梅纳尔的秘书。——原注。

九千法郎。我今天之所以给您写这封信,是因为我在地方报纸上读到一篇短文,内容是这样的:

根据最近的决定,任何外国人都不得与新报纸合作。

关于这条规定,我想确认一下。我想,也许您能够帮助我。

在您看来,这条规定会涉及像我这样一九二〇年以来就居住在法国的外国人吗?这仅仅涉及政论作家还是也涉及虚构作品的作家?

总的来说,您也知道我已经完全与世隔绝,我对最近这段时间新闻界采取的所有措施一无所知。

如果您认为某些事情可能会和我有关,麻烦您通知我一声。还不仅止于此。我还想请您帮我一个忙,因为我一直觉得您非常热情和乐于助人。我想知道现在在巴黎的有哪些作家,经常还出现在报纸上的有哪些。您能否知道像《格兰瓜尔》或《老实人》之类的报纸,包括一些大的杂志是否打算回到巴黎?出版社呢?哪些出版社还开门?

一九四〇年九月八日

伊莱娜·内米洛夫斯基致勒弗尔小姐。

关于我的事情,这里一直有这样的传闻,以至于我也认为,我们能够相信不日这里就会变成自由区。我在想,如果这样,我怎样能够领取我的月津贴。

一九四〇年十月四日

关于犹太种族侨民的法律。

自此法令颁布之日起,犹太侨民居住地所属省可以决定,将他们关押在特别的集中营里。

其所属省随时可以强行命令犹太侨民住进其指定的住所中。

一九四一年四月十四日

伊莱娜·内米洛夫斯基致玛德莱娜·卡布尔①。

您现在明白突如其来的这些烦恼了。再说,这段时间以来,我们收留了大量的这种性质的先生。因此从各个角度几乎都能让人察觉出来。我会很乐意考虑您说的那个地方,但是您能不能告诉我以下几个方面的情况:

1)从居民和供应商的角度来说,亚伊②的重要性。

2)那儿有没有医生和药剂师?

3)有占领进驻的部队吗?

4)那里有没有足够的粮食储备?您有黄油和肉吗?这一点现在对我来说尤其重要,因为我有孩子,您知道的,其中的一个才做过手术。

一九四一年五月十日

伊莱娜·内米洛夫斯基致罗贝尔·埃斯梅纳尔。

亲爱的先生,根据我们的协议,我应当在六月三十日前收到两万四千法郎。我现在不需要这笔钱,但是我必须承认,关于犹太人的法令让我感到十分不安,我担心等六个星期以后,到了您该付我这笔钱的时候,会突然出现难以预料的困难,那对我来说

---

① 玛德莱娜·卡布尔,娘家姓氏为阿沃,是伊莱娜·内米洛夫斯基的闺中密友,她们之间有大量的书信往来。玛德莱娜·卡布尔的哥哥勒内·阿沃在伊莱娜两个孩子的法定托管人去美国之后,收养了伊丽莎白。伊丽莎白在勒内·阿沃家一直待到成人之后方才离开。——原注。

② 亚伊,法国地名,位于涅夫勒省。

将是一场灾难。因此我请求您费心提前支付这笔钱,从现在开始,您就可以以支票的形式将这笔钱汇至我小叔子保罗·爱泼斯坦的名下。我会请他给您打电话的,你们可以就此事进行沟通。当然,收据由他签名,这样便与我毫无关系。我很抱歉再一次麻烦您,但是我想您肯定能够理解我的焦虑。我希望您一直有阿尔班·米歇尔的好消息。

一九四一年九月二日

米歇尔·爱泼斯坦致欧坦专区区长①。

有人从巴黎写信告诉我,说被归在犹太人之列的人没有得到省署的许可,不可以离开他们居住的村镇。

我和我的妻子正属于这样的情况,因为我们虽然都是天主教徒,但是我们是犹太裔。因此我想请求您允许我的妻子——娘家姓名为伊莱娜·内米洛夫斯基——和我能够到巴黎居住六个星期的时间,从一九四一年九月二十日至十一月五日。我们在巴黎也有住所,位于贡斯当—高科兰街十号。

之所以提出该请求,是因为我的妻子和她的出版商之间有些事情亟待解决,而且她要去看她的眼科医生和一直为我们诊疗的其他医生,瓦雷里-拉多教授和德拉封泰纳教授。我们想把两个年龄分别为四岁和十一岁的孩子留在伊西,当然,我们希望能够确认,巴黎的事情一旦安排妥当,我们返回伊西不会碰到任何麻烦。

伊西的医生:A.邦迪-科南。

---

① 萨沃纳和鲁瓦河省被封锁线一分为二,欧坦的专区区长负责被占领的这一方的省署事务,伊西—勒维克在其管辖范围内。——原注。

一九四一年八月八日

《盟军的进展》第二百期。

苏联、立陶宛、爱沙尼亚、拉脱维亚的侨民报到令。

所有十五岁以上的男性侨民,凡属苏联、立陶宛、爱沙尼亚、拉脱维亚国籍,或以前曾属苏联、立陶宛、爱沙尼亚、拉脱维亚国籍者,需带好身份证件于一九四一年八月九日中午前向所属行政区划的指挥部报到。所有届时未曾报到者将根据有关报到的法令受到相应惩罚。

占领司令部长官

一九四一年九月九日

伊莱娜·内米洛夫斯基致玛德莱娜·卡布尔。

我终于在这里租到了一所我想要的房子,比较舒适,有一个漂亮的花园。我应该在十一月十一日搬进去,如果这些先生不抢在我们前面的话,因为我们又在等待他们有所行动。

一九四一年十月十三日

伊莱娜·内米洛夫斯基致罗贝尔·埃斯梅纳尔。

今天早上收到您的来信,我感到很幸福,不仅仅是因为您让我仍然能够有所希望,您说您会尽一切可能帮助我,而且,这封信让我放下心来,让我知道别人还想着我,这对我来说是极大的安慰。

正像您所怀疑的一样,这里的生活很悲惨,如果没有工作的话……可在我们不知道第二天将会是什么样的时候,这工作本身已经变得十分沉重……

一九四一年十月十四日

伊莱娜·内米洛夫斯基致安德烈·萨巴蒂埃①。

亲爱的朋友,收到您诚挚的来信,我十分感动。您一定不要认为我对您以及埃斯梅纳尔的友谊毫无感觉。另外一方面,我也非常了解目前严峻的形势。到目前为止,我已经尽最大的力量表现出了一定的耐心和勇气。但是还能怎么样呢,有些时刻真的非常艰难。事实摆在这里:不能工作却要保证四个人的生存。除此之外还有接连不断的麻烦——我不能去巴黎;我不能将最不可或缺的生活必需品弄到这里来,比如说床单被褥、孩子们的床,等等,还有我的书。关于我这样的人所居住的公寓,下了一道没有任何弹性的总命令。我和您说这些不是为了博取您的同情,而是为了向您解释,我的想法只能如此阴郁……

一九四一年十月二十七日

罗贝尔·埃斯梅纳尔致内米洛夫斯基。

我向我的岳父转告了您目前的状况,并且转交了您最近给我的几封信。

正如我和您所说的,阿尔班·米歇尔先生也希望能够尽一切可能为您提供舒适的条件,他要求我在一九四二年也同样支付给您三千法郎的月津贴,这笔钱相当于他能够出版您的书并且在销售额比较稳定的情况下所支付给您的津贴。如果您能和我确认是

---

① 安德烈·萨巴蒂埃,阿尔班·米歇尔出版社的文学主编。

否同意，我将不胜感谢。

然而，我必须提醒您的是，关于四月二十六日德国人的法令规定，我们从出版商公会那里得到了非常明确的解释，我们必须将所有属于犹太裔作者的款项打入他们的"冻结账户"。这条原则意味着"出版商应当与银行进行确认，在确认犹太裔作者的账户已经冻结之后才可以将作者版税打入该账户"。

另外，我将您从GIBE电影公司那里收到的信件退还给您（我保存了一份影印件）。据可靠来源得知的信息，如果将某作者的小说搬上银幕，必须确认该作者为雅利安人，在占领区和非占领区都是如此。因此，作者的作品要想搬上银幕，必须向我提供最为明确的保证，我才能处理这类的事情。

一九四一年十月三十日

伊莱娜·内米洛夫斯基致罗贝尔·埃斯梅纳尔。

我才收到您十月二十七日的来信，说您将在一九四二年为我提供三千法郎的月津贴。我非常欣赏米歇尔先生对我的态度。我十分感谢他，同时也很感谢您，您对于我们俩的友谊对我而言十分珍贵，与您能为我提供的物质帮助一样。然而，您会理解，如果这笔钱必须冻结在某银行里，它没有一点儿用处。

我在想，在这样的情况下，是否将这笔津贴给我的朋友杜莫小姐①会更简单一点。她和我住在一起，是小说《这个世界的财产》的作者，萨巴蒂埃先生那里有小说的手稿。

---

① 伊莱娜·内米洛夫斯基和她的丈夫米歇尔·爱泼斯坦让朱丽叶·杜莫和他们一起到伊西—勒维克，以防自己遭到逮捕。杜莫小姐曾经是孩子们外祖父母家的女伴。——原注。

杜莫小姐是无可争议的雅利安人，能够给您一切相关的证明。我自童年时代就认识她，如果她能够和您一起解决我月津贴的事情，她可以负担我的生活……

一九四二年七月

电报。米歇尔·爱泼斯坦致罗贝尔·埃斯梅纳尔和安德烈·萨巴蒂埃。

伊莱娜今日被突然送往皮蒂维耶（卢瓦雷省）——希望你们紧急介入——给你们打过电话，不通。米歇尔·爱泼斯坦。

一九四二年七月

电报。罗贝尔·埃斯梅纳尔、安德烈·萨巴蒂埃致米歇尔·爱泼斯坦。

才收到您的电报。立刻采取集体行动，包括莫朗、格拉塞、阿尔班·米歇尔在内。听候您的吩咐。

伊莱娜·内米洛夫斯基最后两封信①。

土伦S/阿鲁克斯，一九四二年七月十三日，五点［信是铅笔写的，而且没有盖销邮票］

我最亲爱的，目前我还在宪兵队，一边吃黑茶藨子和醋栗，一边等着被带走。一定不要着急，我相信这一切不会持续很长时

---

① 第一封信也许得到一位宪兵的无私帮助，转交到家中的。第二封信由一位在皮蒂维耶火车站碰到的旅行者转交。——原注。

间。我想我们也许还可以找找卡约和丹奈神甫。你觉得呢?

替我好好吻吻两个最心爱的女儿,但愿我的德尼斯又乖又听话……我紧紧地拥抱你,还有巴拜①,愿上帝保佑你们。至于我,我觉得自己很平静,充满力量。

如果你能够给我寄东西,我想把我的第二副眼镜寄来,眼镜在另一只箱子里(在公文包里)。请一定给我寄书,如果可能,再给我寄点带咸味的黄油。再见,我的爱人!

星期四早晨——皮蒂维耶,一九四二年七月[信是铅笔写的,而且没有盖销邮票]

我亲爱的爱人,我最亲爱的孩子们,我想我们今天会走。要勇敢,要充满希望。你们都在我的心里,我最爱的人。但愿上帝能够帮助你们所有人。

一九四二年七月十四日

米歇尔·爱泼斯坦致安德烈·萨巴蒂埃。

我曾给您打电话,但是一直没有打通。我给您发了一封电报,同时也给埃斯梅纳尔先生发过电报。宪兵昨天带走了我的妻子。目的地似乎是:皮蒂维耶(卢瓦雷省)的集中营。他们带走她的理由是:对所有介于十六岁到四十五岁之间无国籍的犹太人采取的统一措施。我的妻子是天主教徒,我的孩子们都是法国国籍。我们能为她做点什么吗?

---

① 巴拜指的是伊莱娜的小女儿伊丽莎白。

安德烈·萨巴蒂埃的回复：

不管怎样，好几天的时间是必不可少的。您的萨巴蒂埃。

一九四二年七月十五日

安德烈·萨巴蒂埃致 J. 伯努瓦-梅仙（议会副主席国务秘书）。

我们的作者和朋友伊莱娜·内米洛夫斯基才从她所居住的伊西-勒维克被带至皮蒂维耶。她的丈夫才告知我此事。她是白俄罗斯人（犹太裔的，这点您知道），从未从事过任何政治活动，她是一个非常有才华的小说家，为法国带来了很多荣誉，而且她是两个五至十岁的孩子的母亲。我请求您尽可能地为她做一点事。在此提前致谢，并请相信我对您的忠实情感。

一九四二年七月十六日

电报。米歇尔·爱泼斯坦致罗贝尔·埃斯梅纳尔和安德烈·萨巴蒂埃。

我的妻子应该已经抵达皮蒂维耶——我想如果能够和第戎地区省署、欧坦专区区长和皮蒂维耶当地政府协调一下应该有用。米歇尔·爱泼斯坦。

一九四二年七月十六日

电报。米歇尔·爱泼斯坦致安德烈·萨巴蒂埃。

我亲爱的朋友，我的希望都寄托在您身上。米歇尔·爱泼斯坦。

一九四二年七月十七日

电报。米歇尔·爱泼斯坦致安德烈·萨巴蒂埃。

希望无论消息好坏，您都请发电报告知我。谢谢，亲爱的朋友。

一九四二年七月十七日

勒布朗①（皮蒂维耶）致米歇尔·爱泼斯坦。电报。

寄包裹没用。没有见到您的妻子。

一九四二年七月十八日

电报。米歇尔·爱泼斯坦致安德烈·萨巴蒂埃。

没有一点我妻子的消息，不知道她在哪里。请尽可能了解情况，将真相电告给我。如预先通知，您可随时打电话给我。伊西-勒维克三号线。

一九四二年七月二十日

电报。亚伯拉罕·卡尔曼诺克舅舅②致米歇尔·爱泼斯坦。

你有没有将伊莱娜的医疗证明寄去——必须立刻办此事。发电报给我。

一九四二年七月二十二日

米歇尔·爱泼斯坦致安德烈·萨巴蒂埃。

---

① 与红十字会关系很近的一位中间人。
② 德尼丝和伊丽莎白·爱泼斯坦的大舅舅。

我收到我妻子上个星期四在皮蒂维耶集中营写的一封信，在信中，她告诉我也许会被送走，不知送往何处，我想一定是很远的地方。我用回复邮资已付的方式给集中营的指挥官发去一封电报，但是没有得到任何回音。也许您的朋友更为幸运，能够得到他们拒绝提供给我的消息。非常感谢您为我们所做的一切。请保持联系，我求求您，哪怕是坏消息也一定告知。祝好。

回复：
私下见到我的朋友①。我们在尝试做不可能的事。

一九四二年七月二十四日，星期六
安德烈·萨巴蒂埃致米歇尔·爱泼斯坦。

如果说我没有给您写信，是因为直至目前为止，我没有任何确切的消息可以告知您，而且，除了某些有可能减轻您的担心的事情之外，我也说不出任何其他事情。我们做了一切必须做的事情。我又再次去见我的朋友，他和我说现在只有等待。在收到您第一封来信时，我注意到您两个孩子是法国国籍；收到您第二封来信时，我知道您妻子有可能离开卢瓦雷的集中营。我也在等，我请您相信，作为朋友，这份等待对我来说十分沉重……我向您保证我能够设身处地想象您的心情！希望在将来我能告知您准确的好消息。我衷心地与您站在一起。

一九四二年七月二十六日

---

① 据7月15日那封信的收信人来看，应该是雅克·伯努瓦-梅仙。

米歇尔·爱泼斯坦致安德烈·萨巴蒂埃。

也许在处理我妻子的事情时,必须强调她是个白俄罗斯人,她从未曾想过接受苏联国籍。她和父母在历经迫害之后从俄罗斯逃了出来,她父母所有的财产都被没收。而我的处境也是一样,我可以毫不夸张地说,我妻子和我在战前的数亿法郎资产都被苏联剥夺了。我的父亲曾是俄罗斯商业银行中心委员会的主席,俄罗斯最大的银行之一,阿佐夫东银行的常务董事。主管机关因而可以相信,我们对俄国现行的体制不抱一点同情之心。我的弟弟保罗是俄罗斯迪米特里大公的朋友,现在居住在法国的皇室成员也经常到我的岳父家,尤其是亚历山大大公和波里斯大公。另一方面,我想告诉您,几个月前到我伊西家来的几位德国士官临走时留下了这样的一张纸:

> 同志,我们与爱泼斯坦一家认识已久。我们可以证明这家人举止得体,热情好客。我们请求您好好地对待这个家庭。希特勒万岁!
> 汉伯格·菲尔德,23599A。①

我一直不知道我的妻子身处何处。孩子们身体都好,至于我,我现在还没有倒下。

感谢您所做的一切,亲爱的朋友。也许您和夏布朗伯爵②和莫朗沟通一下我所说的这些事会有一定用处。祝你们好。米歇尔。

---

① 此信为德文信。
② 勒内·德·夏布朗伯爵,律师,他是皮埃尔·拉瓦尔的女婿,娶了拉瓦尔独生女约塞。——原注。

一九四二年七月二十七日

? 致米歇尔·爱泼斯坦。

在您妻子的作品里,除了《孤独之酒》里的那个场景之外,还有什么小说片断可以被视为是截然站在反苏立场上的吗?

一九四二年七月二十七日

米歇尔·爱泼斯坦致安德烈·萨巴蒂埃。

今天早晨我收到了您星期六的来信。一千次地感谢您做的所有努力。我知道您为了帮助我已经竭尽全力,并且在将来也会竭尽全力地帮助我。我有耐心和勇气。只是但愿我的妻子有足够的体力能够支撑这磨难!尤其令她感到困苦的地方是,她一定非常担忧我和孩子们,可是我没有任何办法可以联系到她,因为我甚至不知道她在哪里。

随信附上我坚持要提交给德国大使的一封信,这件事刻不容缓。如果您能够找到什么和他有私交的人,能够转交这封信(比如说夏布朗伯爵,我想,应当对我妻子的事情比较关注),那是再好不过了。但是,如果您找不到什么人可以迅速转呈此信,能否麻烦您替我转交到大使馆,或者更简单,麻烦您通过邮局寄出这封信。在此我先谢过。当然,如果这封信对于目前所采取的行动构成了障碍,那您就将它撕毁好了,否则我还是希望它能够尽快抵达收信人的手里。

我担心对我也会采取类似的措施。为了防止物质上的匮缺,您能否将一九四三年的津贴预支给杜莫小姐?我为孩子们感到担心。

一九四二年七月二十七日

米歇尔·爱泼斯坦致德国大使奥托·阿贝。

我知道直接给您写信是冒天下之大不韪的举动。但是,我还是想尝试一下,因为我想只有您能够救我的妻子,我把我最后的希望都寄托在您的身上。

请允许我将下面这封信转呈给您:在离开伊西前,占领军部队为了感谢我们为他们所做的一切,留下了这样的一封信:

同志!
我们与爱泼斯坦一家认识已久。我们可以证明这家人举止得体,热情好客。我们请求您好好地对待这个家庭。希特勒万岁!
汉伯格·菲尔德,23599A。

然而,七月十三日的星期一,我的妻子遭到了逮捕。她被送往皮蒂维耶的集中营,并且从那里将被遣往我不知道的地方。这次逮捕,据说是根据占领当局关于犹太人的基本法令采取的行动。

我的妻子,M.爱泼斯坦夫人就是那位叫做伊莱娜·内米洛夫斯基的非常有名的小说家。她的书被译成各种文字,其中最少有两本——《大卫·格德尔》和《舞会》——被翻译成了德文。我的妻子一九〇三年二月十一日出生于基辅(俄罗斯)。她的父亲是一位相当有影响的银行家。我的父亲是俄罗斯商业银行中心委员会的主席,阿佐夫东银行的常务董事。我们两个家庭在俄罗斯失去了大量的财产。我的父亲遭到布尔什维克的逮捕,被囚禁在圣彼得堡的圣皮埃尔和保罗城堡里。一九一九年的时候我们历经苦难才从俄罗斯逃出来，我们都在法国避难，从此后再未离开过法国。这一切足以向您保证，我们对于布尔什维克体制只能是仇恨。

在法国，我们家族的任何一位成员都未曾从事过政治活动。我竭尽全力建立了一家银行，至于我的妻子，她成为一位受人尊重的小说家。在她的任何一本小说里（再说这些书都没有被占领当局划为禁书），您都不会找到一个反对德国的词。尽管我的妻子是犹太种族，但是她谈论起犹太人的时候，没有一丝儿怜惜之情。我妻子和我的祖父母都信犹太教，我的父母不信仰任何宗教；至于我们，我们是天主教徒，我们的孩子也是，她们均出生于巴黎，都是法国人。

我想要特别提请您注意的是，我的妻子一直和所有的政治团体保持一定的距离，因此她从未享受过任何左派或是右派的政治团体为她提供的什么好处。她作为小说家所合作的报纸，比如说总编为 H. 德·卡尔比西亚的《格兰瓜尔报》，无论对犹太人还是对共产党人都不太友好。

最后我还想说的是，我的妻子长年受到慢性哮喘的折磨（她的医生、瓦雷里-拉多教授可以证明），如果将她囚禁在集中营中，这对她而言将是致命的。

我知道，大使先生，您是你们国家政府里最杰出的人之一。我相信您也是一个公正的人。然而，我觉得，德国人将一个尽管是犹太种族却对犹太主义和布尔什维克体制没有任何同情之心——她所有的书都可以证明这一点——的女人投入监狱，这是不公正，也是毫无道理的。

一九四二年七月二十八日

安德烈·萨巴蒂埃致夏布朗伯爵。

我才收到《大卫·格德尔》作者的丈夫寄来的一封信,在此请允许我将此信的复印件转交给您。这封信里确定了我认为非常重要的一些事情。希望这些确认能够让您做出合适的决定。对于您能够为我们的朋友所做出的努力,在此先表示感谢。

一九四二年七月二十八日

安德烈·萨巴蒂埃致保罗·莫朗夫人。

昨天,我写信给爱泼斯坦先生,把我们商定的意思都说了,我想这样做比发电报更好一些。今天早上我发现在我的信件中找到了他来信的原稿。显然,这其中确认了一些事情,很有价值。

一九四二年七月二十八日

米歇尔·爱泼斯坦致安德烈·萨巴蒂埃。

我希望您收到了我昨天的信,还有那封给德国大使的信也转交到了他手上,通过夏布朗或别的什么人,或是直接送交到他那里。在此预先谢过。

对于您昨天那封信的回复,我想,在《大卫·格德尔》里,有一章是大卫在和布尔什维克讨论一口油井的转让问题。这一章应当显示出对布尔什维克不是很友好的态度,但是我这里没有《大卫·格德尔》,您愿意看一下吗?还有,她在《格兰瓜尔报》上刊登的《地中海东岸诸港》——您也有手稿的——对待其主人公,一位来自东方国家的江湖郎中也非常无情,但是我不记得她是否明确说这是个犹太人。我想应该是的。

我在《契诃夫的一生》的第十四章读到这样的句子:"六号大厅奠定了契诃夫在俄罗斯的声名;正因为此,苏联将契诃夫视作自己的作家,认为如果说他曾经在此生活过,他就应该属于马克思主义政党。一个作家的身后荣光充满了惊奇……"不幸的是,我没有找到其他东西,这一点是不够的。

真的没有办法通过法国当局打听到我的妻子是否一直在皮蒂维耶集中营吗?十天前,我曾经以回电邮资已付的方式发电报给集中营的指挥部,但是我没有得到任何回音。我只想知道她在哪里,难道这也是禁止的吗?我已经打听到我的弟弟保罗是在德兰西,为什么他们不让我知道我的妻子在哪里?总之……

再见亲爱的朋友。我不知道我为什么在给大使的信中那么有信心。米歇尔。

一九四二年七月二十九日

安德烈·萨巴蒂埃致保罗·莫朗夫人。

在此呈上我在电话中所说的那封信。我想您所处的位置比任何人都容易判断是否应当将这封信送到作者希望送到的人的手中。从根本上说我很难表态,至于细节上,我觉得有些话说得不太好。

一九四二年七月二十九日

玛弗莱克① 致米歇尔·爱泼斯坦。

我亲爱的,我希望你收到了我的来信,但是我担心这些信都

---

① 米歇尔·爱泼斯坦的姐姐,和他同时被捕,也被送往奥斯维辛集中营,并且和他同时被送进毒气室。——原注。

丢了，因为我的信是写给朱丽叶的，但是在电话里姑姑没有弄明白她的名字。我亲爱的，我再一次请求你一定要坚强，为伊莱娜，为孩子们，为其他所有人。我们没有权利丧失勇气，因为我们是信徒。我曾经绝望得发疯，但是我又重新振作起来，为了得到他们的消息成日奔走，去拜访那些和我们处境差不多的人。日耳曼娜①昨天回来了，等她准备好以后就会立刻动身前往皮迪埃尔集中营。由于萨姆埃尔好像被关在皮迪埃尔附近的伯纳-拉洛朗德，她会不惜一切代价为伊莱娜和他传递消息。除了在德兰西的阿尼亚寄衣服和书以外，我们没有其他任何人的消息。有好几封从德兰西写来的信，都说他们在那里受到了很好的对待，吃得也不错。我亲爱的，我求求你，一定要有勇气。由于名字不清楚，钱到得迟了。明天我会回来，再去见见约瑟芬②。日耳曼娜见了那位在皮蒂维耶有个保姆的先生。我必须在日耳曼娜走之前去见她一面。她有萨姆埃尔的只言片语，不过那还是萨姆埃尔在德兰西时写的。她走的那天我会给你写信，但是我希望你给我写点什么，我的小弟弟。至于我，我仍然没有倒下，我不知道为什么，我和所有时刻一样充满希望。无限温柔地吻你和小家伙们。

一九四二年八月三日

卢梭夫人（法国红十字会）致米歇尔·爱泼斯坦。

巴齐医生③今天早晨出发，会在自由区待上几天。他会在那里处理爱泼斯坦夫人的事情，会尽他所能帮她说话。由于他在出

---

① 米歇尔·爱泼斯坦的哥哥萨姆埃尔·爱泼斯坦的法国朋友。——原注。
② 约瑟芬是伊莱娜·内米洛夫斯基的贴身女仆。——原注。
③ 红十字会主席。——原注。

发之前没有时间给您回复，他让我通知您，他收到了您的来信，他一定不会忘记尽他所能给予您帮助。

一九四二年八月六日

米歇尔·爱泼斯坦致卢梭夫人。

听到巴齐医生会采取对我妻子有利的行动，我感到非常幸福。我在想，是否应当将巴齐医生所采取的行动与其他人已经在采取的行动协调起来，已经介入的人包括：

1）我妻子的出版商，阿尔班·米歇尔先生（专门负责此事的主要是安德烈·萨巴蒂埃先生，出版社的负责人之一）。

2）保罗·莫朗夫人。

3）亨利·德·雷尼埃。

4）夏布朗伯爵。

我将会把此信的复印件寄给萨巴蒂埃先生，他能够为您提供您所需要的一切信息（电话：Dan87-54）。不知道妻子身在何处，这对我而言尤其痛苦（七月十七日的星期四，她在卢瓦雷省的皮蒂维耶集中营，可自此之后，我没有收到她一丁点儿的消息）。我也希望她能够知道孩子和我，我们目前没有受到最近所采取的措施的影响。还有，我们的身体都很好。红十字能够让她知道这点信息吗？我们能给她寄包裹吗？

一九四二年八月六日

米歇尔·爱泼斯坦致安德烈·萨巴蒂埃。

这里是我寄给红十字会的信的复印件。一直没有一丁点儿我妻子的消息，真是让人难过。是否已联系上阿贝先生，已将我的信转交给他？米歇尔。

又及：您能否告知我夏布朗伯爵的地址？

一九四二年八月九日

米歇尔·爱泼斯坦致安德烈·萨巴蒂埃。

我才从一个非常可靠的渠道得知，被囚禁在皮蒂维耶集中营的女人（当然也包括男人和孩子）都被送往德国边境，并且从那个地方被送往东部——也许是波兰或俄罗斯。这可能是三个星期以前发生的事情。

一直到现在，我都以为我的妻子在法国的某个集中营里，在法国士兵的看管之下。现在知道她身处荒蛮的国家，也许条件非常恶劣，没有钱，也没有生活必需品。至于周围的人，她也许连他们的话都听不懂，这真是让我觉得难以忍受。现在我们所要尝试的已经不是尽快让她从集中营出来的问题，而是要救她的命。

您应该收到我昨天的电报。我请您注意到我妻子的一本书，《秋之蝇》，先是在克拉出版社出的豪华本，然后在格拉塞出版社出版。这本书反布尔什维克的观点非常明确，我很抱歉没能早想起这本书。我希望现在向德国当局说明这就在手边的证据不是太迟。

我知道，亲爱的朋友，在拯救我们的问题上您已经尽您所能，但是我请求您能够再找到、想到一些别的东西，再去找找莫朗、夏布朗，您的朋友。尤其是巴齐医生，他是红十字会的主席，住在牛顿街12号，电话号码是：KLE.84.05（他的特别秘书长是卢梭夫人，和他地址相同），请他们注意一下《秋之蝇》里这个新证据。如果我们这些因为布尔什维克丧失了一切的人，我们被反对布尔什维克的人判了死刑,这真是难以想象!

最后,亲爱的朋友,这是我所发出的最后的呼唤。我知道自己这样滥用您和仍然是我们朋友的人,的确是有些不可原谅,但是,我再重复一遍,这是有关生死的问题,不仅关乎我的妻子,也关乎我的孩子——即便我不说是关乎我自己。事态非常严重,我一个人在这里,和小家伙在一起,几乎可以说是在监牢里,因为他们禁止我动,我甚至不能从行动中得到安慰。我睡不着也吃不下,但愿这可以算是我写这封冒昧的信的理由。

一九四二年八月十日

我,W.柯克夫佐夫伯爵,俄国前任议长、财政部部长,兹证明我非常了解的米歇尔·艾凡·爱波斯坦先生是俄罗斯银行的管理人员,是我领导下的巴黎银行委员会成员。作为一个金融家,他的声誉是无可指责的,他的行为和感情都是反对共产主义的。

(警察署证明)

一九四二年八月十二日

安德烈·萨巴蒂埃致米歇尔·爱波斯坦。

您的电报和来信收悉。我不久就会离开巴黎,在近郊住几个星期,因此在我动身之前给您回复。如果您在八月十五日至九月十五日期间给我写信,请寄往那里的地址,您很快就会知道的。如果发生什么事情,请采取必要的行动,并且一定告知我。至于我这一面,目前为止我们采取了很多行动,但是没有结果。

1)我已写信给夏布朗伯爵,但是没有任何回音。由于我不认识他,我无法再次求助于他,因为我不知道这沉默是否意味着他不愿介入此事。他的地址是：波旁广场6-2号，巴黎第七区。

2）相反，保罗·莫朗的夫人一直非常投入地为此事奔忙。她采取了多种步骤，您的信现在在她手中，近几天，其主要内容连同医疗证明应当已经通过她和大使的一位共同的朋友转交上去了。她读了《秋之蝇》，但是在她看来，这和她想要找的东西并不相符：书的确显示了反对革命的立场，但谈不上反布尔什维克。她暗示您不要采取在她看来是分散而无用的步骤。她一直认为，您应该敲响的唯一一扇门应该是犹太联合会，该联合会能通过其分支机构了解到您妻子在哪里，也许能够告诉她孩子们的状况。这是该机构的地址：慈善街29号，巴黎第八区。

3）我的朋友直截了当地告诉我，他所采取的所有行动陷入了他再也无能为力转圜的境地。

4）在与法国当局周旋之后，我岳父的回复也几乎是同样无可逆转。

5）在我的请求下，一位朋友接触了《上帝是法国人吗》的作者（弗雷德里希·谢伯格），他答应试着打听到她的消息，因为他认为放她出来几乎是不可能的。

6）昨天我给红十字会打了电话，我与卢梭夫人的临时代替者通了话，她也非常热情，而且很了解这件事情。巴齐医生目前在自由区，正在高层打听情况，会尽一切可能获得他所能获取的信息。他应该是星期四回来，在我走之前，我会给他去电话。

我个人的看法是这样的：

1）这次关系到您妻子的措施是全国范围内的（这里，仅仅在巴黎，就牵涉几千个没有国籍的人），这在某种程度上解释了为什么很难对您的妻子网开一面，但是这也让我们有所希望，那就是您妻子并没有遭遇到什么特殊的对待。

2）该项措施是德国这方面最为权威的几个机构采取的，德国其他军事或民政机构，包括法国当局在内，哪怕是高层，似乎也对这几个机构毫无影响力。

3）出发前往德国似乎确有其事，不过据保罗·莫朗夫人说，他们不是进集中营，而是为了前往波兰，然后在波兰将这些无国籍的人重新分组。

所有这一切都是非常令人痛苦的，我的想象或许过分了，亲爱的先生。您唯一的责任就是想想孩子们，并且为了他们，您不能倒下，这当然是站着说话不腰疼的建议……您会对我说。唉！我已经做了我所能做的一切。我非常忠实于您。安德烈。

一九四二年八月十四日

米歇尔·爱泼斯坦致卡布尔夫人。

非常不幸，伊莱娜已经离开——去哪里？我不知道。您能够想象到我有多么焦虑！她是七月十三日被带走的，自此之后我再也没有她的任何消息。我一个人和两个孩子在这里，孩子们有朱丽叶在照管。您也许还能想起来，您在威尔逊总统街见过她。如果有一天我收到伊莱娜的消息，我会立刻告诉您。亲爱的夫人，您十分愿意帮助我们，我就不客气了，也不知道这些事情是不是在可操作的范围内。您能给我们一些线、棉布和打字机用的纸吗？您给了我们莫大的帮助。

一九四二年八月二十日

米歇尔·爱泼斯坦致卡布尔夫人。

伊莱娜七月十三日被宪兵带走,他们带走她是根据德国警察的命令,然后她被带往皮蒂维耶集中营——这都因为她是无国籍的犹太人,可是却没有考虑到她是天主教徒,她来到法国是为了躲避布尔什维克,而布尔什维克们剥夺了她父母的财产。她七月十五日到达皮蒂维耶,根据我从她那里收到的唯一一封信,她应该是十七日离开皮蒂维耶的,去往不知道什么地方。接下来我便没有她的任何消息。没有一丁点儿消息,我不知道她在哪里,甚至不知道她是否活着。由于我没有权利离开这里,我请求一些人给予我一定的帮助,可是直到现在也没有任何结果。如果您能够做些什么,不管是什么,我请求您千万试试,因为这份担心真是让人无法忍受。想想看吧,我甚至不能给她寄点吃的,她没有带衣服,身上也没有钱……直到现在,我还没有被带走,因为我已经超过四十五岁了……

一九四二年九月十五日

米歇尔·爱泼斯坦致安德烈·萨巴蒂埃。

一直没有伊莱娜还活着的一点儿信号。我听从了保罗[①]夫人的建议,没有采取任何新的行动。我只相信她。对于这种不确定的状态,我想我忍受不了多久。您对我说过您在等巴齐医生的消息。我猜您大概没有什么消息吧?如果红十字会能够在冬天来临之前把衣服、钱和生活必需品带给伊莱娜就好了。

如果您见到保罗夫人,请您转告她,我收到基卡主教大人[②]

---

① 此处指的是保罗·莫朗的妻子,但是因为安全原因,必须免去明确的姓氏。——原注。
② 罗马尼亚的主教,经常与伊莱娜·内米洛夫斯基来往。——原注。

的一张明信片，他六个月前在布加勒斯特，身体一直不错。

一九四二年九月十九日

安德烈·萨巴蒂埃致米歇尔·爱泼斯坦。

我回来之后，给保罗夫人打了电话。我向她转达了您的感谢之情，并且告诉她，您听从了她的建议。所有的这些行动，包括您曾经写过信的那个人，都没有能产生任何结果。"我们撞到了墙上。"她对我说。保罗夫人认为必须等到世界的混乱在某种程度上有所缓解和趋于稳定才行。

一九四二年九月十九日

米歇尔·爱泼斯坦致安德烈·萨巴蒂埃。

我们的信件交错而过。谢谢您给我一定的回复，尽管消息都是如此令人悲伤。您是否认为我们有可能换个位置，我的妻子和我——我也许能够替代她更好地服役，而她在这里也许更好一些。如果这是不可能的，能不能让我到她身边——我们俩在一起会好些。当然，我必须私下里和您谈谈这些事情。

一九四二年九月二十三日

安德烈·萨巴蒂埃致米歇尔·爱泼斯坦。

从七月十四日起，我就说过，如果必须我到伊西来一趟，我一定毫不犹豫地前往伊西，但是即使是现在，我也不认为，我真的来了，就能做出什么明确的、有价值的决定。我来告诉您为什么。

换位置是不可能的。这只能造成又多了一个囚犯，尽管您此番请求的理由相当充足。只有在我们打听清楚现在伊莱娜在哪里,也就是说一切都"组织好了",那么,而且也只是有可能,才有可能提出这个问题。

两个人,在同一个集中营里!这也是不可能的,集中营男人和女人绝对不可能在一起,必须分开。

红十字会向我确认一件事,我不能够确认,今天早晨,我给您发了封电报进行确认。我会立刻将此转达给红十字会。我们希望这次能够得到一点消息。

一九四二年九月二十九日

米歇尔·爱泼斯坦致安德烈·萨巴蒂埃。

我答应过您,一切要求都要经过您,我信守我的诺言。我写这封信的原因是这样的。我的外国身份证到今年十一月就要过期了,我必须更换。这取决于马孔的萨沃纳和卢瓦省,我必须在这几天提出更换的申请。我希望该申请不会给我们带来新的麻烦。我希望您能够和马孔省署沟通一下。我从各方面来说都极为守法,但是眼下对我们这类人非常不利的环境让我感到害怕,司法部也许又会找点什么麻烦。我能够信任您吗?在收到您的回复之前我不会有任何行动,但这事很急。

一九四二年十月五日

安德烈·萨巴蒂埃致米歇尔·爱泼斯坦。

我今天早晨收到了您二十九日的来信。我读了,并且让别人也读了这封信。毫无疑问,我的答复非常干脆:别动,任何行动在我看来都是极端不谨慎的。我在等丹奈司铎来访,我非常高兴，能够和他沟通一些事情。

一九四二年十月十二日

安德烈·萨巴蒂埃致米歇尔·爱泼斯坦。

今天早晨我收到了您八日的来信，同时也收到了您寄往第戎的信的备份。我给您写这封信是为了告诉您：

我们的朋友的行为完全合乎规定，您必须承认这事不会构成任何阻碍。

至于孩子们，用您的话来说，她们是法国人，因此我不觉得她们必须换个环境，但是这只是您的话而已。关于这一点，我认为红十字会能够给您更准确、更有把握的信息。

一九四二年十月十九日

米歇尔·爱泼斯坦致安德烈·萨巴蒂埃（科佐监狱）。

［信是用铅笔写的］

我一直被关押在科佐，这里的人对我很好，我的身体也很好。我不知道我们什么时候会出发离开，也不知道会去哪里。我信任您的友情，相信您会善待我的亲人。对于他们来说，这份友情非常必要。我相信您会照顾他们的。除此之外，我没有什么再要对您说的，除了告诉您，我的勇气一直都在，紧紧地握您的手。

一九四四年十月一日

朱丽叶·杜莫致罗贝尔·埃斯梅纳尔。

十分感谢您仍然继续支付月津贴。您一定理解我非常着急。

七个月来我不得不将她们再次隔离，藏在不同的地方。现在我希望这场噩梦已经结束。我找到了孩子们，把她们放在寄宿学校。我的长女现在是三年级，巴拜是小学一年级预备班，她们非常高兴，终于自由了。因为德尼斯能够安静下来专心上学，这关系到她的未来。

一九四四年十月十日

朱丽叶·杜莫致安德烈·萨巴蒂埃。

我收到了一万五千法郎。自二月底以来，我非常为孩子们担心，还是得把她们藏起来。肯定是因为这个原因，圣-加布里埃尔嬷嬷没有给您回复。她们已经七个月没有上课了。现在我希望我们能够安静下来，她们能够好好学习。我又把她们送进了寄宿学校。德尼斯上三年级，巴拜上一年级预备班。她们非常高兴能重新和同学们在一起，还有在我们的困难时刻给了我们很多帮助的善良的嬷嬷。我希望在这等待我们被流放的亲人回来的时刻，再也没有什么让您感到苦恼的事情了。现在，能够销售所有作家的作品了吗？抑或销售仍然没能解禁？

一九四四年十月三十日

罗贝尔·埃斯梅纳尔致朱丽叶·杜莫。

非常感谢您十月一日的来信。我知道您不得不又经受了严酷而忧心忡忡的日子。现在，您终于可以安下心来了，不再为孩子们的命运感到担忧，她们也能静下心继续学业。我们必须对未来充满希望，相信这可怕的噩梦很快就能结束，也许在不久的将来，我们就能有孩子们父母的消息。您知道，这是我最常牵记的愿望之一……

一九四四年十一月九日

安德烈·萨巴蒂埃致朱丽叶·杜莫。

我才得知您最近因为孩子有多么担惊受怕，知道之后我也不禁发抖。我也只有在知道您现在已经躲开一切您没有明说的纷扰之后，才能高兴得起来。所剩下的事情，就只是希望在不久的将来，被劫去的人能够回来。

埃斯梅纳尔先生已经做了必要的安排，好继续将伊莱娜·内米洛夫斯基没有卖完的书卖出去。至于我，我现在想的问题是，此时出版她的那两部手稿是否合适，手稿在我手中，一部是小说《这个世界的财产》，另一部是契诃夫的传记。埃斯梅纳尔先生和我一样，我们都认为应该暂缓出版，因为如果在这样一个时刻引起他人的注意有可能会比较危险，她在这样的处境里，他们随时可以采取报复的行为，她根本躲不开。

一九四四年十二月二十七日

罗贝尔·埃斯梅纳尔致朱丽叶·杜莫。

祝在一九四五年里您一切平安，但愿您最亲爱的朋友能够回来。

一九四五

阿尔班·米歇尔出版社致朱丽叶·杜莫。

九千法郎（一九四五年六、七、八三个月津贴）

一九四五年一月八日

罗贝尔·埃斯梅纳尔致 R. 阿德勒的回复。

您于一九四四年十月十三日寄给内米洛夫斯基夫人的明信片我们收到了，可是真是抱歉！我们没有能够将它转到收信人的手里。实际上，内米洛夫斯基夫人一九四〇年开始就住在伊西，她于一九四二年七月十三日在伊西被逮捕，被带往皮蒂维耶集中营，当月又被送往别的地方。几个星期后，她的丈夫也遭到逮捕，也被送走了。我们为他们所做的一切努力都没有结果，没有人得到过他们的消息。多亏了和他们一起生活在外省的一位朋友悉心照料，两个孩子才得以幸免于难。请相信，将如此不幸的消息传递给您，我们感到深深的抱歉。

一九四五年一月十六日

阿尔班·米歇尔致 A. 沙勒的回复。

非常感谢您一九四四年十一月六日寄给伊莱娜·内米洛夫斯基夫人的明信片。真是遗憾！我们无法将这张明信片转给她了，因为我们的作者和朋友在一九四二年就被带走了，最后被送往波兰的某个集中营。自此之后，虽然我们多方打听，却始终没能知道她的任何消息。在她被带走几个月之后，她的丈夫也经历了相同的命运。至于孩子们，她们被托付给他们家的一位朋友，目前都好。我很遗憾告诉您如此令人悲伤的消息。不过我们仍然抱有希望……

一九四五年四月五日

马克·阿尔达诺夫（俄罗斯文人及科学家解救基金会）—纽约—致罗贝尔·埃斯梅纳尔。

通过罗莎·阿德勒夫人，我们得知了有关伊莱娜·内米洛夫斯基夫人的悲惨消息。阿德勒夫人还告诉我们，多亏了曾经照顾过孩子生病的祖父的一位朋友,她的两个小女儿得救了。这位照顾过病人的杜莫小姐据说是非常值得信任,然而非常不幸的是,她没有任何收入来源,因此,她无法承担两个孩子的教育。

内米洛夫斯基夫人在纽约的朋友和崇拜者于是聚在一起,想看看如何能够帮助这两个孩子。可是他们为数不多,也不太富有。至于我们的基金会,我们到目前为止大约有一百位文人和学者。我们也无法做得更多。因此我们写信给您,亲爱的先生,想要问问内米洛夫斯基夫人在法国出版社是否有版税账户;如果有,不知道是否有可能请您和您的同事付一部分酬金给两个孩子。我们可以把她们的地址寄给您。

一九四五年五月十一日

罗贝尔·埃斯梅纳尔致马克·阿尔达诺夫的回复。

真是不幸,内米洛夫斯基夫人的确于一九四二年七月被捕,之后送往皮蒂维耶的集中营,然后又被带走了。她的丈夫在几个星期之后也遭遇到相同的命运。我们自此后再也没有收到他们的任何消息,对此深感忧虑。

我知道杜莫小姐救了两个孩子,并且尽心尽力地养育了她们。为了能够保证她这么做,我必须告诉您,自伊莱娜·内米洛夫斯基被捕之后,我支付给杜莫小姐的钱数额相当大,现在总数已经达到十五万一千法郎,而且目前,我仍然保证她们每个月三千法郎的月津贴。

一九四五年六月一日

安德烈·萨巴蒂埃致朱丽叶·杜莫。

自从被带走的那些人和囚犯开始陆续回到法国,我非常想念您和孩子们。我猜想你们现在也许仍然什么消息也没有,否则的话,您一定会让我知道的。我也没有一丁点儿消息。我请求J.J.贝尔纳夫人①代为打听,她认识内米洛夫斯基夫人,目前在红十字会,他们会采取一些必要的行动打听消息。当然,如果我知道什么,一定在第一时间通知您。有一个问题我需要问问您:内米洛夫斯基夫人被逮捕时,她的那些纸放在哪里?我听说有一部没有完成的小说,是在您这里吗?如果的确在您这里,您可以和我们联系,我们也许可以放在我们的杂志《舟》上面发表。

一九四五年七月十六日

安德烈·萨巴蒂埃致恩格勒贝尔神甫。

给您写这封信,是出于一个完全出乎您意料的目的。事情是这样的:我想您一定听说过伊莱娜·内米洛夫斯基的名字,知道她的声名,这是法国战前那段时间最重要的女性小说家之一。她是犹太裔的俄国人,一九四二年她被带走,她的丈夫也是一样,他们也许被送往波兰。可我们却一直无法知道任何有关他们的消息。直到现在,我们还是一丁点儿消息也没有,我们完全失去了方向,唉!真希望她还活着。

伊莱娜·内米洛夫斯基在法国有两个女儿,托付给一位朋友照管,两个孩子分别叫德尼斯·爱泼斯坦和伊丽莎白·爱泼斯坦。我才看过照管两个孩子的人。这位朋友告诉我她将两个孩子

---

① 让-雅克·贝尔纳夫人,作家让-雅克·贝尔纳的妻子,让-雅克·贝尔纳本人是特里斯当·贝尔纳的儿子。——原注。

送到了西翁的寄宿学校。协议已经签订,可是到了最后一刻,主事的嬷嬷又反悔了,借口说学校没有位置,这让照管两位孩子的夫人深为失望和烦恼。您是否有可能打听一下事情的进展程度?如果您对这些嬷嬷有一定的影响力,能否和她们说一下,至少能让德尼斯和伊丽莎白在十月份开学时进入西翁教会学校。

我们非常关注这两个孩子,您一定能够理解。不论事情如何发展,哪怕您帮不上什么忙,在此我们也先谢过,谢谢您为此事所投入的精力。

一九四五年七月二十三日

电话记录:朔塔尔(工业金融业欧洲联合会)致电安德烈·萨巴蒂埃。

欧洲联合银行①的德·梅齐耶尔先生愿意和我们联合会一起为两个孩子做点什么。

(记录:请等待他和您联系)

可以提供每个月三千法郎的资助。

他们在巴黎附近找到一所教会寄宿学校,每月每人二千法郎。

一九四五年八月七日

奥迈尔·恩格勒贝尔致罗贝尔·埃斯梅纳尔。

我非常高兴地通知您,您委托萨巴蒂埃先生和我说的那位犹太裔俄国女作家(我想不起她的名字了!)的两个女儿被西翁教会学校接受了,学校位于伊夫里小镇的格朗布尔。主事的嬷嬷才

---

① 欧洲联合银行原先名为北方国家银行,是米歇尔·爱泼斯坦致力建立的银行。

通知我，两个孩子在下学期开学时可以去报到上学。

一九四五年八月二十九日

朱丽叶·杜莫（玛尔芒德，巴斯德街46号）致安德烈·萨巴蒂埃。

我不知该如何感谢您，您始终如此热情地帮助我们。我为孩子们由衷感到高兴，尤其是巴拜，她只有八岁，正是要开始接受教育的时候。至于德尼斯，她现在很好，她可以在这所第一流的学校里继续完善学业，这也是她母亲的愿望。正因为如此，我非常感谢您实现了孩子们父母的愿望。如果德尼斯不能够继续她的学业，她至少应该得到相应的证书，这样以后就有工作了，这一切我们可以过些日子再看。您热情的来信转到了这里，我正让孩子们在这里度假。德尼丝已经痊愈。她才拍过片子，片子上显示胸膜的所有阴影都已经消失。巴拜下个星期要去做扁桃腺和腺性增殖体割除手术。我没法儿让她早点做，因为医生正在度假，这样我就得推迟八天才能回到巴黎。

是的，萨巴蒂埃先生，文人基金会可能会为孩子做点什么。我向德雷福斯先生陈述了我目前的状况，说我仅仅靠这每个月三千法郎的津贴已经无法应付，德尼斯治疗了六个月，于是德雷福斯先生和他的朋友罗贝尔谈了这件事，他们会为孩子们做点什么。我当天就把这事告诉了埃斯梅纳尔先生，他也已经得知此事。如果您要了解我的情况，特里斯当·贝尔纳从十六岁起就认识我了。

一九四五年十月三日

阿尔班·米歇尔出版社致朱丽叶·杜莫。

一万二千法郎:一九四五年九月、十月、十一月、十二月津贴。

一九四五年十二月七日

罗贝尔·埃斯梅纳尔(为勒弗尔小姐记的笔记)

星期五下午,我去了西蒙娜·圣-克莱尔夫人家,她是大家为帮助伊莱娜·内米洛夫斯基的孩子组织成立的委员会成员。某些个人和组织将捐助一笔钱,放在为两个孩子指定的公证人那里,这笔钱将一直资助两个孩子通过业士文凭考试。一旦长女德尼斯获得了业士文凭,我想这个问题将重新考虑。

除此之外,我们还将接受其他捐赠,可用捐赠的资金为伊莱娜·内米洛夫斯基两个女儿建立基金,她们一直在成人之前都可以使用。我们已经有了一部分资金注入,其中包括爱波斯坦先生曾任职员的北方国家银行,差不多有一万八千法郎,这是具有一定追溯力的三千法郎的月津贴总数。

杜莫小姐将在公证人的监督之下,得到总数为 $X^{①}$ 的一笔钱,用于补偿她所垫付的费用,此后她将在每个月收到一笔固定数目的补贴。至于我们出版社,一九四五年十二月三十一日我们将支付最后一个月的月津贴,自此之后我将付给孩子们每个月两千法郎的月津贴。当然,这不包括伊莱娜·内米洛夫斯基的作者版税。除此之外,我将在内米洛夫斯基的版税里每个月让出两千法郎,从我开始支付月津贴之时开始,换句话说,这些月津贴自第一次支付开始便具有追溯力。

新闻界将刊登大幅公告,以利于即将建立的帮助计划。

---

① 原文如此。

一九四五年十二月二十四日

W.狄德曼致伊莱娜·内米洛夫斯基。

我是雷德（荷兰）一家报纸的记者，我为报纸提供法国长篇或短篇小说的翻译，就是那种连载性质的东西。报纸才回复我说他们原则上同意我向他们推荐的和寄去的翻译。我告诉他们也许需要支付作者的版税，也许对于已经出版的小说，作者版税会相当高，因为出版者会要求支付出版社应得的那部分版税，而对于没有出版的原版小说，报纸只需要和作者直接协商。因此我想到了您，尽管我对您的了解仅限于您的小说。

一九四五年十二月二十九日

阿尔班·米歇尔致狄德曼先生的回复。

我读到了您的来信，信上的地址是我的办公室，写着伊莱娜·内米洛夫斯基收，真是遗憾，我们没有办法将信转到收信人手中。

伊莱娜·内米洛夫斯基实际上于一九四二年七月遭到逮捕，后来据说被送往波兰。自她被逮捕之日起，谁都没有再收到过有关她的消息。

致 谢

谨对下列诸位表示谢意：

感谢奥利弗·鲁宾斯坦和德诺埃尔出版社的全体成员，他们充满热忱与激情地接受了这份手稿；

感谢弗朗西斯·埃斯梅纳尔，阿尔班·米歇尔出版社董事长，他非常慷慨，同意出版属于他的一段过去；

感谢米利亚姆·阿尼西莫夫，她是罗曼·加利、奥利弗·鲁宾斯坦和伊莱娜·内米洛夫斯基之间的联络人；

感谢让-吕克·皮杜-拜约，他重新审读了手稿，并且为我提供了宝贵的意见。

德尼斯·爱泼斯坦

译后记

袁筱一

《法兰西组曲》的翻译完成之后，竟是很长时间不能够写一点什么。没有想过为什么，仅仅是觉得还不能够。好像觉得在到处都是纪念反法西斯胜利的声音中，那历史的一页还不曾翻过去，觉得巴黎人举家出逃的画面还历历在目，觉得一切都还是切肤的疼痛：战争、生命、希望和未曾实现的爱情。

对于内米洛夫斯基这个名字，我想几乎没有中国的读者会知道。这位才气过人的俄罗斯籍犹太女作家在三十七岁的时候被杀害于奥斯维辛集中营——之前她在法国文学界所获取的显赫声名以及两个孩子母亲的身份并没有能够挽救她作为犹太人的悲惨命运。

《法兰西组曲》是她在被带走之前所致力完成的一部作品，一幅她身陷其中却想努力看清、想说明为什么的巨幅历史画卷。在命运未决的时刻，描绘这样的画卷是一件很残忍的事情，因此，她在自己的笔记簿上这样写道：西西弗斯，我需要你的勇气。

从她自己的笔记来看，如果命运允许，这将是一部长达"一千页"，包括五部彼此独立而又相连的作品在内的长篇巨作，像一部音乐史诗。可是遗憾的事情还是发生了：刚刚完成两部——《六月风暴》和《柔板》,她就被宪兵带走,几经辗转,到了奥斯维辛。所有的营救工作都没有效果。她的亲人和朋友甚至打听不到一点她的消息。不幸中的大幸在于,她有时间为自己的组曲中的第二部小说《柔板》画上句号。

于是这部未完的《法兰西组曲》成了正处在创作高潮的作家的绝笔。其后的一切则成了带有一定悲情色彩的传奇:内米洛夫斯基的丈夫也很快被送进集中营赴死;两个孩子带着手稿四处逃命;直到六十年后,在打算把手稿捐献给法国现代出版档案馆前,大女儿终于有勇气翻开这部手稿,一行行地辨认着已经模糊的字迹。传奇得到了传奇的肯定:二〇〇四年的雷诺多奖第一次颁给一位已经故去的作者,在这一年的法国文坛掀起轩然大波。

一 大逃亡的画卷

一九四〇年的夏天对于法国来说是一场灾难,然而这场灾难来得太快,以至于像是在梦里。《六月风暴》是从这样一种梦一般的夜开始的。沉沉的夜,倒映着整座城市灯光的塞纳河,突然响起的、如同海浪一般的警报声。

走出这夜的背景,人物开始陆续登场:大资产阶级佩里冈一家,作家科尔特和他的情人芙洛朗丝,银行小职员米肖夫妇和他们参战的儿子让-玛利,银行老板科尔班和他的情人、舞蹈演员克拉伊,收藏家朗日莱。所有的这些人都即将踏上同一条命运:弃城而逃。一条从巴黎往各个方向的难民流于是形成了:轰炸声、叫喊声、呼唤声,让一向以人间天堂自居的法国沦为地狱。

佩里冈一家是典型的大资产阶级,家产不计其数。逃亡之初,老佩里冈先生还活着,但是已经基本上在等死,在等"世界舞台上最后的、最精彩的演出"——宣布遗嘱的那一刹那；一家之主的佩里冈先生是巴黎一家博物馆的馆长，出入上流社会，由于工作关系，他暂时留在了巴黎，没有加入难民潮；这家的女主人是活跃在小说前台的人物，是她率领全家人逃难，这个头脑冷静、总是"高昂着脑袋安排好一切"的女人在爆炸来临时，从容地救出了自己的三个孩子和钱，却将公公——老佩里冈先生落下了！

佩里冈家的长子菲利普是神职人员，是这笃信天主教人家的骄傲所在。他受命于危难之中，要将家族慈善事业所收养的一群孩子带往一个他们认为安全的临时驻地。然而，他竟然死在这群"黑暗中的孩子"手上，这群"没有足够的精神力量向往光明"、"感受不到光明的存在"、"不因为缺少光明而心存遗憾"的孩子手上。

第二个儿子于贝尔还没有成人。这么一个"拉丁语翻译得零分"的青少年，出于对英雄主义的浪漫向往，在逃难途中甩开了家人，去找寻抗敌的队伍。他亲眼看到法国如何溃败，一群没有武器的乌合之众如何在做徒劳无功的挣扎。在家人已经准备给他举行葬礼之前，他又奇迹般地——尽管这场奇迹并不怎么光彩——回到了亲人的面前。

除去佩里冈一家，作家科尔特也是所谓享有优裕生活的人：有自己的生活习惯和准则，有自以为是的历史使命，有对生存的思考。在自己的写字台上，他也写下了这样的字句：西西弗斯，我需要你的勇气。然而，灾难来临的时候，他不得不带着自己"严肃意义上的情人"芙洛朗丝一起出逃，离开巴黎：对生存再有思考，舍不得的仍然是最实在的命啊。在逃跑的过程中，他的一系列生活准则受到了前所未有的挑战：到处是血淋淋的粗俗，好不容易弄到的食物被抢（从内米洛夫斯基的写作笔记来看，这个事件将对其以后的小说世界产生重大的影响），直接面临德国人的枪林弹雨，直至最后走进相对舒适的、属于他这个圈子的一家饭店，看到熟悉的人（这个阶层的所有人正和他一样出逃），他才算释然。

收藏家朗日莱是一个活在自己世界里的收藏家，平日里只和自己认为美的东西打交道。这是一个以艺术为名，自私到对除自己之外的任何生命都无动于衷的人。出逃的时候，"他将自己比作在火山熔岩到达前出逃庞贝城的罗马人，放弃了奴隶、房屋和金子，但是在自己的内长衣里，却放上了几尊陶土的雕像，一个形状完美的花瓶，或是做成美丽的乳房形状的高脚酒杯"。而就是这么一个不堪与粗俗为伍的收藏家，却在再也买不到一滴汽油、敌机在天空盘旋的情况下，偷了一对善良的、刚刚结婚的年轻男女的汽油，绝尘而去。或者是出于小说的安排，在《六月风暴》结尾，当他回到巴黎，回到自己熟悉的美的世界里时，却愚蠢地死在车轮之下。驾车的，正是被他视作美的代表的，那个戴着一顶小巧的紫貂皮帽的舞蹈演员克拉伊。

的确，在这幅大逃亡的画卷上，唯一保持了人类的高贵的，就是从来不受命运眷顾的银行职员米肖夫妇。米肖夫妇唯一的儿子上了前线，不知生死。银行下令撤退，他们在出发之际被老板从车子上赶下来——因为老板不得不带上他的情人、舞蹈演员克拉伊。他们踏上了最辛苦的旅程。但是因为有爱，夫妻之爱、母子之爱——米肖夫人每时每刻都在守候着自己的儿子，他们是唯一有尊严的、站在恶毒的命运不能袭击到的地方的人。

在这张所谓大逃亡的画卷上,在这急板的行进速度里,就这样,作者让每一个人充分展示了他的存在。他们有自己的逃亡故事,而每一个故事里都充满了令人惊叹的细节,比如佩里冈家的那只猫(作者花了整整一章的篇幅来写这只猫残忍而血腥的夜晚活动),比如科尔特在逃难途中和芙洛朗丝的争执与和解,比如朗日莱在月光下偷那对小情侣的汽油。《六月风暴》从头到尾的确就只是逃难,然而在逃难的背后,更是形形色色的人从逃难开始到逃难结束的过程中所展示的生存本质。

生命的意义原本各不相同,但是,在战争的照射下,在所有人都不知所措地面对生命的劫难之时,他们所撞到的物质界限是相同的,是提前到来的生命尽头的隐隐威胁。原先所谓的命运眷顾失去了它所有的意义。并且,只有最不受命运眷顾的人才能够脱出身来,更加不屈从于命运的安排。在《六月风暴》的结尾,米肖夫人面临生活的困境,突然间爆发道:

> 为什么苦难都是针对我们的?要么就是针对我们这一类的人?针对普通人?针对小资产阶级?不管是战争爆发、法郎贬值、失业增加或是革命爆发,别人都能从中得到利益。被压垮的总是我们!为什么?我们究竟做了什么?我们要为所有的错误付出代价。当然,别人不会怕我们的,我们!工人可以自我捍卫,富人有的是力量。

这是超越战争的层面,对人的命运的更深的追问,有点出乎我们阅读期待之外。作为一个女性的作家,竟然可以这样的不宿命,竟然可以有这样直接的追问。《六月风暴》中没有一点关于战争的直接描写。对于这一点，作者在其写作笔记中亦解释得非常明确，她说："我感兴趣的是世界的历史"，因为"好的历史场景是通过人物的眼睛所看见的历史场景"。

平常人眼中的历史和战争——而不是某一类人眼中的历史和战争。

二　没有完成的爱情

逃亡的画面描绘到最后，意外地出现了一段世外桃源的生活。米肖夫妇的独生子让-玛利受了重伤，被送到乡间农庄暂住。他几乎什么都没有了，时昏迷时清醒，成天躺在农庄人家用来暂时搁置死人的灵床上（我们不得不佩服小说家的细心安排，因为在后面的日子里，这张灵床上又出现了另外一个惊心动魄、足以引导小说发展方向的事件）。

然后，他慢慢地恢复了，可以和农庄主家的两个年轻姑娘聊聊天，说说笑话，可以考虑自己未来的事情——他突然产生了写作的愿望。农庄主家收养的一个女孩儿（实际上是这家未过门的儿媳）玛德莱娜对他产生了朦胧的爱情。就在让-玛利已经与家人取得联系，不日即将离开前的一个夏夜，在豌豆棚下，这个出身不明（因为是孤儿）、几乎没得选择地生长在农村的姑娘却突然没能控制住自己，流着眼泪对让-玛利说："离开您简直是要我的命……"

镜头到这里戛然而止。这月光下的夏夜成了《六月风暴》里唯一牵连爱情的场景。先前的战争、逃难、困苦、汇聚在同一场面里的形形色色的贪婪，突然变成这一点忧伤而无奈的感情的流淌和年轻女子的泪水，变成大事件背景之中寻常人的感情向往和失望。而小说急板的节奏也随之一下子舒缓起来，真的会令人感到心脏在怦怦直跳后骤停的疼痛。

我是在这个时刻隐隐感觉到作者的冷静和残忍的，感觉到她能够从容运用对比，把握事件进程，而不让自己沉溺于浮泛的爱恨之中的能力。

果然，这个场面足以拉开《柔板》的序幕——玛德莱娜也成为将两部小说连接在一起的人物。

《柔板》是占领和被占领的故事，是占领军和被占领的法国人之间的故事，是德国军官和法国女人之间的故事，是未完成的、永远也完成不了的爱情故事。

占领军来了，来到法国这个富庶的小镇上，在四月的风雨之中。几乎和所有的战争小说不同，占领军到来的时候，并没有激烈的冲突。只是"天上下着凄冷的雨"和教堂前的一株开着粉红色花朵的桃树在风雨中颤抖。

人们在互相猜度，法国人和德国人。但是在这互相猜度甚至互相仇恨的人群中，还有一个超然度外的法国女人露西尔。这是一个美丽的女人，丈夫做了战俘，而她和丈夫之间并没有爱情。她的婆婆指责她冷漠，因为她的悲伤并不是只针对丈夫，而是针对整个个人命运的悲伤。用寻常的道德和情感来看，她怎样做竟然都是错的，都是可以被指责的。

露西尔没有仇恨，她也还不曾得到过爱情，婚姻只是一场失败的交易。这些与战争的灾难无关。

骑兵队的中尉住进了她家。年轻、英俊、彬彬有礼、精通音律的德国军官。如果没有战争，没有占领与被占领的关系，爱情或许会是水到渠成的事情，或者即便有爱情之后的争执、眼泪，哪怕到分离，也会是水到渠成的事情。可是战争搁置了一切，它使男女之间的对视成为悬而未决的疑案。但是战争对于他们，又是怎样的呢？

德国军官或许和所有参战的小伙子一样，只是觉得这是国家的召唤，民族的召唤，集体的召唤，是为了"大我"牺牲"小我"的英雄浪漫主义。可是露西尔却想："这又不是什么新鲜事，他们没有什么新的创造。我们死了两百万人，在另一场战争中，他们也是为了这所谓的'集体工作的精神'牺牲生命的！他们死了……二十五年之后……什么样的欺骗！什么样的虚荣啊！……"

而我们为之牺牲的爱情呢？

在一个暴风雨的下午，那个因为自己儿子做了战俘而痛恨德国人、每时每刻都在诅咒德国军官的婆婆不在，家里的仆人也碰巧不在，德国军官和法国女人突然间有了一个难得的、只剩下两个人的下午。德国军官在弹琴——如果不是因为战争，他会是一个很出色的音乐家——女人坐在一边听，一边想着关于"集体和个人命运"的问题。音乐，抑或是她所思考的问题令她热泪盈眶。接着，他们用漂亮的器皿喝了一点酒，吃了一点点心。德国军官冲法国女人说：

> 夫人，您有没有听说过那种扫过南部海域的飓风？它们形成圆圈，边缘由暴风雨组成，飓风中心是不会移动的，一点都不动，以至于处在这飓风中心的小鸟儿或蝴蝶根本不会受到飓风的侵扰，它们的翅膀都不会被吹皱，而就在周围，暴风雨却横扫一切。瞧瞧这座屋子！瞧瞧现在正在

喝福隆迪涅昂的葡萄酒、品尝饼干的我们，再想想世界上发生的事情！

在法国人的眼里，德国人总是带有一点这么不谙世事的单纯，这种骨子里的单纯，似乎真的成了"飓风中心"，哪怕经过战争的严酷，也是没有变化的。德国军官弹自己写的曲子给法国女人听，他弹和平时期，弹战争，弹士兵的死去——但是那么美好和圣洁的音乐并不能阻挡使他成为士兵的"集体精神"：这是德国人和法国人之间的差别，是德国军官的感性和法国女人的理性之间的差别。

记得我译到这里的时候，已经陷入无法形容的焦虑之中。因为不知道这个故事会不会滑向具体的爱情，不知道作者会如何解决个人与集体、唯美的精神与丑恶的现实、德国人与法国人之间的矛盾。如果是爱情，那真的可以预见它支离破碎的结局——这是人世间怎样的悖论啊，再美好的东西，走到头，撞在现实的墙上，也一定是支离破碎的惨不忍睹。

果然，尽管在婆婆的眼皮底下，他们还是不可控制地走近了，越走越近。在小镇最漂亮，同时也是最可怕的房子里。这里有两个人自身的原因，也有小镇的压力——奇怪的是，小镇的法国人那么夸张自己痛恨德国人的心情，却在不得不寻求帮助的时候一定会来找露西尔，请她代为疏通。

两个人越走越近，心跳得越来越快：《柔板》的节奏走到后面，和《六月风暴》正好相反，反而急了起来。在高潮到来之前有这样一段关于"前爱情"的描写：

> 没有爱情的表白,没有吻,只有沉默……除此之外就是高烧一般的、充满激情的对话,他们在谈论各自的家乡、家庭、音乐、书……他们体会到的奇怪的幸福……这种想要发现彼此心灵世界的迫切……一种情人的迫切,已经成为奉献,奉献身体之前的灵魂的奉献。"了解我,看着我。我是这样的。这就是我所经历的,这就是我曾经爱过的。你呢,我的爱人?"

然而,"前爱情"以越来越快的速度进行到这里,却被一个意外事件打断了,曾经处在幻觉一般的"飓风中心"——只能是幻觉,否则又能是什么呢——的法国女人一下子被拖到暴风雨中。《六月风暴》里出现过的玛德莱娜的丈夫(一个逃跑回来的战俘)杀了住在他们家的德国人,他需要藏身之处。玛德莱娜找到了露西尔,就在她已经打算"奉献身体"之前。露西尔一下子从夜晚的梦的氛围中惊醒了,她藏起了玛德莱娜的丈夫。这个事件宛如一声尖叫,划破了属于两个人的夜晚,也中止了即将来到却永远不能来到的爱情。

一个道德外的故事就这样以突然转折的方式回归到了道德里,而且是常人的、社会的道德里:尽管这碰撞发出了如此惨烈的叫声,但是作为故事,转圜得竟然是游刃有余。这是作者的功力,也是作者的残忍。不明就里的德国人仍然一厢情愿地想要将故事进行下去,在一个傍晚,他将法国女人拥在怀里,然而,法国女人却害怕地挣脱了。因为,在德国军官站在只有亚当和夏娃的伊甸园的时候,法国女人已经因为历史和现实站在了伊甸园之外:也许,伊甸园根本就是人类臆想出来的幻境?

占领军最终走了。临走前，法国女人对德国军官说："我也请求您，作为对我的纪念，一定要尽可能地保全自己的生命。"仍然是个体与个体的对话，只是不再是一个女人对一个男人说的话，而更像是一个母亲对一个孩子说的话。也许男女间的爱情——至少作者这么认为——是最容易被撞碎的吧。而母爱，因为其绝对性和非解释性，可以超越现实的种种矛盾，获得存在的合理性。

三　人物和细节的力量

译这本书所带给我的惊喜是我始料不及的。在很长的一段时间里，我几乎没有再接触过这类传统手法的小说：完整的故事，明确的写作目的，作者置身度外的冷静目光……

我也几乎没有遇到过这样的女作家：冷静、从容、理性，历经大悲大喜（我们可以从序言中获知，内米洛夫斯基出身大富大贵人家，她的家庭在十月革命之后逃出俄国），身处危难之中，却没有一丝的自恋。

然而她又决然不是充满英雄主义浪漫梦想，想用文字拯救社会与世界的男性作家。她身处悲剧之中，想要努力看清楚这悲剧的面貌——是面貌，而不是具有观念性的根源。根源对她来说，应该是小说之外的东西。

在一个纠缠于自己——或是完全走向反面，纠缠于种种过剩的关于"自我"的观念——的时代，看到这样一部有着鲜明生动的人物，有着充满力量的细节的小说，能够感受到的是怎样一种令人战栗的快乐啊。

作者细腻而智慧的眼睛，从俄罗斯作家那里生成的成熟的小说技巧几乎让她能够把握一切人物。人物的出身、心理和形象往往通过寥寥几笔便跃然纸上。

她写佩里冈夫人："显然，上帝原本想把她塑造成一个红发的女人。她的皮肤特别细腻，但是由于岁月的缘故，已经起了皱纹。她那庄严而颇具分量的鼻子上布着红斑。绿色的眼睛如猫一般，投射出尖锐的目光。但是，在最后一分钟的时候，造物主大概犹豫了，觉得色泽如此明亮的头发与佩里冈夫人无可指责的道德以及行为举止不太相配，于是便给了她一头棕色的、暗淡的头发。"

她写那位声名与财富俱备的男作家科尔特："他颇为英俊，有着猫一般懒洋洋的残酷神情，柔和的、富有表现力的手，恺撒式的、略微有点胖的脸。"而这么一个生活规律并且优越的人在逃难时受到种种挫折，他的反应"首先是抱怨，然后才是自卫"。

她写唯一保留了人类尊严和高贵的米肖夫妇在逃难后回到巴黎，历经艰辛，坐在自己的小屋子里："每个人的膝头摊着一本书，但是他们都不在读。最后他们靠着睡着了，手握在一起。"

她写在爱情的道路上迟迟不见行动的德国军官："这既不是羞怯也不是冷漠，而是德国人动物一般的深深的、尖刻的耐心，这是在等，等适当的时刻到来，等着迷醉的猎物听凭其宰割的时刻到来。"

不仅是人物，在小说情节的安排上，故事的逻辑也往往是由致命的细节串连起来的：一根相当精巧的、由小珠子串成的链子。小说处处在不经意的地方留下了机巧，把看似不相连的人物全都组合在同一幅画面上，让相同的灾难的光照射着他们。

老佩里冈先生创立的，并且留下了五百万法郎财产的所谓慈善团体葬送了他长孙的命——而且他的长孙还是一个神甫,专门救赎那些可怜的灵魂!多么可怕而残忍的讽刺。

抢夺科尔特食物的赫尔坦丝实际上就是科尔特在路上不愿正视的"丑陋的女人",而这位赫尔坦丝在小说的结尾处又出现了,出现在收藏家朗日莱的家里;如果不是朗日莱命丧克拉伊之轮下,她就会成为朗日莱新的佣人。

还有克拉伊,她是银行老板科尔班的情人,一个很善于在一切环境下尽量让自己得到舒适的女人。她硬生生地挤上了科尔班逃难的车子,使得米肖夫妇无法随整个银行一道撤离(然而这也是一种幸运)。在南方的小镇上,她碰到了献身抵抗事业未果、可笑的佩里冈家的二儿子于贝尔。她凭借本能一下子嗅出了于贝尔身后那个声名显赫的家族所散发出来的气味。我们有理由相信,如果作者真的完成了《囚禁》(原计划《组曲》中的第三部),这个细节还将埋下具有深远意义的影响。

同样是这个克拉伊,她葬送了朗日莱的性命。朗日莱回到巴黎,回到自己收藏的珍贵艺术品之中。在他熟悉的酒吧,他遇到了戴着"两块紫貂皮"缝制成的、"比餐巾环大不了多少"的小帽子的克拉伊,他一下子觉得自己又找回了美的世界。他不会知道,正是这美的世界彻底葬送了他的性命。"他的脑袋受到了可怕的撞击",撞在克拉伊车子的挡泥板上,而与此同时,他最心爱的镜中维纳斯雕像——因为赫尔坦丝的到来被他意外地搁在桌子边缘——也被打扫卫生的门房带了一下,跌落在地上,和他一般,脑袋成了碎片。

还有让-玛利曾经躺过的灵床,被分配到玛德莱娜家住的德国翻译官——一个很年轻,并且因为年轻而残忍的小伙子——

好奇地问，这是用来干什么的？而在这之后，这位翻译官果然就躺在了这张灵床上：他死于战争所制造出来的合理仇恨的观念。

所有这些细节中的巧合和伏笔会让人相信，也许冥冥之中真有命运这只无形的黑手，让人在不甘心的宿命之外又安慰地想：或许命运真的会有它的眼睛，只是时间的问题。

而对于整个组曲的结构来说，《六月风暴》中的让-玛利和《柔板》中的露西尔应当是两个重点人物。法国男人和法国女人，属于民众一分子的普通而高贵的法国男人和法国女人。从写作笔记上来看，如果没有中断，两个人物应当会相爱——会是一场真正的、充满痛苦的爱情。虽然小说到第二部就不无遗憾地结束了，可是这两个人物相遇的可能性已经用隐性的笔触被埋藏在前两部小说中：米肖夫妇逃难，曾经得到露西尔的帮助，在露西尔家稍作休息，并且在这之后写来感谢信；然后是收留让-玛利，并且对让-玛利产生了朦胧爱情的玛德莱娜；玛德莱娜的丈夫伯努瓦杀德国人，逃难，求助于露西尔，露西尔慨然应允，并因此逃过了几乎逃不过的德国军官的爱情；最后是德国驻军离去，露西尔准备将藏在家中的伯努瓦送到巴黎：她立刻想起了在巴黎唯一认识的米肖夫妇。《柔板》结束之际，就这样，下一部小说的大门已经悄然开启。

由小说家精心操纵的情节推进与真实得近乎残酷的细节相得益彰：这就是这部《法兰西组曲》的魅力所在。写实的意义也因此获得了全面的延展。而在这样一个读者几乎已经忘记古典小说家最为迷人的传统魔术手法的时代，内米洛夫斯基用她生命最后几年的痛苦和光彩夺目的才华，以虚构世界的方式为我们呈现了那个曾经的过去：人物、事件和背景。正如她自己在写作笔记中所说的那样:"永远不要忘记战争总会过去,历史的所有部分都将变得模糊。要尽一切可能努力尝试人们会在一九五二年到二〇五二年间关注的事情和论战。"

一百年间的议题:这才是真正的历史,才是真正关于历史的小说罢。